经典散文名句

JINGDIAN SANWEN MINGJU

游光中 编著

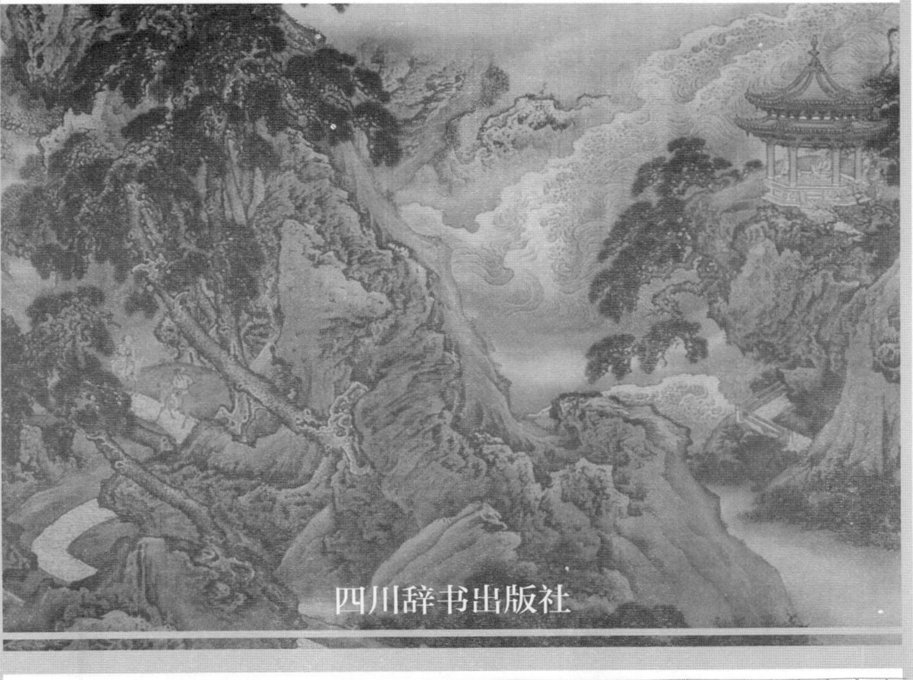

四川辞书出版社

图书在版编目（CIP）数据

经典散文名句/游光中编著. --2版. --成都：四川辞书出版社，2018.5

ISBN 978-7-5579-0324-4

Ⅰ.①经… Ⅱ.①游… Ⅲ.①古典散文-名句-鉴赏-中国 Ⅳ.I207.62

中国版本图书馆CIP数据核字（2018）第079764号

经典散文名句

JINGDIAN SANWEN MINGJU

总 策 划 周 挺 游光中

编 著 游光中

责任编辑 周 挺 李小平

封面设计 陈靖文

责任印制 肖 鹏

出版发行 四川辞书出版社

地 址 成都市槐树街2号

邮政编码 610031

印 刷 成都国图广告印务有限公司

开 本 880 mm×1230 mm 1/32

印 张 26

版 次 2018年5月第1版

印 次 2018年5月第1次印刷

书 号 ISBN 978-7-5579-0324-4

定 价 68.00元

● 发行部电话：（028）87734281 87734332

前言

《经典散文名句》是《经典诗词名句》的姊妹篇。《经典诗词名句》出版后，反响甚好，于是经过一年多的孜孜耕耘，笔者又将这本《经典散文名句》奉献在了读者面前。

中国古代散文从有文字记事之日起便产生了。商代的甲骨刻辞、铜器铭文等，就是中国最早的散文。此后绵延数千年，由散文撰成的各类典籍、著述汗牛充栋，浩如烟海，是其他任何文体都无法比拟的。

上古散文，以《易经》《尚书》为杰出代表，内容涉及军事、政治、历史、哲学乃至天文、地理、符命、律令等，包罗万象。由于注重简而有文，并多能“立象尽意”，因而具有一定文学因素。

春秋战国时期，散文极其繁荣和发达，涌现出了像《左传》《国语》《战国策》等一批声名卓著的鸿篇巨制。诸子散文则百家争鸣，各家各派在学术、哲理争辩中描绘自己的理想蓝图，言而有文，风格各异，成为古代散文中的奇葩。其中，儒家的雄辩浑厚、道家的汪洋恣肆、墨家的缜密质朴、法家的犀利峭刻、纵横家的铺张扬厉……表现手法灵活多变、体裁风格多姿多彩，数量和质量都达到一个高峰。

西汉时期，文坛出现了以贾谊、晁错等为代表的政论散文，以司马迁的《史记》为代表的史传散文，形成了一个新的创作高潮。

同时，汉代辞赋开始发展和兴盛起来，开了散文以文学审美为时尚的新风气。

魏晋时期，一种新的散文体式——骈文出现了。骈文讲究声韵对偶，显示出对形式美、情韵美的刻意追求，并涌现出一批优秀作家和作品：如鲍照、陶弘景、吴均等对山水自然的描摹；庾信、丘迟、江淹等人的抒写情志；袁淑、孔稚圭等人的谐隐；范缜、刘勰等人的论辩。内容充实，语体自然，形象性和情趣性兼美，拓展和丰富了散文的表现领域。

但是，散文真正具有独立的审美意识和地位，还是在唐宋时代。唐代初期，魏徵、虞世南、王绩、王勃、骆宾王等一批散文家相继崛起，给承袭六朝绮靡文风的文坛带来一股清新的风气。唐代中期，陈子昂等高张复古变革的旗子，开创了骈、散兼用，内容充实的新文风。而李白、王维、元结等人，以其出众的才华，诗一般的语言，写出了情韵优美的散文。此后，韩愈、柳宗元以其登峰造极的创作成就，确立了古代散文的一统天下。宋代文人地位优越，散文亦极度繁荣。散文大家欧阳修、曾巩、王安石、“三苏”等人，文章伟、博、古、达兼具，行文“如行云流水，姿态横生”，极富特色。

唐宋作家“不平则鸣”，主体意识得到极大张扬，散文的创造性也得到了高度发挥，体裁增加了，题材得到进一步拓展，开始自觉地追求文章的审美价值，创造了散文新的辉煌。名家名作灿若繁星，令后世景仰赞叹不已。

金、元、明、清数代，散文创作的气象和境界远不如唐宋，虽然作手如林，却没有出现像韩愈、欧阳修那样的大家，也缺少突破传统的魄力和勇气。

综上所述，在中华五千年文明发展史上，散文创作显示了强大的生命力和创造力，名篇佳作如雨后春笋，层出不穷。其中《周易》中的“天行健，君子以自强不息”；《论语》中的“仁者爱人”；《孟子》中的“富贵不能淫，贫贱不能移，威武不能屈”；《老子》中的“窃钩者诛，窃国者为诸侯”；《礼记》中的“学，然后知不足；教，然后知困”；《史记》中的“人固有一死，或重于泰山，或轻于鸿毛”；韩愈的“业精于勤荒于嬉，行成于思毁于随”；范仲淹的“先天下之忧而忧，后天下之乐而乐”……这些名言警句，言简意赅，声情并茂，充满知性、睿智、哲理、思考、人生追求及理想光辉，读后激人志气，满口噙香，既是我们鉴古观今、审视社会、启迪智慧的窗口，又是我们感悟人生、陶冶情操、愉悦身心的宝贵遗产，具有恒久的审美情趣和文学感染力。

为此，笔者不揣冒昧，从历代优秀散文中撷取一些有代表性的句子，加以鉴赏和阐释，撰成《经典散文名句》一书。摘句凡459句，始于先秦，迄于近代。历代散文的流变和特点，从中可略见一斑。读者如能从中感受到中国古代散文的洋洋大观，包罗万象，内容如天空般浩瀚博大，思想如大海般宽广精深，笔者就倍感安慰了。

限于学识水平和审美趣味，挂一漏万、沧海遗珠的现象在所难免，尚望大方之家不吝指教。

游光中 于四川大学竹林村

2018年2月

目录

先秦

目录

目录

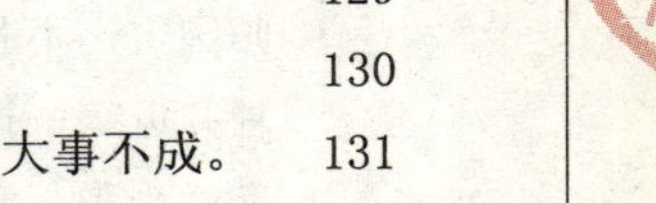

目录

目录

汉代

晋 代

南朝（宋、齐、梁）

北朝（北周）

唐　代

录

宋 代

目录

目录

目录

清代

先秦

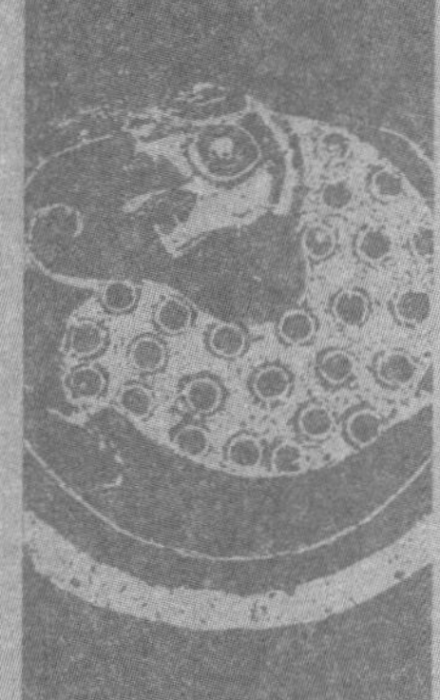

《尚书》

《尚书》是我国现存最早的一部历史文献，其内容为上古历史和部分追述古代事迹著作的汇编。西汉初存28篇，相传由原秦朝博士伏生口授，用当时通行的文字隶书写成，称《今文尚书》。

汉武帝末期，鲁恭王刘余在孔子旧宅墙壁中发现用古文（蝌蚪文)写成的《尚书》，称《古文尚书》。《古文尚书》经孔安国校读整理，计44篇，比《今文尚书》多16篇。因《古文尚书》在当时未受到人们重视，无人传授，不久就亡佚了。

东晋元帝时，豫章内史梅赜献出孔安国的《古文尚书》58篇，其中33篇与《今文尚书》大致相同，另外多出25篇。该书引起了学术界和朝廷的重视，被立为官学，加以讲解传授。到了唐代，更被奉为经典，处于正统地位。

南宋以来，学术界开始对梅本《古文尚书》的真伪产生怀疑，大学者朱熹也疑其为伪作，最后经梅鷟、阎若璩、惠栋等人考证，确定其多出来的25篇为魏、晋时期的伪作，所以被称为《伪古文尚书》。这25篇是：大禹谟、五子之歌、胤征、仲虺之诰、汤诰、伊训、太甲(三篇)、咸有一德、说命(三篇)、泰誓(三篇)、武成、旅獒、微子之命、蔡仲之命、周官、君陈、毕命、君牙、冏命。

现在通行的《十三经注疏》，是清代刊印的版本，其中《尚书》为《今文尚书》和梅本《伪古文尚书》合编而成，计四部分58篇，分别为《虞书》5篇、《夏书》4篇、《商书》17篇、《周书》

32篇。

由于《尚书》被儒家列为经典之一，因此又名《书经》。

001 诗言志，歌永言，声依永，律和声。

【注释】

选自《尚书·舜典》。

诗言志：诗是用来表达人的志意的。志：意，思想。歌永言：歌是延长诗的语言，舒缓地徐徐地咏唱，以突出诗的意义。永，长。一说通“咏”。“永言”即咏唱诗的语言。声依永：声音的高低又和舒缓的咏唱相配合。声：五声，即官、商、角、徵、羽。依：伴随，配合。永：舒缓的咏唱，长言。律和声：律吕用来调和歌声。律吕：六律六吕。六律指黄钟、太簇、姑洗、蕤宾、夷则、无射；六吕指大吕、应钟、南吕、林钟、仲吕、夹钟。和：应和，协调。

【赏析】

《尚书·舜典》记叙了古代帝舜的光辉事迹。舜曾任命夔为乐官，说：

“诗言志，歌永言，声依永，律和声。”

意思是：诗用来表达人的思想怀抱，歌用来舒缓咏唱的语言，五声要根据唱的歌词来选定，六律要与五声相和谐。

舜对诗歌和音乐的理解非常精当。其中“诗言志”反映了早期人们对诗歌本质特征的认识，也是贯穿中国诗歌史最有影

响的创作主张，朱自清先生曾称其为中国诗论“开山的纲领”（《诗言志辨序》）。

“诗言志”中的“志”，指思想、志向、抱负等。先秦的言志，是要求诗歌表现人的志意，强调诗歌作为政治伦理工具的性质，提倡“事父”、“事君”和“温柔敦厚”的儒家诗教，所以实际上讲的是“政教”，即儒家之道。从荀子起，才开始注意到“志”包含有“情”的内容。荀子既主张“言志”，又十分重视艺术由情而生、以情感人的特点。他一再反对不重视人的情感表现的观点，主张言志和感情是相统一的。

到汉代，人们对诗言志即诗是抒发人的思想感情的本质特征的认识更加明确。如《毛诗序》提出“诗者，志之所之也”，同时又强调，“在心为志，发言为诗，情动于中而形于言”。《汉书·艺文志》也在“诗言志”后，又强调说“故哀乐之心感，而歌咏之声发”。明确将情、志并举。汉代刘歆《七略》更明确地提出了“诗以言情”的主张。有人甚至认为，“言志”本身就包含着抒发感情。如汉代王符说：“诗赋者，所以颂丑善之德，泄哀乐之情也。”但又强调要对感情给以严格的限制，如《毛诗序》主张“发乎情，止乎礼义”，要求诗歌的“情”必须符合封建礼教的伦理道德规范。

汉末以后，抒情诗歌大量出现，诗歌中言情的特点更为突出，人们对诗歌的抒情特点也更加推重，于是晋陆机提出“诗缘情”的理论（《文赋》）。诗缘情侧重抒情，并不排斥言志。但由于“志”长期被解释成合乎礼教规范的思想，“情”被视为与政教对立的“私情”，因而诗论中出现了“言志”与“缘情”的对立。

自《毛诗序》后，六朝的刘勰、钟嵘等理论家基本上都承情志之说，主张情、志并举。唐代孔颖达进一步认为，志与情是一个东西，言志与缘情并无本质的区别。他在《左传正义》中说：“在己为情，情动为志，情、志一也。”以后从唐白居易到清代叶燮、王夫之等，都坚持情、志并重，使“情志并举”论成为中国古代诗论“诗言志”说的主流。其支派尚有重情派和重志派。

重情派偏重抒情，对诗歌的政治教化作用有所忽视，但对诗歌艺术规律的总结贡献较大。他们强调感物吟志、为情造文，言志与审美相统一，重视诗歌的社会作用，要求诗歌真实地反映现实，达到文质并举、内容和形式的统一，等等，正确继承和发展了“诗言志”的传统，丰富了“诗言志”的理论和内容，对历代文学理论和诗歌创作产生了深远的影响。

重志派即重理派，代表诗人为裴子野、及宋代的理学家等。

002 汝惟不矜，天下莫与汝争能；汝惟不伐，天下莫与汝争功。

【注释】

选自《尚书·大禹谟》。谟，谋。本篇记叙大禹、伯益和舜一起谋划政事，故名《大禹谟》。

汝：你。惟：只要。矜（jīn）：自夸贤能。莫：没有。伐：自夸功劳。

【赏析】

大禹是舜的臣子，治理洪水，立了大功，后人尊称为大禹。舜帝在位33年，决定传位给大禹。大禹认为自己的才德不能胜任，便推荐皋陶，因为皋陶勤勉地工作，树立德政，惠施于民，百姓都很怀念他。舜帝也认为皋陶的德政做得好，但更赞赏大禹，认为大禹在洪水泛滥的时候，艰辛努力，很好地完成了治水工作；而且他为国勤劳，注重节俭，谦虚待人，最为贤能。所以舜夸赞他说：

“汝惟不矜，天下莫与汝争能；汝惟不伐，天下莫与汝争功。”

意思是：正是你不自夸贤能，天下便没有人与你争能；正是你不自夸功劳，天下便没有人与你争功。

舜帝认为，正是因为大禹不自夸贤能，天下便没有人能与他争能；正是因为大禹不自夸功劳，天下便没有人能与他争功。大禹具备了担任帝君的一切优秀品质，所以决定由他来继承自己的帝位。舜还勉励大禹说：“我赞美你的德行，嘉许你的功劳。上天的大命将落到你身上，你终当担负起大君的职责。”

003 满招损，谦受益，时乃天道。

【注释】

选自《尚书·大禹谟》。

满：骄傲自满。招：引来。

【赏析】

舜帝时期，苗民不依教命，舜帝便命禹率大军去征讨他们。禹会合各地诸侯，征伐苗民，经过30天战斗，苗民还是不服。这时，伯益主动求见禹，向他建言说：应该对苗民施行德政，施行德政可以感动上天，远方的人没有不来归顺的。同时告诫说：

“满招损，谦受益，时乃天道。”

意思是：自满会招来损害，谦虚就能得到益处，这是自然规律。

伯益认为，骄傲自满会招来损害，谦虚谨慎就能得到益处。例如舜帝先前到历山去耕田的时候，遇到大旱和洪水的侵袭，他天天哭泣着向上天祷告，向父母祈祷，把所有的罪过都归到自己身上，他的至诚感动了神明，大地风调雨顺，庄稼获得了好收成，何况这些苗民呢！

禹听从了伯益的劝告，班师回朝。舜帝大施文教，这样经过70天，苗民就自愿来归顺了。

004 能自得师者王，谓人莫己若者亡。好问则裕，自用则小。

【注释】

选自《尚书·仲虺之诰》。仲虺，成汤的左相。诰，告。成汤灭夏，建立殷朝，天下平定，但成汤仍然自惭不如古代帝王，仲虺针对成汤的思想加以解释说的话，就叫《仲虺之诰》。

好问：多问。裕：足，丰富。自用：自以为是。

【赏析】

夏朝末年，夏桀暴虐，王室内部矛盾日趋尖锐。成汤乘机发兵伐夏，鸣条一战，夏师败绩，成汤建立商朝，并将夏桀放逐到了南巢（今安徽巢湖西南）。他即位以后，施行德政，廉洁奉公，以宽治民，国力日益强盛。《诗·商颂·殷武》称颂说："自彼氐羌，莫敢不来享，莫敢不来王。"反映了商汤时期的盛况。然而成汤仍然感到惭愧，认为自己的德行赶不上古代的帝王。左相仲虺知道这事后，针对成汤的思想进行劝告，他说的话记录下来就是这篇《仲虺之诰》。

仲虺认为，成汤伐夏桀是奉上天之命，救民于水火，没有什么可惭愧的。成汤不近声色，不聚货财，能宽能仁，昭信于民，深受人民爱戴，没有什么可惭愧的。仲虺最后勉励成汤继续实行德政，推求夏桀灭亡的道理，吸取其亡国的教训，使国家尽快昌盛繁荣起来。他告诫说：

"能自得师者王，谓人莫己若者亡。好问则裕，自用则小。"

意思是：能够自己求得老师的人就会为王，以为别人不及自己的人就会灭亡。善于求教的人知识就充裕；自以为是的人思想就狭小。

仲虺希望成汤谦虚谨慎，多看别人的长处，善于向人求教治国之策，继续施行德政，不要松懈。这样长期坚持下去，“德行日新不懈”，就能得到天下万国的尊奉和怀念；而自满自大，就会连自己最“亲近的九族也会离散”。

005 与人不求备，检身若不及。

【注释】

选自《尚书·伊训》。训，教导。成汤去世，右相伊尹扶立其嫡长孙太甲为帝。伊尹作《伊训》，教导太甲。当是史官记录伊尹的话。

与：对于。人：别人。求备：求全责备。检：检查，检点。身：自己。不及：不够。

【赏析】

成汤灭掉残暴的夏桀后，建立了殷商，成为第一代国君。他即位以后，施行德政，廉洁奉公，以宽治民，天下和平安稳，百姓安居乐业。成汤去世后，右相伊尹等扶立嫡长孙太甲为帝。太甲元年，伊尹作《伊训》教导太甲。他赞扬成汤的德行说：

“与人不求备，检身若不及。”

意思是：对别人不能求全责备，检查自身的缺点应该唯恐不及。

伊尹认为，成汤对自己要求严格，对他人却很宽容，这种虚怀若谷，修己求贤的作风，正是太甲需要学习的。他希望太甲像先王成汤一样，听从忠臣的谏言，采纳前贤的意见，居于上位而能明察是非。这样，就能得到民众的拥戴，将成汤开创的事业继续下去，发扬光大！反之，如行不善之事，毋论大小，都将不得人心，终致国灭身亡，受到历史的惩罚。

006 天作孽，犹可违；自作孽，不可逭。

【注释】

选自《尚书·太甲中》。太甲初立，不守成汤的法典，被右相伊尹放逐思过。太甲悔过自新，复位，伊尹多次开导他。史官记录下这些重要训话，写成上中下三篇《太甲》。

孽：灾。违：避。逭（huàn）：逃。

【赏析】

成汤在伊尹的辅佐下，统一了天下。成汤死后，其嫡长孙太甲被右相伊尹等大臣扶上帝位。可是太甲不遵守成汤的法典，逸乐贪玩，疏于政事，被右相伊尹放逐到桐邑（今河南虞城东北）思过。三年后，太甲知道错了，愿意悔过自新，居仁向义，于是伊尹又迎接他回到亳都复位。从太甲登位，到放于桐邑，再到复位，伊尹多次开导他。太甲听从伊尹的劝导，自我检讨说，我不明于德行，做了很多不好的事情。多欲败坏法度，放纵败坏礼节，给自身招来了罪过。他总结说：

“天作孽，犹可违；自作孽，不可逭。”

意思是：自然界造成的灾祸，尚可以想办法抵御，减轻损失；人自己造成的灾祸，却难于克服和清除，损失就更严重。

太甲认为，自然造成的灾祸，通过努力，可以弥补，损失毕竟有限；自己作为一国之君，如果不遵守先王的法典，不坚持德政，人为造成的灾祸将非常严重，无法弥补。因此一定要吸取教训，决心在伊尹的匡扶下，做一个好君主。伊尹对太甲诚心悔过满心欢喜，勉励他努力修治自身，依靠诚信的美德，与臣下和谐相处，做一个贤明的君主。

007 若升高，必自下；若陟遐，必自迩。

【注释】

选自《尚书·太甲下》。

自：从。陟：登，行。遐：远。迩：近。

【赏析】

成汤死后，其嫡长孙太甲即位。太甲不遵守成汤法典，被右相伊尹放逐到桐邑（今河南虞城东北）思过。三年后，太甲悔过修德，回到亳都复位。伊尹再三告诫太甲，希望他勉力向先王学习，继续敬修自己的德行，施行德政，做一个英明的君主。伊尹说：

“若升高，必自下；若陟遐，必自迩。”

意思是：如果你想登高，必须先从下面开始；如果你想行远，必须先从近处开始。

伊尹认为，一个人要敬身修德，犹如登山一样，要想登上山的高处，必须从山脚下开始；犹如出远门一样，要想走远，必须从近处开始。他希望太甲修德，从眼前的事情做起，一步一步地施行：不轻视人民的事务，要想到它的难处；不苟安君位，要想到它的危险。欲慎终，就须有一个好的开始，一点一滴地修炼。这样积累下来，终能成就大德，保持国家长治久安，繁荣昌盛，和平美好。

008 吉人为善，惟日不足；凶人为不善，亦惟日不足。

【注释】

选自《尚书·泰誓中》。泰，极大的意思。武王伐纣，大会诸侯。武王向广大诸侯誓师，故称《泰誓》。

惟日不足：整天做，还嫌不够。

【赏析】

周文王在吕尚的辅佐下，仁慈爱民，礼贤下士，天下士人都来投奔。文王去世后，其子姬发继位，称周武王。他继续以吕尚为师，周公旦为辅，决心继承文王未竟的事业，积极做灭商的准备。周武王十三年，商纣王更加昏庸暴虐。武王见时机成熟，大会诸侯，起兵伐商。一月二十八日，武王驻兵黄河之北，战前向全军动员时，历数商纣的罪恶，说明伐纣的正义性，激励将士们英勇杀敌。他说：

“吉人为善，惟日不足；凶人为不善，亦惟日不足。”

意思是：好人做好事，整天做时间都不够；坏人做坏事，也是整天做时间都不够。

商纣王不理朝政，宠信妲己，贪恋酒色；巧取豪夺，压榨人民；大兴土木，扩建宫殿苑囿；酒池肉林，极尽奢靡之能事。抛弃贤臣，亲近小人。叔父比干、箕子忠言进谏，一个被杀，一个被囚。忠臣微子被废黜。所以武王声讨纣王的罪行，数落他整天干坏事，还嫌时间不够。上梁不正下梁歪，臣下们纷纷效仿，各结朋党，互为仇敌；挟持权柄，相互诛杀。当年夏桀也是这样残暴，违逆天意，流毒天下。所以上天佑助成汤，推翻了夏朝，废黜了夏桀。如今殷纣王的罪恶超过了夏桀，离灭亡已经不远，伐纣的正义战争一定会取得胜利。

而此时，纣王正和妲己在鹿台饮酒作乐，听到消息，匆忙组织军队迎战。双方大军在牧野相遇。周军人人奋勇冲杀，商军毫无斗志，一触即溃，纷纷倒戈投降。商纣王见大势已去，逃入朝歌城中，在摘星楼自焚而死。一个新的朝代——周朝建立起来了。

009 树德务滋，除恶务本。

【注释】

选自《尚书·泰誓下》。

树：建立。务：必须。滋：滋长。本：根本，指根除。

【赏析】

周武王十三年，周武王大会诸侯，起兵伐商。一月二十八日，武王挥师进驻黄河之北，誓师说：商纣王轻慢五常，沉迷酒色，荒废怠惰，不理朝政，残害忠良：他砍掉冬天涉水者的脚胫，剖开贤人比干的胸膛，宠信奸邪小人，囚禁正直人士，作威作恶，毒害天下。纣王无道，弃绝于上天，结怨于人民，灭亡就在眼前。周武王号召六军将士，顺从天意，惩罚昏君。他说：

“树德务滋，除恶务本。”

意思是：建立美德务求使之不断滋长，清除邪恶务求断其根本。

武王认为，纣王无恶不作，失去民心，已经处于众叛亲离、民怨沸腾的孤立境地。现在诸侯大军举义旗，讨伐无道纣王，是顺应天意民心，必将取得最后胜利。他说，建立美德务求使之不断滋长，清除邪恶务求断其根本。号召将士们果敢坚毅，英勇杀敌，彻底歼灭敌人，去建立伟大的功绩。

果然，牧野一战，周武王大败商军，纣王逃回朝歌城中，自焚而死。正应了孟子那句名言：“得道者多助，失道者寡助。寡助之至，亲戚畔之；多助之至，天下顺之。以天下之所顺，攻亲戚之所畔，故君子有不战，战必胜矣。”

010 无偏无党，王道荡荡；无党无偏，王道平平；无反无侧，王道正直。

【注释】

选自《尚书·洪范》。

偏：不正。党：袒护自己的侪类。意谓营私结党。王道：封建统治阶级设想的一种理想的政治。荡荡：平坦开阔的样子。平平：平坦的样子。这里指国家治理有序。反：背逆，违反。侧：倾斜，偏差，不正。

【赏析】

周武王推翻殷朝，建立周朝后，曾访问当时的贤人箕子，向他询问治国的道理。他问道："箕子啊，上帝庇荫安定下民，帮助他们和睦相处，我却不知道上天用来安定人民的方法。"箕子回答了武王的问题。在讲到帝王要建立施政法则的时候，箕子严肃地说道：

"无偏无党，王道荡荡；无党无偏，王道平平；无反无侧，王道正直。"

意思是：为政的不偏向自己的亲人，不袒护自己的朋友，王道的政治是宽广的；不袒护自己的朋友，不偏向自己的亲人，王道的政治是平坦的；不背逆，不倾斜，王道的道路是正直的。

箕子认为，朝廷上下，为政者不偏向自己的亲人，不袒护自己的朋友，王道的政治是宽广的；不袒护自己的朋友，不偏向自己的亲人，王道的政治是平坦的；不背逆，不倾斜，王道的道路是正直的。要言之，人们不结党营私，不背离先王的法则，国家就能治理有序，就有公平正义可言。

011 不矜细行，终累大德。为山九仞，功亏一篑。

【注释】

选自《尚书·旅獒》。旅，西旅，西方的旅国。獒，大犬。周武王灭商建周后，西旅国来献大犬。召公认为不可接受，劝武王慎德，重视贤能，安定国家，保护百姓。史官记录召公的话，名为《旅獒》。

矜：慎重。细行：生活小节。累：连累，使受害。大德：大节。仞：八尺。亏：欠，差。篑（kuì）：盛土的筐。

【赏析】

周武王灭掉殷商，建立周朝，西旅国来献大犬。召公认为不可接受，他劝告武王，当前首要的任务是重视贤能，安定国家，保护百姓，做一个圣明之君。他谏言说：

“不矜细行，终累大德。为山九仞，功亏一篑。”

意思是：不注重细行，终究会损害大德。犹如造九仞高的山，差一筐土也无法成功。

召公认为，一个圣明的君主，首先应该慎德，不事奢华。盛德之人不轻易侮慢百姓，不贪恋歌舞女色；不做无益的事来妨害有益的事，不重视珍奇物品，不收养珍禽奇兽，不宝爱远方的物品。从这些细行做起，就能积累大德。像造九仞高的土台那样，差一筐土也无法成功。召公以此劝勉武王早晚勤德，千万不可因细行不好，而使大德大业受累失败。

后来，“功亏一篑”演变为成语，意思是做事要善始善终，不可半途而废。在《孟子·尽心上》中，有“掘井九轫而不及泉，犹为弃井也”一语，意思与“功亏一篑”相同。

012 为善不同，同归于治；为恶不同，同归于乱。

【注释】

选自《尚书·蔡仲之命》。

为：做。善：善行，善事。恶：恶行，恶事。

【赏析】

蔡仲是蔡叔的儿子。周武王逝世后，周公旦摄政，辅佐成王。管叔和蔡叔不服，阴谋造反。周公受成王之命东征，杀了管叔，囚禁了蔡叔，平息了这场王室内部的叛乱。蔡叔死后，成王命蔡叔的儿子蔡仲为蔡国之君，并告诫说：

“为善不同，同归于治；为恶不同，同归于乱。”

意思是：做善事虽然各不相同，都会达到安定治理的目的；做恶事虽然各不相同，都会导致走向动乱。

成王勉励蔡仲谨慎行事，勉力工作，多做善事，因为不管善事大小多寡，都有助于国家的安定团结。希望他遵循先王的法度，不要因片面之言改变法度，更不能做坏事恶事，种下动乱的祸根。要和睦四邻，保卫周王室，和谐兄弟之邦，使百姓能够安居乐业，幸福地生活。

013 功崇惟志，业广惟勤；惟克果断，乃罔后艰。

【注释】

选自《尚书·周官》。周成王灭了淮夷，回到王都丰邑，向群臣说明国家设官分职用人的法则。史官记叙这件事，写成《周官》。

崇：高。惟：只有。克：能。罔：没有。后艰：以后的艰难。

【赏析】

周成王灭了淮夷，回到王都丰邑后，便着手整顿吏治，督导治事官员勤勉尽责，努力工作。成王告诫百官说：

“功崇惟志，业广惟勤；惟克果断，乃罔后艰。”

意思是：功高是由于有志向，业大是由于工作勤劳。只有办事果断的人，才没有后来的艰辛。

成王勉励官员们勤勉工作，恪尽职守，办事果断，完成任务。同时强调为政的法则，要大小官员遵守：不骄傲，不奢侈，不伪诈，处于尊宠的高位要有忧患意识，随时想到危辱；要努力推举贤明的人担任要职，推举不当，就是不能胜任自己的工作职责。由于治吏有方，整肃了官场纪律，廉洁勤勉成为社会风尚，奠定了周朝八百年的基业。

014 必有忍，其乃有济；有容，德乃大。

【注释】

选自《尚书·君陈》。君陈，臣名。周公迁殷商遗民于成周，亲自监督。周公去世，成王命君陈接替周公治理成周，并用策书教导他。史官记录策书的内容，是为《君陈》。

忍：含忍。乃：就。济：成功。容：包容。

【赏析】

周灭商后，为便于管理，周公便把殷商的遗民迁到成周去，并亲自监督整个迁移工作。周公去世后，成王命令大臣君陈接替周公治理成周，并要求他宣扬周公的遗训，努力施行德政，办事宽大而有法度，从容而又和谐。他告诫君陈说：

“必有忍，其乃有济；有容，德乃大。”

意思是：一定要有所忍耐，才能有所成功；有所宽容，德行才能高尚宏大。

成王认为，有所忍耐，才能有所成功；有所宽容，德行才能高尚宏大。因此，他要求君陈千万不能独断专行，倚势作恶，侵害人民。使用刑法要适中，注意掌握分寸，如果处罚可以制止犯罪，才进行处罚。不要求全责备于人，要善于识别好人和坏人，选用贤良的人。如果做到这些，就能像周公一样，德行远播，永远受人赞扬。

《周易》

《周易》是一部卜筮之书，但剔除其宗教迷信部分，便是一部保存了丰富朴素辩证法观点的古代哲学著作。

《周易》分为《经》和《传》两个部分：《经》包括六十四卦的卦象、卦辞和三百八十六爻的爻辞；《传》包括《彖》上下、《象》上下、《文言》《序辞》《序卦》《说卦》《杂卦》十篇，也称《十翼》。

《周易》大约产生于殷周之际，作者已不可考。相传伏羲氏画八卦；周文王发展为六十四卦，并作卦辞和爻辞。一般认为，《周易》是殷商卜辞之官对古人占卜情况的编辑记录。

《周易》从“一阴一阳之谓道”出发，肯定事物的运动变化，永无穷尽，在此基础上，预测事物发展，并敏锐地认识到，事物发展到一定程度后，就会变成它的反面。《周易》提出“穷则变、变则通”“天地革即四时成，汤武革命顺乎天而应乎人”等哲学命题，认为事物的发展变化实际上是矛盾双方运动的结果，而且是一个不断往复循环的过程。这些，都十分清楚地表明，《周易》具有朴素的唯物辩证法思想，在今天仍然闪烁着智慧的光芒。

几千年来，研究注解《周易》的人很多，著作达几千种，但归纳起来，大致可以分为两派：义理派和象数派。象数派运用八卦的变化，来预测未来，参悟宇宙中的奥秘，以期逢凶化吉，避难呈祥，实现人类自身的愿望；义理派则视《周易》为一部纯粹的哲学著作，它运用理性的哲学的方法，来探讨自然宇宙和人类社会的发展规律。

《周易》对中国传统文化的发展产生了巨大的影响。传统文化的各个领域无不以《周易》的基本理论为基石，古代各门类学术也几乎可以从其中找到源头。

《周易》从战国时起，就被儒家学派看做经典，此后在2000多年漫长的历史长河中，一直被奉为群经之首。同时，《周易》也是道家和道家学派所信奉的经典。

015 天行健，君子以自强不息。

【注释】

选自《周易·乾》。

天行：天体运行，自然界运动变化。

【赏析】

这是《周易·乾》中的一句象辞：

“天行健，君子以自强不息。”

意思是：天的运行，刚健不辍。君子应该像天一样，努力向上，自力图强，永不懈怠。

《周易》乾卦所揭示的，是一种有开创性的阳刚气质的变化规律。由于天以健为用，运行不息，变化无穷，具有开创万物，使之亨通、发展的美德，因此这两句极力推赞“君子以自强不息”的精神，勉励人们效法“天”的刚健精神和奋发向上、创生万物的阳刚之气。

句中没有提到一个“志”字，但实际上阐释了做人的根本志向。它把人的自强不息，视作如“天”运行一样，具有刚健不辍的规律、法则，既深刻而又富含哲理。细观天地万物，为了生存、发展，无不表现出“努力向上”“自强不息”的精神。林中的树木，争夺阳光和养分，竞相生长；林中的动物，努力适应环境，逃避天敌，优胜劣汰，都是“自强不息”精神的表现。

人乃万物之灵，在变幻莫测的大自然的威力面前，更应该自强不息。一个人，一个民族，一个国家，一项事业，难免遇到坎坷、磨难，难免遭遇挫折、失败，因此，如果离开了自强不息的精神，将难于立足世界，更不用说发展了。

要之，“自强不息”当是宇宙万物，特别是人类生存、发展、追求成功和幸福的普遍法则、规律。

016 同声相应，同气相求。

【注释】

选自《周易·乾》。

应：应和，共鸣，呼应。求：寻求。

【赏析】

《周易》中有一句话：“飞龙在天，利见大人。”这是什么意思呢？孔子解释说，伟大的人物与飞龙一样，都是非常杰出的。因此，飞龙高飞在天，利于出现杰出的人物。为什么这样解释呢？《周易·乾》说：

“同声相应，同气相求。”

意思是：同类的声音相互感应，同样的品性相互求合。

孔子认为，由于同类的声音能相互感应，同样的气质能相互求合。那么，杰出的飞龙飞在天上，与其相感应、相求合的，自然就是杰出的人物了。所以“飞龙在天”，预示着将有杰出人物出现。孔子还举出“水流湿，火就燥，云从龙，风从虎”的例子，说明世间万物“各从其类”的道理。

到了唐代，孔颖达在对这句话作的疏中，也作了类似的解释：“同声相应者，若弹宫而宫应，弹角而角动是也。同气相求者，若天欲雨而础柱润是也。此二者声气相感也。”

后来，“同声相应，同气相求”常用来比喻志趣、品性相同的人，往往相互情投意合。如《庄子·渔父》有“同类相从，同声相应”，《大戴礼记·保傅》有“同声则异而相应，意合则未见而相亲”。又如《汉书·公孙弘传》引古语“气同则从，声比则应”。唐代骆宾王《萤火赋》有“响必应之于同声，道（指为人之道）固从之于同类”之语，等等。

随着时间的推移，这句话演变出了多种表达方式，如汉代司马迁《史记·伯夷列传》说：“贾子曰：‘贪夫徇财，烈士殉名，夸者死权，众庶冯生。’‘同明相照，同类相求。’”表达方式虽然出现了差异，但其含义却是一致的。

017 地势坤，君子以厚德载物。

【注释】

选自《周易·坤·象传》。

势：指地的形势。《说卦传》："天以气运，故曰行；地以形载，故曰势。"坤：指大地。《说卦传》："坤也者地也，万物皆致养焉，故曰致役乎坤。"厚：深厚，宽厚。

【赏析】

《周易·坤》中的象传，有一句说：

"地势坤，君子以厚德载物。"

意思是：大地的形势（象征）是坤，君子应该效法大地，以宽厚的德行，负载万物。

人类从鸿蒙混沌中走来，深感天创万物，自然变化，生生不息；地浩瀚而广大，承载万物，多像仁慈、宽容、厚道、无私的母亲，包容万物在自己怀里。因此，作为君子，就应该像大地一样，以宽厚之德，对待天下的民众和事物。

仁慈、宽容、厚道，是一种高尚的美德。它包括安详而纯正、柔顺而刚毅、宽厚而直率、包容而慎重等等。一个人一旦拥有了这样的美德，自然就能"负载万物"了。所以，以宽厚之德负载万物，所体现的是一种"德治"主张，与历史上流行的"恃德者昌，恃力者亡"的思想是一致的。

这一句话，实际上是将大地负载万物的法则，形象化为一种崇高的德行，加以称颂，号召君子们努力效法。

018 积善之家，必有余庆；积不善之家，必有余殃。

【注释】

选自《周易·坤》。

余庆：先人遗存的恩泽。余殃：先人遗留的灾难。

【赏析】

《周易·坤》中的《文言传》说：

“积善之家，必有余庆；积不善之家，必有余殃。”

意思是：修积善行的人家，必能遗存很多恩泽；积累恶行的人家，必会遗留许多祸端。

为什么说修积善行的人家必有很多喜庆，积累恶行的人家必有许多祸殃呢？

《文言传》接下来论证说：臣子弑杀君主，儿子弑杀父亲，并非一朝一夕的缘故，而是平时渐萌渐长，逐渐积累起来的，是由于应当明辨的时候没有及早明辨而造成的。这说明，古人看到了事物的结果，是顺着一定方向和趋势慢慢发展演变而来，有一个渐变到质变的过程。这从《周易·坤》里另一句话“履霜坚冰至”中，也可以看出来，它表达的是同样的道理。

所以，古人诲人，重在积德。许多书中都有劝人行善积德的话，如汉代陆贾的《新语·怀虑》中就有“积德之家，必无灾殃”之类的语言。

019 君子以见善则迁，有过则改。

【注释】

选自《周易·益·象传》。

善：指善行，善事。迁：追随，效仿。

【赏析】

这是《周易·益·象传》中的一句话：

“君子以见善则迁，有过则改。”

意思是：君子见到善人善行善事，就毫不迟疑地追随、仿效；发现自己有过失，就毫不犹豫地改正。

人世百态，有善良，也有罪恶；人可以作出世间最美好的善举，也可以干出世间最丑恶的勾当。善给人带来福音，恶给人造成祸殃。所以人们总是喜善厌恶，扬善惩恶。句中“见善则迁，有过则改”，就是这种思想愿望的真实反映。

人们希望为君子者，进行人生修养，除恶扬善，弃恶从善，致力于克己奉公的事业。为君子者不在于不犯错误，而在于一旦发现自己有过错，或无意中做了坏事，能雷厉风行地改正。春秋时左丘明说：“人谁无过，过而能改，善莫大焉。”明代王守仁指出：“失过者自大贤所不免，然不害其卒为大贤者，为其能改也，故不贵于无过，而贵于能改过。”

所以，见善则迁，有过能改，是君子注重个人品德修养、追求高尚人生价值的体现。

020 君子以遏恶扬善，顺天休命。

【注释】

选自《周易·大有》。

遏：阻止。顺：顺从。天：指规律。休：美善。这里宜作“从”解。

【赏析】

这是《周易·大有》中的一句话：

“君子以遏恶扬善，顺天休命。”

意思是：君子必须遏止邪恶，宣扬善行，以顺从天命（自然规律）。

《大有》卦的卦形，象征太阳普照万物。君子以天下为己任，所以，君子应当效法太阳照耀万物的精神，止恶扬善，顺应天道，维护社会的和谐和稳定。

善、恶是人类社会固有的相对立的两种社会现象。是遏恶扬善，还是遏善扬恶，是每一个社会成员都必须面对的选择。而对善、恶的价值取向，也是衡量一个人道德水准、品格高下的试金石。《大有》卦把遏恶扬善视为顺从“天命”，遵循规律，号召君子努力树立这样的志向，有其积极的历史意义。几千年来，炎黄子孙都以这一思想指导和规范着自己的言行，并在历代的著述中留下了“善不积不足以成名，恶不积不足以灭身”，“勿以善小而不为，勿以恶小而为之”等等流传千古的格言。

显然，这并不是说，在中华民族的发展史上，就没有邪恶得势的时候。邪恶固然可以得逞于一时，然而却终究要被正义和善德所战胜，不能久长。

021 君子以顺德，积小以高大。

【注释】

选自《周易·升·象传》。

顺德：这里宜作“修”解，意即修炼自己的品德。

【赏析】

这是《周易·升·象传》中的一句话：

“君子以顺德，积小以高大。”

意思是：君子应该每天不断地修炼自己的品行，积小德而成大德。

树木的生长壮大，是个日积月累、循序渐进的过程。人的道德修养，也是一个不断渐进的过程，急于求成不得，所以君子应像树木一天天长大升高一样，从一点一滴的小事做起，不断地加强自己的品行修养，积小德以成大德，形成崇高的德行。《诗经》说：“日就月将，学有缉熙于光明。”汉代《淮南子》说：“积薄为厚，积卑为高，故君子日孳孳以成辉。”讲的是同样的道理。

这种积小成大，日积月累的过程，是道德修养的规律。人们欲进行道德修炼，提升自己的德行水平，不能违背这一规律，更不能幻想某一天，做一两件大好事，便可一蹴而就了。晋代葛洪对此有很深的见解：“治身养性，务谨其细，不可以小益为不平而不修，不可以小损为无伤而不防。凡聚小所以就大，积一所以至亿也。”

022 时止则止，时行则行，动静不失其时，其道光明。

【注释】

选自《周易·艮·彖传》。

失：错过。

【赏析】

这是《周易·艮·彖传》中的一句话：

“时止则止，时行则行，动静不失其时，其道光明。”

意思是：时势需要停止就停止，时势需要行进就行进。动和静都不失时机，君子之道就是光明灿烂的。

《艮》卦所喻示的，是抑止邪恶之道。撇开其神秘的玄机，“时止则止，时行则行，动静不失其时，其道光明”一句，完全可以从一个崭新的角度来理解和阐释。譬如一项工作，一个程序，或一个过程，都应当因时而变，因事而化，行于当行，止于当止。当行不行，当止不止，不符合事物发展的规律，就会出错，造成损失。

自然，这里说的“止”，决不是就此止步的“止”。“止”是为了等待机遇，创造时机，蓄积力量，以便行得更好，取得更加突出的成绩和进步。反之，“行”也是如此，行到一定程度就得止。一味地行，毫无阻拦，不符合客观规律。行于不当行，也是注定要失败的。所以，行中有困难，有挫折，就需要停止，待克服了困难，找到了解决问题的方法，或时机成熟了，再向前

行，就可以在更高的层次上取得更大的成功。

从这个意义上讲，“动静不失其时，其道光明”，很值得今天的人们深思。

023 日中则昃，月盈则食。天地盈虚，与时消息。

【注释】

选自《周易·丰》。

日中：太阳在天的正中央，指中午。昃（zé）：太阳偏西。盈：满。食：通“蚀”，亏缺。消息：消减和增长，指生灭、盛衰。

【赏析】

这是《周易·丰》中的一句话：

“日中则昃，月盈则食。天地盈虚，与时消息。”

意思是：太阳到了中午就会偏西，月亮圆满之后就会亏缺。天地运行造成的满与缺，按时消长。

“丰”卦揭示了事物的丰大之理。道德光明而后施于行动，能够获得丰大的成果。所以，只有有德之君可以达到丰大的境界。丰大之德就像太阳居于中天，盛满的光辉普照天下。然而，事物的发展规律，决定了任何一个“丰大”的情态总是暂时的、相对的，终究要趋向于亏缺。所以，太阳运行到中天后必将偏西，月亮圆满后必将亏蚀。天地之中这种盈满和亏虚，无不随着时间的运行而消亡，而生息。

因此，本句蕴涵的深意提醒人们，不管是生活中，还是事业上，都应该丰不忘失，盈不忘亏，赢不忘输，成不忘败。

024 方以类聚，物以群分，吉凶生矣。

【注释】

选自《周易·系辞上》。“系辞”相传是孔子研究《周易》写的心得论文，其语言生动活泼，有的有大致相同的韵，近乎诗句，有的就是一篇有韵的散文。

方：方术，治道的方法。

【赏析】

这是《周易·系辞上》中的一句话：

“方以类聚，物以群分，吉凶生矣。”

意思是：各种方术因种类相同而聚合，天下万物因类别不同而区分，吉凶就在同与异的矛盾中产生。

《周易·系辞上》中的这句话，归纳出了社会生活中常见的现象和规律，就其本义而言，它说的各种方术因种类相同而聚合，天下万物因类别不同而区分，吉凶就在同与异的矛盾中产生，的确是现实存在的。唐代杨炯在《浑天赋并序》中曾引用“方以类聚，物以群分”两句，用的就是本义：“乾坤阖辟，天地成矣；动静有常，阴阳行矣；方以类聚，物以群分，吉凶生矣；在天成象，在地成形，变化见矣。”

后来，“方以类聚，物以群分”常用来表示事物按类别进行聚合，人群按兴趣志向分类，其意义与“同气相求，同声相应”相近。宋代孔平仲《续世说·轻诋》中有：“（沈）昭略曰：‘不知许事，且食蛤蜊。’（王）融曰：‘方以类聚，物以群分。君生长东隅，居然应嗜此族。’”

再后来，这两句演变成了“物以类聚，人以群分”了。人们也常常单独用“物以类聚”来表达，意思不变。

025 一阴一阳之谓道。

【注释】

选自《周易·系辞上》。

阴：背日为阴。阳：向日为阳。

【赏析】

这是《周易·系辞上》中的一句话：

“一阴一阳之谓道。”

意思是：一阴一阳的矛盾变化，就是规律——“道”。

阴、阳原指日照的向背，背日为阴，向日为阳。《周易》加以引申，认为天地万物都有阴、阳，并以此来解释两种对立的和相互消长的物质势力。《老子》亦把阴阳看做一个对立统一的范畴，他解释说：“万物负阴而抱阳，冲气(两气冲撞）以为和(合，统一）。”而阴、阳相互作用，相生相克，衍生万物，其规律、法则就是“道”。如天道的阴阳变化，表现为雷霆在鼓动，风雨在滋润；日月往来运行，寒暑先后交替，又如地面形体的阴阳变化，表现为乾道构成男性，坤道构成女性。

唐代孔颖达在注疏“阴阳不测之谓神”时，对阴阳的理解同老子：“天下万物，皆由阴阳，或生或成，本其所由之理。”清代学者戴震也认为，“道”是物质的、运动的“气化流行”，不断产生万物，“生生不息”（《孟子字义疏证》卷中），都表达了阴阳变化而生万物的关系。

从理论上论证“道”，最早当属《老子》。他说：“有物混成，先天地生，寂兮寥兮，独立而不改，周行而不殆，可以为天下母。吾不知其名，字之曰道。”庄子阐发了老子的“道”，认为“道”在时间和空间上是无限的：“在太极之先而不为高，在六极之下而不为深，先天地而生而不为久，长于上古而不为老。”（《大宗师》）

总之，无论是《周易》说的“道”，还是《老子》对“道”的阐释，“道”都是宇宙的根本大法，世界的本原，世间万事万物皆源于阴阳运动的变化之道。

026 仁者见之谓之仁，知者见之谓之知。

【注释】

选自《周易·系辞上》。

知：通“智”。

【赏析】

这是《周易·系辞上》中的一句话：

“仁者见之谓之仁，知者见之谓之知。”

意思是：仁者看见仁的方面，智者看见智的方面。

《周易》认为，天地万物都存在阴阳两个对立面，而阴阳的矛盾变化规律称之为道。“道”存在于天地万物之中，也潜藏在人类社会中。在百姓日用生活方面，“道”显现于仁德；在自然无为中，“道”鼓动化育万物生长。因此，充满仁爱之心的人，由于心理指向仁德，往往发现“道”与仁德相通，就称之为仁；而聪明智慧的人，眼光敏锐，思维灵动，往往发现“道”与智德相通，就称之为智。所以，观察社会自然，有仁心的人看见仁的方面，聪明的人看见智的方面。

今天，《周易》中的这句话已演变为成语“仁者见仁，智者见智”。其含义也发生了变化，常用来表达对待同一个问题，由于各人的知识阅历不同、立场观点不同、观察问题的角度不同，得出的看法和结论也不同。

027 二人同心，其利断金；同心之言，其臭如兰。

【注释】

选自《周易·系辞上》。

利：以刀断禾。锋利。此指利刃。断：截断。臭（xiù）：气味。

【赏析】

这是《周易·系辞上》中的一句话：

“二人同心，其利断金；同心之言，其臭如兰。”

意思是：两人心意相同，就如利刃可以切断坚金。两人同心的语言，就像兰草一样芬香。

本句语言活泼，有大致相同的韵，很像一首四言诗。它形象而生动地指出：两人心意相同，就如利刃可以切断坚金。两人同心的语言，就像兰草一样芬香。喻示人们，只要大家同心协力，紧密团结，再大的困难也能够克服。而在失意落寞的时候，一句理解和同情的话，也能给人心以莫大的安慰和温暖。

028 书不尽言，言不尽意。

【注释】

选自《周易·系辞上》。

书：文字记录。尽：表达穷尽。言：言语。意：思想内容。

【赏析】

文章和诗歌作品中蕴涵着能给人以美感享受的意境。当作者写作一篇文章、创作一首诗，或读者诵读一篇文章、领会一首诗时，总有一幅画境生动地呈现在眼前，这就是文中之意。《周易·系辞上》中，引用孔子一段话，就很好地表达了语言文字与“意”之间的这种关系：

“书不尽言，言不尽意。”

意思是：文字不能完全精准地表达言语，言语也不能完全精准地表达人的思想。

作品中的“意”，是作者主观情思与客观物境，即意与境、情与景、神与形交相融渗，高度统一而达到的一种境界，是作者对生活深刻的体会和对形象独特的把握所创造的一种艺术意境，能充分地体现作者的审美体验、认识评价和情趣理想。反之，当这样富于感染力的境界，积极作用于欣赏者的思想情感时，也能够激发起丰富的审美联想。

然而，这样的“意”，即人的思想内容，却是语言文字很难充分表达出来的。比孔子晚出的庄子认为：“世之所贵道者，书也。书不过语，语有贵也；语之所贵者，意也。意有所随，意之所随者，不可以言传也。”（《庄子·天道》）庄子的“意”指“道”，即“意之所随者”。这种“意之所随”的“道”，只能意会，不可言传。汉代王弼继承庄子的思想，并有所发挥：“故言者，所以明象，得象而忘言；象者所以存意，得意而忘象。犹蹄者所以在兔，得兔而忘蹄；筌者所以在鱼，得鱼而忘筌也。”其基本观点也是主张“言不尽意”，即事物的精义难传，语言不能很好地表达思想。

这种观点对魏晋以后的文学和诗歌理论产生了深刻影响。六朝陆机《文赋》说：“恒患意不称物，文不逮意。”南朝梁刘勰《文心雕龙·神思》说：“伊挚不能言鼎，轮扁不能语斤。”唐代钟嵘《诗品序》说：“文已尽而意有余。”宋代欧阳修《六一诗话》引梅尧臣语：“含不尽之意，见于言外。”南宋严羽《沧浪诗话》谓

"言有尽而意无穷"等等，都是这一观点的延伸和阐释。

诗文言情写物，造境传神，离不开语言。而"言不尽意"论促使诗人去追求言外之意、韵外之致和味外之旨。刘勰《文心雕龙·隐秀》曾论述诗的两种表现方式：一是"隐"，意在言外；一是秀，意在言内。他说："隐也者，文外之重旨者也；秀也者，篇中之独拔者也。隐以复意为工，秀以卓绝为巧……夫隐之为体，义生文外，秘响旁通，伏采潜发。"这里所言的重旨、复意、秘响、伏采，均指表现上含而不露，有言外之旨。

唐代皎然同意刘勰的观点，他在《诗式》中说："两重意已上，皆文外之旨。"在言与意的关系上，唐代司空图认为，诗的意境在"韵外"，叫做"韵外之致"。他说："近而不浮，远而不尽，然后可以言韵外之致耳。"（《与李生论诗书》）这里，"近"是讲形象鲜明，如在目前；"远"是讲诗意深远，不尽于句中。不尽于句中即"言不尽意"，也就是司空图讲的"韵外之致"。它要求诗文不仅要用语言描写内容，而且要善于通过语言的暗示、象征作用，以形写神，虚实结合，情景交融，真实自然地把那些无法用语言描写的内容体现出来，追求一种深远的"意味"或"意旨"，有言外之意和弦外之音。

近人朱光潜说："言所以达意，然而意决不是完全可以言达的。因为言是固定的，有迹象的；意是瞬息万变、缥缈无踪的。言是散碎的，意是混整的，言是有限的，意是无限的。以言达意，好像用继续的虚线画实物，只能得其近似。"（《无言之美》）

029 天下同归而殊涂，一致而百虑。

【注释】

选自《周易·系辞下》。

归：归宿，结局。殊：不同。涂：通“途”，道路。一致：同一目的。百虑：各种不同的思考。

【赏析】

这是《周易·系辞下》中的一句话：

“天下同归而殊涂，一致而百虑。”

意思是：天下万事万物，通过不同的途径，可以走到同一个归宿。各种不同的思想，也会自然地趋向一致。

这句话是解析《周易》的，可以视作《系辞传》理论体系构建的指导，表达了万化归一的思想：即天、地、人、事，都归一于阴阳变化，衍生万物之道。

后来，“同归殊涂”常用来表达通过不同的道路、不同的途径，达到了同一个目的，或比喻采取不同的方法，得到了相同的结果。如三国魏嵇康《琴赋》：“其余触类而长，所致非一，同归殊途，或文或质。”再后来，流变为现在通用的成语“殊途同归”“殊途同致”。如唐代魏徵《群书治要·序》：“流宕忘反，殊途同致。”清代魏源《默觚上·学篇》：“是以君子之学，先立其大，而小者从令，致专于一，则殊涂同归。”

030 君子藏器于身，待时而动。

【注释】

选自《周易·系辞下》。

藏：收藏，储藏。器：器具，引申为才能。时：时机。

【赏析】

这是《周易·系辞下》中的一句话：

“君子藏器于身，待时而动。”

意思是：君子胸怀博学伟才，等待时机，一展宏图。

儒家对社会政治持积极入世的态度。但一个人并不是任何时候都可以为国为民办事的。为此，孟子提出“穷则独善其身，达则兼善天下”（《孟子·尽心上》）的修身处世之道。意思是，当一个人困厄不得志的时候，要善于修养自己的德才，贫不移志，守节不阿，怀抱利器，等待时机。这就是“君子藏器于身，待时而动”的真谛。后来，很多著作都用这句话来表达同样的思想襟怀。如《梁书·武帝纪中》：“若有确然乡党，独行州闾，肥遁丘园，不求闻达，藏器待时，未加收采。”明代李贽《续焚书·与焦弱侯》：“李如真四月二十六日书到黄安，知兄已到家，藏器待时，最喜最喜。”

而“待时而动”更深一层的含蕴是，一旦得志显贵，就要把国家治理好，建功立业，让天下人都得到好处。这也是儒家宣扬的“达则兼善天下”的思想。

031 善不积不足以成名，恶不积不足以灭身。

【注释】

选自《周易·系辞下》。

积：积累增多。

【赏析】

这是《周易·系辞下》中的一句话：

“善不积不足以成名，恶不积不足以灭身。”

意思是：不积累善行就不能成名，不积累恶行就不会毁灭自己。

《周易·大有》提出了“君子以遏恶扬善，顺天休命”的观点。几千年来，遏恶扬善成为中华民族崇尚的品德之一，儒、释、道各家都倡导人们多做善事，不做恶事，遏恶扬善由此成为绝大多数社会成员的价值取向。

这句话将积善与成名，积恶与灭身联系起来，警示人们，积善可以成名，积恶可以灭身。人们决不能因为小的善行没有益处而不做，小的恶行没有明显的害处而不改。退一步讲，人可以不出名，但决不愿意灭身。而恶行积累多了无法掩盖，罪行大了无法解脱，届时自取灭亡，后悔也就晚了。

《三国志·蜀书·后主传》裴松之注引《诸葛亮集》说：“善积者昌，恶积者丧。”含义与本句一脉相承。而“勿以善小而不为，勿以恶小而为之”（《三国志·蜀书·先主传》裴松之注引《诸葛亮集》），更成了人们流传千古的警语格言。

《左传》

《左传》是《春秋左氏传》的省称。《春秋左氏传》又名《左氏春秋》，是我国最早的一部记事详明的编年体史学著作。

孔子曾作《春秋》。《左传》便是在该书的基础上，仿照它的体例，依12个鲁君的次序，上自鲁隐公元年(公元前722年)，下讫鲁悼公四年(公元前464年)，记录了春秋至战国初期250多年间周王朝和各主要诸侯国的盛衰兴亡，以及当时政治、经济、军事、文化等方面的重大历史事件，真实地反映了那个时代的社会面貌，是先秦时期一部有很高历史价值的重要历史名著。

《左传》记事线索分明，详略得当，能够通过生动具体的描写，揭示历史事件错综复杂的关系，突现事物本质；既善于运用生动精炼的语言，细致入微地刻画人物的形象和行动，也擅长描写紧张激烈的战争场面，特别对于大规模战争的过程，常常叙述得委曲详明，首尾完整。此外，还记录了许多出色的外交辞令，能生动地再现人物的声情状貌和鲜明的个性特点。所以，《左传》又是一部优秀的文学作品。

《左传》的作者相传是春秋时期与孔子同时代人、鲁国史官左丘明。

《左传》无论在中国的史学上，还是文学、语言学上，都具有极其重要的地位。

032 多行不义必自毙。

【注释】

选自《左传 · 隐公元年》郑庄公语。后人对该篇取名《郑伯克段于鄢》。

行：做。不义：违背正义、不合道义之事。自毙：自取灭亡。毙，灭亡。

【赏析】

公元前722年，郑国宫廷内部发生了一场争夺权力的斗争。斗争的双方是郑庄公和他的弟弟共叔段。共叔段在母亲姜氏的支持下，有恃无恐，阴谋叛乱夺权。大臣祭仲见共叔段的阴谋日益显露，咄咄逼人，劝郑庄公及早防范，消除隐患，毋使共叔段的谋逆行为滋蔓。郑庄公回答说：

“多行不义必自毙。”

意思是：一个人坏事干多了，就会自取灭亡。

在与母亲姜氏、弟弟共叔段的权力斗争中，郑庄公采取的是静观其变，助其养成的策略，即养共叔段之骄，纵共叔段之欲，使其权力欲不断膨胀，多干不义之事，待其完全暴露，时机成熟，一朝剪除，将其彻底毁灭。

先是姜氏请求将地势险要的城市封给共叔段，郑庄公没有同意。接着姜氏请求将大城市京封给共叔段，郑庄公同意了。当大臣祭仲提出，将京封给共叔段不合规定的时候，郑庄公说：“姜氏要这么干，我有什么办法？”共叔段得寸进尺，进一步将“西鄙北鄙”二邑据为己有，封地面积扩展到了廪延，逼近国都。郑庄公仍然一再隐忍，不动声色，听之任之。从表面上看，郑庄公好像处在被动地位，实际上欲擒故纵，主动权仍然牢牢掌握在自己手中。

共叔段欲壑难填，仍然不满足，继续干着阴谋夺权的勾当，开始暗中屯积粮草，制造兵器，训练军队，准备进攻国都，并联络母亲姜氏为其内应。到了这一步，郑庄公认为消灭共叔段的时机成熟了，遂命公子吕伐京，共叔段败逃，到了鄢。郑庄公亲自率大军攻鄢，共叔段又被迫逃到共，彻底垮台了。

现在看来，这段历史给我们两个启示：一是共叔段坏事干多了，“多行不义必自毙”，终将走向灭亡。二是郑庄公心机深沉，有意为之，因为只有待共叔段的罪恶养成之后，才师出有名，一举而剪除之。

《左传·昭公元年》中有“不义而强，其毙必速”的句子，与本句意思相同。如今，“多行不义必自毙”已经成为对恶人恶行进行警示的一句箴言了。

033 匹夫无罪，怀璧其罪。

【注释】

选自《左传·桓公十年》。

匹夫：平民。怀：怀藏。璧：美玉。

【赏析】

虞国虞公的弟弟虞叔有一块宝玉，虞公向其索要，虞叔不给。后来虞叔后悔了，他引用了一句西周谚语，表明自己担心引祸上身的忧虑。他说：

“匹夫无罪，怀璧其罪。”

意思是：老百姓本来没有罪，由于怀揣宝玉便有了罪。

虞叔害怕不给哥哥虞公宝玉会招来杀身之祸，便违心地将宝玉献给了哥哥。

虞叔的无奈与无助表明，连正当的“拥有”有时也成了一种罪过，为什么？不为别的，其实就是统治者借势夺财的手段而已。弟弟虞叔尚且如此，那些处于无权无势、无助无告境地的老百姓，其境况不是更加糟糕么！

后来，“匹夫无罪，怀璧其罪”成了无辜得祸的代名词，与《左传·僖公十年》里“欲加之罪，其无辞乎”有异曲同工之妙，但偏重于指依仗手中的权势，以将人定罪的手段，劫掠财物。

034 欲加之罪，其无辞乎！

【注释】

选自《左传·僖公十年》。

罪：罪过，罪名。其：岂，难道。辞：托词，借口，理由。

【赏析】

晋献公死后，晋大夫里克、丕郑想接纳晋文公（重耳）为君，便带领三公子申生、重耳、夷吾的党羽，杀死储君奚齐。奚齐死后，大夫荀息立公子卓为君。十一月，里克又在朝堂上杀死了公子卓，荀息也随之自杀了。

第二年四月，周公忌父、王子党、齐隰朋拥立晋惠公为君。晋惠公欲追讨里克弑君之罪，派人对他说：“没有你，我做不了国君。尽管如此，你杀害了二位国君和一位大夫，做你的君王不是太难了吗?”里克回答说：

“欲加之罪，其无辞乎？”

意思是：你若想加给我罪名，还怕找不到理由吗？

里克说完这话，便用剑自杀了。

里克废除两个国君，为晋惠公登上大位扫除了障碍。但晋惠公担心国人怀疑自己为了大位杀死兄弟、大臣，便诛杀里克，以平民愤。里克之死，固然罪有应得。但也道出了封建专制政治斗争中，当政者依靠手中的权力，罗织罪名，恣意诛杀政敌和异己的一种普遍现象。

后来“欲加之罪，其无辞乎”演变为“欲加之罪，何患无辞”一句成语，成为玩弄法律，以“莫须有”罪名加害于人的代名词。

035 白圭之玷，尚可磨也；斯言之玷，不可为也。

【注释】

选自《左传·僖公九年》，引自《诗经》。

白圭：白玉制作的圭。圭是一种玉质礼器，长条形，上圆

下方。古代帝王或诸侯举行典礼时拿在手里，用以表示身份。玷：玉之瑕疵，污点。后指毛病。

【赏析】

僖公九年（公元前651年）九月，晋献公去世，大夫里克、丕郑想接纳晋文公（重耳）为君，便带领三公子申生、重耳、夷吾的党羽作乱。

起初，晋献公派大夫荀息辅助储君奚齐，献公病危，召见荀息，将奚齐托付给他。荀息立下重誓，表示要竭尽全力，辅佐幼主，以死效忠。里克欲杀死奚齐，告诉荀息说：三位公子将互相争权，你准备怎么办？荀息表示，若奚齐不能立为君主，将一死以谢先君。

奚齐被杀后，荀息准备自杀。有人劝他立公子卓而辅之。荀息便立公子卓为君。十一月，里克在朝堂上杀死公子卓，荀息随之自杀。对此，人们引《诗经》的话评论说：

“白圭之玷，尚可磨也；斯言之玷，不可为也。”

意思是：白玉之圭有了瑕疵，尚可以琢磨干净；开口说的话出了毛病，要想挽回就不行了。

人们认为，荀息在先君面前，立有重誓。但荀息之死，却并非忠于誓言，而因辅佐公子卓，为君而死。也就是说，荀息和里克一样，是为争夺权力，失败而死。同样是死，忠君之誓而死和争权失败而死，意义是完全不同的。

这句话批评荀息违背誓言，不仅玷污了自己的清白，而且死得毫无意义。反映了古人重信诺，言出必行的道德规范。这句话也告诫人们，不可贪一时之利而失去大节，遗恨后世。

036 国无小，不可易也；无备虽众，不可恃也。

【注释】

选自《左传·僖公二十二年》。

无：不论。易：轻视。无备：没有戒备。恃：凭恃，依靠。

【赏析】

僖公二十二年春，鲁国进攻邾国，夺取了须句之地。为此，邾国人出兵进攻鲁国。鲁僖公轻视邾国，不做任何防御准备，就去抵御它。大夫臧文仲担心鲁国安危，劝诫说：

“国无小，不可易也；无备虽众，不可恃也。”

意思是：国家没有大小之分，都不能够轻视。不设防备，虽然人数众多，仍然不足以凭恃。

大夫臧文仲认为，不能因为邾国弱小，就轻视它。黄蜂、虿虫虽小，却有毒，何况一个国家。先王那么英明仁德，凡事小心谨慎地对待，何况我们鲁国也是一个小国呢！并引用《诗经》“战战兢兢，如临深渊，如履薄冰”诗句来证明自己的观点，希望引起鲁僖公重视，认真准备。

可是鲁僖公十分固执，根本听不进劝告。同年八月，鲁僖公率军与邾国交战，大败而归。鲁僖公的头盔，也被邾国军队缴获，悬挂在邾国的鱼门上。战争的结果，应验了大夫臧文仲的话：国家不分大小，都不能轻视。不做准备就贸然投入战

斗，虽然人数众多，仍然会导致败绩。

037 言以足志，文以足言。不言，谁知其志。言之无文，行而不远。

【注释】

选自《左传·襄公二十五年》载孔子语。

言：言辞，文章。志：思想、感情、抱负、意志。这里指文章表达的内容。文：文采，辞藻，文饰和表现技巧。行：流传。

【赏析】

这是孔子谈论言与文的关系的一句话。载于《左传·襄公二十五年》。他说：

“言以足志，文以足言。不言，谁知其志。言之无文，行而不远。”

意思是：言语用来表达志向，文采用来帮助语言完成表达。不说话，谁知道他的志向。文章没有文采，就不能流传于世。

孔子认为，语言是用来表达思想感情和志向的，文采则可以帮助语言完成这个表达。人的思想志向，只有通过语言表达出来，人们才知道。而要使文章、思想广泛流传，语言没有文采是不行的。

言与文的关系，实际上就是内容与形式的关系。孔子重视文章内容“尚质”“尚用”的作用，也重视文章的表现技巧和形式。他提出“先质而后文”“文质彬彬”的观点，就是要求既重视文章所表达的内容，又要求有一定的文采和完美的表达形式，达到文与质相统一。

从这个观点出发，孔子认为，诗乐必须给人以美感（形式），同时又必须给人以一定的道德教育（内容）。他评论《韶》乐是美（形式）善（内容）高度统一的典范，“尽美矣又尽善也”，就是因为它既有乐舞美，又歌颂了理想的“礼让”政治。而对于歌颂以武力取天下的《武》乐，孔子评论它“尽美矣，未尽善也”。所以，在美（形式）与善（内容）的关系上，孔子是将善放在第一位的。而要使“善”能够深入人心，传播久远，就必须具有美的形式，给人以美感。

这种重视内容而又不排斥完美形式的观点，成为后代作家，如扬雄、王充、刘勰、钟嵘、白居易等人反对文学创作中片面追求形式美的思想武器。

038 善不可失，恶不可长。

【注释】

选自《左传·隐公六年》。

失：丧失，失去。长：滋长。

【赏析】

鲁隐公六年五月，郑庄公派兵入侵陈国，俘获大批人员、物资。

以前，郑庄公曾派使者出使陈国，请求与陈国结好。陈桓公不同意。陈国大臣五父劝谏说："亲近仁义，和睦邻邦，是国家的重要政策。希望君王答应与郑国结成友好。"陈桓公却认为，宋国、卫国才是最大的祸患，而郑国不可能危害到自己，拒绝了大臣五父的建议。人们由此得出结论说：

"善不可失，恶不可长。"

意思是：善事不可轻易丧失，恶事不能让其滋长。

郑国主动提出与陈国结交，本身就表达了一种善意。陈桓公拒绝郑国的善意，导致两国关系恶化。一方面失去了善，一方面滋长了恶。滋长恶而不改正，又怎么可以补救呢！

如果陈国当初与郑国结成友好邻邦，助善抑恶，战争原本不会发生。所以周朝大夫周任说："治理国家的人，见到恶应该像农夫除草一样，把它割掉，堆起来做肥料，挖掉老根，不让它再次萌芽生长，这样善就能够发展了。"

《三国志·吴书·陆凯传》裴松之注引《江表传》有："恶不可积，过不可长。"其意源出于此。

039 肉食者鄙，未能远谋。

【注释】

选自《左传·庄公十年》。

肉食者：吃肉的人。指当官有权位的人。鄙：眼光短浅，鄙陋。

【赏析】

鲁庄公十年(公元前684年)，齐、鲁两国战于长勺。这是中国历史上一次以弱胜强的著名战例，军事实力较弱的鲁国战胜了前来进攻的强大的齐国。究其原因，鲁国能取得战争的胜利，与曹刿的参与和正确指挥有着密切的关系。

曹刿乃一介草民，但在国家危难之际，毅然挺身而出，谒见国君，为国家献计献策，陈述作战谋略。乡邻们劝他，国家大事，有朝廷官员谋划，你何必参与呢？曹刿回答说：

“肉食者鄙，未能远谋。”

意思是：那些拿俸禄的官员们，目光短浅，没有长远的谋略，仅靠他们来指挥战斗，处理国事，将会给国家造成极大的损失。

曹刿认为，那些享受俸禄的官员们，脱离群众，刚愎自用，好大喜功，仅从眼前的利害出发来考虑问题，必然目光短视，对战争形势的判断和看法会出现重大偏差，给国家和人民造成灾难性的后果。

这句话令人领悟到一个深刻思想：高贵者鄙陋，卑贱者聪明。

040 夫战，勇气也。一鼓作气，再而衰，三而竭。彼竭我盈，故克之。

【注释】

选自《左传·庄公十年》。

一鼓：擂第一通鼓，战斗开始。再：两次。擂第二通鼓。竭：尽。指士气用尽了。

【赏析】

鲁庄公十年(公元前684年)，齐、鲁两国交战于长勺，弱小的鲁国战胜了傲慢强大的齐军，成为中国历史上以弱胜强的典型战例之一。在这场战争中，有一个关键人物，名叫曹刿。曹刿是一个乡民，但有战略眼光。他认真分析了鲁国进行战争的条件，认为庄公政治上取信于民，可以一战。而在战术上，他坚持等齐军擂了三通鼓后，才向前进攻，结果打了大胜仗。

鲁庄公问战胜齐军的原因。曹刿回答说：

“夫战，勇气也。一鼓作气，再而衰，三而竭。彼竭我盈，故克之。”

意思是：打仗靠勇气。擂第一通鼓，士气振作了起来；擂第二通鼓，士气开始衰落；擂第三通鼓，士气就耗尽了。敌方士气没有了，而我方士气正盛，所以能战胜敌人。

曹刿总结的，既是齐国军队的实际情况，也是战争的客观规律。曹刿在战役战术的运用上，善于捕捉战机，采取在敌方三鼓之后奋勇出击，以己之气盛，击彼之气衰，从而创造了古代战争史上以静制动，以少胜多的奇迹。

现在，“一鼓作气”作为成语，比喻要趁劲头十足的时候，努力把事情做完，而不要消极懈怠。

041 三折肱知为良医。

【注释】

选自《左传·定公十三年》。

肱：胳膊上从肩到肘的部分。良医：高明的医生。

【赏析】

晋国大臣范吉射、荀寅攻打大臣赵鞅，发动祸乱，按晋国法律，应当处死。十三年冬十一月，晋定公与大臣荀跞、韩简子、魏襄子商议，派兵攻打范吉射、荀寅，没有战胜。接着，范吉射、荀寅打算进攻晋定公，遭到齐国高彊的强烈反对，他说：

“三折肱知为良医。”

意思是：多次折断胳膊的人，就成了高明的医生。唯独不能进攻国君，因为人民不会支持你，我就是因为进攻国君才流落到了这里。

齐国高彊以自己失败的经验教训劝诫范吉射、荀寅，不可进攻国君，因为得不到人民的支持。二人不听，进攻晋定公，结果战败了，被迫逃往朝歌。

今天，“三折肱知为良医”成了成语，常用来表达挫折和失败是老师，坏事可以变好事。如果一个人善于从失败和挫折中总结经验教训，就会增长才干，变得聪明起来。

历史上，表达这种喻义的语句比较多。如《楚辞·九章·惜诵》有：“九折臂而成医兮，吾至今而知其信然。”唐代刘禹锡在经历“永贞革新”失败后，写了三首《学阮公体》诗，其中就有“百胜难虑敌，三折乃良医”一句，用来表达自己经受挫折后，认识到了人生道路的坎坷，变得更加成熟起来。

反之，如果一个人太顺了，不仅生活的丰富性打了折扣，对自己能力的认识也可能流于片面，这对一个人的进步、提高、成长来说，将是不利的。

042 皮之不存，毛将安傅？

【注释】

选自《左传·僖公十四年》。

安：哪里。傅：通“附”，附着，依附。

【赏析】

鲁僖公十三年冬，晋国发生大饥荒，派人向秦国求购粮食。秦穆公征调粮食，运往晋国，运粮的船队从秦雍都到晋绛都接连不断，被称为“泛舟之役”。第二年冬，秦国发生饥荒，派人到晋国求购粮食，晋国不给。晋国大夫庆郑从“背施无亲，幸灾不仁，贪爱不祥，怒邻不义”四德出发，主张支援秦国。而大夫虢射坚决反对，说：

“皮之不存，毛将安傅?”

意思是：皮都不存在了，毛放在哪里呢？

大夫虢射认为，救助秦国等于弱己强人，如果晋国力量削弱了，灭亡了，犹如皮之不存，那国君、臣民们依附谁呢？因此反对济秦。不管大夫庆郑如何劝说，晋惠公就是不听。次年，秦穆公兴师伐晋，万众一心，三败晋军，晋惠公也当了俘虏，遭到羞辱。

由此可见，晋大夫虢射说的皮与毛的关系，具有很大的片面性。在秦晋之间的关系上，他看到了饥荒使秦国陷入灾难，减少了对晋国的威胁，却没有看到晋国以怨报德，陷入不义，失去人心的危害；他看到了物质的重要作用，却忽略了民心向背的根本力量。这正是晋惠公与虢射的悲剧所在。

今天，“皮之不存，毛将安傅”作为成语，常用来比喻现象和本质、本体和支流之间的关系。

043 末大必折，尾大不掉。

【注释】

选自《左传·昭公十一年》。

末：树梢。折：折断。掉：摆动，转动。掉，通“调”。

【赏析】

鲁昭公十一年十一月，楚灵王灭了蔡国，打算安排公子弃疾做蔡公，询问大臣申无宇是否合适。申无宇认为，亲近的人不能担任外职，如今公子弃疾正在蔡国修筑城墙，应该加以戒备。他回答说：

“末大必折，尾大不掉。”

意思是：树梢大了定会折断，尾巴大了便不能转动。

申无宇没有正面回答楚灵王的问题，而是以树梢大了会折断，尾巴大了不能转动为喻，暗示公子弃疾在边境重邑，力量强大了，容易酿成祸乱，难以控制。如郑国的京邑、栎邑，导致杀死曼伯；宋国的萧邑、亳邑，导致杀死子游；齐国的渠丘，导致杀死无知；卫国的蒲邑、戚邑，导致赶走献公。这些先例，都是臣子的力量过于强大，造成君主指挥不灵，对国家有害无益。

本句提出了政治组织合理性的问题，诠释了政治结构中局部和整体的关系，令人深思，耐人寻味。

044 不去庆父，鲁难未已。

【注释】

选自《左传·闵公元年》。

庆父：春秋时鲁庄公的庶兄。难：祸乱。未已：不止。

【赏析】

鲁庄公去世后，大夫季友奉太子子般即位，住在党氏家中。鲁庄公的庶兄、公子庆父派人在党家杀死子般。季友被迫逃到陈国。鲁国立闵公为国君。

闵公元年八月，闵公与齐桓公结盟，希望齐桓公帮助季友回国。齐桓公答应了。冬天，齐国派大夫仲孙湫到鲁国慰问。仲孙湫回国后对齐桓公说：

“不去庆父，鲁难未已。”

意思是：不除掉公子庆父，鲁国的祸乱就不能终止。

庆父为人专横，有野心，想夺取国君之位。闵公是哀姜妹妹的儿子，所以鲁人立他为君。庆父与哀姜私通，哀姜因此想立庆父为君。

闵公二年，庆父派人杀死闵公后，逃亡到莒国。哀姜参与了杀害闵公，逃到邾国。

鲁国用财物向莒国求取庆父，莒国派人把他送回鲁国。途中，庆父请求赦免不成，自缢而死。齐国人从邾国索走哀姜，将其杀死。

从此以后，“庆父”成了制造内乱的代名词。成语“庆父不死，鲁难未已”即由此演变而来。通常指罪魁祸首不除掉，内乱就不会平息。

045 外举不弃仇，内举不失亲。

【注释】

选自《左传·襄公二十一年》。

举：举荐。仇：仇敌。亲：亲人。

【赏析】

《左传·鲁襄公三年》记载，晋国中军尉祁奚请求告老退休，晋悼公问谁可接任他的职位，祁奚便推举了解狐，而解狐是他的仇人。晋悼公准备任命解狐而解狐死去，又问人选，祁奚便推举了自己的儿子祁午。人们认为，祁奚在这件事情上，称得上能够举荐贤人了。人们说，祁奚正直，举荐仇人，不是为了讨好谄媚。举立儿子，不是为了偏私结党。

襄公二十一年秋，晋国叔向等人因羊舌虎获罪，被范宣子囚禁。乐王鲋见到叔向说："我为您去求情。"叔向没有应声。乐王鲋走时，叔向也不拜谢。叔向的从人都责备他，叔向说："乐王鲋是一个一切顺从君王的人，怎么能行。只有大夫祁奚才能救我。"家人们对此都想不通，叔向则认为祁奚一定行，因为他：

"外举不弃仇，内举不失亲。"

意思是：（祁奚大夫）举荐族外的人不遗弃仇人，举荐族内的人不回避亲人。

果然，祁奚听说叔向被拘后，立即进见范宣子，说明不能因为一个羊舌虎而杀害一个国家栋梁，并劝说晋平公赦免了叔向。由此看来，叔向相信正直的祁大夫不会遗弃自己是正确的。

祁奚一直被视作正直人的典范，受到人们赞赏。后来，人们也用"外举不弃仇，内举不失亲"这句话的意思，赞美具有这种品德的人。如《三国志·蜀书·许靖传》说："苟得其人，虽仇必举；苟非其人，虽亲不授。"

046 人谁无过，过而能改，善莫大焉。

【注释】

选自《左传·宣公二年》。

过：前一"过"为名词，过错，错误。后一"过"为动词，指犯了错误。莫大：没有比这更大的。

【赏析】

晋灵公是历史上有名的暴君。他大修宫室，加重赋税；他从高台上用弹弓弹人，欣赏其躲避的窘态；他因熊掌未炖熟而杀害厨师，还用车装载尸体，让妇人拉着经过朝廷。大臣们看在眼里，急在心里。大夫士季率先进谏，他往晋灵公前走一段路，就伏到地上行一次礼。灵公知道他要进谏，装作没看见。他只好再往前走，再行礼，直到厅堂下，无可回避了，灵公才接见他。灵公说："我知道自己错了，我一定会改正的。"

但是，灵公并不是真正愿意改过。他只是抢先一步，想堵住士季进谏的嘴，故意说谎骗人。士季却很高兴，他希望灵公就此改正自新，便真心劝慰道：

"人谁无过，过而能改，善莫大焉。"

意思是：哪个人没有过错呢，有了过错能够改正，没有比这更大的善行了。

士季认为，人非圣贤，孰能无过。但犯了错并不可怕，关键是看对待错误的态度。犯了错能够改正，使人清醒，总结经验，错误就是正确的老师。犯了错不改正，故步自封，便是错上加错，就很危险了。

灵公并没有改正错误，而是错上加错，派武士去刺杀进谏的肱骨大臣。这种倒行逆施的行为，不得人心，连他派遣的武士都背叛了他，宁愿自杀，也不愿去伤害忠直的大臣。灵公一错再错，搞得天怨人怒，不久就被人诛杀了。

而士季劝勉的话，"人谁无过，过而能改，善莫大焉"，却成为流传千古的箴言。这种过而能改的思想，被孔子视作

“仁”的一种内在要求，成为儒家道德修养的一项重要内容，对历代士人产生了深远的激励作用。

047 大上有立德，其次有立功，其次有立言，虽久不废，此之谓不朽。

【注释】

选自《左传·襄公二十四年》。

大上：最高，最上。立德：树立德行。立功：建立功业。立言：著书立说。

【赏析】

鲁襄公二十四年春，鲁国的穆叔（叔孙豹）到晋国访问，晋国大臣范宣子到郊外迎接他，问他，古人说“死而不朽”，是什么意思？穆叔没有回答。范宣子说：“往昔匄的祖先，从虞舜以上，为陶唐氏，在夏朝是御龙氏，在商朝是豕韦氏，在周朝是唐杜氏，晋国主持中原诸侯盟会是我范氏，恐怕这就是‘死而不朽’吧？”穆叔说：“据我所知，你说的情况称为世禄，并非不朽。鲁国有先大夫臧文仲，死后他的言论世代流传，这种情况大概才能称为不朽吧?”接下来他列举了“不朽”的三个等次：

“大上有立德，其次有立功，再次有立言，虽久不废，此之谓不朽。”

意思是：最上等的是树立德行，次一等的是建立功业，再次一等的是树立言论，虽然死去很久但业绩长存，这就叫做不朽。

穆叔认为，保存姓，接受氏，用来守护宗庙，世代保持祭祀，没有一国不是这样做的。但这只是禄位中最荣耀的一种，不能称为不朽。

人的个体生命的存在是有限的，只有精神层面的东西，如德行、功业、著书立说三项，才是无限的，具有恒久的生命力。德行体现一个人道德精神美的无穷魅力，功业体现一个人为国家社会作出的巨大贡献，著书立说体现一个人对自然、社会、宇宙、人生真理的探索和把握。这三项是个体生命的延续，并远远超越了个体生命的存在而不朽。

可以说，中国历代有志向的知识分子，都将“立德、立功、立言”作为自己终生奋斗的目标，孜孜以求，无怨无悔。因为立德、立功、立言赋予了人生新的意义和追求，遂成为知识分子实现人生价值理想的最高境界。

048 其所善者，吾则行之；其所恶者，吾则改之。

【注释】

选自《左传·襄公三十一年》。

其：指百姓。善：喜好，好的。恶：厌恶。

【赏析】

春秋战国时期，郑国是一个小国，处在晋、楚两个大国之

间，随时都有被骚扰吞并的危险。然而20余年中，郑国不但获得了安定，还受到各国的尊敬。这是为什么呢？原因在于当时执政的大夫子产，实行了一套开明的政策，得到大多数人民的拥护和支持。

当时的乡校，既是学校，又是人们聚会议事的公共场所。人们在这里发表意见，议论政令，批评时政，提出建议。大夫然明认为百姓议政有损执政者的尊严，建议取消乡校。子产表示反对，说：

“其所善者，吾则行之；其所恶者，吾则改之。”

意思是：老百姓喜欢的事，我就采纳实行之；老百姓憎恶的事，我就改正之。

子产认为，老百姓早晚聚在一起，议论政令，反映民情，实际上是我的老师。他们认为好的，我就实施之；认为不好的，我就改正之。他对然明说，只有忠善可以消弭怨恨，用强硬手段不能防止怨恨。用强硬手段虽然可以暂时堵住大家的嘴，但这就像防河水一样，一旦决了大口子，受伤害的人更多。不如开个小口，因势利导，采纳他们正确的意见来匡救我的过失。

由于子产善于听取百姓意见，顺从民心民意，择善而从，有过能改，取得了良好的治国效果，在强敌环伺，诸侯互相攻伐的战乱情况下，郑国维系了20年安定团结的局面，实属不易。子产也因此成为春秋时期一位著名的政治家。

049 爱子，教之以义方，弗纳于邪。

【注释】

选自《左传 · 隐公三年》。

义方：指行事应该遵守的规矩法度。弗：不。纳于：进入，走上。纳，吸收。

【赏析】

历史上，贵族子弟恃宠而骄，酿成祸患的事例，史不绝书。鲁隐公四年(公元前719年)，卫国就发生了一起公子州吁杀死卫桓公，自立为君的宫廷政变。

州吁是卫庄公的庶出子，因母亲得宠而受到庄公宠爱。州吁喜欢在宫廷舞刀弄枪，庄公也不禁止。大夫石碏（què）洞察微末，敏锐地感到了潜在的宫廷危机，便劝告卫庄公，不要过分宠爱州吁。石碏（què）说：

“爱子，教之以义方，弗纳于邪。”

意思是：疼爱儿子，应该用高尚的道德去教育他，不让他吸收邪恶的东西，走入歧途。

大夫石碏（què）认为，疼爱儿子，就应该严格要求他，用高尚的道德去教育他，不让他吸收邪恶的东西，以免误入歧途。他希望卫庄公教育州吁远离骄、奢、淫、佚四种不良习气，认真接受“君义、臣行、父慈、子孝、兄爱、弟敬”的“六顺”礼义，使其成长为一个有仁爱之心的正直人才。然而庄公不听，溺爱有加，隐公四年，州吁杀其兄桓公自立为君，终于酿成了王室内讧的流血惨案。

庄公爱子遗祸的教训，值得借鉴。而大夫石碏（què）2000多年前提倡的教子之道，对于为人父母者，至今仍具有积

极的启发和教育意义。

050 居安思危，思则有备，有备无患。

【注释】

选自《左传·襄公十一年》。

居安：处于安全的境况。居，处。思：想，考虑。备：事先有准备。患：祸患。

【赏析】

鲁襄公十一年，郑国与宋国在边境发生摩擦，郑国派兵袭宋。九月，晋国率各诸侯大军攻打郑国。郑国求和，派子展出城与晋悼公订立盟约，同时献给晋悼公师悝、师触、师蠲车辆、衣甲、兵器及歌钟两架，女乐两行十六人。

晋悼公把乐器与乐队的一半赐给魏绛，以表彰他辅佐自己，八年来九合诸侯，领袖中原的功绩。魏绛辞谢道：音乐只是用来巩固德行的，而德行须用道义来对待它，用礼仪来推行它，用信用来保守它，用仁爱来勉励它，然后才能做到镇抚邦国，福禄同享，召来远方的人，这才是所谓的快乐。并劝诫说：

“居安思危，思则有备，有备无患。”

意思是：在安定的环境中要想到危险，想到了就应有所防备，有了防备就不会发生祸患。

魏绛的“居安思危”论，无疑是非常有见地的，具有超前思维的意识，体现了一个政治家的深谋远虑，是有战略思想的表现。晋悼公接受他的建议，表示一定力行之。但晋悼公同时表示，赏赐是国家的典章，不能废除。所以魏绛最后还是接受了赏赐。

“居安思危”后来成了成语，成为人们谨守的一条箴言。大到一个国家、一个企业，小到一个家庭、一个人，都会自觉不自觉地以此自励。因为有了这种危机意识，人们才能时时警惕自己，勉励自己，始终保持一种奋发图强的拼搏精神和动力，不断地开拓前进，夺取一个又一个新胜利，创造一个又一个新辉煌。

051 辅车相依，唇亡齿寒。

【注释】

选自《左传·僖公五年》引古谚。

辅：车两旁之板。一说面颊。车：车子。车载物必用辅支持，故辅与车二者相依。一说牙床骨。亡：无。

【赏析】

晋献公当政时，晋国逐渐强大，晋献公的扩张野心也随之膨胀。公元前655年，晋献公向虞国借道伐虢。虞国大夫宫之奇透辟地分析了晋、虞、虢三国的历史和相互关系，深感晋国不可信，因此坚决反对向晋国借道，他告诫说：

“辅车相依，唇亡齿寒。”

意思是：辅与车互相依存，嘴唇没有了，牙齿就要受寒。

宫之奇认为，虢国与虞国的关系，犹如嘴唇与牙齿的关系。如果虢国被晋国灭亡了，虞国也很难生存下去。因此力谏。然而，虞公贪图晋国的宝物“屈产之乘”和“垂棘之璧”，轻信晋国使者“两国同宗”，必不加害的花言巧语，竟不听宫之奇的忠言，借道给晋国。宫之奇无奈，带着自己的族人离开了虞国，说：虞国等不到腊祭就要灭亡了，就在这一次，晋国不用再次出兵了。

果然，晋国大军灭虢后，回师途中顺势灭掉虞国。虞公自己也做了俘虏。事实证明，宫之奇的意见是正确的。

后来，“唇亡齿寒”成为成语，表达二者相依相存，一方受损，另一方必然受损的关系。

052 宽以济猛，猛以济宽，政是以和。

【注释】

选自《左传·昭公二十年》。

宽：宽政；宽厚。即后来人们说的王道。济：调剂，补救。猛：猛政；严厉。即后来人们说的霸道。是以：因此。和：平和。

【赏析】

子产在郑国执政长达20年，是春秋时期颇有政绩的一位政治家。他临死前向继任人子太叔传授治国方法时指出，只有德行高尚的人，才能实行德政，“以宽服民”，而一般的执政者则要实行“猛政”，这样才能成功地治国。子太叔继任后，没有遵从他的遗嘱，采用宽政，结果宽而“多盗”，引起社会动乱。后来，他改变做法，加以严厉镇压，结果猛而“盗少止”，才使国内稍稍平定下来。孔子对此加以评论说：

“宽以济猛，猛以济宽，政是以和。”

意思是：用宽政补充猛政，用猛政调剂宽政，宽猛结合，政事就和美。

子产以宽、猛论政，不同德行的人采用不同的政策，受到孔子赞扬。但孔子认为，单是不同德行的人采用不同政策还不全面、不完美，最好的方法是“宽猛相济”，实行猛政的，以宽政去弥补之；实行宽政的，配以猛政去加以调节。这样宽、猛两种方法交替使用，能达到最好的治理效果。

子产是法家的先驱人物，《左传》是宣扬儒家思想的史学著作。《左传》能对子产关于“猛政”的治国主张给以肯定，反映了这部史学名著的客观性，也反映了儒家思想的兼容性。

053 窃人之财，犹谓之盗，况贪天之功以为己力乎？

【注释】

选自《左传·僖公二十四年》。

窃：偷。况：何况。

【赏析】

晋文公（重耳）在外流亡时，身边有许多随从。后来在秦

先秦

穆公的帮助下，晋文公回国做了国君。论功行赏时，众臣纷纷邀功，争名逐利。而追随晋文公逃难多年且立有大功的介子推却没有称功求赏，禄赏也没有轮到他。介子推瞧不起那些贪功邀赏的人，他说：

“窃人之财，犹谓之盗，况贪天之功以为己力乎？”

意思是：偷别人的财物，尚且称之为盗，何况贪天之功以为自己的力量呢？

介子推认为，晋文公即位，乃是天意（“天实置之”），而非人力。而这些邀功请赏的人，以为是自己出力辅佐的结果，这不是欺罔么！贪天之功，以为己功，这比偷盗别人的财物更令人不齿。于是，介子推与母亲一起隐居山林，超脱于利禄之外，真实地反映了介子推不求仕禄，不图名位的高尚品性。

晋文公派人寻找他们，没有找到，便把绵上的田（在今山西介休市）作为介子推的私田，供祭祀用，说：“用来记录我的过错，且表彰善人。”

054 树德莫如滋，去疾莫如尽。

【注释】

选自《左传·哀公元年》。

树：培养，建立。滋：滋长，培植。去：除去。疾：毒害。尽：彻底。

【赏析】

鲁定公十四年（公元前496年），吴王阖闾在槜李被越王勾践打败，伤足而死。哀公元年（公元前494年），阖闾的儿子——吴王夫差在夫椒击败越国军队，报了父仇。越王勾践派使臣求和，夫差准备答应。吴国大夫伍子胥力谏吴王拒绝越国的求和。他说：

“树德莫如滋，去疾莫如尽。”

意思是：树立品德，莫如日积月累，不懈怠地培植；治疗疾病，莫如彻底消除，不留下任何病根。

伍子胥头脑清醒，深谋远虑，知古论今，始终视越国为吴国的劲敌。他向吴王讲述了夏代少康中兴的历史，越王勾践的国策及吴、越两国的世仇关系，希望吴王夫差以史为鉴，消灭越王，除恶务尽。犹如人治病一样，务要彻底消除，不留病根。如果放虎归山，就可能重蹈历史覆辙。

可是，吴王听不进伍子胥的忠言，与越议和，养痈遗患，为自己留下了一个日后的掘墓人。二十年后，越王勾践卧薪尝胆，休养生息，重整旗鼓，一鼓作气灭了吴国。

历史又一次上演了一出臣智君愚的故事，在令人叹息的同时，不是可以令人深思并悟出一些深刻的道理么！

《国语》

《国语》凡21卷，是我国第一部古代国别史。全书以记言为主，上起周穆王(公元前967年)，下至鲁悼公(公元前453年)，分别记载了西周至春秋时期，周、鲁、齐、晋、郑、楚、吴、越八国的政治、外交、军事等活动，保存了较丰富的历史资料。其中除《周语》《郑语》涉及西周(公元前1027年—公元前771年)事件外，其余都是春秋时期(公元前770年—公元前481年)各国的史实。

由于《国语》偏重记言，各国史实主要是通过人物的言论和对话来表现，故称《国语》。

《国语》和《左传》齐名。而《左传》的特点是偏重记事。由于两书所写的历史时代大致相同，所涉及的历史事件往往为同一人事。因此，从史学研究的角度看，两书可以互为补证，是研究春秋史乃至上古史十分重要的历史典籍。

《国语》的篇目是：《周语》三篇、《鲁语》二篇、《齐语》一篇、《晋语》九篇、《郑语》一篇、《楚语》三篇、《吴语》一篇、《越语》二篇。

《国语》文章朴素、简括，其中不乏相当优秀的叙述，所以也是一部优秀的历史散文集。

汉代司马迁曾在《报任少卿书》中说："左丘失明，阙有国语。"因此后人曾认为，《国语》和《左传》一样，都是左丘明的作品。但两书在内容上，不但详略互异，有时也有矛盾，所以两书可能没有连带关系。

据今人分析，《国语》开始当由各国史官记录，后来由一些人汇编整理，直到战国初期才最后定稿。而谁是最后一个定稿者，尚不可考。

055 防民之口，甚于防川。川壅而溃，伤人

必多，民亦如之。

【注释】

选自《国语·周语上》。后人取名《召公谏厉王弭谤》。

防：阻碍，堵塞。壅：壅塞，堵塞。溃：决堤泛滥。

【赏析】

周厉王专权贪暴，百姓不堪其苦。大夫邵穆公上疏劝谏，周厉王不但不听，反而派卫巫四处监视人民，凡有非议朝政，指责自己过失的均被杀掉。从此，人民路上相遇不敢交谈，只能用眼神表示怨恨。厉王自以为得意，认为止住了民众的非议。邵穆公却认为，周厉王这样做，只不过勉强堵住百姓的口罢了，并不能真正消除人民的意见。他再次劝谏说：

“防民之口，甚于防川。川壅而溃，伤人必多，民亦如之。”

意思是：想堵塞民众的口不提意见，比防止洪水还要危险。一旦河流堵塞，溃决泛滥，会伤很多人。堵塞民情也是这样。

邵穆公认为，执政者应该广泛听取民众意见，不让百姓说话是很危险的。善于治水的人，懂得开通河道，使水流通畅；要管理好国家，应该使民众能够畅所欲言。然而，周厉王拒绝接受劝诫，继续暴政虐民，防止民众表达意见。人民终于忍无可忍，起义反抗，将其赶下了王位。公元前842年，周厉王被放逐于彘地（今山西省霍州）。

这是《国语》中非常有名的一篇。说明君主应该广开言路，听取人民意见，顺应民情，执政为民。反之，堵塞言路，暴政虐民，终将自取灭亡。

056 伐木不自其本，必复生；塞水不自其源，必复流；灭祸不自其基，必复乱。

【注释】

选自《国语·晋语一》。

基：开始。

【赏析】

宠妃骊姬一心想立儿子奚齐为太子，向晋献公进谗言，中伤公子申生、重耳、夷吾谋逆不忠。三个公子为避杀身之祸，被迫逃亡异国他乡。奚齐被立为储君。晋献公去世后，大臣里克、丕郑想接纳公子重耳（晋文公）为君，因此带领三公子的党羽作乱，杀死太子奚齐。大夫荀息立公子卓为君。里克又杀死了公子卓。太史苏评论说：

“伐木不自其本，必复生；塞水不自其源，必复流；灭祸不自其基，必复乱。”

意思是：伐木不从树根砍断，一定会重新生出芽来；堵水不从源头塞住，一定会继续流淌；灭祸不根除祸胎，一定会再生出祸乱来。

太史苏认为，晋献公攻伐骊戎国，杀了骊戎的国君，却留下他的三个女儿，这是祸乱的开始。正是由于献公处置失当，斩草而未除根，最终酿成宫廷内乱，国家动荡不安。

今天看来，太史苏的话仍然深蕴哲理，发人深思。它告诫人们，消除祸患，必须“除恶务尽”，一时姑息容忍，往往会造成无穷后患。

057 人之有学也，犹木之有枝叶也。木有枝叶，犹庇荫人，而况君子之学乎？

【注释】

选自《国语·晋语九》。

犹：像……一样。

【赏析】

范献子出使到鲁国，因为见识少而闹出许多笑话，深感学习知识的重要性。他告诫身边的人说：

“人之有学也，犹木之有枝叶也。木有枝叶，犹庇荫人，而况君子之学乎？”

意思是：人有知识，犹如树木有枝叶。树木有了枝叶，尚能给人以阴凉；君子有了学问，就可以为人民做更多的事了。

范献子认为，人不可以不学习。树有了枝叶，能带给人阴凉；人有了知识，就能给社会和人民带来更大的贡献。

这句话比喻贴切，语言生动，含义深蕴，足以铭诫。

《战国策》

《战国策》又名《国策》《国事》《事语》《短长》《长书》《修书》，是战国末年和秦汉间人纂集的一部国别体杂史。后经西汉学者刘向重新编校整理，分为东周、西周、秦、齐、楚、赵、

魏、韩、燕、宋、卫、中山12国，共33篇，并定名为《战国策》。

《战国策》纪事起于战国初年，止于六国灭亡，汇编了230多年各国政治、军事、外交等方面的史料，以及谋臣策士四处游说和相互辩难的言论，个别地方还记载了六国灭亡以后的史事，如《燕策》中荆轲刺秦王一段，便附记了高渐离以筑击秦始皇的故事，是研究战国历史的重要文献。

《战国策》的语言流畅犀利，是论辩文的典型。每论述一个问题，都能纵横反复，曲尽其意。刻画人物，有声有色，生动传神；又善用寓言故事和比喻来说明抽象的道理，富有情趣。所以《战国策》不仅是一部有较高史学价值的历史著作，也是一部有很高艺术价值的文学著作，对后世的文学语言产生了很大的影响。

058 挟天子以令天下，天下莫敢不听。

【注释】

选自《战国策·秦策一》。

挟：控制，挟持。令：指挥。

【赏析】

公元前316年，担任秦相的张仪与秦国大将司马错就用兵方向问题，展开了一场有名的论辩。司马错主张先攻占蜀国，再徐图中原王霸之业。张仪则主张先与魏、楚结盟，然后出兵攻击韩国，借机兵临二周（东周和西周，战国时的两个小国，分别位于洛阳的东面与西面。公元前315年，周赧王即位，迁都西周，名义上仍是天下宗主，实际上寄居西周君篱下），迫使周王室交出九鼎和天下图籍。他说：

“挟天子以令天下，天下莫敢不听。”

意思是：把周天子控制在手里，用天子名义号令天下，天下各诸侯国没有哪一个敢不听从。

张仪认为，采用他的策略，打败韩国，得到周王室的九鼎和天下图籍后，秦王便可以控制周天子，并用天子的名义号令天下，天下诸侯国没有敢不听从的。而王霸之业，就此建成。

应该说，“挟天子以令天下”不失为一个高明的政治谋略，无论谁先做到了，都会拥有政治优势，并在战略、策略的运用上占尽先机。

但是，当时的秦国，“地小民贫”，尚没有实力和条件运用这一谋略，其当务之急，是扩大地盘，蓄积力量，等待时机。所以，秦惠王最终采纳了大将司马错的意见，出兵平定蜀国。

从那以后，“挟天子以令天下”，便成了各诸侯国逐鹿中原时都想掌握和运用的一种政治策略。

最著名、最典型的例子，莫过于东汉末年曹操“挟天子以令诸侯”。《三国志·魏书·武帝纪》裴松之注引《献帝春秋》说，曹操“挟天子以令诸侯，四海可指麾而定”。诸葛亮从蜀国的角度分析形势，认为曹操“挟天子以令诸侯，此诚不可与争锋”。（《三国志·蜀书·诸葛亮传》）其政治优势和威力显露无遗。

059 毛羽不丰满者，不可以高飞。

【注释】

选自《战国策·秦策一》。

【赏析】

苏秦是战国时期纵横家的代表人物。他不远千里来到秦国，用连横的策略劝说秦惠王道："大王的国家，西边有巴、蜀、汉中的富饶物产，北边有胡貉、代马的供应，南边有巫山、黔中的天然屏障，东边有崤山、函谷关的坚固关塞。田地肥沃美好，百姓殷实富裕，军队勇猛善战。而地理形势又便于攻守，这就是人们所说的天下强国了。依靠大王的贤明、人民的众多、兵法的锻炼，希望大王稍加注意，请允许我说明连横的好处！"

苏秦所谓的连横，是要秦国先与齐、楚等国联合起来，打击削弱其他各诸侯国。实际上，就是远交近攻策略。秦惠王从本国实力考虑，认为条件尚未成熟，便委婉地拒绝了。秦惠王谦虚地说；

"毛羽不丰满者，不可以高飞。"

意思是：羽毛都没有长丰满，又怎么能够高飞呢。

秦惠王不失为一个具有自知之明、英明的国君，他有实事求是之心，而无好高骛远之意，在确立国家发展战略时，能够从本国实际出发考虑问题，并清楚地认识到，国家法令尚不完备，不能使用刑罚；恩德尚不深厚，不能驱使百姓；施行政令教化尚不顺利，不能烦劳大臣。所以没有采纳苏秦的建议。

苏秦连横失败后，又去游说东方六国，联合起来，共同对抗秦国。此之谓合纵，得到了六国同意。公元前229年，秦昭王自称西帝，遣使至齐，尊齐泯王为东帝。苏秦劝说泯王去帝号，并合六国之兵攻秦。秦昭王被迫取消帝号，归还部分侵占魏、韩的土地。这是六国合纵、共同抗秦取得的一个胜利。

后来，苏秦到齐国，为燕昭王从事反间活动，被齐王发觉，车裂而死。

060 罚不讳强大，赏不私亲近。

【注释】

选自《战国策·秦策一》。

讳：避忌。私：偏爱。

【赏析】

卫鞅又名公孙鞅，是卫国贵族的后代，因罪从魏国逃到秦国。他主张秦国革新变法，富国强兵，受到秦孝公重用，做了相国。因功劳显著，封于商，故名商鞅，又称商君。商君主张依法治国，提出赏罚不分贵贱强弱，在法律面前人人平等的观点：

“罚不讳强大，赏不私亲近。”

意思是：惩罚违法者不回避强宗大族，奖赏有功者不偏袒亲属近臣。

商君用严刑峻法治理秦国，法令大行。即使太子犯法，也要受到惩罚，不能回避（只不过太子是储君，身份特殊，不能直接处罚，便处罚太子的老师，给以黥刑和劓刑）。商君公平执法，一年之后秦国大治，社会秩序井然，国家兵力强大，各诸侯国谈起秦国都畏惧三分。然而，由于商君执法苛刻严峻，得罪了不少大臣，他的结局却很悲惨。秦孝公去世后，秦惠王即位，商君因大臣们进谗中伤，不幸被车裂而死。但他依法治国的方针却开了各诸侯国的先河，给人们留下了一笔宝贵的遗产。

061 庸主赏所爱而罚所恶，明主则不然，赏必加于有功，刑必断于有罪。

【注释】

选自《战国策·秦策三》。

庸主：平庸的君主。明主：英明的君主。断：裁断。

【赏析】

范雎是魏国人，他通过接待人员王稽的安排，来到秦国，给秦昭王写了一封自荐信，说："英明的国君对有功劳的人不得不给予奖赏，对有能力的人不得不安排做官；功劳大的人给的俸禄多，功劳多的人封的爵位高；能力强的人任的官职大。因此，没有能力的人不敢随便任职，真正有能力的人，也不会埋没他的才能。"又引谚语说：

"庸主赏所爱而罚所恶，明主则不然，赏必加于有功，刑必断于有罪。"

意思是：昏庸的君主奖赏自己喜爱的人，处罚他所厌恶的人；英明的君主则相反，奖赏一定要给有功的人，刑罚一定判给有罪的人。

范雎胸怀大才，渴望在秦国的政治舞台上一展身手，又担心自己无尺寸之功，得不到秦昭王的重用。便在信中出谋划策，想以此作为进身之阶。他提出，要达到政治清明，就要奖功罚罪，赏罚有据。并特别引谚语说：昏庸的君主奖赏自己喜爱的人，处罚他所厌恶的人；英明的君主就不是这样，奖赏一定要给有功的人，刑罚一定判给有罪的人。

很显然，他希望秦昭王就是英明的君主，会因为自己的谋划而给予奖赏，从此受到重用。

秦昭王果然慧眼识英才，不拘一格，破格重用范雎。并仿效齐桓公尊称管仲为“仲父”一样，尊称范雎为“叔父”。范雎也不失众望，辅佐秦昭王，巩固秦国的政治基础，使秦国继续沿着强国的道路快步前行，成为各诸侯国最害怕的竞争对手。

062 三人成虎，十夫揉椎。众口所移，毋翼而飞。

【注释】

选自：《战国策·秦策三》。

揉椎：揉铁椎使弯曲。移：改变，移动。毋：没有。翼：翅膀。

【赏析】

秦军王稽率兵进攻赵国的邯郸，17个月过去了，还没有攻下。有个名叫庄的人劝王稽赏赐军中官吏，以激励士气。王稽自恃大王宠信，说："我听从大王的，用不着别人插嘴管闲事。"姓庄的人讲明利害，说：军中的官吏虽然卑贱，却不比守门的老太婆更下贱，再说擅自处理人主的大事，看不起手下的兵将，必然招来怨恨。他引古语告诫说：

"三人成虎，十夫揉椎。众口所移，毋翼而飞。"

意思是：三人谎传市上有虎，人们就真的以为有虎了；十人揉铁椎，就能把铁椎弄弯曲。流言可以改变一切，没有翅膀也可以传得很远。

姓庄的认为，进攻邯郸打了17个月，没有拿下，朝中大夫们和君主会怪罪的，这时候应安抚好军吏，多给赏赐，以礼相待，以免生出是非。否则众军吏鼓噪起来，胡猜乱说，传的人多了，谎言也有人相信的。流言很快就会传到都城去，君主听到了就麻烦了。

果然，军吏处在困境当中，王稽又没有赏赐，便心怀怨愤，恶言相伤，说王稽和杜挚谋反。秦王得到密报，十分震怒，王稽差点被诛杀。

"三人成虎""毋翼而飞"后来成了成语。前者比喻一个谎言传的人多了，人们就当真了。后者比喻传播迅速。

063 日中则移，月满则亏，物盛则衰，天之

常数也。

【注释】

选自《战国策·秦策三》。

中：到天的正中。移：指日偏移而西。亏：亏缺。天：指自然。常数：永恒的规律。常，固有。数，指规律。

【赏析】

燕人蔡泽，到诸侯各国游说，不为所用。先是被赵国驱逐出境，欲往韩国和魏国去，途中听说秦国应侯范雎任用的郑安平、王稽都身负重罪，范雎正为此而内愧。他于是进入秦国，面见范雎，劝其功成身退，免遭祸殃。

蔡泽对范雎说，你为秦国排除患难，扩展领土，广播五谷，使秦国的利益向东伸展到三川，直达宜阳，又断绝了三晋的道路。秦国又修筑栈道与蜀、汉相通，现在秦国民富兵强，天下都害怕。你功劳昭著，位尊禄厚。如不及时引退，就危险了。俗话说：

“日中则移，月满则亏，物盛则衰，天之常数也。”

意思是：太阳过了中午就会偏西，月亮圆了就会亏缺。事物到了极盛就会衰退，这是自然永恒的规律啊。

蔡泽说，范雎的功劳尚未超过商君、白起、吴起、大夫种。商君为秦孝公统一度量衡，颁布度量衡器，调整赋税，破除井田制，重新划分土地，教百姓耕种，操练军队，使秦国走向强大，无敌于天下。功业成就了，商鞅却被车裂了。白起率领数万军队，与楚军作战。一战攻下鄢和郢都，再战烧毁夷

陵，南面吞并了蜀、汉，又越过韩、魏去攻打强大的赵国，坑杀赵军40余万，成就了秦王的帝业。白起亲身攻陷的城市，就达70余座，功业成就了，却被秦昭王赐死于杜邮。吴起为楚悼王删减冗官，堵塞来自私门的请求，统一了楚国的风俗，然后南面攻打杨越，北面吞并陈、蔡，破除连横，解散合纵。然而功业成就了，却被肢解而死。文种为越王勾践大力垦荒，创建城邑，开辟田地，播种五谷，集中上下力量，击败强劲的吴国。功业成就了，最终也被勾践杀害了。

蔡泽认为，此四人之所以没有好结果，在于他们能伸而不能屈，能进而不能退。所以，范雎身为秦相，功劳达到顶点。如果还不退隐，就可能重蹈商君、白起、吴起、文种的下场。

范雎听从了蔡泽的劝告，辞去秦国相位，并推荐蔡泽作了秦相。

064 君不闻海大鱼乎？网不能止，钩不有牵，荡而失水，则蝼蚁得意焉。

【注释】

选自《战国策·齐策一》。

钩：鱼钩。蝼蚁：蝼蛄和蚂蚁。

【赏析】

齐王封靖郭君田婴于薛邑。田婴准备在薛邑修筑城墙，门客多来劝阻。田婴不愿接受劝谏，命令侍从人员，不准再行通报门客求见。这时，有一个齐国门客要求接见，说："我只说三个字，多一个字就烹死我。"田婴召见了他。门客说完"海大鱼"三个字，转身就走。田婴未明其意，于是田婴把他留下来，听取他的意见。门客比喻说：

"君不闻海大鱼乎？网不能止，钩不有牵，荡而失水，则蝼蚁得意焉。"

意思是：您没听说过海大鱼吗？用鱼网捕不到它，用鱼钩牵不上它；可是，当一滴水都没有的时候，小小的蝼蛄、蚂蚁也能制服它。

门客认为，整个齐国就好比是田婴的水，如果他拥有齐国，要薛邑有什么用呢？可是如果一旦失掉齐国，薛邑的城墙即使筑得天一样高，又有什么用呢？田婴听了，遂放弃了在薛邑筑城墙的计划。

这一句喻指：得势者强，失势者弱。大小、强弱各依一定条件发挥自己的优势。条件不同，大小、强弱易位的情况是经常发生的。

065 效小节者，不能行大威；恶小耻者，不能立荣名。

【注释】

选自《战国策·齐策六》。

效：效法。恶：恨恶。

【赏析】

燕国上将军乐毅奉燕昭王之命，联合赵、韩、魏、楚攻打齐国，夺取了70多座城池。然而，只剩下莒和即墨没有攻下时，昭王去世了，惠王即位。惠王中了齐人的反间计，怀疑乐毅而改用骑劫为帅。齐国良将田单抓住战机，以即墨为据点，整顿军队，大败燕军，杀死骑劫，一鼓作气收复了70余城。然而进攻到聊城时，打了一年多拿不下来。原来守城的燕将攻占聊城后，被人进了谗言，燕将害怕被处死，就死守聊城，不敢回国。

义士鲁仲连见聊城久攻不下，遂给燕将写了一封书信，用箭射到城里，晓以利害，劝其撤兵。信中引古语说：

“效小节者，不能行大威；恶小耻者，不能立荣名。”

意思是：专门注重细枝末节的人，做不出有声望的大事；不堪忍受小辱的人，建不起名誉和美名。

鲁仲连劝告燕将，一是撤兵回国，辅助孤立无援的燕王，改革政治，移风易俗，功名可以传闻于天下。二是离开燕国，不顾议论，去到齐国，分给封地，确定爵位，世世代代享有诸侯那样的威名，与齐国共存亡。这两者，燕将都可以显扬名声，得到实惠，任由选择。

接着，鲁仲连便从“节”“耻”两个方面，劝导燕将撤兵。他说，过于看重小节的人，难以立有声望的大功；不堪忍受小辱的人，难以成就威名。并举了管仲和曹沫两个例子，来证明自己的观点。

管仲曾是齐国公子纠的家臣，在公子纠与公子小白争夺王位时，用箭射中了公子小白（后来的齐桓公）的带钩，是篡逆行为；不能为公子纠死义，是贪生惜命；身陷囚笼，是奇耻大辱。如果管仲就此惭愧不敢见人，不过一辈子卑贱低下，平庸终身罢了。可管仲忍受这奇耻大辱，最终掌握了齐国政权，匡正天下，纠合诸侯，辅佐齐桓公成为春秋五霸之首，美名传扬天下。

曹沫受鲁庄公之命，领兵作战，三战三败，失地千里。如果只知死拼，不过是一个战败的将军。可他隐忍三次败北的耻辱，与庄公重新谋划，在齐桓公威服天下，会盟诸侯之时，凭着一柄宝剑，劫持桓公，义正词严，一举收回了三次战败失去的土地，天下为之震动，声名远播。

以上这两个人，并不是不能为小节、小辱而死，只是他们认为功名未立、壮志未酬，愤而求死是不明智的。所以去掉怨恨之心，不顾些微之耻，而成就了一生的功名。

燕将被鲁仲连说服了，撤兵而去，使人民避免了一场刀兵之祸。

066 以财交者，财尽而交绝；以色交者，华落而爱渝。

【注释】

选自《战国策·楚策一》。

交：结交，交友。华落：花落，犹言色衰。渝：改变，违背。

【赏析】

安陵君是楚国大夫，深受楚宣王的宠信而得势，整天洋洋得意。谋士江乙认为不妥，告诫他说：

“以财交者，财尽而交绝；以色交者，华落而爱渝。”

意思是：用钱财与人相交，钱财用尽了，交情也就完结了；以美色与人相交，容颜衰败了，爱情也就改变了。

江乙指出，安陵君于楚国，并无尺寸之功，和楚宣王也没有骨肉关系，仅仅因为楚宣王宠信，享有高官厚禄，受到国人礼敬。但宠姬幸臣，向来只能得一时之势。如今安陵君在楚国专权，却没有办法和楚王加深交情，是很危险的。江乙于是献计道：“阁下去向大王表示要以死相随，以身相殉，便可以长保富贵。”

于是，安陵君乘楚宣王游猎云梦时，向楚王表白说：“大王千秋万岁之后，臣愿以身相随，在黄泉之下做大王的坐席，为大王阻挡蝼蚁，使王长享安乐。”

楚王大为感悦，于是赐封他为安陵君。

后来，“以财交者，财尽而交绝；以色交者，华落而爱渝”演变成多种表达语式：如“以权利合者，权利尽而交疏。”（《史记·郑世家赞》）“以势交者，势倾则绝；以利交者，利穷则散。”（隋·王通《文中子·礼乐》）意思相同。

067 见兔而顾犬，未为晚也；亡羊而补牢，

未为迟也。

【注释】

选自《战国策·楚策四》引古语。

顾犬：回头看狗，示意狗去追兔。亡：丢失。牢：指羊圈。

【赏析】

楚襄王宠信州侯、夏侯、鄢陵君、寿陵君四位幸佞之臣，淫逸侈靡，荒于国事。大夫庄辛进谏劝诫，襄王不听。庄辛便请求外避于赵，以观其效。四个月后，秦国攻占鄢、郢、巫、上蔡、陈之地，襄王被迫流亡于城阳。

襄王后悔未听庄辛的劝谏，命人征召庄辛，询问应变之策。庄辛勉励楚王说：

“见兔而顾犬，未为晚也；亡羊而补牢，未为迟也。”

意思是：见到兔子才放犬去追，不算晚；羊跑丢了，赶紧把羊圈修好，不算迟。

庄辛认为，以前做了错事或犯了错误，如能吸取经验教训，及时改正，还来得及补救，减少损失。他列举蜻蛉、黄雀、黄鹄罹祸的原因，以及蔡圣侯居安不思危，导致覆灭的事例，指出楚王耽于享乐，延误国事，是造成国家破败的主要原因。

庄辛说，商汤和周武王依靠百里大的地方兴盛起来，夏桀和商纣虽拥有整个天下，还是灭亡了。现在楚国的领土虽然不大，但截长补短，尚有几千里，只要君王以国事为重，接受前

车之鉴，疏远小人，重用贤才，楚国就能重新兴盛强大起来。楚襄王听了，震动很大，于是授庄辛以执珪之爵，封为阳陵君。在庄辛的谋划下，楚王收复了淮北失地。

此后，“见兔而顾犬，未为晚也；亡羊而补牢，未为迟也”演变成了“见兔顾犬”“亡羊补牢”两个成语，意思相近。

068 前事之不忘，后事之师。

【注释】

选自《战国策·赵策一》。

师：榜样，教训。

【赏析】

张孟谈是赵国一个有远见有谋略的贤相，他辅佐赵襄子巩固王位后，便开始考虑如何使赵氏建立五霸一样的基业。他对赵襄子说：“当年先主简子掌政时曾说：‘春秋五霸之所以得以号令天下，不外乎两点原因：一是君主大权足以约束臣民，二是遏制大臣权力，不要让其左右君主。”从历史的经验看，君臣权势相当而能办好事情的，从来都没有过。张孟谈认为，自己名声显赫，地位尊崇，手握重权，不利于树立国君的威望。因此请求辞职归权，让老百姓只知有大王，而不知有张孟谈。

赵襄子则认为，大臣尽心为君主谋事，做出了贡献的，自然声名显赫；劳苦功高的，自然身份尊崇；为国操劳的，自然权重势大；以忠信自律的，老百姓自然敬服。这些，都是古代圣贤治国安邦的法宝，做国君的不能随意抛弃。张孟谈于是提醒说：

“前事之不忘，后事之师。”

意思是：不忘历史的经验教训，可以成为办好后事的老师。

作为一国的宰相，张孟谈以为赵王树立权威为要，避免臣重君轻，尾大不掉的局面出现，甘愿辞去相位，其克己为君的境界，深远的谋略，在当时无疑是非常难能可贵的。经他再三请求，赵王不得已同意了。张孟谈于是纳还封地，归还相印，来到一个叫负亲的小山上以耕种为乐。

不久，赵国受到韩、魏、齐、燕四国进攻，赵襄子亲自来到负亲的小山上，询问应对之策，请张孟谈出山。张孟谈便设计瓦解了四国的联盟，解除了赵国的危难。

这一句所表达的道理，历代多所引用，并成为大家习用的成语。

069 士为知己者死，女为悦己者容。

【注释】

选自《战国策·赵策一》。

悦：喜欢。容：化妆，打扮。

【赏析】

晋国义士毕阳的孙子豫让，最初为范氏、中行氏当差，不受主君喜欢，被辞退了，就投奔知伯，知伯很信任他。不久，赵、魏、韩三家分晋，知伯灭亡。赵襄子最怨恨知伯，便用他的头颅作酒器。豫让逃往山中，心里想着如何报答知伯。他说：

“士为知己者死，女为悦己者容。”

意思是：义士为看重自己的朋友献出生命，女人为喜欢自己的人化妆打扮。

豫让想来想去，决心改名换姓，以死报答知伯的知遇之恩。他浑身涂漆，生出癞疮，剃掉须眉，毁伤面容，甚至吞热炭改变声音，以便接近并刺杀赵襄子。然而几次行刺都失败了，豫让被人捉住，赵襄子左右的人要求杀掉他。赵襄子说：“他是义士，我小心点，避开他就行了。况且知伯已死，没有后代，他的臣下来为他报仇，这可是天下的贤人啊！”说完，命令把他释放了。

过了不久，赵襄子外出巡视，豫让预先埋伏在他要经过的桥下面。赵襄子骑马到了桥上，马突然惊慌起来。赵襄子说：一定是豫让躲藏在这里。一查，果然是豫让。赵襄子当面责备他说：“您曾给范氏、中行氏当过差，知伯灭掉了范氏、中行氏，您不为他们报仇，反而投靠知伯。知伯已死，您为什么偏偏这样拼命为他报仇呢？”豫让说：“范氏、中行氏把我当普通人看待，我也像普通人那样对待他；知伯把我当国士看待，所以我要像对待国士那样报答他。”

赵襄子慨叹道："豫让啊！您对待知伯，名声已经成就了；我饶恕您，也已经够了。我不能再放过你了。"于是派兵将豫让包围起来。豫让说："明君不埋没别人的忠义，忠臣不惜以死成名。您以前宽恕了我，天下都称赞您的贤能。今天的事，我已准备伏法。但我仍然希望拿你的衣服，用利剑击刺它，以表示我报仇雪恨的心意。

赵襄子同意了。豫让拔出宝剑，三次跳起来，挥剑击刺赵襄子的衣服，然后自刎而死。

赵国的人听说此事，无不为之流泪叹息。

070 怀重宝者，不以夜行；任大功者，不以轻敌。

【注释】

选自《战国策·赵策二》。

重宝：贵重的宝物。任：担负。大功：大功劳。

【赏析】

秦国派兵进攻赵国，苏秦为了赵国的安危，去游说秦王，希望他退兵以避免一场战争。苏秦强调说：

"怀重宝者，不以夜行；任大功者，不以轻敌。"

意思是：怀揣珍宝的人，不能在晚上行路；担负大功的人，不能对敌人掉以轻心。

苏秦以"怀重宝者，不以夜行，任大功者，不以轻敌"为

喻，说明贤能的人，担负的工作愈重，愈加恭谨。聪明的人功劳愈大，愈加谦逊。苏秦想游说秦王退兵，所以把秦王比作“怀重宝者”“任大功者”，希望他在进攻赵国这件事上，谨慎从事，不可掉以轻心。

苏秦劝说道，百倍于别国的大国，人民不再想有战争的困扰；建立大功业的国家，国君不想再劳烦百姓；人民已经精疲力竭，真正仁爱的国君不愿再去动员他们；虽然有所要求，想达到某个目的，却不去困扰百姓，这是圣贤国君的办法；战功已经很大了，便要使人民得以休息，这是用兵的原则。而现在出兵攻赵，人民得不到休息，人人都筋疲力尽了，战争还不能休止。

再说，秦国即使占领了赵国的都城，自己也兵困力尽，诸侯四方来攻，并无长久之利。或者，秦国占领了赵国，得到大片土地，由于四方来攻，不能耕种；人民疲困，不得休息，终究还是待不住的。

作为国君，懂得由微弱不断地发展而至昭著的，可以使国家强盛；懂得使人民休息，善用民力，不致疲竭的，可以称霸诸侯；懂得积微弱而至于举足轻重的，可以称王于天下。

秦王表示，可以停止出兵，使民休息，但诸侯一定会合纵联盟，对抗秦国，仍然不能息兵休战。苏秦便向秦王分析了合纵联盟不能成功的原因。秦王于是松懈了战备，答应退兵，天下因此得以太平达29年。

071 日月辉于外，其贼在于内；谨备其所

憎，而祸在于所爱。

【注释】

选自《战国策·赵策四》。

贼：当为太阳黑子之类。借喻内部毁坏。谨备：小心防备。祸在于所爱：祸害的产生，来自所爱的人。

【赏析】

赵孝成王时，任用宠臣建信君为相。建信君没有能力，治国不力，国家破亡。而赵王选购马匹，却一心要等待一个善于相马的人。于是有一个说士拜见赵王，问道：大王买马一定要等待一个善于相马的人，可是你为什么不等待一个善于治国的人来管理国家，却要把大权交给一个幸臣建信君呢？说士接着告诫说：

“日月辉于外，其贼在于内；谨备其所憎，而祸在于所爱。”

意思是：日月的光芒照亮了大地，可它们内部仍然有黑点。人们谨慎地看待自己憎恶的人，而祸患却常常发生在自己溺爱的人身上。

说士认为，日月内部虽有黑点，却能照亮大地，因此，对那些有缺点、讨厌的人要谨慎地看待，因为他们也有自己的才能和优点，相反，祸患却常常发生在自己最喜爱的人身上。你宠幸的那些侍臣、夫人、优者和美女，常常趁大王酒酣耳热之际提出非分的要求。这些人的欲望如果能在宫中得到满足，那么大臣们就能在外面贪赃枉法。这样的祸患如不制止，赵国就危险了。

072 人之有德于我也，不可忘也；吾有德于人也，不可不忘也。

【注释】

选自《战国策·魏策四》。

【赏析】

公元前260年，秦军歼灭赵国主力后，将邯郸团团围住。赵王急派人向魏王求救。魏王派大将晋鄙驰援。晋鄙畏惧秦军，驻兵边境，逡巡不前。魏信陵君在魏王宠妃如姬的帮助下，盗得兵符，杀了晋鄙，率军击退了秦军。

赵王亲自到郊外迎接信陵君。老臣唐雎对信陵君说："我听说，'事有不可知者，有不可不知者；有不可忘者，有不可不忘者。'"信陵君问："什么意思？"唐雎回答说：

"人之有德于我也，不可忘也；吾有德于人也，不可不忘也。"

意思是：别人对我有恩德，我不可以忘记；我对别人有恩德，不可以不忘记。

唐雎认为，信陵君窃符救赵，拯救了邯郸，立下很大功劳，然而应该尽快忘掉这件事，不能居功骄傲。所以他劝告说：别人对我有恩德，我绝不能忘记，不忘记是因为心存感激；我对别人有恩德，却不能不忘记，忘记它是因为做了好事不一定要别人报答。现在你杀了晋鄙，拯救了邯郸，打败了秦军，保全了赵国，这对赵国是很大的恩德，所以赵王亲自到郊外来迎接你，给你以最高的礼遇。但我希望你忘记救赵的事，切忌以恩人自许。

信陵君听了唐雎的话，觉得很有道理，说："我听从你的教诲。"

唐雎深谙树德养誉之术。中华民族的传统美德是施恩不图报，但其结果却能够增益名声，赢得人们更多的赞誉和钦佩。所以，唐雎从传统的"仁""义""礼""智""信"观念出发，劝导信陵君忘了窃符救赵，有恩于赵的事情，不以功劳自许。信陵君虚心纳谏，听从唐雎的劝告，谨言慎行，果然受到人们广泛的赞赏和敬重。

073 善作者不必善成，善始者不必善终。

【注释】

选自《战国策·燕策二》引古语。

不必：不一定能。

【赏析】

战国时期，燕国力量较弱，一度几乎被齐国所灭。燕昭王时，谦卑恭敬，锐意求贤，得到乐毅、邹衍、剧辛等一大批人才辅佐，逐渐强盛起来。公元前284年，燕昭王命乐毅率燕、赵、韩、魏、楚五国联军攻齐，连下70余城。然而，尚有两座城邑没有攻下时，昭王便去世了。惠王即位，中了齐国的反间计，派骑劫替换乐毅指挥军队。乐毅被迫逃往赵国，赵国封他为望诸君。齐国大将田单打败燕军，重新收回70余城。

惠王害怕赵国任用乐毅，乘燕国战败之机攻打燕国，就写了一封信责难乐毅。乐毅回了一长信，委婉地回答了惠王的责难。同时表明自己出奔赵国是为了“免身全功，以明先王之迹”，决不会乘人之危做出不义的事情来。信中还说：

“善作者不必善成，善始者不必善终。”

意思是：善于创始的人，不一定善于完成，有好的开头，不一定有好的结果。

公元前512年，吴王阖闾在大将孙武、大夫伍子胥、太宰伯嚭的辅佐下，国力大增，便谋划攻打楚国。伍子胥献了“疲楚”之计：把吴国士兵分为三军，每次派一军去楚国边境袭扰，一军返回，一军出发。一连六年，使楚国士卒疲于奔走，消耗了大量实力。公元前506年，阖闾亲率大军伐楚，千里奔袭，一举攻克楚国的都城郢。楚昭王差点成了俘虏。后来，公元前493年，为报父仇，吴王夫差（阖闾的儿子）伐越，大败越军，越王勾践求和。伍子胥反对议和，建议一举灭掉越国。夫差不听。十年之后，吴国最终被越王勾践打败，国灭身死，为天下人所耻笑。

乐毅认为，吴王阖闾之所以能够打败强大的楚国，有了好的开始，是因为采纳了伍子胥的意见；阖闾的儿子之所以身死国灭，没有好的结果，是因为不听伍子胥的忠言。所以，善于创始的人，不一定善于完成；有好的开头，不一定有好的结果。

074 因其强而强之，乃可折也；因其广而广

之，乃可缺也。

【注释】

选自《战国策·燕策二》。

折：折断，使失败。

【赏析】

战国时期，齐国是一个大国，国力强盛，它向南打败了楚国，向西制服了秦国，韩、魏、燕、赵之师，可以任意驱使。当时苏秦任燕相，了解燕国处境危险，一旦齐国挥戈北上，燕国就难保全了。苏秦审时度势，顺势而为，制定了对付齐国的策略：

“因其强而强之，乃可折也；因其广而广之，乃可缺也。”

意思是：齐国是强国，利用它的强大进攻宋国，让他逞强，燕国就可以乘机打败齐国；齐国是大国，利用它的大国野心吞并宋国，增加土地，燕国就可以乘机进攻、削弱齐国。

根据这个策略，苏秦受命出使齐国，对齐王说：“我听说有作为的国君，一定要讨伐无道的昏君，攻打不义的国家。如今宋王箭射天神，鞭打地神，铸造诸侯的人形，让它们侍立在路旁的厕所里……这是天下最昏庸无道、不讲信义的人，大王却不去攻打他，岂不有损大王的英名。况且宋国的土地非常肥沃，进攻宋国，名义上为正义而战，实际上可以得到许多好处，大王为什么不这样做呢？”

齐王听了苏秦的挑动，觉得有理，便派兵灭掉宋国。燕王听说后，立即与齐国断交，并率领天下诸侯讨伐齐国，战而胜

之，从而成就了燕王的声名。

《老子》第三十六章说："将欲歙之，必固张之；将欲弱之，必固强之；将欲废之，必固兴之；将欲夺之，必固与之。"《吕氏春秋·恃君览·行论》曰："闵王以大齐骄而残，田单以即墨城而立功。《诗》曰：'将欲毁之，必重累之；将欲踣之，必高举之。'其此之谓乎。"含意相同。

《春秋公羊传》

也叫《公羊传》或《公羊春秋》。相传为战国时齐人公羊高所著。专阐释《春秋》。最初只有口头流传，汉初才成书。《公羊传》是今文经学的主要经典之一，盛行于汉武帝、宣帝之间。王莽时期，古文经学大盛，《公羊传》转而少人钻研。清代时期，庄存与刘逢禄、龚自珍、魏源等力主复兴今文学，借用《公羊传》微言大义来说经，议论时政，对当时学术界影响很大。

075 饥者歌其食，劳者歌其事。

【注释】

选自《公羊传·宣公十五年》。

饥：饥饿。歌：歌唱。劳：劳动。

【赏析】

这是《公羊传·宣公十五年》里的一句话：

“饥者歌其食，劳者歌其事。”

意思是：饥饿的人用歌声表达渴望得到食物，劳动的人用歌声诉说自己的艰辛。

《公羊传》这句话，最早认识到了诗歌与现实生活的紧密联系。此后很多诗人、诗论家都论述过这种关系。南朝梁刘勰认为，人的情感是受现实生活的触发而产生的。他在《文心雕龙·明诗》中说：“人禀七情，应物斯感，感物吟志，莫非自然。”这里，“物”既指自然景物，如春天的明媚（使人愉悦），夏天的阳光（使人热情），秋天的阴沉（使人抑郁），冬天的肃杀（使人忧虑）；亦指社会生活，如西周末年，幽王、历王时期，政治黑暗，《诗经》中的《板》《荡》两篇，便反映出诗人愤怒的情感。到周平王东迁，国势更加衰微，《黍离》篇就唱出诗人悲哀的情调。在物与情的关系中，刘勰肯定，是客观的“物“激发了情，产生了喜怒哀乐，发为吟咏，成为诗歌。实际上，物与情的关系，就是诗歌和现实生活的关系。

刘勰之后，关于诗歌与现实生活关系的论述有了进一步发展。南朝梁钟嵘在《诗品序》中说：“气之动物，物之感人，故摇荡性情，形诸舞咏。”“若乃春风春鸟，秋月秋蝉，夏云暑雨，冬月祁寒，斯四候之感诸诗者也。”又谓：“嘉会寄诗以亲，离群托诗以怨。至于楚臣去境，汉妾辞宫。或骨横朔野，魂逐飞蓬。或负戈外戍，杀气雄边。……凡斯种种，感荡

心灵，非陈诗何以展其义？非长歌何以骋其情？”更加清楚明白地突出了社会生活对诗人喜怒哀乐之情的直接影响。

唐代诗人白居易曾建议朝廷重建采诗制度，以补察时弊，其依据就是诗歌来源于现实生活：“大凡人之感于事，则必动于情，然后兴于嗟叹，发于吟咏，而形于歌诗矣。”（《策林六十九》）

《论语》

《论语》是我国先秦时期一部语录体散文集，由孔子弟子和再传弟子记录编纂而成。全书20篇，429章，主要记载孔子及其弟子的言行，内容包括政治主张、教育原则、伦理观念、品德修养、社会文化等各个方面，是儒家学派的一部经典著作。

孔子(前551—前479)，名丘，字仲尼，是我国古代伟大的思想家、教育家和政治家。孔子向往贤能政治，其思想核心是“仁”，提倡“仁者爱人”“己所不欲，勿施于人”。在教育方面，主张“有教无类”“因材施教”，积极创办私学，打破了学在官府的约束，使更多人有了受教育的机会。据说孔子有弟子3000人，其中姓名可考者70人，形成了一个对后世有极大影响的儒家学派。

汉代以来，为《论语》作注释的人很多，现存的注释本，以三国魏人何晏的《论语集解》为最早，收入《十三经注疏》中；而清人刘宝楠的《论语正义》最为博恰。

孔子时代，尚处在中国哲学思想发展初期。学术上还没有出现诸子争鸣，彼此辩论的局面，激烈的伦理争论也没有产生，所以孔子的言论，多是直陈思想主张，往往只有观点，没有材料，只有论点，没有论据，也没有充分使用综合、分析、推理、驳难等论辩方法。所以《论语》中，许多章节只有一句话，寓意深刻，通俗简洁，为语录体的典范。其中不少名言，已经演化成格言和成语，对后代文学语言产生了深远的影响。

孔子晚年致力于整理“六经”，对传播和保存中国古代文化作出了重大贡献。

076 学而时习之，不亦说乎！有朋自远方来，不亦乐乎！人不知而不愠，不亦君子乎！

【注释】

选自《论语·学而》第一章。

时：按时。习：诵习。说：通“悦”，高兴。朋：指朋友。乐：快乐。知：了解。愠（yùn）：恼怒。

【赏析】

在孔子的人生哲学中，好学、乐交、宽容，是做人的三大重要品质，所以孔子说：

“学而时习之，不亦说乎！有朋自远方来，不亦乐乎！人不知而不愠，不亦君子乎！”

意思是：学习知识以后，经常温习它，不是很高兴的吗！

有同门学友从远方来，不是很快乐的吗！人家不了解我，我也不怨恨，不就是君子风度吗！

古时同志为“友”，同门为“朋”。所谓同门，就是出于同一个老师门下。

孔子认为，一个人欲成就自己，学习是唯一途径。人不好学，无以为文，不能成为真正的士，不能立于君子之侧，不能脱离愚昧、粗野，自然不能成为人才。此其一。其二，不与学友交流，便不能了解别人，也不能使别人了解自己。学友之间只有在交往中才能互相激励，相互补益，使自己的思考、观点得到别人的评价、接受，进而影响社会。其三，古代君子讲究“慎独”，十分重视自己的独得之见。但孔子同时认为，君子不仅要“慎独”，也应尊重他人的见解，更不能因为别人不了解自己而愤愤不平。所以，君子应当完善自己，有一颗宽容的心，才能与人长久相处，相得益彰。

孔子的好学、乐交、宽容，构成了传统知识分子人格精神的合理内核，对传统文化结构的形成产生了深远影响。

077 吾日三省吾身：为人谋而不忠乎？与朋友交而不信乎？传不习乎？

【注释】

选自《论语·学而》第四章。

日：每天。三省(xǐng)：多次自我反省。三，形容次数多。为：给，替。谋：策划，考虑。这里指考虑事情。传：传授。

此指老师传授的知识。习：复习。

【赏析】

孔子的学生曾子说：

“吾日三省吾身：为人谋而不忠乎？与朋友交而不信乎？传不习乎?”

意思是：我一日三次反省自己：为人做事是否尽心尽力了？与朋友交往是否遵守信用？老师传授的知识是否反复温习？

儒家对社会政治生活持积极入世的态度，提倡个人应该树立“修身治国平天下”的志向，其中，修身是最重要的。因此，儒家十分重视个人的道德修养，认为这是治国平天下的前提条件。道德修养的内容，主要指“仁义礼智信”等儒家的道德信条。其中，“仁”是最核心的内容。

那么，如何提高个人的道德修养呢？儒家认为，时刻反省自己，是修身的重要方法。曾子说“吾日三省吾身”，就是将反省自己作为每天生活的必修课。儒家希望，君子通过这种日复一日的内省，将儒家的伦理道德，逐步地内化为自己的人生理念，自觉恪守。

曾子讲的“忠”“信”，是儒家道德修养的重要内容和行为规范，从中可以看出，儒家对个人道德修养的要求是很严格的。

078 《诗》三百，一言以蔽之，曰思无邪。

【注释】

选自《论语·为政》第二章。

《诗》三百：《诗经》有305篇，“三百”是举其整数。蔽：概括。思：语气助词，无意义。到孔子笔下，有人仍作虚字解。但也有人作实字解，意谓思想、情志、意识。两者皆可解释。无邪：纯正，不邪恶。

【赏析】

“思无邪”三字，源出于《诗经·鲁颂·駉（jiōng）》：“駉駉牡马，在坰（jiōng）之野。……思无邪，思马斯徂。”原是描写鲁僖公的马夫专心养马的神态，孔子借用来评论《诗经》，说：

“《诗》三百，一言以蔽之，曰思无邪。”

意思是：《诗》三百篇，用一句话来概括，就是没有邪念，思想纯正。

孔子认为，《诗经》三百篇，内容健康，思想纯正，合乎礼义，符合儒家的政治道德标准。孔子的这个评价，反映了孔子重视《诗经》的社会作用，要求诗歌于人的道德教化有所裨益。

然而，《诗经》内容广泛，既有歌功颂德、符合“无邪”标准的“美”诗，也有揭露现实，充满反抗呼声的“刺”诗，还有不少描写男女爱情，不合礼教的“情”诗。所以，仅仅把《诗经》内容概括为“无邪”是不准确的。到了宋代，朱熹提出新的解释，亦为一说：“‘思无邪’乃是要使读诗人思而无邪耳。读三百篇诗，善为可法，恶为可戒，故使人思无邪也。”

孔子以后，“思无邪”成为文学评论和创作的标准，要求诗歌创作要“发乎情，止乎礼义”，即诗歌抒发的情，必须符合传统礼教的伦理道德规范，对中国古代文学产生了深刻影响。

079 三十而立，四十而不惑，五十而知天命，六十而耳顺，七十而从心所欲，不逾矩。

【注释】

选自《论语·为政》第四章。

立：自立。指确立人生目标。不惑：没有疑惑，指已经掌握了知识。天命：指事物发展的客观规律。耳顺：指从别人的话中能分辨出好坏、是非、真假。郑玄释为：“耳闻其言而知其微旨。”一说对任何话都不介意。从心所欲：随心所欲。从，同随。不逾矩：不超过规矩、法度。逾，越。矩，规矩，法度。

【赏析】

这是孔子自述学习修身的进程和人生体悟，他评价自己说：

“三十而立，四十而不惑，五十而知天命，六十而耳顺，七十而从心所欲，不逾矩。”

意思是：三十岁自立，四十岁对事物不疑惑，五十岁了解天命；六十岁听到什么都能领悟，七十岁随心所欲而不逾越法度。

孔子一生从事的活动主要有两类：一是政治活动，时间较短，前后只有5年。他50岁的时候，开始任鲁国的中都宰、司空，后又升迁为司寇。但他55岁时，便被迫离开鲁国，开始周游列国，宣传自己的政治主张，长达14年之久，终不见用。二是教育活动，时间相当长，经历了三个阶段：第一阶段，“三十而立”到35岁，收受第一批弟子；第二阶段，37岁到50岁，他的弟子已遍及各诸侯国；第三阶段，周游列国，返鲁。到晚年他的教育活动一直没有中断，而且在这一时期，他的弟子已开始在一些诸侯国的政治生活中发挥积极作用。

可以说，孔子的教育活动取得了辉煌的成绩，对后世产生了极为深远的影响。他在总结自己的教育活动时，反思了自己为学一生，与年俱进的进程：三十“而立”，四十“不惑”，五十“知天命”，六十“耳顺”，七十从心所欲“不逾矩”——反映了一个人必须经过一个从自律到自觉的学习过程，才能达到思想修养和道德修养的最高境界。

中国历代的学者、仁人志士，都曾从孔子的这番话里得到启发和激励。

080 君子周而不比，小人比而不周。

【注释】

选自《论语·为政》第十四章。

君子：具有道德修养的人。周：合群，团结。比：勾结。

小人：人格卑鄙的人。

【赏析】

孔子注重人的道德修养，敬重君子，鄙视小人。孔子说：

“君子周而不比，小人比而不周。”

意思是：君子宽以待人，与大家和睦相处，团结共事，但又不结党营私；小人自私狭隘，结党营私，不能与人和睦相处。

孔子认为，只有那些胸怀宽广、气度恢宏、严于律己、有道德修养的人，才能宽以待人，与大家和睦相处，团结共事，不结党营私，所以配称君子；而小人就是那些心胸狭隘，自私自利，不能与人和睦相处的人。

这个观点，充分反映了儒家的道德观和人格要求。

081 学而不思则罔，思而不学则殆。

【注释】

选自《论语·为政》第十五章。

罔：迷惑，迷茫。指罔然无所得。殆：疑惑，一说危险。

【赏析】

孔子从政的道路崎岖坎坷，没有什么值得书写的地方。他的杰出贡献主要在创办私学，聚徒讲学方面。孔子打破了学在官府的约束，使很多人有了受教育的机会。传说孔子有弟子三千，贤人七十，形成了一个对后世有极大影响的儒家学派。

孔子教育学生，特别注重学习成才。他说：

“学而不思则罔，思而不学则殆。”

意思是：学习而不思考，就会迷茫，无所收获；只思考而不学习，陷入困境，就危险了。

孔子是中国最伟大的教育家。早在2000多年前，孔子就认识到读书学习和积极思考同等重要，不可偏废。所以他要求自己的弟子要学思并重，勤于思考，把书本上的知识变成自己心中融会贯通的才能。只有这样，才能在学业上有大的进步和收获。

孔子的这一教育思想，是留给我们的一笔宝贵财富。

082 知之为知之，不知为不知，是知也。

【注释】

选自《论语·为政》第十七章。

知：前面四个“知”，是知道的意思。最后一个“知”，通“智”，是聪明、智慧的意思。

【赏析】

仲由（字子路）是孔子的弟子，也是孔子的高材生。仲由长年跟随孔子，孜孜不倦地学习着。一次，孔子对仲由说，让我来告诉你什么是智慧吧。孔子说：

“知之为知之，不知为不知，是知也。”

意思是：知道就知道，不知道就不知道，这就是最智慧！

孔子认为，世界上最聪明的学习态度，就是知道就知道，不知道就不知道。孔子在聚徒讲学生涯中，概括出了一系列符合人类认识发展规律的教育思想。这是其中一句。孔子认为，学习是老老实实的事，来不得半点虚假。懂就懂，不懂决不能装懂。每个求学的人，都应该培养“知之为知之，不知为不知”的严谨学风。一个人承认自己有不懂的地方，就找到了学习的突破口和前进的方向。这种认识上的进步和实事求是的精神，才是智慧不竭的来源，所以是真正的大智慧。

083 人而无信，不知其可也。

【注释】

选自《论语·为政》第二十二章。

信：诚信。不知其可：不知道怎么可以这样。

【赏析】

孔子认为为政的人，应该讲诚信。他说：

“人而无信，不知其可也。”

意思是：一个人不讲信用，不知他怎么能办事！

孔子认为，诚信是一个人立身处世的根本。“信”作为一个伦理范畴，在春秋时期已经出现。社会各阶层之间，以及统治阶层内部，常以此平衡、处理上下左右的关系。一般“忠、信”并提，特别是下级，要对君主讲忠心、讲诚信，否则就犯了欺君之罪。

孔子讲，“人而无信，不知其可也”，强调人与人之间的

交往必须“谨而信”（《学而》）。这里，孔子谈的“信”，已拓展为人与人之间必须讲的“信誉”，不只是对上而言。这在当时是一种创新思想，拓展了“信”的内涵和外延。孔子的弟子们，遵从师教，纷纷发表自已对“信”的理解。子夏说：“与朋友交，言而有信。”有子说：“信近于义，言可复也。”曾子更是把“信”作为每日“三省”的内容之一，说：“与朋友交而不信乎?”

可以看出，在儒家学说中，“信”与“孝、悌”一样，也是实践最高道德原则“仁”的一个重要的基本道德规范。

084《关雎》乐而不淫，哀而不伤。

【注释】

选自《论语·八佾》第二十章。

淫：过度，一说放荡。朱熹《诗集传序》解释说：“淫者，乐之过而失其正者也；伤者，哀之过而害于和者也。”

【赏析】

这是孔子对《诗经·周南·关雎》一篇的评论。他说：

“《关雎》乐而不淫，哀而不伤。”

意思是：《关雎》这首诗，欢乐却不放纵，哀怨却不伤感。

《关雎》是《诗经·周南》中一首著名的爱情诗。孔子评论它“乐而不淫，哀而不伤”，反映出孔子论诗持中和之美的观点，强调中和、适度，防止偏伤。

宋代朱熹《论语集解》引孔安国的话解释说："乐不至淫，哀不至伤，言其和也。"这个理解是符合孔子原意的。"和"即中和、不偏不激的意思。孔子称赞《关雎》描写男女情爱，含蓄委婉，表现快乐而不过分放纵，表现哀怨而不过分伤感，恰如其分，因而符合儒家礼义道德，具有中和、适度之美。

孔子对《关雎》"乐而不淫，哀而不伤"的评论，与孔子对《诗经》"思无邪"的评论是一致的。在孔子看来，《诗经》描写男女情爱不涉于淫荡，揭露统治阶级的罪行不直切激烈，没有伤害和正的毛病，所以都是"无邪"之作。这种美学观点对后世产生了深远影响。

085 始吾于人也，听其言而信其行；今吾于人也，听其言而观其行。

【注释】

选自《论语·公冶长》第十章。

始：起初。今：现在。

【赏析】

孔子与弟子谈到识人的道理时说：

"始吾于人也，听其言而信其行；今吾于人也，听其言而观其行。"

意思是：起初我看人，听了他的话就相信他会按说的去

先秦

做；现在看人，听了他的话，还要观察他是否会按说的去做。

宰予是孔子的弟子，巧口善辩，说得好听，但不能落实到行动上，经常白天睡觉，不勤奋学习。孔子认为宰予太懒散，惰性强，很难回到学习的正途上来，批评他说："朽木不可雕也，粪土之墙不可杇（wū）也。"并由此得出结论：看一个人不能只听他说得怎么样，还必须看他做得怎么样。这的确是正确认识一个人的经验总结。

086 质胜文则野，文胜质则史。文质彬彬，然后君子。

【注释】

选自《论语·雍也》第十八章。

质：指人的内在思想品质。文：指表现在外面的礼节，学问。野：粗鄙。

史：虚华无实。彬彬：文与质搭配得很适当的样子。

【赏析】

孔子主张一个人的文采与质朴之间应该达到一种和谐的统一。他说：

"质胜文则野，文胜质则史。文质彬彬，然后君子。"

意思说，一个人过于质朴，缺乏文采，就显得粗俗；文采过多，不够质朴，就显得浮华。质朴和文采两方面结合得好，才称得上君子。

孔子认为，一个人的道德修养，在内在方面应有深厚的修为品质，具有仁德之心，高尚的情操；在外在表现上，又应该讲礼貌，有学问，说话有文采。真正的君子，就应该是这两方面素质修为的完美结合，只有这样，才具有君子之风而不土俗。

后来，孔子关于文与质的概念引申到文艺上，成为中国古代文论的一对重要范畴。通常有两个涵义：

一是认为，质和文表示文学作品的内容和形式。晋代陆机《文赋》说："理扶质以立干，文垂条而结繁。"南朝梁刘勰《文心雕龙·情采》说："水性虚而沦漪结，木体实而花萼振，文附质也，虎豹无文则鞹同犬羊，犀兕有皮而色资丹漆，质待文也。"刘勰的意思是，水本性空灵，才有微波荡漾；树本性沉实，才有花儿开放，说明文华离不开质实。其次，虎豹的皮如果没有花纹，就跟犬羊一样；犀牛虽然有皮，但用作器物时，则须涂上丹漆，才有漂亮的颜色，说明素质有赖于文华。

二是认为，质和文均指语言文辞，即质朴和华丽两种文风。南朝梁刘勰《文心雕龙·时序》说："时运交移，质文代变。"用的就是这个意思。

上面讲的两种含义，在实际运用中，都能成立，但到底属于哪一种，则要根据作者在不同的语言环境中视所表达的具体内容来理解。

087 知之者不如好之者，好之者不如乐之者。

【注释】

选自《论语·雍也》第二十章。

好：喜好。

【赏析】

孔子认为，学习有三种境界。他概括说：

“知之者不如好之者，好之者不如乐之者。”

意思是：懂得学问的人比不上喜爱的人，喜爱的人不如以研究它为快乐的人。

孔子讲的三种境界：第一种境界为“知之”，指被动的为学习而学习，缺乏主观能动性；第二种境界为“好之”，指因为爱好而学习，能通过自己的主观努力去获取知识；第三种境界为“乐之”，这种境界已经超越了“好之”的求知阶段，而进入以研究学问为人生最大的乐趣。所以这个阶段是学习的最佳境界，能使人达到心灵上的愉悦和满足。求学而能够进入第三种境界的人，孜孜以求，毫不厌倦，永不满足。

088 知者乐水，仁者乐山；知者动，仁者静；知者乐，仁者寿。

【注释】

选自《论语·雍也》二十三章。

知者：即智者，聪明的人。知，通“智”。乐（yào）：喜欢，爱好。乐（yào）水：意为沉浸于山水之中而与之俱化。知者乐（lè）：乐，优游快乐的意思。

【赏析】

孔子推崇崇高的精神生活，而崇高的精神生活是和真、善、美紧紧相连的。孔子说：

“知者乐水，仁者乐山；知者动，仁者静；知则乐，仁者寿。”

意思是：聪明的人喜欢水，仁德的人喜欢山；聪明的人活跃，仁德的人恬静；聪明的人优游，仁德的人长寿。

孔子从审美情趣的角度，以水和山为喻，谈论智者与仁者的区别和统一。宋代朱熹注释说：“知者达于事理而周流无滞，有似于水，故乐水；仁者安于义理而厚重不迁，有似于山，故乐山。”（《论语集注》）也就是说，水有流动的特点，山有静止的特点。水代表了动，其实质是变化，对于智者来说，就是要通权达变；山代表了静，其实质是安定，对于仁者来说，就是要稳定沉着，对自己的理想、信念不轻易迁移。

孔子所讲的智者乐水，仁者乐山，具有以自然山水特点为象征的精神内涵，折射出儒家的精神境界和对伦理道德的崇高追求，表达了中国传统文化关于天人合一、美善统一的见解。

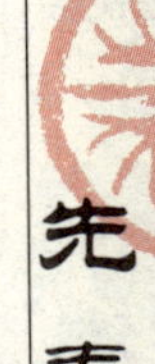

089 夫仁者，己欲立而立人，己欲达而达人。

【注释】

选自《论语·雍也》第三十章。

立人：让别人站得住。立，站得住。清代曾国藩《书赠侄弟六则·恕》中："我要步步站得稳，须知他人也要站得稳，所谓立也。我要处处行得通，须知他人也要行得通，所谓达也。"达人：让别人行得通。达，行得通。参见"立人"注。

【赏析】

在儒家理念中，"仁"与"圣"是有区别的道德概念，子贡不懂这一点，他问老师孔子：如果一个人广泛地给百姓以好处和救济，是不是可以称得上仁人了？孔子回答说，这样的人已经是圣人了：

"夫仁者，己欲立而立人，己欲达而达人。"

意思是：有仁德的人，自己想站得住（指立身），也让他人站得住；自己想行得通（事业通达），也让他人行得通。

孔子这句话，讲明了仁人与圣人的区别。孔子认为，有仁德的人，自己想立身，也让他人能立身；自己想事业通达，也让他人事业通达。如果一个人不是想，而是已经实践并广泛地给了百姓好处和救济，这样的人，就称得上是圣人了。

《论语》中，孔子谈论"仁"的言论很多，语言表述上也不尽相同，但每种说法都有其针对性。而本句的含义，可以看作是对“仁”下的一个最基本的定义。

那么，实践仁道，应该采取什么方法、途径呢？孔子提出了“能近取譬”的方法，即实践“仁”始终要掌握的一条原则：“己欲立而立人，己欲达而达人。”这样坚持不懈地做下去，就能成为一个“仁者”。

与这一原则相补充的是孔子提出的另一原则——“己所不欲，勿施于人”，意谓自己不愿意做的事情，就不要强加于别人。这是一种以身边的事为实例，推己及人，将心比心的修养方法。孔子认为，凡事能够推己及人，将心比心，就可以说是找到实践“仁”的方法了。

孔子的弟子曾子概括老师之道是“忠恕而已”。忠者，就是尽自己的努力去待人，即“己欲立而立人，己欲达而达人”；恕者，就是推己及人，即“己所不欲，勿施于人”。

“忠恕”是孔子伦理思想中的两个重要概念，孔子认为，忠、恕相辅相成，就可以实现人与人之间的和谐关系。

090 默而识之，学而不厌，诲人不倦。

【注释】

选自《论语·述而》第二章。

识(zhì)：记住。厌：满足。诲（huì）：教导，指教。倦：厌倦，不耐烦。

【赏析】

孔子这一句阐述了自己的教育思想和观念。他说：

“默而识之，学而不厌，诲人不倦。”

意思是：学到的知识默记在心里，努力学习从不满足，教导别人从不厌倦。

这句话，孔子讲了三个学习、育人的原则，即：学到知识默默地记住，努力学习决不满足，教导别人决不厌倦。这三条学习、育人原则，既是孔子教育他人的准则，也是孔子自身行为的写照，充分反映了孔子爱好学习，无私育人的精神品德。

孔子之所以能够成为中国伟大的教育家、思想家、政治家，能够成为中国文化的伟大代表，与他一生勤奋不辍分不开。当时，有叶公向子路打听其老师的为人，子路不知道如何回答。孔子说，你为何不这样说：“其为人也，发愤忘食，乐以忘忧，不知老之将至。”这的确是他终生学习、孜孜不倦的精神写照。

孔子不是天才，他自己也否认自己是天才。他说：“我非生而知之者，好古，敏以求之者也。”又说：“盖有不知而作之者，我无是也。”孔子这些话，清楚地表明，他是依靠“多闻”“多见”“择善而从”和坚持不懈而获得知识的。

如今，“学而不厌，诲人不倦”作为成语，常用来勉励和赞扬那些勤于治学、耐心育人、师德师风高尚和敬业的教育者。

091 其为人也，发愤忘食，乐以忘忧，不知老之将至。

【注释】

选自《论语·述而》第十九章。

其：他，孔子自指。发愤：下决心勤奋学习。

【赏析】

叶公（姓沈，名诸梁）是楚国的贤大夫，他任叶城的邑宰时，曾向子路打听孔子是怎样的人。子路一时不知如何回答。孔子就说，你何不这样回答：

“其为人也，发愤忘食，乐以忘忧，不知老之将至。”

意思是：他这个人啊，发愤起来忘了吃饭，高兴起来忘了忧愁，竟不知道衰老即将来临了。

这是孔子对自己为人的一个评价和概括。孔子认为，自己最大的特点就是对大道忘我不悔的追求。这种追求，首先体现在他毕生“好学不倦”上面。他说：“默而识之，学而不厌，诲人不倦。”“敏而好学，不耻下问。”又说：“十室之邑，必有忠信如丘者焉，不如丘之好学也。”其次，这种追求，体现在其道德志向方面。孔子追求高尚的精神生活，追求最高价值观念的“仁”，追求富有意义的人生。他说：“我欲仁，斯仁至矣！”“不义而富且贵，于我如浮云。”有了这种高尚的精神道德生活，有了毕生对“仁”不懈的追求，即使吃粗粮，喝白开水，弯着胳膊当枕头，也是“乐亦在其中矣”。

活在这种理想生活中的孔子，“不知老之将至”，也就在情理之中了。

092 三人行，必有我师焉，择其善者而从之，其不善者而改之。

【注释】

选自《论语·述而》。

三人：这里的“三人”，不一定是实数，可以泛指多人。师：动词，效法。善：优点。

【赏析】

孔子曾经说过，他的成才得益于“敏以求之”。他的弟子子贡在《论语·子张》里也说：“孔子焉不学？而亦何常师之有。”指出孔子没有固定的老师。那么，孔子是怎样学习成才的呢？孔子说：

“三人行，必有我师焉，择其善者而从之，其不善者而改之。”

意思是：三人同行，其中必有值得我学习效法的。我学习他们身上的优点，以他们身上的缺点为镜子，改正自己类似的缺点。

孔子认识到，一个人不可能具备所有的知识和才能，所以应该谦虚谨慎。人一旦虚心了，就能发现别人的长处、优点。凡是别人的长处、优点都值得自己学习。从孔子“每事问”“学无常师”“我非生而知之者”“敏而好学，不耻下问”这些言论中，可以清晰地解读到“三人行，必有我师焉”的深刻含义。

但是，孔子的虚心善学并非一味盲从，所以他强调，必须“择其善者而从之”。这就涉及到一个学习方法问题，以及能否判断是非优劣的识见和水平问题。

093 君子坦荡荡，小人常戚戚。

【注释】

选自《论语·述而》第三十七章。

荡荡：宽广。戚戚：忧愁、担心的样子。

【赏析】

孔子分析研判君子、小人的不同心境，得出结论是：

“君子坦荡荡，小人常戚戚。”

意思是：有道德修养的人一生胸怀坦荡；人格卑鄙的人常常忧心忡忡。

孔子认为，有崇高的精神追求，以实践仁为已任的君子，胸怀宽广，心地坦荡，毫无自私自利之心。而小人以自我为中心，斤斤计较，患得患失，所以整天担心这样，忧虑那样，快乐不起来。宋代朱熹《集注》引程颐的话解释说：“君子循理，故常舒泰；小人役于物，故常忧戚。”

古代儒家对君子的要求很高，各方面都有一定的道德行为规范，而胸怀坦荡是其中一个重要方面。从孔子而下，君子之风已经成为历代读书人毕生追求的目标。

094 鸟之将死，其鸣也哀；人之将死，其言也善。

【注释】

选自《论语·泰伯》第四章。

善：友好，和气。

【赏析】

孔子的弟子曾子患了重病，孟敬子去看望他。曾子对他说：

“鸟之将死，其鸣也哀；人之将死，其言也善。”

意思是：鸟将要死的时候，它的鸣声会十分哀伤；人快要死的时候，他的话往往充满善意。

在人们眼中，鸟儿无忧无虑，成天快乐地在林中歌唱着，但当死亡来临时，它也会发出声声悲鸣；人生在世，受种种利害关系的制约，往往言不由衷，表达的观点都经过“利害”二字的过滤，未必是真实心声。可是，当生命之光即将熄灭时，一切“利害”均失去了它的约束力，人就会抛弃一切顾忌，流露真情，说出真言，表现出超越利害、名利的人性的光辉。

那么，曾子讲的“其言也善”，是什么善言呢？曾子认为，学道以修身为最重要，而陈设礼器之类，只是细枝末节的小事。这表明，曾子看重三项礼仪准则：一，严肃礼容外貌，以避免粗悖傲慢；二，端正仪态神色，以近于诚实守信；三，注意言辞声调，以避免鄙陋背理。

曾子说的这三项礼仪准则，据前人的解释是："人之相接，先见容貌，次观颜色，次交语言，故三者相次而言也。"

095 士不可以不弘毅，任重而道远；仁以为己任，不亦重乎！死而后已，不亦远乎！

【注释】

选自《论语·泰伯》第七章。

士：读书人。弘：大。这里指心胸宽广。毅：刚强，坚毅。仁以为己任：即以仁为己任。重：指责任重大。远：指行程遥远。

【赏析】

曾子继承孔子的思想主张，毕生以实现仁为己任。他说：

"士不可以不弘毅，任重而道远；仁以为己任，不亦重乎！死而后已，不亦远乎！"

意思是：士不可以不心胸宽广、意志坚定果断，因为任重而道远；把实现"仁德"作为自己的责任，不是很重大么！直到死了才可以停歇下来，不是很遥远么！

曾子认为，士应该以弘扬仁道作为自己一生的奋斗目标。但是，这样做又是一件很艰难的事情。因此，士应该具有远大的抱负、坚强的意志，为实现仁德努力奋斗，直到死了才可以

停歇下来。

096 不在其位，不谋其政。

【注释】

选自《论语·泰伯》第十四章。

位：职位。谋：考虑，谋划。

【赏析】

孔子谈论政治上的进退之道时，讲了一个基本的处事原则：

“不在其位，不谋其政。”

意思是：不在那种职位上，就不去考虑它的政务。

“不在其位”界定了人的基本社会属性：一是不再负有相关责任，也没有相关的义务；二是不再有相应的权利，也不再具有执行力；三是脱离了政务工作运行的系统程序，无官一身轻，既无须上情下达，也无须下情上报；四是“其位”已有人思考谋划，没有公职身份的人无权过问，不能随意干政。

基于这四点原因，“不在其位，不谋其政”有其合理的成分。但是，孔子所说的“不谋其政”，并不是就可以不去思考国家政策、谋略、措施及政治的得失、政务的效率……实际上，孔子常常从宏观上思考经邦治世的大事。孔子主张实行仁政，提出“治国以礼”“为政以德”，反对对百姓采取杀人压服的办法，他告诫弟子子夏，做了莒父（鲁国邑名）的长官后，“无欲速，无见小利”，等等，都表现出孔子治国理邦的仁道精神以及智慧和责任。

所以，“不在其位，不谋其政”，不是要君子们冷淡政治，而只是君子们应该抱有的一种处事准则。

097 逝者如斯夫，不舍昼夜！

【注释】

选自《论语·子罕》第十七章。

子：孔子。川上：河边。逝者：指消逝的时光。斯：这，指河水。夫：语气词。舍：停留，止息。

【赏析】

孔子在黄河岸边，看见滚滚滔滔不舍昼夜奔流的河水，心有所触，感叹时光的流逝有如这河水，流走了就不可再来。说道：

“逝者如斯夫，不舍昼夜！”

意思是：时光的流逝就像河水，日夜不停，一去不复返了！

孔子好学，惜时如金。他从河水的日夜流逝，联想到时光的不可倒流，更增添了争分争秒地学习，增强自身道德修养，教授更多弟子成才的紧迫感，成为千古名言。

历朝历代，许多有志之士都从这句话中受到感悟和启发。唐代李白《古风》说：“逝川与流光，飘忽不相待。”感叹河水与时光飞逝而过，决不等待谁。毛泽东《水调歌头·游泳》

（1956）中引用这段话，“子在川上曰：逝者如斯夫”，形容新社会翻天覆地的变化。

098 后生可畏，焉知来者之不如今也？

【注释】

选自《论语·子罕》第二十三章。

后生：后辈。指年少的人。畏：敬畏，惧怕。焉：怎能，怎么，哪里。来者：后辈子孙。

【赏析】

孔子历来重视后学，认为后来者完全可以超越前人。他说：

“后生可畏，焉知来者之不如今也？”

意思是：年轻人值得敬畏，怎么知道他们将来不如今人呢？

孔子是古代伟大的教育家，他十分重视年轻人，认为他们朝气蓬勃，具有旺盛的生命力，发展潜力不可限量，能够超越自己。

孔子道出了事物发展的客观规律：新事物必然取代旧事物，年轻人必然超过老年人。但孔子也清醒地指出，年轻人必须不懈地努力，勤奋有加，才能有所建树。反之，虚度光阴，学而无成，到四十、五十岁也没什么名望，就不值得敬畏了。

孔子的落脚点还是在勤于学习上。年轻人只有头悬梁，针刺股，萤窗夜雪，凿壁偷光，经过一番刻骨铭心的奋斗，才能取得令人钦佩的成绩。

孔子是对的：年轻固然是一个人的资本，但年轻人必不会自然成才。

099 三军可夺帅也，匹夫不可夺志也。

【注释】

选自《论语·子罕》第二十六章。

匹夫：平民百姓。

【赏析】

孔子鼓励年轻人成才，但孔子也清醒地知道，一个人能否成才，有所作为，立志是非常重要的。他说：

“三军可夺帅也，匹夫不可夺志也。”

意思是：三军人数虽多，如果军心不齐，它的主帅也会被敌人夺去，可是却不能夺走一个普通人的志气。

孔子认为，一个人是否立下志向，志向是否坚定，决定一个人事业的成败。他总结自己取得的成就时，将之归于年轻时就“有志于学”（《为政》篇），强调为学要“志于道”（《述而》篇）。孔子不仅自己志向坚定，还常常询问弟子的志向，勉励他们立志要弘大，更要坚定，因为志“如可夺，则亦不足谓之志矣”。

今天，这句话常用来表达一个人坚守自己的信念与理想，具有大无畏的精神，无论面对什么恶劣环境，甚至牺牲生命，也决不妥协、动摇和投降。

100 己所不欲，勿施于人。

【注释】

选自《论语·颜渊》第二章。

欲：喜欢，想要。施：推行，强加。

【赏析】

春秋战国时代，有一个名叫仲弓的人，向孔子询问什么是“仁”。孔子回答说：

“己所不欲，勿施于人。”

意思是：自己不想要的，不要施加给他人。

曾子在《里仁》篇里，概括孔子的思想说：“夫子之道，忠恕而已矣。”忠恕是孔子伦理思想中的两个重要概念，亦称“忠恕之道”。忠者，就是尽自己的努力去待人，用孔子的话说，就是“己欲立而立人，己欲达而达人”；恕者，就是推己及人，用孔子的话说，就是“己所不欲，勿施于人”。

一个有忠恕思想的人，可以不知道别人喜欢什么，想要什么，但是，却知道自己不喜欢什么，不想要什么，从人的共性出发，自己不想要的，别人也不会想要。如此推己及人，从己心出发，为他人着想。“己所不欲，勿施于人”，表现出的就是一种宽厚仁慈的心肠。

忠恕之道贯穿在孔子的学说里。从修身而言，是对个人行为的一种约束；从治国而言，则可以限制过分残暴的政治指向，有一定进步意义。

101 君子成人之美，不成人之恶，小人反是。

【注释】

选自《论语·颜渊》第十六章。

成：成就，使成功。

【赏析】

孔子谈论君子与小人的行为区别时说：

“君子成人之美，不成人之恶，小人反是。”

意思是：君子成就他人的好事，不促成他人的坏事，小人恰恰相反。

孔子认为，君子、小人的心地不同，思考问题的角度不同，向善与向恶之心不同，利益的出发点不同，行为上就会有很大的差别。君子具有天下一家的胸襟，有视他人幸福为自己幸福的情怀，有仁爱众生的心肠，所以行为、思虑总是助善惩恶、扬美抑丑。孔子说：“己所不欲，勿施于人。”又说：“己欲立而立人，己欲达而达人。”其思想内涵与本句是相通的。换言之，君子自己憎恶“恶”，所以不会助推他人行恶；

君子自己欲达欲立，热爱仁德，所以愿意成就他人的好事。这是孔子仁德思想一贯的表现。反之，就是小人。

102 其身正，不令而行；其身不正，虽令不行。

【注释】

选自《论语·子路》第六章。

令：下命令。行：推行教化。

【赏析】

孔子谈论统治者的为政之道，强调说：

“其身正，不令而行；其身不正，虽令不行。”

意思是：自身端正，不下命令也能以身作则，施行道德教化；自身不正，下了命令也不能施行。

孔子指出，统治者在伦理道德上的表率作用是治理国家的关键因素，因此，他们应该主要依靠道德楷模的作用来引导百姓，而不是靠权势地位来压服百姓。

孔子反对用严刑峻法，尤其杀人的办法来打击罪恶，威吓百姓，迫使他们服从统治者的意图。他劝导季氏：“子为政，焉用杀，子欲善而民善焉。”即是说，统治者为善，百姓就善，而百姓的“不善”，则是由统治者的不善造成的。

孔子认为，统治者在道德上以身作则，其教化示范作用是巨大的，具有权势和暴力所没有的说服力和感化力。所以，它的影响力像风吹草低那样，成效直接而明显。

统治者在道德上的教化示范作用，还要求当政者能主动承担治国失措的责任。孔子赞赏商汤“朕躬有罪，无以万方，万方有罪，罪在朕躬”的勇气，推崇周公“百姓有过，在予一人”的品行，就是其“其身正，不令而行”政治理念的另一种反映形式。

后世帝王受孔子道德教化理念的影响，常有“罪己诏”的做法。一代明君唐太宗吸取隋炀帝失败的教训，虚怀纳谏，敢于承担政事举措不当的责任，有错能改，才最终形成了大唐帝国繁荣昌盛、国富民强的局面。

103 无欲速，无见小利。欲速则不达，见小利则大事不成。

【注释】

选自《论语·子路》第十七章。

欲：想。速：快。达：到达。不达：指达不到目的。

【赏析】

孔子的弟子子夏做了莒父（鲁国邑名）的长官，他向孔子询问，怎样才能治理好政事。孔子回答说：

“无欲速，无见小利。欲速则不达，见小利则大事不成。”

意思是：办事不要图快，不要贪小利。想很快成功，反而达不到目的，贪小利，就成不了大事。

孔子认为，施行仁政是一项长期的、艰难的事业，不能急功近利，一蹴而就。孔子说："善人为邦百年"，才能战胜残暴，消除杀戮，提高整个社会的文明程度。而子夏行政以后，希望尽快见到成效，有急躁的表现，所以孔子向他提出告诫。

事物的发展都有其自身规律，人们必须尊重这个规律，才能取得成功。如果违反了这个规律，主观提速，反而达不到目的。寓言"揠苗助长"的故事里，那个心急的农夫不但没能帮助禾苗快速生长，反而适得其反，禾苗很快就枯死了。孔子懂得尊重客观规律的重要性，所以他说，办事想快，反而达不到目的，贪小利，则成不了大事。

104 君子和而不同，小人同而不和。

【注释】

选自《论语·子路》第二十三章。

和：这里指和谐、协调。宋代朱熹《集注》云："和者，无乖戾之心；同者，有阿比之意。"同：这里指盲从附和。

【赏析】

孔子谈论君子和小人的不同言行时说：

"君子和而不同，小人同而不和。"

意思是：君子和谐共处而不盲从附和，小人盲从附和而不能和谐相处。

孔子思想的基点，是人应该努力保持自己独立的人格，同时尊重他人，保持和谐的人际关系。“君子和而不同，小人同而不和”，就集中体现了这一思想。孔子认为，君子应当与人友善相处，但又不能盲从附和，没有主见，丧失自己独立的人格。孔子说，“切切偲偲（sīsī），恰恰如也，可谓士矣”，表明孔子力图把人的个体性、独特性、独立性与人的社会性、整体性加以结合或协调，这是一个具有重要意义的思想。

105 不怨天，不尤人；下学而上达，知我者其天乎！

【注释】

选自《论语·宪问》第三十五章。

怨：怨恨。尤：责备。下学：即学下，学的是平常的知识。上达：即达上，通达于仁义。

【赏析】

在《论语·宪问》一章里，孔子与弟子谈论一个人不为别人了解时应有的态度。他说：“没有人了解我啊！”弟子子贡问道：“为什么没有人了解您呢?”孔子回答说：

“不怨天，不尤人；下学而上达，知我者其天乎！”

意思是：不埋怨上天，不责备他人，我学习知识而通达天理，了解我的大概只有上天了！

孔子认为，当一个人不为别人所了解时，不能从他人身上找原因，而主张从自身方面找原因，归纳起来就是重于责己，努力“修己”。孔子采取的是一种自我约束、自我要求的态度，其目的就是通过自身修养，使人性得到全面发展，从而塑造一种更理想的人格。

“不怨天，不尤人”就是孔子理想人格的一个重要方面，它体现出理想人格宽厚的一面：不怨恨他人。正因为不怨恨他人，才能理解人，爱人，才能发现自己的不足，完善自己。

因此，孔子特别赞赏“修己以安百姓”的人。既然孔子将“修己”与“安百姓”联系在一起，说明孔子的“修己”不单是个人行为，也不单是一项内省的精神活动，而是要同完善社会、造福人民相结合的，这就充分体现了“修己”的外在目的和社会动力，自然地，孔子也赋予了理想人格相应的社会责任。历朝历代社会，一批又一批儒家知识分子，刻苦“修己”，努力为国为人民做好事，涌现出了不少杰出的代表人物。

成语“怨天尤人”即由此演变而来，指人一旦遇到不顺心的事就怨天命，怪别人。这与孔子所持的态度截然相反。

106 有德者必有言，有言者不必有德。

【注释】

选自《论语·宪问》第四章。

言：指有益于世的话。

【赏析】

孔子谈论一个人的道德修养与言论之间的关系时说：

“有德者必有言，有言者不必有德。”

意思是：有德行的人一定讲道理，会讲道理的人不一定有德行。

孔子认为，人的德行和言语之间有相一致的一面。德行修为高，目标远大的人，讲的话一定合乎道理，能够令人信服。汉代文学家扬雄在《法言·问神》中说：“故言，心声也；书，心画也。声画形，而君子小人见矣。”意思说，语言文字是人内在思想的表现，从中可以看出人的内心世界和精神品格，判断出是君子还是小人。但是，另一方面，人的德行修为与人的言语之间也有不一致的地方。出口仁义，闭口道德，大道理满天飞的人，不一定有德行。因为他言不由衷，说的是一套，做的是一套，令人不齿。

孔子的弟子常常问：什么是仁德？什么是君子？孔子回答说：有些人会讲道理，言论动听，看起来有仁德的表现，但不一定是君子。是否是真君子，还须“听其言而观其行”（《论语·公冶长》第十章），从其所言所行来判断。

107 志士仁人，无求生以害仁，有杀身以成仁。

【注释】

选自《论语·卫灵公》第九章。

害：损害。杀身：牺牲生命。成仁：完成仁德。

【赏析】

孔子一生追求“仁”，他认为，仁的纯洁性比一个人的生命更重要，君子宁可牺牲生命，也不能损害仁。孔子说：

“志士仁人，无求生以害仁，有杀身以成仁。”

意思是：志士仁人，不能因贪生而损害仁德，只能牺牲生命去成全仁德。

孔子一生都在追求一种崇高境界的精神价值，追求最高价值观念“仁”，追求富有意义的人生。他在《述而》篇第三十章说：“我欲仁，斯仁至矣。”清楚地显示了“仁”在孔子心目中的价值。

“杀身以成仁”表明，孔子的人生价值取向是：精神价值高于物质利益，仁德道义的维护高于个体生命的延续，人格的尊严决不屈服于残暴的淫威。在日常生活中，人应该努力实行这种价值取向，而当信奉这种价值取向需要付出生命的代价时，就应该牺牲自己的肉体，用流血的生命去成就“仁”。所以，“杀身以成仁”不是抹杀自我，而是自我精神力量的最大弘扬，是自我精神的升华和最壮美的实现。

千百年来，孔子倡导的这一伦理原则，鼓舞和激励着无数志士仁人为维护正义，战胜邪恶，演唱出了一幕幕惊天地、泣鬼神的正气歌。

108 工欲善其事，必先利其器。

【注释】

《论语 · 卫灵公》第十章。

工：工匠。善：做好。利：使锋利。器：工具。

【赏析】

孔子的弟子子贡问老师，怎样培养仁德。孔子回答说：

“工欲善其事，必先利其器。”

意思是：工匠要做好他的工作，必须先磨好他的工具。

孔子以工匠要做好工作，必先磨好他的工具为喻，指出人欲培养仁德，必须先事奉政治社会中贤能的人，结交士人中仁德的人。那么，何为仁呢？仁是孔子思想的核心。但含义较为复杂。孔子作过多种解释。他回答樊迟时说，“仁”就是“爱人”。回答颜渊时说，“克己复礼为仁”。回答仲弓时说，仁就是“己所不欲，勿施于人”（《论语 · 颜渊》）。此外，“博施于民而能济众”“己欲立而立人，己欲达而达人”（《论语 · 雍也》）等等，也是孔子“仁”的重要方面。

要言之，孔子的“仁”，一方面要维护宗法社会中尊卑长幼、贵贱亲疏的等级秩序，一方面要求在不同等级的人之间实行普泛的爱，因此具有调和社会矛盾和统治阶级内部矛盾的作用。

现在，“工欲善其事，必先利其器”用来说明不管做什么事情，必须事先准备好得力的工具。

109 人无远虑，必有近忧。

【注释】

选自《论语·卫灵公》第十二章。

远虑：长远的打算。远，长远。近忧：迫身的忧患。近，眼前。

【赏析】

孔子主张无论干什么事情，都应该未雨绸缪，防患于未然。他说：

“人无远虑，必有近忧。”

意思是：人没有事先的谋虑，就必定会有眼前的忧患。

孔子认为，人生活在自然、社会中，会遇到各种各样的矛盾和困难，如自然灾害、战争、瘟疫……因此，在和平安宁的环境里，要有防备祸患的思想准备和物质准备。如果安于现状，缺乏忧患意识，不奋斗，不预作努力，不久的将来一定会有忧患产生。

110 君子疾没世而名不称焉。

【注释】

选自《论语·卫灵公》第二十章。

疾：担忧。没世：死亡。称：被人称道。

【赏析】

孔子认为，君子最重视自己的名誉，最希望留名于世，最害怕死而无闻。他说：

“君子疾没世而名不称焉。”

意思是：君子担忧自己死后不被人称颂。

孔子认为，修身养德是为了充实、完善自己，而不是为了被人称颂。但是，一个人到了去世的时候，还没有修身养德到为人称颂，就要对此感到担忧了。孔子这句话，一方面具有普泛的意义，反映了广大士人学子，修身立德，称名于后世的进取意识；一方面也折射出孔子自我实现的强烈愿望。

孔子一向鄙夷虚荣，他认为，“君子病无能焉，不病人之不己知也。”意思说，君子只担忧没有才能，而不担忧没有人知道自己。换言之，有了才能、道德修养，人人敬而仰之，自然被人称颂。而没有才能、道德修养，担忧也没用，试想，谁会称颂一个无德无识的人呢！这里，孔子强调人要有才能和道德修养，和“君子疾没世而名不称”在精神上是一致的。

孔子最痛恨的是自身没有道德修养，没有做出卓特贡献，而不是没有名声。孔子“疾没世而名不称”的担忧，实际上是担心自己道德修养不完善，缺乏卓异的才能，不能充分显示自我的价值。这也是他为什么在在强调“君子求诸己”的内在原因。

111 君子求诸己，小人求诸人。

【注释】

选自《论语·卫灵公》二十一章。

求：前一个“求”，指严格要求自己，后一个“求”，指苛求别人。诸：之于。

【赏析】

孔子主张人生一世，应该努力“为己”。但是，这里所说的“为己”，绝不是为了一己之私利；而是反省自己，发展自己，充实自己，讲的是个人品德修养的问题。他说：

“君子求诸己，小人求诸人。”

意思是：君子严格要求自己，小人则苛求他人。

孔子认为，无论在什么情况下，君子都应该首先检查自身的原因，即“求诸己”。这充分表明了孔子不断自我创新的精神诉求。话中的“求”，有“责求”之义，因此“求诸己”就是严格要求自己。孔子还说，“躬自厚而薄责于人”，其内涵与“求诸己”同。无论是“求诸己”，还是“躬自厚”，都是诉诸个体的自觉性，要求增强自身内在的源动力，自我奋斗，自我完善，树立独立自强的精神品格。而不是动辄依赖他人，盲目效法他人。而作为君子的对立面，小人则是责备他人，总把原因推向外界。所以“求诸己”，还是“求诸人”，就成为君子、小人在行为上的一个重大区别。

《大学》里讲：“君子有诸己而后求诸人，无诸己而后非诸人。”继承发扬了孔子的“为己”精神。宋代朱熹在《四书章句》中重申这一点：“有善于己，然后可以责人之善；无恶于己，然后可以正人之恶。”意思说，只有自己达到了善，才能去要求别人向善。这是教导人们不要苛求别人，而要严格要求自己。

后世中，“严以律己，宽以待人”的处世原则，源出于此。

112 君子不以言举人，不以人废言。

【注释】

选自《论语·卫灵公》第二十三章。

以：由于。言：言论。举：举荐，推举。废：鄙弃。

【赏析】

孔子谈论人的人品与言论的关系时说：

"君子不以言举人，不以人废言。"

意思是：君子不因人言论好就举荐他，不因人不好就废弃他的好言论。

孔子认为，人的人品和言谈不一定相一致：有的人巧言善辩，条分缕析，说得头头是道，但不一定有德行，所以不能"以言举人"。有的人德行可能差一些，但言论合理，有一得之见，所以不能"以人废言"。孔子"不以言举人，不以人废言"的观点，表现出对人和人性的深刻认识和理解，闪现出辩证思维的智慧之光。

后来，人们借用其意，从权势与言论的关系着手，表达一种"高者未必贤，下者未必愚"（唐代白居易《涧底松》）的人才观。唐代韩愈《唐故相权公墓碑》中有："荐士于公者，其言可信，不以其人布衣不用。"表明平民士子虽然地位低下，但如有真知灼见，就应当重视任用，不能"以人废言"。宋代诗人陆游在《识愧》诗中，也明确表达了这一观点："至论无求编简上，忠言乃在里闾间。"

113 可与言而不与之言，失人；不可与言而与之言，失言。

【注释】

选自《论语·卫灵公》第八章。

失人：错过了人。失言：说了不该说的话。知：通“智”，聪明。

【赏析】

孔子认为，一个人说话应看清对象，有针对性。当谈则谈，不当谈则不谈。他说：

“可与言而不与之言，失人；不可与言而与之言，失言。”

意思是：应该与之言谈的人却没有与他交谈，是错过了谈话的对象；不应该与之言谈的人却与他交谈，是说了不该说的话。

这一句中，“言”不是一般的言语，而是指谈论仁道、德行修养、治国以礼等高深的道理。

孔子认为，选择谈话的对象很重要。选择的标准就是双方有共同的语言，能够在一起讨论重大问题。应该谈的人而不与之谈、不应该谈的人而与之谈，都是选错了对象，是缺乏见识的表现。

那么，正确的选择是什么？孔子的答案是：明智的人既不错过能够讨论问题的对象，也不会说不该说的话。

114 小不忍，则乱大谋。

【注释】

选自《论语·卫灵公》第二十七章。

忍：忍耐，容忍。不忍，既指不能忍耐愤怒，也指不能忍耐小恩小利。乱：扰乱，败坏。大谋：大事。谋，谋略。

【赏析】

孔子谈如何加强自身修养的问题时说：

“小不忍，则乱大谋。”

意思是：小事情不能忍耐，就会败坏大事情。

孔子认为，小事能否忍耐，不计较，是一个人的修养问题。小事情可以是小愤怒，也可以是小挫折。能够为了大业而忍小忿者，不是出于权谋的考虑，而是对自身行为的一种理性约束。例如制定一个大的工作计划，就不能因枝节小事而破坏之。

忍小事者，要求有大局观念，有海量修养，能够容忍各种难忍之忿，宽容各种难于预测的过失，以保证大计划的顺利实施。宋代文学家苏轼在《留侯论》中，赞扬张良能够“忍小忿而就大谋”，说的就是这个道理。

张良是韩国人，具有匡时救世之才。其祖、父两代为韩相。秦灭韩后，他欲为韩报仇，遂结交刺客，在博浪沙（今河南原阳城东关）狙击秦始皇。失败后，逃至下邳（今江苏睢宁北），差点丢了性命。

下邳老人黄石公认为张良这样的人才，不去效法汤初贤相

伊尹、周初贤相姜太公考虑大的谋略，却采取荆轲、聂政一类侠士行刺的小计，泄一时之小忿，以命相搏，以死相拼，深为其惋惜。老人欲挫其急躁莽撞之心，便在下邳桥上，摆出高傲无礼的姿态，让他反复拾鞋穿鞋，挫折他的冲动，磨炼他的韧性，直到合格了，才授予《太公兵法》。

张良受下邳老人点拨，学会了动心忍性，韬略胸中，沉稳大气，深思而行，终于在秦末农民起义的大浪淘沙中，大展头角，辅佐刘邦推翻了秦王朝，并在楚汉相争中，辅助刘邦打败项羽，成就了一代旷世伟业。

115 众恶之，必察焉；众好之，必察焉。

【注释】

选自《论语·卫灵公》第二十八章。

众：众人，大家。察：考察，省思。

【赏析】

孔子谈到评价一个人或一件事时，说道：

“众恶之，必察焉；众好之，必察焉。”

意思是：众人讨厌的，一定查清楚原因；众人喜欢的，一定查清楚原因。

孔子主张，评价一个人一件事，必须亲自考察，弄清原委，大家厌恶的，到底哪一点惹人厌恶；大家喜欢的，到底哪一点令人喜欢，从而得出自己的见解，而不能人云亦云，随波逐流。

孔子的主张，是认识人和事物的至理名言。

116 当仁，不让于师。

【注释】

选自《论语·卫灵公》第三十六章。

当：适合，得当。仁：仁德。让：谦让。

【赏析】

孔子提倡，在“仁”面前人人平等，老师与学生之间也是平等的。学生在老师面前，看见符合“仁”的事，就应该大胆地去做，而不能谦虚避让，从而损害“仁”。孔子说：

“当仁，不让于师。”

意思是：面对合乎仁德的事，要勇于承当，不必在老师面前谦让。

实现“仁”，是儒家思想体系中最高的人生境界。求师的目的就是为了求仁道，尊师也是尊仁。“仁”是师生共同追求的目标，符合“仁”的事情，师生都应该勉力而行。学生固然应该尊师，但面对“仁”的时候，不能因为尊师而抛弃“仁”。否则就是主次不分，本末倒置了。

“当仁，不让于师”体现了孔子倡导的自我精神追求，孔子主张通过这种追求实现自我价值。

自我精神追求是一种积极主动的人生态度，具有独立的进

取的姿态。它要求对于有意义的事情，应当勇敢实行，在老师面前也不谦让。这被孔子视作一种美德。因为在孔子的人生观里，高尚的精神追求是高于一切的。弟子对老师应该有敬畏心理，但不应该成为一种障碍。如果因为这种敬畏心理而丧失了自我精神追求，就会遭到人们的鄙视。

后来，“当仁不让”演变为成语，其含义为：凡是有益于人民的事，就不要推辞，而应该勇敢承担。

117 道不同，不相为谋。

【注释】

选自《论语·卫灵公》第四十章。

道：主张，理想。谋：商量，讨论，合作。

【赏析】

孔子对于立场、观点有根本分歧的人，持不相合作的态度。孔子说：

“道不同，不相为谋。”

意思是：观点、理想不同的人，不能在一起筹谋、合作。

孔子讲的“道”，指理想、信念、立场、人生观。孔子讲的“不同”，指根本性的分歧，而不是一般性的差异。譬如，儒家的仁道，和王霸之道，显然是谈不拢的。正人君子与利欲熏心的小人，异路异趋，也不会有共同的语言。此其一。其二，孔子认为，既然“道不同”，就没有必要听取对方的意见，也不必在意对方的批评。而应坚持自己的主张，不为对方所动摇。如果折中、妥协，放弃自己的主张，只能使正义的事业受到损害。这同样是一种自我精神追求。孔子要求这种精神追求在日常生活的各个方面都要加以坚持，对于妨碍这种追求的各种因素都要加以警惕，设法排除。

孔子也讲宽容、仁爱、和谐。但那是同道之间、朋友之间的宽容、仁爱、和谐。“同道”与“道不同”者，是两种不同的处事方法，两种不同的处世原则。

118 益者三友，损者三友。友直，友谅，友多闻，益矣。友便辟，友善柔，友便佞，损矣。

【注释】

选自《论语·季氏》第四章。

益者：有益的。三友：三种朋友。损者：有害的。友直：同正直的人交友。谅：信实。《说文》：“谅，信也。”“谅”和“信”有时意义相同，这里便是如此。便辟：意思是因熟悉而偏袒。朱熹《集注》云：“便，习熟也。便辟，谓习于威仪而不直。”善柔：善于谗媚奉承。朱熹《集注》云：“谓工于媚悦而不谅。”便佞：惯于花言巧语。朱熹《集注》云：“谓习于口语而无闻见之实。”

【赏析】

孔子根据朋友的道德修养和节操作风，将朋友分为益友和损友。孔子说：

“益者三友，损者三友。友直，友谅，友多闻，益矣。友便辟，友善柔，友便佞，损矣。”

意思是：有益的朋友分三种，有害朋友分三种。朋友正直、朋友诚实、朋友见识广博，是有益的；朋友奉承、朋友谗媚、朋友巧言善辩，是有害的。

孔子认为，结交朋友是为了相互学习，辅助仁德，共同进步，因此，并不是任何朋友都是有益的。近朱者赤，近墨者黑。与益友相交，能给人以补益，给人以鼓励，在仁德和事业上相得益彰。与损友相交，则会受到消极、谄媚、奉承的不良影响，不思进取，给仁德和事业带来损害。

119 君子有三戒：少之时，血气未定，戒之在色；及其壮也，血气方刚，戒之在斗；及其老也，血气既衰，戒之在得。

【注释】

《论语·季氏》第七章。

戒：戒备，警惕。色：美色。壮：壮年。古以三十岁左右为壮年。方刚：正盛。斗：逞强，斗胜。得：贪婪。指贪求名誉、地位、财货等。

【赏析】

孔子谈不同年龄段的人，应当有不同的修养重点。他说：

“君子有三戒：少之时，血气未定，戒之在色；及其壮也，血气方刚，戒之在斗；及其老也，血气既衰，戒之在得。”

意思是：君子有三件事应该警惕：年轻时，血气尚未稳定，要警惕女色；壮年时，血气方刚，要警惕逞强好斗；老年时，血气衰退，要警惕贪求名利，有损一世英名。

孔子认为，修养是人自觉地不断地制约自己的某些自然属性和欲望，使之适合社会的伦理道德规范。《淮南子·诠言训》总结人性的弱点说：“凡人之性，少则猖狂，壮则强暴，老则好利。”因此，人要善于把握自己，增强道德修养，克服人生不同阶段容易出现的问题，自觉地追求人格完美。

120 不患人之不己知，患其不能也。

【注释】

选自《论语·宪问》第三十章。

患：担心，忧虑。不己知：不了解自己。不己知，即“不知己”的倒装。知，了解。不能：自己没有才能。

【赏析】

孔子主张，作为社会的人，应该严格要求自己，不断提升个人的能力和修养。他说：

“不患人之不己知，患其不能也。”

意思是：不要担心别人不了解自己，要担心的是自己没有真才实学。

孔子认为，人生在世，能否被人了解，关键在于自身的修为能力。一个有仁德才华的人，迟早会受到人们的重视和尊敬。所以，不用担心别人不了解自己，而应该担心自己有没有真实才能。即使一时不为人所知，也应该从自身找原因，看自己是否具备了真才实学，而不应该怨天尤人、从外部找原因。儒家这种从自我要求做起，积极进取，不求责于他人的宽容态度，是值得肯定的。

显然，一个人能否被人了解，自己作不了主，而严以律己，积极进取，学有所成，却是自己可以做到的。试想，一个严于律己，积极进取，有仁德才华的人，怎么可能一辈子被埋没，不为人所称道呢！

121 岁寒，然后知松柏之后凋也。

【注释】

选自《论语·子罕》第二十八章。

凋：凋谢，凋零。指草木衰败。

【赏析】

孔子重视君子的节操修养。他说：

“岁寒，然后知松柏之后凋也。”

意思是：到了岁末，天气变冷了，才知道松柏是最后凋零的。

这一句的字面意义，是称颂松柏抗风雪、耐严寒的品格。孔子用它比喻君子节操卓异，远高于常人。它表示：只有在极端艰难困苦的条件下，才能显示出一个人坚贞不屈的情操和气节。

这一比喻内涵丰富，含义深刻，非常著名。后人在此基础上，丰富了孔子的思想，形成了中国人心目中独特的“岁寒三友”形象。人们以松、竹、梅的耐寒品性，隐喻君子独立不羁的人格，坚贞刚毅的个性，宁折不弯的节操，成为中国历代正直之士、有志文人十分崇尚的精神品格和孜孜追求、毕生修炼的精神目标。

陈毅元帅的诗“大雪压青松，青松挺且直”，即源于这一比喻，表达了中国人民在独裁统治的高压下、在异族入侵的屠刀前，奋不顾身，前赴后继，敢于牺牲的精神力量。

122 诗，可以兴，可以观，可以群，可以怨。迩之事父，远之事君。多识于鸟兽草木之名。

【注释】

选自《论语·阳货》第九章。

诗：《诗经》。兴：感发志意，使人受到启发和鼓舞。观：观察世间万物、人情风俗；认识社会现实，考证得失；了解各个

时代各个地方的风俗人情。郑玄云："观风俗之盛衰。"朱熹《集注》云："考见其得失。"群：使合群。指通过情感的交流达到和同，彼此感染，互相提高。怨：抒发心中不平，讽刺不良政治和不合理的现实。迩：近。事：侍奉。君：君主。识：认识。

【赏析】

孔子重视《诗》的教育功能。《诗》是我国现存最早的诗歌总集，相传由孔子编集，用来教育学生。他说：

"诗，可以兴，可以观，可以群，可以怨。迩之事父，远之事君。多识于鸟兽草木之名。"

意思是：《诗》可以使人受到感染，得到启发和鼓舞；可以观察人情风俗的盛衰，认识社会现实，考证得失；可以通过情感交流，彼此感染，和谐相处；可以抒发心中不平，讥刺不良政治。近可以用诗中的道理侍奉父母，远可以用来侍奉国君。而且还可以从中学习、认识许多鸟兽草木的名称。

孔子总结《诗》有兴、观、群、怨四项功能，准确地反映了《诗》的本质特征，也系统地表达了诗教的观点，是孔子对诗歌社会功能的认识和总结。

这里，"兴"，即"兴于诗，立于礼"（《论语·泰伯》），是讲诗歌在修身方面的教育作用。同时，也含有用比兴的方法抒发感情，打动读者心灵，调动和陶冶人的思想（朱熹注："感发意志"）。"观"，即"观风俗之盛衰"（郑玄注），"考见得失"（朱熹注），指诗歌可以帮助读者观察社会风俗的盛衰和政教的得失，具有一定的认识作用。"群"，即

“群居相切磋”（孔安国注），“和而不流”（朱熹注），指聚集人士，切磋砥砺，互相启发，交流感情和思想，增强团结。“怨”，即“怨刺上政”（孔安国注），指诗歌具有批评时政，抒发哀怨，促使政治改善的作用。

孔子的“兴观群怨”说，是《诗经》创作经验的总结。它全面揭示了诗歌的认识价值、道德价值和审美价值，对中国古代文学理论批评作出了重要贡献，产生了深远影响。从汉代司马迁到清代王夫之，历代诗论家都给予高度评价。王夫之甚至赞美说：“兴观群怨，诗尽于是矣。”

此外，孔子说的“兴”，后来又发展成为“比兴”“兴象”“兴寄”“兴趣”等文论概念，丰富了文艺美学思想。而“可以怨”的思想，得到后世诗家的继承和发扬，成为中国古典诗歌的优秀传统。

“多识于鸟兽草木之名”，则是认识物理，增加自然知识。据顾栋高《毛诗类释》统计，《诗经》中出现的鸟兽草木之名，鸟名有43种，兽有40种，草有37种，木有43种。所以孔子说，读《诗》可以多多地识记鸟兽草木的名称。

至于侍奉父母、侍奉国君，则是孔子强调的“学诗”的根本目的。

123 其未得之也，患不得之。既得之，患失之。苟患失之，无所不至矣。

【注释】

选自《论语·阳货》第十五章。

患：担忧。之：指官位。无所不至：即无所不为，什么事都能做出来。

【赏析】

孔子批评政坛上患得患失的人说：

“其未得之也，患不得之。既得之，患失之。苟患失之，无所不至矣。”

意思是：（卑劣的小人）在未得到官职时，担心得不到。得到了，又担心失去。既然担心失去，他就什么事都做得出来。

孔子认为，官场上患得患失的人，私心极重，品德极差。在未得到官职前，担心得不到。得到了，又担心失去。如果担心失去，他就什么事都干得出来。阿谀逢迎，谄上骄下，徇私舞弊，无所不为，有害于国家，有害于社会。这样的人显然是不可与之共谋国事的。成语“患得患失”即出于此。

《墨　子》

墨子(约前468—前376)名翟，鲁国人(一说宋国人)。出身贫寒。战国初期著名的思想家、政治家。墨家学派“显学”的创始人。

墨子同情人民疾苦，反对不义的战争，提倡“非攻”。他认为一切罪恶的根源是“不相爱”，因而提倡“兼爱”。他反对统治者挥霍浪费，因而提倡“节用”“节葬”“非乐”，希望限制王公贵族的奢侈，减轻人民的负担。同时，他还提出“尚贤”“尚同”等主张。这些观点，反映了当时小生产者的利益和愿望，有一定的进步意义。

《墨子》一书，记录了墨翟及其主要弟子的言行，由其弟子整理编纂而成。原有71篇，现存53篇。其文逻辑性强，重质朴，轻辞采，“意显而语质”，富于说服力。

目前，《墨子》最通行的本子是清代孙诒让的《墨子间诂》。

124 归国宝，不若献贤而进士。

【注释】

选自《墨子·亲士》。

归：通“馈”，赠送的意思。进士：进献人才。

【赏析】

墨子充分肯定人才在国家治理中的重要作用。他认为，一个国家，如果没有贤能之士，管理就会出现混乱，君主也没有可以依赖、共商大计的股肱之臣。他说：

“归国宝，不若献贤而进士。”

意思是：与其向国家献赠瑰宝，不如向国家推荐贤才。

在人与物之间，墨子坚持以人为价值取向的人才观，认为宝贵的贤能之士在辅佐君主治理国家中，能够发挥关键的决定性作用，其价值远远胜过珍宝。当年晋文公被迫逃亡国外，因

为善用人才，最终成为诸侯盟主；齐桓公被迫远离国土，流亡国外，后来在管仲的辅佐下，也能称霸诸侯；越王勾践几乎被吴王灭国，但在范蠡、文种的辅佐下，勾践卧薪尝胆，自耕自织，休养生息，恢复生产，经过22年的努力，终于一举灭吴，并成为威震中原的君王。这三个人之所以屡经挫折而能笑到最后，除了他们自身的毅力和不懈努力外，善用人才是最重要的和最直接的原因。

反之，“入国而不存其士，则亡国矣。”（《墨子·亲士》）如果君王身边都是些献媚逢迎，昏庸无能的人，进言纳谏的道路被阻塞，那么国家就危险了。桀纣暴虐拒谏，杀害忠良，一旦失去天下贤士的辅佐，只能落得个国灭身死，身败名裂的下场。

历代有识之士，都重视人才的作用。北齐刘昼《刘子·荐贤》说：“为国入宝，不如能献贤。”“进贤受上赏，蔽贤蒙显戮。”宋代苏轼《晁君成诗集引》亦说：“贤者，民之所以生也，而蔽之，是绝民也。”

125 甘井近竭，招木近伐。

【注释】

选自《墨子·亲士》。

近：接近。这里是容易的意思。竭：尽，完。招木：高而茂盛的树木。招（qiáo）：乔，高大直立。

【赏析】

墨子在谈论事物发展过程中相互转化的问题时说：

“甘井近竭，招木近伐。”

意思是：甘甜的水井容易枯竭，高大的树木容易被砍伐。

墨子认为，事物发展到极点，难以继续保持下去，就会发生转化。甘甜的水井，人人争相取用，容易枯竭，高大的树木，可以修房架屋，容易被砍伐。又如五把锥子，其中一把最锐利，那么这一把必定先折损；五把刀，其中一把最锋利，那么这一把必然先钝缺。人才也是这样，比干之死，是因为他刚强不屈；孟贲被杀，是因为他勇猛无比；西施被沉入江中，是因为她貌若天仙；吴起被车裂，是因为他功勋卓著。这几个人，和“甘井近竭，招木近伐”一样，都是因其所长而丧失了生命。

《文子·符言》中有“甘泉必竭，直木必伐”，意思相同。

126 良弓难张，然可以及高入深；良马难乘，然可以任重致远。

【注释】

选自《墨子·亲士》。

然：然而。及：达到。任重致远：负重行远。

先秦

【赏析】

墨子以良弓和良马为喻，表达自己的人才观，他说：

“良弓难张，然可以及高入深；良马难乘，然可以任重致远。”

意思是：良弓虽然很难拉开，却可以射得高，射得远；好马虽然难以驾驭，却可以背负重物，日行千里。

墨子认为，有真才实学的贤能之士，往往有自己独特的个性，有强烈的人格尊严，甚至行事怪癖。犹如良弓难开，良马难乘一样，难于使唤。然而正是这样的人，可以使国家走向繁荣富强，免于战争灾难，使君主显赫威重，受到别国尊重。

127 江河之水，非一源之水也；千镒之裘，非一狐之白也。

【注释】

选自《墨子·亲士》。

一源：一个源头。镒（yì）：古代重量单位，二十两或二十四两。裘：皮袍。白：指狐狸腋下纯白的皮毛。

【赏析】

人的才能，必定是胸襟广大、虚怀若谷的人善于学习，善于积累得来的。墨子说：

“江河之水，非一源之水也；千镒之裘，非一狐之白也。”

意思是：长江黄河之水，并非来自一个源头；千金之裘，也非一只狐狸的腋毛做成。

墨子认为：一个贤能之人，应该广泛听取不同意见，善于吸收总结别人的经验教训，而不能只听顺耳的，排斥相左的。长江黄河之所以波涛滚滚，一泻千里，就是汇集了千溪万壑，积众流以成其大；圣人之所以有治理天下的才干，也是因为他们善于接受不同意见，汇聚了众人智慧的结果。

墨子以江河、狐裘为喻，表达积少成多、积小智为大智、积小善为大善的道理，能给人以丰富的启示。

128 务言而缓行，虽辩必不听。多力而伐功，虽劳必不图。

【注释】

选自《墨子·修身》。

务言：夸夸其谈。缓行：行动很迟缓。辩：能说会道。听：信。伐：夸耀。图：达到目的，结果。

【赏析】

墨子认为，有德行的君子应该是善于说话而又不饶舌、出了力而又不邀功的人。这样的人能够名扬天下。反之，则什么也得不到。他说：

“务言而缓行，虽辩必不听。多力而伐功，虽劳必不图。”

意思是：光会说而懒于去做，即使口才很好，也不会有人听信。出了力而四处表功，即使十分辛苦，也不会得到什么回

报。

墨子鄙视夸夸其谈的人。认为干出了成绩，胜过千句空谈，自然会得到人们的信任和拥戴。而且，不仅应该实干，还应该谦虚谨慎，做出了成绩也不挂在嘴上，四处夸耀。因为出了力而四处邀功，到处表白，不但得不到什么回报，反而容易被人小看，不是君子应有的行为。

129 言无务为多而务为智，无务为文而务为察。

【注释】

选自《墨子·修身》。

务：力求。智：有见解。文：文采。察：明察。

【赏析】

这是墨子对语言表达效果所持的观点。他说：

“言无务为多而务为智，无务为文而务为察。”

意思是：说话不求多而求有独特见解，不求文采绚丽而求明辨是非。

墨子认为，语言应该简洁明了，充满智慧，不重文采，说话的目的是明察是非，准确地表达思想。如果没有智慧，不能明察是非、准确地表达思想，就不能取得良好的效果。由于语言的表达决定于人的思想品行，所以，言行必须相一致才能受到尊重，取得成功。

130 染于苍则苍，染于黄则黄；所入者变，其色亦变。

【注释】

选自《墨子·所染》。

苍：青。入：染料。

【赏析】

一次，墨子在染坊里看见染丝的人，联想到环境和周围人群对人的影响，十分感慨。他说：

“染于苍则苍，染于黄则黄；所入者变，其色亦变。”

意思是：在青色染料里，就染成青色；在黄色染料里，就染成黄色。加到里面的染料变了，染的颜色也会跟着变化。

墨子认为，用青色染料就染成青色，用黄色染料就染成黄色，国家也是如此。舜受贤人许由和伯阳的影响，禹受贤人皋陶、伯益的感染，商汤受贤人伊尹和仲虺的感化，武王受贤人姜太公和周公的影响，因此这四位君王成为贤明的君主，称霸天下，功名盖世。反之，夏桀受小人干辛和推哆的影响，纣王受小人列崇侯和恶来的熏陶，厉王受小人厉公长父和荣夷终的感染，幽王受小人傅公夷和蔡公谷的影响，因此这四位君王成为暴君，残害忠良，国破身死，为天下人所耻笑。

春秋战国时期，齐桓公受贤人管仲和鲍叔感染，晋文公受贤人舅犯和狐偃感染，楚庄王受贤人孙叔敖和沈尹感染，吴王阖闾受贤人伍子胥和文义感染，越王勾践受贤人范蠡和文种感染，因此，这五个人能够称霸诸侯，功名为后人传诵。反之，

吴王夫差受惑于小人王孙雒及太宰嚭，晋国智伯瑶受智国和张武的坏影响，中山国君中山尚受魏义和偃长的坏影响，导致国家灭亡，身受刑戮，连宗庙也被破坏了，弄得君臣离散，百姓流离失所。

士人、君子也不例外。如果一个人周边的朋友都是仁义之士，品质淳朴，遵守法则，他的家业就会蒸蒸日上，名声就会越来越大，治理政事也会合乎常理，如段干木、禽子、傅说。如果一个人周边的朋友都是盛气凌人、结党营私之徒，他的家业就会一落千丈，名声也会越来越坏，治理政事也会违背常理，如子西、易牙、竖刀。

所以，环境和周边的人，对一个人的影响是非常大的。

131 贤良之士众，则国家之治厚；贤良之士寡，则国家之治薄。

【注释】

选自《墨子·尚贤上》。

厚：宽厚。寡：少。薄：不厚道。

【赏析】

一个国家的君主和大臣们，都希望国家富强，政治清明。但是国家却没有富强而是越来越贫穷，社会没有安定而是越来越混乱，为什么呢？墨子认为，这是因为执政者不重视人才，没有招纳贤士来治理国家。他说：

“贤良之士众，则国家之治厚；贤良之士寡，则国家之治薄。”

意思是：优秀人才多，国家就治理得好，政通人和；优秀人才少，国家治理混乱，就做不出什么政绩。

墨子认为，治理国家，最重要的是人才。优秀人才是国家的财富，社稷的瑰宝。得到贤良的辅佐，国家就兴旺发达；失去贤良的辅佐，国家就遭遇困难，衰败贫穷。尧帝从服泽之阳中拔擢舜，在舜的辅佐下，天下大治。大禹从阴方之中发现益，在益的辅佐下，九州一统。商汤得到伊尹的辅佐，计谋得以实现。周文王得到闳夭、泰颠的辅佐，使西面诸小国得以归顺臣服。所以，当务之急，是要通过一定的奖励措施，大量招纳贤才。

那么，怎样才能吸纳人才呢？墨子认为，一个国家，欲使善于骑马射箭的能手多起来，就应该让掌握这些技能的人富裕起来，尊贵起来，受人赞誉。同样，一个国家，欲使优秀人才多起来，更应该让优秀的人才富裕起来，尊贵起来，受人赞誉。

所以，作为执政的人，国家兴旺富强时不可以不推举贤士，国家衰落坎坷时更不可以不推荐贤士。要想继承发扬尧、舜、禹、汤的大业，就不可以不努力发现、招纳更多的贤士。

132 不党父兄，不偏贵富，不嬖颜色。

【注释】

选自《墨子·尚贤中》。

党：袒护。偏：偏袒，偏爱。嬖（bì）：沉溺。颜色：指女色。

【赏析】

墨子认为，古代英明的君主非常尊重贤能，重视人才在国家治理中的重要作用。所以，在人才选用上，要出以公心，严格要求，有一套选贤任能的标准。他总结说：

“不党父兄，不偏贵富，不嬖颜色。”

意思是：不偏袒父兄，不偏爱富贵，不宠幸美色。

墨子认为，推选贤能应该注重考查是否有真才实学，而不应该讲亲疏，论贫富，看出身，更不该受美色的诱惑。只要是真正有才能的人，就加以任用，授以重任。同时将那些平庸的、不贤明的官员罢免掉。古代时，舜是一个普通农夫，在历山耕种，在河畔制作陶器，在雷泽打鱼。尧不拘一格将他从服泽之阳发掘出来，授以重任，管理国家，后来又将帝位禅让给他。伊挚本是有莘氏女儿的私臣，一个厨师。商汤发现他贤能，任用他为相，管理天下。傅说最初只是一个筑墙的人，曾身披褐衣，围着绳索，修筑城墙。武丁发现了他，任用他担任三公之职，国家大治。

因此，古代英明的君主，在选用贤能时，能够做到不偏袒亲属，不偏爱富贵，不偏近美色，唯才是举，将真正的贤士举荐出来，将无能的罢免掉，于是天下太平，社会稳定。人民不会因为饥饿而没有食物，不会因为寒冷而没有衣穿，不会因为劳累而不能休息，天下也不会因为混乱而得不到治理。

133 天下兼相爱则治，交相恶则乱。

【注释】

选自《墨子·兼爱上》。

兼：互相。交：互相。

【赏析】

墨子认为，做儿子的不孝顺父亲，只爱惜自己，就会为了自己的利益而损害父亲；做弟弟的不爱惜哥哥，只爱惜自己，就会为了自己的利益而损害哥哥；做臣下的不忠于君王，只爱惜自己，就会为了自己的利益而去损害君主。推而广之，大夫们只爱惜自己的家，不爱惜别人的家，就会为了自己家的利益而骚扰别家。诸侯们只爱惜自己的国家，不爱惜别人的国家，就会为了自己的国家而去讨伐别人的国家。这样天下就大乱了。造成这种混乱的原因，是人们互不相爱。因此，墨子提出"兼爱"的主张：

"天下兼相爱则治，交相恶则乱。"

意思是：天下人互相爱护就安定，互相仇恨就混乱不堪。

"兼爱"就是相互爱护。墨子认为，如果天下人相互爱护，做儿子的爱惜父亲，做弟弟的爱惜兄长，做臣下的爱惜君王，又哪里会有什么不孝、不敬、不忠呢！如果对待弟弟、儿子和臣下像对待自己一样，又哪里会有什么不慈爱呢！如果爱惜别人的家像爱惜自己的家，爱惜别人的国家像爱惜自己的国家，又有谁会去骚扰人家、讨伐别人的国家呢！

所以，墨子提倡"兼爱"学说，认为"兼爱"的力量可以调和家庭内部、家与家之间、君臣之间、诸侯国之间的矛盾。如果天下的百姓能够相互爱护，国家之间不互相征讨，家庭之间不互相骚扰，君臣父子孝道慈爱，那么，天下自然就太平了！

134 君子不镜于水而镜于人；镜于水见面容，镜于人则知吉与凶。

【注释】

选自《墨子·非攻中》引古谚。

镜：鉴察。

【赏析】

墨子反对非正义战争，反对凭借武力侵占别国的土地，掠夺别国的财物。斥责攻城略地的战争是坏事，于人于己都没有好处，最终还会害了自己。针对当时兵家攻战的思想，墨子以“非攻”进行驳斥。墨子引古语说：

“君子不镜于水而镜于人；镜于水见面容，镜于人则知吉与凶。”

意思是：君子不用水作镜子而用人作镜子。用水作镜子只能看见自己的面容，用人作镜子就可以知道吉凶。

墨子认为，那些主张攻战的人，应该以史为鉴，认真吸取吴王夫差和晋国智伯发动战争，以致最终丧身辱国的教训：吴王阖闾用七年时间，训练出了一支强悍的军队。士兵披坚执锐，能一口气奔跑三百里。吴楚之争时，吴军千里奔袭，最后在柏举与楚军决战，一举击溃了强大的楚军，并使宋国和鲁国拜倒在自己脚下。阖闾的儿子夫差，向北进攻齐国，在艾陵大败齐军；向东进攻越国，渡过三江五湖，迫使越军退守会稽。其余小国无不臣服。然而吴王夫差居功骄傲，征战无数，耗尽国力，结果被卧薪尝胆的越王勾践乘虚而入，大败吴军，吴王夫差最终落得个身死国灭的下场。

又如晋国国内，有六位将军，其中智伯实力最强。智伯想用攻战来成就自己的英名，于是出兵攻打中行氏并占有了它，又去打范氏，使其大败，于是将三家合并为一家。战功不可谓不显赫，实力不可谓不强大。然而智伯还不满足，又去进攻赵襄子，将赵襄子包围在晋阳城里。这个时候，另外两家韩、魏预感到一旦赵襄子垮了，智伯兵锋所指就是韩、魏了。因此，韩、魏、赵三家里应外合，夹击智伯。智伯大败，被迫自杀。

墨子以此说明，非正义战争一定失败，发动战争的人一定没有好下场。因此，墨子希望主张攻战的人，吸取吴王夫差、晋国智伯灭亡的教训，放弃“攻战”思想而接受墨家的“兼爱”学说。

〖老　子〗

老子，一说即老聃，姓李，名耳，字伯阳。楚国苦县(今河南鹿邑东)厉乡曲仁里人。《史记》记载他是春秋末期人，与孔子同时而稍长。

老子是中国古代著名的思想家，道家学说的创始人。曾任周王朝藏书室的史官，是一位学识渊博的学者。孔子曾向他请教过礼。后来周朝衰微，老子退隐，西行出关，著书“言道德之意五千余言而去，莫知其所终”。这五千余言，便是我们今天见到的《老子》，又名《道德经》。长沙马王堆汉墓出土的抄件又作《德道经》。

《老子》是一部反映老子哲学思想的重要著作，蕴涵着极为独特而深刻的思想和极富启发性的人生体验，并以精辟而富有诗意的文字加以表述，文字十分简约而内容却相当丰富。

《老子》哲学的中心范畴是“道”。老子认为，“道”衍生宇宙万物，是一个形而上的实体，孕育和产生整个物质世界。“道”无形、无象、无声，超越时空而存在。

“道”集中体现为无为，“道常无为而无不为”。道既然是无为的，循道必须顺任自然。老子认为“人法地，地法天。天法道，道法自然”，天地皆以自然的状态而运行、存在。既然“道法自然”，为万物之宗，因此，天地间一切皆生于“无为”的自然。

老子认为，人的自然本性是无知无欲，柔静不争，像初生婴儿般地纯真、质朴，因而，老子主张“绝圣弃智”“无为而治”。社会政治最高理想应是小国寡民，清静无为，没有纷争，没有烦恼；为人处世的最高境界应是虚静寡欲，退守无争。老子构筑的这一质朴温馨、纯真自然、安闲自适的社会生活图景，正是今天困守在拜金主义、物欲横流的围城中的人们对田园牧歌生活的向往和期待的。

老子哲学中包含有朴素的辩证法思想，他提出了“有无相生，难易相成，长短相形，高下相倾”等命题，讲出了“福兮祸之所倚，祸兮福之所伏”等祸福以一定条件互相转化的道理，系统地揭示出了事物是相互依存的、每一事物都无不在内部矛盾的作用下向其对立面转化的本质。

《老子》是一部思想蕴藏极为丰富的智慧宝库。老子的哲学充满了深邃而富有生命启迪意义的思想魅力。

《老子》在中国思想史上有重要的地位，后代哲学家都在不同程度上受到它的影响。自汉以后注释《老子》不下千家，在中国古籍中是十分罕见的。西汉河上公《老子章句》、魏王弼《老子注》、明清之际王夫之《老子衍》影响较大。

135 道可道，非常道；名可名，非常名。

【注释】

选自《老子》一章。

道：前一个“道”指大道，道的本体，名词。后一个“道”，称道，说道，动词。常：永恒，普遍。名：前一个“名”指大道的名称，名词。后一个“名”，命名，表达，动词。

【赏析】

老子开宗明义，强调语言文字难以完整地表达大道，因此，要认识大道，就应当超越语言文字的障碍，对大道做全面的把握，而不能陷在语言文字的局限里出不来。老子说：

“道可道，非常道；名可名，非常名。”

意思是：可以用语言表达的道，不是永恒普遍的道；可以称说的名称，不是永恒普遍的名称。

老子讲的“道”，又通称“大道”，一共有四种不同的含义：一是宇宙的本源；二是万物的运化规律，即人们所说的道理；三是万物的主宰，指道决定万物的功能；四是通向真理之路，即认识真理的路径。

本句中的“道”，指大道的本体及其运化规律。大道的本体是个自本自根、自由展开而又无形无象的绝对真实。它是运动变化的、不断展开的，这就决定了它无法用语言准确地表达出来，因为表达它的语言是固定的，不能随时运动变化。

由于语言功能的这种局限性，所以用名称来说明大道必然具有局限性。老子自己也承认，“道”这个名称概念并不能全面表达道的含义。因为“道”从通向真理上说，可以称它为道；从它的普遍性上说可以称它为大；从它无形无象上说，可以称它为无；从它的规律性上说，可以称它为理；从它的功能上说，可以称它为宗。但无论称做什么，都不能完整地说明它的含义。所以老子说，可以用语言表达的道，不是永恒普遍的“道”。

此外，名是称说万物的，而万物都是有始终的，一有始终就不可能永恒；万物都是个体的，一成个体就不可能普遍。所以老子说，可以称说的名称，不是永恒普遍的名称。

要之，老子讲“道可道，非常道；名可名，非常名”，是想告诉人们，怎样才能从自己的书里学到大道。

136 天下皆知美之为美，斯恶已；皆知善之为善，斯不善已。

【注释】

选自《老子》二章。

斯：这。恶：丑。已：同“矣”。

【赏析】

老子是中国古代看到美与丑、善与恶相对立而存在的第一人，而对立的双方是一种相反相成的关系。他说：

“天下皆知美之为美，斯恶已；皆知善之为善，斯不善已。”

意思是：如果天下的人都知道美为什么是美的，丑恶就出现了；都知道善为什么是善的，不善就出现了。

老子认识到，美与丑是相对立而存在、相比较而显现的，有了美就有了丑，一方的出现必然伴随着另一方的出现，失去一方，另一方也就不能存在了。所以美与丑不是独立存在、互不相干的，而是相反相成、相互依存、互基互根、互相转化的。当人们普遍赞赏美、认同美的时候，实际上就是在摈弃丑、讨厌丑。

同理，大家都知道什么是善的，不善就出现了。善与不善同样是在对比中存在的。君子认为名好，小人认为利好，于是争名争利出现了。争名争利就是不善，这样的不善，闹得人人不得安宁，衍生出了许许多多的人间悲剧。

137 有无相生，难易相成，长短相形，高下相倾，音声相和，前后相随。

【注释】

选自《老子》二章。

相生：相互产生。相成：相互形成。相形：对照。倾：倾斜。音声：单一的声响为“声”，回声相和为“音”。相和：相互应和。相随：相互伴随而存在。

【赏析】

老子哲学中包含有朴素的辩证法思想，他指出，万事万物都是一分为二的，是在对比、对立中存在的。他说：

“有无相生，难易相成，长短相形，高下相倾，音声相和，前后相随。”

意思是：有与无相互对立而产生，难与易相互对立而形成，长与短相互比较而体现，高与下相互对立而相辅，音与声相互对立而和谐，前与后相互对立而出现。

老子认为，有无、难易、高下、声音、前后，是事物矛盾的两个方面。矛盾的双方既对立，又统一，既相比较而存在，又相辅相成，互相依存。音声也是这样，没有唱出的声音，就不会有感知到的回音；没有感知到的回音，也就没有唱出的声音，两者同样是相互依存、相互应和的。这些矛盾对立的双方，常常体现出一种统一的和谐之美。

更为可贵的是，老子还看到了对立的双方可以互相转化。他在第四十章中说，“反者道之动”，就深刻地认识到事物对立的一方总要走向它的反面，并认为，这是世间事物永恒不变的规律。

老子证明世间万物对立统一，互为存在条件，不可分离，目的是希望人们在对立双方之间不能有所偏执，破坏事物的统一性。因为破坏了事物的统一性，实际上就破坏了事物本身。

老子对客观事物的认识能够达到这样的深度，是非常难能可贵的。事实上，在中国古代思想史中，老子最先谈到相对事物之间的这种辩证关系。

138 功成而弗居，夫唯弗居，是以不去。

【注释】

选自《老子》二章。

夫：语助词，无义。居：居功。是以：因此。去：失去。

【赏析】

在功劳和成绩面前，有两种态度：一是洋洋得意，居功骄傲，目空一切；一是谦虚谨慎，内敛低调，反省不足。老子的观点是：

“功成而弗居，夫唯弗居，是以不去。”

意思是：有了功劳不要居功。正由于不居功，功劳便不会失去。

老子认为，正因为有了功劳而不自居有功，功劳才不离身。老子对社会人生、时事政治的这种认识是非常深刻而独到

的。历史上因为居功而招致杀生之祸的人不在少数。春秋战国时期，有帮助秦国富国强兵的商鞅被车裂而死，有向吴王直言诤谏的伍子胥被赐死，有辅佐越王勾践灭吴的文种被赐死。汉初帮助刘邦平定天下的头号功臣韩信，也是因为居功骄傲，功大欺主而被杀。

上述这些人之死，并非个个都是居功自傲，但却都与“功成”有关。老子认为，功成而不退，也是一种居功的表现。范蠡和文种在越王勾践面临灭国的危难时刻，共同辅佐勾践兴越灭吴。吴国消灭后，范蠡功成不居，辞去官职，以布衣之身到了齐国。他在给大夫文种的信中劝说道：“飞鸟尽，良弓藏，狡兔死，走狗烹。”希望文种及早隐退。不久，勾践果然令文种自杀。所以，“功成而不居”，或是，功成身退，都是一种自我保护的办法。辅佐越王勾践兴越灭吴的范蠡，功成身退，就避免了被杀的悲剧。

139 曲则全，枉则直。洼则盈，敝则新。少则得，多则惑。

【注释】

选自《老子》二十二章。

曲：弯曲。则：那就，才能。全：保全。枉：委曲。直：伸直，伸张。汉帛书乙本作“正”。洼：地低凹。盈：平满。敝：破旧。

【赏析】

老子具有朴素的辩证法思想，他认为万事万物都是对立统一的存在。他说：

“曲则全，枉则直。洼则盈，敝则新。少则得，多则惑。”

意思是：能够委曲才能保全，能够弯曲才能伸直，地势低洼才能满盈，物件破旧才能更新，少了反而能得到，多了就会迷乱。

老子认为，人在社会政治生活中，欲保全自己，必须善于处事委曲，一味地直来直去必然受到伤害。欲达到目的，必须学会暂时退避，或顺势宛转。世间万物都是这样。比如一条河流，遇到大山阻隔，必须拐一个弯绕过去，才能继续前进。一棵幼苗，长在石头下面，须从旁边探出头来，才能继续生长。同理，枉与直，洼与盈，敝与新，少与多，都符合事物对立统一的规律。譬如，追求的东西不多，目标定位合适，才能得到，老子谓之“少则得”；追求的东西多了，贪多求全，反而迷乱了自己，无所收获，老子谓之“多则惑”。日常生活中也是这样，事情得一件一件地办，才能办好。人们为了取得成功，常常集中力量办一件事，也符合“少则得”的原理。

上述例子，说明事物是对立统一的，矛盾的双方相互依存，互为存在的条件，不能割裂开来。

140 不自见，故明；不自是，故彰；不自伐，故有功；不自矜，故长。

【注释】

选自《老子》二十二章。

自见：表现自己。自是：自以为是。彰：清楚。自伐：自我夸耀。自矜：自夸。长（cháng）：进步。

【赏析】

老子用朴素的辩证思维，谈论对名利地位争与不争的问题。他说：

“不自见，故明；不自是，故彰；不自伐，故有功；不自矜，故长。”

意思是：不自我表现，才能显露；不自以为是，才明白事理；不自我吹嘘，别人才认为你有功劳；不自恃骄傲，才能不断进步，得到大家认同。

老子认为，对名利地位这些东西，应该抱无为的态度，不能去争。如果去争，反而争丢了，自己不去争，反而什么都有了。是自己的终究是自己的，不是自己的争也争不来。所以，一个人正是因为不争，天下才没有人能与你争。

141 自见者不明，自是者不彰，自伐者无功，自矜者不长。

【注释】

选自《老子》二十四章。

自见：表现自己。明：显露。自是：自以为是。彰：明，清楚。自伐：夸耀自己。自矜：自夸，自恃骄傲。

【赏析】

老子以朴素的辩证思维，谈得与失之间的关系。他说

“自见者不明，自是者不彰，自伐者无功，自矜者不长。”

意思是：自我表现者不能显露自己，自以为是者未必明白事理，自我吹嘘者没有功劳，自恃骄傲者不能被别人认同。

老子认为，喜欢出头露面自我表现的人，结果并不能显露自己。一贯自以为是的人，未必真正正确。喜欢自吹自擂的人，别人未必认为你有功劳。喜欢自视不凡的人，未必能出人头地，得到大家拥戴。

老子还说过：“不自见，故明；不自是，故彰；不自伐，故有功；不自矜，故长。”（《老子》二十二章）重点讲争与不争的关系。本句重点讲得失关系。两句内容相同，重点不同。

142 知人者智，自知者明；胜人者有力，自胜者强。

【注释】

选自《老子》三十三章。

智：智慧。明：高明。力：力量。强：强大。

【赏析】

老子注重人的个人修养，他提出：

“知人者智，自知者明；胜人者有力，自胜者强。”

意思是：能认识别人的人是聪明的，能认识自己的人更高明；能战胜别人的人是有力的，能战胜自己的人是真正的强者。

老子认为，“智”是小智慧，“明”是大智慧。能认识别人，了解他的优点和缺点，只是小聪明罢了，能认识自己，知道自己的优势与劣势，做到无往而不利，才是大智慧；能战胜别人，只能算是有力量，而能战胜自己的欲望、私念，软弱和卑怯，才是真正的强大。

从这里可以看出，老子对个人的修养要求很高。他不仅要求做到“知人”“胜人”，更强调达到“自知”和“自胜”。老子认识到，在人类的社会活动和创造活动中，“自知”与“自胜”比起“知人”与“胜人”来，具有更重要的实践意义。这是因为判断别人的长短优劣，比较容易做到；针对别人的短处和劣势，发挥自己的长处和优势，战而胜之，也比较容易做到。而要真正认识自己，战胜自己的贪欲和野心，克服自身的缺点和不足，却是较为困难的事情。

中国历史上，凡有大成就，建大功业者，无一不是有自知之明的人。楚汉战争中，楚霸王虽然力能举鼎，有万夫不当之勇，却终因自恃强大，刚愎自用，战败而亡。而汉高祖刘邦在称帝后，却能客观地评价自己：“夫运筹策帷幄之中，决胜于千里之外，吾不如子房；镇国家，抚百姓，给馈饷，不绝粮道，吾不如萧何；连百万之军，战必胜，攻必取，吾不如韩信。此三者，皆人杰也，吾能用之，此吾所以取天下也。”刘邦对自己的能力有着清醒的认识，所以他笑到了最后。

老子强调“自知者明”“自胜者强”，就是要人们加强这方面的修为，克服人性的弱点，成为生活中的强者。

143 知足者富，强行者有志；不失其所者久，死而不亡者寿。

【注释】

选自《老子》三十三章。

强行：即勤行的意思。死而不亡：身没而道犹存。

【赏析】

老子对个人修养的要求，除了“知人”“自知”“胜人”“自胜”外，还包括“知足”“强行”“不失其所”“死而不亡”等标准。他说：

“知足者富，强行者有志；不失其所者久，死而不亡者寿。”

意思是：知道满足的人富有，持之以恒的人有抱负；不失去自己的所有的人才能长久，身没而道存的人才是真正的长寿。

人的欲望和野心永远也难以满足，所以才会有“欲壑难填”“得寸进尺”“人心不足蛇吞象”等现象。而当人心不足时，富有也就没有了限度，很多人便为此付出了沉重的代价。老子总结人生的这些经验教训说，“祸莫大于不知足”，并从相反的角度提出“知足者富”，认为人如果能够“知足”，满足于自己已有的和应该有的，就会感到富有了。既然富有了，

贪欲和野心得到收敛，便远离了灾难和祸患。

老子认识到，一个人能够持之以恒、坚持不懈地努力，那一定是个具有远大志向的人。他的动力之源，来自高远的理想和宏大的奋斗目标。人的肉体终究是要消失的，然而人的思想、精神却能够留存下来，长久地传承下去。所以这样的人，能够长久地活在人们的心中，永葆生命。如果一个人死了，什么也没有留下，那就是彻底地消亡了，这种人活得再长也是短命的。

144 将欲废之，必固兴之；将欲夺之，必固与之。

【注释】

选自《老子》三十六章。

固：暂且。与：给予。

【赏析】

老子的思想充满辩证思维，很早就敏锐地认识到，事物不仅对立统一，而且具有向对立方面转化的普遍规律，他说：

“将欲废之，必固兴之；将欲夺之，必固与之。”

意思是：将要废止它，一定先振兴它；将要夺取它，一定先给予它。

老子这句充满辩证思维的话，闪耀着智慧的光芒，远远超出了常人的见解和认识水平。一般人可能很难理解，既然欲废止它，何必先振兴它；既然欲夺取它，何必先给予它。但如果辩证地看这个问题，其中的奥妙就不难理解了。楚汉交兵之际（前203），韩信攻占楚国的齐地后，欲自立为齐王。此时，楚王正急围汉王刘邦于荥阳。汉王得知韩信欲自立为王，怒不可遏，大骂道："吾困于此，急望汝来救我，汝却欲自立为王。"陈平及时暗示刘邦封立韩信，刘邦醒悟，乃派张良前往齐地，立韩信为齐王，命他派兵击楚。后来，韩信破楚于垓下，刘邦立刻夺了韩信的兵权。次年改立为楚王，以便进行监督与控制。

又如，刘邦曾以白马为誓，说："非刘氏而王者，天下共诛之。"刘邦死后，吕后专权，排斥刘氏子孙，安插外戚吕氏掌权。吕后每次欲立吕氏子弟为王，丞相陈平都表示听从。等到吕后一逝世，陈平立刻与太尉周勃合谋，诛杀诸吕，拥立孝文帝继位，维护了刘氏的"正统"政权，避免了大一统帝国的分裂。

上面两个史实，都是典型的"将欲废之，必固兴之；将欲夺之，必固与之"的例子。

类似的名句还有"将欲歙之，必固张之；将欲弱之，必固强之"，意思是：将要收缩它，一定先扩张它；将要削弱它，一定先使它强大。

145 道常无为而无不为。

【注释】

选自《老子》三十七章。

无为：无所作为。此处指顺应自然不强为。

【赏析】

老子主张无为而治，但是，为什么要实行无为而治，怎样才能做到无为而治呢？老子说：

“道常无为而无不为。”

意思是：大道经常是自然无为的，但却成就了所有的事情。

老子认为，大道的运行规律是“无为”，大道所要达到的目的是“无不为”。老子说的无为，不是指什么都不干或无所作为，而是要求顺着自然发展的规律去做，自然而为，不要逆规律而动。老子说的无不为，是无所不为。无所不为是通过“无为”，即顺着自然发展的规律去做，自然无为来实现的。所以，圣人应当向大道学习，按自然无为的方法去治理国家，不要特别地提倡什么，鼓励什么，不去干任何能勾起欲望的事情。圣人如果这样做了，就能治理好一切。这就是人们常说的“无为”而治。

146 大器晚成，大音希声，大象无形，道隐无名。

【注释】

选自《老子》四十一章。

大器：大的器物。后指大才。希：少。一说没有。大象：事物的本原。隐：潜藏，隐微。汉帛书乙本作“褒”。

【赏析】

老子最先认识到事物间的矛盾统一关系，他不仅看到了矛盾双方的对立，而且看到了它们的相互依赖性："有无相生，难易相成，长短相较，高下相倾，音声相和，前后相随。"从这种哲学思想出发，他说：

"大器晚成，大音希声，大象无形，道隐无名。"

意思是：大的器物很晚才能造成，大的声音听起来稀微，大的形象看起来无形，大道潜运万物，不可名状。

老子认为，大的器物因制造时间长，所以很晚才能造成。老子还认为，"听之不闻，名曰希"。"希声"就是耳朵听不到的声音；"无形"就是眼睛看不到的形状。老子认为，人们耳朵听，眼睛看到的现象背后，隐藏着不可用感官直接把握，而又离不开感官的内在规律，即事物最本质的东西，它不同于人们用感官感知的那个样子。

为此，老子提出了"大音希声"、"大象无形"的观点。"大音""大象"就是超乎一般乐音和物象的一种东西。而大音（最美的音乐）非耳能闻，大象（最美的物象）非目能视。老子认为，音乐之美并不仅仅在于声音，声音不过是某种情感、趣味和思想境界的传递者，所以，人们领悟音乐之美不能停留在声音上。如果音乐只让人听到声音而不能使人领悟到更深远的东西，这音乐就不值一哂了。

"大音希声，大象无形"的观点，还反映了老子对人工美的局限性的认识。老子认为，人工美始终是有限的，自然浑成的美才是无限的。所以，人工美对于道的表现几乎是不可能。道最大也最巧，道是无为的，因而是人工所不能表现的。而人工能表现的，就不是道了。

老子认为，真正的大“道”，潜藏在物象的背后，是一种无从把握、超越时空而存在、在默默之中支配万事万物的内在力量。它无形，无象，无声，却又可以体会，领悟，它无为而又无不为，然而最能施予，衍生万物。它看不见，摸不着，不可言说，所以没有名声。

147 天下之至柔，驰骋天下之至坚。

【注释】

选自：《老子》四十三章。

至柔：最柔弱的东西。指人心——人的思想、精神活动。驰骋：控制。汉帛书甲本作“驰骋于”。至坚：最坚强的东西。

【赏析】

老子认为，人的思想、精神是天下“至柔”的东西，但这个至柔的东西却有着不可估量的能量。他说：

“天下之至柔，驰骋天下之至坚。”

意思是：天下最柔弱的东西，能在天下最坚硬的东西里面纵横驰骋。

天下最坚硬的东西是没有空隙的，没有空隙的坚硬之物，物质的东西进不去。能进入没有空隙的坚硬之物，唯有天下

"至柔"的东西——人心。

人心就是人的思想、精神。庄子在《在宥》这篇文章里，曾用老子回答崔瞿的一段话对人心进行了一番描写："老聃曰，女慎，无撄人心。人心排下而进上，上下囚杀，淖约柔乎刚强，廉刿雕琢，其热焦火，其寒凝冰。其疾俯仰之间而再抚四海之外。其居也，渊而静；其动也，县而天。偾骄而不可系者，其唯人心乎！"庄子的意思是说：老子讲过，你要小心，不要去挑逗人心。人心推下进上，上下杀害。看着柔顺却能胜过刚强，有棱有刃，能刻能削，热如烈火，寒如凝冰。快起来，能在俯仰之间四海之外打个来回，静止的时候渊深静谧，活动起来悬腾上天。亢奋骄纵不可约束的，恐怕只有人心吧！庄子这段话，最能生动地说明什么是"至柔"了。

老子认为，思想、精神——人心，比物质更有力量，所以天下"至柔"的东西可以进入天下"至坚"的东西，在里面东奔西突，畅通无阻。

148 大成若缺，其用不弊。大盈若冲，其用不穷。大直若屈，大巧若拙，大辩若讷。

【注释】

《老子》四十五章。

大成：大的成功。缺：欠缺。弊：衰败，破败。盈：满。冲：空虚。穷：尽。大直：最直。屈：弯。拙：笨拙。大辩：

最能说辩。讷：出言迟钝。

【赏析】

老子对事物相反相成有非常清醒的认识，他运用这个观点，在《老子》不同的章节里，分别针对不同的事例做了分析说明。他在本章里说：

“大成若缺，其用不弊。大盈若冲，其用不穷。大直若屈，大巧若拙，大辩若讷。”

意思是：大成之体好像有欠缺，但用起来不会破败；大的满盈好像有空虚，但用起来不会穷尽。最直的好像是弯曲的，最聪明的好像很笨拙，最能辩言的好像不善言辞。

老子认为，最大的成功并不完美，总像有欠缺，但使用起来却常用常新，永不破旧。这里，“大成”是泛指，可以是器物，也可以是人的道德修养。

从器物上说，大的器物在小用场上使不上，显得有欠缺，但它能起大作用。大作用决定小作用的发挥，在无形中起作用，所以常用常新，永不破旧。比如核武器，在常规战争中使不上，似乎有欠缺。但相对于枪炮来说，核武器就是大成之器，它以不用为用，能起到战略平衡和震慑作用，所以常用常新。

从人的道德修养来看，最高的道德修养与天地一致，在日常生活中用不上，显得有欠缺。但它运作起来顺应自然，万物皆受其益。如果人脱离了这种道德修养，只剩下着装整齐，用语文明，反而只是形式上的东西了。最高的道德修养与文明用语相比，是大成就。它以不用为用，能使人气质优雅，节操美丽，精神充实，所以常用常新，永不衰败。

老子认为，大的盈满好像虚空不足，但用起来不可穷尽。譬如大海永远比海岸低，看起来虚空不足，但用起来却无穷无尽。运用到道德修养上，人心应该像大海一样，谦虚谨慎，海纳百川，吸取各种有益的营养，才能不断提高自己的道德修为。

同理，最大的直好像弯曲，因为总体上是直的，一节一节虽有小弯曲，但不失其大直。最大的巧好像笨拙，因为总体上是巧的，一处一处去看有笨拙，但不失其大巧。最大的辩言好像不善言说，因为总体上是雄辩，一句一句虽有不善辩的地方，但不害其大辩。

149 罪莫大于可欲，祸莫大于不知足，咎莫大于欲得。

【注释】

选自《老子》四十六章。

咎：过失，罪过。欲得：贪婪。

【赏析】

老子说明造成战争的原因及从根本上消灭战争的方法。他说：

“罪莫大于可欲，祸莫大于不知足，咎莫大于欲得。”

意思是：没有什么罪恶比欲望更大，没有什么祸患比不知

足更大，没有什么罪过比贪得无厌更大。

老子认为，产生战争的根源，是统治者有欲望、贪心和想得到别人的财宝，占有别人的领土。正是因为统治者有欲望，有贪心，有占有的心理，才会发动战争，攻城略地，以满足自己的贪欲。因此，要消除战争，首先必须消除统治者的欲望、贪心和想占有别人财宝、领土的野心。

为此，老子提出了知足常乐的观点。人如果知道知足的满足，才是经常的满足；人如果知道知足了，才能感到快乐。如果贪得无厌，什么都想得到，永无止境，便总是得不到满足。所以，想得到满足，就得知足，知足是去欲去贪最好的方法。

150 祸兮福之所倚，福兮祸之所伏。

【注释】

选自《老子》五十八章。

倚：依靠，依赖。伏：埋伏，潜伏。

【赏析】

老子对祸、福双方互相对立、互相转化有非常深刻而辩证的认识。他说：

“祸兮福之所倚，福兮祸之所伏。”

意思是：灾祸里依存着福气，福气里潜伏着灾祸。

老子认为，祸福之间存在一种相互倚伏的关系。福能变成祸，祸能变成福。祸福互为因果。例如“塞翁失马”的故事：

塞翁丢了马，是祸，后来马失而复还，还带回一匹马，祸变成了福。后来，儿子骑马摔坏了腿，这个福又变成了祸。用今天的话说，就是坏事可以变好事，好事可以变坏事。所以，老子的“祸兮福之所倚，福兮祸之所伏”，充满辩证思想，揭示出了事物相互依存，相互转化的道理。

当然，矛盾的相互转化是有一定条件的，没有一定条件，其转化是不可能发生或实现的。上述“塞翁失马”的故事中，塞翁的儿子去骑马，或是没有做好安全措施，或是骑术不高明，摔下马来，就是福祸转化的条件。

庄子继承老子的思想，在《则阳》篇里，有相同的论述：“安危相易，祸福相生。”此外，历代名家关于祸福转化的论述亦不少，《战国策·楚策四》有“祸与福相贯，生与亡为邻”，《荀子·大略》有“庆者在堂，吊者在闾，祸与福邻，莫知其门”，汉代《淮南子·人间训》有“祸与福同门，利与害为邻”，等等，这些都是从老子的祸福观中演化而来。

151 合抱之木，生于毫末；九层之台，起于累土；千里之行，始于足下。

【注释】

选自《老子》六十四章。

合抱：两臂围拢那么粗。形容树木粗大。末：极细微。指刚刚萌芽的小树。累土：一筐一筐土累积起来。

【赏析】

老子主张，防止祸患产生应在其没有发生之前，或刚发生之际。他说：

“合抱之木，生于毫末；九层之台，起于累土；千里之行，始于足下。”

意思是：合抱的大树，生成于细小的树苗；九层的高台，兴起于一筐筐泥土；千里远的路程，是从脚下起步完成。

老子认为，合抱的大树，生成于细小的树苗；九层的高台，兴起于一筐筐泥土；千里远的路程，是从脚下起步完成。老子以此说明，事物是由小到大，由弱而强的。当祸乱刚出现苗头的时候，比较容易解决；当坏事尚处在脆弱微小的阶段，比较容易消解。平时做好防微杜渐的工作，就能将祸乱消除在发生之前。

152 江海之所以能为百谷王者，以其善下之，故能为百谷王。

【注释】

选自《老子》六十六章。

百谷王：百川汇集的地方。下：处在下游而使水汇集。

【赏析】

老子用日常生活中人们熟悉的自然现象为喻，比喻为人之道。他说：

“江海之所以能为百谷王者，以其善下之，故能为百谷王。”

意思是：江海之所以能够成为百谷王，是因为处在下游，善于吸纳百川，所以能够成为百谷王。

老子以江海为喻，说明一个人应该像江海一样，善于居处下方，虚心好学，不懂就问，海纳百川，从而成就知识学问，得到人们的拥护和爱戴。反之，如果处处自以为是，以居高临下的姿态颐指气使，教训别人，则会为人不齿，难成大事。

153 是以圣人自知不自见，自爱不自贵。

【注释】

选自《老子》七十二章。

见：同“现”，表现。自贵：自以为了不起。贵，高贵。

【赏析】

老子谈为人处世的方式方法时说：

“是以圣人自知不自见，自爱不自贵。”

意思是：圣人有自知之明而不显耀自己，有自爱之心而不自以为贵。

老子认为，有自知之明的人，懂得知足，不会显耀自己，以示高人一等。有自爱之心的人，不会自以为高贵，处处追求高于常人的特殊待遇。所以，舍去自见、自贵的心理，而取自知、自爱的做法，才能增强自身道德修养，真正成为受人尊敬和爱戴的人。

154 民不畏死，奈何以死惧之！

【注释】

选自《老子》七十四章。

奈何：为什么，怎么能。惧之：威吓百姓。

【赏析】

老子在讨论国家法治问题时，不无感慨地说道：

“民不畏死，奈何以死惧之！”

意思是：老百姓不怕死，为什么还用死来吓唬他们呢！

老子认为，国家依“法”治理社会，法的极刑是杀人。欲以杀人维持社会稳定，取得成效，其前提是老百姓怕死。所以，如果老百姓怕死，不愿去死，那么只需把老百姓中少数坏人抓起来杀掉，就没人敢作恶了。只有在这个前提下，杀人才具有震慑作用，能够达到治理社会的效果。

然而，如果老百姓不怕死，愿意去死，那么杀人就失去了作用。所以，老子反对仅凭高压政策来治理国家。这就是“民不畏死，奈何以死惧之”的内在含义。

155 天之道，损有余而补不足；人之道则不然，损不足以奉有余。

【注释】

选自《老子》七十七章。

天之道：自然界的规律。损：减少。补：增补。人之道：人类社会的处事原则。奉：供奉。

【赏析】

老子指出，天道与人道二者是有区别的，奉行天道的人应该损有余而补不足。他说：

“天之道，损有余而补不足；人之道则不然，损不足以奉有余。”

意思是：天道是减损有余的，增补不足的。人道就不是这样，而是减损不足的，增补有余的。

老子认为，天道的运行规律是损有余而补不足。《周易·谦》卦里说：“天道亏盈而益谦，地道变盈而流谦。”即是说，天道是减损满盈，增益谦下；地道是变高山为深谷，变深谷为高山，也是减损满盈流向谦下。《周易·丰》卦的彖辞说：“日中则昃，月盈则食，天地盈虚，与时消息。”即是说，太阳到了正午就开始西斜，月亮到了圆满就将亏蚀，天地盈虚，随着时序的更替而消长。

然而，人类社会的活动规律则恰恰相反，不是“损有余而补不足”，而是损不足以补有余。也就是说，在阶级社会里，统治阶级凭借手中的财产和权力，剥削和压迫劳苦大众，使穷的更穷，富的更富。二者相较，当然天道优于人道了。

那么，谁能够用“有余”的东西去奉养天下那些“不足”的人呢？老子认为，只有有道的人才能做到。圣人就是有道之人。因此，圣人做了贡献而不显示自己贤能，成就了功业但不居功骄傲，因为“天道”就是如此的。反之，如果做了贡献就显示自己

才能，成就了功业就居功骄傲，就落入人道的劣根性上去了。

156 天下莫柔弱于水，而攻坚强者莫之能胜，以其无以易之。

【注释】

选自《老子》七十八章。

攻坚强者：攻克坚强之物的东西。莫之能胜：即莫能胜之。之，指水。胜，胜过。易：代替。

【赏析】

老子谈论柔弱与刚强的辩证关系时说：

“天下莫柔弱于水，而攻坚强者莫之能胜，以其无以易之。”

意思是：天下没有比水更柔弱的东西了，而攻克坚强之物的东西，却没有能胜过水的，任何东西也取代不了它。

老子认为，水是天下最柔弱的东西。水放在圆的器具里它就圆，放在方的器具里它就方；用泥土一堵它就不流了，挖个缺口它就流出来。试想，世间万物还有比水更柔弱的东西吗？没有。然而就是这柔弱的水，一旦发起威来，无坚不摧，无攻不克，一样可以惊天地，泣鬼神，震撼人心。如历史上黄河决口，滔滔滚滚的洪流，一泻千里，遇之者亡，阻之者毁，天地为之变色。如海啸发生，几十米高的巨浪凌空劈来，呼啸而过，席卷一切，在它面前，万吨巨轮只如浪峰上的一艘小船，顷刻撕裂，葬身海底。俗语说，水滴而石穿。这些例子都在表明：柔弱之极的水具有极其强大的力量，在无坚不摧的东西里，没有任何东西可以取代它。

老子对柔胜强，至柔而至强规律的认识，反映出老子辩证思维方法的先进性，能给人以智慧的启迪。

157 邻国相望，鸡犬之声相闻，民至老死，不相往来。

【注释】

选自《老子》八十章。

【赏析】

老子的社会理想是归真返朴。在老子看来，在原始社会状态下，民风淳朴，社会无争；到了老子生活的时代，社会反而变得世风日下，人心浇薄了。所以老子希望用大道治理天下，恢复古代小国寡民、朴质无争的道德风尚。他说：

“邻国相望，鸡犬之声相闻，民至老死，不相往来。”

意思是：邻国之间互相望得见，鸡犬之声互相听得见。国与国之间没有争斗，老百姓直到老死也不互相往来。

在远古原始社会时期，国家小，人口少。据史书记载，夏朝有10000多个诸侯小国，商朝有7773个诸侯小国，周朝时有1800多个诸侯小国。实际上，尧、舜、禹之前的原始社会，一个部落就是一个国家。庄子描述那时的社会情况，形容说：

“民结绳而用之，甘其食，美其服，乐其俗，安其居，邻国相望，鸡狗之音相闻，民至老死而不相往来。”描绘出一幅上古淳朴之风的图景。

老子欣赏的就是这样一种纯朴无争的社会风气。他认为，人的自然本性是无知无欲、柔静不争的，像初生婴儿般的纯真、质朴，因而主张“绝圣弃智”，抛开人民头上的圣王贤君，放弃管束人民的种种法制规矩，“无为而治”。老子的社会政治理想是：国与国之间和睦相处，清静无为，没有纷争，没有烦恼；人们的处世方法应是虚静寡欲，退守无争。老子构筑的这一质朴温馨、纯真自然、安闲自适的田园牧歌生活，大约正是今天困守在拜金主义、物欲横流的围城中的人们所向往和期待的。

158 信言不美，美言不信。

【注释】

选自《老子》八十一章。

信言：真实的话。信，真实，诚实。美：华丽。

【赏析】

老子认为，“道”衍生天地万物，天地万物的运动都依道而行。“道”的特征是“无名之朴”。“朴”与“信”“善”是一个层次上的概念，是真实、良好的本质。老子说：

“信言不美，美言不信。”

意思是：真实的话不华丽，华丽的话不真实。好话不巧辩，巧辩没好话。

老子说的“信言”，是指确凿真实的言论，“美言”是指华丽浮艳的言论。老子认为，真实的东西都是质朴的，用不着乔装打扮。所以，乔装打扮的花言巧语，就不一定是真实的了。当然，真实的话也可以用华丽的语言来表达，但听的人须洗去它华丽的成分，才能把握真实。从这个意义上讲，华丽的话的确不真实。

老子强调“言善信”，在老子看来，人工的“美”是违背自然本性的伪饰，因此，“美”同“信”“善”“朴”是对立的。注重形式上的“美”，就必然伤害本质的信和善。只有摈弃美的形式，才能保全信和善。

老子标举信言，鄙弃虚伪矫饰的巧言利辩，主张用简洁朴素的语言来传达自然和人间的真理，反映了归真返朴的美学思想。司马迁、王充、刘勰、钟嵘等各个时代的作家、诗论家，都从老子的智慧里得到启迪，以此作为反对浮艳虚伪文风的理论根据。

〖孙　子〗

孙武，又称孙子。春秋末期军事家，与孔子大致同时。字长卿，齐国人。兵家的创始者。原为齐国田氏的后裔，后到吴国，助吴王阖闾改革图强。吴国“西破强楚，入郢，北威齐晋，显名诸侯，孙子与有力焉”（《史记·孙子列传》）。著有《孙子兵法》

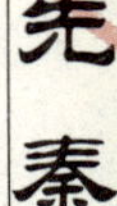

十三篇。1972年山东临沂银雀山汉墓出土竹简中，又发现了孙子的《吴问》等佚文。

孙子总结春秋时的战争经验，创立军事理论，认为决定战争胜败有“五事”（道、天、地、将、法）、“七计”（主孰有道？将孰有能？天地孰得？法令孰行？兵众孰强？士卒孰练？赏罚孰明？）（《计篇》），主张“道”（即政治的修明）是决定战争胜败的首要因素。提出“知彼知己，百战不殆”（《谋攻》）的战争指导原则。强调要力争战争的主动权，“致人而不致于人”。主张通过“示形”迷惑敌人，“能而示之不能，用而示之不用，近而示之远，远而示之近”（《计篇》），使敌人陷于被动地位；集中优势兵力，打击分散之敌，“我专为一，敌分为十”，“以十攻其一”，“以众击寡”（《虚实》）；机动灵活，“以正合，以奇胜”（《势篇》），通过奇正之变，因敌而制胜。认为“兵无常势，水无常形，能因敌变化而取胜者，谓之神”（《虚实》）。

要言之，《孙子兵法》是一个全面完整的体系。它从哲学理念的层面观察战争现象，揭示、探讨战争的一般规律，提出一系列指导战争的具体而科学的思想、方法，充满了朴素的辩证法思想，对后世的军事理论和实践产生了重要影响。

159 能而示之不能，用而示之不用，近而示之远，远而示之近。

【注释】

选自《孙子·计篇》。

能：能够，有能力。示：装作，显现，表示。指把事物摆出来给别人看。用：行事，行动。

【赏析】

孙子提出“兵者，诡道也”的著名论断，并提出了“诡道”的一些具体方法和体现。其中两种方法是：

“能而示之不能，用而示之不用；近而示之远，远而示之近。”

意思是：军事斗争就是诡诈之术。有能力开战而装作没有能力，要进攻而装作不进攻，进攻近处却装作进攻远处，进攻远处却装作进攻近处。

孙子说的这4种方法，在军事斗争中经常运用，有非常成功的战例。

能而示之不能——公元前341年，魏惠王出兵攻打韩国，韩国向齐国求救。齐威王命田忌为将军、孙膑为军师，率军直取魏国都城大梁。魏王命太子申为将军，庞涓为大将，率10万精兵与齐军决战。

孙膑与庞涓本系同学，孙膑有才，庞涓忌之，因而将他骗到魏国，剔掉了他的膝盖骨。孙膑致残后到了齐国，并撰成《孙膑兵法》。这一次，齐国派兵救韩，实际上就成了两个同学之间斗智斗勇的较量了。

齐将田忌采用孙膑之计，佯装不敌，减灶示弱，第一天修灶十万，第二天修灶五万，第三天减至二万，引诱魏军节节追赶，然后选派一万余名射箭手，在地势险峻的马陵设下埋伏，并在一棵树上写道，“庞涓死此树下”，约定以火光为进攻信号。

魏军果然上当。庞涓以为齐军怯懦，率精骑一路猛追，晚上赶到马陵。夜色朦胧中，见树上有字，命兵士举火照看。火光一亮，齐军万箭齐发，杀声震野。魏军死伤枕藉，溃不成军。庞涓自知兵败，拔剑自杀，太子申被生擒。齐军大获全胜。

用而示之不用——秦末楚汉战争时，汉将韩信率军进攻齐国历城，齐王怯战求降。韩信深知齐王求和是迫于无奈，日后定有反复。于是一面假装同意齐王求降，一面趁齐王松懈之机，突袭历城，随之又攻克齐都临淄。齐国灭亡。

近而示之远——刘邦为汉中王时，采纳张良之计，大造声势，修复通往蜀国的栈道，暗中却令韩信率主力奔袭陈仓（今陕西宝鸡市），一路向东扩展，乘势攻占了整个关中地区，为日后彻底战胜楚军奠定了基础。这就是“明修栈道，暗度陈仓”成语的由来。

远而示之近——公元前205年（汉高祖二年八月），魏王豹归降汉。不久又反叛汉，与楚国订立和约。刘邦遂任韩信为左丞相，率军进击魏王豹。

魏王豹在蒲坂驻扎重兵，封锁临晋关，抵抗汉军进攻。韩信一面在河边集中船只，摆出一副从临晋渡河攻击魏军的架势，一面令主力昼夜兼行，前往夏阳，用一种形似瓮的木制器材浮渡过河，奔袭魏都安邑，一举平定了魏地。魏王豹尚未反应过来，就当了俘虏。

160 未战而庙算胜者，得算多也；未战而庙算不胜者，得算少也。

【注释】

选自《孙子兵法·计篇》。

庙算：出征之前的战略筹划。

【赏析】

“庙算”是孙子提出的重要的战略思想之一。“庙”指祖庙，后来用以指朝廷。“算”指胜利的条件、取胜的把握。所谓“庙算”者，就是军队出征前的战略谋划。孙子认为：

“未战而庙算胜者，得算多也；未战而庙算不胜者，得算少也。”

意思是：未开战之前就预计到会取得胜利，是因为谋划周密，占据的胜利条件多；未开战就预计到不会胜利，是因为谋划不周密，占据的胜利条件少。

战争双方在进行军事行动前，不但要对己方的实力和优势了如指掌，还要掌握敌方的兵力和部署。尤其在敌强我弱时，“庙算”的作用尤为重要。谋划周密，取胜的条件充分，就能胜利；谋划不周密，取胜的条件不充分，就不能胜利。如果不做谋划，就一点取胜的希望也没有。交战双方，要想取得胜利，除了实力，更要依靠谋略。

汉朝初年，淮南王英布兴兵造反。汉高祖刘邦拟亲率大军平叛，问计于文武大臣，汝阳侯夏侯婴推荐了自己的门客薛公。

薛公十分肯定地说，这次平叛，必胜无疑。汉高祖问：“何以见得？”

薛公分析道，英布兴兵反汉，必然会预作准备，他有三种选择：一是东取吴，西取楚，北并齐鲁，将燕赵纳入自己的势力范围，然后固守封地以待陛下，此是上策。如此布局，汉军奈何不了他。二是东取吴，西取楚，夺取韩、魏，保住敖仓的粮食，以重兵守卫成皋，断绝入关通路，此是中策。这样的话，谁胜谁负，听命于天。三是东取吴，西取下蔡，将重兵置于淮南，此是下策。

薛公认为，英布虽有万夫不当之勇，但目光短浅，料其必出此下策。届时汉军长驱直入，定能大获全胜。

公元前196年10月，刘邦亲率12万大军征讨英布。英布果然如薛公所料，在淮南部署重兵，结果大败。刘邦迅速平定了英布之乱。

今天，“庙算”制胜的思想，正广泛运用于国家、企业、军事斗争、外交、事业、项目运作等各个方面。

161 百战百胜，非善之善者也；不战而屈人之兵，善之善者也。

【注释】

选自《孙子兵法·谋攻篇》。

百：概数，非实指，言其多。善：好，高明。善之善者：高明之中最高明的。屈人：使人屈服。

【赏析】

战争的理想境界，是既能最大限度地消灭敌人，获得完全的胜利，又能最大限度地保全自己，强大自己，得到用兵的好处。正是从这个意义上，孙子提出著名的“全胜”论。他说：

“百战百胜，非善之善者也；不战而屈人之兵，善之善者也。”

意思是：打仗做到百战百胜，并不是高明之中最高明的；不战而使敌军屈服，才是高明之中最高明的。

孙子认为，战争一般以两种形态出现：一是以谋略胜敌，一是以武力攻敌。

以武力攻敌者，虽然取得了胜利，自己也必然遭受损失，不是最理想的结果。最理想的结果是“不战而屈人之兵”，即不用战争手段，使敌人完整地全部屈服，既取得“全胜”，自己又不受一点损失。两者相较，“全胜”为上，“破敌”次之。所以，“全胜”是孙子兵法的一条核心原则，是“谋攻”的出发点和重要内容，也是其军事谋略中一种至高的境界和至高的层次，它所追求的是战略战术的完美。

不战而屈人之兵在历史上有不少成功的战例。

东汉建武四年秋，光武帝刘秀派王霸和马武去讨伐梁王刘永的部将周建，梁王的部将苏茂赶来救援，派出精锐骑兵阻截马武的粮草。马武前往解救时，周建从城内冲出，与苏茂夹击马武，马武败北。

马武率军经过王霸营垒时，请求王霸出击支援。王霸坚守壁垒，拒不出战。王霸对部下解释说：“今闭营固守，示不相援，贼必乘胜轻进；捕虏（马武）无救，其战自倍。如此，茂军疲劳，吾承其弊，乃可克也。”（《后汉书·王霸列传》）

苏茂、周建果然轻敌冒进，攻击马武。马武见无救兵，只

得奋力与敌激战。

王霸相机率精锐骑兵袭击敌军后阵，周建、苏茂腹背受敌，惊乱败走。

不久之后，苏茂重新聚集兵力，连番到营前挑战。王霸坚守不出，并在营中设宴犒赏将士。部下们认为，苏茂前日已败，容易取胜。王霸却说："不然。苏茂客兵远来，粮食不足，故数挑战，以徼一切之胜。今闭营休士，所谓不战而屈人之兵，善之善者也。"

苏茂、周建求战不得，引军回营。当天夜里，周建的侄子周诵在城中起事，献城降汉。苏茂、周建二人偷偷逃遁。王霸达到了"不战而屈人之兵"的目的。

162 上兵伐谋，其次伐交，其次伐兵，其下攻城。

【注释】

选自《孙子·谋攻篇》。

上兵：用兵的上策。指最高明的用兵方略。伐谋：一说指敌人开始有所策动或谋划的时候，及时地以智谋挫败。一说指以谋略取利，"不战而屈人之兵"。本文采后说。伐交："交"，一说指作战双方"交合""交战"；一说，指"外交""结交"。应结合上文"伐谋"之义，理解"伐交"。如将"伐谋"理解为伐敌于谋划之初，宜采前说；如将"伐谋"理解为以谋略伐敌，宜采后说。本文采后说。伐兵：攻打敌军。

【赏析】

孙子军事思想的最高境界，就是“不战而屈人之兵”，不在战场上厮杀，不费一兵一卒降服敌人，取得“全胜”。孙子说：

“上兵伐谋，其次伐交，其次伐兵，其下攻城。”

意思是：用兵的上策是用谋略战胜敌人，其次是用外交手段战胜敌人，再次是用武力击败敌军，最下的方法才是攻打敌人的城池。

孙子主张用谋略战胜敌人，甚至把战争消灭在萌芽状态，从而达到己方的政治、军事目的。此为上策。其次便是采取外交手段战胜敌人。而“伐兵”、“攻城”，则是不得已而为之的下策。

春秋时期，晋平公打算进攻齐国，便派大夫范昭出使齐国，探听虚实。齐景公设宴招待。酒兴正浓时，范昭突然请求用齐景公的酒杯喝酒。景公大度地同意了。当范昭正想换景公的酒杯时，齐相晏子命人撤掉了景公的酒杯。范昭一计不成，又生一计。他假装喝醉了，脚步蹒跚地跳起舞来，要求乐师演奏一支成周的乐曲伴奏。乐师回答说：“臣下未曾学过。”范昭才无趣地离开了。

范昭走后，齐景公责备晏子说：“晋国是个大国，触怒它的使臣，引来麻烦怎么办?”晏子回答说：“范昭不是不懂礼法之人，他这样做是故意羞辱齐国。”乐师也说：“成周之乐只有国君才可以用，范昭不过是一大臣，所以不能为他演奏。”

范昭回到晋国，向晋平公报告说：“齐国现在政治稳定，君臣同心，不能进攻。我想羞辱他们的国君，被晏子看穿了；想扰乱他们的礼法，又被乐师识破了。”晋国于是放弃了进攻齐国的打算。

孔子听到此事，称赞说：“不出筵席之间，而能抵御千里之外敌人的进攻，晏子正是这样的人！”

163 知彼知己，百战不殆；不知彼而知己，一胜一负；不知彼，不知己，每战必殆。

【注释】

选自《孙子兵法·谋攻篇》。

彼：指敌人。殆：危险，危亡。一：或者。负：败。

【赏析】

战场上，指挥者对敌我双方情况的了解、认识，与战争的胜负关系密切。孙子对此深有研究，他概括说：

“知彼知己，百战不殆；不知彼而知己，一胜一负；不知彼，不知己，每战必殆。”

意思是：既了解对方也了解自己，每仗必胜；不了解对方而了解自己，一胜一败；既不了解对方又不了解自己，每仗必败。

“知彼知己，百战不殆”，揭示了战争的普遍规律，是孙子军事斗争中非常有价值的思想，在实战中屡试不爽。

公元前589年春，齐顷公攻占了鲁国北部，又进攻卫国。鲁、卫向晋国求救，晋国派出六万大军，去救援鲁、卫两国，演出了历史上有名的齐晋鞌之战。

齐顷公面对三国联军，依然盲目自信。他没有认真准备，就派人出阵挑战。齐将高固驱车冲入晋军，打伤一名晋将，将其活捉回来，在将士面前耀武扬威地叫嚷："谁想要勇敢，就来买我的余勇吧！"

齐顷公更加轻敌。决战那天，齐顷公号召将士们说："消灭了敌人，再回来吃早饭也不晚！"他不等战马披上护甲，就率军冲入晋军营垒。结果大败，自己也差点成了俘虏。

齐顷公过高地估计了自己的实力，既不知己，亦不知彼，终致败绩。

今天，孙子的这一战术思想，已成为国与国、企业与企业以及市场经济各竞争主体间获取胜利必须遵循的一条基本原则。

164 兵无常势，水无常形；能因敌变化而取胜者，谓之神。

【注释】

选自《孙子·虚实篇》。

常势：固定不变的态势。常形：一成不变的形态。因：依据。神：神妙，高明。

【赏析】

用兵的规律好似流水，流水总是避开高处流向低处，所以用兵应该像流水一样，避开敌人防守坚固的地方，攻击敌人空虚薄弱的地方。所以孙子说：

“兵无常势，水无常形；能因敌变化而取胜者，谓之神。”

意思是：用兵没有固定不变的态势，流水没有固定不变的形态。能根据敌情的变化而变化从而取得胜利，才称得上高明。

孙子认为，“兵无常势，水无常形”是军事斗争的基本规律，也是军事行动必须要遵守的原则。他的许多军事思想都贯穿了这一原则。中国古代许多优秀的将领，也是在恰当地运用了这一原则后，才在纷繁复杂的战场形势下取得胜利。汉代周亚夫就是其中之佼佼者。

汉景帝时，吴、楚等七国叛乱，进攻梁国，条侯周亚夫奉命征剿。周亚夫深知吴军锐气很盛，难以和他争锋；而楚军轻佻，不能持久。于是深沟高垒，坚守昌邑，不与敌正面交锋。吴军见周亚夫固守不出，并不支援梁国，于是集中力量，攻打梁国。周亚夫便乘机派轻兵断绝吴军的粮道。

吴、楚联军攻势猛烈，锐不可当。梁孝王抵敌不住，频频向周亚夫求救。周亚夫始终按兵不动。梁孝王只得以死相拼。吴军在梁地没有占到便宜，打算西进，在下邑与周亚夫相遇。吴军粮草不济，欲求速战，周亚夫仍然坚守不出。

吴王刘濞没有办法，一面佯攻，一面偷营，结果遭到迎头痛击，溃不成军。周亚夫乘胜进兵，一一将楚王、胶西王、胶东王、淄川王、济南王和越王打败，彻底平定了“七国之乱”。

165 投之亡地然后存，陷之死地然后生。

【注释】

选自《孙子·九地篇》。

投：投入。之：他，指军队，兵卒。陷：陷入，落入。亡地：必死之地。指极其危险的地方。死地，同亡地。

【赏析】

战场上，当士兵处于极其危险的境地时，往往出于求生的希望而爆发出巨大的力量，化险为夷，绝处逢生，从而改变战场敌我力量对比，促使战争形势向有利于自己的一方转化。所以，孙子说：

“投之亡地然后存，陷之死地然后生。”

意思是：把士卒置于危险的境地，他们就会拼死奋战而得以留存下来；使士卒陷于绝望的境地，他们就会全力以赴而得以保全性命。

孙子认为，只有置身绝地之中，才能激励起士兵敢死之心，调动起所有的聪明才智，无所畏惧，奋力拼搏，取得正常情况下难以想象的成功。这一思想的精粹在于利用物极必反的原理，最大限度地调动人的生命潜能，使之迸发出十倍百倍的力量，从而取得出人意料的效果。

公元前208年，秦将章邯在定陶大败项梁义军，随后渡过黄河北上，将赵王歇包围在巨鹿城内。

赵王歇身陷重围，急忙派使者向各路义军求援。楚怀王任命宋义为上将军，项羽为副将，率军救赵。宋义率领大军来到安阳，见秦军势头强劲，不敢渡河，屯兵安阳，一连滞留了46天。项羽心里着急，频频催促宋义进军。宋义不但不听，反而下令，不服从命令者，斩首示众。项羽一怒之下，杀了宋义，率军过河。

这个时候，各路义军已经相继赶到巨鹿，但谁也不敢与秦军交锋。

项羽渡过漳水后，下令凿沉所有船只，砸碎所有铁锅，每个士兵只带三日食粮，慷慨赴敌。结果楚军一以当十，以迅雷不及掩耳之势，大败秦军，解了巨鹿之围。项羽乘胜追击，击败秦军20万，章邯投降，秦军主力被消灭殆尽。

又如，公元前204年，韩信在井陉一带迎战赵军。当时，赵军人多势众敌我力量对比悬殊，形势极为严峻。韩信审时度势，一面挑选精兵截断敌人后路，一面派军队越过井陉口，到绵蔓水东岸背河水布阵。第二天，两军交战，背水结阵的汉军前有强敌，后有水阻，无路可退，只能拼死一战。全军上下勇猛无比，一鼓作气杀败赵军，大获全胜。

事后，有人问韩信为什么犯兵家大忌，背水结阵。韩信回答说："兵法说：'陷之死地而后生，置之死地而后存。'两军对垒，稍有不利，士兵就可能想到逃命。而置之死地以后，兵士们无路可退，便会拼死作战。这就是取胜的原因。"

项羽的"破釜沉舟"、韩信的"背水一战"，都是把军队投入死地，以此来坚定士兵决战求胜之心，从而上演了古代战争史上"置之死地而后生"的经典战例。

〖孟　子〗

孟子(约前372—前289)，名轲，字子舆，战国中期邹国(今山东邹城)人。孔子之孙子思的弟子，孔子之后又一位伟大的思想家、教育家和儒家学派的主要代表人物，与孔子并称为“孔孟”。

政治上，孟子提倡王道，反对霸道，提倡仁政，反对暴政。他以“平治天下”为己任，反对掠夺性战争，倡导“民为贵，社稷次之，君为轻”的民本思想。重视后天的教化和环境对人的影响。其“仁政说”和“性善论”是对孔子仁学的继承和发展。

孟子曾以其学说游说诸侯各国，不为所用。一度任齐宣王客卿。晚年返邹，退居讲学，著《孟子》七篇。《孟子》作为儒家经典，主要记载了孟子的学说和活动，是研究孟子生平思想的重要著作。

孟子长于辩论，“欲擒故纵，引君入彀”是他常用的论辩手法。善于引喻设譬，来增强论辩的形象性和说服力。文章流畅生动，气势磅礴，感情奔放，在先秦诸子散文中独树一帜，对后世散文产生了很大影响。

《孟子》通行的注本有《十三经注疏》本(东汉赵岐注，宋孙奭疏)，朱熹《四书集注》本，清焦循《孟子正义》本。

166 填然鼓之，兵刃既接，弃甲曳兵而走。或百步而后止，或五十步而后止。以五十步笑百步，则何如？

【注释】

选自《孟子·梁惠王上》。

【赏析】

魏国梁惠王认为自己治理国家是很尽心的：河内发生饥荒，他就把灾民迁移到河东去，并把河东的粮食调拨到河内来。河东发生饥荒，也照此办理。邻国的君主没有这样努力的。然而邻国的人口没有减少，魏国的百姓没有增多，原因在哪里呢？孟子回答说：

“填然鼓之，兵刃既接，弃甲曳兵而走。或百步而后止，或五十步而后止。以五十步笑百步，则何如？”

意思是：战鼓擂响，兵士交锋，战败的一方丢下盔甲，拖着兵器向后逃跑，有的跑一百步停下来，有的跑五十步停下来。跑五十步的嘲笑跑一百步，那会怎么样呢？

梁惠王说：“不可以。他们虽然没有跑一百步远，但同样是逃跑！”

孟子以此为喻，说明梁惠王虽然为灾民做了些事，跟那些没有做事的君主相比，不过是跑五十步与一百步的关系，所以不应该指望自己的百姓增多。

孟子认为，想使自己国家的人口增多，最根本的是要实行仁政，不违农时，兴办学校，教化百姓，让老百姓有饭吃，有衣穿，生养病死丧葬有保障，这样才能得到人民的真心拥戴，天下的百姓才愿意来归顺。

167 仁者无敌。

【注释】

选自《孟子·梁惠王上》。

【赏析】

孟子劝魏国梁惠王实行仁政王道，通过仁德的力量统一天下。他说：

“仁者无敌。”

意思是：施行仁政的人，无敌于天下。

孟子认为，仁政包括两个方面：一是重视经济发展，提高百姓生活水平；二是兴办学校，提高百姓精神素质。一句话，就是让百姓有饭吃，有衣穿，受教育，懂礼仪。

孟子为我们描画的“王道”蓝图是：不误农时，粮食吃不完；不用细网捕鱼，鱼鳖吃不完；不乱砍树木，木料用不绝。这样，老百姓对养家、送葬就没有什么不满了。这是王道的开始。其次，在五亩大的宅院里种上桑树，50岁的人就可以穿丝衣服了。鸡、狗、猪不错过繁殖的时机，70岁的人就可以有肉吃了。每户人家有一百亩耕地，不误农时，几口之家就不会挨饿了。办好学校教育，用孝顺父母、尊敬兄长的伦理教育他们，头发花白的老人就不用背负重物行走了。老人有衣穿有肉吃，老百姓不挨饿不受冻，仁政做到这样，天下百姓没有不来归附的。

孟子认为，如果梁惠王施行仁政，减轻刑罚，少收赋税，让老百姓有时间深耕细作，及时除草；使年轻人利用闲暇时间学习，培养他们孝顺父母、敬爱兄长、待人诚实、恪守信用等品德，在家里侍奉父母兄长，在外面尊重上级，能做到这样，即使让他们手持棍棒，也能够抗击身披坚甲、手持锐器的军队。

这就是“仁者无敌”。

反之，秦、楚频繁征兵备战，耽误了农时，百姓无法耕种；父母饥寒交迫，兄弟、妻子、儿女离散，人民陷入水深火热之中。如果这时去讨伐他们，有谁愿意出来抵抗呢！

168 老吾老，以及人之老；幼吾幼，以及人之幼；天下可运于掌。

【注释】

选自《孟子·梁惠王上》。

老：尊敬长辈。及：推及到。幼：爱护晚辈。掌：手中。

【赏析】

孟子一生都在宣传、追求王道仁政。孟子王道仁政的基本内涵是关心百姓的福利，为人民提供生活、生产的基本条件，他在各种场合反复阐述这一主张。他对魏国梁惠王说：

“老吾老，以及人之老；幼吾幼，以及人之幼；天下可运于掌。”

意思是：尊敬自己的长辈，进而尊敬别人的长辈；关爱自己的晚辈，进而关爱别人的晚辈。如果这样做了，治理天下就会像在手中转动东西那样容易。

孟子规劝梁惠王实施仁政，统一天下。他认为，以仁政统一天下，不是做不到，而是梁惠王不愿意去做。孟子举例说，用两臂夹着泰山跳过北海，对人说“我做不到”，是真做不到；替老年人折取树枝，对人说“我做不到”，就是不愿意去做。梁惠王不实行王道以统一天下，不是属于夹着泰山跳过北海一类，而是属于替老年人折取树枝一类。

孟子又以“仁，人心也”为基点，提出了一种由己及人的推恩办法。尊敬自己的长辈，进而尊敬别人的长辈；关爱自己的后代，进而关爱别人的后代。如《诗经·大雅·思齐》所说：“先给自己的妻子做榜样，然后影响兄弟，再推广到封邑领地和国家。”所以，只需把自己对待亲人之心推广到别人身上就行了。

孟子认为，推广“仁心”足以使天下安定，相反则连自己的妻子、儿女也保不住。古代圣人之所以远远高出一般人，没有别的原因，就在于他们善于推广自己的德政善行。如果梁惠王也这样做到了，那么治理天下就会像在手中运转东西那样容易。

169 权，然后知轻重；度，然后知长短。物皆然，心为甚。

【注释】

选自《孟子·梁惠王上》。

权：用秤称。度：用尺量。

【赏析】

孟子对物质世界的认识，有非常知性的考量。他说：

“权，然后知轻重；度，然后知长短。物皆然，心为甚。”

意思是：用秤称一下，就知道物的轻重；用尺子量一下，就知道物的长短。世间万物都是这样，人心更是这样。

齐宣王喜欢听人讲齐桓公、晋文公称霸的事情。孟子就给他讲，实行仁政，爱护老百姓，就可以用仁德的力量统一天下。齐宣王曾经看见一头准备用来祭祀的牛，瑟瑟发抖，不忍心它被杀，就用一头羊来代替。孟子抓住这一善心的表示，生发说：你的恩泽足以施及禽兽，而百姓却得不到，究竟是什么原因呢？古代的圣人之所以远远高出一般的人，其原因不过是善于推广仁政的善行罢了。恩及禽兽与推广仁政这两者孰轻孰重，孰长孰短，只要称一下，量一下，就知道了。

孟子希望齐宣王从两者的衡量中受到启示，推行王道仁政，使老百姓过上安居乐业的生活。

孟子“权，然后知轻重；度，然后知长短”的观点，反映了孟子哲学思想的“可知论”。孟子认为，纷繁复杂的世界是可以被认识的，万事万物都是这样，人心更是这样。这与“不可知论”的观点相比，孟子的思想更具有实践的意义和智慧的光彩。

170 乐民之乐者，民亦乐其乐；忧民之忧者，民亦忧其忧。

【注释】

选自《孟子·梁惠王下》。

乐：前一“乐”为动词，后一“乐”为名词。：前一“忧”为动词，后一“忧”为名词。

【赏析】

孟子主张，治理国家的掌权者应“与民同乐”，他强调说：

“乐民之乐者，民亦乐其乐；忧民之忧者，民亦忧其忧。”

意思是：以百姓的快乐为快乐的人，百姓也会以他的快乐为快乐；以百姓的忧愁为忧愁的人，百姓也会以他的忧愁为忧愁。

孟子谈的“乐”，既有娱乐的意思，又不仅仅是一般感官的快乐，而是具有更加丰富的内涵。它要求统治者推己及人，施恩于民，关心百姓疾苦。孟子认为，古往今来，所谓的“仁”，得民心，实际上就是想百姓之所想，急百姓之所急。统治者如能跟天下人一同快乐，跟天下人一同忧愁，这样做了而不能取得天下，是从来没有的事。

所以，统治者只有达到“乐民之乐者，民亦乐其乐；忧民之忧者，民亦忧其忧”的境界，才能君民上下一心，实现仁政的最高理想。

171 虽有智慧，不如乘势；虽有镃基，不如待时。

【注释】

选自《孟子·公孙丑上》。

镃(zī)基：锄头。势：形势，时势。时：农时。

【赏析】

齐国人公孙丑是孟子的弟子，他向老师请教齐国能否取得天下，孟子认为，与周文王统一天下相比，齐国取得天下易如反掌。因为商朝从汤（又名成汤）传到武丁，圣贤的君主有六、七位，到商纣王时，商朝的传统民俗、流行风尚、优良的政治传统存留下来不少，又有微子、微仲、王子比干、箕子、胶鬲等一批贤人辅佐，所以周文王凭借方圆百里之地建立伟大功业，是相当艰难的。对于齐国来说，现在获取天下的条件比周文王那时不知好了多少。孟子说：

“虽有智慧，不如乘势；虽有镃基，不如待时。”

意思是：即使有智慧，不如借助时机获取成功；即使有锄头，不如等待农时耕耘播种。

孟子认为，齐国现在已经具备了获取天下的条件，齐国的领土纵横各千里，而夏、商、周三朝的疆土都没有超过纵横千里的；齐国的人口众多，也是那些朝代赶不上的。所以，齐国不用再扩张领土，不用再增加百姓，只要真正施行仁政，就可以统一天下，没有谁阻挡得了。

然而，时机作为事业成功的条件是很重要的，有时甚至可以起到关键作用。对于齐国来说，统一天下的时机现在已经到了。当前，百姓被暴政折磨得困苦不堪，饥饿的人不挑食物，口渴的人不挑饮料，而且，施行仁政的君王已经很长时间没出现了。因此，如果拥有万辆兵车的大国施行仁政，百姓就会欢呼载道，犹如从倒悬状态下解救出来。所以，齐国只需付出古人一半的努力，就能收到古人一倍的功效。

172 我知言，我善养吾浩然之气。

【注释】

选自《孟子·公孙丑上》。

气：指由内心积善所产生的刚正之气。孟子说：“其为气也，至大至刚，以直养而无害，则塞于天地之间。”

【赏析】

孟子要求，人应该为自身人格的完善不断培养自己，加强自我修养。他说：

“我知言，我善养吾浩然之气。”

意思是：我了解辨析言辞，我善于培养自己的浩然之气。

孟子认为，人格的自我完善和提高，要从“养气”做起。孟子讲的“气”，是一种主观的精神状态，是由内心积善所产生的刚正之气。在这种精神状态中，个人的情感意志要与社会的道德要求交融在一起。孟子讲的“养气”，是指用正确的方法，即正义和道德相结合的方法去培养它，不要伤害它，它就会充塞于天地之间。这个过程，实际上就是个人的情感意志与社会道德要求交融统一的过程。当社会道德成为人的内在要求时，个体的精神就达到了一种“至大至刚”、无所畏惧的境

界，也就是说，具有一种气势，一种“浩然之气”。

这种气势，其最初的表现形态，体现在那些有志识的君子所表现出来的自信、自强、无所畏惧的精神状态上。但是，当这种气势与志、勇、义融为一体时，就具有凛然不可侵犯的浩然正气。这种浩然正气，体现在那些“大丈夫”身上，就是“富贵不能淫，贫贱不能移，威武不能屈”的精神品格和人格力量。

千百年来，历朝历代儒家知识分子，都以继承和发扬这种崇高的人格气势为荣，并以这种人格力量蔑视、压倒一切权势、强权、地位、威严，随时准备为崇高的道德理想和正义的事业而牺牲宝贵的生命。在中国几千年的历史长河中，这种人格力量激励着一代又一代的仁人志士，为国家、民族和人民的利益前赴后继，抛头颅，洒热血，铸就了中华民族的精神脊梁。南宋末年民族英雄文天祥的《正气歌》，就是这样一首高扬“浩然之气”的壮歌。

如今，“浩然正气”已成了中华民族特有的精神品格。

173 以力服人者，非心服也，力不赡也；以德服人者，中心悦而诚服也。

【注释】

选自《孟子·公孙丑上》。

赡：足，够。诚：真心实意。

【赏析】

孟子崇尚仁政德政，反对非正义战争，反对以武力压服人。他说：

“以力服人者，非心服也，力不赡也；以德服人者，中心悦而诚服也。”

意思是：凭借武力使人服从的，不是内心诚服，而是力量微小，不足以反抗，被迫屈服；凭借道德使人服从的，才是真正的心悦诚服。

孟子认为，武力不能服人，只能压服人，只有仁德才能真正服人。凭借道德的力量推行仁义的人，一定有很强的感召力，如商汤仅凭七十里方圆的土地，就推翻了夏桀的残暴统治，使天下归顺；周文王仅凭方圆百里的土地，就推翻了商纣王的残暴统治，得到天下。又如孔子，以仁德之心普爱天下，得到了众多弟子和志识之士的衷心爱戴。

反之，依靠强大的武力进行征伐的人，虽有可能称霸诸侯，但必须具有很强的国力，迫使别人屈服。但这种屈服只是表面的、暂时的现象，并非心里佩服。如果不继之以仁政德政来收服人心，被压服的人随时可能揭竿而起，为正义和尊严而战。秦王朝以武力一统天下，不可谓不强大，但秦二世的残暴，激起了人民的不满和怒吼。所以，在秦末农民起义的浪潮中，这个新兴的一统国家很快就被推翻了，留给人们的是一个深刻的历史教训。

174 恻隐之心，仁之端也；羞恶之心，义之端也；辞让之心，礼之端也；是非之

心，智之端也。

【注释】

选自《孟子·公孙丑上》。

恻隐：同情。端：发端，萌芽。羞恶：羞耻。辞让：推让，谦让。

【赏析】

孟子从人性善的角度出发，认为人都有仁爱同情之心，所以施行“仁”是很容易做到的，而且会收到显著的效果。为此，他提出著名的“四心”说：

“恻隐之心，仁之端也；羞恶之心，义之端也；辞让之心，礼之端也；是非之心，智之端也。”

意思是：同情心是仁的萌芽，羞恶心是义的萌芽，辞让心是礼的开端，是非心是智的开端。

孟子说的“仁、义、礼、智”，就是儒家崇尚的四种伦理道德，简称“四德”。

孟子认为，人的本性，即人不同于动物的地方，就是人有恻隐之心、羞恶之心、辞让之心和是非之心，它们是仁、义、礼、智的萌芽，是人身上最宝贵的东西，它们潜藏了人的完善和发展的一切可能性。因此，把恻隐、羞恶、辞让、是非之心充分地加以发展、扩充和实现，也就对人性有了最深刻的认识。真正认识了人性，就会有仁的自觉，这样就能体认、把握、上达天道。

“恻隐之心”居于“四心”之首，是人心固有的一种本能的情感活动，它排除了功利的目的，在这个基础之上，才会产生其他三“心”。人的“恻隐之心”既是“仁之端”，又是“仁”的核心，“义、礼、智”三德，皆是“仁”的具体表现和运用。即是说，仁、义、礼、智发端于人性中与生俱来的恻隐、羞恶、辞让、是非之心，所以很容易做到。后天的学习只是保有或扩大这些天性罢了。人应该扩充这四端，使之像星星之火一样燃烧，像涓涓细流一样汇成长江大河，而不应该让它自生自灭。

孟子大力提倡的“仁政”，就是依据仁、义、礼、智来制定的。施行仁政，首要的是关心民生疾苦，尊贤使能，如市场上储藏货物不征税，货物一旦积压了就依法收购，农民种公田不收租，不收人口税和地税。如果这样做了，读书人、商、旅、小贩、手工工人、农民都愿意前来依附，邻国的百姓也会像敬仰父母一样敬仰这样的国君。

175 天时不如地利，地利不如人和。

【注释】

选自《孟子·公孙丑下》。

天时：有利于作战的时令、气候条件。地利：有利于作战的地理条件。人和：指人心的向背、上下的团结、士气的旺盛等。

【赏析】

孟子十分强调施行仁政和取得民心的重要性。他说：

“天时不如地利，地利不如人和。”

意思是：有利的气候不如有利的地形，有利的地形不如人心团结，众志成城。

孟子认为，决定战争胜负的不是天时、地利，在“天时”“地利”“人和”三者之间，“人和”才是决定战争胜负的关键。孟子说的“人和”，指统治者善待百姓，百姓拥护统治者；统治集团内部各利益体之间相互信任和团结，也称为“人和”。人和就是一个国家内部、社会和军队中，人与人之间保持一种和谐信任的关系。

孟子从进攻和防守两方面，来证明“人和”的重要作用。从进攻的角度，“三里之城，七里之郭，环而攻之而不胜”，其原因是“天时不如地利”。从防守的角度，“城非不高也，池非不深也，兵革非不坚利也，米粟非不多也，委而去之”，其原因是“地利不如人和”。由此，孟子结论说：战争的胜负，取决于人心的向背，能够得到人民的拥护和支持，才能得到天下。

南宋爱国词人辛弃疾在《西江月》中，借用本句思想填成词句：“天时地利与人和，燕可伐与曰可。”意思说，只要具备天时、地利、人和这几个条件，就可以出兵北伐，收复被金人侵占的领土了。

176 得道者多助，失道者寡助。寡助之至，亲戚畔之；多助之至，天下顺之。

【注释】

选自《孟子·公孙丑下》。

道：正义。至：至极，顶点。亲戚：古指血肉相连的亲近家族。畔：同“叛”，背叛。

【赏析】

孟子在论及安邦治国的道理时，提出了一条颠扑不破的真理：

“得道者多助，失道者寡助。寡助之至，亲戚畔之；多助之至，天下顺之。”

意思是：拥有道义的人得到的帮助多，失去道义的人得到的帮助少。得到帮助极少的人，亲戚都要背叛他；得到帮助极多的人，天下人都愿归顺他。

孟子认为，虽然天时、地利对战争进程有一定影响，但真正起决定作用的因素是“人”。人心的向背，才是决定战争胜负的关键。军队拥有精良的武器和充足的物资、占据有利地形而战败逃窜的屡见不鲜，就是因为战争中人的因素比自然条件和物资武器重要得多。

那么，怎样才能取得民心，发挥人的因素呢？孟子的回答是：“得道。”

孟子认为，“得道”就是实行仁政德政，主持公道，伸张正义，直道而行，以德服人。而不是靠小恩小惠笼络人心，或靠权术计谋收服部众。“得道多助”，正义的事业必定能得到天下人的拥护和支持，具有巨大的道义作用和神奇威力。而践踏正义，丧失民心的人，必然“失道寡助”，众叛亲离，最终

成为真正意义上的孤家寡人。

孟子提出的“得道者多助，失道者寡助”这一千古名言，确立了政治学、社会学和军事学上的重要法则，令人赞叹。事实上，大到治理国家、战争，小到处理企业、单位日常事务，人心的向背都是至关重要的。

177 五百年必有王者兴，其间必有名世者。

【注释】

选自《孟子·公孙丑下》。

王：指圣君。名世者：闻名于世的人。一说命世之才。

【赏析】

一次，孟子向齐王宣传自己的政治理想“仁政”，未能得到齐王的赏识，于是离开齐国，在路上他对弟子充虞说：

“五百年必有王者兴，其间必有名世者。”

意思是：每隔五百年一定有一位圣明君王兴起，这期间也一定会有杰出的人才出现。

孟子认为，尧舜是圣明的君王，尧舜之后过了五百年，出现了汤（又名成汤），汤也是圣明的君王。汤以后，经历了五百多年，出现了周文王，文王也是圣明的君王。文王以后，又经历了五百多年，出现了孔子，孔子是一位伟大的圣人。所以，每隔五百年定会出现一位杰出的伟人。从时间跨度上看，从周武王到现在，已经过去七百多年了，从时事政治上看，当今天下纷争，战争频仍，人民不得安乐，应该是产生贤明君王和杰出人才的时候了。

那么，这样的杰出人才出现没有呢？孟子的回答是肯定的。他非常自信地说："如欲平治天下，当今之世，舍我其谁也！"意思说，如果想使天下安定，当今世上，除了我还有谁能做到呢！

178 富贵不能淫，贫贱不能移，威武不能屈，此之谓大丈夫。

【注释】

选自《孟子·滕文公下》。

淫：乱。指扰乱心思。移：改变。指改变节操。南宋朱熹《集注》云："变其节也。"屈：屈服。指放弃节操。

【赏析】

景春崇尚纵横之术。一次，他与孟子谈论什么是"大丈夫"。当时所谓的"大丈夫"，犹如我们今天说的"男子汉"。景春说："公孙衍、张仪他们难道不是真正的大丈夫吗？他们一发怒连诸侯都害怕，他们一平静天下就安宁。"公孙衍是魏国人，战国中期的纵横家，又称"犀首"，曾在魏国任职。张仪死后，公孙衍"入相秦"，尝佩五国之相印，为约长。张仪也是魏国人，战国中期著名的纵横家，曾多次游说各国与秦国结盟。他还用计谋瓦解了齐楚联盟，使秦国更加强大。

然而，孟子却断然否认这样的人堪称大丈夫，他认为，像公孙衍、张仪之类的纵横家，曲附君主，摇唇鼓舌，靠揣摸君王心理、迎合君王口味而获得高官厚禄和显赫的权势，不过是女子、小人而已。孟子心目中能称为“大丈夫”的标准是：

“富贵不能淫，贫贱不能移，威武不能屈，此之谓大丈夫。”

意思是：富贵不能乱其心，贫贱不能变其节，威武不能挫其志，这样的人才是大丈夫。

孟子十分重视人格修为，注重浩然正气的培养。他认为，真正的大丈夫应是居于仁，立于礼，行于义的人，得志的时候，与百姓一起沿着大道前进；不得志的时候，一个人走自己的路。富贵不能使他惑乱，贫贱不能使他动摇，权势不能使他屈服。

富贵，是常人所热衷追求的；贫贱，是常人所希望摆脱的；权势，是常人所畏惧惶恐的。能够不为富贵动心，不为贫贱失志，不为权势低头的人，是因为心目中有更宝贵的东西——仁、礼、义这些道德原则、信念和理想——值得崇尚。为了这些原则、信念和理想，他们持节守道，力行不改，经得起任何严峻的考验。这样的人所具有的，是一种刚强不屈的天地正气和凌然不可侵犯的人格尊严。这是一种独立的觉醒的人格，它不仅是“大丈夫”的标准，也是仁人志士为人的情操和“气节”，一种理想人格和一种精神支柱。

正是这种大丈夫气概，千百年来，深深地植入中华民族博大的传统美德之中，长留天地人间。正是这种浩然正气和精神追求，极大地鼓舞了文天祥、史可法、谭嗣同等民族英雄和一大批仁人志士，不畏强暴，坚持正义，为自己崇高的信念和理想英勇拼搏，视死如归。

179 离娄之明，公输子之巧，不以规矩，不能成方圆。

【注释】

选自《孟子·离娄上》。

以：用。规：圆规。画圆的工具。矩：曲尺。画方形的工具。

【赏析】

孟子提出，行“仁”要遵循一定的规范。治理国家，也要遵照一定的法度，而不能单凭主观的好恶、单纯的道德说教、自以为是的政策和死板的法律制度。孟子说：

“离娄之明，公输子之巧，不以规矩，不能成方圆。”

意思是：即使有离娄那样的好眼力，公输子那样高超的技巧，不用圆规和曲尺，也不能画出方形和圆形。

孟子认为，治理国家必须遵循“先王之道”，它的作用如同工匠手中的圆规和曲尺一样重要。“先王之道”不是指某一个国家前朝实行的政策法规，而是指尧、舜、禹、商汤、周文王和周武王实行的除暴安良的仁政。这种出于爱心的政治举措，是孟子理想中完美的治国方略。孟子希望以此作为一种准绳和手段，来匡正天下种种不人道的罪恶行径和丑恶现象，也

希望以圣人之道作为一种最权威的指导准则，来制约统治者的言行，统一社会思想，引导天下所有的人为善除恶。

孟子指出，身为君王者，要施行这种为君之道；身为臣下的，要遵守为臣之道。君道和臣道都应以尧舜为标准。不依规矩，不成方圆。如果国君不施行仁政，不遵循尧舜的德政管理百姓，暴虐贪婪，残害百姓，就不能治理好国家。其危害和后果，轻则危及自身，国势衰弱；重则自身被杀，国破家亡。夏桀的恶行，商纣的暴虐，无论对于殷商，对于周，对于后世之君，都是一面可以借鉴的历史的镜子。

“不依规矩，不成方圆”后来成为常用俗语，喻指不遵循一定的标准、法则，不能做好一件事情。

180 爱人不亲，反其仁；治人不治，反其智；礼人不答，反其敬。

【注释】

选自《孟子·离娄上》。

亲：亲近。治：管理。答：回报。敬：恭敬。

【赏析】

孟子认为，无论做什么事情，最重要的是自我觉悟，因此强调“万物皆备于我”。无论在事业追求上，还是在人生道路上遇到的问题，都要首先检查自己，审视自己的意识是否纯正，方法和态度是否正确，实行仁义的觉悟和力量是否充足。

孟子说：

“爱人不亲，反其仁；治人不治，反其智；礼人不答，反其敬。”

意思是：爱别人却得不到别人的亲近，就该反问自己是否仁爱了；管理别人却没有管理好，就该反问自己是否真有能力；礼貌待人，别人却不以礼相答，就该反问自己是否做得不够恭敬。

孟子推行仁爱学说，而对施行仁爱的效果，持一种“反求诸己”的态度：如果自己的行为没有收到预想的效果，应该反过来从自己身上找原因，而不要埋怨责怪别人。只有自己行为端正了，办事的力量用足了，才能取得好的成效。

实际上，这也是儒家学者们严于律己的人生态度。它要求人们，无论遇到什么问题，都要先从内心严格要求自己，检讨自身的行为是否遵循了正道，是否自觉地追求自我完善，而不可轻言放弃，这样才能真正有所作为。

181 夫人必自侮，然后人侮之；家必自毁，而后人毁之；国必自伐，而后人伐之。

【注释】

选自《孟子·离娄上》。

侮：侮辱。伐：攻打。

【赏析】

孟子一次谈到，从前有首儿歌：“沧浪之水清兮，可以濯我缨；沧浪之水浊兮，可以濯我足。”孔子听到这首儿歌，教育弟子说：“你们听见了，水清就洗帽子的丝带，水浊就洗双脚，这都是由水自身决定的。”孟子借用这首儿歌，说明治家立国之道。孟子说：

“夫人必自侮，然后人侮之；家必自毁，而后人毁之；国必自伐，而后人伐之。”

意思是：人一定先有自取侮辱的地方，然后别人才去侮辱他；家一定先有自招毁灭的原因，然后别人才去毁灭它；国一定先有自遭攻伐的暴政，然后别国才去攻伐它。

孟子指出，家、国、个人的兴盛衰微，有其最根本的内在因素，外部条件只能通过内在因素起到促进或促退的作用。在孟子看来，这个最根本的内在因素是：是否真正“行仁”。

孟子认为，是否“行仁”关系到一个国家、一个政权的兴衰存亡，以及个人的生命留存问题。夏、商、周三代最后一位君主之所以亡国，其根本原因就在于不行仁政。天子不行仁，保不住天下；诸侯不行仁，保不住社稷；公卿、大夫不行仁，保不住祖庙的香火；士人和庶民不行仁，保不住性命。所以，《尚书·太甲》说：“天作孽，犹可违；自作孽，不可活。”祸福都是由人自取：上天的灾祸尚可以躲避，自己作孽招来的祸患，就躲不掉了。

俗语说：“苍蝇不叮无缝的蛋。”自强由己不由人，自强者胜。因此，人必须加强自身的修养，充实自己的力量，才能立于不败之地。

182 自暴者，不可与有言也；自弃者，不可与有为也。

【注释】

选自《孟子·离娄上》。

自暴：自己残害自己。暴，害。不可与有言：不能跟他有什么话说。自弃：自己抛弃自己。不可与有为：不能跟他一起做什么事。

【赏析】

孟子认为，仁是人类社会最安乐的住宅，义是人类社会最光明的大道。人人都可以实行仁，人人都可以成为尧舜。他说：

“自暴者，不可与有言也；自弃者，不可与有为也。”

意思是：自己残害自己的人，不能和他谈论什么有意义的问题；自己抛弃自己的人，不能和他一起做什么有价值的事情。

在孟子看来，实践仁，不仅是人一生的奋斗目标，而且是一种人生态度，一种人生追求，一种行为规范。每一个人都可以通过自身努力，不断提高仁德修养。而那些非议仁义的人，就是自己残害自己；认为自己不能坚持仁义的人，就是自己抛弃自己。放着安乐的住宅不去住，看着光明的大道不去走。这种自暴自弃，不求上进、自甘落后的人，不能和他谈论什么有意义的问题，也不能和他做出什么有价值的事情。

183 人之患在好为人师。

【注释】

选自《孟子·离娄上》。

患：毛病，缺点。好：喜好

【赏析】

孟子谈到人的道德修养时，指出了人们通常容易犯的毛病：

“人之患在好为人师。”

意思是：人的毛病在于喜好做他人的老师。

孟子认为，修身的大忌是骄傲自满，而好为人师就是一种自满行为，它妨碍着君子德操修为的进一步提升。《朱熹·集注》引王勉语说：“学问有余，人资于己，不得已而应之可也。若好为人师，则自足而不复有进矣，此人之大患也。”

这句话与“胜不骄，败不馁”“谦虚使人进步，骄傲使人落后”正好形成对照，但其基本含义是一致的。

184 人有不为也，而后可以有为。

【注释】

选自《孟子·离娄下》。

不为：指不做不需要做的事。有为：指做需要做的事。

【赏析】

“有为”和“不为”是矛盾对立的两个方面。一些人事事都欲“有为”而未能有所建树，一些人“不为”反而能够有所建树，这其间的取舍关系，两千多年前的孟子就已经论述得十分深刻了。孟子说：

“人有不为也，而后可以有为。”

意思是：人只有有所不为，然后才能有所为。

孟子辩证地认为，人只有有所不为，才能有所作为。有所不为的目的是为了有所为。放弃是一种选择，但放弃的目的不是为了放弃，而是为了成功。多欲必败。如果逐鹿时又想捉兔子，结果可能是鹿兔皆失。

南宋朱熹引宋代理学家程颐的话对此解释说：“有不为，知所择也；惟能有不为，是以可以有为。无所不为者，安能有所为耶？”所以，君子不应该羡慕庸人之福，千里马不应该安于驽马之逸，舍弃这些暂时的福逸，才能真正有所作为。

185 大人者，言不必信，行不必果，惟义所在。

【注释】

选自《孟子·离娄下》。

大人：有德行的人。果：做到。惟义所在：只看是否符合

义。

【赏析】

孟子以“义”为行为准则的出发点，并以此来评判人物的优劣。孟子说：

“大人者，言不必信，行不必果，惟义所在。”

意思是：品德高尚的人，说出的话不一定句句守信，欲做的事不一定处处兑现，只做符合义的事。

孟子认为，大义所在，应该依从。符合义的事情，就大胆地说，大胆地做。不符合义的事情，说出的话不必守信用，欲做的事也不必践行。如果刻板地以“言必行，行必果”来规范言行，就可能丧失“义”的准则，而有损仁义的事业。

孟子的意见与孔子的观点是相通的。在《论语·子路》里，子贡问孔子：“怎样的人才可以算是一个士？”孔子说：“用羞耻之心约束自己的行为，出使外国，能很好地完成君主的使命，这样的人就可以称为士了。”

子贡又问：“请问次一等的士？”孔子说：“宗族称赞他孝顺父母，家乡人称赞他尊敬兄长。”子贡又问：“敢问再次一等的？”孔子回答说：“言必信，行必果，只是固执的一般人啊！不过也可以算是再次一等的士了。”

在孔子眼里，“言必信，行必果”，只是“士”当中最低一等的，可见孔子对“言必信，行必果”的人，评价不高。

孟子则从更高一个层次上，即以是否符合“义”为道德标准，来衡量一个人的言论和行动：品德高尚的人只遵从“义”，不符合义的承诺，可以不必认真对待；不符合义的事情，坚决不能去做。

186 爱人者，人恒爱之；敬人者，人恒敬之。

【注释】

选自《孟子·离娄下》。

爱：热爱，爱护。恒：常常，经常。敬：尊敬，敬重。

【赏析】

孟子一生极力宣传推行仁爱哲学，主张不仁爱的话不说，不符合礼义的事不做。孟子说：

“爱人者，人恒爱之；敬人者，人恒敬之。”

意思是：爱别人的人，别人永远爱他；尊敬别人的人，别人永远尊敬他。

孟子认为，一个人以什么样的方式对待别人，别人便会以什么样的方式来回报。君子内心仁爱，所以爱别人，君子礼在心中，所以尊敬别人。爱人的人，必然被人爱，敬人的人，必然被人敬。

然而，如果付出了爱和敬，对方却蛮横不讲理，得不到相应的回报，怎么办呢？孟子的主张是，作为君子，首先反省自己，是否对人不仁了，失礼了。反省之后，自己是仁爱的、有礼的，而对方仍然蛮横无理，君子一定会再反省。再反省之后，自己没有错，对方仍然蛮横无理，君子就会认为，这样的

人不过是个狂人罢了，和禽兽没有什么区别。既然如此，那么，作为君子，和禽兽有什么好计较的呢！

187 说诗者不以文害辞，不以辞害志。以意逆志，是为得之。

【注释】

选自《孟子·万章上》。

诗：指《诗经》。害：妨碍。逆：揣测，求。志：诗人之志，即诗人所要表达的思想感情。

【赏析】

孟子在本文中，提出了对诗歌作品进行评论、鉴赏的方法。他说：

“说诗者不以文害辞，不以辞害志。以意逆志，是为得之。”

意思是：解说《诗》的人，不能根据诗的文字曲解词句；也不能因为词句的表面意义，曲解诗的真实含义。应当用自己的心去推求诗意，这样才能得到正确的理解。

孟子认为，解说《诗》的人，应当用自己的心去推求诗意，探索作者的心志，体会作者的创作意图。不能根据诗的文字曲解词句；也不能因为词句的表面意义，曲解诗的真实含义。只有这样，才能真正理解诗的含义。而要做到这一点，必须采取“以意逆志”的方法。

“以意逆志”中的“意”，历来诠释不一：①“意”为说诗者之意。汉代经学家和宋代理学家普遍持此说，认为“以意逆志”是以说诗者自己之意去把握诗人之志。赵岐《孟子注疏》谓：“以己之意逆诗人之志。”朱熹《孟子集注》亦云：“当以己意迎取作者之志，乃可得之。”这种解释影响甚大，现代学者朱自清也因袭此说，认为当“以己意己志推作者之志”（《诗言志辨》）。这样评论诗歌作品，常因说诗者的理解不同而不同，没有客观标准。②“意”为作者之意，清人多持此说，认为“以意逆志”是通过探索诗人的创作意图，正确理解诗人在作品中表达的思想感情。吴淇《六朝选诗定论缘起》谓：“以古人之意求古人之志，乃就诗论诗。”此说的关键在“就诗论诗”，即就作品论作品，从作品出发去分析推求作者的心志，以避免汉儒说诗那样的牵强附会和主观臆测。

清代著名学者王国维也持同样观点。他将“以意逆志”和孟子的“知人论世”结合起来解释：“顾意逆在我，志在古人，果何修而能使我之所意，不失古人之志乎?其术，孟子亦言之曰：‘诵其诗，读其书，不知其人可乎，是以论其世也。’是故由其世以知其人，由其人以逆其志，则古人之诗虽有不能解者寡矣。”认为“意逆”虽在说诗者，但说诗者在对作品进行分析评论时，应贯彻“知人论世”的原则，以避免主观武断的弊端，较为切合孟子本意。

春秋以来，赋诗之风盛行，赋诗者在外交、政治等场合，以及著书立说时，往往借取《诗》中的部分章句来表述自己的意见。这在当时是表达思想的一种方式，可是却有人错误地以这样的方法去理解作品，“以文害辞”“以辞害志”。孟子尊

重诗歌的本意，主张从诗的总的形象分析出发，正确把握其基本思想，具有十分积极的意义。

孟子的这一评论、鉴赏方法，后来成为一切文艺评论、鉴赏的方法之一。

188 颂其诗，读其书，不知其人可乎？是以论其世也；是尚友也。

【注释】

选自《孟子·万章下》。

颂：同“诵”，吟咏。其：他(他们)的。其人：他(他们)的为人。论其世：讨论他(他们)所处的时代。

【赏析】

孟子在讲述交友的方法和修身的原则时，说了如下一句话：

“颂其诗，读其书，不知其人可乎？是以论其世也；是尚友也。”

意思是：吟诵古人的诗歌，研究古人的著作，却不了解古人的为人，行吗？所以要讨论他们所处的时代，这样做，就是和品德高尚的人交朋友。

孟子对万章说，一个乡、一个国家，品德高尚的人和另一个乡、另一个国家品德高尚的人交朋友，天下品德高尚的人就和天下品德高尚的人交朋友。如果和天下品德高尚的人交朋友还不够，就会与古人交朋友。孟子认为，和品德高尚的古人交朋友，应该知其人，论其世。所谓“知其人”，就是要了解作者的身世、经历、思想感情、为人品格和创作动机等；所谓“论其世”就是要了解作者所生活的时代及社会环境。

孟子的本意是讲交友的方法，但是，由于说到“知其人”“论其世”与读书、论诗的关系，所以被后世文艺评论家们视作理解诗文的方法，并逐渐发展成为诗文评论的方法。

一个作家的作品，总是与他个人的处境及他所处的时代密切相关，所以，要理解一部文学作品，必须考察作者的思想和经历，了解时代的特点及其对作品的影响，做到“知其人”“论其世”，才能避免孤立地主观地去附会作者的意图。这种文艺评论和欣赏原则，对中国古代文艺批评产生了极为深远的积极影响。

189 鱼，我所欲也；熊掌，亦我所欲也。二者不可得兼，舍鱼而取熊掌者也。生，亦我所欲也；义，亦我所欲也，二者不可得兼，舍生而取义者也。

【注释】

选自《孟子·告子上》。

欲：喜欢。得兼：同时得到，都得到。舍：舍弃，放弃。

义：指人的行为活动中的精神性的东西，符合一定的标准，主要表现为正义、道义、原则、法则等等，是儒家最高的道德标准之一。

【赏析】

孟子善于用形象的比喻说明道理，在讨论人生“义”的重大命题时，孟子使用了人们日常生活中经常接触到的事物打比方，具有鲜明的可感受性。他说：

“鱼，我所欲也；熊掌，亦我所欲也。二者不可得兼，舍鱼而取熊掌者也。生，亦我所欲也；义，亦我所欲也，二者不可得兼，舍生而取义者也。”

意思是：鱼，是我想要的，熊掌，也是我想要的。如果二者不能同时拥有，我宁放弃鱼而要熊掌。生命是我想要的，道义也是我想要的，如果二者不能同时拥有，我宁选择道义而舍弃生命。

孟子借鱼和熊掌的对比取舍，来阐释舍生取义这一重要的人生命题。孟子认为，人对于生死的选择，就像对鱼和熊掌的选择一样。熊掌比鱼珍贵，所以选择熊掌而放弃鱼。在人的生命与“道义”之间，“义”是比生命更为宝贵的东西。当需要在生与义之间做出选择时，就宁可舍弃生命，也要维护“义”。因此，一个人格高尚、有正义感的人，决不贪生怕死而行不义之事，即使牺牲生命，其人格尊严也不容受到任何冒犯、损害和玷污。

千百年来，正是这种凛然正气，鼓舞和感召着千千万万志士仁人高张“舍生取义”的旗帜，献身自己的理想，成为中华民族精神财富的重要组成部分和民族道德修养中的精华。

文天祥在南宋灭亡之际，坚持抵抗元军入侵，被捕后写了《己卯十月一日至燕，越五日罹狴犴，有感而赋》这首诗，其中“熊鱼自古无双得，鹄雀如何可共谋”的诗句，就借用鱼和熊掌的比喻，表达自己舍生取义的决心和志向。他被囚三年，毫不动摇，最后就义时，在衣带中留下了这样几句话：“孔曰成仁，孟曰取义，惟其义尽，所以仁至，读圣贤书，所学何事？而今而后，庶几无愧。”由此可见，“舍生取义”的人生理念已经深入民族精神的核心了。

190 人皆可以为尧舜。

【注释】

选自《孟子·告子下》。

尧舜：传说中的上古两位圣君。此处指圣人、贤人。

【赏析】

孟子提出，人的“性善”是与生俱来的，不是外力强加的，并指出“人性之善也，犹水之就下”，用水向下流的必然性来比喻人性向善的发展趋势，生动地揭示了人性善的自然性和必然性，鼓舞了人向善的自觉性。在这个基础上，孟子提出了个人修养的一个著名论断：

“人皆可以为尧舜。”

意思是：人人都可以成为尧舜那样的圣人。

孟子的性善论，指出了普通人成为圣人的可能性，它告诉人们，自己距离圣人并不遥远，只要努力去想，努力去做，就可以赶上圣贤。这就是儒家思想强调的“圣人之道不远人，远人不可以为道”。对此，孔子比喻说，君子之道如行远路，但须从近处开始，又如登高，须从低处出发。因此，它能为普通老百姓认识和实行，但是，它的最高境界连圣人也有所不知，难以达到。

孟子继承孔子的思想，把道德的纯洁性和可行性结合起来，既保持道德的高尚性，又不使它高不可攀，望而生畏。孟子认为，圣人和平民都是人，二者之间没有不可逾越的鸿沟。只要自己愿意去努力，人人都可以成为尧舜。他举例说，慢慢走，走在长者身后，叫做悌；快步走，抢在长者前面，叫做不悌。慢慢走是人人都能做到的，关键是愿不愿意去做了。尧舜之道，就是要讲孝悌。一个人穿上尧的衣服，说尧说的话，做尧做的事，便是尧了。一个人如果穿上桀的衣服，说桀说的话，做桀做的事，便是桀了。

所以，“人皆可以为尧舜”。一个人能否达到这个境界，关键在于自己有没有决心去做，为善或为恶都在于自身的所作所为。

191 天将降大任于是人也，必先苦其心志，劳其筋骨，饿其体肤，空乏其身，行弗乱其所为，所以动心忍性，曾益其所不能。

【注释】

选自《孟子·告子下》。

大任：重大使命。是：这。空乏其身：使身体受困乏。行拂乱其所为：经历总是不能如愿。拂乱，扰乱。忍性：使其性格坚韧不拔。曾：增。

【赏析】

孟子钦佩古代杰出的历史人物，对那些从艰难困境中奋起的英雄贤人，在盛赞他们卓越的品性和非凡的精神力量的同时，他更看重逆境对他们成才的激励作用。孟子说：

“天将降大任于是人也，必先苦其心志，劳其筋骨，饿其体肤，空乏其身，行弗乱其所为，所以动心忍性，曾益其所不能。”

意思是：上天将把重大任务安排给这个人时，一定要先磨炼他的意志，锻炼他的筋骨，使他忍受饥饿，穷困潦倒，做事总是不能如愿，以此磨炼他坚韧不拔的性格，增加他的才干。

孟子认为，历史上许多肩负重大使命的伟大人物，都曾经饱经忧患，走过一段艰难困苦的人生旅程。如“舜发于畎亩之中，傅说举于版筑之间，胶鬲举于鱼盐之中，管夷吾举于士，孙叔敖举于海，百里奚举于市”。坎坷曲折的人生道路，艰难险恶的环境，对他们的精神和肉体造成难以忍受的痛苦；而卑微低下的社会地位，又使他们经常遭受各种鄙视和屈辱。然而这一切，不但不是坏事，反而能够触动其心灵，磨炼其意志，坚韧其情性，增长其才干。正是因为精神和身体经受了严峻的考验和锻炼，才奠定了他们成长为杰出人才的基础，最后脱颖而出，成就一番伟大的事业。

孟子这句话，从它诞生之日起，就注定了必然成为经典。千百年来，孟子这句话在中华儿女中产生了巨大的精神力量，激励了无数胸怀大志、地位低下、身处困境的人坚忍不拔地去克服困难，扫除前进路上的障碍，努力实现自己的人生理想和抱负。

192 生于忧患，死于安乐。

【注释】

选自《孟子·告子下》。

【赏析】

人有贪恋安逸享乐的人性弱点，在孟子看来，人处身安逸享乐之中，不是福而是祸。他说：

“生于忧患，死于安乐。”

意思是：忧患使人生存，安乐使人死亡。

孟子认为，人一生不可能一帆风顺，遭遇忧患和艰难困苦是常有的事。但忧患和艰难困苦不是坏事，而是好事，因为忧患和艰难困苦正好可以磨炼一个人的意志。在孟子看来，忧患和坎坷不幸的人生经历，恰恰是一个人最宝贵的精神财富，也是一个人尔后成功的基础和条件。

而贪图享乐，放纵声色，最容易松懈人的意志，令人不思进取，丧失奋斗的方向和前进的目标，其结果是懒惰懈怠，无所作为，人心涣散，最后走向失败和毁灭。孟子说：“天将降大任于是人也，必先苦其心志，劳其筋骨，饿其体肤，空乏其身，行拂乱其所为，所以动心忍性，曾益其所不能。”阐明了逆境和忧患能够刺激和鼓舞人的奋发图强之心、增长才干的道理，是对“生于忧患，死于安乐”最好的诠释。

所以，历代有德君子，都是诚惶诚恐，如履薄冰，“吾日三省吾身”（曾子语），修身养性，不敢有丝毫懈怠。这样传承下来，这种忧患意识逐渐成了中国知识分子的一种精神魅力。

一个人是如此，一个国家的兴衰成败又何尝不是如此。所以，历代的贤宰良相（包括一些开明君主）为了国家的稳固和生存，都能够做到居安思危，安不忘危。“居庙堂之高，则忧其民，处江湖之远，则忧其君”，北宋名相范仲淹这句话，正是中国优秀知识分子忧国忧民精神的写照。

193 穷则独善其身，达则兼善天下。

【注释】

选自《孟子·尽心上》。

穷：贫穷，困厄。独善其身：保全好自己。达：显贵，显达。兼善天下：使天下人都得到好处。

【赏析】

孟子时代，游说之风盛行。当时通过游说来谋取职位的士人很多，苏秦、张仪等纵横策士就属于这一类。被后人尊为亚圣的孟子也是这类人。但是，孟子有自己的行为标准，他认为，游说也要遵循一定的道德准则，而且应该以行道为最终目

的。孟子说：

“穷则独善其身，达则兼善天下。”

意思是：穷困时，就加强自身的修养，显达时，就行道以普济天下百姓。

孟子认为，士人穷困时，不能失去“义”，显达时，不能离开“道”。穷困而不失义，所以士人自得；显达而不离道，所以民众不失望。古代仁人志士，都把“穷则独善其身，达则兼善天下”奉为圭臬，一生都努力践行着。得志的时候，就把恩惠施加给民众，不得志的时候，就修饬自身德行，以求显于人世；身处厄境的时候，就保持独立的品性和操守，决不随波逐流，同流合污；身居要职，显贵发达，能行道时，就大力推行仁德，消弭祸乱，普济天下。

历史上，有这种胸襟和志向的人，都不会为了得到高官显爵而违背自己的仁心和主张。

194 孔子登东山而小鲁，登泰山而小天下。

【注释】

选自《孟子·尽心上》。

小鲁：以鲁国为小。小，意动用法，以……为小。即认为鲁国很小。小天下：以天下为小。小，用法同上。认为天下很小。

【赏析】

在道德修养上，孟子主张从根本上解决问题，反对急功近利，“揠苗助长”，做表面文章。他说：“先立其大者，则其小者不能夺也。”孟子认为，一个人眼界的拓展，胸襟的开阔，性情志趣的转变，精神气质的提升，会使道德观念在心灵深处扎根萌发，使自己的灵魂充满无穷无尽的生命力。孟子说：

“孔子登东山而小鲁，登泰山而小天下。”

意思是：孔子登上东山就感到鲁国变小了，登上泰山就感到天下变小了。

孟子认为，孔子登上泰山之巅，感到天下变小了，是因为他站在一个新的高度，眼界、胸襟、气度都随之发生了变化。这和一个人进行道德修为相类似。所以，他以这句话为喻，说明道德修养必须以博大精深的理论为指导，才能高屋建瓴，具有很高的道德审视眼光。而当时思想理论的高峰是孔学，所以，读孔子的书，研究孔子的学说，就能如孔子“登泰山而小天下”一样，眼界变高，目标变远，胸襟变阔。眼界高了，崇拜的是圣人的人格；目标远了，向往的是圣人的事业；胸襟开阔了，学习的是圣人的生活方式。这样，就能确立高尚的志向，追求远大的人生目标。

到了明代后期，东林学者顾宪成对“登泰山而小天下”做了诠释，颇为精辟。他认为，“登泰山而小天下”，是要人们“眼界欲空”。即是说，人们仰慕圣人的言行，就能鄙夷浅薄的人品，识别和排斥异端邪说；人们从高处看破流俗，就不会受世俗之见、陈规陋习的束缚，对庸俗无聊的东西也不会感兴趣。这与孟子“观于海者难为水，游于圣人之门者难为言”的含义是相吻合的。孟子的意思是，见过大海的人，就觉得其他地方的水很难算做水了，在圣人门下学习过的人，就觉得其他言论很难算做言论了。

现在，“登泰山而小天下”常用来比喻站得高，看得远，眼界宽广。

195 大匠不为拙工改废绳墨，羿不为拙射变其彀率。君子引而不发，跃如也。

【注释】

选自《孟子·尽心上》。

大匠：高明的工匠。拙工：笨拙的工人。绳墨：木匠画直线用的工具，比喻标准。羿：古代传说中的神箭手。彀率：拉弓的标准。彀（gòu），张满弓弩。

【赏析】

孟子的弟子公孙丑提出，圣人之道确实极其崇高和美好，但要真正实行却像登天一样难，似乎不可能达到，为什么不使圣人之道变得人人都有希望可以达到呢？孟子回答说：

“大匠不为拙工改废绳墨，羿不为拙射变其彀率。君子引而不发，跃如也。”

意思是：大匠不会因为工人笨拙而改变规矩，羿也不会因为射手拙劣而改变拉弓的标准。教育者应该拉开弓，却不发射，只作出跃跃欲试的样子。

孟子认为，受教育者的才能有高有低，对于才能低下的学生，君子应该像大匠不改绳墨，羿不改拉弓标准一样，不降低圣人之道的标准。而应当因材施教，充分发挥受教育者的主观能动性，保证教育质量，提高教育水平。所以，君子一方面应该像大匠和羿一样严格要求学生，另一方面应该像射箭那样，做到“引而不发”，让有能力的人学有榜样，赶有目标。这样，愿意学而且有能力的人就会努力赶上来。

宋代学者朱熹在《集注》中解释说，这是“言学者当自勉也”。朱熹的解释是正确的。

196 尽信《书》，则不如无《书》。

【注释】

选自《孟子·尽心下》。

书：指《尚书》。

【赏析】

《尚书·武成》篇在叙述周武王讨伐殷纣王的历史事件时，其中有一句“血流漂杵”的描写，孟子认为周武王是个极有仁德之心的人，讨伐纣王的战争不会杀人很多而血流漂杵，所以对这样的描写心存疑问。孟子说：

“尽信《书》，则不如无《书》。”

意思是：完全相信《尚书》，就不如没有《尚书》。

孟子对周武王讨伐纣王的战争并没有做过严格的考证，但

是他却明确地提出“血流漂杵”的说法太夸张了，不符合事实。这是因为他深信，行仁义的圣王讨伐无道的暴君，顺乎民心，一定得到广大民众的大力支持，而暴君纣王一方，一定极端孤立，士兵无心恋战，一触即溃，所以这场战争不可能死那么多人。

孟子之所以敢于对儒家经书表示怀疑，是因为仁政理念使他建立起一种自信，在这种自信心理支撑下，通过理性分析和逻辑判断，因而对圣王有违仁德的描述产生怀疑，并否定了经典中的某些说法。这显示出，孟子一方面对圣王的教导深信不疑，一方面又不拘泥于经典上的辞句，而知道变通。这充分反映了孟子主体意识的觉醒，以及由此而生出的批判与自主决断的精神。

孟子对经书的这种灵活态度以及治学上的独立思考精神，开启了疑经思潮的滥觞。后世儒学大师，不仅继续严格审视《尚书》的真实性，而且把怀疑的眼光指向了《周易》《诗经》《左传》等书，并在思想和学术上取得了丰硕的成果。

197 民为贵，社稷次之，君为轻。

【注释】

选自《孟子·尽心下》。

社稷：社神和稷神，即土地神和谷神。引申为国家、政权。君：国君。

【赏析】

《孟子》一书中所贯穿的“民贵君轻”的观点，是孟子思想中人道主义色彩最为充分、最为鲜明的体现。孟子说：

“民为贵，社稷次之，君为轻。”

意思是：人民最重要，其次是国家，再次是君主。

孟子“民贵君轻”的思想，就是以民为本的思想。南宋朱熹在《集注》中对这一句解释说：“盖国以民为本，社稷亦为民而立，而君之尊又系于二者之存之，故其轻重如此。”换言之，就是“得乎丘民而为天子”，即得民心者得天下。

战国时代百家争鸣，以韩非为代表的法家主张中央集权制，强调加强君主权力。孟子的“民贵君轻”思想，则是对法家集权论的一次反驳和批判。这一论断充分肯定了人民的历史主体地位，否定了君权的神圣，更是对传统尊君观念的一大挑战。

“民贵君轻”论从产生之日起，就一直为人们所传诵，所追求，成为一种社会理想，并从中产生了人民主权论的萌芽。

198 充实之谓美，充实而有光辉之谓大。

【注释】

选自《孟子·尽心下》。

【赏析】

这是孟子对人格美的一种评价。孟子说：

“充实之谓美，充实而有光辉之谓大。”

意思是：（善、诚信）充满人的形体叫做美，充满而且放出光辉叫做大。

孟子把人格划分为六个等级："可欲之谓善，有诸已之谓信，充实之为美，充实而有光辉之谓大，大而化之之谓圣，圣而不可知之之谓神。"

在这六个等级中，前两个等级"善""信"属于伦理范畴。孟子认为，如果能将"善""信"的原则(仁、义、礼、智）融入人格之中，使人的外在表现熠熠生辉，显示出的就是美。所以，美是信、善相融洽统一的外在形式，是内美显于外美，人格美显诸于形式美。而充实之所以为美，则在于高尚的人格使得人的形体具有一种灿烂的光辉，并能通过人的直观感觉到。

在孔子那里，美是作为善的形式来看待的，它有待于同"善"相统一；而在孟子这里，美已经包含着善了。这种对美与善关系的认识，比孔子更深一层了。后世在绘画理论上有"以形写神"、形神统一的说法，当是孟子"充实之谓美"观点的引申和发展。

人格的后三个等级都比"美"高，但又都起始于"美"。"大"比一般的美在程度上更广大、更鲜明、更强烈，类似于壮美。"圣"是在大的基础上进行了新创造，从而成为后代的楷模。"神"则是圣达到了一种非人力所能所为的高度。这样一来，从"充实"之"美"到"神"，孟子第一次给美的形态作了等次上的区分。而后面三种形态"大、圣、神"都起于"充实之美"，所以孟子又说这种美是"若火之始燃，家之始达”。

总之，孟子的“充实之美”说体现了将伦理与美结合的最初尝试，具有创新的意义。

〖庄　子〗

庄子(约前369—前286)，名周。战国时期宋国蒙(今河南商丘)人。中国古代著名的哲学家、思想家、文学家，道家学派的集大成者。曾为蒙漆园(地名)吏。后隐居南华山。一生贫困潦倒。楚威王慕其名，欲以千金聘为宰相，辞而不就，退居著述。有《庄子》传世，又称《南华经》。

《庄子》是继《老子》之后又一部重要的道家经典。《汉书·艺文志》著录《庄子》52篇，今存33篇，其中《内篇》7篇，《外篇》15篇，《杂篇》11篇。一般认为，内篇为庄子自著，外篇、杂篇为庄子后学所作，但基本上属于一个完整的思想体系。晋人郭象注本、清末王先谦《庄子集解》、郭庆藩《庄子集释》是最为通行的版本。

庄子继承老子的天道自然观，认为人只能顺应自然而无为。蔑视礼法权贵和功名利禄，拒绝与统治者合作，痛斥“窃钩者诛，窃国者为诸侯”的不合理社会现实。主张齐物我、齐是非、齐大小、齐生死、齐贵贱，进而齐万物。尚朴真，追求主观精神上恬淡逍遥，无拘无束，优游自得。反对人为雕琢，崇尚真实、自然，认为一切人为的制度、道德、艺术都是对真实自然美的破坏。强调真诚才能动人，

"朴素而天下莫能与之争美"。否定儒家的礼乐、道德与文艺，认为"五色乱目，使目不明"，"五声乱耳，使耳不聪"，因而主张"擢乱六律，铄绝竽瑟"，"灭文章，散五采"，否定一切人类文明。

庄子追求精神自由，"独与天地精神往来"，超尘脱俗的人生态度，与儒家积极入世的态度形成了鲜明的对比，在中国哲学思想史和文学史上产生过深远的影响，对后代知识分子反封建、反礼教束缚的思想解放运动也起了积极作用。

《庄子》一书汪洋恣肆，想象奇幻，构思巧妙，生动细致，仪态万方；善用寓言故事表达思想感情和阐发道理，富有浪漫主义色彩和浓郁的诗意；文章体式大开大阖，变化无穷，语言幽默，文笔夸张，极具文学特性，对后世产生了巨大的影响。

199 北冥有鱼，其名为鲲。鲲之大，不知其几千里也。化而为鸟，其名为鹏。鹏之背，不知其几千里也。怒而飞，其翼若垂天之云。

【注释】

选自《庄子·逍遥游》。

北冥：北海。冥，深暗。海水深而呈黑色，故称。又作"溟"。鲲：传说中的大鱼名。化：变化。鹏：传说中的大鸟。怒：奋发，奋起翅膀。垂天之云：挂在天上的云。

【赏析】

庄子一生向往和追求无所待（不依靠外界客观条件）的绝对自由，否定有所待的有限自由。他在《庄子·逍遥游》里，描绘了一个硕大健飞的大鹏鸟形象，来证明世间一切事物都是有所待的观点。他说：

“北冥有鱼，其名为鲲。鲲之大，不知其几千里也；化而为鸟，其名为鹏。鹏之背，不知其几千里也。怒而飞，其翼若垂天之云。”

意思是：北海有一条鱼，名字叫鲲。身体之大，不知道有几千里长。变化成为鸟，名字叫鹏。鹏的背，也不知道有几千里长。它奋起高飞，翅膀好似从天上垂下的云霓。

庄子认为，世间万物无论大小，无论高低，都是有所待才能运行，都没有获得绝对的自由，达到逍遥的境界。如渺小的斥鴳、蜩与学鸠，长寿的冥灵、大椿与寿短的朝菌、蟪蛄，它们各适其性，都依赖于外界客观事物，才能取得自己生存的条件和空间，所以都是有所待的。而化为鹏鸟高飞的鲲鱼，大得惊人，“怒而飞，其翼若垂天之云”，飞往南海时，“水击三千里，抟扶摇而上者九万里”。在庄子眼里，如此硕大健飞的鹏鸟，仍然有待于海运时的大风，才能高举入云，所以仍然不是真正的自由。

大鹏鸟尚且有所待，人世间的不自由就可想而知了；在重重重负之下，立言、立功、立名便没有任何意义，争名夺利也没有任何价值。因此，庄子认为，只有真正达到无所待的地步，才能超越现实，进入绝对自由的境界。超越现实的最高境

界是"无己"，无己就是忘记自我的存在。能达到忘记自我存在的人，而后可以"无待"；能做到无己、无待的人，才可以做到无为、无功、无名，顺应自然，进入真正自由的境界而逍遥自得，无拘无束。

这一句构思奇幻，想象高远，夸张大胆，文学性极强。能令人"拓展胸次"，获得一种"海阔凭鱼跃，天高任鸟飞"的博大感受，因此博得历代文人墨客的激赏。庄子这种无羁无绊、雄豪洒脱的文风和汪洋恣肆的浪漫主义精神，哺育了屈原、李白、苏轼、辛弃疾等一大批豪放派诗人，他们从《庄子》里汲取丰富的营养，铸就了中国古代浪漫主义文学的灿烂辉煌。

200 日月出矣，而爝火不息，其于光也，不亦难乎；时雨降矣，而犹浸灌，其于泽也，不亦劳乎。

【注释】

选自《庄子·逍遥游》。

爝（jué）火：火把。爝，古代习俗，烧苇把照人以消除不祥。其：它。指爝火。后一个"其"，指浸灌。时雨：按季节应时而来的雨。犹：还在。浸灌：灌溉。泽：滋润，润泽。劳：白费力气。

【赏析】

庄子《逍遥游》中，讲述了尧让天下于许由的故事，来说明只有做到无为、无己，才能无所待而逍遥自得，获得真正的绝对自由。

尧是帝喾的儿子，姓伊祁，字放勋，相传为其母感赤龙而生，有圣德。15岁封为唐侯，21岁登上帝位，建都平阳，号称陶唐。他死后，谥号为尧，故又称唐尧。唐尧有感于藐姑射山神人的无为而逍遥，欲让帝位于许由。他比喻说：

“日月出矣，而爝火不息，其于光也，不亦难乎；时雨降矣，而犹浸灌，其于泽也，不亦劳乎。”

意思是：日月升上天空，火把还不熄灭，要与日月争光，不是很困难吗！及时雨普降了，还去浇水灌田，滋润禾苗，不是徒劳吗！

许由是尧统治时期的隐士，隐居于箕山，依山而食，就河而饮。尧知道许由贤能，将他比作日月、及时雨，自己好比爝火、灌田的水。尧说，日月升上了天空，火把还不熄灭，要与日月争光，不是很困难吗！及时雨普降了，还去浇水灌田，滋润禾苗，不是徒劳吗！因此决定将帝位让给许由，尧对许由说：“你若立为天子，天下将会大治，而我徒居天子之位，自愧能力不足，请允许我把天下交给你。”

许由认为尧作天子，天下治理得很好，自己不愿意为了名声（地位）而去接任帝位。因此，不但谢绝了尧的请求，还觉得尧的话弄脏了耳朵，跑到颍川河边洗耳。这时隐士巢牵了一只小牛犊过来，得知这个情况，赶紧将小牛犊牵开了，怕小牛犊喝了脏水，有损自己的高洁。

在庄子笔下，尧和许由都不愿为名所累，一个让天下，一个拒绝天下，这正是庄子理想人物的精神境界。庄子以此证明至人无己、神人无功、圣人无名的观点。而能做到无功、无名、无己的人，才能无所待而逍遥自得。

201 肌肤若冰雪，淖约若处子，不食五谷，吸风饮露，乘云气，御飞龙，而游乎四海之外。

【注释】

选自《庄子·逍遥游》。

淖约：同“绰约”。体态优美柔婉的样子。处子：处女。

【赏析】

庄子的哲学世界里，他否定有所待（依赖外物）的自由，追求无所待（不依赖外物）的绝对自由的精神境界。为此，他在《逍遥游》里，描写了一个其大无比的鲲，化为大鹏鸟，“怒而飞，其翼若垂天之云”，“水击三千里，抟扶摇而上者九万里”，但是，这样的大鹏鸟，仍然是有待的。然后又通过肩吾与连叔的一番对话，描写了一位藐姑射山上的神人。肩吾说：

“肌肤若冰雪，淖约若处子，不食五谷，吸风饮露，乘云气，御飞龙，而游乎四海之外。”

意思是：肌肤白如冰雪，姿态柔婉如处女，不吃五谷，吸风饮露，乘着云气，驾着飞龙，遨游于四海之外。

这个被赋予天生丽质和崇伟品质的美丽姑娘——神人，就是庄子在在称道的无所待而能满天下逍遥畅游的“至人”，她是庄子逍遥理想的完美体现者。她肌肤洁白如冰雪，姿态柔婉如处女，不吃五谷，吸风饮露，乘着云气，驾着飞龙，遨游于四海之外，从不把治理天下当一回事。但是，这样的人，这样的道德，将会充塞万物而与万物合为一体，使万物不受灾害的影响，五谷自然成熟。这样的人，没有什么东西可以伤害她，滔天洪水淹不着她，骄阳似火热不着她。哪怕她的尘垢、秕糠，也能造出像尧、舜那样的圣人来。所以，治理天下劳心费力的尧、舜来到藐姑射山，一见到这样无为而逍遥的神人便怅然若失，一下子把天下都抛到脑后去了。

这样一个“肌肤若冰雪，淖约若处子”的美丽形象，正是庄子绝对自由理想境界的人格化和具体化，尽管是虚构的，但是读起来仍然感到是那样的美妙，那样的真实，那样的令人神往。

202 彼是莫得其偶，谓之道枢。枢始得其环中，以应无穷。

【注释】

选自《庄子·齐物论》。

彼：那。是：这。偶：对立。枢：门上的转轴。这里指道的枢纽，即道的关键。环中：圆环中空虚处，喻指道的中心。环，门上下两横槛的洞，圆空如环，以承受枢的旋转。无穷：包括时间的无穷、空间的无穷、万物的无穷。

【赏析】

庄子探讨万物之源的“道”，认为道是一切自然世界、社会人心的本原。因此，一切自然运转、社会变化、人心向背无不依归于道。庄子说：

“彼是莫得其偶，谓之道枢。枢始得其环中，以应无穷。”

意思是：消除了彼此的对立（把对立的双方统一起来），才叫做道的枢纽（关键）。道的枢纽（关键）进入环的中空（道的中心），便能应付无穷的变化。

环的作用在虚。庄子以门为例，说明虚的重要意义。庄子认为，掌握了道的关键，就像门枢纳入圆环中间的空虚处，旋转自如，便能顺应各种事物是是非非的无穷变化。

唐代著名诗论家司空图论及诗歌创作时，使用了庄子“得其环中”的含义，来说明诗歌意境的创造及其特点。他在《二十四诗品·雄浑》中说：“返虚入浑，积健为雄。……超以象外，得其环中。”这里，象，指客观物象，亦指作品描绘的艺术形象。所谓“超以象外，得其环中”，就是强调诗歌意境的妙处在其虚的部分上。司空图认为，诗境的创造必须由实出虚，充分发挥虚的部分的作用，而不能仅仅拘泥于具体描写的实的部分。“超以象外”有两重含义：一是观察描写现实生活时，不要受客观物景的限制，只见其表象，而要超越其形貌之外，发现其深含的意蕴。二是指鉴赏作品时，不要受作品所展现的物象(象、景）的局限，而要看到能充分体现诗人情思的象外虚境；创造作品时，塑造的形象要深有蕴涵。“得其环中”，指诗歌艺术意境构成过程中，虚的部分(象外之象，景外之景）支配一切，控制一切，在艺术意境创造中起决定作用。比如陶渊明的“采菊东篱下，悠然见南山”，谢灵运的“池塘生春草，园柳变鸣禽”，王维的“行到水穷处，坐看云起时”，等等，都必须从“超以象外，得其环中”的角度去理解，不受有形的、具体的、实的部分描写的束缚，方能领略其更丰富、更广阔的艺术空间，懂得这些诗句的妙处和美在哪里。

司空图强调指出，“超以象外，得其环中”的具体表现是“不著一字，尽得风流”。孙联奎《诗品臆说》解释说：“‘不著一字’即‘超以象外’，‘尽得风流’即‘得其环中’。”

203 毛嫱丽姬，人之所美也，鱼见之深入，鸟见之高飞，麋鹿见之决骤。

【注释】

选自《庄子·齐物论》。

毛嫱：越王的美姬。古代著名美女。丽姬：晋献公宠妃。古代著名美女。所美：认为美丽的人。麋鹿：亦称四不像。决骤：迅速奔跑。

【赏析】

庄子通过啮缺（许由的老师）与王倪（啮缺的老师）的一段对话，表达了自己的相对论观点。他借王倪的嘴说：

“毛嫱丽姬，人之所美也，鱼见之深入，鸟见之高飞，麋鹿见

之决骤。”

意思是：毛嫱与丽姬是人们公认的美女，鱼看见她们就深潜水里，鸟看见她们就高飞入云，麋鹿看见她们就迅速远去。

庄子认为，世间万物都是一种对立统一的存在，但具体到个体的存在上，则表现出对立性、差异性。人们看问题，评判是非美丑也是对立的，有差异的。例如，人吃豢养的动物，鹿吃草，蜈蚣吃蛇，猫头鹰喜欢吃老鼠。那么，对于人、鹿、蜈蚣和猫头鹰，究竟什么是真正的美味呢？又如猿猴把猕猴当妻子，麋喜欢与鹿交配，泥鳅与鱼相好。然而面对美女毛嫱与丽姬，鱼要潜入深水里，鸟要高飞入云天，麋鹿要急速远去。那么，对于猿猴、麋、泥鳅和人，究竟什么是真正的美貌呢？所以，观察问题的角度不同，立场观点不同，看法也不相同，没有一个统一的答案和结论。

上面的例子是从万物的角度看，反映出一种相对论的观点。因为万物都是暂时的、有所依赖的(有条件的)，所以其对立性、差异性是暂时的、相对的。但庄子也明确指出，在万物共同的“道”那里，这种对立性、差异性是统一的。因为道是永恒的、无所依赖的(无条件的)，所以道的统一性是绝对的。

后来，这句话演变为成语“沉鱼落雁”，用来形容女人的容貌极其美丽。

204 不知周之梦为胡蝶与，胡蝶之梦为周与。

【注释】

选自《庄子·齐物论》。

周：庄周，即庄子。庄子名周。与：欤，表疑问的语气词。

【赏析】

庄子在《齐物论》里，讲述了一个非常著名的寓言故事：自己在梦中变成了一只蝴蝶，活生生的一只蝴蝶，自己觉得十分快意，完全忘记自己就是庄周。可是醒来后，自己又一下子变成庄周了。庄子说：

“不知周之梦为胡蝶与，胡蝶之梦为周与。”

意思是：不知道是庄周做梦变成蝴蝶了呢，还是蝴蝶做梦变成了庄周？

庄子认为，世上万事万物，皆受于道，原属一体。虽然外表上大小形状千差万别，但从“道”的角度去看，其实都是相通为一的。庄周梦中变为蝴蝶，醺醺然以蝴蝶自喜，恰切地表达了“万物与我为一”思想。

后来，这则寓言在美学意义上，被视作生动地描绘出了“身与物化”的审美境界。作为主体的庄周与对象蝴蝶本来是有区别的，但是，由于主体的能动作用，使我（庄周）与物（蝴蝶）融合化一，我中有物，物中有我，不知何者为我，何者为物。那一时刻，物我界限泯灭了，呈现着“身与物化”的自由状态。而这种状态，正是一种审美的自由境界。

千百年来，庄周梦蝶的寓言，一直是人们津津乐道的文学佳话。古今不少文人都把它当做创作的题材，演绎出各种不同艺术形式的杰作。唐代诗人李白《古风》五十九首之九："庄周梦蝴蝶，蝴蝶为庄周。一体更变易，万事良悠悠。乃知蓬莱水，复作清浅流。青门种瓜人，旧日东陵侯。富贵故如此，营营何所求?"就是其中之一。

205 始臣之解牛之时，所见无非全牛者；三年之后，未尝见全牛也。方今之时，臣以神遇而不以目视，官知止而神欲行。

【注释】

选自《庄子·养生主》中的《庖丁解牛》。《庖丁解牛》为其中的一则寓言，题目系后人所加。

始：起初。臣：庖丁自称。解牛：肢解牛。未尝见全牛：见到的不再是整个的牛了。以神遇：用精神去感触。指对牛体结构了然于心。以，用。官知：感官知觉。神欲：指精神活动。

【赏析】

庄子借庖丁解牛19年不伤刀的寓言故事，解析"养生"的道理。庖丁为文惠君解牛，运刀自如，技艺娴熟，动作协调潇洒，瞬间骨肉分离。骨肉分离的声音、刀运行的节奏，轻重有致，起伏相间，声音优美，合于桑林之舞。文惠君看了，叹为观止。庖丁解释说：

"始臣之解牛之时，所见无非全牛者；三年之后，未尝见全牛

也。方今之时，臣以神遇而不以目视，官知止而神欲行。”

意思是：我开始解牛时，看见的是一只整牛；三年之后，看到的不再是整牛，而是牛的筋腱骨节。而现在，不是用眼看，而是用心神与牛接触，感觉器官停止了活动，只有心神在自由运行。

庖丁解牛之初，看见的是一只全牛，三年之后，对牛体结构、筋骨间隙，关节之间的窍穴了如指掌，不再把牛视为一个整体了。这个时候，他是凭内在精神去体验牛体，顺应自然，择隙而进，劈向筋肉间隙，导向骨节空处，按照牛体自然结构解牛。庄子认为，这不仅仅是技术问题，而是深谙“道”，并由此说明求于“道”而精于“技”的道理。

庄子认为，“技”与“道”相通，但“道”高于“技”，“技”从属于“道”；只有“技”合于“道”，技艺才可以纯精。“道”的本质在于自然无为，“技”的至善亦在于自然无为。只有“以天合天”（《庄子·达生》），以人的内在自然去合外在自然，才能够达到“技”的最高境界。庖丁就是因为由“技”进于“道”，才成为解牛的佼佼者。

庄子以此喻养生之道，他强调的养生方法就是：“顺乎天理”、“因其自然”、物我合一。

后来，“庖丁解牛”“目无全牛”成为成语，比喻纷繁复杂的事物，只要认识了它的内在规律，处理起来就能得心应手，游刃有余。

206 汝不知夫螳螂乎？怒其臂以当车辙，不

知其不胜任也，是其才之美者也。

【注释】

选自《庄子·人间世》。

怒：奋举。当：阻挡，抵挡。车辙：车轮碾过的痕迹。这里指车轮。是：自以为是。

【赏析】

鲁国贤士颜阖受命做卫灵公太子的师傅。太子天生嗜杀凶残，颜阖如不按规矩教导他，势必危害国家；如按规矩教导他，则会危及自身。颜阖心里为难，便向卫国贤大夫蘧伯玉讨教。蘧伯玉告诉他说，应该外表上与他亲近点，内心里与他和顺点。亲近而不能陷进去，那样会害了他；和顺而不能表现出来，那样会培养出一个好大喜功、兴妖作怪的学生来。蘧伯玉说：

“汝不知夫螳螂乎？怒其臂以当车辙，不知其不胜任也，是其才之美者也。”

意思是：你没见过螳螂吗？它奋勇地举起臂膀想阻挡车轮前进，不知道自己无力胜任，总觉得自己的能力大得不得了。

蘧伯玉告诫颜阖，教育太子时，不要老是显示自己能力强、学问高而去冒犯他，那样就与螳臂挡车差不多了。

这里，庄子借蘧伯玉之口，探讨一种正确的处世方法。庄子认为，正确的处世方法有两条：一是“虚己”，二是“顺物”。人生活在社会群体里，离不开人。人与人之间有上下级关系、有同事朋友关系、有夫妻父子关系，等等，但不论尊卑长幼，都应当有虚己(不带成见和主观愿望）和顺物(不固执己见而随物变化）的思想和胸怀，而不能像螳螂那样，没有自知之明，盛气凌人，那样就很难摆脱世事的困扰而立于不败了。

庄子在《天地》篇中，使用了同样的比喻：“螳螂之怒臂以当车轶，则必不胜任矣。”

成语“螳臂当车”即源出于此，比喻没有自知之明，不自量力。

207 泉涸，鱼相与处于陆，相呴以湿，相濡以沫，不如相忘于江湖。

【注释】

选自《庄子·大宗师》。

涸：水枯竭。相与：一起。呴（xū）：张口出气，嘘气。濡：沾湿。沫：口水。相忘：彼此忘掉。

【赏析】

庄子善用寓言比喻，来讲述自己的人生哲学观点。他在《大宗师》中用鱼与鱼之间以湿气、唾沫相友爱比喻仁义，以江湖比喻大道。说明在大道里，即使互不关心，也比仁义的关怀友爱强得多。庄子说：

“泉涸，鱼相与处于陆，相呴以湿，相濡以沫，不如相忘于江湖。”

意思说：泉水干枯了，鱼儿困在地上，相互吹点潮湿的气

息，吐点唾沫相互滋润，远不如谁也不理谁地在江湖里自由游动。

庄子认为，离开大道，赞颂圣君唐尧，指责暴君夏桀都是毫无意义的。犹如鱼儿失去水，在地上挣扎，相互用湿气、唾沫来滋润，以求得暂时的生存。虽然鱼儿已经竭尽全力相互仁爱了，但终究只能苟延残喘，多活一时半刻而已。所以，这样的仁义友爱是非常有限的，也是十分微弱的；远不如他们在江湖里游动戏水，虽然互不关心，互不理睬，但却生活得自由快活，无忧无虑。所以，人与人之间的仁爱，比起天道的作用来，简直微不足道。

既然天道广大，是万物之源，世间万事万物的运转变化，都依从于大道，那么，人生的所作所为，也应该顺从自然，和同天道。所以，与其赞颂唐尧，指责夏桀，远不如把他们二者抛到一边，而依归于大道，同化于大道。

成语“相濡以沫”即源出于此，比喻困境中的人以微薄的力量相互救助。

208 白玉不毁，孰为珪璋；道德不废，安取仁义。

【注释】

选自《庄子·马蹄》。

毁：破玉雕琢。孰：哪能。珪璋：贵重的玉器。道德：自然之道。废：失去。安取：哪里用得着。

【赏析】

庄子反对用仁义礼智等人为的东西来禁锢人的思想，他说：

“白玉不毁，孰为珪璋；道德不废，安取仁义。”

意思是：白色的玉石不毁坏，用什么造出珪璋？人的本性道德不废弃，哪里用得着仁义？这是反问句式。它正面的含义是，毁坏了纯朴的玉石而造出了珪璋，废弃了人的本性道德而造出了仁义。

庄子认为，织出布来穿衣，耕种出粮食来吃饭，这是百姓正常的共同的天性。人的天性保存最好的时代是人与禽兽混杂在一起居住，与万物混同不分种类，那时没有什么君子、小人的区别。人人都不用智谋心机，德性就不会丢失。大家都无私欲，就叫做纯朴。纯朴就能保持住天性。

然而圣人出来后，推行仁爱大义，超越人的本性制定礼乐，天下人才开始有了分别。这种人为的东西，毁弃人的本性道德，造出仁义，是一种罪过。犹如损坏纯朴的玉石、造出玉器珪璋是工匠的罪过一样。

庄子在自然的无形与有形中，推重无形，在无限与有限中，推重无限，在无为与有为中，推重无为。因此对一切有限有形的美音、美色、美誉、美辨、美言都加以否定。认为一切人为的东西，包括仁义、道德、艺术都是对自然天性的一种破坏和文饰，是有害的。提倡仁义，就会带给人道德上的毒害。因此，庄子倡导人们追求天性，追求人性的解放，返璞归真，回归自然，达到与大道的统一。

今天，对“白玉不毁，孰为珪璋”的理解与“玉不琢，不成器”相近，即一块纯朴的白玉，不经过雕琢，不能成为更有价值的玉器。

209 彼窃钩者诛，窃国者为诸侯，诸侯之门而仁义存焉。

【注释】

选自《庄子·胠箧》。

窃：盗窃，偷盗，窃取。钩：衣带钩。指不值钱的小物件。仁义存焉：仁义存在于此。

【赏析】

战国中期，在各诸侯国纷争的局面中，封建阶级关系已大致形成，其意识形态方面的代表就是儒家知识分子——圣人。他们宣扬的仁义圣知观念，其本质是为巩固新兴的封建专制宗法制度服务的。而庄子学派，却清醒地看到了专制宗法制所带来的消极因素，他们对圣人以及“仁义圣知”的批评，客观上揭露并抨击了社会的黑暗和不合理。庄子说：

“彼窃钩者诛，窃国者为诸侯，诸侯之门而仁义存焉。”

意思是：那些偷带钩的小贼被诛杀，而盗窃国家的人反而成了诸侯，诸侯的门里就有仁义。

庄子这一句话，一针见血，撕下了诸侯君主们的假面具，揭露出他们“家天下”的本质特征。他们窃取国柄，为一己的私利服务，实际上是盗取国家的大盗，“仁义圣知”在他们那里，不过是窃国的工具和护身符，借以蒙骗天下人的耳目罢了。

然而，偷带钩的小盗被诛杀了，窃国的大盗却可以安享尊荣。同为盗贼，为什么“窃钩者”和“窃国者”的社会评判却有天壤之别呢？将这种社会评判标准作为人们必须遵循的道德行为依据，又有什么正义和公理可言呢？于是庄子便把攻击的矛头指向是非混淆、黑白颠倒的宗法社会。例如，田成子陈恒，其前人是陈国人，流落到齐国做了大夫，后来陈氏势力越来越大，陈恒便杀了齐简公，自立为齐王。陈恒“有乎盗贼之名”，弑君之罪，本应诛杀，但结果却是“身处尧舜之安，小国不敢非，大国不敢诛，十二世有齐国”。田成子夺权后曾赠给孔子礼物，孔子接受了，等于默认了其篡位的合法性。

因此，在庄子看来，在这个是非颠倒的不合理社会里，圣人之法欲立国安民，却成全了窃国大盗们的权势欲，成为他们逍遥的根源。

210 彼知矉美，而不知矉之所以美。

【注释】

选自《庄子·天运》。

矉：同“颦”，眉蹙，皱眉头。

【赏析】

庄子认为，孔子想把周公的做法拿到鲁国去推行，肯定行不通，因为时代变了，环境变了。为说明这个问题，庄子讲了一个东施效颦的故事：西施是春秋时越国著名美女。一天，西施心口痛，于是皱起眉头，捧着心口走路，被丑女东施看见了，觉得很美。于是东施也皱起眉头，捂着心口走路，结果村里人见了，都忙不迭地躲开了。庄子说：

“彼知矉美，而不知矉之所以美。”

意思是：她只知道皱着眉头美丽，却不知道为什么皱着眉头美丽。

西施皱着眉头，捧着心口的样子美，是因为她本身（实质）美，不是外在动作美。东施本身（实质）丑，却生搬硬套地从形式上去模仿，因而更丑。孔子周游列国，以先王之法游说诸侯，结果处处碰壁，在宋国受到伐树之辱，在卫国受到削迹之困，在殷地、东周狼狈不堪，在陈、蔡之地受到围困，七天吃不到熟食，几乎丢了性命。他的作为，在庄子看来，犹如东施效颦一样，只知三皇五帝的礼义法度好，脱离了时代背景和社会环境，仅从形式上去模仿，所以处处碰壁，陷入了困境。

成语“东施效颦”即源出于此。常用来比喻脱离具体条件，盲目模仿，而效果适得其反的人。

211 井蛙不可以语于海者，拘于虚也；夏虫不

可以语于冰者，笃于时也；曲士不可以语于道者，束于教也。

【注释】

选自《庄子·秋水》。

井蛙：井底之蛙。喻指见识不大。拘：局限。虚：通“墟”，指井蛙生活的地方。夏虫：春生秋死的昆虫。笃：与“拘”互文，限制的意思。时：时令。曲士：乡曲之士。见识浅陋，只懂得某方面道理的人。曲，偏僻之地。束于教：被所学的知识束缚住。束，束缚。教，所受的教育。

【赏析】

庄子采用拟人化手法，通过河伯与海若的对话，讨论时空的无限性与人的认识的相对性，发挥了相对论的思想。海若对河伯说：

“井蛙不可以语于海者，拘于虚也；夏虫不可以语于冰者，笃于时也；曲士不可以语于道者，束于教也。”

意思是：井底之蛙没法跟它谈论大海，因为它局限于井底那个狭小的空间；春生秋死的昆虫，没法跟它谈论冰雪，因为它受到生存时令的限制；仅懂得某方面道理的人没法跟他谈论大道，因为他被所受的教育束缚住了。

庄子借海若之口指出，井底之蛙没见过大海，所以没法跟它谈论大海；春生秋死的夏虫，没见过冰雪，所以没法跟它谈论冰雪；乡曲之士褊狭，受教育的束缚，所以没法跟他谈论大

道。

庄子以此为喻指出：人的认识、见解及观念受环境影响很大，生活环境狭小的人，眼界不开，会产生诸多认识上的片面性，不能理解高深远大的事物。

成语“井底之蛙”“夏虫不可语冰”即源出于此，用来比喻阅历狭窄、见识短浅的人。

212 子非我，安知我不知鱼之乐？

【注释】

选自《庄子·秋水》。

安：哪里，怎么。乐：快乐，怡乐。

【赏析】

庄子与惠子（惠施）一起在濠水的桥上游玩，看到鱼儿在水中游来游去，认为鱼儿很快乐。惠子反问道：“子非鱼，安知鱼之乐？”庄子则机巧地回答：

“子非我，安知我不知鱼之乐？”

意思是：你不是我，你怎么知道我不知道鱼的快乐呢？

作为一个智者，庄子的回答非常富有哲理，充分显示了他的机智和巧辩，令人击节赞赏。实际上，庄子是循着惠子不可知论的逻辑来反驳惠子的。然而，惠子也不甘示弱，他接过话头，回答说：“我不是你，当然不知道你了。但你不是鱼，你哪里知道鱼的快乐呢，这是可以肯定的！”

庄子的回答再一次显示了他的机巧，庄子说："你刚才说'你哪里知道鱼的快乐'，那就是已经承认了我知道，才问我从哪里知道。那么，我回答你，我是从濠水桥上知道的。"

庄子以惠子的话为前提，寻找辩论的着力点。回答的时候，利用"安"的多义性偷换概念。"安"可以理解为怎么，是一种问询的方法，也可以理解为哪里，是在询问地点。庄子因为方法说不清，故意转换概念，便以地点来作答。

庄子与惠子这段对话，被后人传为佳话，卓绝千古。

213 既雕既琢，复归于朴。

【注释】

选自《庄子·山木》。

朴：朴素纯真。

【赏析】

卫国大夫北宫奢为卫灵公征集原材料铸造编钟，经过短短三个月时间，上下两排编钟就完成并挂在架子上了。王子庆忌见了问道："你用什么办法造成的？"北宫奢回答说："我用纯一之道来造钟，不敢夹杂些个人的想法。"又说：

"既雕既琢，复归于朴。"

意思是：经过一番雕琢，最终还是要回到质朴中去。

庄子以北宫奢铸钟，经过一番雕琢，最终归于质朴为喻，提倡自然美，反对人为的雕琢。庄子继承了老子的天道自然

观，他借北宫奢之口说的归于质朴，就是合于天道。庄子认为，真正的美，是天道本身，天道“朴素而天下莫能与之争美”（《庄子·天道》）。

在这种美学思想的指导下，庄子否定一切具体的社会美（美音、美色、美誉、美舞、美言），否定儒家的礼乐、道德与文艺，认为“五色乱目，使目不明”，“五声乱耳，使耳不聪”。他说：“纯朴不残，孰为牺尊；白玉不毁，孰为珪璋；道德不废，安取仁义；性情不离，安用礼乐；五色不乱，孰为文采；五声不乱，孰应六律。”认为一切人为的制度、道德、艺术都是对自然美（即本质美）的破坏性的文饰，因而是丑的。

214 君子之交淡若水，小人之交甘若醴。君子淡以亲，小人甘以绝。

【注释】

选自《庄子·山木》。

醴：甜酒。绝：断绝。

【赏析】

庄子一贯的思想是以无用为用，在论述为人处世的道理时，也坚持无用为用的观点。他特别举了孔子周游列国，在宋国遭到了伐树的屈辱，在卫国受到了削迹的羞耻，在商周又陷入困境，在陈国、蔡国之间受到了围困，而且两次被鲁国驱逐，亲戚越来越疏远，朋友弟子也离开了。于是孔子问子桑雽是什么原因？子桑雽便向孔子讲了一个林回逃亡的故事。

林回逃跑时，舍弃了价值千金的玉璧，只背着小孩跑出来。人们都不理解：如果是为了钱吧，小孩没有钱。如果是为了减轻拖累吧，小孩的拖累比玉璧大得多。

林回回答说：人与人多是为了利益连在一起，我是出于天性与人连在一起。

为了利益连在一起，遇到祸患逼迫的时候，就会互相抛弃；出于天性连在一起，遇到祸患逼近了，就会相互收留。并说：

“君子之交淡若水，小人之交甘若醴。君子淡以亲，小人甘以绝。”

意思是：君子之间的交情，清淡如水，小人之间的交情，甘如甜酒。君子清淡却亲切，小人甜蜜反而容易绝交。

孔子领悟了这个故事，回去后，丢下学问，扔掉书本，弟子们在他面前也不行礼了，但却更加爱戴他了。

“君子之交淡如水”准确地表达了朋友之间纯洁持久的友情。而小人的交情建立在权力、金钱的基础上，一旦权力、金钱没有了，失去了利用的价值，便会中断友谊，甚至反目成仇。

今天，人们常用“君子之交淡如水”来形容朋友之间建立在友情基础上的真诚交往。

《礼记·表记》中有：“君子之接如水，小人之接如醴；君子淡以成，小人甘以坏。”意思相近。

215 人生天地之间，若白驹之过隙，忽然而已。

【注释】

选自《庄子·知北游》。

白驹：骏马。指阳光。隙(xì)：隙，空隙。忽然：时间很短。

【赏析】

庄子感叹生命的短促，说：

“人生天地之间，若白驹之过隙，忽然而已。”

意思是：人活在天地之中，就像阳光从门缝外移过，很快就结束了。

庄子认为：人的一生，如白驹过隙，很快就走完了。而天道广大，无边无际，无始无终，生生不息，所以人在有限的生命历程里要做的事情，就是顺应自然，和同天道，达到自然无为的理想境界。庄子认为，要达到这种境界，就不应该像尘世社会中人那样争权夺利，互相残杀，孜孜于功名利禄而不能自拔。而应该珍爱生命，真正做到“忘已”“无已”，不为名利地位所蒙蔽，不沉迷于投机钻营而苦苦挣扎，真正做到无为、无功、无名，无拘无束，充分享受人生的自由和逍遥快乐。

今天，“白驹过隙”作为成语，比喻时光宝贵，逝者不再，借以激励人们珍惜光阴，勤奋努力，早日为国家、民族建功立业。

216 天地有大美而不言，四时有明法而不议，万物有成理而不说。

【注释】

选自《庄子·知北游》。

大美：大的美德。明法：明显的规律。议：说。成理：事物固有的道理。

【赏析】

庄子哲学思想的最高境界是“道”。他说：“道者，万物之所由也。”所以，“道”是天地万物的本源、宇宙运动的规律，顺之则成，逆之则败。同时，“道”也是天下美之所在。庄子说：

“天地有大美而不言，四时有明法而不议，万物有成理而不说。”

意思是：天地有大的美德但不表白，四季有明显的规律但不议论，万物有固有的道理但不说话。

庄子认为，天地催生万物，抚育生命，万物生生死死地处在变化之中，轻松自然地就成了万物，所以天地的美德是巨大的。阴阳四季运行不息，有它自己变化发展的规律。万物也有自己固有的道理和序列，得到养育但又不知是谁在养育，自然而然的，好像没有而它又有，看不见形象而它又十分神奇。

这种天地之美，万物之理，其本原是大道。六合之大，超不出它的范围；秋毫虽小，也要依赖它构成一体。所以，“道”是天下最美的所在。天地、四季、万物都是遵循“道”来运转的，都离不开“道”这个根本。至人和圣人，也是取法天地，自然无为，力求与道同一。

217 函车之兽，介而离山，则不免于网罟之患；吞舟之鱼，砀而失水，则蚁能苦之。

【注释】

选自《庄子·庚桑楚》。

函：包。这里是吞下的意思。介：独。砀：通“荡”。苦之：使之苦。指蚂蚁也能危害它。

【赏析】

《庄子·庚桑楚》篇谈到，庚桑楚是老子的弟子，《列子·仲尼》讲他“得聃（老聃，即老子）之道”。庚桑楚说：

“函车之兽，介而离山，则不免于网罟之患；吞舟之鱼，砀而失水，则蚁能苦之。”

意思是：能吞下大车的野兽，如果孤身离山，就免不了网罟的灾祸；吞舟的大鱼如果离开了水，蚂蚁也能欺负它。

庄子说，庚桑楚带着道行在北边的畏垒山里住了三年，畏垒地区获得了大丰收，被当地百姓视为贤人，大家商议立他为头，建个社稷神位供奉起来。庚桑楚听说后很不高兴。他说：能吞下大车的野兽，如果孤身离山，就免不了网罟的灾祸；吞舟的大鱼如果离开了水，蚂蚁也能欺负它。春华秋实是天道运行的结果，不是自己的功劳，因此不愿被人供奉起来作为榜样。

庄子借庚桑楚之口，表达了“全其形生”的观点。庄子认为，形体、生命都是得之于天的，应当全力保全。但不同的生命形式，如山里的巨兽，海里的大鱼，都各有其顺应自然的生存环境。离开了这样的生存环境，就会遭遇灾祸，丧失生命，甚至为蝼蚁所欺。所以，为了保全自己得之于天的形体，守住自己得之于天的生命，鸟兽不嫌弃山高林密，鱼鳖不嫌弃海阔水深。

同样，得之于天的贤人，为了保全自己的形体，守住自己的生命，应该遵循天道，顺应自然，不离开无功、无言、无名的生存环境，其藏身的办法也是不嫌弃深远的。

218 荃者所以在鱼，得鱼而忘荃；蹄者所以在兔，得兔而忘蹄；言者所以在意，得意而忘言。

【注释】

选自《庄子·外物》。

荃：通“筌”。捕鱼的竹笼。蹄：捕兔的套子，如网绳之类，可以缠住兔脚。

【赏析】

庄子在谈到作品的内容与形式的关系时，用了比譬的方法。他说：

“荃者所以在鱼，得鱼而忘荃；蹄者所以在兔，得兔而忘蹄；言者所以在意，得意而忘言。”

意思是：筌是用来捕鱼的，捕到鱼就可以忘掉筌；蹄是用来捕兔的，捕到兔就可以忘掉蹄；语言是用来表达思想的，领会了思想就可以忘掉语言。

庄子把语言比作“得意”（获得思想）的筌蹄，它们仅仅是帮助人们了解和获得“意”的工具，目的达到后，就应当把工具丢掉。这正如捕到鱼就可以忘掉筌，捕到兔就可以忘掉蹄一样。如果拘泥于“言”，不忘于“言”，就不能“得意”。只有先“忘言”，而后才能真正“得意”，即得其语言表达的真谛。

三国时期，魏国王弼《周易略例·明象》进一步诠释说：“故言者所以明象，得象而忘言；象者所以存意，得意而忘象。”“象”指艺术作品中具体有形的描写，与“言”同为得“意”的手段。

“得意忘言”或“得意忘象”用于诗歌评论与鉴赏时，通常有两种理解：一、诗求“言外之意”“象外之旨”。“言”“象”是表达意旨的手段，有如渡河之筏，到达彼岸以后，就应当登岸舍筏，才能达于“意境”。因此，忘言舍象是品评赏鉴诗歌，求得诗意的正确途径。二、“意”为内容，“言”“象”是形式。形式为内容服务。形式的完美，在于使人但见内容，不见形式，忘却“言”“象”。因此，“得意忘言”就成了对诗歌形式美的高标准要求了。

以上两种解释，都表现出重“意”轻“言”的审美态度，符合形式为内容服务的文艺批评与鉴赏规律。

晋代郭璞《赠温峤》有“言以忘得，交以淡成”，意思是：忘掉语言才能理解语言所表达的意思，交友清淡友谊才能长久牢固。其源便是出自《庄子·外物》的这句话。

219 以随侯之珠，弹千仞之雀，世必笑之。是何也？则其所用者重，而所要者轻也。

【注释】

选自《庄子·让王》。

随侯之珠：古代名珠。《成疏》：“随国近濮水，濮水出宝珠。即是灵蛇所衔以报恩，随侯所得者，故谓之随侯之珠。”千仞：形容极高。

【赏析】

战国时期，各诸侯争夺天下，争权夺利之风盛行，庄子则倡导人的生存权，提出治身为本，治天下为末的观点，主张养命保性，反对“危身弃生以殉物”。庄子说：

“以随侯之珠，弹千仞之雀，世必笑之。是何也？则其所用者重，而所要者轻也。”

意思是：用随侯之珠做弹丸，去打千仞之高的雀鸟，世人一定会嘲笑他。这是为什么呢？因为他使用的东西太贵重，而要得到的东西太轻微。

庄子以随侯之珠比喻人的生命，用雀鸟比喻功名利禄。如果世俗的君子，用危害身体，甚至舍弃生命的办法追求名利，就如同用随侯之珠去弹雀鸟一样，既不值得，也是非常可悲的。

庄子认为，真正的道是用来修身的，多余的部分用来治国，其余的残渣用来治理天下。帝王的功业，只是圣人有余才做的事，不是用来修身养生的。所以，生命重于名利地位。他举了鲁国的颜阖来说明这个道理。颜阖是得道的贤人，鲁国国君派人送去聘礼致意。颜阖住在破败的巷子里，正在喂牛，见使者送来厚礼，委婉地说："你大概是听错了国君的话，这样恐怕会连累你，不如回去核实一下。"使者回去核实后再来找颜阖，颜阖已经躲开了。

所以，圣人的行为，一定要看清楚用什么东西去达到什么目的。如果舍弃生命去追求名禄，就是使用的东西太贵重，而得到的东西太轻微，是非常可悲的。

〖管　子〗

管子(？—前645年)，名夷吾，字仲。即管敬仲。春秋初期颍上(颍水之滨)人，中国古代著名的政治家。出身贫贱。经鲍叔牙推荐，被齐桓公任为上卿，尊称"仲父"。在相齐的40年间，管子大刀阔斧地实行改革，富国强兵。对内发展工商渔盐冶铁；推行“相地而衰征”的政策，按土地好坏分等征赋；“作内政而寓军令”，寓兵于民，扩大兵源；举贤任能，制订选拔人才的制度，士经三次审选，可为“上卿之赞(辅助)”。提出“仓廪实则知礼节，衣食足则知荣辱”的论点，并把礼、义、廉、耻看做国之四维，认为“四维不张，国乃灭亡”。改革之后的齐国，在军事、政治、税收、盐铁等方面都取得了显著成效，国力大增。对外以“尊王攘夷”相号召，“九合诸侯，一匡天下”，使齐国成为春秋五霸中的第一个霸主。

《汉书·艺文志》录有《管子》八十六篇，后来佚失十篇，实存七十六篇。内容博大精深，主要以法家和道家思想为主，兼有儒家、兵家、纵横家、农家、阴阳家的思想，更涉及天文、伦理、地理、教育等问题，是先秦时独成一家之言的最大的一部杂家著作。

《管子》兼有战国、秦、汉的文字，集有一批“管仲学派”的思想和理论，后人多认为非一人一时所作，但却保存了管仲相齐的历史资料和管仲的政治思想、经济思想，是了解管仲其人的一部主要著作。

220 仓廪实则知礼节，衣食足则知荣辱。

【注释】

选自《管子·牧民》。

仓廪：储藏米谷的仓库。

【赏析】

管仲是春秋前期齐国著名的政治家和改革家，他在《牧民》一文中，为君主提出了一系列治理国家、统治人民的策略和原则。他说：

“仓廪实则知礼节，衣食足则知荣辱。”

意思是：国家粮仓充实才能推行礼节，老百姓衣食充足才知道荣辱。

管子提出的“仓廪实则知礼节，衣食足则知荣辱”的观点，具有朴素的唯物主义思想。他认为，统治者首先要重视发展农业生产，“务在四时，守在仓廪”，致力于土地的开垦，保证老百姓衣食住行无忧。在物质财富十分丰富、老百姓的基本生活得到保障的基础上，还必须大力推行教育，采取教化与赏罚并行的措施，实行“严刑罚”“信庆赏”的政策，整顿礼、义、廉、耻，淳化和加强民风民俗建设。为此，管子采取了一系列具体措施，发展经济，教化人民，“富国强兵”，使齐国很快强大起来，齐桓公也因此称霸诸侯，成为春秋五霸的第一个盟主。

《史记·管仲列传》中，这一句引作“仓廪实而知礼节，衣食足而知荣辱。”

221 海不辞水，故能成其大；山不辞土石，故能成其高。

【注释】

选自《管子·形势》。

辞：推辞，拒绝。

【赏析】

管子的《形势》篇从事物外部现象着手，论述事物发展的规律，在论及国家的为政之道和学习时，他说：

“海不辞水，故能成其大；山不辞土石，故能成其高。”

意思是：大海不拒绝水流，所以能成就其浩大；大山不排斥土石，所以能成就其高峻。

管子认为，国家的治理和建设，离不开人才。因此，他用大海和高山为喻，表达“明主不厌人，故能成其众”的主旨。说明君主应该胸怀宽广，识高见远，始终保持虚怀若谷的态度，识人纳人，广揽人才。如果“明主不厌人”，爱惜人才，求贤若渴，就会像大海汇集众水，高山累积土石一样，荟萃起一大批人才。而一个人才济济、众心如一的国家，是强大而不可战胜的。同样，如果“士不厌学”，有大海和高山一样的情怀，善于广博地学习和求取知识，兼收并蓄，就能成为一个学识渊博的有德行的圣人。

三国魏曹操《短歌行》中“山不厌高，海不厌深”的含义，即从管子“海不辞水，故能成其大；山不辞土石，故能成其高”一句演化而来。

222 一年之计，莫如树谷；十年之计，莫如

树木；终身之计，莫如树人。

【注释】

选自《管子·权修》。

树：种植，培养。

【赏析】

管子相齐40余年，一方面提出了一系列治理国家、统治人民的策略和原则，一方面又强调在发展生产、人民富裕以后，要大力推行教化，培育人才。他说：

“一年之计，莫如树谷；十年之计，莫如树木；终身之计，莫如树人。”

意思是：一年的计划，莫过于栽种谷物；十年的计划，莫过于种植树木；终身的大计，莫过于培育人才。

管子认为，重视人才，培养人才，是一切有远见卓识的政治家、教育家的共识。谷物种一收获一，树木种一收获十，而人才，种一则可收获一百。因此，国家应该强化教育，加大投入，制定和完善教育法规，形成人才培养的环境和气氛，促进人才尽快成长。如果一个国家认真这样做了，有了大批人才的辅佐，便会在成就大功业的过程中收到奇效，完成宏图霸业。

成语“十年树木，百年树人”，即从这一句演化而来，形象生动地强调了人才培养的重要性。

〖尹文子〗

尹文（约前360—前280），战国人。汉代刘向《说苑·君道》载有尹文与齐宣王问答。同时，《吕氏春秋》载有尹文与齐湣王问答。尹文居稷下时，与宋钘、彭蒙、田骈同学，师从于公孙龙。

今存《尹文子》两篇，即《大道上》与《大道下》。《汉书·艺文志》列为名家。《四库全书·提要》称："其书本名家者流，大旨指陈治道，欲身处于虚静，而万事万物则一一综核其实，故其言出入黄、老、申、韩之间。"

223 昔齐桓好衣紫，阖境不鬻异采；楚庄爱细腰，一国皆有饥色。

【注释】

选自战国时期《尹文子》。

异采：不同的颜色。楚庄：楚庄王。

【赏析】

尹文子认为，"上有好者，下必甚焉"，只要统治者带了好头，上行下效，就可以培育出良好的民风民俗来。他说：

"昔齐桓好衣紫，阖境不鬻异采；楚庄爱细腰，一国皆有饥色。"

意思是：齐桓公爱穿紫色衣服，全国便不卖其他颜色的布了；楚庄王喜欢细腰的姑娘，全国的女人都面带饥色。

齐桓公喜欢穿紫衣，全国上下便都以他为榜样，竞相穿紫色衣服，一时间各布店只卖紫色衣料，而且价格上涨，数倍于素服，国人仍乐此不疲。齐桓公见国人如此奢靡，问计于管仲。管仲深明个中道理，便规劝齐桓公自己不要穿紫衣，给臣民们做一个榜样。齐桓公听从了管仲的建议，改穿其他颜色衣服，收到了很好的效果，臣下和百姓从此不再追求奢侈的紫衣了。

楚王喜爱细腰的美女，于是全国效仿，以细腰为美，姑娘们为此节食减肥，不敢贪吃美食，结果一国的姑娘都营养不良，面带菜色。

尹文子举上面两个例子，说明社会风气的形成和改变与统治者的提倡和榜样作用紧密相关。

此外，韩非子在《二柄》中说过类似的话："越王好勇而民多轻死，楚灵王好细腰而国中多饿人。"越王勾践是春秋末期越国君主，他为了报吴王灭国之仇，鼓励民众好勇不怕死。经过22年卧薪尝胆的努力，越国强大起来，最终灭了吴国，并成为春秋五霸之一。又如，春秋战国时期，晋国奢侈之风盛行，晋文公便从自身节俭做起，不穿丝织品，不吃多种肉类，没过多久，便矫正了骄奢的风气。

古人说，上有所行，下必效之。"上之所以率下，乃治乱之所由"。因此，居于上位的人，表率作用十分重要，对整个社会风气的形成影响很大，所以，其言行嗜好，必须谨慎从之。

〖商　鞅〗

商鞅(约前390—前338)战国时期思想家，法家学派的代表人物。卫国人。原姓公孙，名鞅，亦称卫鞅。因受封于秦国商地，尊为商君，故称商鞅。初为魏相公叔痤家臣。后入秦向秦孝公宣传法家主张，任左庶长，在秦两次实行变法，奠定了秦国富强的基础。秦孝公死后，被秦惠王车裂而死。

商鞅变法的内容主要有：发展耕织、奖励军功的农战政策，树立信赏必罚的法制制度；“开阡陌封疆”，废止井田制度，从法律上保护土地私有权；有军功者可以受爵位；实行郡县制，划分全国为31个县，由秦王直接委任官吏，建立了中央集权的君主专制国家。主张对轻罪也处以重刑，“行刑重其轻者，轻者不至，重者不来，是谓以刑去刑。”(《韩非子·内储说上·七术》)后来的法家都推崇商鞅的法治。

有《商君书》传世，亦称《商君》或《商子》，《汉书·艺文志》著录29篇，现存24篇，为商鞅及其后学著作的合编，反映了商鞅的变法思想，对法的起源和运用也有所论列。

224 苟可以强国，不法其故；苟可以利民，不循其礼。

先秦

【注释】

选自《商君书·更法》。

苟：如果。法：取法。故：指旧的法度。循：遵守。礼：

指旧的礼制。

【赏析】

商鞅到秦国后，宣传法家主张，提出变法主张，受到秦孝公重用。秦孝公赞成变法，但又有所顾虑："恐天下之议我也。"商鞅为此劝说道：

"苟可以强国，不法其故；苟可以利民，不循其礼。"

意思是：如果可以使国家强大，就不用旧法度；如果可以使百姓富裕，就不遵循旧礼制。

商鞅认为，法制要适应时代的需要，时代不同，法制也应因之而变。当变而变，国则兴，泥古不变，国则亡。因时变法是古代帝王、霸主采用的治国方略。凡是有为的帝君、霸主，都不因袭前制、固守成法。当代国君也应该变法革新，才能强国利民。三王五霸辉煌的功业，都是因为变法图强，才最终建立的。

为了让变法在秦国全面推行下去，商鞅知道，必须解除秦孝公的思想顾虑。因此他提出了"疑行无名，疑事无功"观点，劝孝公尽快下定决心变法。他还引春秋时辅佐晋文公变法的郭偃的话"论至德者不和于俗，成大功者不谋于众"来说服秦孝公，坚定其变法的信心。商鞅认为，如果变法可以使国家强大，就应该抛弃旧的法度；如果变法可以使百姓富裕，就不要拘守于旧的礼制。变法的目的只有一个：强国利民。至于天下人将会如何议论，就不用介意了。

秦孝公听从了商鞅的辅佐和亲自主持下，秦国两次变法，奠定了富强的坚实基础，并最终扫平六合，一统天下。

〔屈　原〕

屈原（约前340—约前278）名平，字原，又名正则，字灵均。战国时期楚人。其政治理想是“美政”，即圣君贤相的政治和民本思想。楚怀王时，因其“博闻强志，明于治乱，娴于辞令”，曾任左徒、三闾大夫之职，参与议论国事。政治上对内主张改革弊政，修明法度，举贤授能；对外主张联齐抗秦。受到小人谗毁、排挤，被放逐到汉北鄂渚九年。到顷襄王即位，再被放逐到更远的沅湘流域。顷襄王二十年(前279)，秦将白起攻楚，次年攻破郢都。因见国破家亡，自己的理想不能实现，遂自沉于汨罗江。

屈原是我国第一位伟大的浪漫主义诗人，是楚辞的创立者和代表作家。其主要作品：《汉书·艺文志》著录25篇，未列具体篇目；东汉王逸据刘向辑本作《楚辞章句》，屈原名下作品计有《离骚》《橘颂》《天问》《九歌》《九章》等。《渔父》《卜居》为后人伪托，但仍不失为佳作。

屈原作品思想深刻、感情强烈、形式优美。从内容到形式都有极大的开拓性、创造性。内容上，反复倾诉对祖国的眷恋、对美好政治理想的热烈追求，蕴涵着深厚的爱国主义感情。形式上，善于把赋、比、兴巧妙地糅合成一体，大量运用“香草美人”的比兴手法，把抽象的品德、意识和复杂的现实关系生动形象地表现出来。语言上，突破《诗经》四字句为主的形式，句法参差，起伏跌宕，创造出一种崭新的诗体——“楚辞体”。屈原的创作，形成了中国古代第一个浪漫主义高峰，对后世产生了广泛而深远的影响。

225 蝉翼为重，千钧为轻；黄钟毁弃，瓦釜雷鸣；谗人高张，贤士无名。

【注释】

选自战国《楚辞·卜居》。

千钧：极重的分量。黄钟：青铜制的乐器。我国古代音乐有十二律，阴、阳各六律，阳六律的第一律为黄钟。其器形最大，声音洪亮。比喻贤士。瓦釜：陶土制的锅。釜，锅。比喻进谗言的小人。雷鸣：像雷一样发出声音。谗：说别人坏活。张：骄傲自大。

【赏析】

屈原一生竭忠尽智，上下求索，却由于奸佞当道，信而见疑，忠而被谤，流放汉北；谗佞小人却身居要津，煊赫一时。特别是屈原流放期间，国家屡战屡败，丧地受辱，在风雨飘摇中苟延残喘，随时可能触礁沉没。对此，忠贞爱国的屈原除了扼腕嗟叹，别无他法！于是，他胸中郁积的愤懑不平之气便雷鸣电闪般地爆发出来，对黑白颠倒、溷浊不清的世道大加挞伐：

“蝉翼为重，千钧为轻；黄钟毁弃，瓦釜雷鸣；谗人高张，贤士无名。”

意思是：蝉翼变轻为重，千钧变重为轻；黄钟是很好的乐器，却被毁弃了，陶制的饭锅却被当作乐器，发出雷鸣一般响声；进谗的小人喧嚣得意，贤明的廉士却默默无名。

屈原以黄钟比喻贤良的志士，以瓦釜比喻无才无德的小人，抨击楚王昏聩，朝政混乱，奸邪小人受宠当道，贤良之士遭到排挤，造成楚国政治黑暗，轻重颠倒，美丑不分，正邪不辨。所以屈原痛心地指出，瓦釜雷鸣，用非当用；黄钟毁弃，舍非当舍。小人煊赫一时，气焰嚣张，而贤良志士，却流放异地，有志难申，报国无门。

最后，在无可奈何之际，这位愤世嫉俗、耿介卓立的伟大志士，也只能悲凉地发出一声叹息："吁嗟默默兮，谁知吾之廉贞！"我们能感受到屈原是多么的痛苦无诉，又是多么的怫郁和哀愤！

226 尺有所短，寸有所长；物有所不足，智有所不明。

【注释】

选自《楚辞·卜居》。

短：短小，不足。长：长大，有余。

【赏析】

《卜居》是一篇对话体楚辞，描写屈原被谗流放，身遭不幸，向楚国掌管占卜的郑詹尹问卜，以明吉凶。其事可能属子虚乌有，只是诗人借以表达情感思想的一种载体而已。

"尺有所短，寸有所长。物有所不足，智有所不明。"

意思是：尺长于寸，但与更长的东西相比，就显得不足；寸比尺短，但与更短的东西相比，就显得有余。各种物体都有不足的地方，而人的思想智慧也有不明晰的时候。

这一句充满了一分为二的辩证思维，含有深刻的哲理意义：尺比寸长，但与更长的东西相比，就是短的；寸比尺短，但与更短的东西相比，就是长的。世间事物各有所长，各有所短。人无完人，金无足赤。人的思想、智慧也有不明晰、不开窍的时候。因此，对人对己，对任何事物都应该坚持两点论，不能绝对的肯定，也不能绝对的否定。长处再多的人，也不免有所短；缺点再多的人，也不免有所长。因此要一分为二地加以分析，全面地看问题，正确地对待。尤其要避免以己之长，比彼之短，自以为是而轻视他人。

《吕氏春秋·用事》说："物固莫不有长，莫不有短，人亦然。故善学者，假人之长以补其短。"所以，扬长避短，又不护短，或以彼之长，补己之短，互相学习，共同进步，才是我们应该采取的态度。

227 举世皆浊我独清，众人皆醉我独醒，是以见放。

【注释】

选自战国楚屈原《渔父》。

举：全。

【赏析】

屈原流放江南湘水之滨后，颜色憔悴，形容枯槁，身心受到严重的摧残。然而这位不向"瓦釜雷鸣"的黑暗现实折腰的诗人犹自未悔，仍在为楚国的命运踯躅、吟叹！屈原孤高清癯，踽踽独行的身影，被清波上泛舟的渔父看见了。他惊骇于当年的三闾大夫，何至于成了如此瘦弱不堪的逐臣！屈原回答说：

“举世皆浊我独清，众人皆醉我独醒，是以见放。”

意思是：整个世道都污秽浑浊，只有我是清廉的，众人都醉了，只有我是清醒的，所以被放逐。

屈原认为，在一个污浊的社会中，不污浊的人就会木秀于林而遭忌，在一个众人皆醉的环境中，不醉的人就会堆出于岸而被毁。所以屈原总结自己被放逐的原因是：整个世道都污秽浑浊，只有我是清廉的，众人都喝醉了，只有我是清醒的，所以被放逐了。这里，作者特意用“举世”“众人”的字眼，突出自己的清廉正直和孤傲。其锋芒所向，就是当时腐朽的楚国朝廷和那些“变白以为黑”的谄媚小人和谗臣。处身在这样一个浑浊黑暗的社会中，屈原以自己的“独清”“独醒”，与“举世”、“众人”对立，自然不容于那个旧世界了。

细细品读这一句话，与其说表现了屈原的孤傲，不如说抒写了他内心无限的苍凉与无奈！

228 新沐者必弹冠，新浴者必振衣。安能以身之察察，受物之汶汶者乎。

【注释】

选自战国楚屈原《渔父》。

沐：洗发。弹冠：弹去帽子上的灰尘。浴：洗澡。振衣：

抖掉衣服上的灰尘。安能：怎能。安，怎么。身：自己。察察：洁白的样子。汶（mén）汶：昏暗污浊不明的样子，引申为污垢或耻辱。

【赏析】

屈原因“举世皆浊我独清，众人皆醉我独醒”见放，流浪于沅湘流域，行吟泽畔，深为渔父同情。渔父劝慰道，既然世道如此黑暗，又有什么清浊、曲直之分，何不折节保身，来个同流合污一起共醉呢！屈原回答说：

“新沐者必弹冠，新浴者必振衣。安能以身之察察，受物之汶汶者乎。”

意思是：新洗了发的人定会弹去帽子上的灰尘，新洗了澡的人定会抖去衣服上的污屑。我怎么能让自己清白的身子，被污浊的东西弄脏呢！

屈原虽然身处厄境，但在人生立命的大节问题上，其原则立场却是一贯的，决不苟且。在屈原看来，常人都懂得，刚洗了发，会弹去帽子上的灰尘，新洗了澡，要抖去衣服上的污屑，以保持自身的清洁。那么，一个自身清白，正道直行的高洁之士，岂能为名禄地位而改变节操，丧失自己崇高的人格和政治信念，被污浊的社会风气浸染呢！

所以，屈原以“宁赴湘流，葬于江鱼之腹中”明志，宁愿舍生取义，葬身鱼腹，不愿折节保身而瓦全，显示出决不向黑暗势力妥协的伟大人格精神！

〖宋　玉〗

宋玉（生卒年不详）战国时期楚国鄢人，稍晚于屈原。汉代司马迁《史记·屈原贾生列传》将其列为屈原弟子，与景差为友，是继屈原之后楚国著名的辞赋家。曾任楚顷襄王大夫。《汉书·艺文志》著录其赋16篇，多亡佚，篇目已不可考。《文选》所载《神女赋》《高唐赋》《登徒子好色赋》《风赋》，传为宋玉所作，至今仍有争议。唯《九辩》可确认为宋玉作品。内容是叙写失意文士的忧伤，抒发怀才不遇的愤懑，对黑暗现实有一定批判意义。艺术上情景交融，辞意宛转，文笔细腻，辞藻华美，对后世影响很大。文学上，与屈原并称“屈宋”。

229 风生于地，起于青苹之末。侵淫谿谷，盛怒于土囊之口。缘泰山之阿，舞于松柏之下，飘忽淜滂，激飏熛怒。耾耾雷声。回穴错迕，蹶石伐木，梢杀林莽。

【注释】

选自战国楚宋玉《风赋》。

青苹：水上浮萍。末：水草之尖。侵淫：逐渐进入。土囊：大山洞。缘：沿着。淜（péng）滂：大风吹物的声音。熛（biāo）怒：形容大风如火一般猛烈。耾耾（hōng）：风声。回穴：回旋。蹶石：掀动沙石。梢杀：冲击。

【赏析】

宋玉的《风赋》描写楚襄王（前298—前262）游览兰台之宫，有感于飒飒清风宜人心脾，由此生发开去，把自然界的风分为两种，一种是“大王之雄风”，一种是“庶人之雌风”。宋玉对雄风的描绘是：

“风生于地，起于青苹之末。侵淫谿谷，盛怒于土囊之口。缘泰山之阿，舞于松柏之下，飘忽淜滂，激飏熛怒。耾耾雷声。回穴错迕，蹶石伐木，梢杀林莽。”

意思是：风产生于地面，开始吹动水草的末梢，逐渐进入溪谷，继而在大山洞中怒吼。缘着泰山的山陵，在松柏林中旋舞，掠过物体发出乒乓的声音，继而劲风怒号，风声大作，如雷声轰鸣。回旋交错，掀动沙石，吹倒树木，冲击着莽莽原始森林。

这一句描写雄风的，最有声色。宋玉用一支生花妙笔，对风的产生、发展、强盛的过程和情状作了细致动态地描写：先写风刚刚生成之时，只能轻轻摇动水草尖，而后写风势的发展，“侵淫谿谷，盛怒于土囊之口”，继而写风的路线，“缘泰山之阿，舞于松柏之下”，开始变得轻捷迅猛，气势磅礴。再后来，风势愈盛，“蹶石伐木，梢杀林莽”，更有一种摧毁一切的磅礴气势。

风本来是一种无形的东西，来无影去无踪，但在宋玉笔下，就变成了有形有影，有声有色的形象，风的气势，风的声威，风的力量，历历如在目前，十分壮美，给人以如见其状，如历其境之感，令人不得不佩服他的绝代才华。历代文人描写风的作品很多，但能够把风写得如此鲜明生动，有形、有声、有势者，当首推宋玉了。

接着，作者又写了“庶人之雌风”。雌风突起于穷街陋巷之中，扬起尘沙，吹动死灰，搅起污浊，扬翻垃圾，吹破窗户，吹进破草房，它带给人们的不是馥郁的芳香，而是倒霉的浊气，它吹到庶人身上，使人百病缠身，“死生不卒”。

“大王之雄风”与“庶人之雌风”间接地表现了宫廷生活的豪华、劳动人民生活的悲惨，以及种种社会不平等现象，构思巧妙，讽喻生动，同时也寄寓了作者对贫民生活的同情。

《风赋》影响很大，后世文人多有仿作，如晋代湛方生、陆冲写过《风赋》，齐代谢朓写过《拟宋玉风赋》，苏轼写过《快哉此风赋》，等等，从中透视出宋玉《风赋》广泛而持久的魅力。而在形式和艺术风格方面，《风赋》为汉代文人所继承和发展，衍生出一个新的文学样式——汉代大赋。

230 其曲弥高，其和弥寡。

【注释】

选自战国楚宋玉《对楚王问》。

弥：愈，更加。和：随声一起唱。寡：少。

【赏析】

宋玉才华横溢，算得上是继大诗人屈原之后鹤立鸡群的人了。他又不肯俯仰流俗，常对时弊、世态发表批评意见，因此受到同僚嫉妒，有不少人说他坏话，以至楚王也为之惊动，发出了“先生其有遗行（过失）与？何士民众庶不誉之甚也”的责问。宋玉回答说：

“其曲弥高，其和弥寡。”

意思是：乐曲的格调越高，能和唱的人就越少。

面对楚襄王的责问，宋玉没有正面为自己申辩，而是分别以音乐、动物、圣人为喻，委婉地回答君王的问难。这一句“其曲弥高，其和弥寡”，是宋玉讲的第一个比喻。

宋玉说，楚人擅楚曲，一人唱曲，有很多人跟着唱和。唱和者的多寡，则因歌曲的文野、深浅、高下、雅俗不同而不同。唱通俗歌曲《下里》、《巴人》时，应和的人达数千；唱雅曲《阳春》、《白雪》时，应和的人只有数十而已。曲的格调愈高，应和者愈少，其错不在“曲高”，而只能怪应和者的水平低。所以，“和寡”其实反映了曲调的高妙，难为一般人所理解。

宋玉的回答非常巧妙，他没有一个字为自己辩护，但是，又字字在为自己辩护。而且，他不仅为自己辩护了，还以“阳春白雪”自喻，间接地标榜自己志趣高雅，卓然特立，行为超群，并将说他坏话的人比作“下里巴人”，这些人的才调，怎么能与他同其声气呢！

宋玉采用的是先退一步，迂回曲折，委婉自陈的辩难方式，一方面衬显出他的豁达大度、机智与儒雅，一方面又展示了自己广博的学识、气度与才华。可谓一举两得。

从审美鉴赏上，这一句还触及“知音”问题：高雅的艺术作品，很难为人理解，所以知音难得。现在，也用来讽喻艺术作品太高雅，不为人民大众所理解、接受。

231 凤凰上击九千里，绝云霓，负苍天，足乱浮云，翱翔乎杳冥之上；夫藩篱之鷃，岂能与之料天地之高哉？鲲鱼朝发昆仑之墟，暴鬐于碣石，暮宿于孟诸；夫尺泽之鲵，岂能与之量江海之大哉？

【注释】

选自战国楚宋玉《对楚王问》。

绝：越过。云霓：彩虹。负：背对着。乱：横渡，此指掠过。杳冥：高远深暗的天空。鷃（yàn）：鷃雀，鹑鸟的一种。料：估量。鲲：古代传说中的大鱼。昆仑：我国西部的著名大山。墟：山脚，此指发源于昆仑山下的黄河源头。暴：晒。鬐：此指鱼脊鳍。碣：山名，在今河北省昌黎县的渤海之滨。孟诸：古大泽名，在今河南省商丘县东北。尺泽：小沟，浅水。鲵，小鱼。

【赏析】

宋玉才华横溢，常爱褒贬时弊，不肯俯仰流俗，因此常遭到同僚嫉妒毁谤，说他坏话。楚王为此责问道：“你是不是犯了什么过失，为什么有那么多官绅民众毁誉你呢？”宋玉回答说：

“凤凰上击九千里，绝云霓，负苍天，足乱浮云，翱翔乎杳

冥之上；夫藩篱之鷃，岂能与之料天地之高哉？鲲鱼朝发昆仑之墟，暴鬐于碣石，暮宿于孟诸；夫尺泽之鲵，岂能与之量江海之大哉？”

意思是：凤凰一飞直上九千里，在云霓之上，背负青天，搅乱浮云，翱翔于高远幽渺的天宇；篱笆里的小雀鸟，怎能与它一起估量天之高、地之大呢？鲲鱼早晨从昆仑山出发，中午在碣石晒鳍，晚上在孟诸歇宿；小沟里的鲵鳅，怎能与它一起谈论江海之大呢？

这是宋玉讲的第二个比喻，用来回答楚王的责问。第一个比喻“其曲弥高，其和弥寡”，说自己与众人才调相异，导致人们不理解。这一个比喻说自己襟怀、志向与众人相距巨大，引起了人们的误解。

实际上，这一则“鱼鸟”之喻，系从庄子《逍遥游》中鲲鹏的意象化用而来，它所表现的是：凤与藩篱之雀不同的眼界，鲲与尺水之鱼不同的志向。但在表现手法的运用上，则是极尽夸张之能事：状凤鸟之高举，则从上击九千里，翱翔于杳冥之上，展现其飞天的雄姿；画鲲鱼之遨游，则从朝发昆仑，暮宿孟诸，东赴碣石的万里滔浪中，摹写其腾挪迅驰的倩影。相形之下，在篱笆丛中跳跃的小雀鸟，游于一尺深水里的小鱼，其人生境界，相差何止千万里！

显然，宋玉是以凤凰、鲲鱼自比，喻指自己志向高远而壮阔，有一种自视不凡的孤高情怀。而将蔑视的眼光，投向了目光短浅、鄙陋的篱鷃与泽鲵，表现出君子不与小人同日而语的傲然气概。

宋玉虽未正面回答楚王的责问，但答案不是再清楚不过了吗！

这一句虽化用了庄子的意象“鲲鹏”，但思致瑰伟，笔姿夭矫，极富映衬、宕跌生姿，气度非凡：用“绝云霓”“负苍天”，极赞凤凰翱翔之高，气势雄浑，音节铿锵；用“朝发”昆仑、“暮宿”孟潴，极叹鲲鱼遨游之远，酣畅淋漓，意象奇突。这些构成了本句的雄迈之美和感染力。

232 其始来也，耀乎若白日初出照屋梁；其少进也，皎若明月舒其光。

【注释】

选自战国楚宋玉《神女赋》。

少：稍微。舒：伸展。此处意为放射。

【赏析】

宋玉的《神女赋》，是继《高唐赋》之后描写巫山神女的又一妙作。他以摇曳多姿的笔触，将神女那如花似玉的容貌，轻缈绰约的姿态，意近而远、洁清难犯的情志勾染而出，使这位在《高唐赋》中隐身云烟，惹人怀想，幽丽绰约的女神翩然纸上，令人如睹芳容。

这一次，神女幽幽地出现在文思瑰丽的宋玉梦中，宋玉惊艳于她的美丽，用日月来形容道：

“其始来也，耀乎若白日初出照屋梁；其少进也，皎若明月舒

其光。”

意思是：她刚来时，光艳如白日升起照亮屋梁，她近前一步，皎洁如明月放射出光芒。

在宋玉笔下，神女刚降临时，灵光喷薄，犹如灿烂的旭日，奇彩夺人！她翩翩飘近，灵光收敛，那容貌变得如皎洁的夜月，明莹照人。接下来，宋玉以极其瑰丽的词彩，继续描摹神女的美丽姿容：“晔兮如华，温乎如莹”，进一步展示她灿然如花的笑容和温煦如玉的意态；与此相辉映的是，“襛不短，纤不长”的丽服盛饰，飘曳闪烁，光彩四射！而她那进入殿堂的身姿体态，“步裔裔兮曜殿堂；忽兮改容，宛若游龙乘云翔”，在梦中看去，因为多了一重云烟朦胧，更如乘云而翔的游龙一般，婉婉多姿！

宋玉才思喷涌，辞情感人，用连篇妙喻，将翩翩神女照人的容光盛饰和飘曳多姿的体态描摹出来，展现出一幅惊世骇俗的流动变化之美，不能不令人震慑、惊奇和赞叹了。

数百年之后，三国时期魏曹植受《神女赋》激发，怀着对自己心爱女人甄氏的热爱，以浓艳精美的词彩写了《洛神赋》，创造出了同样惊世骇俗、深情美丽的洛神形象。两位女神相互辉映，千百年来，不知激起多少诗人美丽的遐想，梦绕情牵，诗情勃发，也不知令多少痴情的男儿心驰神往，上下求索，撩拨不开啊！

233 东家之子，增之一分则太长，减之一分则太短；著粉则太白，施朱则太赤。眉如翠羽，肌如白雪，腰如束素，齿如含贝。嫣然一笑，惑阳城，迷下蔡。

【注释】

选自战国楚宋玉《登徒子好色赋》。

著：敷。粉：打扮时涂脸的白色粉末。施：加。朱：朱砂。阳城：战国时楚邑名，一说在今安徽省界首市境，楚国贵族封邑。下蔡：战国时楚邑名，今安徽风台县，楚国贵族封邑。

【赏析】

宋玉“体貌闲丽”，文采沛然，因而被人谗为“性好色”，于是起而争辩。这个进谗的人是大夫登徒子，所以宋玉写了《登徒子好色赋》反击。为了表白自己不为美色所动，他在文中描写了一位绝色的邻家姑娘：

“东家之子，增之一分则太长，减之一分则太短；著粉则太白，施朱则太赤。眉如翠羽，肌如白雪，腰如束素，齿如含贝。嫣然一笑，惑阳城，迷下蔡。”

意思是：我邻家的一位姑娘，修美适中，增一分太高了，减一分又太矮了；敷粉就太白了，抹胭脂又太红了。眉毛长得像翠鸟的羽毛，肌肤如白雪，腰像一束白绢，牙齿像口含贝壳。娇美一笑，阳城、下蔡的公子王孙都被她迷倒了。

此前，《诗经·硕人》塑造了一个风姿动人的美女：“手如柔荑，肤如凝脂，领如蝤蛴，齿如瓠犀，螓首蛾眉。巧笑倩兮，美目盼兮!”尤以那美目流盼的笑意点染，使一位如花绽放的少女呼之欲出。此后，又有《神女赋》塑造的缥缈多姿、牵人心魄的巫山神女，在这种情况下，要再创造一位绝代美女，能与“硕人”“神女”鼎足而三，就十分困难了。

然而，宋玉做到了。他另辟蹊径，对女子的体态容貌进行奇妙的烘托：增长一分不行，减短一分不行，敷粉就太白了，抹胭脂又太红了，创造出一个修长合度，美白照人的绝代佳人。这种曼妙的体态和天生丽质，原是无法用语言来形容的，但宋玉却通过奇思妙笔将它们活现了出来。继而正面点染：“眉如翠羽，肌如白雪，腰如束素，齿如含贝。”而真正出彩的，是她灿然一现的笑容：“嫣然一笑，惑阳城，迷下蔡”。至此，这位风采照人的邻家美女，便以她与众不同的动人魅力，鼎立与硕人、巫山神女之间。

然而，一笑能迷倒阳城、下蔡公子王孙的邻家美女，苦苦追求宋玉三年，都未得到他的心许，宋玉是否好色，不是再明白不过了吗!

就这样，宋玉不仅巧妙地消解了楚王对自己“好色”的疑虑，还以极尽铺张之能事，为我们塑造了又一位照耀千古的美女——“东家之子”。

〖鬼谷子〗

鬼谷子，传说周代有位隐士，居住在鬼谷，自称鬼谷先生。其

生平已不可考。最早提到鬼谷子的《史记》认为，他是苏秦、张仪的老师。《风俗通义》云："鬼谷先生，六国时纵横家。"因此，鬼谷子应为战国中期人，与苏秦、张仪同时而稍前。

《鬼谷子》一书，《隋书·经籍志》断定为鬼谷子本人所著。经考证《鬼谷子》内容，主要为纵横权变之术，集纵横家、兵家、道家、仙家、阴阳家各家思想于一体，所以，当是由鬼谷子讲授，并经苏秦、张仪等人补充、修改而成的一部政治理论著作。

道教将鬼谷子列入神仙谱系，民俗更认为鬼谷子能撒豆成兵，呼风唤雨，预知吉凶，给鬼谷子其人涂上了一层神秘的色彩。

《鬼谷子》问世后，历代注家不断。陶弘景、皇甫谧、乐一和尹知章四家注最为有名。《鬼谷子》充满智慧和权变谋略的法术，也成为历代及各国政治权谋家高度重视和研究的一部案头书。日本著名企业家大桥武夫还从中领悟、衍生出经济活动、商业谈判中的经营谋略，著有《鬼谷子与经营谋略》。此书在德国、美国及东南亚均有广泛影响。

234 世无常贵，事无常师。

【注释】

选自《鬼谷子·忤合》。

常：永恒，永久。贵：显贵。师：师法的榜样。

【赏析】

战国时代，诸侯纷争，王朝反复，分分合合，变化无常。

鬼谷子总结说：

“世无常贵，事无常师。”

意思是：世上没有永远居于高贵位置的，事情也没有固定的榜样。

鬼谷子是战国中期纵横家，推崇纵横权变之术，他在谈论“忤合之术”（忤，通“迕”，背离。合，联合，合作）时说：“世无常贵，事无常师。”认为世上人不可能永远都居于高贵的地位，世上事也没有固定的学习榜样。各诸侯国之间的联合和对立互相转化，分分合合，合合分分，随时都在发生变化。你联合此方，就必然背离彼方；你背离此方，就必然联合彼方。这种不断的逆转变化就像圆环的旋转一样变化不定。因此，圣明之士应该研究这一规律，把握联合和背离的变化形势，采取恰当的策略，或者合于此而背离于彼，或者合于彼而背离于此。但是，绝不能同时忠实于彼此对立的两方，而只能忠实于其中一方而背逆另一方。因此，纵横家必须反复比较，寻找最佳方案，并按事物的发展变化，根据具体的事项制定相应的策略。

鬼谷子的“忤合”之术，阐述了对立和联合之间的关系，具有朴素的辩证法思想。

235 智者不用其所短，而用愚人之所长；不用其所拙，而用愚人之所工。

【注释】

选自《鬼谷子·权篇》。

拙：笨拙。工：擅长，善于。

【赏析】

战国时代，游说之风盛行。游说之士总是希望自己的观点能被采纳、筹办的事情能够获得成功。所以鬼谷子说：

“智者不用其所短，而用愚人之所长；不用其所拙，而用愚人之所工。”

意思是：聪明人不会用自己的短处，而用愚人的长处；不会用自己的愚笨，而用愚人最擅长的方法。

鬼谷子认为，自己说的话，希望别人能够听从，自己想办的事，希望能够成功，是人之常情。因此，为了取得成效，游说时应尽量避己之所短，而用人之所长；讲述对方有利之处，就要把他的优势充分展现出来，陈述对方不利之处，则要尽量回避他的短处，这样才不会陷入困境。南朝齐梁时期，道教思想家陶弘景对此解读说：“智者之短不胜愚者之长，故用愚者之长也；智者之拙不胜愚人之工，故用愚人之工也。常能弃拙短而用工长，故不困也。”

例如，战国时期，以赵国为主，主张合纵的苏秦与以秦国为主，主张连横的张仪，游说于各诸侯国之间，他们运用《鬼谷子》的权变之术和雄辩才略，互相攻讦，扬己之长，揭人之短，指存利害，纵横捭阖，以“一人之辩，重以九鼎之宝；三寸之舌，强于百万之师”，体现了生命的力量和存在的价值，在战国纷争的历史舞台上，上演了一幕幕扣人心弦的历史活

剧，成为当时风云际会、举足轻重的人物。

〖荀　子〗

荀况(约前313—前238)，战国时期思想家。名况，字卿，时人尊称荀卿，汉代又称孙卿，世称荀子。战国后期赵国(今山西安泽)人，是韩非、李斯的老师。15岁游学齐国，受到许多学派思想的熏陶，成为稷下(今山东淄博东北)一个有名的学者。后到楚国，曾任兰陵(治今山东苍山西南)令。晚年居兰陵教授弟子并从事著述。他兴趣广泛，于哲学、政治、经济、文学都有研究。他的文章在先秦诸子中堪称典范之作，在中国古代散文史上亦有一定的地位。

荀况是儒家学派最后一位代表人物，他兼收并蓄各个学派的思想观点，博采众长，自成一家，是先秦时期一位集大成的思想家。他折中于礼法，重后天改造，尚贤使能，否定天命，强调人为，反映了时代发展的新动向和新特点。

《荀子》共二十卷，计三十二篇，由后人整理编辑而成，其中大部分为荀子自作，小部分出于弟子之手，历来被儒家列为重要著作。

《荀子》文风庄重朴实，说理透辟，分析精微，谨严细密，结构完美；注重修辞，比喻层出不穷，语言形象生动，排比、对偶运用纯熟，节奏整齐，音调铿锵，是论说文的典范，对后世散文有较大影响。现行较好的注本为清人王先谦的《荀子集解》。

236 青，取之于蓝，而青于蓝；冰，水为之，而寒于水。

【注释】

选自《荀子·劝学》。

蓝：一种可以提制青色染料的植物。为：变成。比喻经过学习，后者更胜前者。

【赏析】

荀子《劝学》一篇，运用比喻，讲了不断学习，长期积累，才能有所成的道理，明白晓畅，富有启示意义。荀子说：

“青，取之于蓝，而青于蓝；冰，水为之，而寒于水。”

意思是：靛青，是从蓼蓝中提取出来的，但比蓼蓝更青；冰，是水凝结而成的，但比水更冷。

荀子认为，青色，是从蓼蓝中提取的，然而比蓼蓝更青；冰块，是由水冻结的，然而比水更寒。人的知识是由浅而深，由低而高，不断学习得来，随着时间的推移，知识会越积累越广博，学问会越研究越高深。犹如青胜于蓝一样，人一生总是在不断地超越自己，人才总是一代更比一代强。然而学无止境，要想不断地超越自己，只有坚持不懈地学习，不断地丰富自己，以苦作舟，以勤为径，才能最终成为一个出色的有用人才。

成语“青出于蓝而胜于蓝”即源于此，先学者以它勉人，后学者以它自勉，都能从中吸取到不断进取的精神力量。

237 蓬生麻中，不扶而直；白沙在涅，与之俱黑。

【注释】

选自《荀子·劝学》。

涅：黑泥。

【赏析】

荀子不仅重视人的教育成长，也看到了人在成长的过程中，受环境影响很大，他在《劝学》篇中比喻说：

“蓬生麻中，不扶而直；白沙在涅，与之俱黑。”

意思是：蓬草生长在挺直的麻田中，无须扶持自然就长得端直；洁白的沙砾落进烂泥之中，自然就变得和烂泥一样污黑。

荀子以“蓬生麻中，不扶而直；白沙在涅，与之俱黑”为喻，说明环境对人的成长、成才会产生十分重要的影响。孟母为了培养儿子孟轲成才，曾三次搬迁住房，目的就是为了选择好邻居，营造教育孩子的好环境。所以，父母和家庭应重视孩子生活、学习的环境，避免与不良的人和事接触，以免受到坏的影响。此外，荀子特别强调，学习知识可以改变一个人的习性。因此，让孩子接受教育，知书识礼，受到仁德的熏陶，对孩子的健康成长十分重要。

晋代傅玄在《太子少傅箴》中说：“故近朱者赤，近墨者黑；声和则响清，形正则影直。”也是强调环境影响对人的品行起着决定性的作用。

238 不积跬步，无以至千里；不积小流，无以成江海。

【注释】

选自《荀子·劝学》。

积：积累。跬步：半步。古人以举足一次为跬，举足两次为步，故半步为“跬”。至：达到。

【赏析】

荀子善用比喻，来阐明学习的道理，勉励后生努力学习。他的比喻往往妙趣横生，形象鲜明，能够使学习的道理变得通俗易懂，人人都能接受。同时，他还善用排比句法，使语言显得十分简洁而有力量。他在《劝学》篇里说：

“不积跬步，无以至千里；不积小流，无以成江海。”

意思是：不一步一步走，无法达到千里之远，不汇集众多小溪流，无法形成浩瀚的江海。

荀子认为，人的知识才能，只能慢慢地积累，逐渐地丰富。决不能贪多求快，揠苗助长，也不要指望一夜之间成就大学问；要有蚂蚁啃骨头的精神，从一道题一个运算公式做起，踏踏实实地学，坚持不懈，持之以恒，这样“跬步千里”，汇流成河，就可以积小智为大智，积小胜为大胜，去获取更大的成功。如果三天打鱼，两天晒网，或者半途而废，功亏一篑，就什么也得不到，更遑论人生的理想抱负了。

239 锲而舍之，朽木不折；锲而不舍，金石可镂。

【注释】

选自《荀子·劝学》。

锲：雕刻，用刀刻。舍：放弃。镂：雕刻。

【赏析】

中国人崇尚顽强和坚毅，愿意为了自己所从事的事业持之以恒地学习、工作，坚持不懈地去获取成功。这在2000多年前先贤们的言论中，曾有大量的不同的表述。荀子在《劝学》篇里，就用了不同的比喻，勉励后生们努力学习。他说：

“锲而舍之，朽木不折；锲而不舍，金石可镂。”

意思是：雕刻一会儿就中断的话，连朽木都不能折断；不停地雕刻，金石也可雕出美丽的图纹。

荀子认为，学习是一个漫长的、艰苦的过程，也是一个长期积累的过程，必须心无旁骛，专心致志，“锲而不舍”，才能学有所成。反之，“锲而舍之”，就将半途而废，一事无成。

今天，“锲而不舍”不仅是走向成功的必要途径，也是一种精神，它已经融入我们民族的血液和心灵，成为我们民族重要的美德之一。

240 天行有常，不为尧存，不为桀亡。应之以治则吉，应之以乱则凶。

【注释】

选自《荀子·天论》。

天行：大自然的一切变化。常：常规，一定的规律。为：因为，由于。

【赏析】

春秋战国时代，随着社会变革的到来，人们开始重新审视、探讨头顶上的天，“天”成了百家争鸣的热点之一。荀子是先秦时期一位集大成的思想家。他兼收并蓄，博采众长，尚贤使能，重视人为。在对各家各派“天”论观进行批判和总结的基础上，他大胆地提出了自己的天命观，向盛行于商周两代的天命论挑战。荀子说：

“天行有常，不为尧存，不为桀亡。应之以治则吉，应之以乱则凶。”

意思是：大自然的运行变化有自身的规律，不会因为尧而存在，也不会因为桀而消亡。政策正确、社会安定，它就呈吉兆，政策失措、社会动乱，它就呈凶兆。

荀子认为，自然界的运行有其自身的客观规律，日月列星，四时风雨是“天行有常”的具体表现。这是大自然的职能，既无神力主宰，也不以人的意志为转移。人世的吉凶祸福也不是由天来决定的，而是取决于人是否适应客观规律。社会的治乱不在天，不在时，不在地。唐尧与夏桀，天时相同，可是前者以治，后者以乱，说明治乱不由天定，完全在于人为。

241 大天而思之，孰与物畜而制之？从天而颂之，孰与制天命而用之？

【注释】

选自《荀子·天论》。

大天，以天为大，尊崇天。大：尊崇。思：敬慕，仰慕。孰与：何如，哪里比得上，怎么比得上。表示反问和比较。物畜：像物一样蓄养它（天）。制：控制。从：顺从。天命：自然变化的规律。

【赏析】

荀子的哲学思想里，“天命”不过是自然变化的客观规律而已。日月星辰的运转，春秋四季的变化，都不过是“天行有常”的具体表现而已。所以，“天”不能决定人的吉凶祸福，社会的治乱也不是由天来决定。他说：

“大天而思之，孰与物畜而制之？从天而颂之，孰与制天命而用之？”

意思是：与其尊崇大自然的伟大而仰慕它，哪里比得上把它当作物资积蓄起来并且控制它？与其从大自然而歌颂它，哪里比得上掌握了规律而利用它？

荀子从“非天命”的观点出发，将人类对自然界的认识水平提升到了“制天命而用之”的境界。他认为，人应该“明于天、人之分”，努力去认识自然，利用自然，发挥人的主观能动性，改造自然，为人类造福，而不能等待上天的恩赐，听任自然摆布而无所作为。这在当时是一种全新的哲学思想，也是中国历史上“人定胜天”的第一声呐喊，充分表达了人们改造自然的美好愿望。

〖韩非子〗

韩非子（约前280—前233）战国末年著名思想家，韩国公子，师从荀子。他看到韩国政治腐败，国势日蹙，曾屡次上书韩王，韩王不用，忧愤之余著《孤愤》《五蠹》《说难》等篇。其书传到秦国，得到秦王的赏识。入秦后受到李斯嫉妒迫害，死于狱中。

韩非是荀子的弟子，却接受了法家思想，他融合商鞅的“法”、申不害的“术”、慎到的“势”而又有所发展，主张法后王，因时制宜，强调君主集权，重视严刑峻法的赏罚手段，提出了一整套系统的法治理论，成为法家思想的集大成者。

现存《韩非子》计55篇，是先秦法家的代表作。其文长于说理论事，思理严谨细密，言辞犀利，分析透辟，受到后世称赞。

242 不可陷之盾与无不陷之矛，不可同世而立。

【注释】

选自《韩非子·难一》。

陷：刺穿。

【赏析】

先秦时代，儒家大力鼓吹古代尧、舜的德化思想，极力美化尧为天子时，舜躬亲化民的三件事：一是农夫争夺田界，二是渔人争夺好水面，三是陶器质量差。为了解决这些纠纷，舜于是亲自去耕种，去打鱼，去制陶，通过三年的亲力亲为，培养了谦让的风气，解决了田界、水界纠纷，改善了器物的质量。舜成就的这三件救败功绩，成为儒家美化圣君，宣扬德化思想的有力证据。

然而，韩非子却从儒家的这些宣传中看出了破绽，他讲了一个“楚人有鬻盾与矛者”的寓言故事，来描绘儒家宣传中的矛盾现象。韩非子说：

“不可陷之盾与无不陷之矛，不可同世而立。”

意思是：不能刺穿的盾，与什么盾都能刺穿的长矛，不可能同时存在。

韩非子认为，儒家以尧为圣，又以舜为贤，在逻辑上是自相矛盾的。如果舜是贤明的，岂不说明尧的治理是失措的，并不像儒家说的那么圣明；如果尧是圣明的，仁德爱民，社会和谐，又何须舜去救败化民？所以韩非子批驳说：“贤舜去尧之明察，圣尧则去舜之德化，不可两得也。”这个现象，犹如楚人卖矛鬻盾一样：既夸矛无坚不摧，又夸盾无矛不可挡，事实上这两样功效，是不可能同时存在的。所以有人提出：“以子之矛陷子之盾，何如？”楚人便无言以对了。韩非以这则故事为喻，说明儒家为了宣扬人治德化的政治主张，把尧、舜理想化为完人、至人、圣人，已经到了自相矛盾，不能自圆其说的地步了。

很显然，韩非子非难尊贤崇圣的德化思想，确实点中了儒家的软肋。而目的，则是为了鼓吹法家的学说。

成语“自相矛盾”即源出于此。

《晏子春秋》

《晏子春秋》，旧题为春秋时期齐国晏婴所著。晏婴（？—前500）春秋时齐国大夫。字平仲，夷维(今山东高密)人。历仕灵公、庄公、景公三世。齐国大夫崔杼杀齐君，他不肯以死殉君，认为君主与国家有别，君主虐民而亡，人臣不必殉死。曾对齐景公论述“和”“同”之别。“和”是相异的事物合而相济，“清浊、大小、短长、疾徐、哀乐、刚柔、迟速、高下、出入、周疏，以相济也”。“同”是相同的事物加在一起，“若以水济水，谁能食之？若琴瑟之专一，谁能听之？同之不可也如是”（《左传·昭公二十年》）。以“和”“同”之辨劝景公去“同”取“和”，听取不同意见。他还预言齐国政权将为田氏所取代。

经学者考证，《晏子春秋》系后人依托并采掇晏婴的言行辑成。有内外篇共八卷，二百一十五章。1972年山东临沂银雀山西汉墓中出土的《晏子》残简，与今本有关章节对照，内容大体一致。

243 橘生淮南则为橘，生于淮北则为枳，叶

徒相似，其实味不同。

【注释】

选自《晏子春秋·内篇杂下十》。

淮：淮河。枳：也叫“枸橘”，似橘而味酸苦。徒：徒然，白白地。实：果实。

【赏析】

春秋时期，齐国大夫晏子是有名的智辩之士，齐王派他出使楚国。楚王得知，遂与左右大臣商量，定下计谋，有意要将其羞辱一番。于是，在楚王为晏子设宴洗尘时，军士绑了一个罪犯来见楚王，声称是齐国人，犯了偷盗罪。楚王趁机对晏子说：“齐国人都喜欢偷窃吗？”晏子灵机一动，笑容可掬地回答说：

“橘生淮南则为橘，生于淮北则为枳，叶徒相似，其实味不同。”

意思是：橘树生在淮南就是橘，生在淮北就成了枳，树叶相似，但果实的味道不同。

橘树生长地不同，结出的果实味道不同，本是自然界植物生长的一种现象。晏子却将其运用于社会生活中，反击楚王说，老百姓生活在齐国不会偷盗，但到了楚国就喜欢偷盗了，这就像橘树生在淮北就成了枳一样，大概是楚国的水土使然吧！晏子的回答十分巧妙，既回答了楚王的问题，还借机推论出“楚之水土使民善盗”的结论，令楚王自讨没趣，甘拜下风。

晏子出使楚国时，离齐桓公称霸过去了100年，齐国盛世不再，虽然雄风犹存，但已经开始走下坡路了。而楚国自庄王之后，国力日强，迅速跃居五霸之列，日益骄横。在这种形势下，晏子使楚，受到楚王戏弄，便不足为怪了。

但是这一回合的外交战，却是以晏子的胜利而告终的。晏子谈笑自若，巧施辩辞，不辱使命，既维护了齐国的尊严，也表现了他巧妙的外交辞令和过人的论辩才华。

244 圣人千虑，必有一失；愚人千虑，必有一得。

【注释】

选自《晏子春秋·内篇杂下十八》。

虑：考虑，谋划。失：失误。愚人：智力差、知识少的人。古代统治者多视民众为“愚人”。得：正确。

【赏析】

齐国大夫晏子（婴）历仕灵公、庄公、景公三世。晏子曾向齐景公论述“和”“同”的差别。他说，“和”是相异的事物合而相济，“同”是相同的事物加在一起，“若以水济水，谁能食之？若琴瑟之专一，谁能听之？同之不可也如是”（《左传·昭公二十年》）。在讲清了“和”“同”的区别后，他劝景公去“同”取“和”，听取不同意见。晏子说：

“圣人千虑，必有一失；愚人千虑，必有一得。”

意思说：再聪明的人考虑一千次，仍然有一着失误；再愚

鲁的人考虑一千次，总有一着是正确的。

晏子认为，任何个人的思虑、谋划，都不可能十全十美。聪明人会出现失误，而愚笨的人也有正确的时候，因此，聪明人不应自视过高、师心自用，而应虚己待人，听取不同的意见。正确的就采纳，不恰当的就用作参考。孔子曾说，“三人行，必有我师焉”，也是看到别人有长处，自己必有不及人处，所以提倡能者为师，虚己待人，以人之长，补己之短，这样才能尽量避免疏漏和失误。

《礼记》

《礼记》是记载周代各种礼仪制度的书。春秋战国时期，孔子“七十子后学”在传授礼学的过程中，留下了一些关于《仪礼》的解说材料，称之为“记”，后经汉代儒生的编选，形成《礼记》。《礼记》各篇写作年代不一，其中多为战国时人所作，少数成于秦汉之际。

《礼记》原有两种版本。据郑玄《六艺论》：一是汉儒戴德传《礼》八十五篇，后人称为《大戴礼记》；二是其侄戴圣传《礼》四十九篇，后人称为《小戴礼记》，也就是后世通行的《礼记》。戴圣，字次君，梁（今河南商丘)人，曾任九江太守，与叔父戴德一起学礼于后苍(西汉东海人)，汉宣帝(前91—前49)时为博士。东汉后期，大戴本已不流行，而以小戴本专称《礼记》，并与《周礼》《仪礼》合称“三礼”，郑玄为之作注，遂并为经。《礼记》至唐代列为“九经”之一，宋代列于“十三经”之一，为士子必读之书，对后代思想、文学都有一定的影响。

《礼记》内容驳杂，体例也不一致，有论有释有记，其中有的部分如《檀弓》等，杂记战国及前代的逸闻故事，言近旨远，生动形象，有一定文学价值，对研究古代社会伦理观念、宗法制度、阶级关系以及儒家思想文化，有重要的参考价值。

《礼记》是一部重要的儒家经典。《礼记注疏》（东汉郑玄注，唐孔颖达疏）是最通行的注本。

245 小子识之，苛政猛于虎也。

【注释】

选自《礼记·檀弓下》。后人取名《苛政猛于虎》。

识（zhì）：记住。苛政：烦苛的政令。一说繁重的赋税。

【赏析】

孔子路过泰山脚旁，见有个妇人在墓前痛苦，遂让弟子子路去问她为什么这样悲痛，妇人说：“从前我的公公被老虎咬死了，丈夫被老虎咬死了，现在我的儿子又被老虎咬死了。”孔子同情地问：“为什么不离开这个地方呢？”她回答说：“这个地方没有苛暴的政令。”孔子于是严肃地教导弟子们说：

“小子识之，苛政猛于虎也。”

意思是：弟子们记住啊，苛政比老虎还要凶猛。

虽然虎患严重，然而当政者的苛政更厉害，因此，人民宁愿死于猛虎之口，也不愿忍受当政者的各种横征暴敛，这就揭穿了统治者伪善的面目，道出了人民灾难深重的社会现实。

子路和冉有是孔子的得意弟子，也是将来可能办理政事的人，所以孔子叮嘱他们，要他们牢牢记住，苛政之害比猛虎还要厉害。很显然，孔子希望弟子们从政后，能以此为鉴，关心体贴民生疾苦，轻徭薄赋，施惠于广大人民群众。这不但充分反映了他的政治理念和宽仁胸怀，也反映了他善于因事因人施教的特点。

唐代文学家柳宗元的《捕蛇者说》说，“赋敛之毒，有甚于蛇者”，其立意源出于此。

246 入其国，其教可知也；其为人也，温柔敦厚，诗教也。

【注释】

语出《礼记·经解》。

温柔敦厚：唐代孔颖达《礼记正义》解释说：“温，谓颜色温润；柔，谓情性和柔。《诗》依违讽谏，不指切事情，故云温柔敦厚是《诗》教也。”敦厚，诚朴宽厚。诗教：即以《诗》为教，是相对《书》教、《乐》教、《礼》教、《春秋》教而言。教，教化。

【赏析】

这是《礼记·经解》中，汉代儒家总结孔子的文艺思想时概括出的一种诗歌创作原则：

“入其国，其教可知也；其为人也，温柔敦厚，诗教也。”

意思是：进入一个国家，可以了解其对国民教化的情况；如果民众为人处世温柔厚道，一定是《诗》教化的结果。

温柔敦厚是儒家对《诗经》内容性质和社会作用的认识和概括，孔子认为，《诗经》既有美刺讽喻的精神，又是温柔敦厚的，用它来教育民众，可以发挥“经夫妇、成孝敬、厚人伦、美教化、移风俗”的社会作用。所以，如果一个国家的人民变得温柔、厚道，那一定是《诗》歌教化的结果。

诗歌既然有这样的社会功能，那么，诗人进行诗歌创作时，也应该做到温柔敦厚，以便能够教育人、感动人，起到教化的作用。温柔敦厚后来成为儒家关于诗歌创作的正统思想，其精神主要体现在两个方面。一是要求诗歌发挥讽谏作用，有“怨刺”精神，“以讽其上”，供儒家“入世”之用；二是要求诗歌的怨刺必须“止乎礼义”，保持温柔平和的态度，“怨而不怒”、“哀而不伤”，合于雅正，以委婉的词语寄寓讽谏的大义，表现出一种温文谦恭、含蓄儒雅的诗学风格，具有一种“中和之美”。所以，作为诗歌教化的要求，温柔敦厚归根结底是对诗歌的一种伦理规范，使诗人遵从，写出不违反礼教的作品，以施行教育，感化人心。

到了后世，“温柔敦厚”除了诗教的伦理意义外，也被引申为艺术原则。如近人况周颐在《蕙风词话》中提出“柔厚”说，要求词在艺术表现上做到蕴藉含蓄，委婉委曲，内容上做到深郁厚笃，既不叫嚣乖张，又不直露浅显，这种创作主张，

具有一定的积极意义。

由于温柔敦厚讲求“主文而谲谏”，要求诗歌创作以比兴等艺术手法含蓄地传情达意，微婉地讽喻。因此，对诗歌的形象性要求和表现手法的发展起了促进作用。但是，到了清代，诗论家王夫之等人过分强调这一原则，甚至以此否定唐代白居易的诗歌，批评他大胆率白，不留余地，缺乏诗意，则不免有些偏颇了。

温柔敦厚的诗教主张在历代诗歌创作中产生了深远影响。

247 喜怒哀乐之未发谓之中，发而皆中节谓之和。

【注释】

选自西汉戴圣《礼记·中庸》。

【赏析】

儒家推崇中和之美，并把它视作中国古代审美的最高标准。作为儒家重要经典的《礼记·中庸》对此做了深切而清楚的表述：

“喜怒哀乐之未发谓之中，发而皆中节谓之和。”

意思是：人的思想感情，虽然十分强烈，但只能适度发展，不能直白地宣泄无遗，即喜怒哀乐之情无须一定要形于色，而只能让它们在内心酝酿激荡，这种状况谓之“中”；如果喜怒哀乐之情作为诗歌表现出来，则要有节制，必须合于礼仪，这种状况谓之“和”。

儒家认为，中和之美，要求人们在表现自己的情志时，感情抒发要合乎节度，有一定规范，达到一种中和的境界。如孔子评《诗经》说：“诗三百，一言以蔽之曰，思无邪。”（《论语·为政》）即是说，诗歌创作中，思可以，但必须做到“无邪”，即不能过火，越过一定限度。

孔子在《论语·八佾》里评论《关雎》时，说它“乐而不淫，哀而不伤”。汉代经学家孔安国解释说：“乐不至淫，哀不至伤，言其和也。”（《论语集解》）也就是说，《关雎》感情雅正，平和适中，道德规范上做到了“约之以礼”或“礼以成之”，体现出了一种中和之美。

中和之美体现了中国古代艺术创造的辩证法和审美理想。以后，荀子、刘勰、皎然等历代文论家在评论诗歌时，均将中和之美作为审美的一个重要标准。如《荀子·劝学》：“诗者，中声之所止也。”南朝梁刘勰《文心雕龙·辨骚》：“酌奇而不失其真，玩华而不堕其实。”南朝梁钟嵘《诗品序》：“若专用比兴，患在意深。”“若但用赋体，患在意浮。”“宏斯三义，酌而用之。”唐代皎然《诗式》：“至险而不僻，至奇而不差，至丽则自然，至苦而无迹，至近而意远，至放而不迂。”等等，都从中和之美出发对诗歌提出要求，把握了诗美的某些本质特征，对中国古代诗歌创作产生了深刻影响。

248 学，然后知不足；教，然后知困。知不足，然后能自反也；知困，然后能自强也。

【注释】

选自《礼记·学记》。

困：困惑。

【赏析】

《礼记·学记》是一篇有关古代大学教育的文章。它阐明了教育能够化民成俗的重要功能，因而国君必须尊师重道，使全民知道学习的重要。它是我国古代教育理论、教学原则、教学方法的总结，也是研究中国教育史的经典著作。即使到了教育现代化的今天，其中不少内容仍然具有较高的参考价值。在谈到教与学的关系时，它写道：

“学，然后知不足；教，然后知困。知不足，然后能自反也；知困，然后能自强也。”

意思是：学习之后，才知道自己的不足；施教以后，才知道自己的困惑。知道自己的不足，才能自我反思；知道自己的困惑，才能继续钻研以自强。

这一句论述了教与学相互促进的问题，对从学从教的人都有启迪作用。学习“至道”的人，越学体会越深，便越加感到自己不足。施教的人，在教授中，对“至道”的理解越深入，越容易产生困惑，越需要深入研究，才能以己之昭昭，使人昭昭。这里，既有施教者的水平问题，也有如何针对不同的对象，采用不同的方法因人施教的问题。

所以，知道自己有不足的地方，就应该自我反省，面对困难知难而进，努力学习。知道自己有不通的地方，就应该督促自己努力钻研，提高学问水平。这样，就能实现教和学相互促进，“长善救失”，共同提高。

249 大道之行也，天下为公。

【注释】

选自《礼记·礼运》。

大道：上古时代所遵循之道。

【赏析】

春秋时期，“礼崩乐坏”，天下成了一家之天下，而“谋用是作”，“兵由此起”，社会出现了严重的差异和矛盾，战乱频仍，争斗不止。孔子对这个时期的政治局面和社会现实极为担忧，他在参加鲁国年终祭礼之后，无限感叹地表达了对“大同”社会理想的深切向往之情。孔子说：

“大道之行也，天下为公。”

意思是：大道（原始共产社会的准则）实行的时代，天下成为公共的，是天下人的天下。

“大同”一词，最早见于《庄子·在宥》，但庄子说的“大同”，指的是“养心”应当“忘物”，并与天地万物融合为一的境界。以“大同“来描述“天下为公”社会理想的，则首见于这篇《礼运》。当时，处于战乱和饥饿中的人们特别向

往那种没有战争，没有剥削压迫，平等幸福的大同“乐土”。孔子的话，正代表了当时社会渴望贤能政治，渴望和平安宁的普遍愿望。

孔子认为，在这个大同社会里，天下是天下人的天下；管理天下者是天下人选出来的贤能之人，像桀、纣那样的暴虐之徒是决不能君临天下的；同时，在这个大同社会里，人人都有“兼爱”精神，“爱无差等”，道德品行好；人们各尽其能，过着和平宁静的幸福生活。老人可以善终，壮士可以发挥作用，小孩子可以健康成长，鳏夫、寡妇、孤独、残废、病人都能得到照顾和赡养。没有盗贼，没有抢窃，人们夜不闭户，路不拾遗，社会秩序良好。显然，这种“天下为公”的“大同”世界，是对原始共产社会的理想化和乌托邦似的憧憬而已，因为通向这个乌托邦的道路是没有的。

自此以后，“天下为公”的大同思想成为中国古代社会思想史上的一座丰碑，对后世产生了深远的影响。晋代陶渊明的《桃花源记》里有大同思想的折光；清代洪秀全的“太平天国”革命，也曾以“大同”思想相鼓动，到了康有为和他的《大同书》，则将“大同”理想与西方资产阶级民主、平等、博爱思想糅合一起，创立了“大同”学说。

清末民初，伟大的革命先行者孙中山更是以“天下为公”，“以建民国，以建大同”的理想相号召，掀起了轰轰烈烈的民主革命运动，并最终推翻了清朝封建专制统治，建立了共和制国家。

要之，“天下为公”的大同思想，虽然带有空想社会主义色彩，然而客观上反映了人们对美好生活的向往，并激励着一代又一代的革命志士为之奋斗，为之流血，为之捐躯，生命不息，战斗不止。

《吕氏春秋》

吕不韦(？—前235)，战国末年卫国濮阳(今河南濮阳西南)人。原为阳翟(今河南禹州)富商，在赵国都城邯郸遇见作为人质的秦公子异人(后改名子楚)，认为奇货可居，于是出千金为之活动：入秦游说秦太子安国君(子楚父，即孝成王)的宠姬华阳夫人，使子楚得立为太子。子楚继位(即庄襄王)后，任吕不韦为相国，封文信侯，食邑有蓝田(今陕西蓝田西)十二县和河南洛阳十万户。庄襄王死后，秦王嬴政年幼即位，吕不韦继续担任相国，号称“仲父”。他执政期间，出兵灭掉东周，又攻取韩、赵、魏三国的土地，建立了三川、太原、东郡。门下有食客三千，家僮万人。曾命门客“人人著所闻”，汇编成《吕氏春秋》，又称《吕览》，共26卷，160篇，20余万言。分为八览、六论、十二纪。其内容“兼儒墨，合名法”，“于百家之道无不贯综”（《汉书·艺文志》），为秦兼并六国，统一天下，建立大一统的封建帝国提供了重要的思想理论武器，反映了战国末期封建大一统国家建立过程中文化融合的趋势。

由于《吕氏春秋》综合了老庄、孔孟、墨家、阴阳家、法家、兵家、农家等各家之长，故又有杂家之称。

秦王嬴政亲理政务后，吕不韦因嫪毐事件获罪牵连，罢官移居封地河南。公元前235年，流徙蜀地途中，被逼自杀。

250 天无私覆也，地无私载也，日月无私烛也，四时无私行也，行其德而万物得遂长焉。

【注释】

选自《吕氏春秋·去私》。

遂：就。

【赏析】

“去私”，是《吕氏春秋·去私》篇的中心论点，也是这一句的主旨。私与公是一对立的矛盾。《韩非子·五蠹》说：“古者仓颉之作书也，自环者谓之私，背私谓之公。”所以，私是为自己打算，包括私利、私欲、私心、私念。去私就是要去掉一切私心私念，摒弃一切谋取私利、满足私欲的行为。所以开篇就说：

“天无私覆也，地无私载也，日月无私烛也，四时无私行也，行其德而万物得遂长焉。”

意思是：天不因私只覆盖一方，地不因私只承载一角，日月不因私只照临一地，四时不因私只运行一处，它们无私地施行仁德，就能使万物得以生生不息地生长壮大。

要出以公心，就得无私心，去私即可以得到公心。《去私》篇认为，那些有志于成就宏图霸业的国君们，欲得天下，就要像天地、日月、四时一样，去私就公，令万物得以成长。这反映了道家的思想。庄子说："天地虽大，其化均也。"（《天地》）又说："夫帝王之德，以天地为宗，以道德为主，以无为为常。"（《天道》）这也是老子"人法地，地法天，天法道，道法自然"（二十五章）的意思。

那么，怎样才算出以公心呢？尧有十个儿子，他不传位给儿子却传给了舜；舜有九个儿子，他不传位给儿子却传给了禹，这就是"公"心。因为尧、舜清楚地知道，天下不是自己一人的天下，而是天下人的天下，所以只能择取贤能的人传位给他。尧、舜这样的人，应是君王中的至正至公者了。

上述观点，体现了全国统一前，秦王朝内部一些开明的政治家已经敏锐地认识到，反对亲亲、贵贵的人本观点的重要性，主张平等地对待一切人，平等地对待六国人民，这样才能天下归心，赢得各国人民的普遍拥护，早日实现一统天下的宏大事业。

251 外举不避仇，内举不避子。

【注释】

选自《吕氏春秋·去私》。

举：推荐。避：回避。

【赏析】

《吕氏春秋·去私》这篇文章，高举去私就公的旗帜，反

对亲亲，贵贵的宗法血亲思想，在官员任用上，力主去掉私心，选贤举能，论功录用。为此，文章专门举了《左传》祁奚荐贤的故事，赞扬说：

“外举不避仇，内举不避子。”

意思是：推荐外人不回避仇人，推荐家人不回避儿子。

《左传》襄公三年记载：祁奚年迈，请求退休，晋悼公询问他，谁可以接替他的职位。祁奚推荐解狐，解狐是他的仇人。可是准备任命解狐时解狐去世了。晋悼公又询问人选，祁奚回答说：“祁午可以。”祁午是他的儿子。这时候羊舌职去世了，晋悼公问：“谁可以接替羊舌职？”祁奚回答：“羊舌赤可以。”羊舌赤是羊舌职的儿子。就这样，祁午被任命为中军尉，羊舌赤辅佐他。

祁奚在推选人才上，舍弃个人恩怨，唯才是举；谁有才能，就举荐谁，是个一心效忠国家，没有私心的贤大夫。《吕氏春秋·去私》引用这个故事，称其为“外举不避仇，内举不避子”，加以高度赞赏。

此外，晋国大夫赵武也是一个没有私心，不顾毁誉，唯才是举的人。《韩非子·外储说左下》赞扬他“外举不避仇，内举不避子”。当时，晋国中牟县没有县令，晋平公问赵武：“我想找一个优秀县令，派谁去合适呢？”赵武回答说：“派刑伯子可以。”平公感到意外，说：“他不是你的仇人吗？”赵武说：“私人的恩怨不能带到公事里来。”平公又问：“管理内府的官员，派谁可以呢？”赵武说：“我的儿子可以。”从这里可以看出，赵武和祁奚一样，推举外人，不回避仇人，推举家人，不回避儿子。所以，赵武也是一个不计个人恩怨，能够出以公心的人。

据《礼记·儒行》记载，孔子也是主张“内称不辟亲，外举不辟怨”的，所以《儒行》称赞说，儒家向朝廷荐举人才，只看他的功劳和积累的事迹。不希望被推荐者报答，但求国君满意；只求有利于国家，不求个人富贵。将唯才是举提升到了儒家道德品行的高度。

252 流水不腐，户枢不蝼。

【注释】

选自《吕氏春秋·季春纪·尽数》。

腐：臭败，腐烂。一说积垢。户枢：门的转轴。不蝼：不产生蝼蚁。蝼，蝼蚁。唐代马总《意林》引“不蝼”为“不蠹”。

【赏析】

《吕氏春秋·季春纪·尽数》篇讲的是养生长寿的道理。文章认为，天地产生阴阳、寒暑、燥湿，四季的更替、万物的变化，没有不借助它而得到好处，也没有不因它而致害的。所以，人们欲长寿而不夭折，让生命延续下去，其要旨在于去除害处，并说：

“流水不腐，户枢不蝼。”

意思是：流动的水不会腐臭，转动的门轴不会被虫蛀。

作者以“流水不腐，户枢不蝼”为喻，说明经常运动的东西，能够抵御害处，不易受到外物的侵蚀。人的形体和精气也是这样，如果形体不运动，精气就不会流动，精气不流动，就会郁结在身体某处。郁结在头部，就产生肿痛和头风，郁结在耳部，就产生重听或耳聋，郁结在眼睛，就产生眼屎或看不见，郁结在鼻子，就会鼻塞，郁结在腹部，就会腹胀，郁结在脚，就会脚麻或脚痛。所以，养生之道，首要在于运动。

作者认为，当时的世道，崇尚占卜祭祀，祛邪治病，结果疾病越来越多。因为这样做舍本逐末，方法和途径都是错的。犹如射箭不中而去修理靶子，或用沸水制止水的沸腾一样。所以作者明确反对用巫医、毒药来驱除、治疗疾病。

这一句关于运动不朽的观点，具有朴素的唯物辩证思想，值得肯定。“户枢不蠹”后来成为成语。《三国志·魏志·吴普传》中有：“动摇则縠气得消，血脉流通，病不得生，譬犹户枢不朽也。”毛泽东《论联合政府》中有：“‘流水不腐，户枢不蠹’，是说它们在不停地运动中抵抗了微生物或其他生物的侵蚀。”

253 欲胜人者必先自胜，欲论人者必先自论，欲知人者必先自知。

【注释】

选自《吕氏春秋·季春纪·先己》。

自胜：克制自己。论人：批评别人。论，评价。

【赏析】

《吕氏春秋·季春纪·先己》篇强调，决定事物成败的关键，不在事物的外部原因，而在于人自身的内部原因。治理天下的人，更应注重自身的修为和德行。并说：

“欲胜人者必先自胜，欲论人者必先自论，欲知人者必先自知。”

意思是：想战胜对手一定要先战胜自己，想评价别人一定要先评价自己，想了解别人一定先要了解自己。

夏朝夏后相时期，夏后相的军队与有扈在甘泽开战没有取胜，六卿请求再战。夏后相说：“不可以。我的土地不少，我的百姓不少，但是打不赢，是因为我的德行太浅薄，教化不好。”从此以后，他坐的时候不铺两张席子，吃的时候不上两种以上的菜肴，不打开琴瑟，不整修钟鼓，不打扮子女；他亲近亲人，尊敬长者，尊重贤良的人，任用能干的人，第二年有扈就归降了。所以，想战胜对手一定要先战胜自己，想评价别人一定要先评价自己，想了解别人一定先要了解自己。夏后相敢于正视自己的不足，努力增进自己的德行，选贤使能，教化大行，国家富强了，用战争手段没有得到的，以行仁德得到了。

所以，宋代理学家王阳明说：“破山中之贼易，破心中之贼难。”真正的敌人是自己。战胜别人容易，战胜自己就不容易了。孔子认为：“欲正人者，先正己。”知人者明，自知者强，自胜者胜人。一切先从严格要求自身做起，自身的修为德行好了，外部的事情就好办多了。商汤曾问贤臣伊尹：“要想得到天下该怎样做？”伊尹的回答是：“要想夺取天下，天下就不可以得到。要想得到它，就要先攻取自身。”说明自身是本，自身这个“本”治好了，就可以治天下。

历史证明，历代圣明之君，都是先成就自身，从而成就天下的。

254 竭泽而渔，岂不获得，而明年无鱼。

【注释】

选自《吕氏春秋·孝行览·义赏》。

竭泽而渔：弄干池水捉鱼。比喻不留余地。

【赏析】

《吕氏春秋·孝行览·义赏》篇主要讲赏罚要合乎道义。它举了一个例子：战国时期，晋文公将要与楚国的军队在城濮交战，他分别问计于大臣咎犯和雍季。咎犯建议使用诈术，说：“经常打仗的君王，不反对狡诈。君王你也可以用欺诈的方法。”雍季则持相反的意见，说：

“竭泽而渔，岂不获得，而明年无鱼。”

意思是：放干水捕鱼，岂能没有收获，然而明年就捕不到鱼了。

雍季认为，使用欺诈的方法，犹如竭泽而渔一样，只顾了眼前利益，虽然一时可用，战胜了敌人，但往后就不能再用了，不是长久之计。

结果，晋文公使用咎犯的计谋，在城濮之战中大败楚军。而论功行赏的时候，却首先奖赏雍季。左右的人不理解，劝谏说："城濮之战取胜，用的是咎犯的谋略，却先奖赏雍季，后奖赏他，可能行不通吧。"晋文公胸有成竹地说："雍季的看法，对后世有好处，而咎犯的主张，只是一时的用处，怎么能把一时之功放在对百世功业都有利的主张前面呢？"

在涉及国家兴衰成败的问题上，晋文公眼光高远，胸怀广大，表现出了一个贤明君主应有的胸襟和气度。因为晋文公明白，谁赏赐得重，人民就会仿效他，这样教化就成功了。如果人民效仿狡诈，教化成功也是失败的。所以孔子评价晋文公说："面对困境使用狡诈的方法，可以战胜敌人。回去后尊敬贤人，可以回报德行。晋文公虽然不能自始至终都用德行修身，但也足可以称霸天下了。"

春秋战国时期，打胜仗的人很多，称霸的只有五人，晋文公就是其中一个人。

255 察己则可以知人，察今则可以知古。古今一也，人与我同耳。

【注释】

选自《吕氏春秋·慎大览·察今》。

【赏析】

先秦时代，孔、孟儒家派主张法先王，儒法合流的荀子主

先秦

张法后王，法家韩非主张尊今王。《吕氏春秋·慎大览·察今》篇主要反映法家的思想，强调因时变法的重要性。因为古今时世不同，所以今天制订法令时，应当明察当前的形势，不应死守古法：

“察己则可以知人，察今则可以知古。古今一也，人与我同耳。”

意思是：考察自己可以了解他人，考察今天可以知道昨天。古今都一样，别人和自己也是相同的。

作者认为，古今异时异俗，古代帝王的法典，是和当时的世道相吻合的，到了今天，过去的法典虽然流传下来了，但世道已经发生了变化，所以不能效法。并由此结论说：先王之法不可法，不法先王之成法，而应法先王之所以成法。即是说，应舍弃古代帝王已经制成的法典，而仿照他们制定法典的根据。

那么，古代帝王制定法典的根据是什么呢？就是“察己则可以知人，察今则可以知古”。自己是人，考察自己就可以了解他人，考察今天就可以知道昨天。如此以己推人，以今推古，就可以知道，先王“之所以为法”，是依据当时人的各种欲求和当时的社会状况制定法典的，而不是依据前代先王的成法。所以，当前制订法令，应当依据当前人的欲求和社会状况，而不是古代成法。

这种适应社会发展变化、因时易法的观点，闪烁着朴素的唯物主义光芒，对今天的人们仍然具有启发意义。

256 有道之士，贵以近知远，以今知古，以所见知所不见。

【注释】

选自《吕氏春秋·慎大览·察今》。

贵：以……为贵，认为……重要。

【赏析】

《吕氏春秋·慎大览·察今》篇，在论述世道变了，相应的法律制度也应该改变时，强调说：

“有道之士，贵以近知远，以今知古，以所见知所不见。”

意思是：有识见的人，最可贵的是能够由近知远，由今知古，用看得见的东西来推断不知道的领域。

作者认为，人们对世界的认识，有一个由近而远，由今知古的渐进过程，而且可以用看得见的东西，去推断看不见的领域。例如，“审堂下之阴，而知日月之行”，即是说，观察大堂下太阳和月亮的影子，就可以知道它们的运行变化。又如，“见瓶水之冰而知天下之寒、鱼鳖之藏也；尝一脔肉而知一镬之味、一鼎之调。”即是说，看到瓶子中的水变成冰，就可以推测天下寒冷、鱼鳖匿藏的情况；品尝鼎中的一块肉，就可以知道一鼎肉的味道。这种推断、认知事物的方法，是符合认识规律的。这一句也以其思辨的色彩、智慧的火花，成为文章中的警句，发人深省。

257 良剑期乎断，不期乎镆铘；良马期乎千里，不期乎骥骜。

【注释】

选自《吕氏春秋·慎大览·察今》。

镆铘（mòyè）：宝剑名，又作“莫邪”。传说为干将铸造。骥骜（ào）：千里马名。

【赏析】

《吕氏春秋·慎大览·察今》篇围绕“因时变法”这个中心论点，反复强调先王之法，是先王根据当时的社会政治状况制定的法典，不能照搬照用，而应根据发展变化了的新的社会政治状况，制定适合当今社会的法律制度：

“良剑期乎断，不期乎镆铘；良马期乎千里，不期乎骥骜。”

意思是：能砍断东西的剑就是好剑，不一定要求它是镆铘；能日行千里的就是好马，不一定要求它是千里马。

作者认为，古代拥有天下的71位君王，他们的法度都不一样。因为每位君主所处的时代不同，所以法度也随之进行了改变。这就好比用剑砍东西一样，能一下子砍断的就是好剑，不一定非要它是镆铘。又如赶路，能日行千里的就是好马，不一定非要它是千里马。所以，能治理好国家、适合当时社会的法律就是好法律，不一定非要它是先王的法典。世异时移，如果仍然泥古不变，用旧的眼光看问题，用先王的成法来套新事物，必然格格不入。那些能“因时变法”而取得成功的人，才是人们心目中真正的镆铘和千里马！

〖李　斯〗

李斯（？—前208），秦国政治家、文学家。战国末楚国上蔡（今河南上蔡）人。初为郡小吏，后从荀况学帝王之术。与韩非同为荀子的学生。李斯见楚国不足成大事，便于公元前247年西入秦，初为秦相吕不韦舍人，后为秦王嬴政赏识，任为客卿。秦王政十年（前237），秦宗室贵族建议逐诸侯客，李斯也在逐中，遂上《谏逐客书》谏阻，被秦王采纳，不久任廷尉。秦统一六国后，为丞相，在政治上参与了诸多重大改革。定郡县制，下禁书令，统一度量衡，统一文字，大都出于他的建议，对建立和巩固中央集权制国家起了很大作用。秦始皇去世后，与赵高合谋，矫诏杀长子扶苏，立少子胡亥为二世。后赵高欲专朝政，诬其谋反，被腰斩灭族。

李斯是秦王朝时期唯一留有著作的文学家，《谏逐客书》为其代表作。此外尚有《泰山》《琅琊台》《芝罘》《东观》《碣石》《会稽》等多篇碑文传世。除《琅琊台》外，其余诸篇均为新体。他的三句一韵，对后代碑铭产生了一定的影响。

258 太山不让土壤，故能成其大；河海不择细流，故能就其深。

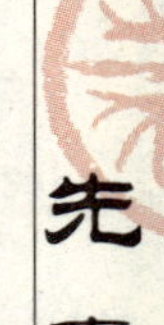

【注释】

选自战国秦李斯《谏逐客书》。

太山：即泰山。让：拒绝，弃舍。择：挑选，有所弃舍。此处引申为拒绝不受。细流：小溪流水。

【赏析】

秦王嬴政元年(前246）时，韩国害怕秦国发兵进攻，派了一个叫郑国的水利专家到秦国游说，建议秦王修一条将泾水分流入洛水的大型灌溉渠，全长三百里，企图借此来消耗秦国的国力，缓和对韩国的军事威胁。秦王发觉韩国的阴谋后，欲杀掉郑国。郑国感慨地说："臣为韩延数年之命，然渠成，亦秦万世之利也。"秦王权衡利弊后，最终决定继续完成这项巨大的工程。郑国的使命显然带有间谍性质，因此，秦宗室贵族借机排外，挑拨离间，要求将外来客卿（指入秦做官的别国人）赶出秦国。秦王嬴政十年（前237年），秦王下令驱逐一切客卿。李斯于是写了著名的《谏逐客书》，劝谏秦王收回成命。李斯说：

"太山不让土壤，故能成其大；河海不择细流，故能就其深。"

意思是：泰山不拒绝微小的泥土，所以能够成就它的高大；河海不舍弃细小的水流，所以能够成就它的浩瀚深广。

李斯以泰山、河海为喻，表达了"王者不却众庶"的主旨。他认为，五帝三王之所以能够无敌于天下，就是因为他们地不分南北，国不分东西，广揽贤能，唯才是举。这好比泰山不拒绝小小泥土，所以能够成就其高大；河海不舍弃涓涓细流，所以能够成就其深广。秦王如欲一统天下，就应该像泰山、河海一样，以宽广博大胸怀，不分地域，不分国界，招贤纳士，亲善民众，显示德行，这样才能汇聚力量，成就一番伟大的功业。反之，则有利于诸侯各国，不利于秦王的统一大业。

李斯这句话，源自《管子·形势》篇："海不辞水，故能成其大；山不辞土石，故能成其高。"但李斯在这里用泰山和江海比喻帝王，十分切合秦王好大喜功的心理，所以收到了讽谏的效果。秦王采纳了李斯的建议，取消了逐客令，并恢复了李斯的官职。

汉代

〖贾　谊〗

贾谊(前200—前168)，西汉政论家、辞赋家。汉初洛阳(今河南洛阳)人，世称贾生。少有文名，二十多岁即被汉文帝召为博士，不久迁太中大夫。曾多次上疏言政，力主改革，削弱藩王势力，加强中央集权；重视发展农业生产，安定人民生活；对外主张抗击匈奴的侵扰，维护边疆的和平安宁。由于受朝中重臣周勃、灌婴、张相如、冯敬等人排斥、中伤，被贬为长沙王太傅。

四年后，贾谊被征回京，拜为梁怀王太傅。汉文帝十一年(前169)，怀王坠马身亡，贾谊忧伤自责，抑郁而死，年仅33岁。贾谊是汉初重要的思想家和文学家，他的政论文全面阐述了西汉初年的政治思想和治国方略，说理透辟，富有辩才。其中以《陈政事疏》（又名《治安策》）《论积贮疏》《过秦论》最为著名，被鲁迅誉之为“西汉鸿文”。其辞赋构思新颖，感情充沛，形象生动，独步一时，代表了汉初政治散文的最高成就，并显示出向散体大赋转化的趋势。其中以《吊屈原赋》《鹏鸟赋》较为有名。

明人辑有《贾长沙集》，另有汉代刘向编辑的《新书》十卷传世。上海人民出版社编辑出版的《贾谊集》（1976年），是目前收录最完备的本子。

259 凤漂漂其高逝兮，固自引而远去。袭九渊之神龙兮，沕深潜以自珍。偭蟂獭以隐处兮，夫岂从虾与蛭蟥？

【注释】

选自汉·贾谊《吊屈原赋》。

漂漂：同“飘飘”，高飞貌。逝：离去。固：本来。自引：自己引退。袭：仿效。九渊：深渊。沕（mì）：潜藏的样子。自珍：珍惜自己。偭（miǎn）：背。蟂（xiāo）：水虫，状如蛇，生四足，食鱼。獭：水獭。蛭：水蛭。俗名蚂蟥。螾：同“蚓”，蚯蚓。

【赏析】

贾谊少年得志，二十多岁即被汉文帝召为博士，不久迁太中大夫。曾多次上疏言政，力主削藩以巩固和加强中央集权；对内主张发展农业生产，安定人民生活；对外主张抗击匈奴侵扰，维护边疆的和平安宁。由于受朝中重臣周勃、灌婴、张相如、冯敬等人排斥，汉文帝三年(前177)，贾谊被贬为长沙王太傅，时年24岁。途经湘水时，他写了《吊屈原赋》，名为吊屈原，其实是以吊屈原为名，表达自己有志难伸的苦闷和彷徨。他说：

“凤漂漂其高逝兮，固自引而远去。袭九渊之神龙兮，沕深潜以自珍。偭蟂獭以隐处兮，夫岂从虾与蛭螾？”

意思是：凤凰在天上高飞而去，她本来就该自己引退离去。效仿深渊中的神龙，潜入水底自己珍重自己。离开蟂、獭找一个地方隐居，岂能像虾、蚂蟥、蚯蚓一样阿谀跟从。

屈原政治上对内主张改革弊政，修明法度，举贤授能；对外主张联齐抗秦。由于受到小人谗毁、排挤，被放逐到汉北鄂渚九年。贾谊与屈原的遭遇相似，情感相通，所以贾谊在句中，运

用比喻和象征，以“鸾凤”、“神龙”等喻屈原，表现其远离浊世，自我珍藏，不愿与奸佞群小同流合污的高洁志向，用“蟂獭”“虾”“蛭螾”等喻小人，表现其谄媚中伤、谗害忠良的卑劣行径。

艺术表现上，贾谊与屈原“香草美人”、引譬连类的手法如出一炉。语气表达上，贾谊大量使用“兮”字，个别句子，更是直接化用屈原的诗句。因此，他这篇《吊屈原赋》，读起来大有屈原骚体的神韵，而且同样思想深刻、感情强烈、形式优美，富有音乐的旋律和节奏感。

260 彼寻常之污渎兮，岂能容夫吞舟之巨鱼？横江湖之鳣鲸兮，固将制于蝼蚁。

【注释】

选自汉·贾谊《吊屈原赋》。

彼：那。寻常：八尺为寻，二寻为常，此形容狭小。污渎：脏水沟。岂：难道。吞舟之巨鱼：典见《庄子·庚桑楚》：“吞舟之鱼，砀而失水，则蚁能苦之。”吞舟，形容鱼很大，可以吞下小船。鳣鲸：两种体积很大的鱼。制于：受制于，受困于。固：本来。蝼蚁：蝼蛄和蚂蚁。蝼，蝼蛄。蚁，蚂蚁。

【赏析】

屈原是楚怀王时的贤臣，他“博闻强志，明于治乱，娴于辞令”，一生的愿望就是希望实现圣君贤相、以民为本的政治理想——“美政”。政治上，他对内主张改革弊政，修明法度，举贤授能；对外主张联齐抗秦，振兴楚国。因受小人谗毁、排挤，被楚怀王放逐到汉北鄂渚九年。顷襄王即位后，更被放逐到更远的沅湘流域。贾谊同情屈原，他说：

“彼寻常之污渎兮，岂能容夫吞舟之巨鱼？横江湖之鳣鲸兮，固将制于蝼蚁。”

意思是：那种狭小的污水沟，怎能容纳下吞舟的大鱼；像那能横渡江湖的大鱼，到了小水沟里，自然会受困于蝼蛄和蚂蚁。

贾谊认为，像屈原这样的正道之士，犹如横渡江湖的大鱼，一旦失去了大江大湖，身陷寻常的污水坑中，就连蚂蚁（喻小人）也要欺负他了。

这里，贾谊名义上是吊屈原，为其不幸鸣不平，实际上是感怀个人遭际，作赋以自伤。贾谊少有文名，二十多岁时，便被汉文帝召为博士，不久迁太中大夫。为了加强中央集权，他多次上疏言政，力主削弱藩王势力；他特别重视发展农业生产，积储粮食，以避免饥荒饿殍，稳定社会秩序；对外主张抗击匈奴，保卫边疆不受侵扰。然而，他的宏图大志像屈原一样，无法实现。由于受朝中重臣周勃、灌婴等人排斥，汉文帝三年(前177）被贬出京，做了长沙王的太傅，遭受到一次重大的政治挫折。

贾谊与屈原惺惺相惜，同声相求，因此借屈原有志不得伸的悲惨命运，倾诉自己政治上受排挤、有志不得伸的哀怨与忧

伤。

261 天不可预虑兮，道不可预谋；迟速有命兮，焉识其时！

【注释】

选自汉·贾谊《鹏鸟赋》。

预虑：预先知道。预谋：预先谋度。迟速：指难凶到来的快慢。有命：指命中注定。

【赏析】

汉文帝七年(前173)，贾谊谪居长沙（今湖南省长沙市），做了长沙王太傅。有猫头鹰（古楚人称“鹏”）飞入他的住地。按楚地风俗，猫头鹰飞入人家，主人会死。长沙卑湿，贾谊以为自己不得长寿。遂作《鹏鸟赋》，探讨人生荣辱生死，表达了自己看待人生的思想和态度。他说：

“天不可预虑兮，道不可预谋；迟速有命兮，焉识其时！”

意思是：天道的变化不可预知，人生的道路不可预谋；灾难的早迟是命中注定的，怎能知道它何时到来。

贾谊以王佐之才，为汉文帝所赏识和重用。他力主改革，削弱藩王势力，巩固和强化中央集权，却遭到权贵的排斥、中伤，贬谪到边远的长沙，满腔的政治热情受到无情的打击，美好的理想愿望被恶意诽谤。在这欲进不可，欲退不能的人生逆境中，他把个人荣衰多变的身世，放到整个天地宇宙、万物众生中来看，认为祸福相生，吉凶为邻，社会、人生、自然无不如此。历史上，吴、越之间胜败无常；人生的穷达变化，如李斯、傅说一样变幻莫测；大自然云雨错杂而来，没有穷尽的时候。这些变化并非人力所为，全由命运主宰着。因此，贾谊认为，世间万物，变化无穷、反复无常。而个人的不幸只是世间万物中的个别现象，符合事物变化无穷、反复无常的规律，不必过于在意。这样的认识，使得他从自伤自感之中，获得了一丝自适自足的精神慰藉。

贾谊无法从社会政治上寻找出路，因而只有从自我的精神世界中寻求超脱，聊以自慰。这虽然是一种无可奈何的心理反应，但那种错综复杂、无法得到解释的人生疑虑，却在这富于哲理的思辨里得到了解答。

262 小智自私兮，贱彼贵我。达人大观兮，物无不可。

【注释】

选自汉·贾谊《鹏鸟赋》。

小智：智慧小，目光短浅，小聪明。自私：自高自大。达人：通达的人。指见识高超，不同于流俗的人。大观：志向远大。可：合适。

【赏析】

贾谊少年得志，二十多岁便升迁为太中大夫。然而正当他

筹划改革，憧憬实现自己的政治抱负时，却遭到朝中权贵的排挤，被贬为长沙王太傅，政治理想不能实现，人生前途瞬息万变，令具有王佐之才的贾谊充满了苦闷和彷徨。然而，身处汉代的贾谊，不会再像屈原那样，以沉江自亡来了结人生的矛盾了。他在赋中说：

“小智自私兮，贱彼贵我。达人大观兮，物无不可。”

意思是：小聪明的人是自私的，他们看重自己，轻贱别人。达观的人目光远大，深知死生祸福之理，对万物一视同仁，故无所不宜，即使死后变成异物也无不可。

寻求精神解脱，是旧时代文人学士最高层次的处世哲学。当然，时代不同，他们选择精神解脱的方式各各不同。贾谊在“千变万化”的人生比较中，选择的是“达人大观”的超脱之路。这样的达人，较之目光短浅的小智者，拥有的是大智慧，已然善于从外部的客观规律中认识领悟人生，以求得自我的精神解脱，从不把无谓的事放在心上。所以能够做到遗世忘我，恬淡无为，“细故蒂芥，何足以疑”。达到这种精神境界的达人，其人生忧患、烦恼和苦闷，自然而然便通通消失在自得自乐的达观之中了。

贾谊这种置生死忧患于身外的精神追求，顺从命运安排的人生抉择，既不同于楚狂接舆式的放浪，也不同于儒家孔孟式的自我完善，而是道家庄周式的遗形忘我的达观超脱，是一种清醒而自觉地追求自由的精神境界，更是融化了道家思想的人生哲理。事实上，贾谊欣赏和追慕的“达人”，正是道家庄周塑造的精神偶像。

汉代高度集权，打破了春秋战国时期文人“朝秦暮楚”的处世方式。汉代文人学士虽有选择奉事王侯的自由，但一旦得罪权贵，便无所逃遁了。所以，汉代的文人学士，在这种权力高度集中的社会政治面前，得志时便积极入世，遵循儒家的处世信仰，失志时便以超然物外的道家思想寻求精神解脱。这种儒道合流的处世之道，在汉代文人身上表现得最为突出，如司马迁、扬雄、班固、张衡等。而开辟这一处事之道的，便是贾谊。他们的共同特点是，遭受挫折，不得志的时候，便引老庄道家的达人为知己，来抒发和安慰自己孤独落寞的情怀。

所以，达人这种精神偶像，千百年来为中国的文士所追慕和效仿。《后汉书仲长统列传》有：“至人能变，达士拔俗。”唐代诗人杜甫《写怀二首》有：“达士如弦直，小人似钩曲。”这种情怀，在后人的诗文中获得了赞赏。

〖枚　乘〗

枚乘（？—前140）西汉辞赋家。字叔，淮阴（今属江苏）人。汉文帝时，为吴王刘濞郎中，刘濞谋反，曾上书谏阻，不听，遂投奔梁孝王刘武。吴楚七国谋反，复上书吴王，劝其罢兵，又不听。七国乱平，景帝召拜为弘农都尉，不久托病辞去，仍投梁孝王门下。梁孝王死后，遂回故乡淮阴。汉武帝为太子时，已闻其文名，及即位，以安车蒲轮征其入京，卒于途中。

主要著作有赋九篇，今存三篇，以《七发》最为著名。另有散文《上书谏吴王》《重谏吴王》两篇。其赋文辞优美，铺陈而夸张，其文多用比喻，趋于使用排偶句式。

代表作《七发》铺排夸张，辞采华美，气势磅礴，真实地描写了“公子王孙”骄奢淫逸的放荡生活，指出享乐纵欲正是其不可救药的病根，具有鲜明的讽喻精神，是汉代一种新体赋——大赋形成的标志性作品。

《七发》对后代文赋写作影响很大，自《七发》问世后，效仿的作品很多，如《七激》《七启》《七兴》《七说》《七讽》等等，形成了赋中的专门体裁——“七”体。

有文集，已散佚。近人辑有《枚叔集》。

263 其始起也，洪淋淋焉，若白鹭之下翔。其少进也，浩浩溰溰，如素车白马帷盖之张。其波涌而云乱，扰扰焉如三军之腾装。其旁作而奔起也，飘飘焉如轻车之勒兵。

【注释】

选自汉国。枚乘《七发》。

溰溰（yíyí）：高白的样子。腾装：装备雄壮。此指三军奔腾而进。勒兵：主将驾轻车检阅士兵。

【赏析】

《七发》针对楚太子的病，借吴客之口讲了七件事，对楚太子进行启发教育，最后以圣人的要言妙道，治好了太子的病。对七件事的描写，以曲江观涛最为精彩。作者描摹江涛以“疾雷”震百里之势升腾而起的情状时，写道：

“其始起也，洪淋淋焉，若白鹭之下翔。其少进也，浩浩溰溰，如素车白马帷盖之张。其波涌而云乱，扰扰焉如三军之腾装。其旁作而奔起也，飘飘焉如轻车之勒兵。”

意思是：大潮刚兴起时，大水不断地洒落，像白鹭向下飞翔。过一会儿，浩浩荡荡的白色浪花，一层层卷来，好像素车、白马及帷盖一样。波翻浪涌如乱云飞渡，扰扰攘攘像三军奔腾前进。从旁边腾涌卷起的白浪，在空中轻轻飘落，犹如主帅驾着轻车检阅士兵。

这一句写广陵曲江涛初生时徐徐展开的状态，着色清莹，如诗如画，韵味飘逸。其中，用“白鹭下翔”“素车白马”“三军之腾装”“轻车之勒兵”等一连串形象，比喻江涛逐渐形成并向前推进的奇姿异态，堪称惟妙惟肖，有声有色，极富层次感，给人以清新而又壮阔的印象，过目难忘！

有了这一段铺垫，作者接下来挥洒泼墨，描写涛浪骤奔的动态形象，就显得顺理成章了。文中用“訇隐匈礚”形容啸声并作；用“颙颙卬卬，椐椐彊彊，莘莘将将”状写波垒浪壁之形；用“滂渤怫郁”、“轧盘涌裔”形容如雷的涛音。这一系列绘声绘形的描绘，便将“曲江涛”那铺天盖地、震慑人心的声威气势铺张到了光芒腾耀的极致！

江涛是天地间最为壮观的景象之一，吴客认为，如此壮丽的江涛，是“天行健”的一种表现，可以激发“君子自强不息”的精神，可以用来启发楚太子的心志，以开阔其胸襟，陶冶其健康的审美情趣，打破长期“宫居闺处”的狭隘视野。应该肯定，吴客的这一做法是可行而且有益的。

先秦时代，孟子曾提出“观水有术，必观其澜”（《孟子·尽心》）。但对于“澜”之美并未详尽描述。枚乘是从审美的视角观涛有术的第一人，在山水审美史上具有开风气之先的性质。另外，观赏山水可陶冶情操，振奋精神，祛病健身，也是枚乘最早提出来的。而仅凭笔墨之功，能将江涛渲染得如此恢宏壮奇，声形具威者，除了枚乘，亦不多见！

264 磨砻底砺，不见其损，有时而尽；种树畜养，不见其益，有时而大；积德累行，不知其善，有时而用；弃义背理，不知其恶，有时而亡。

【注释】

选自汉·枚乘《上书谏吴王》。

磨砻底砺：都是磨的意思。

【赏析】

汉景帝即位后，为巩固和加强中央专制皇权，大臣晁错上了《削藩策》，景帝接受晁错建议，下诏削了赵王刘遂常山郡，胶西王刘昂六县，楚王刘戊东海郡。景帝三年，又削了吴王刘濞会稽等郡。这一举措引起了诸王的反对。吴王刘濞遂与胶西王刘昂联络，阴谋反叛，约定事成之后，汉天下由吴王刘濞与胶西王刘昂分而治之。胶西王刘昂又与原齐国旧地其他诸王相约反汉。吴王刘濞还与楚王、赵王，及淮南诸王通谋，以“诛晁错，清君侧”为号召，策划叛乱。

枚乘为吴王刘濞郎中，得知这一信息后，写了这篇《上书谏吴王》，劝阻他不要谋反。由于吴王刘濞尚未公开叛乱，所以文中多用譬喻，以委婉含蓄之笔，曲折地表达自己的规劝之意：

“磨砻底砺，不见其损，有时而尽；种树畜养，不见其益，有时而大；积德累行，不知其善，有时而用；弃义背理，不知其恶，有时而亡。”

意思是：磨刀石每天使用，不见有什么损耗，但终会用尽；种养树木，不见有什么变化，但终能长大；积累德行，不觉得有什么益处，但终会有用；背弃义理，不觉得有什么坏处，但到一定时候就会灭亡。

枚乘一方面要表达劝诫吴王刘濞的心意，一方面又不能明白指出其谋反的阴谋，所以全用譬喻，讲明道理，曲尽利害。句中以磨刀石长期使用，终会磨损殆尽，种养树木，终能长大两个事理，比喻积小可以为大，积微可以为巨，提醒吴王刘濞注意积累德行，防微杜渐，避免酿出恶果。反之，如果轻视小节，背弃义理，虽然短时间内看不出什么危害，但最终一定就会招致灭亡。

为了达到让刘濞自己反思理解的目的，枚乘选用的譬喻，贴切形象，富有哲理性，做到了言能达意，意在言外，既符合

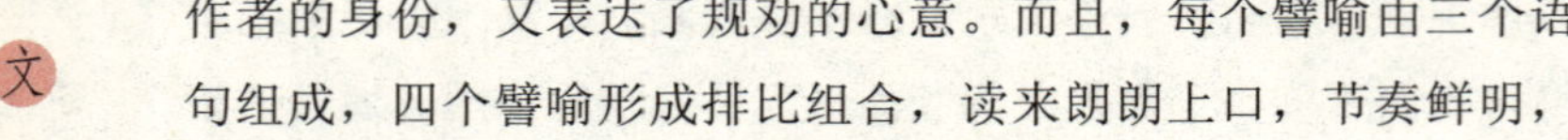

作者的身份，又表达了规劝的心意。而且，每个譬喻由三个语句组成，四个譬喻形成排比组合，读来朗朗上口，节奏鲜明，也能造成一种气势，增加了铺陈说理的表现力。

〖邹　阳〗

邹阳，西汉临淄（今山东淄博）人，生卒年不详。西汉文学家。文帝时，与枚乘等人在吴王刘濞手下任职。刘濞蓄谋反叛朝廷，邹阳上书劝阻，不为采纳。遂与枚乘等改投梁孝王门下。

梁孝王刘武是窦太后的少子、景帝的同母弟，备受朝廷恩宠，有嗣位之意。母亲窦太后也希望景帝能将帝位传给孝王。孝王亦自恃受宠及助景帝平息吴楚七国之乱有功，“上书愿赐客车之地，径至长乐宫，自使梁国士众筑作甬道朝太后”，遭到袁盎等大臣反对。遂怀恨在心，派人杀了袁盎。这引起了景帝的怀疑和责询，梁孝王遂与“羊胜、公孙诡有谋”，左右的侍从无人敢言。

邹阳耿直，慷慨陈词，苦心劝谏，被羊胜、公孙诡等人进谗下狱，险被处死。邹阳于囹圄之中，写了这篇著名的《狱中上梁王书》，自明心迹。梁孝王看信后，释其出狱，并尊为上宾。

邹阳为文，有战国策士纵横善辩之风。原有文七篇，今存《上书吴王》和《狱中上梁王书》两篇。

265 意合则胡越为昆弟，由余子臧是矣；不

合则骨肉为雠敌，朱象管蔡是矣。

【注释】

选自汉·邹阳《狱中上梁王书》。

朱：丹朱，尧之子，因不贤，尧禅位于舜。象：舜后母弟，骄纵凶狠，常欲杀舜。管、蔡：管叔、蔡叔，周武王弟，周公兄。

【赏析】

《狱中上梁王书》是邹阳身陷囹圄时写的一篇酣畅淋漓的千古奇文。作者以忠信自期为主旨，表达了一介“恢廓之士”不“诱于威重之权”，不“胁于位势之贵”，不“事谄谀之人”的崇高人格修养，因而产生了一种特有的浩然之气和打动人心的力量。

邹阳认为，一个圣明的君主应该“公听并观、垂明当世”，而不应该偏听偏信，忠奸不辨。春秋战国时，鲁定公听信大夫季孙的话，接受齐国送的女乐，怠于政事，三日不朝，致使孔子辞官离去。宋国国君听信子罕的诡计，囚禁墨翟（即墨子，墨家创始人，战国时曾为宋国大夫），致使国家危急。所以邹阳说：

“意合则胡越为昆弟，由余子臧是矣；不合则骨肉为雠敌，朱象管蔡是矣。”

意思是：（人主与臣下）思想感情一致了，即使胡人和越人也可以成为兄弟，由余和子臧就是这样的；思想感情不和，亲骨肉也会成为仇敌，朱、象和管、蔡就是如此。

由余的祖先是晋国人，迁居西戎。秦穆公发现他有才干，用计谋迫使他归降秦国。后来，秦依靠由余攻取西戎，开地千里，称霸一时。齐国用越人子臧而使国力大增。这是君臣相知，犹如兄弟。尧之子丹朱为人顽凶不肖，故尧禅位于舜。象是舜的异母弟，却与父母共谋，欲害死舜。管叔、蔡叔是周武王的弟弟，周公的哥哥。周武王死后，成王年少，由周公摄政。管叔、蔡叔不满周公摄政，挟持武庚叛乱，周公奉成王之命，率军东征，诛杀管叔，放逐蔡叔。这是骨肉不合，终为仇敌。

秦穆公和齐国不为世俗的偏见所惑，用了戎人由余和越人子臧，结果国富民强，称霸中国。与丹朱、象、管叔、蔡叔形成鲜明的对比，说明人主兼听并观则明，偏听独任则失。所以，人主要成就一番事业，必须远离阿谀奉承、嫉贤妒能的奸佞小人，而要像秦穆公和齐国那样，不拘一格任用贤才。

266 晋文公亲其雠，强霸诸侯；齐桓公用其仇，而一匡天下。

【注释】

选自汉·邹阳《狱中上梁王书》。

晋文：晋文公，名重耳。春秋五霸之一。仇，仇人。齐桓：齐桓公，名小白。春秋五霸之一。匡：正。

【赏析】

邹阳认为，人主欲成就大事，不仅要远离奸佞小人，不信谗言，还要有欲善无厌之心。如果人主欲善之心出于至诚，士人没有不为之效命的。他说：

“晋文公亲其雠，强霸诸侯；齐桓公用其仇，而一匡天下。”

意思是：晋文公善待他的仇人勃鞮，而能称霸诸侯；齐桓公任用自己的仇人管仲，而能匡正天下（指稳定了周王室的政局）。

晋献公的宠妃骊姬想立自己的儿子奚齐为太子，继承君位，设计害死了太子申生，又向晋献公进谗，派宦官勃鞮去刺杀重耳。重耳慌乱中被勃鞮斩去袖子，爬墙侥幸逃走。公元前636年，重耳在秦穆公的护送下，回国做了国君，称晋文公。晋国的旧臣吕省和郄芮害怕受到晋文公迫害，计划放火谋杀他。勃鞮听到这个阴谋后，私下谒见晋文公，揭露了吕省和郄芮的阴谋。晋文公不计前嫌，得免于难，最后称霸诸侯。

齐襄公时，国政混乱。公子小白逃到莒国，公子纠逃到鲁国。公元前686年，公孙无知杀死齐襄公，自立为君。次年，无知又被雍林人杀死。于是齐国大夫联合贵族国氏，秘密迎接小白回国。鲁国听说无知被杀，也发兵送小白的哥哥公子纠回国，同时派管仲带兵堵截住莒国到齐国的路，管仲一箭射中小白的带钩，小白倒地装死，日夜兼程赶回齐国。而鲁国以为小白已死，慢慢送公子纠回国，过了六天才到。这时小白已立为国君，是为桓公。齐桓公发兵击败鲁国军队，鲍叔牙写信给鲁君，要他杀死公子纠，押送管仲到齐国。齐桓公知道管仲是王霸之才，听从鲍叔牙的建议，任其为相，管理国家大事，国力日盛，并称霸诸侯。

所以，人主能够以“慈仁殷勤，诚加于心”，善待仇敌，那么仇敌亦能为自己所用。反之，如果人主未能“去骄傲之心，怀可报之意”，那么，即使是使秦国强盛起来的商鞅，也免不了车裂之死，即使是辅助勾践灭吴称霸的大夫文种，也免不了被诛杀的下场。因此，作者认为，人主用士，须披露心腹，肝胆相照，同甘共苦。如果人主真能如此推诚相待，那么天下之士都会像勃鞮、管仲一样，竭忠尽智，襄助人主成就一番伟业。

〖刘　彻〗

刘彻（前156—前87)即汉武帝。公元前140～前87年在位。初封胶东王。即位后，采纳董仲舒建议，罢黜百家，独尊儒术，完成了学术思想的统一。元朔二年(前127年)，颁行“推恩令”，使诸侯王得分封子弟为侯，以削弱王国势力。立太学，置五经博士，扩大仕途。抑制地方豪强势力，强化中央集权。统一货币，推行平准、均输制度。同时，大规模兴修水利，治理黄河，开凿漕渠、六辅渠等，注意发展农业生产。喜好辞章文艺，立乐府以采诗，对文化学术的发展起了一定推动作用。

对外交往方面，曾两次派遣张骞出使西域，加强了汉族与西域各民族的经济文化交流，并派唐蒙至夜郎，在西南设立犍为等七郡。从元光二年(前133年)起，先后派卫青、霍去病率军对匈奴发动三次反击，大破匈奴主力，迫使匈奴远徙，漠南无王庭。彻底解除了北部边疆匈奴的威胁，打通了河西走廊，沟通了汉帝国与西域各国以及波斯间的联系，初步建立了与西域各国的友好关系。

多次巡游，广建宫室，奢侈靡费，徭役繁重，造成广大农民破产流亡，埋下了许多社会隐患。天汉二年(前99年)，终于在齐、楚、燕、赵和南阳等地引发了农民起义。

能诗善赋。原有集二卷，已佚。《汉书·外戚传》存有《李夫人赋》一文，为刘彻追悼姬妾李夫人所作。

267 函菱荴以俟风兮，芳杂袭以弥章。的容与以猗靡兮，缥飘姚虖愈庄。燕淫衍而抚楹兮，流连视而娥扬。

【注释】

选自汉武帝刘彻《李夫人赋》。

函，包含。菱（suī）：花穗。荴（fū）：散开，敷布。杂袭：相杂而累积。的：的确。容与：娴雅自得的样子。猗靡：艳丽。缥：同“飘”。飘姚：即飘摇。虖：通“乎”。燕：同“宴”。淫衍：放纵而奢靡。

【赏析】

《李夫人赋》是汉武帝刘彻为悼念宠姬李夫人而写的一篇辞赋。李夫人容貌娇美，纤体婀娜，楚楚动人，深得刘彻喜爱。然而红颜薄命，在她人生最青春靓丽的时候，却不幸早逝了，引得作者为之思念不已，遂写了这篇情深意长的赋，大抒

哀痛之情。汉武帝以优美的辞藻，描画李夫人的音容笑貌：

“函菱荴以俟风兮，芳杂袭以弥章。的容与以猗靡兮，缥飘姚虖愈庄。燕淫衍而抚楹兮，流连视而娥扬。”

意思是：（李夫人美色）如春华含苞待放，其芳华重叠而更加鲜明；容颜优雅盛美，在风中飘荡而更加端庄。欢宴时娇羞地抚依着楹柱，秋波流转蛾眉轻扬更加妩媚动人。

李夫人是一名乐伎，出身低微，因妙丽善舞而博得刘彻欢心，大受恩宠。陨落黄泉后，刘彻痛惜不已，曾叫人画出李夫人遗像，挂在甘泉宫，日夜思念。后来，听说齐人方士能够招致死者魂灵，于是在夜晚张灯设烛，架起帷帐，摆好供品。经过方士施展法术后，隔着幕帐，武帝果然望见了李夫人步态婀娜的倩影，然而只能远观，不能近看，因而越发相思和感念。

刘彻贵为一国之君，能够如此真情追悼和缅怀李夫人，说明李夫人在刘彻心中有着相当牢固的情感地位，难以磨灭。因此，作者越是怀念李夫人，越容易追忆李夫人平生的音容笑貌及两人恩爱的种种情事。正是怀着这种深深的爱恋和思念之情，作者笔下的李夫人犹如一朵饱含芳蕊、馨香四射的鲜花，芳华交积，明艳夺目，而且娇艳中还显露出一种圣洁和端庄，尤其在欢宴的时候，她依抚楹柱，扬起一弯淡淡的蛾眉，顾盼生姿，情意绵绵，更加动人心魂。

作者将李夫人描绘得如同天仙一样，既是一种缠绵情思的真情流露，寄托自己不尽的哀思，同时也是以此填补自己悲痛失落的心灵，求得一番自慰和满足。

〖淮南小山〗

淮南小山（生卒年不详）西汉辞赋家。淮南王刘安的门客。著有《招隐士》一文，收入东汉王逸《楚辞章句》。此文极写山中景物幽深险阻，孤独恐怖，不可久留。文笔恣肆盘旋，音节铿锵谐美，句式参差变化，语言富有形象性，是汉代骚体赋中的优秀作品。王逸认为，《招隐士》是淮南小山为闵伤屈原而作，南朝梁萧统《昭明文选》则题为刘安作。

此外，乐府《淮南王歌》，亦被晋代崔豹《古今注》、唐代吴兢《乐府古题要解》视作淮南小山的作品。

268 王孙游兮不归，春草生兮萋萋。岁暮兮不自聊，蟪蛄鸣兮啾啾。

【注释】

选自淮南小山《招隐士》。

王孙：尊称语。汉代王逸说本文是招屈原的，屈原是王室的后裔，所以称王孙。也可能秦汉时的隐者大都是贵族后裔，所以用来泛称隐士。萋萋：茂盛的样子。不自聊：无聊的意思。蟪蛄（huìgū）：秋虫名，又叫寒蜇。啾啾：虫鸣声。

【赏析】

楚辞《招隐士》，一说为“闵伤屈原”之作，一说为淮南王刘安入朝，其宾客怕他被害，作此赋劝他尽早从险恶的宫廷斗争中抽身而出。但从内容上看，理解为招一位游隐山林不归的“王孙”，似乎更恰当些。

作者先以深切悯伤之情，描绘出一幅冷森险怪的山林景象：桂木丛生的幽谷中，纠曲的树枝如蛇相缠，峻高的险崖俯临着湍急的溪流；山气凄迷，猿猴虎豹的啸嗥声在山谷间阵阵回响。而一位王孙，就在这荒寂幽森的山林里久久淹留：

“王孙游兮不归，春草生兮萋萋。岁暮兮不自聊，蟪蛄鸣兮啾啾。”

意思是：王孙隐遁山中不归，春草萋萋，又一年过去了，你该多么寂寞无聊啊，陪伴你的只有秋虫的鸣声。

上承悯伤之意，作者用景物映衬的笔法，表达对“隐士”长往不归的怀念和忧心，情感自然，不着丝毫人工痕迹。如“春草生兮萋萋”一句，以冬去春来、江南草长的景象，引发人们对伊人的惆怅和牵念。句中，作者没有用显露的字词刻意抒情，而以萋萋芳草的绵绵不绝为喻，让人体会到情思和牵念的悠远绵长；接着又以寒蝉的哀哀悲音，烘托秋尽草衰，年复一年，王孙不归的寂寥，更于牵念之中，平添了几多凄清和愁苦。

南唐后主李煜《清平乐》词中有“离恨恰如春草，更行更远还生”的名句，大约就是从这句“春草生兮萋萋”的意境中化用而来。

〖司马相如〗

司马相如（约前179—前118）字长卿，蜀郡成都（今四川成

都）人。西汉著名文学家。少好读书，学击剑，景帝时为武骑常侍。后游梁，与邹阳、枚乘、庄忌等同为梁孝王门客。著《子虚赋》。汉武帝刘彻即位，读《子虚赋》，深为赞赏，因得召见，复作《上林赋》，武帝大喜，拜为郎。后又拜中郎将，奉命出使西南，并写有《喻巴蜀檄》《难蜀父老》等文，对沟通西南各民族关系起了积极作用。后为孝文园令。晚年郁郁不得志，称病闲居，元狩五年病逝。

司马相如以辞赋名世。《汉书·艺文志》录其赋29篇，今存《子虚》《上林》《大人》《长门》《美人》《哀二世》6篇。《子虚》、《上林》为其代表作。

其赋大都描写帝王苑囿之盛，田猎之乐；结构宏大，文辞富丽，极尽铺张扬厉之能事，篇末寄寓讽谏之意。此外，政论杂文《喻巴蜀檄》《谏猎书》等也是历代传诵的作品。

南朝陈徐陵编辑的《玉台新咏》载其《琴歌》二首，诗前有徐陵作的小序，云："司马相如游临邛，富人卓王孙有女文君新寡，窃于壁间窥之，相如鼓琴歌挑之。"不过，也有人疑为西汉琴工伪托。

269 望中庭之蔼蔼兮，若季秋之降霜。夜曼曼其若岁兮，怀郁郁其不可再更。

【注释】

选自汉·司马相如《长门赋》。

蔼蔼：光线暗淡的样子。季秋：深秋。曼曼：同"漫漫”。漫长的意思。岁：年。郁郁：忧郁，沉闷。不可再更：不能再忍受。更，经受。

【赏析】

陈皇后小名阿娇，是汉武帝刘彻姑母长公主的女儿。据旧题汉代班固《汉武故事》记载：“数岁，长公主嫖抱置膝上，问曰：‘儿欲得妇不？’胶东王（刘彻）曰：‘欲得妇。’长公主指左右长御百余人，皆云不用。末指其女问曰：‘阿娇好不？’于是乃笑对曰：‘好，若得阿娇作妇，当作金屋储之也。’”这就是著名的金屋藏娇的故事。

刘彻长大后，因长公主从中斡旋，汉景帝改立刘彻为太子。刘彻即帝位后，立阿娇为皇后。阿娇“擅宠骄贵十余年而无子”。武帝遂移宠平阳公主卫子夫。阿娇不甘失宠受辱，寻死觅活，表示反抗；后又求助于巫祝妖术，以期武帝回心转意。武帝发觉后，十分震怒，废除其皇后之位，置于长门宫。

为了重新得宠，陈皇后用一百两黄金请著名辞赋家司马相如写了这篇《长门赋》，希望以此打动武帝的心。司马相如怀着深切的同情，以模拟陈皇后阿娇自述心曲的方式，细腻深微地描述了被弃置长门宫的悲愁、孤凄的心理，以情动人，颇富艺术感染力。

“望中庭之蔼蔼兮，若季秋之降霜。夜曼曼其若岁兮，怀郁郁其不可再更。”

意思是：庭院之中，光线昏暗，像深秋降霜的天气。夜晚像一年那么漫长，心中的忧郁难以再忍受下去了。

阿娇（陈皇后）朝思暮想，期待重新获得汉武帝的宠幸。

她自昼至夜，自夜达晓，无休止地盼望、等待、痴想，等来的却只有失望，以及失望后更甚的孤独和落寞。一腔热情遭到无情的冷落，梦想被幻灭代替，以至心情抑郁，造成一种心理错觉：夏日庭院里，仍会感到光线昏暗，像深秋降霜的天气一样。

之所以产生这种心理错觉，是因为阿娇不是用眼，而是用内心在感知外界景物，以内心的情感来测度外界的冷暖。特别是因为心怀抑郁，孤苦难耐，因而感觉夜晚特别漫长，简直忍受不下去了。

这一句，作者借用了《诗经·王风·采葛》中“一日不见，如隔三秋兮”的意境。对于一种热切的期待渴望，心理上的时间会拉得很长，越是痛苦的分离，心理上的时间越漫长，越睡不安寝，食不知味，惶惶不可终日，难以忍耐。

正是这种感觉错位的环境描写、心理时间拉长的特殊感受，将阿娇漫长的冷宫岁月与无尽的怨楚凄惶刻画得深切入骨。也正因为长夜漫漫，所以赋中还进一步描摹了阿娇黄昏时的绝望，清夜援琴变调时的愁思，寝寐梦想，惕寤不见的惆怅，以及她“揄长袂以自翳兮，数昔日之諐殃”的自责，从各个方面揭示阿娇失宠后的悲情哀怨和孤寂情怀，显示出作者对上层女性心态观察的细微与把握的准确。

从金屋藏娇到长门幽闭，陈皇后成为皇室众多嫔妃姬妾悲剧的一个缩影，反映了封建社会妇女地位卑微、境遇悲惨的问题，引起了后世文人广泛的同情和伤悼。

在语言艺术上，这一句文省意赊，语短情长，辞情并茂，意蕴深长，也是极富艺术魅力的。

270 明者远见于未萌，而智者避危于无形。

【注释】

选自汉·司马相如《谏猎书》（文见《汉书·司马相如传》）

未萌：事情尚未发生。知者：即智者。有智慧的人，聪明人。无形：事情尚未形成。

【赏析】

汉武帝迷恋狩猎，达到如痴如狂的程度。他已不满足于带领武士合围捕猎，而是手持戈矛，亲身和野兽搏斗，猎杀熊豕，以表现自己的勇武。司马相如曾多次陪同汉武帝狩猎，对其危险性十分了解。于是写了《谏猎书》，上书劝谏，并告诫说：

“明者远见于未萌，而智者避危于无形。”

意思是：有远见的人能够在祸乱未萌生之前发现它，聪明人能够在危险尚未形成的时候避开它。

司马相如希望武帝罢猎，避免这种危险的游戏。然而，规劝天子直接罢猎显然难度很大。于是，他采用婉曲的手法，先以人喻兽，讲了人间有力士乌获、庆忌、孟贲、夏育，勇猛异常，能够制服各种野兽。反之，以兽言人，认为野兽中也有像人间力士那样的凶猛者，人一旦遭遇它们，十分危险。接着，他又把猛兽比作强悍的羌夷，野兽在天子面前奔突，犹如英勇善战的羌夷骑兵突然出现在战车面前，猝不及防，其胜败之数，难以预料。

在罗列了这些危险之后，作者又将天子平日出行和狩猎加以对比。平时出行时，前呼后拥，戒备森严，尚有意想不到的变故出现。那么亲自搏击猛兽，没有任何有效的防备，更是防不胜防了。

所以，作者诚恳地规劝说，有远见的人能够在祸乱未萌生之前发现它，聪明人能够在危险尚未形成的时候避开它。堂堂大汉天子，比千金之家不知尊贵几千百倍，千金之家尚且不肯搏击猛兽，作为一国之君的天子，又怎么能冒着生命危险去搏击野兽呢？

《谏猎书》措辞巧妙，说理透彻，委婉地道出了搏击猛兽的危险性，具有很强的说服力和感染力，被武帝欣然接纳，达到了作者劝诫的目的。

〖东方朔〗

东方朔（前154—前93）西汉文学家。字曼倩，平原厌次（今山东惠民）人。武帝初年，征召天下人才，他上书自荐，获宠，令待诏公车，不久又待诏金马门。后任常侍郎，拜太中大夫给事中。为人诙谐多智，言词敏捷，滑稽善辩。但被视如俳优，不被重用。性直爽，常在诙谐调笑中，寓讽谏之意。善辞赋，有文集二卷，已

亡佚。明代张溥编有《东方太中集》。其中以《答客难》《非有先生论》较为有名。

《答客难》以主客答问方式，吐露士人在封建专制条件下，不能掌握自身命运的苦闷，寓庄于谐，感慨深沉，对后世影响颇大。汉代辞赋大家扬雄、班固等皆有仿作。

东方朔向以诙谐谈笑著称，故被视作才高闻博的“滑稽家”，后人传其逸闻颇多。

271 尊之则为将，卑之则为虏；抗之则在青云之上，抑之则在深泉之下；用之则为虎，不用则为鼠。

【注释】

选自汉·东方朔《答客难》。

尊：提拔。卑：贬谪。虏：奴隶。抗：抬举。抑：压抑。虎：比喻威风凛凛，有权有势，令人敬畏。鼠：比喻无权无势，卑微可怜。

【赏析】

汉武帝时代，国力强盛，文治武功显扬国威，成就了“大一统”的辉煌。然而在东方朔看来，这样一个开明盛世，却仍然存在香臭莫辨，“贤与不肖”无别的现象。据《汉书》本传载，东方朔曾向汉武帝上书陈农战强国之计，推意放荡，却终不见用。于是著《答客难》一文，设客（汉赋中常常假设的人物，以便进行主客问答）难己，托词自解，委婉地抒发了自己心中的块垒和牢骚。

当“客”列数战国时代苏秦、张仪身居相位，泽及后人；而东方先生自诩学富才雄，悉力尽忠，然而“官不过侍郎，位不过执戟”，并以此质疑其是否“尚有遗行”时，他说：

“尊之则为将，卑之则为虏；抗之则在青云之上，抑之则在深泉之下；用之则为虎，不用则为鼠。”

意思是：（朝廷）尊崇他则拜为大将，瞧不起他则视作虏民；提拔他则高官显位，贬谪他则身处社会底层；使用他则有权有势，令人敬畏，弃置他则无权无势，卑微可怜。

东方朔认为，战国时期苏秦、张仪的“遇”和自己的“不遇”，并非才情有高下之分，而全在于所遭遇的时势不同。彼时列国争雄，各逞兵威，智谋为上，“得士者强，失士者亡”，所以苏秦、张仪的主张得以流行于世，为诸侯国采纳，身居高位，显赫天下。此时天下一统，“用之则为虎，不用则为鼠”，用与不用全在于君主的好恶。士人的“贤与不肖”、有能力与没有能力，已经居于次要地位了。

针对自己报国无门，怀才莫展的境遇，作者自我调侃说：如果苏秦、张仪生于今世，恐怕连当个百石吏也未必够格，哪敢奢望做我这样的侍郎呢！东方朔的这种调侃，意在自我安慰，排解心中的抑郁之情，但也道出了“彼一时也，此一时也”的时代差异。既然“时异事异”，时代不同了，用人环境变了，人才评价的标准和价值取向随之发生变化，也是合符常情的。

这一句对偶句用得好，对偶之中又包含了句式上的对比，更能突出时代差异带来的巨大变化。而譬喻“用之为虎，不用为鼠”的使用，则使得句意的表达更加新奇、贴切。

在表现形式上，《答客难》也是一大创新，其影响所及，东汉扬雄的《解嘲》、班固的《答宾戏》、三国魏陈琳的《应讥》、西晋庾敳的《客咨》、东晋郭璞的《客傲》，乃至唐代韩愈的《进学解》……都明显有模仿他的痕迹。

〖司马迁〗

司马迁（前145—？）西汉时期著名史学家、文学家。字子长，夏阳（今陕西韩城）人。太史令司马谈之子。幼年在家乡耕读，10岁随父亲到长安。曾受业于经学大师董仲舒、孔安国，学习古代典籍。20岁开始漫游天下，搜集史料，采集传说，考察风俗。初任郎官，曾出使西南，并侍从汉武帝多次出巡，足迹遍及全国。元封三年（前108年）继父职，任太史令。他一面参加汉武帝巡祭封禅、改订历法等活动，一面继承父亲修史的遗业，整理汇集保存在“石室金匮”（即国家藏书室）中的历史文献资料。经过几年的认真准备之后，于太初元年（前104）开始撰写《史记》。

天汉二年（公元前99年），西汉名将李广的孙子李陵出兵匈奴，兵败投降。司马迁为李陵辩护，触怒汉武帝获罪，受腐刑。此后隐忍苟活，发愤著述，直到征和二年（前91年），撰成我国第一部纪传体通史《史记》130篇，洋洋52万余言。

《史记》“究天人之际，通古今之变，成一家之言”，被鲁迅誉为“史家之绝唱”“无韵之《离骚》”。《史记》史料丰富，见识卓越，具有极高的文学价值，对中国史学和文学都产生了巨大而深远的影响。

272 人固有一死，或重于泰山，或轻于鸿毛，用之所趋异也。

【注释】

选自汉·司马迁《报任少卿书》。一作《报任安书》，任安字少卿。

固：本来。鸿毛：大雁毛。鸿，大雁。用：因。之：死。趋：趋向。

【赏析】

司马迁的《报任安书》，是中国文学史上第一篇富于抒情性的长篇书信。任安字少卿，荥阳人，与司马迁友善。曾任益州刺史、北军使者护军。由于卷入戾太子刘据案中，被汉武帝判处死刑。任安下狱前，司马迁任中书谒者令，掌“领赞尚书，出入奏事”，所以任安要他“推贤进士”，为朝廷荐举人才。而此前数年，司马迁因李陵战败降敌一事获罪下狱，受过“腐刑”，自认为不配做这种事。所以隔了很久才回了此信。在信中，司马迁引古证今，抒发愤懑，表白了愿为自己的著述（指《史记》）忍辱含垢的痛苦心情。司马迁说：

“人固有一死，或重于泰山，或轻于鸿毛，用之所趋异也。”

意思是：人本来就有一死，有的重于泰山，有的轻于鸿毛，这是因为死的趋向不同所致。

天汉二年（公元前99年），西汉名将李广的孙子李陵率兵与匈奴激战，兵败投降。在当时许多人看来，李陵不仅败坏了李氏将门家风，也丢了大汉朝廷的面子。而司马迁与众人的看法相左。他认为，李陵的遭遇有值得同情的地方，于是挺身而出，说了一些公道话，为李陵辩护。实际上，李陵之败，本为汉武帝宠妃李夫人之兄贰师将军李广利所致，主要责任在李广利。司马迁希望汉武帝考虑李陵平日的为人及此次奋勇作战的情况，略观动静，不要急于做出处理决定。但汉武帝以为司马迁之言中伤了李广利，将其下到狱中。

按当时律法，司马迁面临三种选择：一是伏法受诛，二是拿钱免死，三是甘受“腐刑”。司马迁官小无钱，无法用钱赎死，因此要么去死，要么甘受“腐刑”。当时司马迁正拟撰写《史记》，他认为，人本来就有一死，有的重于泰山，有的轻于鸿毛，这是因为死的取向不同所致。司马迁不愿意死得“轻于鸿毛”，毫无意义。他要为自己的史学理想活下来，所以他“卒从吏议”，选择了腐刑，忍受了人生难以忍受的痛苦和屈辱，坚持活了下来。

此后，司马迁以惊人的毅力，发愤著述，历经14年之久，终于撰成我国第一部伟大的史学著作《史记》，将生命的意义和价值演绎到一个崭新的高度。

273 古者富贵而名磨灭，不可胜记，唯倜傥非常之人称焉。盖文王拘而演《周易》；仲尼厄而作《春秋》；屈原放逐，乃赋《离骚》；左丘失明，厥有《国语》；孙子膑脚，《兵法》修列；不韦迁蜀，世传《吕览》；韩非囚秦，《说难》《孤愤》；《诗》三百篇，大抵贤圣发愤之所为作也。

【注释】

选自汉代司马迁《报任少卿书》。

倜傥：卓越特出，才气豪迈。拘而演《周易》：相传周文王被纣囚于羑里，曾根据伏羲的八卦推衍而成六十四卦，称为《周易》。拘，被囚。演，推演。仲尼：孔子。厄：厄运，灾难。孔子周游列国，曾遭受围攻、绝粮等困厄。政治理想不能实现，才回到鲁国，开始编写《春秋》。屈原：《离骚》是其代表作。屈原因小人诬陷，被楚王疏远并流放后，作《离骚》以抒写自己痛苦的心情，表白自己高洁的人格。左丘：左丘明，春秋时鲁国史官，失明后著成《国语》。此事仅见于此文。厥，乃。句首语气词。孙子膑脚：孙子，即孙膑，战国初军事家。他与庞涓俱学兵法。庞涓为魏惠王将军，自以为不及孙膑，召孙膑至魏，处以膑刑。膑脚，一种剔去膝盖骨，使人致残的酷刑。孙膑因此而得名。《兵法》修列：《兵法》，即

《孙膑兵法》。久已失传。1972年4月，山东临沂银雀山汉墓中出土了该书部分竹简。修列，编修，逐条撰写。史载孙膑同学庞涓忌其才能，骗他到魏国，剔掉他的膝盖骨。孙膑致残后撰成《孙膑兵法》。后来孙膑事齐国，大败魏军，射杀庞涓。不韦迁蜀：不韦，即吕不韦。战国末年商人，后为秦相，尊为相国。以罪免职，被迁往蜀地，后忧惧自杀。《吕览》：即《吕氏春秋》。据《史记·吕不韦列传》记载，此书是吕不韦集合门客编撰而成。成书于吕不韦为秦丞相时。韩非：战国末思想家、法家代表人物。本为韩国公子，屡以书谏韩王变法图强，不见用，乃作《说难》《孤愤》等十余万言。书传到秦国，秦始皇极为欣赏，乃邀之入秦。后遭李斯忌才陷害，被囚入狱，自杀身死。《说难》《孤愤》，韩非著作中的篇名。《诗》：即《诗经》，一共305篇，概称诗三百篇。大抵：大致。发愤：抒发胸中的激愤。

【赏析】

在封建社会的历史长河中，不少忧国忧民之士，在为社会理想和个人事业的奋斗中，或与社会主流思想相左，或向统治阶层抗争，或成为一个时代的叛逆，都会蒙冤受辱，身心遭受摧残。然而十分难能可贵且令人钦佩的是，这样一些有志之士在屈辱和厄运中没有沉沦，没有丧失生命的憧憬和力量。司马迁十分尊崇这些特立独行的人，他在《报任少卿书》中说：

“古者富贵而名磨灭，不可胜记，唯倜傥非常之人称焉。盖文王拘而演《周易》；仲尼厄而作《春秋》；屈原放逐，乃赋《离骚》；左丘失明，厥有《国语》；孙子膑脚，《兵法》修列；不韦

迁蜀，世传《吕览》；韩非囚秦，《说难》《孤愤》；《诗》三百篇，大抵贤圣发愤之所为作也。”

意思是：古代那些富贵人物，死后被人们遗忘者，不可胜数，只有那些卓越特出，不同寻常的人，才能留下美名，被人称颂。如周文王被囚禁而推演出《周易》，孔子遭受困厄而整理《春秋》，屈原流放鄂渚而赋《离骚》，左丘明眼睛失明而编著《国语》，孙膑致残而修撰《孙膑兵法》，吕不韦迁谪蜀郡而编撰《吕氏春秋》，韩非囚于秦而作《说难》《孤愤》，《诗经》三百篇，大抵都是圣贤抒发胸中激愤写出来的作品。

司马迁列举的这些古代卓绝之士，都是在困境中自勉自励而崛起的伟大人物。他们或者身处逆境，发愤著述；或者遭遇不公，励志图新。但他们的共同之处是，在身处逆境或遭遇不公的时候，非但没有丧失生活的勇气和信心，反而更加执著于自己的理想信念，忍辱负重，坚忍不拔，决不轻言放弃。因此，他们最终都能创造出卓越的成绩，在历史上留下光辉的一页。

司马迁遭受腐刑之后，之所以能够保持远大的志向和高尚的情操，“就极刑而无愠色”，忍辱含垢，坚持写完“通古今之变，成一家之言”的《史记》，正是从这些古代卓绝之士身上，学到了如何维护自己做人的尊严，汲取了奋发图强的精神力量。因此，才能笔耕不辍，为中华民族优秀文化和史学研究增添了一笔宝贵的精神财富。

274 今者项庄拔剑舞，其意常在沛公也。

【注释】

选自汉·司马迁《史记·项羽本纪》。

项庄：项羽部下的武将。沛公：刘邦。

【赏析】

秦朝末年，起义军巨鹿一战，全歼秦军主力，促进了秦王朝的灭亡，有力地支援了刘邦向关中进军。公元前206年10月，刘邦进入关中，秦王子婴投降。刘邦封存了秦朝府库，废除秦朝苛政，与秦民约法三章，维护了社会的稳定。同时，刘邦派兵把守函谷关，拒绝项羽入关。

公元前206年12月，项羽攻破函谷关，拥兵四十万屯驻新丰鸿门，准备与刘邦决战。刘邦只有十万军队，根本不是项羽对手。正当项羽决定攻击刘邦的前夜，项羽的叔父项伯夜访张良，劝他逃走，不要跟着刘邦一起送死。因为项伯和张良是至交，项伯曾经杀人，张良救了他。张良趁机拉项伯与刘邦相见，并与刘邦结为兄弟和儿女亲家。刘邦要项伯在项羽面前替自己赔罪。项伯一口应承下来，对刘邦说："明天你赶早来向项王赔罪吧。"刘邦答应了。项伯又连夜赶回军中，劝项羽说："若不是沛公先打进关中，你怎么能不费力气地进关呢？现在人家立了大功，你还要去攻打他，这是不义的。明天沛公要来赔罪，趁这机会好好招待他。"项羽应承了。

第二天清早，刘邦带着随从来到鸿门，向项羽谢罪，项羽设宴招待。谋臣范增设计要项羽在席间除掉刘邦，项羽心怀不忍，没有下手。范增又叫项庄舞剑助兴，乘机杀死刘邦。项庄一边舞剑，一边靠近刘邦。而项伯亦拔剑与项庄对舞，处处用身子保护刘邦。

张良见情势危急，连忙去到军门，与刘邦的随从樊哙相见。樊哙询问情况如何，张良回答说：

“今者项庄拔剑舞，其意常在沛公也。”

意思是：现在项庄正在席间舞剑，其用意就是寻找机会刺杀沛公。

樊哙听说沛公危急，全身披挂，直撞军营，愤怒地责问项羽说：“楚怀王和诸将约定，谁先进关，谁做关中王。如今，沛公先进了咸阳，本该做关中王，可是沛公却秋毫无犯，等待大王来安排，想不到你竟然要杀害劳苦功高的人。这样做和残暴的秦朝有什么两样！”项羽一时语塞，沉默了一会，顺口夸赞说：“好一个壮士，你请坐吧！”紧张的气氛才稍有缓和。这时，刘邦推说上厕所，一溜烟逃回自己军营中去了。

这就是历史上有名的鸿门宴。此后，项羽与刘邦拉开了楚汉相争的序幕，鸿门宴也成为项羽事业的转折点。当时范增就无限感叹地说：“今天放走了刘邦，日后我们都要成为他的俘虏！”

果然，四年之后，刘邦调集四、五十万大军，里三层，外三层将项羽围在垓下。项羽奋勇作战，左冲右突，杀敌无数，始终未能突出重围，最后自刎而死。

楚汉之争的结果，以项羽的彻底失败而告终，全国也因此建立了一个统一的汉家天下。

成语“项庄舞剑，意在沛公”即出自这段故事。比喻表面上有一套理由和做法，但实际上别有用心，另有图谋。

275 嗟乎！燕雀安知鸿鹄之志哉！

【注释】

选自汉·司马迁《史记·陈涉世家》。

燕雀：一种小鸟。安：怎么，怎能。鸿鹄：天鹅。因飞得很高，常用来比喻志向远大的人。

【赏析】

陈涉少年时，曾被人雇佣种田。一天累了，他停止耕作，心中怅然良久，对大伙说："如果我将来富贵了，决不会忘了一起共过患难的朋友。"大家笑了起来，说道："你一个种田的人，哪来的富贵呢？"陈涉听了伙伴们的话，叹息一声说：

"嗟乎！燕雀安知鸿鹄之志哉！"

意思是：唉，小小的雀鸟怎么可能知道天鹅的宏大志向呢！

陈涉（？—前208）是中国历史上最早的一位农民起义领袖，阳城（在今安徽省界首市境）人。秦统一天下后，苛捐赋税，募役刑罚已经到了难以忍受的程度，百姓敢怒而不敢言。秦二世元年（前209），陈涉被征屯戍渔阳（今北京密云西南），同吴广在蕲县大泽乡（今安徽宿县东南刘村集）率戍卒九百人揭竿而起，天下响应，义军云合，很快发展到数万人，遂在陈县（今河南淮阳）建立了张楚政权，自立为楚王。后来兵败，被其卫士杀害。

陈涉年轻时便胸有大志，但他那些佣耕的伙伴们不理解，所以陈涉叹息说：小小的雀鸟，怎么可能知道天鹅的宏大志向呢！句中以燕雀和鸿鹄相比，突出了陈涉不凡的志向。后来高举义旗，反抗暴秦，终于将天下穷苦百姓从严刑峻法的统治下解放了出来。

成语“燕雀不知鸿鹄志”即源于此。常用来比喻平庸的人不理解杰出人物的胸襟和大志。三国魏曹植《虾鳣篇》有：“燕雀戏藩柴，安识鸿鹄游。”

276 国风好色而不淫，小雅怨诽而不乱。若《离骚》者，可谓兼之矣。

【注释】

选自汉·司马迁《史记·屈原贾生列传》。

国风、小雅：均为《诗经》的组成部分。《离骚》：战国楚人屈原的代表作。

【赏析】

司马迁的《史记·屈原贾生列传》，是我国历史上最早的诗人评传，他依据孟子“知人论世”的原则，把屈原的生平际遇和创作有机地结合起来，指出“屈原疾王听之弗聪也，谗谄之蔽明也……故忧愁幽思而作《离骚》”。司马迁评价《离骚》说：

“国风好色而不淫，小雅怨诽而不乱。若《离骚》者，可谓兼之矣。”

意思是：《诗经》中的国风，描写爱情而不淫荡，小雅有怨刺之言，但不直切愤怒。屈原的《离骚》诗，则两者之美兼

而有之。

这句评语，最早见于汉代淮南王刘安的《离骚传》，但原作已经失传。司马迁在《屈原贾生列传》中引用刘安的话，表明他完全赞同刘安对屈原的评价。

“国风”是《诗经》的组成部分，包括二南(周南、召南)和邶风、鄘风、卫风、王风、郑风、齐风、魏风、唐风、秦风、陈风、桧风、曹风、豳风，称十五国风，160篇。大抵是周初至春秋中叶的“民俗歌谣之诗”。风诗中有许多描写男女爱情的诗，但不涉于淫荡，符合儒家的礼义道德，所以是“好色而不淫”。

“小雅”也是《诗经》的组成部分，共74篇。大抵产生于西周后期和东周初期。作者多属于统治阶级，其中也有一些民间作品。雅诗中有一部分指斥朝政缺失、反映丧乱的“刺诗”，也揭露统治阶级的罪行和怨刺上政，但均“止乎礼义”，不直切激烈，“怨而不怒”，所以是“怨诽而不乱”。

屈原的诗作《离骚》，内容上抒写作者心中愤懑不平之情，艺术上文约辞微，善于通过微小事物的描绘，以小见大，以近喻远，表达了深远宏大的思想意旨。所以司马迁从儒家传统的诗教出发，认为《离骚》兼具国风和小雅两者之美，对其艺术造诣给予了高度评价。

277 其文约，其辞微，其志洁，其行廉，其称文小而其指极大，举类迩而见义远。

【注释】

选自汉·司马迁《史记·屈原贾生列传》。

约：文字简约。微：隐微。洁：高洁。廉：正直。指：通“旨”，意义，意图。举类：列举类似的事物。迩：近。

【赏析】

司马迁在《史记·屈原贾生列传》中，由文到人，对屈原的作品和人格给予了高度评价。他说：

“其文约，其辞微，其志洁，其行廉，其称文小而其指极大，举类迩而见义远。”

意思是：（《离骚》）文辞简练，描写生动。志向高洁，品行廉正，艺术上善于通过微小事物的描绘，以小见大，以近喻远，表达了深远宏大的思想旨意。

《离骚》是中国文学史上第一首抒情长诗，政治上、内容上，它“上称帝喾，下道齐桓，中述汤武，以刺世事，明道德之广崇，治乱之条贯”，所以最为司马迁所看重。司马迁又认为，《离骚》兼有《国风》《小雅》之长，“好色而不淫”“怨诽而不乱”，其价值超过《诗经》。

从屈原的作品出发，论及屈原的创作和为人，司马迁称赞道：“其文约，其辞微，其志洁，其行廉，其称文小而其指极大，举类迩而见义远。”认为《离骚》文辞简练，描写生动。作者志向高洁，品行廉正，善于通过小事物的描绘，以小见大，以近喻远，表达了深远宏大的思想旨意。这里，司马迁特别强调屈原“志洁”“行廉”的品行节操。事实上，正是因为屈原志趣高洁，所以喜用芳草、美人等美好事物寄托自己的理想，形成了独特的创作风格；正是因为屈原行为正直，所以作品中充满了毫不妥协的战斗精神；也正是因为屈原“志洁”“行廉”，所以他才能出污泥而不染。他的思想、品德、情操，才能像日月的光芒一样普照寰宇，成为鼓舞人们为真理而献身的巨大精神力量。

司马迁对屈原作品及为人的论述，涉及做人和作文的关系，表明司马迁已经意识到，一个人的世界观对文学创作的重要作用，这构成了司马迁文学思想的核心。

278 “狡兔死，良狗烹；高鸟尽，良弓藏；敌国破，谋臣亡。”天下已定，我固当烹。

【注释】

选自汉·司马迁《史记·淮阴侯列传》。

藏：收藏。

【赏析】

韩信是西汉第一大功臣，他离开项羽，效力刘邦后，从定策汉中，俘虏魏王，生擒夏说，诛杀成安君，破赵胁燕，到东平国，南灭楚，无往而不胜，展现出了过人的军事才能。在楚汉相争的关键时刻，他拒绝蒯通劝其自立、三分天下之策，不肯背弃汉王。垓下一战，他指挥30万大军，一举全歼项羽，赢得了楚汉战争的决定性胜利。这些盖世奇功，独一无二。其功劳之大，已经无赏可领了。

然而功高震主，项羽刚灭，刘邦便以突然袭击的方式，驰入韩信军中，收了他的兵权，由齐王贬为楚王。接着，刘邦又以韩信谋反为由，采用陈平之计，到南方楚地巡视，将其拘捕锁绑起来。直到这时，韩信才有所醒悟，感叹地说：

“‘狡兔死，良狗烹；高鸟尽，良弓藏；敌国破，谋臣亡。’天下已定，我固当烹。”

意思是：狡黠的兔子死了，猎狗就要被烹杀；高飞的鸟没了，良弓就要收藏起来；敌国已经消灭了，谋臣就要被诛杀。天下已经平定，我自然当被烹煮。

韩信是中国古代历史上杰出的军事家，其用兵多多益善，灵活多变。刘邦的大半个江山，都是靠韩信打下来的。刘邦发自内心地说：“连百万之军，战必胜，攻必取，吾不如韩信。”（《高祖本纪》），并称之为“人杰”。

然而韩信的结局却是悲剧性的。汉初三大军事功臣韩信、彭越和黥布，都以谋反罪被夷三族。其中功劳最大的韩信，是第一个遭擒拿，第一个被解除军权的人。

这一次，刘邦没有杀韩信。车驾到雒阳后，刘邦赦免了韩信，再次贬官，降为淮阴侯。但是不久，韩信又陷“叛逆”之罪，被吕后和萧何设计骗入宫中，秘密斩杀于长乐宫悬钟室。

这一句连用两个譬喻，比喻封建社会统治者一旦功业成就，便忘恩负义，诛杀功臣和贤能之士的行为。司马迁在《史记》中，两次用到这句话：一次是越国谋臣范蠡给大夫文种的信，劝文种功成身退，离开越王勾践，以避免杀身之祸；一次便是这次韩信被刘邦以巡狩之计逮捕。无论是范蠡用以揭示勾践为人的本性，还是韩信用以宣泄对刘邦诛杀功臣的不满和谴责，都表达得极为恰切，极为深刻。

279 夫运筹策帷帐之中，决胜于千里之外，吾不如子房；镇国家，抚百姓，给馈饷，不绝粮道，吾不如萧何；连百万之军，战必胜，攻必取，吾不如韩信。此三者，皆人杰也，吾能用之，此吾所以取天下也。

【注释】

选自汉·司马迁《史记·高祖本纪》。

运：运用，进行。筹策：古代计数的筹码。引申为计谋策划。筹，谋划、策划。帷帐：军用帐幕。千里之外：指前方战场。馈饷：粮饷。子房：张良，字子房。人杰：人中的豪杰。

【赏析】

在楚汉相争的角逐中，刘邦之所以能够最后胜出，贵为天子，与他的知人善任和虚心纳谏是分不开的。一次，在洛阳南宫宴请群臣，刘邦问诸大臣："我之所以能取得天下，原因是什么？项氏之所以失去天下，原因又是什么？"

高起、王陵回答说："陛下为人傲慢，喜欢轻视戏弄别人，项羽为人仁厚，而且爱护别人。但是，陛下派人去攻城略地，能把他们所降服的地区封给他们，说明陛下能与天下人共享其利，拥有大的美德。而项羽妒贤嫉能，谁有功劳，就设法加害谁，谁有贤才，就猜疑谁。部下作战胜利，得不到封赏，自己得了土地，也不给别人一点利益。所以必然失去天下。”

刘邦说：“看来，你们是只知其一，不知其二。”他自己总结战胜项羽，取得天下的成功经验是：

“夫运筹策帷帐之中，决胜于千里之外，吾不如子房；镇国家，抚百姓，给馈饷，不绝粮道，吾不如萧何；连百万之军，战必胜，攻必取，吾不如韩信。此三者，皆人杰也，吾能用之，此吾所以取天下也。”

意思是：要说运筹帷幄之中，决胜千里之外，我不如张良。要说镇守国家，安抚百姓，运送军粮，我不如萧何。要论统领百万大军，战必胜，攻必克，我不如韩信。这三个人都是人中豪杰，而我却能任用他们，这才是我取得天下的根本原因。

刘邦自己的才能并不突出，但能够知人善任，虚心纳谏，博采众长，所以能够在斗争中迅速发展壮大起来。知人善任的前提是他“常有大度”，平易近人，善于听取不同意见。例如他率先攻入咸阳后，想立即搬进秦宫去享受，但一经樊哙劝说，便打消了这个念头。这对他后来在项羽面前表白自己没有野心，顺利地从鸿门宴上脱险，起了至关重要的作用。

刘邦能够正确看待自己，知道自己的缺点和不足，所以能够看到别人的长处，自觉地以他人之长，补己之短。因此，善于运筹帷幄、决胜千里的张良，能够镇守国家、保证粮草供给的萧何，攻无不克、百战胜敌的韩信，都能为他所用，充分发挥其才干，集众力为一股，所以在垓下之战中，一战定乾坤，给了项羽毁灭性的打击。

反观项羽，嫉贤妒能，徒逞匹夫之勇，既凶狠残暴，又善良不忍；既刚愎自用，又轻信多疑；既暴烈急躁，又优柔寡断。刘邦打天下的主要功臣，如陈平、韩信、彭越、英布等等，都曾是他的部下，但无一例外地都离他归汉，为刘邦所用。连仅有的一位谋臣范增，也被他抛弃赶走。两相比较，孰胜孰负，其答案不言自明了。

280 一沐三握发，一饭三吐哺，起以待士，犹恐失天下之贤人。

【注释】

选自汉·司马迁《史记·鲁周公世家》。

沐：洗头发。捉发：提起头发。吐哺：吐出口中咀嚼的食物。

【赏析】

周公是周文王的第四子，周武王的弟弟。曾经辅助武王剪灭商纣王，建立周朝。周建立两年后，武王病逝，其子成王尚在襁褓之中，周公担心天下叛乱，就代行王权，主持治理国家。周公摄政期间，为了新建王朝的长治久安，兢兢业业，待人谦卑，唯恐失掉天下贤人。所以司马迁在《史记·鲁周公世家》中引周公的话说：

“一沐三握发，一饭三吐哺，起以待士，犹恐失天下之贤

人。”

意思是：我洗一次头常三次提起头发，吃一顿饭常三次吐出食物，频频接待来访的客人，唯恐失礼，失去天下贤能之士。

周公礼贤下士，尊重人才的人格精神，受到孔孟儒家学派的大力推崇，被尊为一代圣人。

周公摄政期间，成王的三个叔叔，管叔、蔡叔、霍叔阴谋陷害周公，诬蔑周公篡权。周公于是避居于都城之东，不问政事。后来，成王明白了真相，悔而迎回周公。管叔、蔡叔、霍叔惧怕周公报复，便挟持商纣王之子武庚公开反叛。周公奉成王之命东征，杀掉管叔，处死武庚，流放蔡叔，平息了叛乱。这次平叛意义十分重大，不仅巩固了文王、武王开创的基业，还开创了历史上有名的成周盛世。

待成王长大成人，周公便还政于成王，自己回到臣子的位子上，恭敬谨慎地辅佐成王。当时，周朝的官制和各级组织还没有制度化，周公又领导制订了成周时代的礼乐文化制度。所以，儒家思想的创始人孔子认定周公是两周文明的缔造者，对周公无限钦慕。周公的言行成为古代政治家的一种美德，受到后人景仰。后世一些有志向的政治家，也以周公的勤政精神勉励自己。三国魏曹操《短歌行》中有“山不厌高，海不厌深；周公吐哺，天下归心”的诗句，就是以学习周公吐哺的精神，抒发自己思贤若渴的心情。

281 天下熙熙，皆为利来；天下攘攘，皆为利往。

【注释】

选自汉·司马迁《史记·货殖列传》。

熙熙攘攘：人来人往、喧闹纷杂的样子。壤，通“攘”。

【赏析】

司马迁的《货殖列传》一文，针对当时重农抑商的时弊，着重阐述了重商主义的经济思想。司马迁认为，追求财富和“与王者同乐”的物质生活是人的一种自然属性，天赋本质。他说：

“天下熙熙，皆为利来；天下壤壤，皆为利往。”

意思是：普天下人来人往，都是为了追求利益；普天下人们喧闹纷杂，都是为了寻求财富。

司马迁认为，财富能使人避免贫困，过上舒适的生活，所以人们的各种活动，都可归结为为了获得财富，“富者，人之情性，所不学而俱欲者也”。同时，经济的发展和人民贫富的状况，影响和决定着社会的风尚和文明程度。只有当人民生活富裕了，才会有更多的精神文化追求，人们的思想境界、品德节操才会进一步提高，“衣食足而知荣辱，礼生于有而废于无”，社会秩序才能真正趋于稳定和和谐。

在社会政治生活中，财富发挥着不容忽视的影响和作用：它可以给社会关系染上各种不同的色彩，可以改善人们在社会关系里的位置。政治上，由于拥有令人羡慕的财富，出现了“千金之子不死于市”的现象，乌氏县（秦县名，县治在今宁夏固原市东南）一个从事畜牧的名叫倮的人，因为财富而得以侧身于“列臣”之间，而巴郡（秦郡名，郡治在今重庆市江北区）一个经营朱砂矿的寡妇清也因为财富而得到了“礼抗万乘”的优遇。此外，孔子学说能够扬名天下、流芳于世，也是因为得到了商人学生子贡的财富支持。所以，人们追求财富是好事，不是坏事，不但不应该加以拦阻，还应当给以鼓励和帮助。任何人都须有自己获得财富的本领，而一个只要有才能的人专心努力地去工作，就一定能够创造和积累财源。

司马迁大胆地否定了视商业为社会末业的习惯看法，创造性地提出了重商主义，并从此观点出发，提出了一种与传统思想相反的新见解，指出商人不仅于社会无害，而且扮演着人类经济社会中必不可少的重要角色。商人的活动同农、工的活动一样，都是财富的源泉。虽然商业不能直接创造财富，但它可以有力地促进财富的积累和创造。商业发展了，商品生产也会跟着发展。相应的，作为交换手段和价值尺度的货币，自然会以同样的幅度增多。大量的货币装进了人们的腰包，从重商主义观点看，就是社会财富增加了。

〖杨　恽〗

杨恽（？—前54），字子幼。西汉华阴(今属陕西)人。汉昭帝时丞相杨敞的次子，司马迁外孙。宣帝时，初为郎，补常侍骑。有才干，喜结交英俊文士，名显朝廷。因告发霍光的子孙谋废宣帝有功，封平通侯，旋迁中郎将，直至郎中令。任职期间，任用贤能，崇法尚令，革除积弊，令行禁止。为人坦率，刚直无私，秉性傲岸，自矜节行，好“揭人阴私”，招来许多怨恨和嫉妒。后遭皇帝近臣太仆戴长乐上告，称杨恽出言不敬，诽谤朝廷而被贬为庶人。杨恽失爵后，闲居在家，郁郁不平，在给友人孙会宗的信中，大发牢骚。期间，发生日食，有人上书诬告是因杨恽“骄奢不悔过”所致，被宣帝下狱，并搜出写给孙会宗的信。因信中多怨望之语，以大逆不道罪腰斩于市。今存诗歌一首。

282 田家作苦，岁时伏腊，烹羊炰羔，斗酒自劳。家本秦也，能为秦声；妇赵女也，雅善鼓瑟。奴婢歌者数人，酒后耳热，仰天抚缶而呼呜呜。

【注释】

选自汉·杨恽《报孙会宗书》。

田家：农家。作苦：辛苦劳作。岁时：一年四季。伏腊：古代进行祭祀活动的两个节日。伏，伏日。夏至后第三个庚日叫初伏，天极热时。古代伏祭在这一天。腊，腊日。冬至后第三个戌日，天极冷时。古代腊祭在这一天。炰(páo)羔：烤小羊。炰，裹起来烧烤。斗：古代的酒器。自劳：慰劳自己。秦：指今陕西一带，战国时为秦地。杨恽是华阴人，故云。

雅：甚。拊(fǔ)：击，拍。缶(fǒu)：一种瓦器，秦人用来作为乐器，唱歌时按节奏敲击。呜呜：唱歌的声音。

【赏析】

杨恽是汉昭帝时丞相杨敞的次子，司马迁的外孙，因揭露霍光的子孙谋废宣帝有功，封为平通侯，旋迁中郎将。后被太仆戴长乐诬告获罪，贬为庶人。杨恽闲居后广治产业，起居室，务农经商，不拘礼法，歌舞自娱，引起朝臣非议。杨恽的朋友孙会宗为此深感不安，写信告诫他：大臣废退，应当谨慎自守，闭门惶恐，而不应该广治产业，通宾客。

杨恽本来就对自己获罪不服，于是写了这封《报孙会宗书》回复，并在信中中倾诉了自己的怨望与委屈。他称自己：

“田家作苦，岁时伏腊，烹羊炰羔，斗酒自劳。家本秦也，能为秦声；妇赵女也，雅善鼓瑟。奴婢歌者数人，酒后耳热，仰天抚缶而呼呜呜。”

意思是：农家种田很辛苦，每年便在伏祭和腊祭时，煮羊肉，烤羊羔，自斟自饮慰劳自己。家在秦地，能唱秦声；夫人是赵女，善鼓琴瑟。与几个会唱的奴婢一起，在酒酣耳热之际，仰天击缶，以为节拍，大声歌唱。……每日里，拂衣而起，长袖飘飘，顿足起舞，确实荒淫无度，不知道有什么不可以的！

杨恽是一个志存高远、傲岸不羁、“轻财仗义”，非常有个性的人，总想按照自己的本性生活。他遭贬后，退而以小人自况，宁愿做个农夫，灌园治产，为国家交粮纳税，不再过问世事。没想到又遭到朝臣们的非议，这令他深感不解和愤懑。于是任性使气，蔑视礼法，张扬个性。其内心的反问是：田家作苦，斗酒自慰，有何不可？家本秦地，能为秦声，又有何碍？自家妻子，善为赵舞，此又何妨？

杨恽率性而为，不拘礼法的情态，表现出了对不公正命运的宣泄和反抗，但采用的是曲折、婉曲的方式。杨恽认为，自己罢官在家，不应再受朝廷礼法约束；自己在家中娱乐，酒酣耳热，狂舞高歌，合乎天理人情，“圣人弗禁”，世人有什么理由来进行指责呢！所以，每日里拂衣而起，长袖飘飘，顿足起舞，确实荒淫无度，但不知道有什么不可以的！

这一段描写家庭娱乐，是信中最为精彩的地方。它流露出了一种幽怨、沉重、愤激的情绪，也刻画除了一个不顾世俗议论，大胆抗争的封建士人形象。后来，魏晋名士放浪形骸的做法，都能从杨恽身上找到影子。

杨恽留下了这篇脍炙人口、流传千古的《报孙会宗书》，同时也因此而触怒皇帝，被腰斩于长安。杨恽的悲剧，在中国漫长的封建专制社会中具有普遍性。自杨恽之后，历代因文字狱而遭杀身之祸的知识分子，数不胜数，可悲可叹。

〖扬　雄〗

扬雄（前53—后18）西汉思想家、文学家。又作杨雄，字子云，蜀郡成都（今四川成都）人。从小好学深思，敏于文笔，因口吃不能畅谈。中年至京师向成帝呈献《甘泉》《羽猎》等赋，任为郎，给事黄门。新莽时，校书天禄阁，为大中大夫。曾因事牵连，投阁自杀，几死，后任大夫。

早年善辞赋，与司马相如齐名，好写体物大赋。晚年认为大赋“劝百讽一”，于世无补，斥之为“童子雕虫篆刻”，遂不复作。然而亦常写些抒情言志小赋，如《解嘲》《逐贫赋》《酒箴》等，影响深远。

潜心著述，强调文章明道、征圣、宗经，写有《太玄》《法言》等。面对纷争的现实世界，主张以儒家思想定是非，“万物纷错，则悬诸天；众言淆乱，则折诸圣”。他推崇屈原，“悲其文，读之未尝不流涕也”；但又批评屈原以死抗争的行为，表现出儒家思想的局限性。

著有《法言》《太玄》，另有《文集》五卷，已佚。明人辑有《扬子云集》。

283 故言，心声也；书，心画也；声画形，而君子小人见矣。

【注释】

选自汉·扬雄《法言·问神》。

言：语言。书：文字。形：表现出来。

【赏析】

扬雄是西汉末年的儒学思想家，又是著名的辞赋家。《法言》一书是他模仿孔子《论语》写的哲学著作，其中包含了他的文学理论观点。他在《法言·问神》一篇中，提出了文学艺

术作品能够反映作者思想感情和品德修养的观点。他说：

“故言，心声也；书，心画也；声画形，而君子小人见矣。”

意思是：语言反映作家内在的思想感情，文字反映作家的精神面貌；从中可以看出诗人内心世界和精神品格的高下，判断出是君子还是小人。

扬雄认为，人的语言和作品是思想感情的表现，从中可以看出人的内心世界和精神面貌。后世的许多诗人、诗论家都继承和发扬了这种观点。唐代诗人白居易《读张籍古乐府》说：“言者心之苗，行者文之根。所以读君诗，亦知君为人。”明代宋濂在《林伯恭诗序》中也说：“诗，心之声也。声因于气，皆随其人而著形焉。”人们据此总结为文如其人。

但是，文如其人必须诗文首先具有真实性，失去这个前提便难于成立。因为并非所有的作品都能正面反映作者的思想品格。也就是说，作品的思想境界与作者的精神品格不一定成正相关系。

到了金代，元好问对扬雄的这一观点提出了质疑。他在《论诗三十首》之六中说：“心画心声总失真，文章宁复见为人。高情千古闲居赋，争信安仁拜路尘。”他以潘岳为例，说明评论作品不能光看文章，还要看其为人，是不是言行一致、表里如一。一旦作品失真，言行不一，就不能真实反映作者的思想感情。潘岳是西晋诗人，与陆机齐名，名重一时，所作诗赋，文辞华丽，造诣颇高。他在《闲居赋》中说，“身齐逸民，名缀下士”，“仰众妙而绝思，终优游以养拙”，把自己描绘成一个恬淡高洁，与世无争，忘怀功名利禄的人，可谓

"高情千古"了。实际上却热衷名利，趋炎附势，谄事贾谧，"每候其出，辄望尘而拜"，人格十分卑下。

因此，元好问指出，仅仅以言取人，以言废人，往往失真，是不可靠的。孔子说过，"有德者必有言，有言者不必有德"（《论语·宪问》）。老子也说过，"信言不美，美言不信"（《老子》）。所以，元好问指出，理解和评论作家作品，一定要"知人论世"，才能有较为客观和准确的评价。这一见解无疑比"文如其人"更贴近作家的创作实际，更能全面和准确地把握作家和作品之间的关系。

明代诗论家都穆在《南濠诗话》中，也对扬雄的观点提出了批评："扬子云曰：'言，心声也；书，心画也。'盖谓观言与书，可以知人之邪正也。然世之偏人曲士，其言其字，未必皆偏曲，则言与书又似不足以观人者。元遗山（元好问）诗云：'心画心声总失真，文章宁复见为人。高情千古闲居赋，争信安仁拜路尘。'有识者之论固如此。"

284 诗人之赋丽以则，辞人之赋丽以淫。

【注释】

选自汉·扬雄《法言·吾子》。

赋：一种文体。丽：华丽。以：而。则：法度。指符合儒家的标准。淫：泛滥，夸大。指过多的藻饰。

【赏析】

扬雄早年热心于汉赋的创作，后来思想有了很大转变，用儒家的眼光批判了自己，也批判了当时流行的辞赋。铺陈事物，雕绘辞彩，是汉赋的艺术特征。所以，作者虽有讽喻之义，而读者却往往买椟还珠，欣赏的只是它侈丽闳衍的辞藻。汉代王充《论衡·谴告》说："孝成皇帝好广宫室，杨子云上《甘泉颂》，妙称神怪，若曰非人力所能为，鬼神力乃可成。皇帝不觉，为之不止。"可见欲讽反谀。扬雄自己对此也深有体会，所以反戈一击，指出赋"辞胜事"的缺点。同时在《法言·吾子》中，提出了关于楚之骚赋和汉代辞赋表达的观点：

"诗人之赋丽以则，辞人之赋丽以淫。"

意思是：诗人创作的辞赋词采富丽但符合儒家的标准，辞赋家创作的辞赋词采富丽但流于过多的藻绘。

诗人之赋，指屈原的骚赋（汉人亦称楚辞为赋）。屈原曾称自己的作品为诗。

扬雄称屈原的赋为诗人之赋，是指屈原的赋符合《诗经》的写作精神，即刘安所谓"国风好色而不淫，小雅怨诽而不乱，若《离骚》者，可谓兼之"的意思。扬雄说它"体同诗雅"，有教化作用。辞人之赋指"景差、唐勒、宋玉、枚乘之赋"，即宋玉之类的赋和枚乘、司马相如的散体大赋。刘歆《七略》云："其后，宋玉、唐勒，汉兴，枚乘、司马相如，下及扬子云，竟为侈丽闳衍之词，没其风谕之义。"这两种赋体共同的艺术特点是词采富丽。

"诗人之赋"与"辞人之赋"的区别在于，前者是"丽以则"，后者是"丽以淫"。则，指符合儒家教化的法则，文质相称，有助于讽谏的目的；淫，指过多的藻绘，文辞华艳，形式靡丽，内容失去讽谏的旨归。扬雄认为，屈原的楚辞辞采华茂，合乎儒家的标准，可为法则；而枚乘、司马相如的汉大赋“极靡丽之辞”，铺张过分，无补于讽谏劝谕，“非法度所存”。扬雄晚年对“丽以淫”的汉大赋极为不满，不仅理论上加以挞伐，也进行自我批评，表示不再作这样的大赋。

扬雄首次将屈原的骚赋和汉大赋加以区别，指出其体制、内容、艺术上的差异，符合创作的实际情况，在当时是有进步意义的，对后来的文学创作和文学批评也产生了深远影响。但是，扬雄将宋玉、贾谊二人归入辞人之赋，则有失偏颇。

〖毛诗序〗

秦焚书之后，汉代传授《诗经》的有鲁、齐、韩、毛四家，前三家已失传，仅存毛亨、毛苌一家。毛氏所传的《诗经》，各篇均有小序，文字很短。但在首篇《关雎》一诗的下面，有一长段论诗的文字，称为“诗大序”。“小序”“大序”合称《毛诗序》。

《毛诗序》作者根据孔门弟子的分类，总结了先秦以来诗歌创作的经验，进一步发展了“诗言志”说，提出了诗的“六义”说，对诗歌的性质、特点和社会作用，以及体裁、表现手法等，作了比较完整的阐述。

285 诗者，志之所之也。在心为志，发言为

诗，情动于中而形于言。

【注释】

选自汉代《毛诗序·大序》。

所之：所到，所适。发：抒发。中：内心。

【赏析】

《毛诗序·大序》肯定诗歌言志抒情的特征，他对什么是诗歌有非常中肯而精当的诠释。

“诗者，志之所之也。在心为志，发言为诗。情动于中而形于言。”

意思是：诗歌是思想感情驰骋的地方，萌动于心中为志，抒发出来为诗。心中情感激荡，因而形诸文字表达出来。

《毛诗序·大序》认为，诗歌是思想感情驰骋的地方，萌动于心中为志，抒发出来为诗。心中情感激荡不已，因而诉诸文字表达出来。这句话中，既说“在心为志”，又说“情动于中”，看到了诗歌言志与抒情二者之间的有机联系，具有理论上的重大意义。因为它在传统“诗言志”的基础上，第一次鲜明地强调了诗歌的抒情性，在诗歌创作与诗歌理论的发展史上，起着承先启后的作用。

晋代陆机《文赋》说：“诗缘情而绮靡，赋体物而浏亮。”南朝梁刘勰《文心雕龙·明诗》说：“诗者，持也，持人情性。”南朝梁钟嵘《诗品序》说：“至乎吟咏情性，亦何贵于用事？”唐代诗人白居易在《与元九书》中说：“诗者，根情、苗言、华声、实义。”这些强调诗歌情感抒发的观点，都是对《毛诗序》诗歌言志抒情说的继承和发展，对中国诗歌的健康发展产生了积极影响。

286 上以风化下，下以风刺上，主文而谲谏，言之者无罪，闻之者足以戒。

【注释】

选自汉代《毛诗序·大序》。

主文：指与音乐的宫商（音阶）相应，以使诗歌富于文采。南宋朱熹解释说：主于文辞而托之以谏。谲谏：用曲折隐约的言辞婉转地劝谏，而不直言君主的过失。谏，劝谏。

【赏析】

古代儒家要求诗歌为政治教化服务，既要对政治得失给予劝诫，讽刺上政，改善政治。又要委婉曲折，不能说得太直接，太过火。在对《诗经》创作特点进行概括时，《诗大序》总结说：

“上以风化下，下以风刺上，主文而谲谏，言之者无罪，闻之者足以戒。”

意思是：国君用风诗教化民众，民众用风诗谏劝国君，用富于文采的诗隐约地劝谏，说的人无罪，听的人应引起足够的警惕。

这是儒家对诗歌创作在思想和艺术上提出的要求。唐代孔颖达《毛诗正义》说：“其作诗也，本心主意，使合于宫商相

应之文，播之于乐。而依违谲谏，不直言君之过失，故言之者无罪，人君不怒其作主而罪戮之，闻之者足以自诫，人君自知其过而悔之。”也就是说，诗歌创作要以含蓄的言词，比兴的手法，委婉曲折地表达对统治者的批评，使统治者既能接受意见，“自知其过而悔之”，又不致发怒，罪戮谏言者，从而达到言者无罪，闻者足戒的效果。

这种诗歌创作理论与孔子提出的温柔敦厚的诗教思想是一致的，反映了统治阶级对文学的要求，强调诗歌的教育感染作用，以达到安邦治国的目的。但一些进步诗人、诗论家常常以“主文而谲谏”为武器，反对浮华的形式主义诗风，要求诗歌创作积极反映现实生活，揭露人间的痛苦和不平，同时要求诗歌富有内涵，含蓄蕴藉，促进了中国古代诗歌注重内在美的艺术倾向。

〖王　充〗

王充（27—约97），字仲任，会稽上虞(今浙江上虞)人。东汉唯物主义思想家、文学家。出身“细族孤门”，先祖因从军有功，受封于会稽郡阳亭，后失去封爵。祖父因躲避仇家，携家徙居钱塘(今杭州市)。父亲王诵亦因与钱塘豪门结怨，再徙浙江上虞定居。早年赴洛阳太学求学，从著名史学家、古文经学家班彪学习。“好博览而不守章句，家贫无书，常游洛阳市肆，阅所卖书，一见辄能诵忆，遂博通众流百家之言”（《后汉书·王充传》）。曾担任上虞县功曹，会稽郡都尉府掾功曹，郡太守五官功曹从事（五官掾）等职，因政见不合，被废退穷居，以教书为业。

汉章帝元和三年（公元86年），年届花甲的王充应刺史董勤之召，到州里任治中（州刺史的助理）。章和二年（公元88年），王充罢州家居。经友人谢夷吾上书朝廷推荐，章帝“特诏公车征，病，不行”。晚景凄苦，“贫无供养，志不娱快”，处境艰难，唯以著书为事。

有《论衡》三十卷传世。主要阐明唯物主义自然观、认识论、历史观，对东汉前期盛行的谶纬鬼神之说予以了有力的抨击。主张文为世用，反对当时“华而不实，伪而不真”的文风，在文学批评史上有重要地位。《论衡》语言浅显通俗，接近口语，一反古奥艰深的复古风气，在汉代散文中独具特色。

287 美色不同面，皆佳于目；悲音不共声，皆快于耳。

【注释】

选自汉·王充《论衡·自纪》。

佳于目：眼睛看起来很舒服。悲：动听。快于耳：听起来很动人。

【赏析】

《论衡·自纪》是王充晚年写成的自传，记述了自己的家世、生平、思想性格以及对当时社会现象的看法，阐述了写作

《论衡》的目的，是王充一生思想言行的总结。所以《自纪》也可以视作《论衡》的总序。王充生活在东汉初期，正是天人感应、谶纬符命等迷信思潮泛滥之时，他继承荀子、桓谭等人的唯物主义思想，对当时虚妄荒诞的迷信思潮进行挞伐，产生了巨大反响。

《自纪》触及文学理论中诸如文学的性质、功能、内容、形式及创作方法、风格、态度以及语言技巧诸多方面，在谈及文学的创新与模拟时，他特别强调了文学的特性：

“美色不同面，皆佳于目；悲音不共声，皆快于耳。”

意思是：美女的长相不同，在人们眼里都是美的；动听的乐音声调不同，听起来都是悦耳的。

王充认为，文学作品的特色在于各具个性和风格。这种个性和风格，是作家个性特征在作品中凝聚的结果。例如，不同的美女，相貌各异，但在人们眼里都是美的；动听的音乐，声调不同，但都是悦耳的。他还举例说：“百夫之子，不同父母，殊类而生，不必相似，各以所禀，自为佳好。”强调文学的个性特点。

用今天的眼光来看，文学作品的个性特点，实际上就是作家独创性的体现。个性是单个人所独有的，与众不同的特性，它有自己独有的风格、情操、兴趣、思想、感情、心理、情绪、气质、行为、性格、命运等精神特征，而且具有独一无二的表现形态。作家在进行创作时，将自己这种独特的心理特点，融会到作品中去，便显示出自己创造性的个性特征。

王充鼓励文学从内容到形式都应该有所创新，提出“时移世改文必变”的历史发展观，指出文学作品不能脱离现实、盲目崇古，更不能强求一致、生搬硬套。这些主张对汉儒们“天不变，道亦不变”的观点是一大挑战，同时对陈陈相因，模拟成风的汉赋也是一种大胆的批评和矫正。

288 为世用者，百篇无害；不为用者，一章无补。

【注释】

选自汉·王充《论衡·自纪》。

补：益。

【赏析】

东汉初期，绝大部分汉赋堆砌辞藻、典实，仅在篇末“曲终奏雅”，表达一点讽谏之意。王充认为这种“讽一劝百”的创作现象，于世无补，近乎游戏，于是在他的《论衡·自纪》中，提出了新的创作主张。他说：

“为世用者，百篇无害；不为用者，一章无补。”

意思是：（文学）对社会政治有益，一百篇也没害处；对社会政治无益，一篇也是多余的。

东汉初期，华而不实、缺乏真情的汉赋仍然充斥文坛，加之统治者为了巩固自己的统治，极力鼓吹谶纬鬼神之说，也造成空文浮文大量泛滥，于社会政治教化毫无补益。王充认为，“贤圣之兴文也，起事不空为，因书不妄作；作有益于化，化有补于

改”（《对作篇》），重视文学作品的社会作用和教化功能，并强调指出，对社会政治有益的文学作品，一百篇也没有害处；对社会政治无益的作品，一篇也是多余的，将“文为世用”提高到了文学创作第一要义的地位。

为了充分发挥文学的社会教化作用，王充力主内容真实，反对荒诞不经的谶纬迷信之学，倡导“立真伪之平”“辨然否之实”“贵是”“尚然”“疾虚妄”等创作主张，并且身体力行，著述《论衡》。他自己评价说：“《论衡》篇以十数，亦一言也，曰：疾虚妄。”（《佚文篇》）

王充一方面“疾虚妄”，另一方面救偏补弊，提倡“情真、意真、事真、景真”的古代文学传统。在情真、意真、事真的前提下，又提倡适度的艺术夸张，在当时汉大赋和谶纬迷信之学泛滥的文坛上，十分难能可贵。

〖张　衡〗

张衡（78—139），字平子，南阳西鄂（今河南南阳）人。东汉天文学家、文学家、学者。少善属文，17岁入太学，通五经、天文、历算。28岁任南阳太守主簿，安帝时拜为郎中，再迁太史令，累官至尚书。曾作浑天仪和候风地动仪，是世界上最早的测定天体和地震的仪器，在中国古代科学发展史上占有重要地位。著有天文著作《灵宪》《浑天仪图注》《算罔论》等，阐述“浑天说”，提出宇宙无限的观点。在文学方面取得很大成就。著有《二京赋》

（《西京》《东京》合称《二京赋》），铺写京都景象，规模宏大，辞采富丽；形式上仍承袭班固《两都赋》旧制，但加强了讽谏的意旨；另有《思玄赋》《归田赋》等小赋，形式短小，文辞清丽，开东汉抒情小赋的先声；诗歌方面，有《同声歌》《四愁诗》等，在五、七言诗初创时期具有一定地位。

原有集，已散佚。明人辑有《张河间集》。

289 仲春令月，时和气清。原隰郁茂，百草滋荣。王雎鼓翼，鸧鹒哀鸣，交颈颉颃，关关嘤嘤。

【注释】

选自汉·张衡《归田赋》。

王雎：鸟名，即《诗经·周南·关雎》篇的雎鸠。鸧鹒(cānggēng)：鸟名，黄莺。颉颃(xiéhàng)：鸟上下飞。关关：王雎鸟的和鸣声。嘤嘤：鸧鹒鸟的和鸣声。

【赏析】

张衡在东汉安帝、顺帝时担任过中央和地方的要职，晚年对宦官专权、朝政腐败感到不满，多次上书揭露弊端，申明正道，但心头总是笼罩着遭谗被祸的阴影。所以写了《归田赋》这篇抒情小赋，抒发心中“归田”的愿望。他满怀真情地描写了归隐的景色：

“仲春令月，时和气清。原隰郁茂，百草滋荣。王雎鼓翼，鸧

鹒哀鸣，交颈颉颃，关关嘤嘤。”

意思是：仲春时节，天气晴朗。原野上花草茂盛，郁郁葱葱。雎鸠鸟鼓翼欲飞，鸧鹒鸟唱着哀怨的歌，一会儿交颈亲热，一会儿上下翻飞，不断发出关关嘤嘤的和鸣声。

这是张衡《归田赋》中，最富有诗意的一段景色描写。他借景抒怀，将春天的气息真切而富有生气地传达了出来，字里行间浸润着一股沁人心脾的清新和芬芳；其中雎鸠、鸧鹒们“交颈颉颃，关关嘤嘤”的可爱情态，是春天里特有的物象，张衡以细腻的笔触、清新的词语，将那动人的一瞬点染、烘托了出来。诗情画意，相生相发，透露出一种浓烈的春的意趣和活力。同时，也令人感悟到一种心灵的净化，在这世外桃源般的归隐图里，有着宁静、平和、生机盎然、尘念了无的精神境界。

实际上，张衡一生并未真正归隐过。然而，他笔下春天的田野景色，却描写得如此美好动人，并由此联想到归隐生活的优雅、闲适和逸乐，也让我们感受到了作者欲脱身官场，远离朝廷，憧憬到大自然明丽幽静的怀抱中实现生命价值的高洁志趣。

与润色鸿业、劝百讽一的汉大赋相比，这篇抒情短赋，从内容、构思、景物描写、抒发情思、审美理想等方面，开创出了一片崭新的境界，标志着东汉末年赋的创作，已经从外向经营演进到了内心抒情上面，并成为汉代及其以后抒情小赋的滥觞。

〖赵 壹〗

赵壹（生卒年不详），字元叔，汉阳西县（今甘肃天水）人。东汉辞赋家、诗人。灵帝光和元年（公元178年）为上计吏入京，为司徒袁逢、羊陟等人所礼重，名动京师。后离京西归，公府十召皆不就，卒于家。代表作《刺世疾邪赋》并诗，对东汉末年政治黑暗、氏族豪强垄断政权、专横肆虐，以及官场中腐朽丑恶的现象进行了大胆揭露和讽刺。其赋语言犀利，感情激烈，风格上变汉赋板滞为疏宕，华丽为通俗，对汉赋的变化和发展作出一定贡献。赋后的两首诗，都是完整的五言诗，反映了当时五言诗艺术上的进步。原有集，已佚。

290 宁饥寒于尧舜之荒岁兮，不饱暖于当今之丰年。乘理虽死而非亡，违义虽生而匪存。

【注释】

选自汉·赵壹《刺世嫉邪赋》。

宁：宁愿。荒岁：荒年。乘理：坚持真理。匪：非，不是。

【赏析】

赵壹生活的桓、灵时代，是汉代历史上最黑暗的时期，统治者横征暴敛，卖官鬻爵，宦官外戚轮番弄权，贿赂公行，欺压百

姓，民不聊生，社会危机四伏。连当时童谣也说："举秀才，不知书；察孝廉，父别居。寒素清白浊如泥，高第良将怯如鸡。"（《抱朴子·审举》）说明政治体制已经腐败不堪了。

出身寒门的赵壹，憎恨昏聩的封建统治者和嚣张跋扈的地主豪强，同情社会底层受压迫的劳动人民，他怀着愤激的心情，作了《刺世嫉邪赋》，以批判当时黑暗的社会政治，表明自己的生活态度：

"宁饥寒于尧舜之荒岁兮，不饱暖于当今之丰年。乘理虽死而非亡，违义虽生而匪存。"

意思是：宁愿在尧舜时期的荒年挨饿受冻，也不愿在当今的丰年吃饱穿暖。坚持真理即使死去却没有消亡，违背正义即使活着也等于死了。

赵壹洁身自好，不同流俗，宁死不屈地追求平等自由的尧舜之世，决不与当权者妥协。他在赋里表明心志说，宁愿在尧舜时期的荒年挨饿受冻，也不愿在当今的丰年吃饱穿暖。坚持真理即使死去却没有消亡，违背正义即使活着也等于死了。他是这样说的，也是这样做的。当时州郡先后十次征聘他，都被他断然拒绝了。他愿意以自己的实际行动，为自己认定的真理去献身。

这句话，爱憎分明，掷地有声，有着不可干犯的凛然正气，不仅表达了对现实社会强烈的批判精神，也为东汉王朝敲响了丧钟。灵帝时，全国爆发了大规模的农民起义——黄巾军起义，之后不久，东汉王朝便在内外交困中，轰然坍塌了。

表现形式上，这篇小赋痛快淋漓，直抒胸臆，一改汉大赋

“劝百讽一”、欲讽反谀的传统，在文学史上独具匠心，从而在文学史上占有了举足轻重的地位。

〖孔　融〗

孔融（153—208），字文举，东汉鲁国（今山东曲阜）人，孔子二十世孙。汉末诗人。“建安七子”之一。幼有异才，博览群书。灵帝时为司徒杨赐掾属，后升任虎贲中郎将。性刚正敢言，不避权势。献帝初，因触忤董卓，出为北海（今山东昌乐县）相，世称孔北海。在郡六年，力兴儒学。后任青州刺史，为袁谭所败，城陷出奔。献帝都许昌时，召为将作大匠（掌管修造宗庙、宫室等土木工程的官），又升任少府（掌管宫中衣、食、财宝的官），再拜太中大夫。不肯苟合随俗，对曹操多讥讽侮慢之辞，遭忌恨，终被杀害。

孔融长于散文，议论锋利，文气劲健。曹丕曾称其文辞“体气高妙”（《典论·论文》），并赞为“扬（雄）班（固）俦也”。

原有集十卷，已散佚。明代张溥辑有《孔少府集》（又名《孔北海集》）。

291 燕君市骏马之骨，非欲以骋道里，乃当以招绝足也。

【注释】

选自汉·孔融《与曹操论盛孝章书》。

市：买。骋道里：奔驰在道路上。当：将。招：招致。绝足：绝尘(行走时足不沾泥)之足，指奔驰得飞快的马。

【赏析】

盛孝章是汉末吴郡太守，因病去官，留居乡里，有很高的名望。建安三、四年间(公元198—199)，孙策逐步平定吴郡与会稽郡，据有江东，因妒其名望，担心不利于自己统治，将其囚禁起来，欲加迫害。孔融与盛孝章交谊深厚，得知情况后，心急如焚。当时曹操挟天子以令诸侯，声威显赫。孔融于是写了这封信给曹操，希望他出面援救盛孝章。为了说服曹操，孔融不但从义和友道方面进行劝说，还申之以利，说：

“燕君市骏马之骨，非欲以骋道里，乃当以招绝足也。”

意思是：燕国国君花千金买骏马的骨头，不是用来驰骋赶路，而是用以招揽真正的千里马啊！

孔融认为，曹操欲匡复汉室，需要笼络天下士人之心，广揽贤才。而笼络天下士人之心的一个有效途径，就是援救盛孝章。

据《战国策·燕策》记载：燕国内乱时，齐国乘攻燕，杀死燕王哙，燕几乎灭国。燕昭王即位后，征求郭隗的意见，怎样才能招纳贤才，报仇雪耻？郭隗回答说：古代有个国君，想用千金求购千里马，过了三年也没有买到。有个臣子自告奋勇愿去购买千里马，经过三个月，终于找到了，可是千里马已经死了，这个臣子便用五百金买了千里马的头，带给国君。国君大怒，说："我要的是活马，死马有什么用。"臣子回答说："死马尚且肯花五百金，更何况活马呢？"于是不到一年，三匹千里马就送上门来了。

郭隗接着说："大王如果真想招揽贤才，就先从我开始吧。像我这样的人尚且被任用，何况比我更有才智的人呢？"

于是昭王特为郭隗修建了宫室，并以师礼相待。不久，乐毅（战国时著名军事家）从魏国来了，邹衍（曾著书论述国家盛衰原因，著称当时）从齐国来了，剧辛（有贤才，曾和乐毅合力使燕国富强，并提出攻齐之计）从赵国来了。各国有才干的人都争先恐后来到燕国。在他们的辅佐下，经过28年的努力，燕国强大起来了。于是，燕昭王命乐毅为上将军，联合韩、魏、赵、楚伐齐，一举攻克七十余城，齐国大败，报了齐国伐燕之仇。

曹操本有尊贤爱才之心，见了孔融的书信，便以朝廷的名义，召盛孝章任骑都尉。遗憾的是，诏书到达前，盛孝章已被孙权杀害了。

〖祢　衡〗

祢衡（173—198），字正平，平原般（今山东临邑德平）人。东汉末名士。才茂性直，是汉末文人中难得的人才。为人刚贞不阿，傲岸不羁，不媚权贵，不入俗流。孔融爱其才，将其推荐给曹操，他"自称狂病"，拒不见曹操，并"数有恣言"。曹操不能容，辱为鼓史，他又“裸身而立”，击鼓骂曹。曹操欲杀之，但又不愿承受杀戮名士的恶名，遂转送给荆州牧刘表。刘表爱其才，亦不能容受其侮慢，又转送给江夏太守黄祖。黄祖性情暴烈，在一次大会宾客的场合，祢衡恃才任气，出言不逊，被黄祖杀害。年仅26岁。

292 顺笼槛以俯仰，窥户牖以踟蹰；想昆山之高岳，思邓林之扶疏；顾六翮之残毁，虽奋迅其焉如？

【注释】

选自东汉·祢衡《鹦鹉赋》。

笼槛：笼，鸟笼；槛，关野兽的栅栏式笼子。窥：偷看，偷窥。户牖（yǒu）：门窗。踟蹰（chíchú）：徘徊。昆山：即昆仑山。此处泛指高山。邓林：古代神话传说，夸父追日渴死，丢下手杖化为邓林。此处泛指深密的树林。扶疏：枝叶茂盛。此处形容树林茂密。顾：回头看。翮（hé）：鸟羽。焉如：往哪里去，何往。

【赏析】

祢衡为人性气高傲，行为狂放，不媚权贵，不入流俗。祢衡生命短暂，超群的才志无法施展。所以他在《鹦鹉赋》中，巧妙地以鹦鹉自况，曲折地表达了自己生不逢时的遭遇：

“顺笼槛以俯仰，窥户牖以踟蹰；想昆山之高岳，思邓林之扶

疏；顾六翮之残毁，虽奋迅其焉如？”

意思是：温顺地在笼槛里随人俯仰，偷窥窗外的天地而犹豫徘徊；向往西北故乡的高山，思念那深密自由的树林；回看自己残毁的羽毛，虽想疾飞又能到哪里去呢？

祢衡转到江夏后，与黄祖的儿子黄射友善。一次黄射宴请宾客，有人献了一只色彩斑斓的鹦鹉。黄射希望祢衡为这只鹦鹉写篇文章，祢衡便作了这篇《鹦鹉赋》。

《鹦鹉赋》以物寓意，拟人写鸟，以鸟自况，通过鹦鹉遭难的描写，象征作者自己不幸的身世和人生忧患，亦物亦人，物我相融，不能截然分离。本句中，表现鹦鹉身陷笼槛之中，却时时刻刻向往自由翱翔的“昆山”、“邓林”，表达了思乡念亲的痛苦，亦有志趣难酬的悲叹。更无奈的是，鹦鹉虽欲奋飞而去，然而羽翼残毁，振翅难飞，美好的愿望无法实现。鹦鹉的这种不幸境遇，寓意了作者几经转送，任人摆布，不满现实却又无法挣脱，因而被迫屈心顺从的人生悲剧。这里，所赋之物与所寓之情契合无间，水乳交融，表面上字字在写鹦鹉，本质里处处在写祢衡自己，这就恰当而委婉地抒泄了作者身世坎坷，遭遇不偶，有才无时的怨愤和不平。

《鹦鹉赋》脍炙人口，不仅充分展现了物象之美，而且字里行间激荡着一种动人心魄的精神力量，这在当时和后世都产生了不小的影响。祢衡之后，后世咏鸟托志的赋作不少，如晋代张华的《鷦鷯赋》、唐代高适的《鹘赋》、杜甫的《雕赋》，大都沿袭了《鹦鹉赋》的创作思路。

〖王　粲〗

王粲（177—217），字仲宣，山阳高平（今山东微山）人。汉末诗人。建安七子之一。少有异才，博闻强记，过目成诵。蔡邕自叹弗如，曾倒屣相迎。初平四年（公元193年），17岁时避乱荆州，依刘表15年，未被重用。建安十三年（公元208年），曹操南征刘表。刘表病死后，其子刘琮降曹操，王遂归曹操，颇受器重。初为丞相掾，赐爵关内侯，迁军谋祭酒。入魏，官至侍中。建安二十一年（分元216年），随曹操东征孙权，翌年病死途中。时年41岁。

王粲以诗赋见称，是“建安七子”中文学成就最高、影响最大的作家。南朝梁刘勰《文心雕龙》称其为“七子之冠冕”。诗多悲悯人生、感时伤乱之作，情调凄苦苍凉。《七哀诗·西京乱无象》展示出一幅汉末乱世的凄惨图画，表达了对人民不幸遭遇的深切同情，其中“出门无所见，白骨蔽平原”成为后世传颂的名句。清人方东树评论说：“苍凉悲慨，才力豪健，陈思而下，一人而已”（《昭昧詹言》）。

明人辑有《王侍中集》，存诗20余首，文40余篇。

293 挟清漳之通浦兮，倚曲沮之长洲。背坟衍之广陆兮，临皋隰之沃流。北弥陶牧，西接昭丘。华实蔽野，黍稷盈畴。虽信美而非吾土兮，曾何足以少留！

【注释】

选自汉·王粲《登楼赋》。

挟：带。漳：漳水，发源湖北南漳县蓬莱洞山，东南流经当阳，与沮水汇合，成为沮漳河，流至江陵入长江。通浦：两条河流相通交汇处。浦，大水有小口别通它水叫“浦”。倚：靠。曲沮：弯曲的沮水。沮，水名。源出湖北保康县西南，东南流经当阳，与漳水会合，经江陵县西境入长江。长洲：水边长形的陆地。背：背靠。坟衍：土地高起为坟，广平为衍。广陆：广袤的陆地。临：面临。皋隰：水边的高地和湿地。皋，水边高地。隰，低湿地。沃流：可灌溉土地的流水。沃，美。弥：尽头。陶牧：陶朱公葬地的郊外。春秋时越国的范蠡帮助越王灭吴后隐居陶地（今山东曹县）经商，后称陶朱公。牧，郊外。昭丘：春秋时楚昭王墓，在当阳县郊外。华：同“花”。黍稷：泛指农作物。盈：满，遍布。畴：田野。信美：确实很美。

【赏析】

东汉末年，汉献帝西迁，王粲跟随至长安。因避董卓之乱，又离去长安，南下荆州，投靠了刘表。刘表因王粲体貌短小，未加重用。王粲郁郁不得志，乃登临当阳麦城（今湖北当阳东南）城楼，以消解心中的忧闷。

“挟清漳之通浦兮，倚曲沮之长洲。背坟衍之广陆兮，临皋隰之沃流。北弥陶牧，西接昭丘。华实蔽野，黍稷盈畴。虽信美而非吾土兮，曾何足以少留！”

意思是：（当阳境内）通入长江的清清漳水，倚着曲绕的

长洲流去。背靠着广袤的陆地，面临着湿地的流水。北尽于陶朱公葬地的郊外，西连接着楚昭王的陵墓。花果覆盖着原野，农作物布满了田畴。荆州确实很美，但不是我的故乡，哪里值得我作短暂的停留呢！

汉末初平元年（公元190年），董卓劫持汉献帝和百官西迁长安，王粲父子亦被裹挟而去。长安在董卓的暴虐统治下，朝中人人自危。王粲有感于西京扰乱，于是南下荆州避难。作者长期流落，到处漂泊，历经坎坷，如今寄身刘表处，仍然不得一展才华，因此登楼自遣，谁知却平添了如许惆怅，激起了流离怀乡的愁绪。

然而，作者没有直接以愁写愁，而是用了写乐景的笔触，极尽笔力，描绘眼前景物之美，山川之雄。特别是“华实蔽野，黍稷盈畴”一句，将夏秋之际漳、沮两岸一片丰穰的景象呈现了出来，令人向往。然而作者笔锋一转，叹息说，“虽信美而非吾土兮，曾何足以少留”，语意来了个一百八十度的大转弯，意思说，景色虽美，非我故土，只能激起我久客异乡，寄人篱下的人生感慨，生发出才能搁置、有志难伸的苦闷和彷徨。所以，从字面上看，字字在赞赏斯土之美，实际上却字字浸润着怀乡之情。这种以乐景写哀情的笔法，比一般游子的思乡之情更为深沉和隽永，更能收到“一倍增其哀乐”的效果。

《登楼赋》开了千百年登临抒怀的先河，不仅是王粲辞赋的代表性作品，也是建安时期抒情小赋的代表作。南朝梁刘勰对之评价甚高，赞誉为“魏晋之赋首”（《文心雕龙·诠赋》）。而“仲宣楼”也成了表达离乡怀土之情的文学典故，被人们广泛称用。

后来，建业民谣有“宁饮建业水，不食武昌鱼”一语，喻指武昌再好，但非故乡，所以宁愿只饮建业的水，也不吃武昌的鱼。与王粲“虽信美而非吾土兮，曾何足以少留”句，有异曲同工之妙。

294 昔尼父之在陈兮，有归欤之叹音；钟仪幽而楚奏兮，庄舄显而越吟。人情同于怀土兮，岂穷达而异心！

【注释】

选自汉·王粲《登楼赋》。

尼父之在陈：据《论语·公冶长》载，孔子周游列国，在陈绝粮，叹息道：“归欤!归欤!”尼父，孔子，字仲尼。敬称。“钟仪幽”句：幽，指囚禁。春秋时楚国的钟仪被俘，送到晋国。晋侯知道他是伶人，叫他演奏，钟仪于是奏出楚音。晋侯称赞他说：“乐操土风，不忘旧也。” 庄舄(xì)：越人。据《史记·张仪列传》载，越人庄舄在楚国做了显赫的官，病中思念故乡，发出的仍是越国的乡音。怀土：怀念故乡。穷达：困窘与得志。穷，穷困。达，得志。

【赏析】

汉兴平元年（公元194年），王粲随汉献帝到长安的第二年，董卓部将李傕、郭汜兵乱关中，王粲不得不离开长安，流

落到荆州刘表处避难。在荆州待了十几年，一直未受重用。岁月荏苒，功业无成。因此在当阳登楼纵览时，怀乡之情油然而生，遂写下了这篇精美的《登楼赋》。他说：

“昔尼父之在陈兮，有“归欤”之叹音；钟仪幽而楚奏兮，庄舄显而越吟。人情同于怀土兮，岂穷达而异心！”

意思是：孔子周游列国，在陈国时曾发出“归欤归欤”的感叹；春秋时楚国的乐官钟仪被俘，送到晋国，弹奏的仍然是楚乐；越人庄舄在楚国任高官，生病时发出的呻吟依然是越音。人们思念乡土的情感是一样的，不会因为身处困穷或显达而有所不同。

王粲以古代贤人为例，表明思乡怀土之情，人人相同，不会因为境遇的不同而有所差异。这一点，即使胸怀大志、周游列国的孔子也不例外。一次孔子途径陈国时，绝粮受困，就发出了“归欤!归欤”的感叹，希望尽快回到自己的故乡去（《论语·公冶长》）。春秋时，楚国乐官钟仪为晋所俘，晋侯让他演奏，他弹奏的仍是楚乐。晋侯称赞说：“乐操土风，不忘旧也。”（《左传·成公九年》）越人庄舄到楚国，做了显赫的执珪高官，然而病中思念故乡，发出的呻吟声仍是越国的乡音（《史记·张仪列传》）。

王粲列举这些典故，来抒写自己久客他乡、故土难回的浓郁愁思，读来没有一点牵强的痕迹。他丰腴深厚的思乡之情，已经完全融入典实之中，合二为一了，所以，他能将自己乡情难舍的感伤情调表达得力度饱满，引起读者强烈的共鸣。

魏、蜀

〖曹 丕〗

曹丕（187—226）字子桓，曹操次子，沛国谯（今安徽亳州）人。史称其“八岁能属文，有逸才，遂博贯古今经传诸子百家之书”，又称其“好文学，以著述为务”。汉末建安年间为五官中郎将，丞相副。二十二年（公元217年）立为魏世子。二十五年（公元220年）曹操死，继丞相位，袭爵魏王。同年代汉自立，国号魏。在位七年而卒，死后谥为文帝，史称魏文帝。喜爱并热心提倡文学，强调文学是“经国之大业，不朽之盛事”，对文学独立地位的形成起了积极作用。其诗歌以写情为主，感情真挚，寓意深远。语言明白晓畅，风格清丽婉约。《燕歌行》二首是现存最早的文人七言诗，在诗歌发展史上有重要地位。著《典论·论文》，为中国文学批评史上第一篇广泛论文的文章。他率先提出“文以气为主”，强调作家的气质、个性决定作品的风格。他第一次把文章分为四科八体，首创了文体分类说。

有《文集》23卷，皆散佚。明人辑有《魏文帝集》。

295 文以气为主，气之清浊有体，不可力强而致。

【注释】

选自三国魏·曹丕《典论·论文》。

气：文章的气势。强：勉强。致：达到。

【赏析】

曹丕之前的文学批评，常常只有片言只语，如《论语》中孔子论诗，稍后，或裒辑成篇，如卫宏的《毛诗序》；有的限于一篇一书，如班固的《离骚序》、王逸的《楚辞章句》诸序等。曹丕的《典论·论文》一文，开创了广泛评论当时作家的先例，是一篇很有影响的论文。所以，曹丕的时代，被鲁迅先生称作“文学的自觉时代”，而《典论·论文》这篇文章，则是文学自觉时代中文学批评的自觉表现了。

按照曹丕的观点，文章之体包含本、末两层意思。“本”指“体气”，“末”指体裁。他说：

“文以气为主，气之清浊有体，不可力强而致。”

意思是：文章应以文气为主（本），文气的清浊有自己的体式、根源，不是勉强可以达到的。

曹丕论文，开始关注作家气质与作品风格的关系。他说的“气”，包括两方面内容：一是指作者的气质，如“徐干时有齐气”；二是指作品风格，如“孔融体气高妙”。而本句“文以气为主，气之清浊有体，不可力强而致”中的“气”，则兼指二者，既包含作者的气质因素，也包含作品的风格样式。也就是说，在作者方面，指的是他的气质，而形诸作品，便成为作品的风格了。

曹丕之后，南朝梁刘勰在《文心雕龙·风骨》中提出“才力居中，肇自血气”，并认为“学业在勤”、“素气之养”（《文心雕龙·养气》）；唐代韩愈在《答李翊书》中也论说到“言”与“气”的关系，但韩愈说的“气”，指的是文章的气势，文章的内在力量，并且还提出了气“不可以不养”的

"养气说"。到了宋代，苏辙既承认"文者，气之所行"，又强调"气可以养而致"（《上枢密韩太尉书》）的观点，还进一步提出了养气的途径：一是内心加强修养；二是增强外界阅历。可以看出，上述观点，或多或少都受到曹丕的影响，并且有所发展和深化。

实际上，在曹丕之前，也有论"气"之说，如孟子的"养气说"、张衡的"元气说"，等等，但都不是针对文章而言。孟子所说的"养气"，是指儒家通过修身养性，自觉自主地增强自身的道德情操修养，而张衡讲的"元气"，更是涉及哲学方面的问题了。

以气论文，始于曹丕。曹丕讲的"气"，指的是作家特有的风格表现。这种风格表现，既与作家所处时代的社会习尚、师承关系有关，也与作家的个人素质有关。曹丕在文中强调说："至于引气不齐，巧拙有素，虽在父兄，不能以移子弟"。由此可以判断，曹丕所说的作家个人风格，又以素质为其主要方面。

〖曹　植〗

曹植(192—232)，字子建，沛国谯（今安徽亳州）人。建安时期杰出诗人，与父曹操、兄曹丕并称"三曹"。自幼聪敏好学，才华出众，"每进见难问，应声而对"，深受曹操宠爱，一度欲立为世子。后来曹丕称帝，建立晋朝。曹植受到猜忌和迫害，屡次上书请求任用，未能如愿。“十一年中三徙都”，名为王侯，实类匹夫。曹丕死后，曹丕之子曹睿即位，曹植继续受到猜忌，太和六年（公元232年）二月，徙封陈王后不久便抑郁而死。时年41岁。谥“思”，故后人又称之陈思王。

文学创作上，被尊为“建安之杰”，在诗、赋、散文各种体裁上都卓有建树。其诗脱胎于汉乐府民歌，但更注重语言的加工和提炼。前期作品多抒发建功立业的雄心壮志，暴露社会乱离的真实面貌。后期作品则多反映自己遭受迫害的痛苦。流传下来的作品以五言诗居多，约80首。词采华丽，情感真挚，慷慨动人，且注意对仗、炼字和声色，对后世五言诗的发展产生了较大影响。他的散文能称心而言，富于情致，辞赋则自然流美，颇有成就，其代表名篇为《洛神赋》。

宋人辑有《曹子建集》。

296 其形也，翩若惊鸿，婉若游龙。荣曜秋菊，华茂春松。仿佛兮若轻云之蔽月，飘飖兮若流风之回雪。远而望之，皎若太阳升朝霞；迫而察之，灼若芙蕖出渌波。

【注释】

选自三国魏·曹植《洛神赋》。

翩：轻快飞翔的样子。惊鸿：鸿雁惊飞，比喻美人的体态轻盈。鸿，鸿雁。婉：柔曲。游龙：游动的龙。比喻美人的姿态婀娜。此二句写洛神如惊鸿翩翩，游龙婉婉，体态轻盈。荣曜：繁华光彩。荣，茂盛。曜，照耀。华茂：华美茂盛。轻云：淡云。蔽：遮挡。飘飖：飘动摇曳的样子。流风：旋风。回：旋转。皎：洁白光明。迫：逼近，靠近。察：细看。灼：明丽的样子。芙蕖：荷花。蕖，一本作"蓉"。芙蓉，芙蕖的别名。渌：水清澈的样子。

【赏析】

魏文帝黄初四年（公元223年），曹植入京朝见哥哥，在回封地鄄城时，停留洛水边，夜宿舟中。有感于洛神的传闻，写了这篇名传千古的浪漫主义名篇《洛神赋》。相传古帝宓羲氏的女儿宓妃，溺死于洛水，化为了美丽的女神。《洛神赋》以此为题材，表达作者与女神两相爱慕，一往情深，却因人神道殊，含泪痛别的怨怅情怀。文中以华美的词章、真挚的情感、浓烈的色彩塑造了一个美丽动人、回波含情的洛神形象：

"其形也，翩若惊鸿，婉若游龙。荣曜秋菊，华茂春松。仿佛兮若轻云之蔽月，飘飖兮若流风之回雪。远而望之，皎若太阳升朝霞；迫而察之，灼若芙蕖出渌波。"

意思是：洛神的形象，翩翩移步像惊飞的鸿雁，婉转走来像盘曲的游龙。繁华光彩如秋菊，华美茂盛似青松。恍恍惚惚如轻云遮掩明月，飘飘婉转如流风吹动雪花。远远望去，光亮如朝阳初升满天云霞，走近细看，鲜明如芙蓉探出清澈水波。

这一段对洛水女神形貌的描写，运用了大量鲜亮、华美的事物做譬，进行粗线条、印象式的展现，既不具体，也不完整。比如“翩若惊鸿，婉若游龙”“荣曜秋菊，华茂春松”“若轻云之蔽月”“若太阳升朝霞”“若芙蕖出渌波”几个排喻的连用，从整体上勾画洛神轻盈娴雅的身姿、云蒸霞蔚般的色彩、及动静皆宜的美丽。

显然，这种美丽虚虚幻幻，是可见而不可触摸的。然而正是这种虚幻的美，才更容易激起人们对她的向往和吸引，促使人们调动一切想象，去融炼她光彩照人的神采和明艳娇俏的容颜。实际上，透过惊鸿、游龙、秋菊、春松、轻云、太阳、朝霞这些亮丽的譬喻，一个华美灿烂的女神形象已经开始在人们的脑海中形成了：她衣袂飘飘，如天上舒卷的“轻云”；她轻盈欲举，如风中飞旋的雪花。光亮如朝阳初升云霞满天，鲜明如芙蓉出水绿波荡漾。

接下来，作者详尽地描绘了她的容貌、神情、举止和服饰，犹如给美丽的洛神注入血肉，使之丰满起来，生动起来，立体地活灵活现地呈现在了人们眼前，仿佛触手可及。

这样一个优雅美丽、纯洁多情的女神，千百年来，曾令多少文人骚客、俊男靓女为之心驰神往，读之念之，美之爱之，生出千般遐想、万般怜爱。

然而，描写女神形象，并非自曹植始。战国时期，楚国诗人屈原写过山鬼、湘夫人；宋玉写过巫山神女；到了汉代，司马相如和张衡在其汉赋《上林赋》和《思玄赋》中，还直接描写过洛水女神。曹植继承前人创作的经验、形象、意境，大胆创新，彻底摆脱汉大赋繁重铺写的弊端，凭借自己丰富的想象力，塑造出了这个超越前代、光照千秋的女神形象。

297 秾纤得衷，修短合度。肩若削成，腰如约素。延颈秀项，皓质呈露。芳泽无加，铅华弗御。云髻峨峨，修眉联娟。丹唇外朗，皓齿内鲜。明眸善睐，辅靥承权。瑰姿艳逸，仪静体闲。

【注释】

选自三国魏·曹植《洛神赋》。

“秾纤”句：战国楚宋玉《神女赋》：“振绣衣，被桂裳，秾不短，纤不长。”秾，肥。纤，细小。这里指身材苗条。衷，中。指适中，恰到好处。修：长。指人体高度。合度：合乎限度，即符合人们的审美标准。肩若削成：肩像削的一样，轮廓鲜明而又圆润。腰如约素：腰身细而柔软，像一束绢帛。约，缠束。素，生帛，精白的绢。延颈秀项：颈项秀长。脖子前叫颈，后叫项。延，长。秀，美。皓质呈露：露出白皙的皮肤。皓质，犹言洁白的皮肤。呈，显现。芳泽：芳香的膏脂。无加：不使用。铅华：化妆用的铅粉。《中华古今注》：“自三代以铅为粉。”弗御：不使用。御，进、用。云髻：挽起的发髻蓬松如云。六臣注《文选》吕延济说：“美发如云也。”峨峨：高耸的样子。联娟：细长弯曲的样子。丹：红色。朗：明亮。鲜：鲜亮美丽。明眸：明亮的眼睛。善睐：顾盼生情。善，美好。睐，斜视。辅靥承权：面颊上有美丽的酒窝。酒窝位于颧骨之下，所以叫承颧。靥，酒窝。辅，面颊。权，颧骨。瑰姿：美妙的姿态。艳逸：美艳脱俗。仪：仪态，容止。静：文静。体：体态。闲：娴雅。

【赏析】

《洛神赋》是曹植颇负盛名的浪漫主义名篇，最初名《感鄄赋》，亦名《感甄赋》。鄄通甄，所以有人认为它表现了曹植对甄妃的爱恋和思慕之情。

据《文昭甄皇后传载》：甄氏乃袁绍的儿子袁熙之妻。袁绍被曹操击败后，甄氏成了曹军的俘虏，继而嫁给曹丕为妻。当时曹操忙于他的霸业，曹丕也援有官职，曹植年少，因而得以与甄氏朝夕相处，生出一段情意。曹丕代汉自立后，甄氏被封为甄妃。

甄妃死于魏文帝黄初四年（公元223年）。这一年曹植入京朝见哥哥，得知甄妃死讯。在返回封地鄄城途中，路过洛水，夜宿舟中，恍惚之间，遥见甄妃凌波御风而来。曹植感念万千，文思激荡，写了一篇《感甄赋》。公元234年，明帝曹睿（甄妃之子）继位，遂改为《洛神赋》。

由于此赋影响很大，加之人们感动于曹植与甄氏的恋爱悲剧，古老相传，就把甄妃附会为洛神了。文中，曹植用秾丽的笔触，工笔刻画了洛神美丽姣好的体态和容貌：

“秾纤得衷，修短合度。肩若削成，腰如约素。延颈秀项，皓质呈露。芳泽无加，铅华弗御。云髻峨峨，修眉联娟。丹唇外朗，皓齿内鲜。明眸善睐，辅靥承权。瑰姿艳逸，仪静体闲。”

意思是：洛神胖瘦适中，高矮合乎审美尺度。双肩像刀削一样轮廓鲜明，腰身如束绢一样细软。颈项秀长，露出白皙的皮肤。不用化妆，也不施粉黛。云鬓高耸，眉毛细长而弯曲。

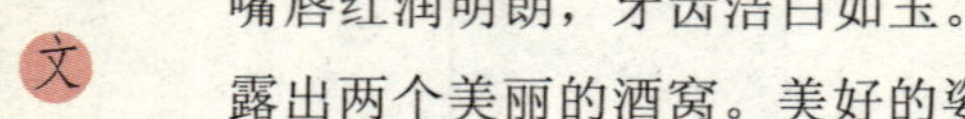

嘴唇红润明朗，牙齿洁白如玉。明亮的眼睛左右顾盼，脸颊上露出两个美丽的酒窝。美好的姿态不同流俗，仪容文静体态娴雅。

这一段，是曹植对洛神形象作了印象式的展现后，对洛神容貌作的细致而具体的描写。她的个子高矮胖瘦适中，肩削腰细，白皙的颈项，高高的云鬟，修长弯曲的眉毛，红唇皓齿，明亮的眸子顾盼生姿，美丽的笑靥令人着迷。体态娴静而优美，不同流俗。显然，这是一个十分理想化的描写。但是，经过这一番精雕细刻、浓施色彩后，一个完美之极的洛水女神便如雕画般明丽而纤毫毕现地呈现在我们眼前，历历如睹。

这种静态的工笔描绘，传神而不呆板；丰富而不单薄，细腻而不烦琐；新鲜而不因袭。因此，她能够逾越以前文学创作中所有的女神形象，具有恒久的生命力和审美价值，历久弥珍，历久弥鲜。

298 人人自谓握灵蛇之珠，家家自谓抱荆山之玉。

【注释】

选自三国魏·曹植《与杨德祖书》。

人人、家家：指当时闻名的诸才子，如王粲、陈琳、徐幹、刘桢等人。灵蛇之珠：传说隋侯见大蛇受伤，用药敷救，后大蛇从江中衔来一颗大宝珠报答（见《淮南子·览冥训》注）。荆山之玉：即“和氏之璧”。春秋时，楚人卞和在荆山中得到一块璞玉，先献给厉王，厉王不识其玉，以欺君之罪断其一足。他又献给武王，武王亦不识其玉，又以欺君之罪断其另一足。卞和于是抱玉痛哭于荆山，后来文王得到这块璞玉，才知是真正的宝玉（见《韩非子·和氏》）。

【赏析】

曹植写给杨德祖（杨修）的这封书信，目的是嘱托杨修对自己所作的辞赋进行刊削点定，同时兼论了当代才人创作的优劣得失。由于曹氏父子雅爱辞章，奖励文学，采取一系列措施网络人才，因此在他们周围聚集了一大批文学之士。曹植充分肯定了他们的创作成绩，赞誉说：

“人人自谓握灵蛇之珠，家家自谓抱荆山之玉。”

意思是：人人都以为自己手中握有灵蛇之珠，家家都认为自己抱有荆山的宝玉。

这里，曹植用“灵蛇之珠”和“荆山之玉”比喻非凡的才能和杰出的文学才华。汉末建安年间，俊才云蒸，诗人辈出，涌现出了王粲、陈琳、徐干、刘桢、应玚、杨修等一大批杰出的代表人物。他们生活在汉末动乱年代，怀抱救时济世的理想，广泛接触动乱的社会现实，因而创作上继承《诗经》、《楚辞》的优良传统，发扬汉乐府“感于哀乐，缘事而发”的现实主义精神，一方面深刻反映社会动乱和民生疾苦，流露出忧国之思和“拯世济物”的宏愿，一方面抒发自己的政治理想与抱负，表达建功立业的雄心，形成一种悲凉慷慨、刚健有力的文学风格。后人将之称为“建安风骨”或“建安风力”。

上述诸子之中，以王粲、刘桢的文学成就最高，特别是王粲，尤为卓特，南朝梁刘勰曾给予他很高评价，誉之为“七子之冠冕”。

曹植自己也是这群文学之士中非常优秀的一员，有“建安之杰”的美誉。所以，曹植以称赏的口吻，盛赞王、陈、徐、刘、应、杨等人，各有擅长，享誉一方。他们个个都以手“握灵蛇之珠”、怀“抱荆山之玉”的高度自信，并驾齐驱，齐集魏都邺城之下，形成了当时彬彬之盛、大备于时的文学繁荣景况。

南朝梁刘勰《文心雕龙·时序》对此评价说：“观其时文，雅好慷慨，良由世积乱离，风衰俗怨，并志深而笔长，故梗概而多气也。”的确，建安文学表现出来的内容充实，感情真挚，情调慷慨悲凉，语言清新刚健的风格，对后代文学产生了深远的影响。

299 有南威之容，乃可以论于淑媛；有龙渊之利，乃可以议于断割。

【注释】

选自三国魏·曹植《与杨德祖书》。

南威：春秋时著名美女。淑媛：贤美的女子。龙渊：古代宝剑名。唐代时，因避高祖李渊讳，改作“龙泉”。

【赏析】

曹植从诗文评论和鉴赏的主体角度，明确提出，具备高度的艺术才能与文学素养是评论者和鉴赏者必须具备的条件。他指出：

“有南威之容，乃可以论于淑媛；有龙渊之利，乃可以议于断割。”

意思是：有南威那样姣好的容貌，才可以正确评论姑娘的美丑；有龙渊宝剑那样锋利，才可以议论刀剑能否切削断割。

曹植认为，诗文的评论和鉴赏，不是任何人都可以妄加评说的。他用“南威之容”、“龙渊之利”作比，要求诗文评论者和鉴赏者，自己须先具备基本的艺术素养，有过人的才能和水平，才有资格评价别人，才能真正欣赏优秀的诗文作品，并作出公正的评价。否则，便很难正确理解和评判他人作品，甚至可能把坏作品当成好作品，把好作品说成坏作品。

显然，曹植提出这番见解是有针对性的。当时，刘季绪之流才能平庸，赶不上作者，却喜好诋诃他人、挑剔利弊。所以曹植有感而发，提出评论者和鉴赏者须具备较高的才能和水平，才有资格议论创作，不无道理。

然而，如果依此理推断下去，必然得出：欲衡量屈、宋之文，必须具有屈、宋之才，便不太切合实际了。文学史上，长于议论而短于创作者，大有人在。如南朝梁钟嵘《诗品》评陆厥，谓其“自制未优，非言之失也”，即说明理论批评与艺术创作在同一个文人身上，其长短得失常常是不均等的。因此，曹植高标准要求评论和鉴赏者，似乎求之苛刻了一点。

此外，曹植还指出：人各有偏好喜尚，创作的道路和风格各不相同，如海畔有逐臭之夫，墨翟有非乐之论，因此评论和鉴赏者在评鉴他人的作品时，不可以个人的偏好，强求别人认同迁就。如果评论和鉴赏者人人都能做到这一点，则有助于文学评论和鉴赏的健康进行。

〖诸葛亮〗

诸葛亮（181—234），字孔明，琅琊阳郡（今山东沂水）人。三国时著名的政治家、军事家。东汉末年，其叔父为豫章（今江西南昌）太守，诸葛亮与弟随之前往。后躬耕于南阳隆中（湖北襄阳）。素有大志，自比管仲、乐毅。建安十二年（公元207年）27岁时，经刘备三顾茅庐延请，出山辅佐刘备。西取益州，建立蜀汉政权。刘备称帝，诸葛亮拜为丞相。章武三年（公元223年），受遗命辅佐后主刘禅。封武乡侯，领益州牧。励精图治，宽严相济，内外经营。先后平定南方少数民族地区，六出祁山，北伐中原。皆因时势所限，未能成功。蜀汉建兴十二年（公元234年），卒于五丈原军中。谥忠武侯。

著作二十五卷，已散佚。现存散文《出师表》、诗歌《梁甫吟》较有名。中华书局辑有《诸葛亮集》。

300 亲贤臣，远小人，此先汉所以兴隆也；亲小人，远贤臣，此后汉所以倾颓也。

【注释】

选自三国蜀·诸葛亮《前出师表》。

亲：亲近。远：疏远。先汉：前汉。指西汉。兴隆：兴旺。后汉：即东汉。实指东汉末年。一般认为，由于汉桓帝、汉灵帝昏庸无能，用人不当，政治腐败，造成汉末大乱。倾颓：衰败。

【赏析】

三国蜀后主建兴五年（公元227年），诸葛亮率兵北伐，驻军汉中，临行前饱含忧虑，给后主刘禅上了这份《出师表》。诸葛亮从北伐的全局考虑，希望刘禅发扬先帝的品德，尊贤纳谏，励精图治，修明政治，以期治蜀安邦，保证北伐顺利进行，最终平定天下。诸葛亮说：

“亲贤臣，远小人，此先汉所以兴隆也；亲小人，远贤臣，此后汉所以倾颓也。”

意思是：亲近贤能之臣，疏远小人，这是先汉兴隆的原因；亲近小人，疏远贤能之臣，这是后汉倾颓的原因。

北伐曹魏，统一天下，是蜀汉建国以来的既定方针，而令诸葛亮放心不下的是他率军出征后的国内政治。后主刘禅软弱无能，亲佞远贤，给蜀汉的发展蒙上了阴影。为了保证北伐有巩固的后方，为前线军事斗争提供可靠的保障，修明内政便成了当时的第一要务。

修明内政的重要措施之一，就是以前汉的兴隆、后汉的倾败为鉴戒，规劝后主要“亲贤臣，远小人”，信任眼下一批贞良死节之士，去实现兴复汉室、一统天下的大计。史称刘禅嬖

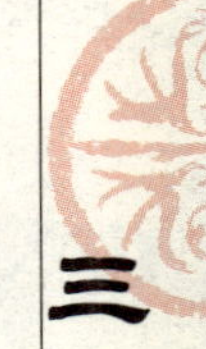

昵小人，听用宦官。所以诸葛亮还有针对性地提了另外两条措施：一是内廷（宫中）与外廷（府中）须一视同仁，不能刑赏偏私、内外异法。二是推举郭攸之、费祎、董允等贤臣主持朝中政事，荐举将军向宠掌管卫戍营队，将后方的军政大权交付在可靠的人手里，国事就不致发生混乱。

这几点建议，着力点都在“亲贤臣，远小人”上，这不仅体现了诸葛亮关于修明内政、恢宏士气的主张，而且切中后主刘禅自身的弱点，有鲜明的针对性和指导性。

但是，诸葛亮反复劝导的话，刘禅并没有认真接纳。诸葛亮去世后，蜀汉迅速衰亡，一个很重要的原因就是刘禅重用小人，疏远忠臣。由此看来，刘禅确实是一个扶不起的阿斗，而非可以开一代伟业的贤明君主。

301 鞠躬尽力，死而后已。

【注释】

选自三国蜀·诸葛亮《后出师表》。

鞠躬：弯曲着身子。这里指对国事谨慎勤勉。已：停止。

【赏析】

蜀汉后主建兴六年（公元228年），诸葛亮再次率兵北伐。时隔一年，蜀汉面临的形势起了很大变化。一年前，诸葛亮第一次北伐中原，事前经过长期准备，朝廷上下没有不同的声音。然而由于前锋马谡溃败街亭，迫使蜀汉大军不得不放弃已占有的土地，退守汉中。一年后，诸葛亮再次提出北伐，朝廷各方面便多了不少疑虑与质询。为了解除人们的疑虑，诸葛亮写了这篇《后出师表》。

但是，在这篇表奏中，诸葛亮并未对北伐是否一定胜利表明态度。因为诸葛亮清醒地看到，“难平者，事也”。想当年，曹操东征西讨，削平群雄，以为天下大定，孰料赤壁一战，败于吴蜀联军，出现了三国鼎立的局面。蜀汉建国之初，事业蒸蒸日上，谁知荆州失守，伐吴败绩，又陷入了处境危机的地步。所以作者无奈地说，事情的成败利钝难以逆料，自己唯有毕生努力而已：

“鞠躬尽力，死而后已。”

意思是：不辞劳苦地贡献自己的一切，直到死才停止。

诸葛亮是蜀汉先朝老臣，他27岁时，受刘备三顾茅庐之请，出山辅佐刘备，确立了魏、蜀、吴三足鼎立的局面。公元223年，刘备伐吴兵败，病死白帝城。弥留之际，沉痛托孤，嘱咐诸葛亮说：“若嗣主可辅，辅之；如其不才，君可自取。”刘备的这个遗嘱，披肝沥胆，超出了一般君臣关系。

此后，诸葛亮念念不忘刘备的知遇之恩，为了巩固和发展蜀汉政权，他数次南征，深入不毛，平定南方各少数民族地区，建立了巩固的大后方。为了实现先帝遗命，他明知敌强我弱，仍然千里奔波，率军北伐，最后病死于五丈原军中。

作为一代名相，诸葛亮一直在逆境中坚持奋斗，竭忠尽智，惨淡经营，苦苦支撑着蜀汉政权的大局。因此，这句“鞠躬尽力，死而后已”，成了诸葛亮尽忠国事的千古名言。后来，本句演变成了成语，常用作“鞠躬尽瘁，死而后已”。

晋代

〖李　密〗

李密（224—287），一名虔，字令伯。晋犍为武阳县（今四川彭山）人。三国蜀晋间文学家。幼年丧父，母亲改嫁，赖祖母抚养成人。年轻时师事蜀中著名史学家谯周，博览多闻，以文学见称于世。尤精通《春秋·左传》。曾仕蜀汉，多次出使东吴，东吴人很称赞他的才辩。后主时，州辟从事，为尚书郎、大将军主簿、太子洗马等职。晋灭蜀后，李密聚徒讲学。泰始三年（公元267年），晋武帝司马炎征召他为太子洗马，逼迫甚紧。李密以祖母刘氏年迈，无人奉养为由，辞不应征。祖母死后，丧服期满，李密始赴洛阳，为尚书郎，转河内温县令。咸宁四年（公元278年）去官，为益州大中正。后迁汉中太守。不久免官，太康八年（公元287年）终老家中。时年64岁。

302 外无期功强近之亲，内无应门五尺之童。茕茕孑立，形影相吊。

【注释】

选自晋·李密《陈情表》。

外：指自己一房之外的亲族。期（jī）功强近之亲：指近亲。期：指期服，丧礼名，服丧一年。根据丧礼，祖父母、伯叔父母死，服期服，守丧一年。这里指穿一周年孝服的人。功：丧礼名，分大功、小功。大功，叔伯兄弟、姊妹死，服大功服，守丧9个月。小功，曾祖父母、叔伯祖父母死，服小功服，守丧5个月。这里指穿大功服（9个月）、小功服（5个月）的亲族。应门：照应门户。童：同僮，仆人。茕茕(qióngqióng)：孤独无依的样子。孑(jié)立：孤立。孑，一作“独”，单。形影相吊：只有自己的身子和影子互相安慰。吊，慰问。

【赏析】

蜀汉灭亡后，李密由蜀入晋。李密幼年丧父，母亲改嫁，从小依赖祖母抚养成人，所以侍奉祖母十分孝顺，是出名的大孝子。《三国志·杨戏传》注引《华阳国志》说：“(密)事祖母以孝闻，其侍疾则泣涕侧息，日夜不解带，膳饮汤药，必自口尝。”由于他孝名彰著，晋泰始三年（公元267年），晋武帝先后两次召其为郎中和太子洗马。李密以祖母年老多病无人奉养为由，婉言推辞。但他曾经在蜀汉任职，所以担心引起晋武帝误会，以为自己矜守名节，留念旧朝，于是上了这篇《陈情表》，申述自己暂时不能应召赴职的衷情。情意恳切，文笔婉曲。他说：

“外无期功强近之亲，内无应门五尺之童。茕茕孑立，形影相吊。”

意思是：我这一房人，没有守丧9个月和5个月的近亲，家里没有可以照应门房的童仆。一个人孤独无依，只有身子和影子相互安慰。

作者为了强调自己辞不赴命的原因，着重描写了李氏宗族的衰微：李家三代独脉单传，家门衰微，福气稀薄，自己很晚才有儿子，太小不能济事。所以他说，李氏家外无亲族，内无

童仆，除了生病的祖母，只有自己孤单无依地生活，每天唯有身子和影子互相安慰。这就突出了自己独支门户，孤独凄凉的家境，也表明了“奉亲养老，舍我其谁”的特殊情况。

而在“侍亲”问题上：祖母早已疾病缠身，常年卧床不起，正需孙儿尽孝，自己怎能离开有养育大恩的祖母而不侍候汤药呢！所以李密凄切地说，“祖母无臣，无以终余年”，“母孙二人，更相为命，是以区区不能废远”，这就辞情恳切地表明，自己在“尽忠”和“尽孝”面前，暂时不能应召而必先尽孝的情由，令人心生同情并深信不疑。

李密的陈情表，语出自然，不事雕饰，感情真挚，有一种凄婉动人的感情力量。所以晋武帝读表后，深受感动，赞赏说：“士之有名，不虚然哉!”（《晋书·李密传》）不仅恩准了他的陈请，而且“嘉其诚款，赐奴婢二人，使郡县供祖母奉膳。至性之言，自尔悲恻动人。”（清吴楚材、吴调侯《古文观止》）

这也是它成为千古传诵名篇，千载而下，读来仍然感人至深的原因。

303 日薄西山，气息奄奄，人命危浅，朝不虑夕

【注释】

选自晋·李密《陈情表》。

日薄西山：太阳偏西将要落山，形容人已接近死亡。薄，

逼近，迫近。奄奄：气息微弱的样子。危浅：危急短促，指活不长久。浅，短。这里指残年余生不长了。虑：思虑。

【赏析】

史载司马昭死，晋武帝司马炎坚持为父行三年丧礼，即位时又下令“诸郡中正以六条举淹滞”。其中第二条是“孝敬尽礼”，第三条是“友于兄弟”（《晋书·武帝纪》），孝悌内容在荐贤的六条标准中占了两条。李密孝名彰著，晋泰始三年（公元267年），晋武帝先后两次召其为郎中和太子洗马。李密均以祖母年老多病无人奉养为由，辞不赴命。他在《陈情表》中谈到祖母年迈病笃时，形容说：

“日薄西山，气息奄奄，人命危浅，朝不虑夕。”

意思是：（她的生命）像夕阳快要落入西山，气息微弱，生命垂危，已经活不久了。

本句中，李密连用几个比喻，形容祖母年老病笃，恳切地表明了自己不能奉诏进京的原因：祖母风烛残年，如迫近西山的落日，气息微弱，生命垂危。自己从小由祖母养大，祖孙二人相依为命、乌鸟情深。“臣无祖母，无以至今日；祖母无臣，无以终余年”。倾吐了自己尽孝奉老的恳切心愿。晋朝以孝治天下，李密以尽孝陈情，字字恳切，如从肺腑中汩汩流出，既符合司马氏宣扬的纲常礼法，表达了辞不赴命，“区区不能废远”的心迹，又表明自己这样做并非矜于名节，不事二主，以打消晋武帝的疑虑。

文章最后表明，自己报国日长，尽孝日短，以孝不碍忠作为解决当前忠孝矛盾的一个陈请，有理有情有义。所以，晋武

帝读表后，不能不为其真情动容，同意他的陈情也就是再自然不过的事了。

作者用“日薄西山，气息奄奄，人命危浅，朝不虑夕”形容年老病重，平实生动，形象鲜明，后来演变为成语，至今仍有鲜活的生命力。

〖傅　玄〗

傅玄(217—278)，西晋哲学家、文学家。字休奕，北地泥阳(今陕西铜川)人。仕晋官至司隶校尉。封鹑觚子。认为自然界由“气”组成，把人类社会及历史看做是自然过程，批判了有神论。又认为“人之性如水焉，置之圆则圆，置之方则方”。主张“礼”“法”结合，说“立善防恶谓之礼，禁非立是谓之法”。提倡“农以丰其食，工以足其器，商贾以通其货”；提出封建赋税要遵守“至平”“积俭趣公”“有常”三原则；主张“政在去私，私不去则公道亡”。精通音律，擅长乐府。

有《傅子》《傅玄集》，俱佚。明人辑有《傅鹑觚集》。

304 悬言物理，不可以言尽也；施之于事，言之难尽，而试之易知也。

【注释】

选自晋·傅玄《马钧传》。

悬言物理：凭空而谈事物的道理。

【赏析】

傅玄少年时孤贫，性格刚劲亮直，不能容人之短，因此在仕途上累受压抑，两次因小事与人争吵，被免去官职。因而对大发明家马钧受到压抑的情况，深表痛惜，并为他撰写了《马钧传》。

马钧是个具有创造发明才能的人，他曾改革织绫，复制指南车，造了龙骨水车，并改造了诸葛亮的连弩……在科技发明上与张衡并称，晋代葛洪《抱朴子》称他为“木圣”，赞扬说：“故张衡、马钧于今有木圣之名焉。”（《辨问》）然而这样一个发明家，却由于门阀制度的偏见，不被重视，连当时制作地图颇有名气的裴秀也起来非难马钧。马钧不善言理，不能应对，傅玄于是挺身而出，为马钧辩护。傅玄认为，“马氏所长者巧也，所短者言也；以子(裴秀)所长，击彼所短，则不得不屈；以子所短，难彼所长，则必有所不解者”。

为了使马钧的才能为世所用，傅玄向安乡侯曹羲推荐马钧，但曹羲也和裴秀一个言论。于是傅玄在文中发了一通议论，说明看一个人是否有才，只需实际操作便可，不能空谈道理：

“悬言物理，不可以言尽也；施之于事，言之难尽，而试之易知也。”

意思是：凭空谈论事物的道理是谈不清的，行之于事的时候，语言讲不清的地方，却很容易用实践来说明。

傅玄重视人才，对科学发明给予充分肯定，对发明家马钧

不受重视给予无限同情；他根据《论语·先进》中一段话："德行：颜渊，闵子骞，冉伯牛，仲弓。言语：宰我，子贡。政事：冉有，季路。文学：子游，子夏。"说明儒家对待人才，尚分四科，不拘一格。如今更不能只务空谈，轻视、压制马钧这种科学人才。他强调指出，"如有所用，必有所试"，一试便能试出真知。如果不试不用，仅凭主观猜想，以言语压制人的特长，是完全错误的。

〖潘　岳〗

潘岳（247—300），字安仁，荥阳中牟（今河南中牟）人。西晋诗人。少有奇才，以才学文章闻名乡间，被称为奇童。20岁召授司空掾、举秀才。热衷功名而仕路坎坷，举秀才十年始任河阳令，郁郁不得志。依贵戚杨骏，任太傅主簿。杨骏被诛，遭除名。后历任著作郎、黄门侍郎等职。因对政局忧恐、不满而日益消沉。晋惠帝时攀附权臣贾谧，为"二十四友"之首。后赵王伦辅政，他被赵王伦的亲信孙秀诬为异党，以谋反罪被杀。

潘岳工诗善赋，尤长于哀诔之文，与陆机齐名，人称"陆才如海，潘才如江"（钟嵘《诗品》）。今存诗20余首，多组诗与联章体。代表作《悼亡诗三首》为怀念亡妻之作，情真意切，淋漓婉转，催人泪下，艺术价值颇高。《关中诗》16章描写动乱现实，反映人民苦难，较有社会意义。但其诗多辞藻华丽而内容贫乏。清代沈德潜讥为"如剪彩为花，绝少生韵"（《古诗源》卷七）。

原有集十卷，已散佚。明人辑有《潘黄门集》传世。

305 长杨映沼，芳枳树篱。游鳞瀺灂，菡萏敷披。竹木蓊蔼，灵果参差。

【注释】

选自晋·潘岳《闲居赋》。

沼：水池。篱：篱笆。游鳞：游鱼。瀺灂（chánzhuó）：出没的样子。菡萏（hándàn）：荷花。敷披：纷披覆盖的样子。蓊（wěng）蔼：繁盛多荫的样子。参差：高低不齐的样子。

【赏析】

潘岳一生热衷功名利禄，然而仕路却很坎坷，50岁时，才迁升博士，可是不久便因母亲病重辞去官职。于是写了这篇《闲居赋》，来发泄一生仕途不得意的牢骚。赋中，他重点表达了自己闲居的理由。但究其实，潘岳的闲居其实并不闲逸，也不是出于心甘情愿。他一生心态，并未离开仕禄荣利，他先是依附于杨骏，骏为外戚，骄纵弄权，终致败亡；继而谄事贾谧，谧亦后党。潘岳侍奉贾谧，见贾谧车马过去，不惜望尘而拜，向为士人不齿。所以他的人生取向，一直是入世求荣而非出世闲居。

由于潘岳不甘寂寞，无法做到闲居以逍遥。所以他描写闲居时，处处流露出热衷功名利禄的机心和情绪。然而他描写闲居的文字，却是洁净美丽，技巧很高的。如描写环境美，他写道：

“长杨映沼，芳枳树篱。游鳞瀺灂，菡萏敷披。竹木蓊蔼，灵果参差。”

意思是：高高的杨树倒映在水池中，芬芳的枳条围成了篱笆。游鱼出没水中，芙蓉枝叶重重。竹木繁盛茂密，果实参差不齐。

作者用诗一样的语言，描写闲居的环境，勾画出一幅天然朴实的乡野图画：下午，阳光明媚，色彩如染，水中的倒影在微波中荡漾，弯曲的篱笆在原野上迤逦，游鱼在水中闪着鳞波，芙蓉出水枝荷重叠纷披。竹木的枝叶扶疏洒下浓阴，树上的果实错落有致。这一段描写，语言清新明丽，流韵婉转，似乎有一种轻快愉悦之情流注其间，将环境的优美宜人写得令人神往。读着这样优美的文字，谁都会忘却其仕途不得意的牢骚与不满，而移情于多姿多彩的大自然中。

〖左　思〗

左思（约250—约305），字太冲，西晋临淄（今山东淄博）人。西晋初年著名诗人。出身寒微。少年时曾学过钟繇、胡昭的书法。晋武帝时，其妹左芬以才名选入宫中，乃举家移居京师。仕进不得意，仅做过秘书郎一类的小官。博学多才，诗歌笔力充沛，气概激昂，极少雕饰。诗以《咏史》八首为代表，托古讽今，对门阀制度表示不满。此外，他的赋也很有名，如《三都赋》显名一时，人们争相传抄，一时形成了“洛阳纸贵”的现象。有《左太冲集》传世。

306 发言为诗者，咏其所志也；升高能赋者，颂其所见也。美物者贵依其本，赞事者宜本其实。

【注释】

选自晋·左思《三都赋》序。

美：赞美。宜：应。

【赏析】

左思的《三都赋》，相传构思十年乃成。基本上是模仿汉代班固《两都赋》、张衡《两京赋》的笔法，分别写了魏、蜀、吴三国的都城，写成后，人们争相传抄，一时形成“洛阳纸贵”的现象。

虽然赋作模仿了前人的体式，但左思对赋的看法却与前人不同。两汉时期，有所谓“诗人之赋”和“辞人之赋”之分。前者按内容侧重在抒情，后者则侧重于体察物象，风格上倾向于写实。辞人之赋从文体上看，体兼诗骚，文杂论辩，辞尚侈丽，形成了汉赋在写作上的独特格局，即：文尚铺陈，叙写众类而不厌其繁；笔竞辞藻，荟萃群采而不流于靡。其中以大都会为题材的作品，先后有扬雄的《蜀都赋》、班固的《两都赋》、张衡的《两京赋》和《南都赋》等。

左思的《三都赋》，虽然在写作规模和格局、叙写的层次和界限上模仿了《两都赋》和《两京赋》，但左思在具体写作时，却反对像汉赋那样夸张失实、铺写无据。他说：

“发言为诗者，咏其所志也；升高能赋者，颂其所见也。美物者贵依其本，赞事者宜本其实。”

意思是：作者写出诗来，是因为要表达心中的情志；登高作出赋来，是因为要歌颂看见的事物。美化一种东西，贵在按照它的本来面目，赞赏一件事情，应该根据它的实际。

左思认为，诗人有感于物，志之所之，情之所动，发而为诗。但是在创作时，又不能夸张失实，铺写无据。而应该做到“美物者贵依其本，赞事者易本其实”，也就是说，按照事物的本来面目来美化它，才是最可贵的；根据事物的实际来赞赏它，才是最合宜的。

左思的《三都赋》，酝酿构思了十年之久，就是本着这样的主张来写作的。左思这种切实的创作态度，形成了《三都赋》鲜明的特点：

一是题材取精用宏，把魏、蜀、吴三都描绘成一幅绚烂而秀丽的山水图画。在这幅画里包含着三国之都城全盛时期的人物情态和社会风貌；二是先勾勒都城的地理形势、山川形胜和社会的殷繁，然后把所叙写的事物分别安置在相应的境地上面。形形色色，凡是应当写的，则翰墨淋漓，笔无滞情；凡不该写的，则控制约束。叙事写实广而不侈，约而不隘，恰到好处；三是叙事体物的笔法趋于谨密和工细，扬弃了汉大赋“神物则出非其所”“于辞则易为藻饰”“于义则虚而无征”等意出夸张的方面。所写的山川城邑，皆能从地图上考证出来；所写的鸟兽草木，都是地舆、方志记载的实物；所写的风谣歌舞，则是直接反映三都风俗和人情的。

正因为如此，今天读《三都赋》，可以比较真实地了解三国时期魏、蜀、吴三地的风物人情。

〖王羲之〗

王羲之（321—379），字逸少，琅琊临沂（今山东临沂）人。居会稽山阴（今浙江绍兴）。东晋著名书法家、文学家。出身世家大族。历任秘书郎、征西将军、江西刺史、右军将军、会稽内史等职，人称“王右军”。永和九年(公元353年)三月，王羲之聚谢安等40余人于山阴兰亭修楔赋诗，集诗一卷。王羲之为之作序，盛行于世。其书法，初学卫夫人（铄），后草书学张芝，正书学钟繇，并博采众长，精研体势，推陈出新，一变汉魏以来质朴的书风，成为妍美流变的书体，为后世所崇尚，推为“书圣”。其书集前代之大成，以真、行、草、隶最为著名。其文名则为书名所掩。书迹刻本甚多，真迹无存。

307 群贤毕至，少长咸集。此地有崇山峻岭，茂林修竹；又有清流激湍，映带左右，引以为流觞曲水，列坐其次。

虽无丝竹管弦之盛，一觞一咏，亦足以畅叙幽情。

【注释】

选自晋·王羲之《兰亭集序》。

少：年轻的。长：年长的。咸：都。激湍：有漩涡的急流。映带左右：形容景物互相映衬，彼此关联。流觞(shāng)：古代文人士大夫的一种饮酒娱乐活动，即将木制的酒杯，盛酒放在水上，随水流漂浮而下，触岸而止，杯停在谁面前谁就取觞饮酒。谓之曲水流觞之饮。觞，酒杯。丝竹管弦：弦乐器与管乐器，泛指各种乐器。一觞一咏：饮一杯酒，咏一句诗。幽情：深远高雅之情。

【赏析】

东晋穆帝（司马聃）永和九年（公元353年）三月初三日，王羲之和当时的名流高士在兰亭举行风雅集会，主要内容为“修禊”活动。这是中国民间流传的一种古老习俗：人们于农历三月上旬的巳日到水边举行祓祭仪式，用香薰草蘸水洒身上，或沐浴洗涤污垢，感受春意，祈求消除病灾与不祥。这天，与会人士多有诗作，大家汇编成集后，王羲之为之作序。文中描绘了宴集的盛况和良辰美景：

“群贤毕至，少长咸集。此地有崇山峻岭，茂林修竹；又有清流激湍，映带左右，引以为流觞曲水，列坐其次。虽无丝竹管弦之盛，一觞一咏，亦足以畅叙幽情。”

意思是：众多的才俊贤人都来了，年少的和年长的聚会一起。此地山高岭峻，长满茂林修竹；有清澈的小溪潺湲流过，两岸的景物影映其中。引来溪水作曲水流觞的游戏，朋友们依次而坐。虽然没有悦耳的音乐，然而一边饮酒一边赋诗，畅叙友情，也足够快活了。

兰亭，是东晋会稽郡治山阴城（今浙江省绍兴市）西南郊的一处名胜。其地山水清丽，有湖。《水经注·浙江水》说："湖南有天柱山，湖口有亭，号曰兰亭。"东晋建立后，南渡的中原士族，纷纷在会稽广置园田别墅。而风景幽绝的兰亭，则为王羲之、谢安等名流相中，成为他们经常宴集流连的地方。

三月三日这天，天气晴朗，惠风和畅，王羲之邀集友人谢安、孙绰、谢万、高僧支道林及子侄献子、凝之、涣之、玄之等41人，在兰亭做曲水流觞的游戏。周围崇山峻岭，茂林修竹，溪中清流激湍，景色宜人。环境之优雅，名士之云集，令人陶醉。清波之上，一只只盛满旨酒的羽觞飘来；人们胸中，一阵阵畅叙怀抱的话语流出，此情此景，一边饮酒一边赋诗，畅叙友情，没有悦耳的音乐，也足够快活了。

这次雅集，有11人成诗各两首，15人成诗各一首，16人做不出诗罚酒三杯，王羲之的小儿子王献之也被罚了酒。之后，大家把诗汇集起来，公推此次聚会的召集人王羲之写一序文。于是，王羲之乘着酒兴，用鼠须笔，在蚕纸上即席挥洒，写下了被誉为"天下第一行书"的《兰亭集序》。

《兰亭集序》文字灿烂，字字珠玑，是一篇脍炙人口的优美散文，它自辟径蹊，不落窠臼，隽妙雅逸，不论绘景抒情，

还是评史述志，都令人耳目一新。尤为可贵的是《兰亭集序》的书法艺术。通篇气息淡和，潇洒空灵；用笔遒媚飘逸，手法平和奇崛，大小参差，既有精心安排的艺术匠心，又没有做作雕琢的痕迹，天韵自然，成为王羲之书法艺术的代表作，也是我国书法艺术史上的一座高峰。

本句以“乐”字为基调，粗线条地勾勒了兰亭宴集的情景及自然景物。良辰美景，足以为乐，“流觞曲水”，足以为乐，“群贤毕至”，意气相投，则更足以为乐。环境描写上，作者“模山范水”，文字简练，惜墨如金，但却处处凸显一种内在的格调——淡雅。三月的江南，姹紫嫣红开遍，色彩应该是浓丽的，然而作者笔下，却唯有山、水、林、竹、天、风而已。其山如何？“崇”与“峻”也，出自本色形容。而“茂林修竹”，则赋予山岭以盎然的生气。其水如何?“清”与“激”也，亦出自本色形容。而“映带左右”的水影，则使流水生发出一种神采飞动之美。这样，便在写实的基础上，勾画出了兰亭依山傍水的地理形胜，以及明媚朗丽的春光景色。

色彩的处理上，也是一味求淡，浓丽之词，一概不用。写竹，只言其修而不言其绿；写水，只言其清而不言其碧。即使对于良辰、美景、赏心、乐事四美齐臻的兰亭宴集，作者表现出来的淡定心境，也是喜不外溢，乐不逾度的。所以，本句不单是语言的简洁、洒脱，笔墨之间的气定神闲与净化，更是作者语言技巧臻于炉火纯青的表现。

王羲之精于书法，又富文才，南朝宋人评其文章“高爽有风气，不类常流”（《世说新语·赏誉》注引《文章志》）。这篇《兰亭集序》情感真诚自然，笔力矫健清婉，风骨爽峻，既是一篇文情茂盛的散文名篇，又是一幅精妙绝伦的书法精品，文、书双绝，素负盛名。尤其是他的书法艺术，更被历代文人墨客、帝王将相视为瑰宝，倍加珍爱。

〖陆 机〗

陆机（261—303），西晋诗人。字士衡，吴郡华亭（今上海松江）人。祖、父皆东吴名将。少时任吴牙门将。吴亡，闭门读书，十年不仕。太康末入洛阳，历任太子洗马、著作郎、中书郎等职，后被荐为平原内史，世称陆平原。其诗被南朝梁钟嵘奉为“太康之英”（《诗品》），南朝梁刘勰也称：“张潘左陆，比肩诗衙”（《文心雕龙·明诗》）。他的乐府诗多写行役之苦、离别之哀。诗作情景交融，真实感人。其拟古之作，重藻绘排偶，历来受到批评。名著《文赋》在古代文学与美学史上有重要地位，以艺术构思为中心，全面探讨了文学创作过程中的一系列重大理论问题，对后世，特别是对刘勰的《文心雕龙》产生了深刻影响。原有文集47卷，已散失。今存诗116首。有中华书局出版的《陆机集》十卷传世。

308 诗缘情而绮靡，赋体物而浏亮。

【注释】

选自晋·陆机《文赋》。

缘情：犹言抒情。缘，因。绮靡：美丽细腻。赋：一种对仗的文体。体：体现，描绘。浏亮：嘹亮。

【赏析】

晋代诗人、诗论家陆机的《文赋》从分析文学创作的过程入手，论述了诗文创作方面的问题，文学见解比曹丕《典论·论文》更为详明，是我国文学批评史上第一篇完整而系统的文学理论作品。南朝梁刘勰作《文心雕龙》，曾受其影响和启发。在诗歌创作方面，陆机特别强调抒情性特征。他明确提出：

“诗缘情而绮靡，赋体物而浏亮。”

意思说：诗歌因为抒情而显得美丽细腻，赋作因表现物态而显得明丽嘹亮。

陆机论文体，不论诗赋，均意辞并重。缘情，犹言抒情。所以缘情者，指的是诗意、文旨；绮靡者，指的是语言、辞藻。《文选·文赋》中李善注解说：“诗以言志，故曰缘情。”又谓：“绮靡，精妙之言。”意思说，诗赋不仅语言应该精美华丽，富有文采，更应重视诗人感情的抒发，这就第一次明确地将“诗言志”的传统理论向抒情化方向推动了一大步。

先秦以来，儒家强调言志而不提感情，注重的是诗歌的政治教化内容。其实“志”也兼括德性和感情，但这个“情”，在儒家眼里必须是经儒家政治道德净化了的情。到了汉代，虽然已认识到诗歌的抒情特点，明确地将情、志并举，但又强调“发乎情，止乎礼义”“吟咏情性，以风其上”（《毛诗序》），仍离不开礼教规范。诗人在礼义的束缚下，不能自由地抒情，阻碍了诗歌的发展。

从汉末到魏晋，文学创作出现了繁荣景象，特别是建安诗歌的发展，使文学进入了自觉时代。缘情的五言诗发达了，诗歌的抒情性更为明显，许多作家明确地强调感情色彩对诗歌创作的重要性，于是晋陆机在《文赋》中提出“诗缘情”说，强调情感活动是诗人创作的内在动因，诗的美感作用是使欣赏者动情。缘情说并不排斥“诗言志”说，在《文赋》中，陆机往往情、志并举，但只谈情志，不谈儒家教化，突出的是诗歌表达喜怒哀乐之情的作用，切中了诗歌的艺术特点和本质属性。这标志着诗歌创作上的突破带来了诗歌理论的发展，开始不受儒家礼教的束缚了。

缘情说提出后，许多诗人、诗论家坚持以情论文，又作了新的发展。特别是南朝梁刘勰的《文心雕龙》对言情说作出了很大贡献。他在《精采》篇中说：“情者文之经，辞者理之纬，经正而后纬成，理定而后辞畅。此立文之本源也。”把情感提高到“文之经”的地位，认为它在创作过程中起重要作用。又如刘勰论构思称“情变所孕”（《神思》），论结构称“按部整伍，以待情会”（《总术》），论通变称“凭情以会通，负气以适变”（《通变》），论章句称“设情有宅，置吉有位”（《章句》），“文质附乎性情”（《精采》），等等，对情感作了相当全面深刻的论述。

缘情说对中国古代诗坛产生了深远影响。南朝梁简文帝萧纲说诗是“吟咏情性”的。唐代白居易《与元九书》云：“诗者，根情、苗言、华声、实义。”明代公安派提倡“独抒性灵”（袁宏道《叙小修诗》）；清代袁枚倡导“性灵说”，他在《答蕺园论诗书》中说：“诗者，由情生者也。有必不可解之情，而后有必不可朽之诗。”这些观点和理论，均与缘情说义脉相通。

〖陶渊明〗

陶渊明(约366—约427)，一名潜，字元亮，号五柳先生。私谥靖节，世称靖节先生。浔阳柴桑(今江西九江)人。东晋时代最伟大的文学家，中国历史上第一位大量写作田园山水诗的杰出诗人。出身仕宦。自幼博览群书，青年时代有建功立业之心，但生性热爱自然，淡泊名利。曾任江州祭酒、镇军参军、建威参军等职务。41岁任彭泽令时，上任仅81天便因“不愿为五斗米折腰”而挂冠辞职，从此隐居不仕，躬耕田园，直至去世。长于诗文辞赋。存诗120余首，文10多篇。田园诗描写淳朴的农村生活，寄托诗人的社会理想，表现了对官场虚伪欺诈的鄙弃，对自然、自由、和谐的人生理想的追求。风格清新淡雅，纯朴自然，简洁含蓄，真淳隽永，具有独特的风格，开辟了田园诗的新境地，对中国诗歌的发展产生了广泛的影响。有《陶渊明集》传世。

309 归去来兮，田园将芜胡不归！既自以心为形役，奚惆怅而独悲。悟以往之不谏，知来者之可追。实迷途其未远，觉今是而昨非。

【注释】

选自晋·陶渊明《归去来兮辞》。

归去来兮：归去之意。来兮，语气词。胡：为何。心：精神。形：形体，指口腹。役：驱役。奚：为何。不谏：不可谏止。谏，规劝，挽救。本于《论语·微子》，楚国隐士接舆劝孔子说："往者不可谏，来者犹可追。"可追：可以有所作为。追，挽回，弥补。今：指此时的归隐。昨：指此前的出仕。

【赏析】

《归去来兮辞》是陶渊明辞官归隐后写的一篇赋体抒怀小文，情味盎然地描述了回归家乡的喜悦与隐居生活的惬意。在作者笔下，田园生活的恬适清新令人陶醉。同时，通过仕宦与归隐两种不同精神境遇的对比，表达了作者厌弃官场污浊黑暗，不愿"为五斗米折腰"的刚毅禀性，以及追求田园恬淡生活，超然尘俗的高洁情怀。文章开篇，作者便以强烈呼告的情感，直言辞官归隐的情由：

"归去来兮，田园将芜胡不归！既自以心为形役，奚惆怅而独悲。悟以往之不谏，知来者之可追。实迷途其未远，觉今是而

昨非。”

意思是：归来吧，归来吧！田园都快荒芜了，为什么还不归来呢！既然自己的心神已被形体所役使，为什么还要惆怅而独自悲伤。领悟到过去的错误已不可挽回，而未来的事情却可以补救。现在走入迷途还不远，总感觉到今天的事做对了而昨天错了。

陶渊明青年时有建功立业、“大济苍生”的宏愿，因而投身仕途，四处奔走，曾任江州祭酒、镇军参军、建威参军等职务。41岁任彭泽令时，上任仅81天便因“不愿为五斗米折腰”而挂冠辞职，从此隐居不仕，躬耕田园。经过十多年的磨折，陶渊明看清了官场的腐败和黑暗，并从中悟出一个道理“此路不通。”他总结自己为官的感受是：“误落尘网中，一去三十年。”（《归园田居》第一首）这30年间，陶渊明心为形役，苦闷彷徨，落寞悲哀。所以他痛悔，他自责，因为他生性热爱自然，淡泊名利，却不得不为温饱所驱使，违心地去做官。这种人生体验，使他现在觉醒了，大彻大悟了。所以他文中说：“实迷途其未远，觉今是而昨非。”意谓从今以后，他要投奔大自然的怀抱，在田园的躬耕生活中寻找生活的乐趣，陶冶自己的性情。

作者的这种情感表达，集中反映在心灵深处“今是昨非”的体认上，所以“今是昨非”一句，深切体现了作者豁然醒悟后的轻松之感、喜悦之情。在接下来水陆兼行的归乡途中，作者笔下“轻飏”的小舟，微风“吹衣”，“晨光”熹微，无一不是在衬托、表达自己“今是昨非”、迷途知返的内心喜悦和轻松。而且，这种叙述性语言，字字折射出作者的思想情感，在叙述的外表下，蕴涵着贴切的心理描写。特别是到家后，在叙述中言情，“乃瞻衡宇，载欣载奔。僮仆欢迎，稚子候门”，也是进一步肯定“今是昨非”的情感认识：即以今日内心的欢欣“是”，而以昨日的游宦生涯为“非”。

310 园日涉以成趣，门虽设而常关。策扶老以流憩，时矫首而遐观。云无心以出岫，鸟倦飞而知还。景翳翳以将入，抚孤松而盘桓。

【注释】

选自晋·陶渊明《归去来兮辞》。

日：每日。涉：入。指进入园中散步。成趣：趣味自生，成为快乐的事。策：拄。扶老：鸠杖。流憩(qì)：周游，休息。矫首：抬头。遐观：远观。以：而。出岫(xiù)：指云从山间飘出。岫,山穴。

【赏析】

陶渊明游宦13年，终因生性热爱自然，不愿为五斗米折腰，于41岁辞去彭泽令，长隐田园。他这篇《归去来兮辞》，表达了与仕途诀别，不满黑暗现实的思想与寄情山水的情怀。他笔下的田园生活极富诗意：

“园日涉以成趣，门虽设而常关。策扶老以流憩，时矫首而

晋代

遐观。云无心以出岫，鸟倦飞而知还。景翳翳以将入，抚孤松而盘桓。”

意思说：每天入园散步趣味自生，虽有一门但却常常关闭。拄着鸠杖边走边歇息，不时抬头向远处张望。白云无心从山间飘出，鸟儿累了知道返回林间。昏黄的日影行将移入门庭，手抚着孤松徘徊流连。

为了表达归田后的愉悦之情，作者用恬淡的笔触，写了一系列园中生活的情景。如园中沉思、“流憩”的身影。园虽有“门”而“常关”，是因少有俗人造访，因而显得更加清幽；人虽未老，却杖策而行，体味一下老翁的悠闲。不时举首远眺，朵朵白云正从容地从山谷间悠悠飘出，联翩的鸟雀飞倦了，开始归栖于苍茫的山林。已是夕阳时分，昏黄的日影行将移入门庭，可诗人还流连园中景色，手抚“孤松”不肯回屋。这一句，或抒情，或写景，都真切自然，从胸臆中流出，透露出作者归田后与自然和谐相处、融合无间的真趣。

从“无心”“知还”的字眼中，还能体味到某种哲理的意味，令人猜想：作者是从那无心“出岫”的白云之态中，领略到了与汲汲奔走决然不同的自由生活呢，还是在倦飞的鸟雀归栖中，体悟到了值得依恋的人生归宿呢？这种更为深邃和高妙的境界，人们能否领悟到，就看各人的情操修为和思想境界了。

当然，村居之乐远不止此。作者在后一段，还写了农作之余，“或命巾车，或棹孤舟”，在幽深的山溪、“崎岖”的丘壑间独来独往。那山必是明朗滋润的，树木蓬勃婀娜，一片新绿，刚刚解冻的小溪在山石间淙淙流过。漫步在这万物生长、自由适性的世界中，诗人的身心与大自然融成一片了，因而发出了“善万物之得时，感吾生之行休”的人生感叹！

表现手法上，善于将议论、叙事、抒情和谐地交融一起，在如画的情景中表现洒落的胸怀、高洁的志趣和意兴，因而本句具有诗一样的境界和淳挚动人的情致。在这里，心灵的淳朴、自由外化为清纯、淡远而富于生机的小园、岫云、归鸟、孤松，创造出了一种令人神往的“妙”境和浓浓的意趣。

311 好读书，不求甚解；每有会意，便欣然忘食。

【注释】

选自晋·陶渊明《五柳先生传》。

不求甚解：读书只求领会要旨，不刻意在字句上下工夫。会意：体会，会心之处。

【赏析】

陶渊明的《五柳先生传》是一篇用史传体写的散文。传主五柳先生是个隐士，姓氏不传。为了便于称呼，就以宅边五棵柳树作为称号。由于受到尊敬，故而人们称为先生。东晋清德玄谈之风盛行，因而也出现以归隐来获取名声、以清谈来炫耀学问的假隐士。究其实，这些人是为了利禄而走此捷径罢了。而五柳先生却是一个真隐士，文中称他：

“好读书，不求甚解；每有会意，便欣然忘食。”

意思说：喜欢读书，但不求详尽的理解；每有一点体会，便会高兴得忘了饮食。

五柳先生不求名，不求利，“遁世无闷”，淡漠世事，不尚玄谈，不爱荣华富贵，所以文静不多言谈。但隐士首先是士人，也就是读书人，所以他生性爱好读书。然而不同于流俗的是，他读书是为了娱乐自遣，不是为了求取功名，不必按社会礼制标准，牵强附会，穿凿曲解，去获得官府的认同和欣赏。所以，他总是按自己的理解来读书，从古圣贤那里汲取精神营养，求取真知，守志励节。每当有一点心得体会，“便欣然忘食”，欢欣鼓舞，精神上获得极大的充实和满足。

除了“好读书”之外，五柳先生还性好嗜酒。不过五柳先生的饮酒，不同于名士风流。五柳先生只是爱喝而已，既不标榜，也不风流，反而因为贫穷，窘相毕露，有酒就喝，一醉方休，根本不管别人的礼貌态度。所以五柳先生饮酒，任性而旷达，不矫情，不放肆，获得了亲友的理解和宽容。

南朝梁萧统在《陶渊明传》中称：“（渊明）尝著《五柳先生传》以自况……时人谓之实录。”文中这个“闲静少言，不慕荣利”“好读书”“性嗜酒”、清高洒脱，安贫自乐的五柳先生，其实就是陶渊明个人情怀的真实写照。

312 黔娄之妻有言，不戚戚于贫贱，不汲汲于富贵。

【注释】

选自晋·陶渊明《五柳先生传》。

黔娄之妻：黔娄，春秋时鲁国的高士，不求仕进，独善其身。后面两句话，指黔娄之妻所言（本于《烈女传》）。其余各本无“之妻”二字，作“黔娄所言”，就是指黔娄本人所言了。戚戚：忧愁的样子。汲汲：竭力求取。

【赏析】

这是陶渊明《五柳先生传》中最后一段“赞”中的话。《五柳先生传》是用史传体写的散文，根据史传体例，文末的赞，是史官评论传主的结语。文中的传主五柳先生是作者自况，所以这是陶渊明对自己一生的一个评价态度：

“黔娄之妻有言，不戚戚于贫贱，不汲汲于富贵。”

意思说：黔娄之妻曾经说过，不要为贫贱忧愁，不要竭力去求取富贵功名。

黔娄是春秋时期鲁国的高士，不求仕进，独善其身。他的妻子与他志趣相投，安贫乐道，不为贫贱忧愁，不追求功名利禄。所以陶渊明在“赞”中引用她的话来赞扬五柳先生。五柳先生是个真隐士，住房破漏，衣服破旧，饮食不继，却安然自在，而且还写文章抒怀述志，自得其乐。他满足于这样的生活，所以心里踏实，没有追求也没有失落，没有苦闷也没有烦忧。显然，他乐于老庄的自然无为、返璞归真之道，而跟当时社会虚伪丑恶的门阀荣利之风决裂。

史传的赞，由史官撰写，表明褒贬的立场。而本文中，作者为自己写赞，归纳出五柳先生的两个特点：一是不愁贫贱，

不求富贵；二是怡然自乐，返朴归真，希望过先民般的生活。这就将五柳先生的真性情、真本色十分朴实自然地表达了出来。

〖郦道元〗

郦道元(约470—527)，字善长，北魏范阳涿县(今河北涿州)人，著名地理学家、文学家。北魏孝文帝时，曾任尚书祠部郎中、尚书主客郎中、太尉元丕掾、御史中尉等职。宣武帝时，任冀中镇东府长史、颍川太守、鲁阳太守等职。执法严峻，后为关右大使，被雍州刺史萧宝夤杀害。

郦道元自幼好学，博览群书，游踪官迹遍及秦岭、淮河以北和长城以南的广大地区，留心观察各地河渠水道等地理现象及风土人情，还与南朝使者接触，扩大见闻，终于写成《水经注》40卷。文笔深峭，描写生动，是一部有文学价值的地理巨著。其他撰著有《本志》13篇和《七聘》等文，已亡佚。

313 自三峡七百里中，两岸连山，略无阙处。重岩叠嶂，隐天蔽日，自非停午夜分，不见曦月。

【注释】

选自北魏·郦道元《水经注·江水注·三峡》。

连山：连绵不绝的山。阙：缺口，空缺。这里指中断。蔽：遮蔽。停午：正午，中午。停，通亭。夜分：夜半，半夜时分。曦月：太阳和月亮。

【赏析】

《水经注》是北魏郦道元关于全国各地河渠水道等地理现象及风土人情的一部巨著。郦道元不仅是北朝杰出的地理学家，也是北朝著名的散文家，所以他撰写的《水经注》，不仅阐明了《水经》中水道的地理形貌，也用优美的文笔，叙写了河道两岸的山川风物、神话传说、历史故事。其中景物描写，体物绘貌，贴切而生动，对后世山水游记的创作产生了深远影响。《三峡》是《水经注》中最有魅力的篇章之一。他这样描写三峡的高峻气势：

“自三峡七百里中，两岸连山，略无阙处。重岩叠嶂，隐天蔽日，自非停午夜分，不见曦月。”

意思说：在三峡七百里路当中，两岸都是连绵不绝的高山，没有一点中断的地方。层层山岩，重重屏障似的高山，遮住了天空和太阳。如果不是正午和半夜时分，就看不到太阳和月亮。

这是《三峡》开头一句，它以大写意笔法，从上到下，勾勒出七百里三峡全景：那耸峙两岸的群峰，层层叠叠的山峦，沿着长江两岸向下游铺展，连绵不绝；山势高峻陡峭，向上仰望，看不见天空和太阳，只有在“停午(正午)夜分”，日月的光辉才能照进峡中。

这些次第描写的景物，仿佛一轴山水画长卷，在我们面前徐徐展开，首先映入眼帘的是七百里连绵不绝的高山，气势磅礴，奇险多彩。那接下来呢，后面会有什么？写文章有“凤头、猪肚、豹尾”之说。《三峡》的开头就是凤头。开头既然如此精彩，后面一定会带给我们更多的惊喜。仅仅从这一点上，《三峡》一开篇就让我们体验到了一种美妙的艺术享受。

314 春冬之时，则素湍绿潭，回清倒影。绝巘多生怪柏，悬泉瀑布，飞漱其间，清荣峻茂，良多趣味。每至晴初霜旦，林寒涧肃，常有高猿长啸，属引凄异。空谷传响，哀转久绝。

【注释】

……自北魏·郦道元《水经注·江水注·三峡》。

……湍：白色的急流。回清：回旋的清波。绝巘（yǎn）：……山顶。飞漱：飞流冲刷。高猿：高山上的猿猴。属……引：（声音）连续不断。空谷：空旷的山谷。哀转：……转，宛转。久绝：很久才能消失。绝，消失，断……

……是一个伟大的地理学家，也是一个优秀的散文……经注》中，不仅以地理学家的眼光探寻大自然的……以文学家的心灵感受大自然的神奇、生命和性灵。在《三峡》一篇中，他所描写的三峡之美，犹如一幅幅彩色的画卷：

“春冬之时，则素湍绿潭，回清倒影。绝巘多生怪柏，悬泉瀑布，飞漱其间，清荣峻茂，良多趣味。每至晴初霜旦，林寒涧肃，常有高猿长啸，属引凄异，空谷传响，哀转久绝。”

意思说：到了春冬之际，雪白的急流、碧绿的潭水，回旋着清波，倒映着各种景物的影子。那高峻的山峰上生长着许多形状怪异的柏树，从山崖上流下来的泉水和瀑布，在其间飞流冲荡。清清的流水、蓊郁的树木、高高的山峰、茂密的野草，趣味无穷。每到初晴或降霜的早晨，树林凄清，山涧寂静，高山上常有猿猴长声啸叫。叫声连续不断，在空旷的山谷里回荡，悲哀婉转，久久才会消失，令人感到异常凄凉。

七百里三峡中，山高水急之间，亦有着无数俊姿秀影。“春冬之时”，三峡深幽隽逸，别是一种清奇秀脱的模样：白色的江涛，碧绿的潭水，回荡着江波的清光，倒映着峰峦浮漾的树影，亦动亦静，有声有色；绝壁摩天，怪柏夭矫，虬枝伟干，傲立苍穹；山崖上大大小小的瀑布，悬垂着流淌着，从山涧欢快地冲跌下来。水清冽、树繁荣、山高峻、草茂密……青绿山水如画，生机盎然，谁见了不感到趣味无穷呢！而雨后初晴之日，或霜花满天的早晨，又是另一番风致：山林清寒，深涧肃杀，山林深处，一声声绵长而凄厉的猿鸣，回荡在空旷的山谷之中，久久不绝，令人倍感凄清与哀愁。

这一系列描写，贴切而生动，景中有情，情寓于景，情景交融，已经分不清哪是情，哪是景了。

总之，在作者笔下，三峡是何等美丽，何等雄奇！它四季变幻，奇境迭出，呈现出无尽的画意和诗情，妙不可言。唐代大诗人李白也因之灵感触动，写出了“朝辞白帝彩云间，千里江陵一日还”（《早发白帝城》）的千古名句。

南朝

宋、齐、梁

〖刘义庆〗

刘义庆（403—444），南朝宋武帝刘裕之侄，长沙王刘道邻之子，出继临川王刘道规，袭封临川王。曾任荆州刺史、江州刺史及南徐州刺史等职。著有《徐州先贤传》和《世说新语》等书。《世说新语》通行本分为36类。每类记载名人轶事若干则。所记内容上起西汉，下迄刘宋初年。其中最早的是《贤媛》中记载陈婴之母，最晚的是《言语》中记载谢灵运及《文学》《识鉴》中记载傅亮，绝大部分内容为魏晋人的言行。

《世说新语》属于记载历史人物轶事的小说，写作方式多为片言只语或畸形琐事，内容涉及魏晋士大夫政治斗争、社会风尚、人际关系以至学术文艺思想等等，有助于人们了解那个时代社会生活的一些侧面、了解士族阶级的生活方式和精神面貌，具有一定的认识价值和审美价值。

315 乘兴而行，兴尽而返。

【注释】

选自南朝宋·刘义庆《世说新语·任诞》。

兴：兴趣，兴致。

【赏析】

《世说新语》中记述不少关于王徽之（字子猷）的故事。王徽之多卓尔不群之举，他“雪夜访戴”的故事，就是其中之一。

“乘兴而行，兴尽而返。”

意思说：乘着兴致去拜访朋友，兴致完了就返回来。

王徽之字子猷，是东晋王羲之的第五子，居住山阴。一天晚上下大雪，王徽之醒来后，打开房门一看，天地银装素裹，一片洁白。王徽之一边踱步，一边吟咏左思的《招隐诗》，忽然想念起朋友戴逵来。于是连夜坐了小船去拜访。当时戴逵住在剡县，船整整走了一夜，快到戴逵家门口时，王徽之却命掉转船头，原路返回山阴了。有人问他为什么，他说：“我凭着兴致而去，兴致已尽，自然就回来了，何必一定要见到戴逵呢？”

王徽之雪夜访戴逵所表现出来的，既是一种任由情兴的名士风度，也是一种具有唯美情调的人生姿态。在山阴那个“四望皎然”的雪夜，王徽之凝望着一片晶莹纯净的世界，想起了隐居在风景如画的剡县的朋友，立即动了对酌漫话的雅趣，便乘船连夜出发了。然而，让人意外的是，王徽之并没有踏进戴逵的家门，否则，这个故事便索然寡味了。

本句所表达的是“乘兴而来”，“乘兴”二字是关键词，到了戴逵家门口，“兴尽”了，无兴可乘了，所以返回就是自然不过的事了。惟其如此，才不会破坏雪夜乘舟访友的“兴”，也不会失去想象中与朋友对酌畅谈的美。因此，“雪夜访戴”之举，不过是主人公的一种意趣，一次在江上穿过茫茫夜色的生命历程而已！

审视这种卓特行止，它其实内蕴了某种新的审美情趣。首先，它充分体现了生命主体呈现出来的自由、自在、唯美而自我的姿态；其次，它是人的生命融入自然并成为一首美妙乐章的转化。它因此具有一种动人的美。

“乘兴而行，兴尽而返”后来演变成了成语，为人们所习用。

316 四体妍蚩，本无关于妙处；传神写照，正在阿堵中。

【注释】

选自南朝宋·刘义庆《世说新语·巧艺》。

四体：四肢。妍蚩(yánchī)：美丑。传神：艺术上指描绘人或物时，不仅要达到外表的形貌逼真，而且要表达出其精神气质。神，这里指艺术形象的内在气质。阿堵：这，这个。六朝时常见的一个代用语，意思与“这个”相似。这里指眼珠。

【赏析】

据《历代名画记》记载，晋代大画家顾恺之画像，有时几年都不点眼睛，有人问他为什么，他说：

“四体妍蚩，本无关于妙处；传神写照，正在阿堵中。”

意思说，身体的美丑，并不影响人物的形象美，要传神地画好人物，关键就在眼睛上。

顾恺之画像常年不点眼睛，其实是在酝酿感情，揣摸人物精神风貌，直到烂熟于心，才一挥而就，点出眼睛的神韵。这样画出的人物自然精妙传神，栩栩如生。

有一个关于顾恺之妙笔“点睛”的故事，曾在民间广为流传。据说东晋都城建康（今南京市）修建瓦棺寺，主事和尚向士大夫们募捐。京中豪门巨户虽多，却没有一个人超过十万。恰遇顾恺之游玩至此，提笔认捐了一百万。顾恺之乃一介穷书生，哪儿拿得出那么多钱呢？所以人们惊讶之余，都认为他说大话，兑不了现的。

顾恺之并不理会别人的闲话，他只要求在寺庙里准备一堵粉白墙壁，别的什么也没有说。他进入寺中，闭门一个多月，在墙壁上画了一幅没有点眼睛的维摩诘像，然后对主事和尚说：“你明天让人进来参观，看我给画像点眼睛。不过第一天参观的人须捐钱十万，第二天捐五万，第三天多少随缘。”

人们听说大画家顾恺之要给维摩诘像“点睛”，一传十，十传百，倾城出动，观者如山。顾恺之于是当着众人，款款挥笔，给画像点上眼睛。顿时，维摩诘像栩栩如生，光照全寺。人们的捐款，也超过了一百万。

这个故事见于唐代张彦远的《历代名画记》中的《京师寺记》：兴宁中，瓦棺寺初置，僧众设会，请朝贤鸣刹注疏。其时士大夫莫有过十万者。既至长康，直打刹注百万。长康素贫，众以为大言。后寺众请勾疏，长康曰：“宜备一壁。”遂闭户往来一月余日，所画《维摩诘》一躯。工毕，将欲点眸子，乃谓寺僧曰：“第一日观者请施十万，第二日可五万，第三日可任例责施。”及开户，光照一寺，施者填咽，俄而得百万钱。

鲁迅先生说过一段名言：“忘记是谁说的了，总之是，要极省俭的画出一个人的特点，最好是画他的眼睛。我以为这话是极对的，倘若画了全副的头发，即使细得逼真，也毫无意思。”所以，以人为描写对象的艺术作品，刻画好人的眼睛是十分重要的。

317 以小人之虑，度君子之心。

【注释】

选自南朝宋·刘义庆《世说新语·雅量》。

度：推测。

【赏析】

司马越在西晋怀帝时任丞相，总揽朝政，权倾朝野。司马越手下有一个上谄下骄、喜欢中伤别人的小人，名叫刘玙。他在司马越府中作长史时，许多人都受到他的陷害，唯独庾敳纵情事外，没有什么把柄被刘玙抓住。但刘玙并不甘心，他知道庾敳生性节俭而家资富裕，以为有机可乘，便劝说司马越向庾家借一千万钱，如果庾敳吝啬不借，便可借此陷害他。

司马越果然在大庭广众之中向庾敳借钱，当时庾敳已经酩酊大醉，头巾掉在茶几上，正俯下身子，低头取头巾。他听说司马越要借钱，缓缓地回答道：“我家当有两三千万钱，随您去取。”于是，刘玙折服了。后来有人向庾敳说起这件事，庾敳说：

“以小人之虑，度君子之心。”

意思说：（这是）用小人的想法，去测度君子的心胸。

刘玙吝惜钱财，便以此猜度庾敳也会吝惜钱财，设下这个毒计，如果庾敳果然吝惜钱财，那就正中奸计，后果不堪设想。然而庾敳恰恰是一位心胸宽广，视钱财如无物的人，所以刘玙的阴谋未能得逞。庾敳也因此得免一场飞来横祸。

318 人患志之不立，亦何忧令名不彰邪！

【注释】

选自南朝宋·刘义庆《世说新语·自新》。

患：只愁。令名：好的名声。令，美好。彰：显扬。此指传开去。

【赏析】

西晋时期，义兴阳羡（今江苏省宜兴）有一个名叫周处的人，年轻时横行乡里，任性野蛮，被视为一害。当时义兴河中有蛟龙，山上有恶虎，经常侵害扰乱百姓，加上周处，义兴人称为“三害”，而以周处的危害最为严重。于是有人劝说周处去刺杀恶虎，斩杀蛟龙，希望他被蛟龙、恶虎咬死，减少一害。于是，周处去刺杀了恶虎，又下水击斩蛟龙。蛟龙时浮时沉，游了几十里，周处紧追不舍，与它同出同没，也游了几十里。这样过了三天三夜，乡里人没见到周处回来，都以为他被蛟龙咬死了，便互相庆贺。

不料，周处斩杀蛟龙后，从水里出来了。他听说乡里人庆贺的事，才知道自己被人视为祸害，于是有了悔意。他去吴郡寻访陆机、陆云，陆机不在，只见到陆云。周处告诉了他自己的想法，又不无顾虑地说："想悔改自己的错误，又担心自己蹉跎了岁月，年纪大了，不会有什么成就。"

陆云劝勉道：古人说"朝闻道，夕死可矣"，您未来的日子还长，要改过自新，完全来得及。又说：

"人患志之不立，亦何忧令名不彰邪！"

意思说：一个人只怕没有立下志向，又何必担忧美名得不到显扬呢？

周处在陆云的勉励下，勇敢地改正了自己的过错，终于成了一名忠臣孝子。

319 会心处不必在远，翳然林水，便自有濠濮间想也。

【注释】

选自南朝宋·刘义庆《世说新语·言语》。

会心：内心有深刻体会。翳(yì)然：树木繁茂遮蔽日光的样子。濠濮间想：指游玩濠梁、濮水的乐趣。相传庄子游于濠梁之上，垂钓于濮水之中，后人因以"濠濮"喻高人闲居之地。

【赏析】

东晋简文帝司马昱到华林园游玩，看见林茂水深，环境清幽，便对左右侍从说：

"会心处不必在远，翳然林水，便自有濠濮间想也。"

意思说：能让人心神舒畅的地方，不一定非在远方。幽林碧水，便自然有闲居在濠、濮的情趣了。

华林园乃一官苑名，东吴时修建于南京鸡鸣山，东晋南渡后，仿照洛阳华林园加以整修。由于远离尘嚣，环境清幽，鸟兽亲人，犹如隐士闲居之地，所以令简文帝想到了“濠濮”之乐。

庄子与惠子（惠施）曾一起在濠水的桥上游玩，看到鱼儿在水中从容地游来游去，便认为鱼很快乐。惠子反问道：“你又不是鱼，你哪里知道鱼的快乐呢？”庄子机巧地回答道：“你又不是我，你怎么知道我不知道鱼的快乐呢？”惠子说：“我不是你，当然不知道你了。但你不是鱼，所以你也不知道鱼的快乐！”庄子再一次显示了他的巧智，说：“你刚才说‘你哪里知道鱼的快乐’，那就是承认了我知道，才问我从哪里知道。那么，我回答你，我是从濠水桥上知道的。”

作为一个智者，庄子的回答显示了思想的机智和巧辩，令人称赏。由于庄子曾游于濠梁之上、垂钓濮水之滨，濠梁、濮水因此名声远播，成为高人隐逸、闲居的代名词。

〖孔稚珪〗

孔稚珪（447—501），南朝齐诗人、文学家。字德璋，会稽山阴（今浙江绍兴）人。历仕宋、齐二朝。青年时有博学美誉，宋时为郡太守王僧虔召为主簿。举秀才，任安成王车骑法曹参军，转尚书殿中郎。为骠骑将军萧道成赏识，任为记室参军，与江淹同掌辞笔。齐武帝时，历任黄门郎、太子中庶子、廷尉，转御史中丞。后出为南郡太守。东昏侯永元元年（公元499年）迁太子詹事，加散骑常侍。为人博学能文，气度洒脱，风韵清流，不乐世务。所作《北山移文》揭露假隐士的虚伪面目，文笔犀利，清丽华美，是六朝骈文中的优秀作品。诗存《白马篇》《旦发青林》等。原有集十卷，已佚。明人辑有《孔詹事集》。

320 若其亭亭物表，皎皎霞外，芥千金而不眄，屣万乘其如脱，闻凤吹于洛浦，值薪歌于延濑，固亦有焉。

【注释】

选自南朝齐·孔稚珪《北山移文》。

亭亭：耸立，高远，卓然独立的样子。物表：物外，指尘世之外，万物之上。皎皎：洁白明亮的样子。霞外：云霞之外。芥千金：视千金如草芥。芥，小草。这里作“视……如草芥”讲。眄（miàn）：斜视。屣(xǐ)万乘：意谓视君王如……。屣，鞋子。此用为动词，作“视……如……”讲。万乘，万辆兵车。指拥有万乘之尊的天子或国君。如脱：犹如脱去鞋子一样。意谓舍弃天子之位如同脱掉一双鞋。《孟子》：“舜视弃天下犹弃敝屣也。”《吕氏春秋》：“视舍天下若舍屣。”凤吹：谓吹笙如凤鸣。相传周宣王（一说为周灵王）太子晋不贪恋权贵之位，好吹笙，作凤鸣，游伊洛之间，后成仙而去。洛浦：洛水之滨。值：逢遇。薪歌：打柴人所唱之歌。延濑：犹谓长河。延，长。濑，湍急的水。《文选》吕向注本句云："苏门先生游于延濑，见一人采薪，谓之曰：'子以终此乎?'采薪人曰：'吾闻圣人无怀，以道德为心，何怪乎而为哀也?'遂为歌二章而去。"

【赏析】

孔稚珪的《北山移文》是一篇立意鲜明、文辞隽美的赋体移文。作者假托北山山灵的口吻，嘲讽周颙表面爱好栖隐、实则是想通过隐居方式谋取高官美誉的卑劣行径。文中以简练的语言，勾画出了真隐士的气度风范：

"若其亭亭物表，皎皎霞外，芥千金而不眄，屣万乘其如脱，闻凤吹于洛浦，值薪歌于延濑，固亦有焉。"

意思说：那些卓然独立于万物之上，洁白明亮于云霞之外的隐士，视千金如草芥，不屑一顾，舍弃万乘之君位如同脱掉一双鞋一样，如周宣王太子晋吹笙作凤鸣之声，游洛浦而成仙，苏门先生游长河所遇采薪人，超然物外，为歌二章而去，这样的真隐士还是有的。

作者指出，隐士有两种，一种是真隐士，一种是假隐士。在本句中，作者高度赞赏了真隐士的高尚节操，他们为人耿介，有操守，超脱世俗，亭亭玉立于云霞之外，视千金之重如草芥，弃万乘之尊如敝屣，其高洁之态生动鲜明，跃然纸上。如周宣王太子晋，不贪恋权贵地位，喜好吹笙作凤鸣，游于伊洛，久之仙去。又如苏门先生于长河所见之采薪人，超然物外，为歌二章而去。这样的人就是真隐士。

六朝时代，老庄出世思想风行，贵族文人在江南秀丽的山林环境中，一方面爱好过隐居生活，一方面又不免贪恋官爵和荣华富贵。这种退隐与出仕的矛盾，在很多文人士大夫身上都存在，其中不乏专以隐居为名，猎取荣名利禄的人。所以作者感到，当今世道是假隐士多，真隐士少。真隐士高洁和蔑视爵禄，假隐士则反复无常，他们的心已然被利禄所染，隐居山林不过是求取仕进的权宜之计，所以不能始终如一，保持节操。作者由衷赞美真隐士，而对当时以隐为名、猎取荣名的假隐士则给予无情的揭露、讽刺、鄙弃和挞伐。

然而需要说明的是，文中的周子，是当时著名文人周颙。周颙一生仕宦，未尝有隐而复出之事，故文中所言与史实不符。魏晋南北朝时代，游戏文学发达。孔稚珪与周颙同朝为官，又都擅长文学，所以本文或许是作者借用这一形式与朋友开个玩笑吧！

〖范　缜〗

范缜(约448—约515)，字子真，南朝齐梁时哲学家和无神论者。南乡(今河南淅川)人。出身寒微，先后仕齐、梁，任尚书殿中郎、尚书左丞等职。博通经史，尤精三《礼》(《仪礼》《周礼》《礼记》)。为人耿直，敢发高论。针对佛教的“神不灭”论而著《神灭论》，驳斥佛教教义，因被贬徙广州。仍坚持无神论观点，肯定形体是实在的，精神依附于形体，“形存则神存，形谢则神灭”，“形者神之质，神者形之用”，形是神的本体，神是形的作用，形神关系犹如刀刃和刀刃的锋利的关系，“未闻刀没而利存，岂容形亡而神在也。”《神灭论》从理论上驳斥佛教唯心主义，在中国思想史上有重要地位。但他以为圣人和凡人的形体不同，圣人生来就是圣体，凡人生来就是凡体；圣体决定“圣人之神”，凡体决定“凡人之神”，又陷入了宿命论。有文集十五卷，已佚。

321 形存则神存，形谢则神灭。

【注释】

选自南朝梁·范缜《神灭论》。

形：形体。神：精神。

【赏析】

范缜的《神灭论》是一篇哲理散文，设有问答三十多条，主旨是否定佛教信奉的“神不灭论”。他的著名观点是：

“形存则神存，形谢则神灭。”

意思说：人的形体存在，神（指人的精神）就存在；人的形体没有了，神也就消失了。

范缜认为，精神是肉体(形)的作用，肉体是精神的本质，肉体消失了，精神就灭了；物质分为有知物质和无知物质，人是有知物质，木是无知物质，人一旦死了，就变成无知物质了；物质的变化有其自身规律，活人会死，而死人不能再活，树木先是活的，后来会枯死，枯死后就不能再变活了。

“神不灭论”是佛教的根本教义。南朝齐梁时期，佛教盛行，信徒很多，所以范缜的《神灭论》一出，立即遭到众多反对。当时齐竟陵王萧子良笃信“人死精神不死”、“因果报应”和生死轮回教义，因此在王府举行辩论，组织名士围攻范缜。佛教徒王琰等人斥责他；沈约写了《神不灭论》《难范缜“神灭论”》批驳他；同时王公朝贵62人联名责骂范缜；竟陵王萧子良还指使王融诱以高官，劝范缜放弃神灭论。梁代皇帝萧衍更从政治上施加压力，以违经背亲的名义，将范缜流放广州。

然而可贵的是，面对种种压力和利诱，范缜始终坚持真理，没有放弃自己的观点，所以范缜不仅是一个有骨气的学者，也是敢于坚持正义的思想家。

从散文欣赏的角度看，《神灭论》的艺术价值并不高。它的价值在于光大了东汉末年王充的无神论思想，发表了千古不灭的真实见解，这在当时佛教盛行，“通人多惑”（《后汉书·西域传》）的时代，是独放异彩的。

〖张　融〗

张融(444—497)，南朝齐诗人。字思光，吴郡吴(今江苏苏州市)人。弱冠有名。宋孝武帝时为封溪令，泛海作《海赋》，文辞诡激。后入宋中领军将军萧道成幕。萧道成代宋建齐，张融为长沙王镇军参军，官至司徒左长史。张融为人不修仪表，行止异态百出，常叹息：“不恨我不见古人，所恨古人又不见我。”齐高帝曾说：“此人不可无一，不可有二。”工草书，善玄谈，能诗善赋。主张文无常体，反对“因循寄人篱下”（《门律自序》）。今存诗4首，《白日歌》充满盛衰相因的哲理；《别诗》写离人的惆怅情怀，王夫之以为“中唐人仿佛不到”（《古诗评选》）。

原有文集二十七卷，均散佚。明人辑有《张长史集》。

322 衰为盛之终，盛为衰之始。

【注释】

选自南朝·齐张融《白日歌·序》。

盛：兴旺，兴盛。终：结束，完结。

【赏析】

南朝齐诗人张融写了首《白日歌》：“白日白日，舒天昭辉。数穷则尽，盛满而衰。”白日即太阳。日中以后，太阳光由盛而衰，到落山时，由明而暗，直至黑夜；第二天早晨，太阳从东方慢慢升起，由暗而明，由弱而盛，到中天的时候，达到鼎盛。所以他在诗序中写道：

“衰为盛之终，盛为衰之始。”

意思说：衰弱是兴盛的结束，兴盛是衰弱的开始。

盈与亏、盛与衰是事物矛盾的两个方面；矛盾的双方在一定条件下必然互相转化。《史记·田叔列传》说：“夫月满则亏，物盛则衰，天地之常也。”谓事物繁盛以后将逐渐衰落，

是一种自然的客观规律。张融由此受到启发，进一步从太阳的循环往复中总结盛衰相依的关系，揭示了事物运动发展的辩证规律，充满哲理的敏感和睿智的火花。

当然，这种盛衰的变化，必然是一个逐渐的、由量变的积累而导致的质变过程。

〖吴　均〗

吴均（469—520），字叔庠，吴兴故鄣（今浙江安吉）人。南朝梁诗人，史学家。家世寒微，自幼聪慧好学，有俊才，颇受沈约称赏。历宋、齐、梁三代。曾任建安王记室，掌文翰，迁国侍郎，入为奉朝请。与周承、王僧孺、周兴嗣等人多有唱和。其诗文多描绘山水景物，长于抒情写景，风格清新秀逸，峻拔有古气，时人争相仿效，号“吴均体”。因私撰《齐春秋》获罪于梁武帝，免官。后武帝召其编撰历代《通史》，未竟而卒。今存诗130多首。原有集20卷，已佚。明人辑有《吴朝请集》，另有小说《续齐谐记》传世。

323 水皆缥碧，千丈见底。游鱼细石，直视无碍。急湍甚箭，猛浪若奔。

【注释】

选自南朝梁·吴均《与宋元思书》。

缥（piǎo）碧：青碧之色。湍：急流。奔：奔马。

【赏析】

这是吴均写给友人宋元思的一封新颖别致的书信。信中，作者描写了富阳至桐庐一带富春江上的“奇山异水”，盛赞其山水之美为“天下独绝”。他如是描写富春江的“异水”：

“水皆缥碧，千丈见底。游鱼细石，直视无碍。急湍甚箭，猛浪若奔。”

意思说：水都是青碧色，深千丈而清澈见底；水中的游鱼和细细的石子看得清清楚楚，没有一丝障碍。

本句将富春江江水的优美，描绘得入木三分：水是那么青碧，青碧得犹如一江碧琉璃；水是那么清澈，清澈得千丈见底。而水中的游鱼、江底细细的白石，皆历历可见，“直视无碍”，又将江水衬托得更加晶莹碧透，明净可爱。可以感受到，面对如此澄澈的江水，人的心灵仿佛也净化得了无杂质，变得纯净而透明了。

然而，在描绘了江水的静美之后，作者笔锋一转，用了“急”“猛”二字，突写江水的汹涌，又用“甚箭”“若奔”两个比喻，极写江水的奔湍，开出另一境界：原来富春江也有急流险滩，豪壮不羁的一面。

前后两个画面，一静一动，切换迅速，突出了江上姿态横生、多彩的风光：静态美——柔和宁静，充满灵气；动态美——气势磅礴，壮美异常。二者相辅相成，构成富春江富有立体感的奇异之美。

所以，这一封书信，其实也是一篇隽永的山水游记。写景抒情，简练生动，清辞丽句，音韵流美，如诗如画，具有很高的审美价值和欣赏价值，千百年来脍炙人口，为六朝山水小品中的上乘之作。

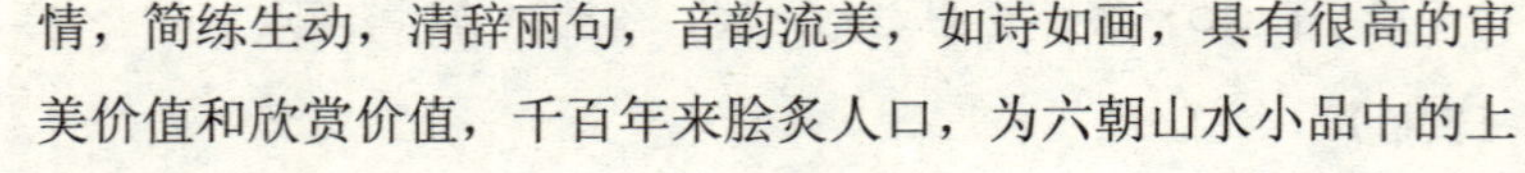

〖刘　勰〗

刘勰(约465—约532)，南朝梁文学理论家。字彦和，祖籍东莞莒县(今属山东)，世居京口(今江苏镇江)。青年时期曾于定林寺(在今南京)依附僧祐十余年，参与编定佛教经藏，入梁始为奉朝请，后任东宫通事舍人，世称刘舍人。晚年奉命撰经，功成皈依佛教，出家改名慧地。于南齐末年完成了文学理论巨著《文心雕龙》十卷五十篇。论诗主张言志，“人禀七情，应物斯感，感物吟志，莫非自然。”强调诗歌陶冶性情，使归于“无邪”。要求把自然地抒发情志与自觉地端正人的思想感情统一起来。一方面肯定诗歌“顺美匡恶”的社会作用，另一方面又肯定诗歌“舒文载实”的艺术特点。在考察历代诗歌发展的基础上，赞扬古诗质直而不粗野，婉转抒情状物，为“五言之冠冕”。推崇建安诗歌“慷慨以任气，磊落以使才”“不求纤密之巧”“唯取昭晰之能”。批评“晋世群才，稍入轻绮”“江左篇制，溺乎玄风”。主张诗歌反映现实生活，描摹生动形象，抒发雄壮的情怀。反对侈谈玄理、追求辞藻的形式主义诗风。注重诗人创作主体的重要地位。从“宗经”的观念出发，称四言为“正体”，五言是“流调”，表明其对诗体发展的看法是保守的。

324 人禀七情，应物斯感，感物吟志，莫非自然。

【注释】

选自南朝梁·刘勰《文心雕龙·明诗》。

物：这里既指自然景物，亦包括社会时代生活。

【赏析】

这是南朝梁刘勰关于诗人的主观感情受客观外在事物感召的观点。他在文学理论著作《文心雕龙·明诗》中说：

“人禀七情，应物斯感，感物吟志，莫非自然。”

意思说：诗人有喜怒哀乐之情，各种情感的产生，均是受客观外物触发感召的结果。

刘勰讲的“物”，既指自然景物，如《文心雕龙·物色》篇云：“春秋代序，阴阳惨舒，物色之动，心亦摇焉。”亦指社会时代生活，如《文心雕龙·时序》篇谓：“幽、厉昏而《板》《荡》怒，平王微而《黍离》哀。”自然景物方面，所谓“物色之动，心亦摇焉”，谓春天使人愉悦，夏天加深了人的抑郁，秋天使人生阴沉之志，冬天使人增“矜肃之虑”。社会生活方面，由于西周末年幽王、历王政治黑暗，《诗经》的《板》《荡》便反映出诗人愤怒的情感。到周平王东迁，国势衰微，《黍离》等篇就唱出诗人悲哀的情调。

在物与情的关系中，刘勰肯定是客观物景激发了情，兴起了情，《文心雕龙·诠赋》云：“睹物兴情。”《物色》篇谓："情以物迁。辞以情发。"诗人在客观物景的激发、感召下，引起喜怒哀乐情感的变化，产生创作冲动，发为吟咏，是为诗歌，所以物与情的关系，实际上就是诗歌和现实的关系。对这种关系的认识，刘勰之前已多有论述，如战国楚屈原《九章·抽思》："悲夫秋风之动容。"三国魏应璩《报赵淑丽》诗："嗟我怀兮，感物伤心。"晋代阮籍《咏怀》诗："远望令人悲，春气感我心。"晋代陆机《文赋》讲得更清楚："遵四时以叹逝，瞻万物而思纷，悲落叶于劲秋，喜柔条于芳春。"刘勰的物感说，是对这些观点的继承和发挥。

刘勰之后，关于物与情、诗歌与现实关系的理论有了进一步发展。南朝梁钟嵘《诗品序》说："气之动物，物之感人，故摇荡性情，形诸舞咏。""若乃春风春鸟，秋月秋蝉，夏云暑雨，冬月祁寒，斯四候之感诸诗者也。"又谓："嘉会寄诗以亲，离群托诗以怨。至于楚臣去境，汉妾辞宫。或骨横朔野，魂逐飞蓬。或负戈外戍，杀气雄边。……凡斯种种，感荡心灵，非陈诗何以展其义？非长歌何以骋其情？"突出了社会现实矛盾对诗人喜怒哀乐之情的影响，比之刘勰的论述有了很大的发展。

"应物斯感"正确描述了诗人情感变化的原因，肯定了客观现实对诗歌创作的重要意义，符合唯物论的反映论，对中国古代诗歌产生了非常积极的影响。

325 昔《诗》人什篇，为情而造文；辞人赋颂，为文而造情。

【注释】

选自南朝梁·刘勰《文心雕龙·情采》。

昔：从前。什篇：作品。为情而造文：内心先有感情的激荡而后有文。造情：缺乏真情实感，脱离生活实际，胡编乱造。

【赏析】

刘勰在文学作品的内容与形式上，重视内容和情感的真实美，反对过分追求形式美，对只注重文采而缺乏真情实感的作品，斥之为口是心非。他高度赞赏《诗经》内容真实、反映生活、能够传达作者的思想感情。而对汉代大赋，则贬之为“为文而造情”。他在《文心雕龙·情采》中说：

“昔《诗》人什篇，为情而造文；辞人赋颂，为文而造情。”

意思说：从前《诗经》的作者，是为了抒发感情而创作诗歌；后来的辞赋作家，是为了创作才造作出感情。

刘勰认为，《诗经》的作者有真挚的思想感情，心里郁积着怨愤，为了“讽其上”，表达自己的见解和真情实感而创作，写出的作品内容真挚而充实，具有朴素的自然之美，是“为情而造文”。后来，“为情造文”成为诗文创作的基本要求，评论家也把是否“为情造文”作为评论作品优劣的标准。清代张问陶《论诗十二绝句》有：“凭空何处造情文，还使灵光助风分。”认为诗歌创作必须有真实的感受和坚实的生活基础，遇上灵感的火花，才能写出优秀作品来。高明的诗人，如屈原、李白、杜甫等，都是抒写真性情、真怀抱，以情驱辞，情文并茂，所以能动人。在形式方面，他们也能量体裁衣，辞为情设，修短适度，以情动人，做到“要约而写真”。

反之，刘勰认为，赋颂的作者没有真挚充实的感情，没有郁积的愤慨，只为卖弄才华，沽名钓誉而创作，写出的作品必然浮辞华藻，矫揉造作，感情空虚，甚至“言与志反”，本末倒置，因而遗真逐伪，造成作品“淫丽而烦滥”，是“为文而造情”。清代叶燮完全赞同刘勰的观点，他在《原诗·内篇》中对此批评说：“浮响肤词，不从中出，如翦采之花，根蒂既无，生气自绝。”叶燮把凭空造情，无病呻吟，或故作多情的假诗，比作没有根蒂的纸花——尽管雕绘满眼，外表华丽，却是毫无生气的东西，终究没有艺术感染力。

326 岁有其物，物有其容；情以物迁，辞以情发。

【注释】

选自南朝梁·刘勰《文心雕龙·物色》。

以：依。物：事物。迁：变化。发：抒发。

【赏析】

这是南朝梁刘勰关于诗文创作中物、情、文三者关系的见解。他在《文心雕龙·物色》中说：

“岁有其物，物有其容；情以物迁，辞以情发。”

意思说：不同的岁时，有不同的景物，不同的景物，有不同的面貌；诗人的感情随着景物的不同而变化，语言根据感情的变化而运用。

刘勰认为，在情与物的关系中，物是第一位的，他在《诠赋》篇中说："原夫登高之旨，盖睹物兴情。情以物兴，故义必明雅，物以情观，故辞必巧丽。"客观事物的激发，使人产生了喜、怒、哀、乐等各种感情。这里，"物"，既指自然景物，也包括社会生活。刘勰进一步指出，自然景物和社会生活的不同变化，必定会引起人们不同的情感变化，即"情以物迁"。如《时序》篇中所言："幽、厉昏而《板》《荡》怒，平王微而《黍离》哀。"意思说，西周末年幽王、历王时期，政治黑暗，因此，《诗经》中反映这一社会现实的《板》《荡》等篇表达出的是愤怒的情感。到周平王东迁，国势衰微，反映这一社会现实的《黍离》等诗篇表达出来的则是悲哀的情调。所以，诗人心中有了喜怒哀乐之情，产生了创作冲动，并借助文辞来抒发，便产生了诗歌。刘勰还认为，在情、辞的关系上，一定是情在辞先，作品的内容决定形式。

刘勰肯定客观现实生活引起人的思想感情变化和创作冲动的观点，符合文学创作的规律。

327 若乃山林皋壤，实文思之奥府。……屈平所以能洞鉴风骚之情者，抑亦江山之助乎！

【注释】

选自南朝梁·刘勰《文心雕龙·物色》。

屈平：屈原。洞监：深察。风骚：泛指诗赋等作品。抑：或，也许。

【赏析】

这是南朝梁刘勰关于诗歌创作与自然景物关系的见解。他在《文心雕龙·物色》篇中说：

“若乃山林皋壤，实文思之奥府。……屈平所以能洞鉴风骚之情者，抑亦江山之助乎！”

意思说：山林原野的自然景象，确实是启发文思的宝库。……屈原能够深切领会《国风》和《九歌》的内容真情（并写出了《离骚》这样伟大的作品），大概就是得力于大自然的帮助吧！

“江山之助”中的江山，既包括自然景物，也包括社会生活。它要求诗人直接观察和体验自然景物和社会生活，待有了深切感受后，再用富于形象的意境和优美的文字把它表现出来，创作出优秀的作品来。

刘勰在《文心雕龙·物色》篇中，肯定了客观物景对于创作的重要意义，他说：“情以物迁，辞以情发。”“春秋代序，阴阳惨舒，物色之动，心亦摇焉。”

与刘勰同一时代的钟嵘，也在其《诗品序》中强调这一现象，他明确指出，客观物景对诗人的感召作用，是诗歌产生的基础。客观物景既包括自然现象，也包括社会现象。自然现象和社会现象二者激发作者的创作欲望，产生强烈的感情激荡，到了不吐不快时，便抒情状物，发而为诗了。他举例说：“若乃春风春鸟，秋月秋蝉，夏云暑雨，冬月祁寒，斯四候之感诸诗者也。”又说：“嘉会寄诗以亲，离群托诗以怨。至于楚臣去境，汉妾辞宫。或骨横朔野，魂逐飞蓬……凡斯种种，感荡心灵，非陈诗何以展其义？非长歌何以骋其情？”钟嵘说的这些文学现象，都是“江山之助”的具体表现。

由此可以看出，所谓“江山之助”，实际上是将现实生活和社会实践视作文学创作的源泉，揭示了文艺创作的普遍规律。

自从刘勰提出这一观点后，后人多用“江山之助”来表达文学创作中的这一奇特现象。《新唐书·张说传》说张说：“既谪岳州，而诗益凄婉，人谓得江山助云。”北宋杨亿《许洞归吴中》诗说：“骚人已得江山助。”北宋宋祁《江上宴集序》说：“江山之助，出楚人之多才。”南宋王十明《游东坡十一绝》说；“文章均得江山助，但觉前贤畏后贤。”南宋洪适《次韵蔡瞻明登中山》说：“登临自有江山助，岂是胸中不得平。”南宋陆游《剑南诗稿·偶读旧稿有感》也说：“挥毫当得江山助，不到潇湘岂有诗？”等等。其中以陆游的诗句最有代表性。陆游认为，挥毫写诗要有山川自然景物相助，没有到过潇湘的人，怎么能够写出描绘潇湘景色的诗句呢！

所以，刘勰的“江山之助”论，起到了引导作家面向社会现实、深入生活、反映生活的积极作用。

328 情动而言形，理发而文见。盖沿隐以至显，因内而符外者也。

【注释】

选自南朝梁·刘勰《文心雕龙·体性》。

情、理：互文见义，指蕴藏在诗人内心的思想感情及对事物的认识见解。言、文：同义，指诗文作品。形：指表现于外在的文学样式。

【赏析】

这是南朝梁刘勰关于诗文作品表现情志的观点。他在文学理论著作《文心雕龙·体性》中说：

“情动而言形，理发而文见。盖沿隐以至显，因内而符外者也。”

意思说：感情有了激荡，自然要用语言表达；思想有了活动，自然要体现为文章。作家的感情由内而外逐渐显现，形成与内容相一致风格、形式。

刘勰认为，作家内在的感情有所激动，用言辞表达出来，写成诗文作品，便形成外在的文学样式。他在《文心雕龙·知音》篇说的“缀文者情动而辞发”也是这个意思。刘勰主张诗文作品的内容和形式相统一。他说：“故情者，文之经，辞者，理之纬，经正而后纬成理，理定而后辞畅，此立文之本源也。”（《情采》）换言之，作品的内容决定形式，起主导作用。

汉代的《毛诗序》曾有“诗者，志之所之也，在心为志，发言为诗，情动于中而形于言”之说，刘勰的思想即本于《毛诗序》的这一观点，但作了新的发展。刘勰以情、理来界说“志”，认为诗文是诗人情、理的表现，情、理和言、辞的关系是“沿隐以至显，因内而符外”的关系。因此，在诗文创作中，作家的内心世界由隐蔽而趋向显露，形成可供人欣赏理解的文学作品。同时由于作家的情志必然影响作品风格，因内而符外，所以作品的风格也必然体现诗人的个性。反之，读者鉴赏作品时，则需要“披文以入情”，通过反复阅读、研究诗文作品，“沿波讨源”，去理解作家内心的情感。

由此可以看出，刘勰“情动而言形，理发而文见”的观点，究其源，是对《毛诗序》“诗言志”说的运用和发展。

329 操千曲而后晓声，观千剑而后识器。

【注释】

选自南朝梁·刘勰《文心雕龙·知音》。

操：掌握。

【赏析】

这是南朝梁刘勰关于提高欣赏者艺术修养的一种比喻说法。他在《文心雕龙·知音》中说：

“操千曲而后晓声，观千剑而后识器。”

意思说：演奏过上千支乐曲，才能真正懂得音乐；看过上千把利剑，才能识别剑的好坏。

刘勰认为，诗文欣赏者必须有高度的艺术修养，才能真正欣赏作品，而这种高度的艺术修养，感受和理解作品的鉴赏能力，不是先天具有的，而是后天培养，逐渐积累的。培养的途径，就是“博观”。他比喻说，演奏过一千支乐曲，然后才能懂得音乐，观察过一千把利剑，才能识别剑的好坏。总之，要真正读懂一部文艺作品，体会其精髓，欣赏其美感，必须先大量地阅读优秀作品，深入理解、熟悉批评鉴赏的对象，只有这样，才能真正提高自己的艺术鉴赏力。

〖江　淹〗

江淹（444—505），字文通。济阴考城(今河南民权)人。历仕宋、齐、梁三朝，是梁、陈时代著名文学家。生于江南。六岁能诗，家贫苦读，博览群书。20岁，宋明帝时江淹为南徐州从事、建平王刘景素掾属。元徽元年(公元473年)，建平王欲谋不轨，江淹以诗讽谏，被贬为建安吴兴令。宋顺帝升明元年(公元477年)，萧道成辅政，以才名召为尚书驾部郎、骠骑参军，书表诏令，多出其手。入齐后，先后任建武将军、庐陵内史、尚书左丞、御史中丞等职。齐末出为宣城太守。萧衍自雍州起兵西下，江淹赴新林迎候，迁为吏部尚书。萧衍代齐称梁，授散骑常侍，封临沮县开国伯，以疾迁金紫光禄大夫，改封醴陵侯。

早年以文名称显，在文学创作上致力于模拟古人，缺乏创造性，但却也因此而摆脱了当时的绮靡之风，出了一些能反映作者真实思想感情，在流丽中带有苍劲之气的作品。晚年安享尊荣，才思渐退，人谓“江郎才尽”。今存诗110多首，重刻画，善模拟，诗风幽丽精工。《别赋》《恨赋》为其最负盛名的作品。有《江文通集》传世。

330 春草碧色，春水渌波。送君南浦，伤如之何！

【注释】

选自南朝梁江淹《别赋》。

渌（lù）：水清澈。南浦：水的南岸。楚辞《九歌·河伯》："子交手兮东行，送美人兮南浦。"后人遂以借指送别之地。伤：悲伤。

【赏析】

江淹写《别赋》，跟他自己的生活有密切关系。江淹是北方人，却离乡南下在南朝谋求仕进，饱尝忧患，"转命沟间，侍殡岩下"，所以有浓厚的乡土之思；加之早年地位低微，仕途失意，更容易产生落魄知识分子的身世之慨和怀才不遇的感伤。江淹在《别赋》中，写了七种类型的离别，即显贵之别、侠客之别、从军之别、出使之别、伉俪之别、游仙之别、情侣之别。江淹善于借环境描写，用景物和季节的变化，时间和空间的交错，来刻画人物的心理状态，而且辞藻华丽，声律和谐，对偶工整。因此往往能营造出浓郁感伤的情调和离别惆怅的氛围，创造出感人的形象和意境。如他写侠客之别的悲壮慷慨，游仙之别的超脱空旷；写"行子"的孤独寂寞，"居人"的悲愁思念……无不娓娓动情，拨动着失意者的心灵。

在各类离别的描写中，尤以情侣之别最为凄婉动人。

“春草碧色，春水渌波。送君南浦，伤如之何！”

意思说：春草一片碧绿，春水摇荡绿波，在这离愁如春草春水的时刻，我在南浦与心爱的恋人送别，那是一种怎样的悲伤啊！

本句用春草春水的无穷无尽，来比喻恋人间难以描摹的无尽无休的离情别绪，历来为人传诵。而富有诗意的白描手法，民歌抒情独白式的表现形式，有一种娓娓道来的亲切感，增加了语言的情感色彩和感染力。遣词造句上，春与春有意重复，碧与绿故意叠加，将春的色调调得浓浓的，以这种浓浓的春色来渲染情人分别的离情，使离别的感伤情调变得十分深沉，而一个“伤”字作诘，显得余韵无穷，催人泪下，抒情气氛极为浓厚。细细品味，自有一种“意夺神骇，心折骨惊”的魅力。正是因为如此，千百年来，尽管物换星移，岁月流逝，这几句话仍然具有强烈的艺术感染力。

〖刘 峻〗

刘峻(462—521)，南朝梁诗人。字孝标，本名法武，平原(今山东平原)人。家贫，好学，常点燃麻秆夜读，通宵达旦。人有异书，必往借读，有书淫之称。八岁时被掳往北朝为奴，齐武帝时为人赎回。一度与其母出家为僧尼，旋即还俗。博学多识，才藻过人。明帝时为豫州刑狱。入梁，曾奉命编纂《类苑》。梁武帝招文学之士，因不肯随俗浮沉而不见用。后居南阳紫岩山，就地讲学。死后门人谥为玄靖先生。曾为《世说新语》作注，引书400余种，大大丰富了《世说》的内容。所引书多散佚，幸赖此注得以流传。

有集六卷，已佚。明人张溥《汉魏六朝百三家集》辑有《刘户曹集》一卷。

331 斯贤达之素交，历万古而一遇。

【注释】

选自南朝梁·刘峻《广结交论》。

素交：纯洁的友情。

【赏析】

南北朝时期，任昉是闻名遐迩的文学家、政绩卓著的新安太守。《梁书·任昉传》说：“初昉立于士大夫间，多所汲引。有善己者，则厚其声名。”所以士大夫们纷纷慕名造访。任昉为政清廉，身无积蓄，去世后，留下四个未成年的儿子，家道萧条，门庭冷落，朝不虑夕，生活十分艰难。而昔日频频登门的朋友不但不再光顾，也不肯从经济上给以丝毫资助抚恤。

东汉时期，朱穆曾有感于世俗浇薄，人心不古的社会现实，撰写了一篇《绝交论》。任昉的朋友刘峻则有感于任昉死后家境穷困，子侄流离，生平旧交绝迹，因此激于义愤，在朱穆《绝交论》的基础上，推论其观点，写成《广绝交论》，进一步揭露社会丑态，抒写胸中的愤慨和不平。同时，对古时朋友间真诚纯洁的友情则给以充分的肯定和赞扬。他说：

“斯贤达之素交，历万古而一遇。”

意思说：这些贤达之间真诚纯洁的友情非常珍贵，恐怕经过一万年才能遇上一次。

作者认为，古代贤达之间的交谊，如伯牙与钟子期、范式与张劭、尹敏与班彪等，都是真挚交友的典范。他们身上所表现出来的“风雨急而不辍其音，霜雪零而不渝其色”的“贤达之素交”，不但为人所倾心向慕，也寄托着作者自己理想的为人处世的道德观念。刘峻认为，朋友心心相印，和谐相处，不因危难而改变真挚的友情，值得大加赞颂。反之，以利相交，有好处时为朋友，无好处时为路人，则是卑鄙小人行为，不为人所齿。

因此，作者感叹，古时真诚纯洁的“素交”，随着岁月的流逝已经消失了，代之而起的是那种追逐财势、自私可鄙的利交。为了保持自身贞介的本性，磊落之士唯一的办法就是绝交了。

〖丘　迟〗

丘迟(464—508)，字希范，吴兴乌程(今浙江湖州)人。南朝梁文学家。初仕齐，后入梁，任司空从事中郎。工文，辞采丽逸。所作《与陈伯之书》是用其时流行的骈文写成。立意详明，措辞委婉，文采焕然，为人传诵。存诗11首，善于模山范水，颇有佳句。南朝梁钟嵘《诗品》评论其诗是“点缀映媚，似落花依草”，列为中品。《隋书·经籍志》著录其文集十卷，今佚。明人张溥辑《丘司空集》存诗文24篇。

332 暮春三月，江南草长，杂花生树，群莺乱飞。

【注释】

选自南朝梁·丘迟《与陈伯之书》。

暮春：晚春。

【赏析】

陈伯之在南朝齐末曾为江州刺史，抗击过梁武帝萧衍。后来投降了梁武帝，因惧祸，又于天监元年(公元502年)投降北魏，封为平南将军。天监四年(公元505年)冬，梁武帝命其弟临川王萧宏统兵北伐，陈伯之率兵抗拒。此时，丘迟正在萧宏军中任咨议参军，次年三月，他受命以个人名义写了这篇优美的骈体书信《与陈伯之书》劝降。为了打动陈伯之，丘迟晓之以大义，陈之以利害，动之以情。这三点层层深入，综合发挥作用，增强了劝降的感染力和说服力。在动之以情方面，他写出了江南动人的风光：

“暮春三月，江南草长，杂花生树，群莺乱飞。”

意思说：暮春三月，江南草长，绿意盎然，各种各样的鲜花盛开，群莺鸣叫着飞来飞去。

这几句写景名句，写活了江南暮春旖旎迷人的风光，历来受到人们激赏。陈伯之投降北魏后，远离江南，所以这“杂花生树，群莺乱飞”的醉人春景，一定能勾起他南国的许多美好回忆。因为人们眷恋故土的感情是渗入血液、沁透心神的。书信后面，再辅之以“高台未倾，爱妾尚在”的温馨生活，即使铁石心肠的人，也会受到感染。

晚唐诗人钱翊在七绝《春恨》中，对陈伯之的故国之思解析得颇为全面：“负罪将军在北朝，秦淮芳草绿迢迢。高台爱妾魂消尽，始得丘迟为一招。”其中既有故土之恋，亦有亲人之思。所以丘迟从这两个方面动之以情，对症下药，切中了陈伯之心灵深处最易触动的思绪，从而叩开叛将的心扉，自然生出归顺之心。

陈伯之得信后不久，果然率部归降。当然，陈伯之的归降，一定有政治的、历史的，以及自身的种种原因，但一封好的书信，在开启他幡然归降的心理变化方面，一定也起了某种微妙的促进作用。

〖钟　嵘〗

钟嵘(约468—约518)，南朝梁诗论家。字伟长，颍川长社(今河南长葛)人。齐永明中为国子生，入梁为衡阳王元简记室，后迁西中郎晋安王记室，世称“钟记室”。所著《诗品》是我国第一部诗歌批评专著。他以五言诗为正宗，称赞“五言为文词之要，是众作之有滋味者也。”重视社会生活对诗人的影响。认为诗歌创作要

“干之以风力，润之以丹彩”，把风力与词采统一起来。评诗强调“自然英旨”，追求诗的“真美”，要求写耳闻目见之景，抒发肺腑之情。批评玄言诗“理过其词，淡乎寡味”，指责事类诗滥用典故，“句无虚语，语无虚字，拘挛补衲，蠹文已甚”，反对四声八病，使“文多拘忌，伤其真美”。论诗重在探索源流，品第高下。开中国古代诗话之先河。

333 嘉会寄诗以亲，离群托诗以怨。至于楚臣去境，汉妾辞宫，或骨横朔野，魂逐飞蓬……凡斯种种，感荡心灵，非陈诗何以展其义？非长歌何以骋其情？

【注释】

选自南朝梁·钟嵘《诗品·序》。

嘉会：美好的聚会。楚臣：指屈原。屈原正道直行，受到朝中小人谗毁排挤，被放逐到汉北鄂渚。汉妾：指昭君。《汉书·元帝纪》：“竟宁元年……匈奴呼韩邪单于来朝……赐单于待诏掖庭，王嫱为阏氏。”王嫱，名嫱，字昭君。朔野：北方的旷野。骋：畅快地抒发，激情地表达。

【赏析】

南朝梁钟嵘的《诗品·序》，除了自述这本书的写作缘起外，还全面阐述他的文艺理论批评主张。他认为，自然景物和社会生活，作用于人的思想感情，有所感动，生出了喜怒哀乐，到了不得不发的时候，通过文字语言抒发出来，便形成了一篇好作品。所以文学的作用就是要“骋情”“展义”。

“嘉会寄诗以亲，离群托诗以怨。至于楚臣去境，汉妾辞宫，或骨横朔野，魂逐飞蓬……凡斯种种，感荡心灵，非陈诗何以展其义？非长歌何以骋其情？”

意思说：喜庆聚会的日子写诗表达亲情，孤独的日子写诗寄托哀怨。至于楚臣屈原受谗流放离开故国，汉代昭君远嫁匈奴辞别汉宫，或边塞征战陈尸北疆，英魂随着飞蓬飘荡……这种种情形，都能让人感动，心情激荡，不用诗歌表达出来，怎么能展现它的高义，不高歌一曲，怎么能抒发心中的激情！

钟嵘在深入探讨了诗歌产生的根源后，肯定了“气之动物，物之感人”（《诗品·序》）的关系(气候使景物发生变化，景物又感动着人)，认为自然景物中的“春风春鸟，秋月秋蝉，夏云暑雨，冬月祁寒”，社会生活中的“楚臣去境，汉妾辞宫”“负戈外戍”“塞客衣单”“孀闺泪尽”等等，都能够激发诗人喜怒哀乐之情，从而产生不吐不快的创作冲动，最后借助诗文充分抒发出来。在自然景物与社会生活二者之中，钟嵘特别强调社会生活对诗人的感召作用，如“嘉会寄诗以亲，离群托诗以怨”等等，认为社会生活中的种种不幸所造成的哀怨是诗文产生的基础，因此要求诗文创作着重反映人们社会生活的不幸，伸张正义之气，抒发怨悱之情，使作者所抒之情，所伸之义，具有深刻的社会内容。

钟嵘的这一观点，对传统“诗言志”和“兴观群怨”说是一种继承和发展，对刘勰关于文学与社会关系的论述是进一步的深化，在当时齐梁形式主义文风泛滥的情势下，具有纠偏补弊，引导文学创作面向社会生活的积极作用。

334 至乎吟咏情性，亦何贵于用事？“思君如流水”，既是即目；“高台多悲风”，亦惟所见；“清晨登陇首”，羌无故实；“明月照积雪”，讵出经史。观古今胜语，多非补假，皆由直寻。

【注释】

选自南朝梁·钟嵘《诗品·序》。

直寻，即直抒胸臆。陈廷杰《诗品注》解释说：“钟意盖谓诗重在兴趣，直由作者得之于内，而不贵用事。”

【赏析】

南朝梁钟嵘认为，文学创作应当直抒胸臆，反对隶事用典，要求作者直接描写自己的亲身感受。他在《诗品·序》中说：

“至乎吟咏情性，亦何贵于用事？‘思君如流水’，既是即目；‘高台多悲风’，亦惟所见；‘清晨登陇首’，羌无故实；‘明月照积雪’，讵出经史。观古今胜语，多非补假，皆由直寻。”

意思说：至于表达情感思想，哪里需要用那么多典故史实呢？诗句“思君如流水”，就是眼前之事；“高台多悲风”，

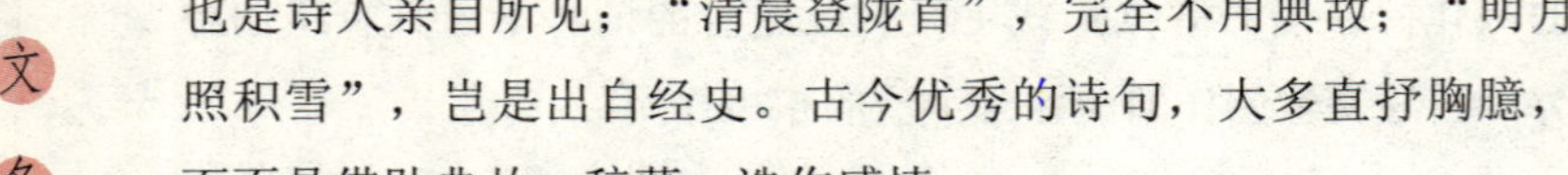

也是诗人亲自所见；“清晨登陇首”，完全不用典故；“明月照积雪”，岂是出自经史。古今优秀的诗句，大多直抒胸臆，而不是借助典故、辞藻，造作感情。

钟嵘崇尚文学艺术的真实美和自然美，反对宋、齐以来诗歌竞相用典，炫耀学问、故作藻饰、造成意义晦涩深奥、妨碍自然真美的错误倾向。他主张直接描写感受，书写即目所见的具体景物，这种“即景会心”的作品，如徐干《室思》中的“思君如流水”，曹植《杂诗》中的“高台多悲风”，谢灵运《岁暮》中的“明月照积雪”等等，自然真切，没有堆砌典故，也没有矫揉造作的人工痕迹，意境优美，艺术感染力很强。而永嘉时期流行的玄言诗，“理过其辞，淡乎寡味”，大明、泰始时期盛行的事类诗“句无虚语，语无虚字，拘挛补衲，蠹文已甚”，受到他的严厉批评。同时，他也反对拘守四声八病，认为这样做会影响作者思想感情的发挥和表达，“使文多拘忌，伤其真美”。这些批评，切中时弊，为五言诗的健康发展指明了方向。

钟嵘这种强调诗歌反映现实，抒发耳闻目睹的生活，表达对社会现实的切身感受的主张，继承和发展了传统“诗言志”说和汉代司马迁“发愤著书”论的观点，对后世诗歌创作产生了深刻影响。

唐代司空图认为，意境的创造贵在真实、自然，而决不能堆砌雕琢，人为造作。他在《与李生论诗书》中说，“直致所得，以格自奇”，这种真实、自然的诗境，“俱道适往，着手成春，如逢花开，如瞻岁新”，乃是诗人心与境会，直接书写即目、所见而得，只要兴会所至，“俯拾即是，不取诸邻”，不需要冥思苦索，诗境看似平常，然而余韵无穷。

唐代文学家韩愈也认为，文学应该抒发人们怨愤不平之情，“其哭也有怀，其歌也有思”（《送孟东野序》）。到了清代，文艺批评家刘熙载提倡诗人“身入闾阎，目击其事”，用诗歌“代匹夫匹妇语”（《艺概·诗概》）等等，都是钟嵘文学创作观的继承和发展，对促进诗歌健康发展具有积极意义。

〖萧　统〗

萧统(501—531)，南朝梁文学家，字德施，小字维摩，祖籍南兰陵(今江苏常州)人，生于襄阳。梁武帝长子，两岁（公元502年）立为太子，未及即位病卒，谥“昭明”，世称“昭明太子”。所编《文选》30卷，是我国现存最早的诗文总集。《序》称，所选之文要“以能文为本”，“事出于沉思，义归乎翰藻”。认为最好的文章“丽而不浮，典而不野，文质彬彬，有君子之致”。又曾为陶渊明编辑诗集并作序，高度赞扬诗人“文章不群，辞彩精拔，跌宕昭彰，独超众类”。原有《文集》，已佚。明人辑有《昭明太子集》5卷。

335 盖踵其事而增华，变其本而加厉。物既有之，文亦宜然。

【注释】

选自南朝梁·萧统《文选·序》。

踵：因袭，继承。其：他。此处指前人。增华：更加灿烂美好。华，光彩。厉：猛烈。

【赏析】

南朝梁昭明太子萧统爱好文学，曾与许多著名文人一起讨论和写作文章。他编撰的《昭明文选》，是现存最早的诗文总集，选录了先秦至梁代作者130余人的赋、诗、诏、表、书信等诸体文章。他在《文选·序》中论述了文章发展的总规律，颇有见地。他说：

“盖踵其事而增华，变其本而加厉。物既有之，文亦宜然。”

意思说：继承前人的业绩，并发扬光大之。事物之道如此，文章之道也应该这样。

萧统以车辆和寒冰作比喻，说明无论人类生活还是自然界一切，都是按照“踵事增华”“变本加厉”的规律发展变化的。因此，文学创作也该如此，在继承前人成就的基础上，使其“随时变改”，不断发扬光大，由简单质朴发展得更加繁富华美。

萧统的这个认识，是文学发展客观事实在人们头脑中的反映。汉末建安时期，文学的发展已进入“自觉时代”，不再像汉代儒生那样把文学视为经学的附庸。从晋代开始，人们开始注意到文学由质趋文的变化。东晋葛洪就在《抱朴子外篇·钧世》中说：“古者事事醇素，今则莫不雕饰，时移世改，理自然也。”到了南朝，人们对这一点认识得更为普遍，不管是论社会生活，还是论文学、书法等，都常常举出古质今文的规律。特别是齐梁时代，人们对语言的形式美非常看重，讲究辞藻富丽，对偶工整，声律和谐，骈体文有了很大发展。所以，萧统《文选·序》中表述的观点，与当时的时代风气是密切相关的。

《文选·序》本身也讲求文辞声色之美。其句式大多整齐，四字、六字句最多，但也富于变化，还时而插入散句，因而并不呆板。讲究对偶，注意声调的变化和谐，读来铿锵流利。语言生动贴切，颇见锤炼之功，给人留下深刻的印象。

今天，“踵事增华”“变本加厉”已成为成语，至今仍有生命力。

〖萧　绎〗

萧绎(508—554)南朝梁诗人，即梁元帝。字世诚，小字七符，自号金楼子，南兰陵(今江苏常州)人。梁武帝萧衍第七子，天监十三年封湘东王。侯景之乱时，他拥兵镇守荆州，却坐视不救，乱平后，他挥兵东下，即帝位于江陵，是为梁元帝。公元554年，被西魏军攻江陵时虏杀，在位仅三年。

萧绎博学多能，善诗工文，然多齐梁香艳之风，是著名的宫体诗人。存诗110多首，其赋作今存《玄贤赋》《言志赋》《采莲赋》等八篇，《荡妇秋思赋》是其中较出色的一篇。乐府诗《折杨柳》《陇头水》等较清新自然。著有综合性文集《金楼子》一书，其《序》文论及文学，从内在的特质强调文学的特性，认为文学应有华丽的辞藻、协畅的音律、精粹的语言。其诗文长于抒情，虽不完善，还是值得肯定。

《金楼子》原十卷，已散佚，今存辑本六卷。

336 棹将移而藻挂，船欲动而萍开。尔其纤腰束素，迁延顾步。夏始春馀，叶嫩花初。恐沾裳而浅笑，畏倾船而敛裾。

【注释】

选自南朝梁·萧绎《采莲赋》。

棹(zhào)：划船的桨。藻：水草。萍：水中的浮萍。敛：收缩，收敛。裾：衣服的前襟。

【赏析】

《采莲赋》是萧绎的一篇体物抒情小赋。开头四句，“紫茎兮文波，红莲兮芰荷；绿房兮翠盖，素实兮黄螺”，描写水中红莲，犹如特写：淡紫的茎干出于绿水，微风吹来，拂起阵阵波纹，它擎起一团红莲，亭亭玉立，绿色荷叶为其扶枝。荷叶仿佛一面高大的翠盖，遮盖住绿色的苞蕊。丰硕的苞蕊中，藏着素白的莲子，那一丝丝黄瓣，仿佛轻盈的霓裳羽衣。接着，镜头拉开，摇向远方，一艘画船在水波荡漾中轻摆慢摇而来：

“棹将移而藻挂，船欲动而萍开。尔其纤腰束素，迁延顾步。

夏始春馀，叶嫩花初。恐沾裳而浅笑，畏倾船而敛裾。”

意思说：兰棹将举，已被水藻牵挂：船身未动，浮萍早已漾开。少女腰如束素，来回走动。芳龄正盛如春末夏初，青春美丽如嫩叶苞花。一面担心沾湿衣裳而躲闪着，发出轻盈的笑声，一面避免小舟倾斜，小心地收敛起衣裳。

这一句描写少女们轻舟荡漾的情景，宛然一幅夏日湖上荡舟采莲图！你看，兰棹刚欲举起来，却被水藻牵挂住了；轻舟尚未移动，浮萍已然荡漾开来。少女们柳腰微摆，在船上欲行又止。她们芳龄娇俏如春末夏初，青春美丽如嫩叶苞花。一面担心弄湿了衣裳而躲闪着，发出银铃般的笑声；一面避免小舟倾斜，小心地收敛起衣襟。

作者用了四个动词“棹移”“藻挂”“船动”“萍开”，描写小舟在水面起步划动的情形，贴切生动，活灵活现；少女在舟中欲行又止的状态，亦被作者捕捉到，“迁延顾步”四个字犹如一幅中景镜头，把那动态的瞬间凝固了起来。因为是轻舟荡桨，不敢纵情游乐，作者以“恐沾裳而浅笑，畏倾船而敛裾”一句，表现少女们既怕弄湿衣裳，又怕小舟倾覆的情状，写人咏物，亦颇传其神韵。而“浅笑”“敛裾”二词，状写少女神态动作，更是惟妙惟肖，情韵盎然，令人有如身临其境一般。

这其中，以“夏始春馀”，比喻少女二八芳龄，以“叶嫩花初”，比喻少女青春靓丽。意境新颖，道前人之未道，更是具有创新特色，别具一种美感。

所以，朱自清在其名篇《荷塘月色》中，引了该赋中从

“于时妖童媛女”至“畏倾船而敛裾”一段，以再现“当时嬉游的光景”。其意境之优美，语言之美妙，影响之深远，可见一斑。

北朝

北周

〖庾　信〗

庾信(513—581)，字子山，南阳新野(今河南新野)人。北周诗人、文学家。自幼聪慧，博览群书，尤精《左传》。仕梁为抄撰学士，与父庾肩吾及徐摛、徐陵父子写作大量绮艳轻靡的作品，时称“徐庾体”。侯景乱时，逃奔江陵，梁元帝即位，奉命出使西魏，值西魏灭梁，不得返国，遂羁留长安。历仕西魏、北周，官至骠骑大将军、开府仪同三司，世称庾开府。隋初病卒。妙善文辞，尤工诗赋，为南北朝末期文坛巨擘。存诗320余首，赋15篇。《拟咏怀》27首为其代表作。技巧纯熟，精美和谐，诸体皆工，有承前启后、南北文学合流之功。不少诗篇在章法、句式、声律、对偶上为唐人五、七言律诗与绝句的先驱。杜甫在《戏为六绝句》之一中赞誉说“庾信文章老更成，凌云健笔意纵横”，又说“庾信平生最萧瑟，暮年诗赋动江关”(《咏怀古迹》五首之一)，给予庾诗很高的评价。

原有集21卷，已佚。明人辑有《庾开府集》。

337 一寸二寸之鱼，三竿两竿之竹。

【注释】

选自北周·庾信《小园赋》。

【赏析】

庾信的《小园赋》，是其使北被拘，被迫仕于西魏、北周26年期间，寄慨自己家国之思、乡关之情的一篇抒情小赋。作者笔下，小园不大，犹得“欹侧八九丈，纵横数十步”，不仅花草丛生，果树繁多，更有池鱼、修竹点缀其中。他描写道：

“一寸二寸之鱼，三竿两竿之竹。”

意思说：池中游着一寸二寸小鱼，屋前长着三竿两竿翠竹。

作者采用绘画中的写意笔法，淡淡两笔，便毫不费力地将小园风光宁静而有意趣地表现了出来：池中的鱼儿，一寸长的，二寸长的，在那儿慢慢游动，岸边的竹，三竿一簇，两竿一起，自在自得，迎风摇曳。

这里表达的是一种闲淡隐逸的情趣。作者希望自己的小园远离尘世，不染尘土，如野人之家，愚公之谷，“虽有门而长闭，实无水而恒沉”，向往与隐逸者相寻相往，追求一种幽静无忧的生活。可如今被迫旅居长安，花草虽多，却不能令人忘忧长乐。自己本想像鸟儿一样栖于深林，像游鱼一样潜于重渊，如今却屈仕西魏、北周，失其本性，“望云惭高鸟，临水愧游鱼”（晋陶渊明《始作镇军参军经曲阿作》）而不得，以至触景皆是痛，触景皆是愁啊！

其实作者并非真的隐逸，真的旷达，而是托小园之物，写国破家亡之痛；以乡关之思，发哀怨之辞，传达一种无可奈何的心情：既然北使西魏，遭遇国破丧家之不幸，已经身羁异国，那就姑且知命安贫，在小园里隐居养性，以求全身避害了。

然而“草无忘忧之意，花无长乐之心”。花草树木，鸟兽鱼虫，在作者眼里非但没有生意，反而充满了忧愁。隐居小园，求安不能，求乐不得，愈加反衬出作者内心的痛苦。关中与南国相比，寒暑异令，物候乖违，风声骚骚，天云惨惨，饥雀群噪，促织寒鸣，一景一物，无不着染哀愁。作者以此来抒发亡国羁臣伤怀故国的愁苦情怀，的是恻怆动人！

庾信67岁以疾去职，69岁辞世，一生未曾隐居。《小园赋》写的种种光景，多为虚拟想象之境界，不过以此抒发乡关之思，穷途一恸，发为哀怨之辞罢了。

338 新年鸟声千种啭，二月杨花满路飞。

【注释】

选自北周·庾信《春赋》。

啭：鸟鸣宛转。

【赏析】

《春赋》是庾信早年的咏春名篇，它以鲜丽的物色、轻靡的情思，表现了作者对春天的赞美。

宜春苑里，妃子们刚感觉到春气的萌动，便喜气洋洋地穿起了春衣；桃花盛开的河阳县，刹那间成了灿若云霞的世界；驰名遐迩的金谷园中，更有万株花树吐艳争辉！那一丛丛带着晶莹露珠、飘着幽香的兰草，固已令人流连驻足；更何况还有飞絮、游丝在路上拂动，犹如撩拨不尽的春绪！《春赋》围绕一个“春”字，用鸣禽、飞絮、花树、草色……造出了一个如此浓郁、如此璀璨的春之世界！引得老老少少，男男女女，都迫不及待地要“开上林而竞入，拥河桥而争渡”了。

其中，有两句描写新春景象，清新而富有诗意：

“新年鸟声千种啭，二月杨花满路飞。”

意思说：欢快的鸟儿千鸣百啭，还沉浸在新春的喜悦里，转眼间又见杨花飘飘，飞荡满城了。

作者善于捕捉物像的特色，绘出了一幅美丽的春韵图。这春之景象，有声有画，声画结合，如美酒一般，散发出阵阵醉人的芬芳，耐读耐赏，韵味无穷！

339 横石临砌，飞檐枕岭。壁绕藤苗，窗衔竹影。菊落秋潭，桐疏寒井。仁者可乐，将由爱静。

【注释】

选自北周·庾信《至仁山铭》。

仁者可乐：孔子云：“知者乐水，仁者乐山；知者动，仁者静；知者乐，仁者寿。”（《论语·雍也》）

【赏析】

作为南北朝末期文坛巨子，庾信不仅诗赋写得好，他的铭文也写得好。他的文集里，就集有铭文一卷，名《庾子山集》，收铭作12篇，尽管篇制有长短，皆弘润博约，俱为精品。

据清代倪璠《庾子山集注·玉帐山铭题解》称，这一篇《至仁山铭》，写作时间当为“中大通三年(公元531年)后简文为太子时，随侍东宫之所作”。而且认为，至仁山就是“梁宫中之小山”。庾信对山舍景观的描写，堪称精妙：

“横石临砌，飞檐枕岭。壁绕藤苗，窗衔竹影。菊落秋潭，桐疏寒井。仁者可乐，将由爱静。”

意思说：屋前有横石靠近阶沿，飞檐似乎枕着山岭。墙壁上绕着新长出的藤苗，窗户映着竹影。秋天里，菊花花瓣飘落进澄静的水潭，水井旁，长着稀疏的桐树。在这清寂的地方，仁者的快乐由喜爱清静获得。

这篇铭文一共只有16句。前四句用虚笔，描写至仁山的峰、水、云、人。例如，横峰如鹤岭，有仙人驾鹤飞掠；激水似龙津，多群鱼逆流腾跃；山上瑞云缭绕，有仙童出现……作者借古代神话传说，渲染山中缥缈的仙气。

作者以此为背景，改用实笔，对山舍的景观进行勾写：远而望之，睹“飞檐枕岭”之雄姿；近而察之，悟“壁绕藤苗”之生气；自屋向外看，得“窗衔竹影”之幽趣；菊落清潭，桐生井畔，赏心悦目，美不胜收。

本句以情写景，景中融情，景语与情语，融合无间，相得益彰，如诗如画。句式结构上，两两对偶，音韵谐美，赏心悦目。最后两句“仁者可乐，将由爱静”，则起到画龙点睛的作用，表达了山居的旨趣：此山幽静，而仁者之乐便生成于山之幽静中！

唐代

〖魏　徵〗

魏徵(580—643)，字玄成，馆陶(今属河北)人。一说巨鹿下曲阳(今河北晋县)人。唐初杰出的政治家、历史学家。少时孤贫，曾出家为道士。隋末投身于李密的瓦岗起义军，为元帅府文学参军。后又参加窦建德军，任起居舍人。窦建德败死后归唐，为太子建成所信重，任太子洗马。玄武门之变中，建成被杀，又被李世民任为太子詹事府主簿。李世民即位，擢谏议大夫，贞观三年，任秘书监，参与朝政，召引学者校定秘府图籍。并奉命监修梁、陈、齐、周、隋史，二年后，又总编《群书治要》一书。贞观七年，任侍中。以修史有功，进位光禄大夫，封郑国公。

性耿直，好犯颜直谏，曾屡次谏劝唐太宗以隋亡为鉴，励精图治。主张居上位者应做到“兼听则明，偏听则暗”“居安思危，戒奢以俭”；提出“薄赋敛”“轻租税”“息末敦本”“宽仁治天下”的治国方略。博学多才，能诗善文。其言论见于《贞观政要》。

340 求木之长者，必固其根本；欲流之远者，必浚其泉源；思国之安者，必积其德义。

【注释】

选自唐代·魏徵《谏太宗十思疏》。

浚：疏通。

【赏析】

唐太宗执政以来，任贤授能，开言纳谏，政治清明。到贞观十一年(公元637年)，社会安定，经济繁荣，一派歌舞升平景象。这时，唐太宗便显露出了一些“纵情傲物”、骄矜懈怠的苗头。魏征高瞻远瞩，写了这篇著名的《谏太宗十思疏》，希望太宗“居安思危，戒奢以俭”。他说：

“求木之长者，必固其根本；欲流之远者，必浚其泉源；思国之安者，必积其德义。”

意思是：要想树木长得高大，必先稳固它的根部；要想水流向远方，必先疏导它的源头；要想国家安宁稳定，必先多积德义。

作者以“求木之长者，必固其根本；欲流之远者，必浚其泉源”为喻，阐发安邦治国的道理，通俗易懂而又深刻贴切。所谓“固根”者，喻其治本也。根深才能叶茂，干壮才能枝高。身为人君者，多积“德义”，政治清明，国家才能安定，社会才能进步。所谓“浚源”者，喻其疏导也。《国语·周语上》记载，邵穆公劝诫周厉王消除谤言，提出著名的“防民之口，甚于防川”的观点。意思说，如果用堵的办法，即用高压政策来防止人民提意见，如同筑堤防水，一旦水道壅塞，决堤泛滥，将会导致很大灾难，伤人必多。所以治水的人，主要用疏导的办法，让水有地方宣泄，才不致造成灾祸。对老百姓的意见，也应该进行宣导，让老百姓把话都说出来。如果政事顺从民意，群众不满的地方改进了，老百姓自然就没有意见了。

魏徵《谏太宗十思疏》一文，总纲就是“思国之安者，必积其德义”。作为人君者，只要认同了这一观点，就应该积极行动，多积“德义”，并听取多积“德义”的具体方法。唐太宗接受了这一观点，唐朝得以走向“贞观之治”的太平盛世。

〖骆宾王〗

骆宾王(约638—？)，唐诗人。婺州义乌(今浙江义乌)人。少有志节，七岁能诗，善属文。与王勃、杨炯、卢照邻齐名，并称“四杰”。高宗时曾入蜀从军，任武功、长安主簿，升侍御史，人称“骆侍御”。不久遭武后诬陷下狱。遇赦获释后，贬为临海县丞，故世称“骆临海”。怏怏不得志，弃官而去。光宅元年（公元684年），徐敬业在扬州起兵讨伐武则天，骆宾王为府佐，撰写《代李（徐）敬业传檄天下文》，情辞慷慨，在当时广为流传。武则天读檄后，曾感叹说：“宰相安得失此人！”同年兵败，不知所终。一说被杀，一说逃亡后落发为僧。

其诗工整洗练，风神清峻，格律严谨，其七言歌行慷慨悲壮，音节浏亮。其赋和四六骈文，词采富赡，清新俊逸，在说理、叙事、抒情方面都达到很高成就。长篇《帝京篇》、五律《在狱咏蝉》均为传世名作。

《全唐诗》存其诗120余首。

341 请看今日之域中，竟是谁家之天下。

【注释】

选自唐·骆宾王《代李敬业传檄天下文》。

域中：国内。

【赏析】

公元684年，武则天废中宗准备自立，李唐子孙纷遭杀戮。李（徐）敬业在扬州起兵讨武则天。骆宾王作《代李敬业传檄天下文》以为张目。他说：

“请看今日之域中，竟是谁家之天下。”

意思说：请看今天的国内，肯定还是李家天下，武则天自立为帝的图谋必然不能得逞。

骆宾王认为，李（徐）敬业地广兵强，粮草丰厚，兵威气盛，锐不可当，且以恢复中宗帝位相号召，师出正义，必然一路斩关夺隘，所向披靡。理直则气壮，作者充满必胜的信心，慷慨激昂，大有真理在握，胜利在望之势，令人产生“百尺之冲，摧折于咫书；万雉之城，颠坠于一檄”之感，具有强大的鼓动力量。

然而，李敬业的举义部队，终被武则天的30万大军击溃，骆宾王从此“亡命不知所之”（《新唐书》本传）。这次声势浩大的军事行动的失败，给本句必胜的气势平添了一层悲剧美。然而，“请看今日之域中，竟是谁家之天下”却成为人们经常引用的警句，广为传诵，历来为人激赏。

〖王　勃〗

王勃（650或649—676），字子安，绛州龙门（今山西河津）人。早慧好学，14岁时应举及第，授官朝散郎，入沛王府为修撰，后补虢州参军。因罪免职。仪凤元年秋八月，去交趾（今越南）探望父亲，返回时溺水，惊悸而亡。死时年仅28岁。与杨炯、卢照邻、骆宾王并称“初唐四杰”。善作骈文，音律和谐，对仗精切，显示出非凡的才华。其《滕王阁序》十分有名，为前人推崇备至。存诗不多，精于五律。诗风“高朗”，笔调清新质朴，韵律宛转起伏，冲破了陈、隋、初唐时盛行的浮艳诗风，对唐代律诗的形成和发展有一定贡献。也得到了杜甫的肯定。有《王子安集》传世。

342 落霞与孤鹜齐飞，秋水共长天一色。

【注释】

选自唐·王勃《秋日登洪府滕王阁饯别序》。又作《滕王阁诗序》，一般选本简称《滕王阁序》。

落霞：晚霞。鹜：野鸭。长天：广阔的天空。

【赏析】

滕王阁在今江西南昌，为唐高祖之子滕王李元婴任洪州都督时所建。唐高宗上元二年(公元675年)，洪州都督阎某在滕王阁上举行宴会，为人饯别。王勃前往交趾（今越南）省亲，探望父亲，路过洪州(今江西南昌)，刚巧遇上了这次盛会，并应邀即席赋诗，写成了著名的《秋日登洪府滕王阁饯别序》一文。简称《滕王阁序》。

王勃是初唐四杰中首屈一指的作家，才华出众，14岁就能写出漂亮的文章。尚未及冠，就已经名闻海内了。他这篇《滕王阁序》，锦丽高华，脍炙人口，冠盖一时，最为人们赞赏。

“落霞与孤鹜齐飞，秋水共长天一色。”

意思说：灿烂的晚霞与孤鹜在黄昏的天空飞翔，秋水与长天都是那么澄碧清净。

这两句化用了北周庾信《马射赋》中“落花与芝盖齐飞，杨柳共春旗一色”的意境，却妙笔出新，在青天碧水浑然一色的背景中，画出了晚霞、孤鹜的美丽形象：你看，“落霞”自高而低飘散，远接天陲；“孤鹜”横空远举，与落霞齐飞；“秋水”“长空”，清丽澄净，天水“一色”，上下混蒙，青冥一片。这是一幅背景旷远，在水天之间点缀着片片红霞，色彩明丽的画面。它静中有动，刚而能润，壮美与优美兼具，诗意浓郁，画境清新，成为千古传诵的名句。

关于这篇序文的写作，还流传着一段优美的逸闻。据《唐摭言》卷五记载：唐高宗上元二年，南昌都督阎公重修滕王阁，为纪念这件盛事，在九月九日重阳节这天，大宴宾客。阎公事先让女婿写好一篇宴滕王阁的文章，想借机炫耀一下他的才华。王勃应邀赴会，坐于末席。席间，阎公命人捧出笔墨纸砚，遍请各位宾客作序。众人明白阎公的心意，皆婉言推辞。当阎公邀请王勃时，王勃不知内里，毫不客气地接过纸笔就写。阎公不便发作，暗自生气，便以更衣为借口，退出了宴会。可他又不放心，于是派人探听王勃写些什么，即时回禀。

开初，探听的人报道："南昌故郡，洪都新府。"阎公笑道："不过是老生常谈罢了。"接着报道："星分翼轸，地接衡庐……"阎公听了，沉吟不语。当听到下一句报道"落霞与孤鹜齐飞，秋水共长天一色"时，阎公惊讶不已，"矍然而起曰：'此真天才，当垂不朽矣！"阎公连忙赶回宴席，与王勃把盏敬酒，尽欢而散。

满座的文人骚客，也为之赞叹不已，击节叫绝，自愧不如。

343 老当益壮，宁移白首之心；穷且益坚，不坠青云之志。

【注释】

选自唐·王勃《秋日登洪府滕王阁饯别序》。

老当益壮：年纪虽老，意志却更加旺盛。典出《后汉书·马援传》："丈夫为志，穷当益坚，老当益壮。"宁移：怎能改变。一作宁知。宁，岂，难道。移，改变。白首：指年老。穷且益坚：处境穷困，意志当更加坚定。语出《后汉书·马援传》："丈夫为志，穷当益坚，老当益壮。"穷，穷困不得志，困厄。坠：落下，坠落。这里指丧失。青云之志：喻指高洁的志向。青云，比喻高远。

【赏析】

王勃于唐高宗上元二年(公元675年)前往交趾（今越南北

部）省亲，途经洪州（今江西南昌），时逢洪州都督阎某在滕王阁上大宴宾客。王勃受邀赴会，笔走珠玉，写成了著名的《秋日登洪府滕王阁饯别序》。文中，王勃表达了自己积极用世，建功立业的热切愿望。

“老当益壮，宁移白首之心；穷且益坚，不坠青云之志。”

意思说：年岁虽老，意志却更加旺盛，即使头发白了也不改变初衷；身处困境，信心更加坚定，绝不丧失远大的理想和抱负。

王勃这篇序文，之所以千载不朽，不在于它写了洪州的山水之胜，地势之雄，人物之美；也不在于它写了滕王阁左右壮丽的风光，豪华气派的宴会。而在于它在这些场景的描写中，寓有自己的身世之感，命运之叹，流露出丰富复杂的思想感情。其中，既有年少坎坷的感慨，怀才不遇的悲愤，亦有华年流逝、功名无成的哀伤。而“老当益壮，宁移白首之心；穷且益坚，不坠青云之志”一句，真情流露，不假雕饰，却以其豪迈的报国壮志，修德立名的昂扬意气，振起全篇，引起读者共鸣，增强了文章的感染力。

这一句境界高远，声情并茂，极具鼓舞人们奋发向上的感召力，已成为后世警句。而声调之和谐，节律感之强烈，音乐感之优美，确乎是骈体文中言情达意的经典语言。

〖王 维〗

王维（701—761）字摩诘，祖籍太原祁州（今山西祁县），后随父迁居蒲州河东郡（今山西永济）。9岁就有才名，19岁赴京兆应试，考中“解头”（唐时各州送举子赴京应试，列入第一名的称“解头”）。唐代开元九年(公元721年)举进士，授大乐丞。曾一度奉使出塞。因坐伶人舞黄狮子事贬济州司仓参军。后擢为右拾遗，累官至给事中。天宝十五年，安史乱起，为乱军所获，被迫授伪职。安史之乱后贬为太子中允，迁太子中庶子、中书舍人，改给事中。上元元年(公元760年)转尚书右丞，故世称“王右丞”。

王维年轻时很有政治抱负，安史之乱后受唐肃宗冷遇，对仕途逐渐淡薄。期间先后在终南山和辋川隐居，过着亦隐亦官的生活。笃信禅宗，诗多禅趣，人称“诗佛”。性喜山水，是盛唐山水田园诗派的代表作家，与孟浩然并称“王孟”。其诗描写山川的壮丽，边塞将士的英勇，具有积极意义。隐居以后写了许多田园、山水诗，描写细腻，格调清新，自然流畅，形成了独特的田园派诗歌，具有很高的艺术欣赏价值。

王维是一位艺术全才，诗歌、文辞、音乐、绘画都有很高的成就。宋代苏轼称其诗是“诗中有画，画中有诗。”文风与诗风相近。有《王右丞集》传世。

344 夜登华子冈，辋水沦涟，与月上下。寒山远火，明灭林外。深巷寒犬，吠声如豹。村墟夜舂，复与疏钟相间。

【注释】

选自唐·王维《山中与裴秀才迪书》。山中，指辋川别业。裴迪，作者友人。秀才，唐时凡应举尚未及第者，均可称秀才。

辋(wǎng)水：即辋川，源出南山辋谷，北流入灞水。沦涟：波纹。墟：村落。舂：用杵臼捣去谷物皮壳。

【赏析】

王维的《山中与裴秀才迪书》，约写于天宝三载之后，安史之乱前。文中描写寒夜山中景致，追念旧游，邀约后期，高情幽致，情趣盎然。宋代苏轼评论王维诗画说：王维的诗，“诗中有画”，王维的画，“画中有诗”。王维的文风也与诗风相近，体现了诗、画、文的融合：

“夜登华子冈，辋水沦涟，与月上下。寒山远火，明灭林外。深巷寒犬，吠声如豹。村墟夜舂，复与疏钟相间。”

意思是：夜晚登上华子冈，辋川的水泛着涟漪，与月光上下波动。远处寒山有火光，在树林外明灭闪烁。深巷之中，响起阵阵犬吠声，犹如豹子在吼叫。村子里，村女的舂米声，与稀疏的钟声交替传来。

这一段写景文字，描写辋川山中冬夜清寥优美的景色，既散发出一股浓浓的诗情，亦有着鲜明的绘画意境：荡漾的波光月影，明灭的寒山远火，吠叫的深巷寒犬，夜舂声与疏钟相间，无不凸现出辋川月下寒夜的寂寥与深永。可谓文中有画，

画中有诗。作者由近及远，由水而山，由视而听，由色而声，依次描写，秩序井然；同时，运用了以动衬静、以明托暗、以声显寂的手法。例如，“寒山远火，明灭林外”构成的图景，是静夜中的一种动态；“深巷寒犬，吠声如豹”衬托了夜的安谧；村女夜舂的声音、古刹悠悠的钟声，又从一种动态美缓缓转入一种使人心情趋于宁静的状态，最终归入寂寥的境界。而夜半钟声，悠悠传来，悠悠逝去，更显示出一种人与大自然的悄然融合，具有一种令人神远的意境美。

王维当时过着半隐半仕的生活，憧憬辋川大自然的美景，当他领略了山中夜的逸趣后，便沉醉于大自然富于生机而又宁静的境界中，并用自己的生花妙笔，为我们勾画出了这一幅幽美的、如诗如画的夜景。

345 当待春中，草木蔓发，春山可望，轻鲦出水，白鸥矫翼，露湿青皋，麦陇朝雊。

【注释】

选自唐·王维《山中与裴秀才迪书》。

鲦(tiáo)：又名白鲦，一种生于淡水的小白鱼。矫：举。扬雄《解嘲》：“矫翼厉翮。”皋：水边高地。麦陇：麦田。陇，田埂。雊(gòu)：早晨野雉鸣叫。《诗经·小雅·小弁》：“雉之朝雊，尚求其雌。”

【赏析】

本文是王维从长安回到辋川别业后写给朋友裴迪的一封信，他以欢快的笔调描绘了春山中生机勃发的景象，邀请裴迪开春后来山中一同游赏。他说：

“当待春中，草木蔓发，春山可望，轻鲦出水，白鸥矫翼，露湿青皋，麦陇朝雊。”

意思是：春天到了，草木发芽生长，远远的春山可望，近处水中，白鲦跃出了水面。天空中白鸥展翅飞翔，水边露珠湿透了春草。清晨的麦田里，传来野雉的阵阵鸣叫。

辋川的春天，生气勃发，令人神往。但王维关于春光的描绘，却完全出自想象。他写这封信的时候，正值冬夜，天寒地冻，朔风吹雪。但作者以富于想象的妙笔，为朋友描绘了山中春天旖旎的风光：草木蔓生，从春山到春水，从天空到地下，从田野到草地，从植物到动物，到处都跃动着生命的活力，散发出盎然的生机。看那白鲦跃出波光粼粼的春水，白鸥展翅在春的天空飞翔，水边露珠湿透了春草。而从清晨的麦陇里，正传来一阵阵野雉的鸣叫……随笔点染，即成妙趣，充盈着对春天、对生命的热爱，诗情画意荡漾。这样美妙的景色，如一轴画卷徐徐展开，美不胜收，他的朋友能够拒绝吗！一定和读者一样，早就心向往之了。

辋川山中充满勃勃生机的春景，与冬日月夜的景象迥然不同，但各有妙趣，让我们看到了辋川景象的另一种境界。当然，这也反映了两晋南北朝以来，人作为大自然审美的主体，不带任何功利的目的，自在自我地对自然景象进行审美观照，

并在观照中发现自然真美的独立意识有了进一步的发展。

本句全为四字句，亦骈亦散，语言清丽，情感深挚，气韵流动，毫无板滞之感。

〖李　白〗

李白（701—762），字太白，号青莲居士。先祖在隋末获罪流放西域。李白出生于安西大都督府的碎叶（今吉尔吉斯斯坦北部托克马克附近）。5岁时随父迁居绵阳昌隆（今四川江油）青莲乡。25岁离川，远游长江、黄河中下游地区。天宝元年（公元742年）到京城长安，任翰林院供奉，不久遭谗离职。安史之乱时，抱着平乱的愿望，参加唐肃宗之弟永王的军队，任幕僚。后永王以叛逆之罪被肃宗讨伐击溃，李白受牵连流放夜郎（今贵州桐梓）。在巫山途中遇赦东归。晚年困苦漂泊，卒于当涂（今安徽当涂）。李白博学善诗赋，才华横溢。他热爱祖国，关心人民疾苦，对权贵疾恶如仇。其诗想象奇丽，豪放飘逸，汪洋恣肆，瑰丽多姿，音律和谐，流转自然，清新俊逸，善于从民歌、神话中吸取营养和素材，构成其诗特有的瑰伟绚丽的色彩，对后世产生了深远的影响，是中国继屈原之后又一位伟大的浪漫主义诗人，有“谪仙人”之称。他与杜甫并称“李杜”，代表了我国古典诗歌的最高成就。其文名为诗名所掩。文风奔放豪逸，气势夺人，与诗风相近。有《李太白集》传世。

346 夫天地者，万物之逆旅也；光阴者，百代之过客也。而浮生若梦，为欢几何？

【注释】

选自唐·李白《春夜宴诸从弟桃李园序》。

逆旅：客舍。光阴：时间。过客：过往的客人。李白《拟古十二首》其九："生者为过客。"浮生：人生。指短促、飘浮无定的人世生命。

【赏析】

李白是中国古代最伟大的诗人之一。其诗想象奇丽，豪放飘逸，汪洋恣肆，瑰丽多姿，音律和谐，流转自然，清新俊逸。善于从民歌、神话中吸取营养和素材，构成一种特有的瑰伟绚丽的气象，成为继屈原之后又一位伟大的浪漫主义诗人。有"谪仙人"之称，与杜甫并称"李杜"，代表了我国古典诗歌的最高成就。

然而李白不仅诗写得好，文章也写得好。其文奔放豪逸，气势夺人，与诗风堪相媲美。但因其诗名太大，文名为诗名所掩，所以一般人只知其诗名而少有知其文名者。

《春夜宴诸从弟桃李园序》就是李白一篇著名的抒情短文，约写于开元二十一年(公元733年)前后。作者以清新自然的笔触，抒写春夜里自己与诸从弟在桃李园饮宴、幽赏、清谈、赋诗的赏心乐事。文中景、情、思俱佳，融合成一种极美的意境，语短意长，增人思致。

"夫天地者，万物之逆旅也；光阴者，百代之过客也。而浮生

若梦，为欢几何？”

意思说：天地，是万物的旅舍，时光，是百代的过客。人生飘浮不定，犹如一场梦，能有多少欢乐呢？

这是开篇第一句话。李白思落天外，首句便其势突兀，其语警拔，展示出一片广阔无垠的悠悠时空，如黄河之水天上来，立显气势飞腾，气度非凡。

人寿有限，天地无期。光阴百代，绵延不绝。作为生命个体存在的人，与天地万物相比，显得实在太过渺小了，生命也实在太过短暂了！李白以诗人的情怀，感念人生的渺小和短暂，将之比为天地间一匆匆过客，这其中的人生感慨，是既深沉而又悲凉的。

人生飘浮不定，犹如一场梦，能有多少欢乐呢？便是李白面对漫漫时空发出的一声叹息。也是这篇短文的宗旨。

这种对于生命短促的悲叹，也是历代知识分子对人生的一个共通的感喟。《古诗十九首》说：“生年不满百，长怀千岁忧。昼短苦夜长，何不秉烛游。”晋人石崇的《金谷诗序》说：“感性命之不永，惧凋落之无期。”同样生活在晋代的王羲之《兰亭集序》说：“修短随化，终期于尽。”而那个不愿为五斗米折腰的晋代隐逸诗人陶渊明《游斜川诗序》也说过：“悲日月之既往，悼吾年之不留。”

然而，生活在大唐时代的李白，心中充盈着大唐盛世特有的积极进取、恢弘阔大的时代精神，以此观照千古，总揽万物，所以虽是感慨人生，却并非完全是低沉的音调。文中第二段，李白便以炽热的感情讴歌融融春光、缤纷桃花中的欢宴，尽情享受生命的自由和快乐。这种热爱自然，热爱人生，乐观向上的情绪，就是李白浓烈挥洒、自由奔放的生命意识的表现。

王羲之的序体散文名篇《兰亭集序》，光照千古，无人能及。但李白的这篇序文，能在极短小的篇制中，充盈、奔腾着一股磅礴之气，也让人真切地感受到了“诗仙”李白的飘逸之气和大家风范，与《兰亭集序》相比，毫不逊色，更为六朝诸家所不及。

347 阳春召我以烟景，大块假我以文章。

【注释】

选自唐·李白《春夜宴诸从弟桃李园序》。

阳春：温暖的春天。召：召唤。烟景：指春天淡烟朦胧的秀丽景色。大块：大地，这里指大自然。假：借给，提供。文章：指自然景物如锦绣交织的花纹一样美丽。

【赏析】

李白的抒情散文《春夜宴诸从弟桃李园序》，是一篇充满浓郁诗情画意的散文名篇，长期以来，家传户诵，脍炙人口。明代大画家仇英还以此为素材，画了一幅画，自此后，文以画添色，画以文生辉，成为文坛上的一件趣事。文中描写春景的名句，更是万口相传，和李白许多脍炙人口的诗歌一样，百代不衰：

“阳春召我以烟景，大块假我以文章。”

意思是：春和景明，到处是一片淡烟朦胧的春光；大自然的景物如锦绣交织呈现在人们面前，召唤着诗人的满怀豪情。

诗人与从弟们在桃李园中欢聚，当空皓月一轮，身边桃花嫣然，此时与亲人共叙天伦之乐，令诗人倍感欢愉，并深切感受到大自然的美轮美奂，所以他感叹道：“阳春”用流光溢彩的“烟景召唤我”，“大块”把绚烂斑驳的“文章”献给我，如此良辰美景，岂容辜负！

这一句之所以成为名句，就在于它只用了几个字就体现了春天的特色：你看，“春”字前着一“阳”字，春天被形象化了。阳光和煦，使人感到温暖，红艳艳的春日，特别惹人怜爱！空气中弥漫着袅袅轻烟，花、柳、树、小山、湖水……在烟霭缭绕中，披绫戴绡一般，分外迷人。“景”前着一“烟”字，便把这独特的景色画得空灵迷离，有如神仙洞府，令人艳羡神往。“阳春烟景”从此成名，一提到它，人们脑海里便立刻浮现出春天烂漫迷离的美景和无限美好的回忆。至于以“文章”来形容天地间森罗万象的景象，也能给人以文采炳焕、赏心悦目的感受。同时，它还把审美客体拟人化了。那“阳春”有情，正用她美丽的“烟景”召唤我；“大块”有情，正把她绚烂的“文章”奉献给我。作为审美主体的诗人，自然应当有情有义地去拥抱她、审视她、赞美她、歌颂她了，如此一来，主体客体相融相洽，便升华到了物我无间的一种审美境界了。

这一句还起到了照应题目，回答了为什么要举行“夜”宴的问题。与万物相比，人不过是沧海一粟，与漫漫光阴相比，人不过是匆匆过客。“浮生若梦，为欢几何”，所以应该加紧欢乐，更何况在这弥漫着芬芳的春夜里呢！

348 请日试万言，倚马可待。

【注释】

选自唐·李白《与韩荆州书》。

倚马可待：立时一挥而就。

【赏析】

《与韩荆州书》是李白散文中的名篇。李白年轻时，志存高远，他“仗剑去国，辞亲远游”，东出夔门，来到长江中下游一带，广事交游，渴望得到仕进的机会。于是写了这封信给韩荆州，希望得到他的赏识。韩荆州，即韩朝宗，当时任荆州大都督府长史兼襄州刺史、山南东道采访处置使。他既是荆襄地区的高级行政长官，也是衡量文章、人物的权威人士，读书人一经得到他的好评，便称佳士。韩又喜好奖掖后进，所以为读书人所仰慕。李白渴望施展抱负，建功立业，所以向他自我推荐，便在情理之中。文中，李白介绍自己的文才时自负地说：

“请日试万言，倚马可待。”

意思说：请测试我的文才，一万言的文章，我倚着马背立时就能完成。

这一句话，不仅表现了李白胸有玑珠的自负，也表现了他

年轻志远的不凡风采。据《世说新语·文学》篇载，东晋大臣桓温北征，半路上命袁宏写一篇公告。袁宏倚立在马前起草，手不停挥，一会儿便写满了七张纸，而且写得很好。李白才华横溢，文采飞扬，斗酒诗百篇，大诗人杜甫赞誉他“敏捷诗千首”。踌躇满志的李白，对社会、对人生、对个人的前途充满了美好的憧憬，所以李白自比袁宏，用这一典故来说明白己文思敏捷，才能出众，希望得到韩的赏识和提拔，颇为恰切。

不过，尽管李白希望得到韩朝宗的赏识和援引，一展才华，“扬眉吐气，激昂青云”，却决不会露出一副卑躬屈膝的寒乞相。李白追求个性自由，傲岸清高，所以他拜见万人景仰的韩朝宗，行的是宾主平等相见之礼，长揖不跪，显示了“平交王侯”的气概。同时，他也希望韩朝宗不要因此而拒绝自己，而能优厚款待，让自己的才能充分发挥出来，所以提出了“日试万言，倚马可待”的请求。后来，“日试万言，倚马可待”便常用来形容读书人文思敏捷，才华出众。

〖李　华〗

李华(约715—约774)，唐代诗人、散文家。字遐叔，赵州赞皇(今河北赞皇)人。开元二十三年(公元735年)进士，后又登博学宏词科。官至监察御史，因弹劾不法，为权贵所嫉，徙右补阙。安史之乱时，长安陷落，曾受伪职。乱平之后，贬为杭州司户参军。后起用，官至检校吏部员外郎。因病去职，客隐山阳，勒子弟务农。李华以文章著称，与萧颖士齐名，世称“萧李”。反对骈文，倡导古文，开中唐古文运动先河。亦工诗。其诗以写景见长，如《春行即兴》《仙游寺》等。《咏史》诗怀古思今，颇具深情。

有《李遐叔文集》传世。《全唐诗》存诗29首，编为一卷。

349 河水萦带，群山纠纷。黯兮惨悴，风悲日曛。蓬断草枯，凛若霜晨。鸟飞不下，兽铤亡群。

【注释】

选自唐·李华《吊古战场文》。

萦带：像带子一样环绕。萦，环绕。纠纷：杂乱交错的样子。黯：暗淡无光。悴：忧伤。曛（xūn）：落日的余光。这里指昏暗不明。蓬：草名。飞蓬，枯后根断，遇风飞旋。凛：寒冷。不下：不敢下落。铤：快跑的样子。亡群：失群。

【赏析】

李华的《吊古战场文》，从文体上看，属于哀吊类。它祭吊的是一个古战场，以及那些千千万万远离家乡、为戍边卫国而战死疆场的无名将士。从眼前这个古战场上，作者思接千载，视通万里，联想到了所有的古战场，以及古代边庭所发生的那些战争，具有一种深沉的历史纵深感，是古代散文中的名篇。

作者从古战场眼前的空旷荒凉，想象到昔日战争的惨烈，

表达了对阵亡者的痛惜、对穷兵黩武的不满以及对和平的祈盼。其最突出的艺术成就表现在情融于景，夹叙夹议，写景、叙事、抒情、议论融为一体，描绘出古战场悲凉空旷、惨绝人寰的历史画卷，惊心动魄，摧人肝肠。

“河水萦带，群山纠纷。黯兮惨悴，风悲日曛。蓬断草枯，凛若霜晨。鸟飞不下，兽铤亡群。”

意思说：（古战场上）河水像带子一样环绕流过，四面群山杂乱交错。日光黯淡，透出凄惨悲伤的情调，风哀哀地吹过落日余晖映照的原野。蓬断草枯，寒气凛凛如清晨的寒霜。这里连飞鸟也不敢落下，野兽经过这里也会离群逃走。

本句实写古战场的悲凉、空旷，其中有静态的描写，也有动态的描写：浩渺无涯的大漠，人迹罕至，唯有无声的山川萦绕；河水呜咽，一片空寂荒凉；天昏地暗，日月无光。这些是静态描写，衬托出古战场的死寂肃杀、一片愁云惨雾的情境。而狂风悲号，枯草飘旋乱飞，凛冽如霜落之晨；禽鸟惊飞不定，野兽疾走失群，则属于动态的描写。让人感到古战场上似乎郁结着千千万万的阴魂在那里呼号游荡，因而连飞鸟也不敢落脚，野兽路过这里也会吓得惊恐地四散奔逃。可以看出，这一句景、情描写，作者成功地用有生命的飞禽、走兽，反衬古战场的死寂可怖，营造出了一种极度压抑、怵魂惊心和摧人肝肠的凝重气氛，益发显出它的悲凉和凄清。

接着，当地亭长沉痛地指出：这古战场便是千百万士兵葬身的坟场，“往往鬼哭，天阴则闻”，这很容易让人联想起杜甫《兵车行》中“新鬼烦冤旧鬼哭，天阴雨湿声啾啾”的情景。

然而，渲染古战场愁惨的情状不是目的，而是意在反思战争的得失是非，借吊古之名，行讽谏之实：唐玄宗天宝年间，统治集团好大喜功，边将轻启边衅，开疆拓土，战争频仍。在西北，天宝八年（公元749年），大将哥舒翰奉旨强攻吐蕃石堡城，“士卒死者六万”。天宝九年，高仙芝攻占石国，掳其丁壮，杀其国王，导致西域诸国背叛，引来大食国攻唐朝。天宝十年，高仙芝征大食、古波斯失败，三万人马死之十八。在北陲，安禄山大规模征讨契丹，六万人全军覆灭。在南疆，剑南节度使鲜于仲通征南诏，大败于泸南，八万将士“死者六万人”。这些战争给国家、人民带来了深重的苦难，也大大加深了作者对守边士卒和穷苦百姓的同情。

因此，作者怀着对国家命运的忧患意识，吊古讽今，其批判的锋芒，直指统治集团的穷兵黩武政策。同时，主张以仁义治天下，实现王道政治，绥服远人，解决边境问题。从这个角度看，李华的《吊古战场文》与杜甫的《兵车行》《出塞》等名作有着相同的思想意义和历史价值。

〖元　结〗

元结(719—772)，唐代诗人。字次山，号元子、猗玗子。世居太原，后迁居汝州鲁山(今河南鲁山)。天宝十二载（公元753年）登进士第。安史之乱中，南奔避难。乾元二年(公元759年)召入长安，擢为右金吾兵曹参军，出任山南东道节度参谋。后任道州刺史，官至容管经略使，加左金吾卫将军。历任有政声。以诗文著称。其诗以古体和绝句为主，不事雕琢，不拘声律，注重反映现实和民生疾苦，多讽喻时政、揭示社会矛盾之作。风格朴素无华，感情真挚强烈；其散文笔力雄健，意气超拔。反对形式主义，开韩、柳古文运动之先声。

有《元次山文集》行世。《全唐诗》存其诗二卷，近百首。

350 水抵两岸，悉皆怪石，敧嵌盘曲，不可名状。清流触石，洄悬激注，佳木异竹，垂阴相荫。

【注释】

选自唐·元结《右溪记》。

悉：全部，都。敧(qī)：倾斜不平。嵌(qiàn)：开张貌。盘曲：回旋曲折的样子。洄：水流回旋。悬：水从上往下冲。激注：水流激荡飞溅。阴：树荫。荫：遮蔽。

【赏析】

元结任道州刺史时，游历了道州城西的一条小溪，它宁静而又清新、蜿蜒地流淌，注入营水。因其景色幽美，且在州右，便名之为“右溪”，并写成这篇著名的山水游记。作者以诗一般的清丽词句摹山绘水，创造出一个幽眇芳洁的自然境界：

“水抵两岸，悉皆怪石，敧嵌盘曲，不可名状。清流触石，洄

悬激注，佳木异竹，垂阴相荫。”

意思说：小溪的两岸，全是怪石，倾斜盘曲的样子，很难用词语来形容。溪流从石上流过，回旋激荡水花飞溅。珍美的树木和怪异的竹子枝叶重叠，下垂的阴影相互遮蔽着，清幽深杳。

本句以小溪为中心物象，用白描手法，描写了风姿各异的岸石、竹木、清流……穷形极状，博显物态，构成一幅有形有声、生机盎然的图画。你看，他笔下不可名状的怪石，陪伴着流淌的溪水，或“欹”似仙子回眸，或“嵌”如洞天中扉，或“盘”如古藤绕槐，或“屈”似长虹卧波，驳然杂陈，怪异而又美极，造成一种幽峭感，与相冲抵的流水互为映衬，使原本静止的岸石获得了一种动态感。他笔下的水，撞击在错落的岸石上，溅起点点晶莹的水花，随风飘去，而后洄旋激荡，轻吟着，浅唱着……流向远处，形成一种强烈的动势。他笔下的树竹，佳木、异竹枝枝相连，重重叠叠，织成一幅青翠的天网，浓阴交错，凉风习习，翠绿满眼：空气是绿的，水是绿的，似乎连漏下的阳光也变成了绿色，使整个溪沟环境具有一种色彩的幽暗感。

这些充满动感而又奇峭的景物组合在一起，便构成了一种幽眇而富有生气，和美而又奇峭的境界，令人神往。

然而，如此优美的景色，却没有人来赏爱，唯有作者孤身一人，流连徘徊，不忍遽去。这是一个寂寞而沉思的主体意象，他的融入，与这清幽的气氛相映成趣，成为溪石水流环境的有机组成部分，给水石草木组成的画面涂抹上一层淡淡的怅意，透出一缕幽幽的美感，这是元文的一个显著的特点。另一特色是文字峻洁清疏，以少总多，将大自然的清幽奇巧充分地表现了出来。

要之，作者善于以剪削的语言，抒发自己清幽静穆的胸怀，恣情山水的情趣，达到物我合一、物我两忘的境地，对后世游记散文，特别是柳宗元的山水游记产生了很大影响。正如清代吴汝论评论《右溪记》时指出的那样："次山放恣山水，实开子厚先声。文字幽眇芳洁，亦能自成境趣。"

〖韩　愈〗

韩愈（768—824），字退之，河南河阳（今河南孟州）人。祖籍昌黎，世称韩昌黎。唐代诗人、文学家。幼年家贫，刻苦好学。贞元八年（公元792年）进士。曾任监察御史、中书舍人、刑部侍郎等职。曾上书极言宫市之弊，请缓征京畿灾民租税，元和十四年（公元819年），又上书谏迎佛骨，终于触怒宪宗，被贬为潮州刺史，又改任袁州刺史。翌年召为国子祭酒。历任兵部侍郎、京兆尹，官终吏部侍郎，因称韩吏部。卒谥"文"，又称韩文公。韩愈是文起八代之衰的古文大家。主张文道合一，即以弘扬儒家道统为己任，倡导古文运动，提出"气盛则言之短长与声之高下者皆宜"的文气说与"唯陈言之务去"的文体改革论。反对片面追求形式的骈文，对改变六朝以来的浮华文风起到了积极作用。其文雄健浑厚，结构谨严，气势充沛，说理透辟，语言精练，居"唐宋八大家”首位。有丰富多样的艺术风格，与柳宗元并称“韩柳”。其诗想象新奇，境界开阔，气魄雄伟，“奇崛险怪”，自成一家。是韩、孟（郊）诗派的代表诗人。时人认为他上承杜诗，下启宋派，对后世影响较大。为唐宋八大家之一。《全唐诗》存其诗400余首，编为10卷。有《昌黎先生集》传世。

351 古之君子，其责己也重以周，其待人也轻以约。重以周，故不怠；轻以约，故人乐为善。

【注释】

选自唐·韩愈《原毁》。

重以周：要求严格而全面。轻以约：要求宽松并且简约。怠：懈怠。善：友善。

【赏析】

韩愈的《原毁》，是一篇探讨毁谤产生根源的文章。韩愈认为，毁谤这种恶习是可以逐渐改变的。那么，如何防止毁谤的产生呢？韩愈以古代君子贤人为例，大力赞赏他们为人处世的原则：

“古之君子，其责己也重以周，其待人也轻以约。重以周，故不怠；轻以约，故人乐为善。”

意思说：古代的君子贤人，要求自己既严格又全面，对待他人则既宽容又平易。要求自己严格又全面，所以不敢有丝毫懈怠；对待他人宽容又平易，所以人们乐意与之交往。

中唐时代，封建士大夫中滋生出一种嫉贤妒能的恶劣风气，“其责人也详，其待己也廉”，对别人求全责备，对自己务求宽容。为抨击、纠正这股不良习气，作者以古之君子“责己也重以周”，“待人也轻以约”相号召，希望大家向古代贤君舜和贤人周公学习，去掉那些不如舜和周公的缺点。这样做的结果就是，待人以宽，责己以严。如果人们都能严格又全面地要求自己，宽容平易地对待别人，又怎么会有毁谤产生呢！

而今之士大夫们，见到别人的道德才能高，不是向人学习，努力提高自己，而是心存嫉妒，处处想贬低别人，抬高自己，于是毁谤就滋生了。

这一句由衷地赞扬了古代君子贤人的高尚品行，讽刺了今之士大夫们喜欢中伤他人的恶习。这在当时社会里，具有一定纠正时风的作用，同时，也是需要一定胆识，承担一定风险的。

352 世有伯乐，然后有千里马。千里马常有，而伯乐不常有。

【注释】

选自唐·韩愈《杂说·四》。

伯乐：姓孙名阳，春秋秦穆公时人，善相马。伯乐本为掌天马的星名。因孙阳善于相马，乃称之为伯乐。文中比喻善于识别人才的当权者。千里马：日行千里的骏马。文中比喻杰出人才。

【赏析】

这是韩愈《杂说》的第四篇，作者以千里马为喻，感叹人才难遇知音，是一篇托物喻义的佳作。

“世有伯乐，然后有千里马。千里马常有，而伯乐不常有。”

意思说：世上有了善于识马的伯乐，然后才能选出千里马来。千里马时常都有，但善于识马的伯乐却不常有。

这一句“世有伯乐，然后有千里马”，是文章的中心论点。作者以此为喻，比喻有才能的人如果得不到荐举提拔，有如千里马不遇伯乐，不被发现，便没有了施展才能的机会。

千里马的存在，原是客观事实，并非取决于有否伯乐。韩愈之所以这么说，是因为当时藩镇割据，政令不通，社会不得安宁。唐德宗、唐宪宗为了追求“太平”，实现“中兴”盛世，亟须谋臣勇将铲除叛乱，匡扶朝纲。然而由于豪门权贵当道，大量有才干的下层人士埋没乡间，得不到荐拔和任用，不能为国家出力。正所谓伯乐不常有，虽有千里马，不能被发现，也只能在凡夫俗子的手下默默无闻，老死马棚，不能以千里马著称。所以，千里马不遇伯乐，发挥不了千里马的作用，实际上等于不存在。正是在这个意义上，作者认为，有了善于识马的伯乐，然后才有“千里马”涌现出来。

杰出人才不被了解与任用，是封建社会的一大痼疾，并非自唐代始。对于这个问题，作者不是一般的从受压抑的知识分子出发，去抒发怀才不遇的委屈与牢骚，而是别具只眼，紧紧抓住人才的发现比人才本身更重要这一点，深刻揭示出人才

埋没的原因，不是天下无才，而是缺乏发现人才、了解人才的“伯乐”。这就把批评的矛头，直接指向了身居高位的当权者，他们自视高大，目空一切，却无伯乐之识，所以他们才是埋没人才、扼杀人才的元凶。

353 虽有千里之能，食不饱，力不足，才美不外见，且欲与常马等不可得，安求其能千里也。

【注释】

选自唐·韩愈《杂说·四》。

才美：才能美质。外见，向外显现出来。见，同“现”。且：或，也许。欲与常马等：希望和普通马一样，达到普通马的水平。欲，要求。常马，普通的马。等，相同。不可得：不可能，办不到。安求：怎么能要求。安，怎能，怎么，哪能。

【赏析】

韩愈在《杂说·四》里，为我们揭示了人才培养的道理：千里马之所以成为千里马，最根本的是由其自身资质决定的。但千里马的发现和发挥作用，不仅决定于有否善于识马的伯乐，也与千里马是否得到很好的喂养有关。

“虽有千里之能，食不饱，力不足，才美不外见，且欲与常马等不可得，安求其能千里也。”

意思说：千里马虽有一日千里的能力，然而吃不饱，力量不足，才能美质没有显现出来，在这种情况下，它想与普通马得到一样的待遇都不可能，又怎能要求它一日千里呢！

作者认为，千里马没有被发现，常常跟它吃不饱，力量不足，才能美质没有显现出来有密切关系。他从千里马的才具与食量的关系出发，指出在“食马者不知其能千里而食”的情况下，它食不果腹，连跟普通马相同的饲料都得不到，其千里之能怎么能表现出来呢！即是说，千里马之力量要发挥出来，有待于食饱力足这个条件，没有达到这个条件，千里马的“才美”便不可能表现出来。从这个角度看人才问题，说明对待杰出的人才，为他们创造一些特殊的条件是十分必要的。没有一定的条件，他们的聪明才智也很难表现出来。

作者还从驭马者的角度，指出“策之不以其道，食之不能尽其材，鸣之而不能通其意”，也是不行的。因此，当权者应该食之以尽其才，策之以合其道，鸣之以通其意，即是说，在人才的使用上，应充分发挥其特长，为其创造必要的条件，对他们的意见、想法，要给予充分的理解和支持。这样，千里马才能充分发挥其千里之能，优秀人才才能脱颖而出，发挥其重要作用。

354 川不可防，言不可弭。下塞上聋，邦其倾矣。

唐代

【注释】

选自唐·韩愈《子产不毁乡校颂》。

川：大水。不可防：不能堵塞。弭（mǐ）：消除。塞：堵塞。邦：城邦，国家。倾：倒塌。这里指灭亡。

【赏析】

韩愈《子产不毁乡校颂》这篇文章，根据郑国大夫子产保护乡校，让人民畅所欲言一事发表评论，表达了自己希望广开言路的主张。作者赞美子产尊重民众意见，反对当权者阻塞言路的做法。他说：

“川不可防，言不可弭。下塞上聋，邦其倾矣。”

意思说：河水不可以堵塞，言论不可以制止。下面的言路堵塞了，执政者就变成了聋子，国家就要覆亡了。

韩愈认为，治理国家应该广开言路，使民情上达，避免闭目塞听，盲目制定政策法规。据《左传·襄公三十一年》记载，郑国子产“以礼相国”，允许“众口嚣嚣”，各言其志，让人民自由发表意见。子产认为，人民议论执政者的善否，是正常现象，应该采取“其所善者，吾则行之，其所恶者，吾则改之”的态度。由于子产善于听取百姓意见，顺从民心民意，择善而从，有过能改，取得了良好的治国效果，在强敌环伺，诸侯互相攻伐的战乱情况下，郑国维系了20年安定团结的局面，实属不易。子产也因此成为春秋时期一位著名的政治家。

而周厉王（《国语·周语》）专权贪暴，听不得不同意见。凡有非议朝政，指责其过失者，均被杀掉。人民敢怒而不敢言，道路以目。卿士邵公劝导说：“防民之口，甚于防川。川壅而溃，伤人必多，民亦如之。”强调了堵塞言论的危害性。他以治水须开通河道为喻，主张治理国家，应该让人民畅所欲言，发表政见。然而周厉王拒绝了邵公的劝诫，继续暴政虐民，最后被人民起义赶下王位，流放于彘（今山西省霍州）。

韩愈在总结历史经验教训的基础上，进一步指出，河水不可以堵塞，言论不可以制止。否则，下面的言路堵塞了，民情不能上达，执政者变成了聋子，国家就危险了。

中唐之际，藩镇割据，“有君无臣”，尾大不掉。韩愈以史为鉴，发出“谁其嗣之，我思古人”的感叹，希望出现一个像子产一样的政治家，来治理国家，使唐帝国得以中兴，用心可谓良苦。

355 师者，所以传道受业解惑也。

【注释】

选自唐·韩愈《师说》。

传道：传授道理、学说。道，道理。这里指儒家学说、孔孟之道。受业：讲授学业。受，通“授”。传授。业，学业，功课。这里指儒家经典著作。解惑：解答疑惑。惑，疑难。指儒道和学业上的疑惑。

【赏析】

韩愈《师说》这篇文章，主旨在论说“师道”，作者肯定从师学习的必要性，提出“古之学者必有师”的论断，强调“师者”授人以知识学问的重要作用。他说：

“师者，所以传道受业解惑也。”

意思说：老师是传授道理、教授功课、解答疑惑的人。

作者指出，老师的作用是“传道、受业、解惑”。古代汉语里，“师”的本义是学习。因学习而生出师从关系，因师从关系而分出老师与学生。但在唐代社会里，一些士大夫之流认为自己出身名门，血统高贵而轻视老师，形成了耻于向老师学习、轻视学习的不良风气。

为了纠正这种不正的社会风气，韩愈提倡“师道”，并循名责实，让人们重新认识“师”的内容，赋予“师”以“传道、受业、解惑”的职责。在这三者之中，“传道”尤为根本，“受业”乃是授业中之道，“解惑”也是解道中之惑，所以，虽分言“传道、受业、解惑”三事，实际上，归而言之，只有“传道”一义。这样，便打破了传统师法森严的壁垒，把师弟子的关系社会化了。

这也是《师说》的核心观点。

356 人非生而知之者，孰能无惑？惑而不从师，其为惑也，终不解矣。

【注释】

选自唐·韩愈《师说》。

生而知之：生来就知道。孰：谁。惑：疑难。终：永远。

【赏析】

韩愈《师说》一文，以“师者，所以传道、受业、解惑”为立论依据，从解除“道”与“业”两方面的疑难出发，推论人需要从师学习的必要性：

“人非生而知之者，孰能无惑？惑而不从师，其为惑也，终不解矣。”

意思说：人不是生下来就有知识的，怎能没有疑难问题呢？有了疑难问题不向老师请教，他的疑惑就始终存在，得不到解决。

人不是与生俱来就有知识、有才能的。孔子《论语·述而》说：“我非生而知之者。好古，敏以求之者也。”所以，人在一生的成长过程中，一定会有很多疑惑不懂的东西。这是一个常识性的问题，又出自圣人之口，因此这个命题非常具有权威性，不容别人争辩否认。那么，有了疑惑怎么办？如果有了疑惑，不向老师请教，求得了解，就始终不能明白到底是怎么回事。

本句从“不从师”进行辨析，得出其疑惑“终不解”的后果。从而推论出一个正面的结论：惑则必从师。这就解答了为什么要从师的道理，同时也批评了社会上耻于从师的不良风气。文理严密，富有说服力。

357 无贵无贱，无长无少，道之所存，师之所存也。

【注释】

选自唐·韩愈《师说》。

无贵无贱：不论高贵，还是卑贱。无，不论。道：孔孟之道。存：存在。

【赏析】

韩愈认为，人不是生来就有知识的，因此应该从师学习。那么，向何人学习？何人可以为师呢？他在《师说》中对此作了明确回答：

“无贵无贱，无长无少，道之所存，师之所存也。”

意思说：不论高贵还是卑贱，不论年长还是年少，谁有道德学问，谁就可以做老师。

从师是为了学道、解惑，因此，知道“道”的人，能够解惑的人，无论贵贱长幼，都可以做老师。为了说明这个道理，韩愈举了不耻相师的几件事：一是圣人不耻相师，二是士大夫之流为孩子求师，三是巫医、乐师、百工之人不耻相师。而一些士大夫反而耻于相师，因此，他们连巫医、乐师、百工之人都不如。

自己不知“道”，而别人知“道”，自己有“惑”，而别人能解惑，因此，圣人也需要向别人学习。孔子说：“三人行，则必有我师。”凡是在“道”与“业”方面胜过自己或有一技之长的人，都可以成为自己的老师，这就是“道之所存，师之所存”的道理。而士大夫之流耻于以地位低下的人为师，耻于以年龄相近的人为师，违背了圣人的教诲，应该予以批判和鄙弃。由于作者内心充满自信，立论充分，有说服力，因而语句之中蕴涵着一股撼人的气势，不容人不信服。

358 弟子不必不如师，师不必贤于弟子。闻道有先后，术业有专攻，如是而已。

【注释】

选自唐·韩愈《师说》。

不必：不一定。术业：学术和技能。专攻：专门研究，专长。攻，研究。

【赏析】

韩愈在《师说》中倡言“师道”，批评了士大夫之流耻于从师的不良风气，在强调为什么要从师学习时，他说：

“弟子不必不如师，师不必贤于弟子。闻道有先后，术业有专攻，如是而已。”

意思是：学生不一定不如老师，老师不一定比学生强。因为掌握知识学问有先有后，学术修业各有专长罢了。

韩愈认为，学生不一定不如老师，老师不一定比学生强。因为掌握知识学问有先有后，各人的知识结构、专业特长也不一样，所以，他人之所长或许正是己之所短，他人之所短或许正是己之所长。以他人之所长补己之短，他可以为我的老师；以己之所长补他人之短，则我可以为他的老师。这个道理，早在春秋时代，作为教育家的孔子就认识到了。《论语·子张》篇中子贡说孔子：“夫子焉不学，而亦何常师之有。”孔子自己也说：“三人行，则必有我师。”孔子不仅这样说，也是这样身体力行的。据记载，孔子曾向郯国(在今山东郯城县)的国君请教少皞氏(传说中的古代帝王)时代的官职名称，向周敬王时的大夫苌弘请教古乐、向鲁国的乐官师襄学习弹琴，还曾向老聃（老子）请教过周礼。圣人孔子尚且向人请教自己不懂的东西，更何况一般的凡夫俗子呢！

所以，为师与为学者之间的关系其实是相对的，老师与弟子的角色也可以相互转换。自己不懂的地方，向老师请教，懂了之后，又可以为人之师了。

359 业精于勤荒于嬉，行成于思毁于随。

【注释】

选自唐·韩愈《进学解》。

业：学业。嬉：懒散，不经心。行：品行。思：深思熟虑。随：随意，率性而为，因循。

【赏析】

唐元和八年(公元813年)春，韩愈任国子博士，教授生徒。为了勉励学生刻苦学习，求取进步，他写了这篇《进学解》。文章假托师生对话，辨析了学习与前途的关系，抒发了自己怀才不遇的怨情，同时，也强调了学习成败的道理。

“业精于勤荒于嬉，行成于思毁于随。”

意思是：学业的精通在于勤奋，玩乐嬉戏就会荒废：为人行事能够成功在于深思熟虑，如果随随便便，率性而为，就会遭受失败。

韩愈认为，“业”和“行”是人立身处世的大端，所以学习时，学生们应该在“业”和“行”两方面都下工夫，刻苦努力，以成就自己的事业理想。“业”指学业，其中包括读书、作文，“行”指为人行事。古人说的“立言”，即发表重要见解、观点，也属于“行”的范畴。“言”和“行”是主观修养的重要方面，所以两者都需要加强修炼。为此，韩愈提出了“业精于勤荒于嬉，行成于思毁于随”的观点，要求学生们对于学业要勤奋不辍，研习不止，这样日积月累，才能举一反三，博通古今。而对于“行”方面，则要认真思考，不可随随便便、率性而为，这样方能取得成功。

这一句是韩愈丰富人生体验的提炼和概括，富含哲理，有如格言，每次品读，都能使人深思，给人以鼓舞和力量。

360 大凡物不得其平则鸣。

【注释】

选自唐·韩愈《送孟东野序》。

平：公平，平衡。鸣：鸣叫，发出声音。

【赏析】

著名诗人孟郊是韩愈的好友，他早年即有诗名，却屡试不第，直至贞元十二年46岁时才考中进士。又过了四年，被选为溧阳县尉。县尉掌管一县的治安，官卑职俗，这对一个有才能的文人来说，是一件很不得意的事情。所以韩愈写了这篇序文，为他解譬释怀，同时表达了对孟郊怀才不遇的同情和对统

治者不重视人才的不满。他说：

“大凡物不得其平则鸣。”

意思是：人遇到不平的事情，就要发出不满的呼声。物遭遇到不平（指受到外来冲击）的事情，就要鸣响。即是说，一个人受到不平的待遇，思想情感受到压抑与阻碍，一时难以宣泄，但最终必然要爆发出来。

韩愈认为，有不平的地方就有鸣。不平是一种愤郁的情感，累积到一定程度，到不得不发时，就必然要向外宣泄，喷发出来。所以，“不平则鸣”是一个普遍性的社会现象。不平的范畴，既有政治的、学术的，也有文学的，但主要指文学的方面。不论是言语、歌哭，还是写诗、作文，凡有所“鸣”的，就和不平有关。这个观点，源出于汉代司马迁的“发愤著书”说。司马迁认为，历史上的优秀作品，往往都是作者在逆境中发愤而作，“此人则意有所郁结，不得通其道，故述往事，思来者”。显然，司马迁把著书立说，当成了寄托忧愤的一种手段。

就文学创作而言，“不平则鸣”揭示了一条具有普遍规律性的现象。文学创作以表现作者的理想、情志为宗旨，不单是对现实生活的客观反映。在封建社会里，一些不满现实的骚人墨客，受到各种压抑和迫害，或沉沦下僚，或困踬终身，他们的理想和愿望不能得到实现，“郁于中而泄于外”，必然要发之于歌，形之于言，“自鸣其不平”，借助诗文来抗争。他们的思想情感表达出来，也往往反映出当时社会的面貌，真挚感人。所以韩愈指出，各个时代优秀的作者，都是历史上的善鸣者："楚大国也，其亡也以屈原鸣"（《送孟东野序》）。把屈原在《楚辞》里抒发的义愤和楚国的兴亡联系起来，说明了屈原"发愤以抒情"的实质。唐代，"陈子昂、苏源明、元结、李白、杜甫、李观，皆以其所能鸣"，因为李、杜"家居荒凉"（韩愈诗《调张籍》），政治失意，所以文章不朽，光焰常新。韩愈还在《荆谭唱和诗序》中说："和平之音淡薄，而愁思之声要妙，欢愉之辞难工，而穷苦之言易好。"在《柳子厚墓志铭》中谓；"然子厚斥不久，穷不极，虽有出于人，其文学辞章，必不能自力，以致必传于后如今，无疑也。"李白也说过"哀怨起骚人"（《古风》）的话，它们都是一个意思。

所以，自古以来，志士才人们身遭不幸，含冤受屈，他们胸中郁积了太多难解的愤懑，产生出强烈的创作冲动，发而为文，字里行间自有一种强烈的情感波涛奔腾汹涌，不可遏止，格外动人心弦。历史上无数优秀作品都是这种"不平则鸣"的产物。

孟郊是位穷苦诗人，韩愈同情他的遭遇，认为穷愁潦倒，以及做一个小县尉未必是坏事，他可能会从中获得更多的营养和灵感，"不平则鸣"，创作出更多优秀的篇章来。

到了宋代，欧阳修又提出"诗穷而后工"（《梅圣俞诗集序》）的观点，进一步发挥了"不平则鸣"的思想。"不平则鸣"揭示了文学产生的某种规律，以及现实生活的基本法则，具有重要的理论意义。

361 与其有誉于前，孰若无毁于其后；与其

有乐于身，孰若无忧于其心。

【注释】

选自唐·韩愈《送李愿归盘谷序》。

有誉于前：在人前得到赞誉。誉，称扬。孰若：莫如，不如。无毁于其后：不被人背后诋毁。毁，诽谤。有乐于身：身体安乐。无忧于其心：心里没有忧虑。

【赏析】

韩愈一生热衷仕途，为其政治、文学主张奔走呼号，但又屡遭挫折。因此其文学主张中既有“文以明道”的一面，也有“不平则鸣”的一面。唐德宗贞元十七年(公元801年)，遇隐士李愿回盘谷归隐，韩愈遂写了《送李愿归盘谷序》送他，文中表达了对隐逸生活的向往之情，也表现出了愤世嫉俗的“不平”心态。他说：

“与其有誉于前，孰若无毁于其后；与其有乐于身，孰若无忧于其心。”

意思说：与其在人面前得到赞誉，不如背后没有人诋毁你；与其身体感官得到快乐，不如心里没有丝毫忧虑。

韩愈所处的时代，唐王朝政治昏乱，藩镇恣横，他政治上受排斥、受打击，经过一番宦海沉浮后，对社会生活现状和官场进退有了更清醒的认识。因此，他借李愿之口，刻画了三种人：一是“遇知于天子，用力于当世”的“大丈夫”，二是“不遇于时”的高洁隐士，三是无耻之徒。“大丈夫”大权在握，声势显赫，不可一世，但统治阶级内部倾扎，达官显贵胡作非为，往往招致飞来横祸，不得善终。无耻之徒或趋炎附势，奔走于权贵之门，或寡廉鲜耻，人格卑下，在乱世中推波助澜，为虎作伥。唯有避居山林、秉志守节的隐者，没有炙手可热的权势，也无奢侈之极的淫乐。他们修道洁身，穷居安处，向往自由洒脱的人生和个性自由，绝不与世俗同流合污。然而，他们达能兼济天下，穷能独善其身，都是才品兼备的有德之人。

作者认为，大丈夫“处秽污而不羞，触刑辟而诛戮”，而隐逸者“车服不维，刀锯不加”，两相比较，心生感慨，更加憧憬后者，蔑视前者：与其在人面前得到赞誉，不如背后没有人诋毁你；与其淫逸耽乐一时，不如心里没有丝毫忧虑。可以说，这既是作者对社会现实生活的愤激之词，也是作者对人生道路和命运前途的冷静思考和抉择。

362 男儿死耳，不可为不义屈。

【注释】

选自唐·韩愈《〈张中丞传〉后叙》。

耳：语气助词，表示“而已”的语气。

【赏析】

南霁云是张巡手下一员猛将，安禄山叛乱时，钜野尉张沼起兵讨贼，将之提拔为将。先在尚衡军中，张巡、许远死守睢阳时，南霁云奉命到睢阳与张巡议事，为张巡真心待人所感，遂留下为其部将。睢阳城破时，叛军用刀胁迫张巡投降，张巡

誓死不降，又劝南霁云投降，张巡便喊着他的名字，大声激励说：

“男儿死耳，不可为不义屈！”

意思说：男子汉大丈夫死就死了，决不能屈服于不义之师的叛军啊！

古人讲“义”。儒家把“义”作为最高的道德标准之一。孔子最早提出义的概念，说：“君子喻于义，小人喻于利。”（《论语·里仁》）孟子也很重视义，认为“大人者，言不必信，行不必果，惟义所在。”（《孟子·离娄》）主张讲诚信、履行诺言，都要以“义”为标准。如果不义的事，就不必守信用，兑现承诺。义是一种气节、一种理想的人格和操守。孟子说：“富贵不能淫，贫贱不能移，威武不能屈。”能够不为富贵动心，不为贫贱失志，不为权势低头的人，是因为心目中有更宝贵的东西——仁、礼、义这些道德原则、信念和理想，值得崇尚。为了这些道德原则、信念和理想，他们持节守道，力行不改，经得起任何严峻的考验。

南霁云就是这样一个忠贞仗义、行动果敢、爱憎分明的爱国壮士。

张巡、许远守城的兵力不足七千，被13万叛军层层包围，遂派南霁云向河南节度使贺兰进明求援。贺兰进明忌妒张巡、许远的声威功绩，不肯出兵相救。但他爱南霁云忠勇，便为他准备了美食与歌舞。南霁云愤怒地说：“我来时，睢阳城已经一个多月没吃的了，我虽然饿，但从义来讲，不忍心吃。即使吃了，也吞不下去。”说完，愤然斩断一根手指，以大无畏的行动向贺兰进明表示决心。南的忠肝义胆和顾全大局的行为，使“一座大惊，皆感激为云泣下”。南霁云见贺兰进明不愿出兵，还想强留他，当即摈弃美食，驰出城门，箭射浮屠，直入塔砖半截深，并高声宣称道：“吾归破贼，必灭贺兰，此矢所以志也！”

睢阳城破后，叛军招降他，南霁云一时未语。张巡大呼说：“南八，男子汉大丈夫死就死了，可不能向叛军投降啊。”南霁云笑着说：“我原想（留下生命）有所作为。你这么说，我敢不去死吗！”说完，英勇就戮，表现出一种刚强不屈的浩然正气和凛然不可侵犯的人格尊严。

宋代欧阳修《与高司谏书》中说：“士有死不失义。”《纵囚论》说：“宁以义死，不苟幸生，而视死如归。”苏轼《陈公弼传》中说：“见义勇发，不计祸福，必极其志而后已。”提倡的都是这种精神和人格力量。

363 根之茂者其实遂，膏之沃者其光晔，仁义之人，其言蔼如也。

【注释】

选自唐·韩愈《答李翊书》。

实遂：果实饱满。实，果实。遂，成功。膏：脂膏。沃：肥润。晔：同“烨”，光明灿烂。蔼：草木茂盛。喻指语言文辞之美。

【赏析】

《答李翊书》是韩愈写给李翊的一封书信。李翊是韩愈的弟子。唐德宗贞元十七年(公元801年)，李翊曾写信向韩愈求教，韩愈于是给他回了这封信。贞元十八年，李翊进士及第，也曾得到韩愈的举荐。这封信历来受人重视，因为它实际上是唐代古文运动的一篇理论纲领。信中，韩愈以比喻的手法，说明学习古文首先要打好扎实的基础：

“根之茂者其实遂，膏之沃者其光晔，仁义之人，其言蔼如也。”

意思说：根须茂盛才能结出果实，脂膏滋润才能打扮得光彩照人。仁义的人，语言平和、华美。比喻培养人才要从根本着手。

“古文”是出现于中唐时期散文的统称。先秦两汉的重要著作，都是用质朴自然的散文写作的，以散行单句为主，语言长短不拘，不受格式的限制，便于表达思想和社会生活。南北朝以来，骈文盛行，作文必须讲究对偶、声律、典故、辞藻，华而不实，不切实用。唐初，骈文仍占统治地位。从初唐到中唐，不断有人提倡改革文弊，主张恢复古代散文的正统地位。韩愈倡导的古文，指的就是先秦两汉时的那种散文。

韩愈认为，要写好古文，必须从内在的道德修养入手。内在的道德修养是基础，基础深厚扎实，才能写出高明的文章。犹如树木，根深叶茂，才能结出丰硕的果实，又如脂膏，润泽膏腴，才能焕发光彩。因此学习古文，不能因为文章胜过一般人而满足。超越一般人是很容易的，但要达到古代贤人立言的水平，就不容易了。因此应该树立“古之立言者”的宏大志向，不要急于求成，更不要受名利权势的诱惑，而应从培养自己的德行修养和学问着手，认真阅读古人的优秀著作。同时还要不断地割舍不符合圣贤之道的思想，从根本做起，使自己成为一个“仁义之人”。只有这样，才能对圣贤的道德有所了解，才能把圣贤的道德化为自己的思想，用文章表达出来。如果经过自己的不懈努力，成为一个“仁义之人”，“有德者必有言”（《论语·宪问》），其文章自然能够达到思想内容和语言文辞俱美的境界。

364 人不可遍为，宜乎各致其能以相生也。

【注释】

选自唐·韩愈《圬(wū)者王承福传》。

遍为：样样都做。致：尽力。

【赏析】

《圬者王承福传》是韩愈通过圬者王承福的述说，宣扬儒家思想的一篇文章。他借王承福之口说：

“人不可遍为，宜乎各致其能以相生也。”

意思说：一个人不可能什么事都干，而应该发挥自己的所长，求得生存之道。

这句话所表述的，实际上是儒家的社会分工的思想。孟子说过“有大人之事，有小人之事”，百工须各司其职，各尽其

能（《孟子·滕文公上》）。还说“劳心者治人，劳力者治于人”。韩愈同意这种观点。他在《原道》里进一步阐发了这一思想：“君者，出令者也；臣者，行君之令而致之民者也；民者，出粟米麻丝，作器皿，通货财以事其上者也。君不出令，则失其所以为君；臣不行君之令而致之民，则失其所以为臣；民不出粟米麻丝，作器皿，通货财以事其上，则诛。”

社会分工是伴随着社会生产力发展的需要而产生的。早期人类历史上，曾出现了三次社会大分工。第一次是原始社会后期，游牧部落同其他部落的分离，它促进了劳动生产率的提高，引起部落之间的商品交换，为私有制的产生创造了物质前提。第二次是原始社会末期，随着金属工具的使用和改良，引起了手工业同农业的分离，它促进了劳动生产率进一步提高，使商品生产得到发展，促使了私有制的形成。第三次是随着商品生产的发展和市场的扩大，在原始社会瓦解、奴隶社会形成时期，出现了不从事生产而专门从事商品交换的商人。随后，体力劳动和脑力劳动之间、城市和乡村之间的分工和对立也逐步形成。

所以，孟子的“劳心者治人，劳力者治于人”的观点，虽有偏颇，但从劳动分工的角度看，也确有道理。它反映的是脑力劳动与体力劳动的区别。这种现象在长期的农耕社会里，是普遍存在的。社会的分工，任何时代都有必要，也是社会进步的表征。即使到了社会主义社会，工农之间、城乡之间、脑力劳动和体力劳动之间的本质差别仍然是存在的。今后，随着科学的发展，生产力水平的提高，教育的普及与发展，脑力劳动与体力劳动之间的差别将会日益缩小。所以，承认社会分工，维护社会分工秩序，是几千年农耕社会运行机制的一种历史存在。

本句中，王承福是认同社会分工的。生活在封建统治时代的王承福，受统治阶级思想的影响，接受并安于“劳心者治人，劳力者治于人”的社会分工。这既是一种历史事实，也是封建社会不可避免的一种社会悲剧。因此，肯定社会分工有一定积极意义，但承认统治阶级有权统治劳动人民，劳动人民有义务服从统治阶级的统治，则应该予以批判。

365 士穷乃见节义。

【注释】

选自唐·韩愈《柳子厚墓志铭》。

穷：苦难。节义：操守和道义。

【赏析】

韩愈的《柳子厚墓志铭》，在赞扬柳宗元的崇高品格、渊博学识、政治上的才干和文学成就的同时，又为这样一位杰出人才长期遭贬谪，不为世用而感到深深不平。特别对柳宗元为朋友两肋插刀，不计个人得失的品格，倍加赞赏。

“士穷乃见节义。”

意思说：人在困厄之时，方显出自己的气节。

唐永贞元年（公元805年），以王叔文为首的政治革新集团，要求维护国家的统一，加强中央集权，反对宦官专权和藩镇割据，得到顺宗李诵的支持。不久，宦官俱文珍勾结藩镇韦皋，发动宫廷政变，逼迫顺宗“内禅”给宪宗李纯，永贞革新失败，王叔文被赐死。同属革新派的柳宗元被贬为永州司马，刘禹锡被贬为朗州司马。

十年（公元815年）以后，柳宗元、刘禹锡奉召回到长安。一日，同游玄都观，刘禹锡见观里空地上长满了桃树，不禁感慨万端，题写了一首小诗，中有“玄都观里桃千树，尽是刘郎去后栽”。寓指满朝新贵们，都是刘、柳等被排挤出朝廷以后由顽固守旧势力提拔起来的。为此，刘禹锡以“心怀怨恨，诽谤朝廷”罪，再次被逐出京都，贬到比朗州更远的播州（今贵州遵义）任刺史，继之又贬任连州（今广东连县）刺史。柳宗元也因此受牵连，贬到柳州（今广西柳州）任刺史。

但柳宗元不但不怨刘，还以刘禹锡家有老母为由，提出与刘交换贬所，在别人躲避唯恐不及的情况下，柳冒死上请，不顾加重自己的罪名，甚至甘愿冒病死蛮荒的危险。这种品质和对朋友的情义，令韩愈感动万分，击节赞赏，发出了“士穷乃见节义”的慨叹。

事实上，“士穷乃见节义”也是韩愈一贯的思想。韩愈一生的遭遇与柳宗元相似，所以由柳宗元而念及自己，惺惺相惜，同病相怜，在赞美其高尚节义的同时，也表明了自己的人生信念。而对那些平日信誓旦旦，“一旦临小利害”便落井下石的卑劣行径，则给予极大的蔑视、嘲讽和挞伐。

〖刘禹锡〗

刘禹锡（772—842），字梦得，唐代洛阳（今河南洛阳）人。唐代诗人。少年时从皎然学诗。贞元九年（公元793年）进士，又登宏词科。曾任太子校书、监察御史等职。顺宗时参加王叔文集团，推行“永贞革新”，试图革新政治，失败后贬为朗州（今湖南常德）司马。十年召还，以作诗讽刺执政者再次被贬出，历迁连州刺史、夔州刺史、和州刺史。晚年回到洛阳任太子宾客，加检校礼部尚书。世称刘宾客。其诗题材较广泛，抒情诗、讽刺诗、咏史怀古诗都写得好，尤以贬谪期间，寄寓激愤和怀古喻今之作最为有名。善于吸取民歌营养，风格清新明快，雄浑俊爽，精炼含蓄。如富有民歌情调的《竹枝词》，吸收巴楚民歌的优美情调，借用比兴双关等手法言情达意，风格独特新颖，细腻华美，节律和谐，韵调优美，向来脍炙人口。

《全唐诗》存其诗近800首，编为12卷。有《刘梦得文集》传世。

366 山不在高，有仙则名；水不在深，有龙则灵。斯是陋室，惟吾德馨。

【注释】

选自唐·刘禹锡《陋室铭》。

名：出名。灵：灵气。斯：此，这。陋室：简陋的屋子。德馨：德行美好。馨，香。

【赏析】

《陋室铭》是刘禹锡一篇托物言志、流传百代的散文精品，充满了哲理和情韵，表达了作者洁身自好、穷且益坚、孤芳自赏、悠然闲适的思想感情和生活情趣。

“山不在高，有仙则名；水不在深，有龙则灵。斯是陋室，惟吾德馨。”

意思是：山不在于有多高，有神仙就会出名。水不在于有多深，有龙就有灵气。屋子虽然简陋，只要我的德行是美好的，它仍然令人仰慕，令人向往。

“斯是陋室，惟吾德馨”是本文的主旨。作者认为，决定处所声名的，不在处所本身，而在于处所里有没有杰出人物，有没有美好的德行。

为了说明这个问题，作者采用比衬手法，用山水比衬陋室，用“不在高”和“不在深”比衬陋室的声名，用仙和龙比附主人，用名和灵比衬主人之德。山不在高，有了神仙就出名；水不在深，有了龙就显出圣灵，这样由远及近，由大到小，层层铺垫，最后自然地引出主旨来：屋子虽然简陋，只要我的德行是美好的，它仍然令人仰慕，令人向往。这里，作者以陋室之陋，衬托主人之贤；以主人之贤，说明陋室不陋，道德芬芳充盈。所以，这最后一句本质上是强调人应该以德自励，以德增加影响力，以德光大自己的言行。如果主人道德内充，意志宏大，即使穷处陋室，不是一样光辉伟大，为人景仰么！

表现手法上，句中每一个字、每一句话，都互相照应，引人联想，大大发挥了比衬的暗示作用，具有曲径通幽，引人入胜的妙趣。而“陋室”不陋的主旨，也不径直道出，使其有了一种想落天外的境界，言外有意而又不落窠臼。

这句话其实源自《世说新语·排调》中“山不高则不灵，渊不深则不清”一句，经作者点化翻出“山不在高，有仙则名；水不在深，有龙则灵”的新意，深化了句意，注入了活的灵魂，使其更具有了一种哲理的精警和含蕴，历来脍炙人口，传诵不衰。

367 苔痕上阶绿，草色入帘青。谈笑有鸿儒，往来无白丁。

【注释】

选自唐·刘禹锡《陋室铭》。

鸿儒：大儒。指大学问家。鸿，大。白丁：没有功名的人。这里指没文化的人。

【赏析】

刘禹锡是中唐著名诗人，投身官场后，长期贬官在外。但他没有消沉，面对简陋的生活条件，他乐观自信，达观开朗，善于以丰富的精神生活自我调节。《陋室铭》就是作者贬官和州时写的一篇表现自己清高自视和闲适生活情趣的铭文。

“苔痕上阶绿，草色入帘青。谈笑有鸿儒，往来无白丁。”

意思说：苔藓蔓延到台阶上，露出淡淡的绿痕，小草的颜色映入门帘，屋子里充满青绿的生意。常常和大儒一起谈笑切磋，往来交流的都是有学问的人。

这里，“苔痕上阶绿，草色入帘青”一句，作者以诗笔写文，画意浓郁，色彩和谐，有着诗一般优美含蕴的意境。其中“痕”“色”二字，将概念化的“苔”“草”转化为可感可视的具体形象。“上”“入”二字，十分传神，既写出“苔”“草”的神态，又将外景引入室内，为陋室增添了勃勃生机。而一“绿”一“青”的对比使用，造成一种绿色的宁静，映衬出陋室的闲雅、清幽与别致，既增添了浓浓春意，也暗示出主人不凡的精神品德和形象。

“谈笑有鸿儒，往来无白丁”一句，交代出交往的朋友都是有知识有学问的人，目的在于表现室主人道德高尚、淡雅绝俗、孤芳自赏的情愫。人们不难想象，常常与大儒、名士交往的人，一定是身份高贵、德行高尚的人了。作者虽然没有直接表白自己，但用“有鸿儒”“无白丁”来衬托室主人知识的渊博、情趣的高雅，也称得上是妙绝之笔了。

至此，作者所希望寄托的人生哲理，也就由隐而显了：陋室之值得铭赞，不是因为陋室之陋，而是因为室主人的德馨在；既然有室主人的德馨在，那么，其能令名远播，也就自在不言中了。

本句无论室外之景，还是室中之人，都紧扣“陋”字，又处处不离“德”字，一虚一实，情味隽永，品读其中，满嘴噙香，韵味无穷。

〖白居易〗

白居易（772—846），字乐天，晚年号香山居士。原籍太原，生于新郑（今河南新郑）。中唐大诗人。五、六岁学做诗，九岁通晓声律，十五六岁便能写出很好的诗篇。贞元十六年（公元800年）进士。曾任翰林学士、左拾遗、左赞善大夫等职。因上奏章请革弊政，得罪权贵，贬为江州司马。其后历任忠州刺史、杭州刺史、苏州刺史等职。官至秘书监、刑部尚书。与元稹齐名，并称“元白”。和朋友李绅、元稹提倡“新乐府运动”，主张“文章合为时而著，歌诗合为事而作”，强调继承《诗经》的优良传统，反对“嘲风雪，弄花草”之作，对当时和后世产生了深远的影响。其诗广泛深刻地反映了中唐社会的矛盾，有强烈的现实主义精神。诗风清畅自然，通俗易懂，流播广泛，影响深远。长篇歌行《长恨歌》《琵琶行》，语言优美，形象生动，是中国古代长篇叙事诗中的翘楚之作。讽喻诗思想性强，善用对比，质朴自然。现存诗2800多首。有《白氏长庆集》传世。

368 文章合为时而著，歌诗合为事而作。

【注释】

选自唐·白居易《与元九书》。元九，即元稹，唐诗人。合：应当。

【赏析】

白居易和元稹是志同道合的好友，文学观十分相似，一起倡导了“新乐府运动”。元和五年，元稹得罪权贵，从监察御史降为江陵士曹参军。元和十年(公元815年)，白居易因上书触犯权贵，贬为江州司马。白居易十多年宦海沉浮，却落得做了一名有职无权的闲官，内心忧愤交集，便写了这封《与元九书》。信中总结了“新乐府运动”的理论和实践，阐发了自己关于诗歌创作的观点和主张，明确提出：

“文章合为时而著，歌诗合为事而作。”

意思说：文章应该为反映时代而写，诗歌应该为反映现实而作。

白居易认为，文学创作不仅被动地反映社会生活，而且应当和当前的政治斗争相联系，积极干预生活。他认为，诗歌创作不是于世无补的雕虫小技，而是可以发挥“补察时政，泄导人情”“救济人病，裨补时阙”的大作用。他表示：“仆常痛诗道崩坏，忽忽愤发，……欲扶起之。”在总结数千年诗歌创作经验的基础上，白居易提出了“文章合为时而著，歌诗合为事而作”的主张，要求诗文创作反映时代精神，反映社会生活，并以此为尺度，评价了《诗经》《楚辞》以来历代诗作的优劣，指出：自晋、宋以来，以“讽风雪、弄花草”为特征的绮靡之作长期弥漫诗坛，走向了邪路，还有一些诗人借口“言志”而自我欣赏、陶醉于狭隘的自我情怀之中，脱离了现实主义的创作方向。

白居易所说的“时”“事”，其内涵就是国家和人民。他关心国家的命运，同情人民的疾苦，表现出匡时救弊的高度热情。在诗歌创作上，便是强调文学与现实的密切关系。他的《贺雨》《秦中吟》等诗篇，紧密联系当时的政治斗争和现实生活，揭露社会矛盾，遭到一些人的针砭和痛恨。但他毫无反悔之意，“始得名于文章，终得罪于文章，亦其宜也”。另一方面，他的诗文得到了各阶层人民的欢迎，“自长安抵江西，三四千里，凡乡校、佛寺、逆旅、行舟之中往往有题仆诗者，士庶、僧徒、孀妇、处女之口，每每有咏仆诗者”。白居易为此感到由衷的高兴。

白居易的诗歌无论是在当时还是后世，影响都很大，原因就在于他用诗歌作武器，写了大量“讽喻诗”，通过“美刺兴比”手法，揭露社会矛盾，反映民生疾苦，抨击权贵，以达到“惟歌生民病，愿得天子知”（《寄唐生》）的目的，具有进步意义。他还特地将自己诗歌创作中有关“美刺兴比”的篇章，编为《新乐府》150首，称为“讽喻诗”，体现了现实主义诗歌理论的创作成果。

不过，白居易在“痛诗道崩坏”时，对前代诗人作了过多的否定，不仅对谢灵运、陶渊明、鲍照、谢朓等人的作品批评有不当之处，而且连李白、杜甫的大部分作品也加以贬斥，认为他们真正“为时而著”的篇章也不过十之一二、十之四五而已。在他看来，文学史上有价值的作品只是为数不多的一些讽喻诗。其观点明显偏颇，反映出他对诗歌社会作用的认识有一定的片面性和狭隘性。

369 诗者，根情，苗言，华声，实义。

【注释】

选自唐·白居易《与元九书》。

根情：以感情为根本。即感情是它的根本。华声：以花朵为声韵。即声韵是它的花朵。苗言：以语言为苗叶。即语言是它的苗叶。实义：以思想为果实。即思想是它的果实。义，意义。这里指思想内容。

【赏析】

白居易对诗歌创作脱离社会现实的倾向极为不满，与元稹一道倡导了诗歌的“新乐府运动”，强调诗歌创作与现实的紧密关系，要求诗歌起到“补察时政，泄导人情”“救济人病，裨补时阙”的作用，大大拓展了诗歌的社会功能。同时，他也十分强调内容与形式之间的有机关系，没有因为强调诗歌“时”“事”的社会内容而忽视了它的艺术性。

“诗者，根情，苗言，华声，实义。”

意思说：诗这个东西，感情是它的根本，语言是它的苗叶，声音是它的花朵，思想是它的果实。

作者用树来比喻诗中各要素的地位和作用，认识到：诗歌所体现的感情和意义，犹如植物的根和果实。只有根深，才能叶茂，树叶茂了，才能开出鲜艳的花朵，结出丰硕的果实。这个比喻十分形象地说明了诗歌内容与形式的关系，即：内容情感是诗歌的根本，语言、声韵等外在形式必须为内容服务，与内容有机结合、完美统一，才能发挥它的社会作用。按照这个观点，白居易在《诗经》之后，特别推崇杜甫的《新安吏》《石壕吏》《潼关吏》等名篇，及“朱门酒肉臭，路有冻死骨”等名句，而对六朝以来脱离现实、绮靡颓废，“嘲风雪，弄花草”的形式主义文风和作品，则给以有力的批判和否定。由于旗帜鲜明，态度坚定，褒贬基本得当，为诗歌的“新乐府运动”提供了有力的理论依据。

本句比喻生动，独特，目的明确，把握住了诗歌内容与形式的精髓，因此被誉为最形象的诗论观点，受到历来文学评论家的肯定和赞赏。

〖柳宗元〗

柳宗元（773—819），字子厚，唐代河东解(今山西运城)人，后人因称柳河东。唐代著名的政治家、朴素唯物主义思想家、诗人、散文家。贞元九年（公元793年）进士。曾任蓝田县尉、监察御史、礼部员外郎等。早年参加王叔文革新政治集团，成为其中核心人物，积极参与“永贞革新”。革新失败后，被贬为永州司马。后升任柳州刺史，故又称柳州。在任期间，革弊兴利，为政清廉。提倡“文以明道”，强调文学的社会功能。与韩愈共同倡导古文运动，取得卓越成就，为“唐宋八大家”之一。并称“韩柳”。散文题材广泛，风格多样，而以山水游记成就最为突出。诗多贬官后作，大都抒写贬谪生活和自然景物。其诗言畅意美，善于借山水景物的描写寄寓悲愤孤清之情，诗风以清峻明净为主，呈现多种风格，别具一格，卓然成家。

《全唐诗》存其诗180余首，编为4卷。有《河东先生集》传

世。

370 择天下之士，使称其职。居天下之人，使安其业。……能者进而由之，使无所德。不能者退而休之，亦莫敢愠。

【注释】

选自唐·柳宗元《梓人传》。梓人，建筑房屋的一种技术人员。

称其职：才能与职务相称。居：安置。安业：安心于事业。能者：有能力的人。由之：放心使用。德：报答恩德。退：辞退。愠：生气，恼恨。

【赏析】

唐德宗贞元十四年(公元798年)，柳宗元以博学宏词授集贤殿正字，后调蓝田尉，初入仕途，对当时朝廷政出多门、吏治混乱的状况有所觉察，写了这篇《梓人传》以抒怀。梓人是建筑房屋的一种技术人员，能设计房屋，指挥工匠操作。作者以此类比为政之道，认为为相者须善于统揽全局，善用人才：

“择天下之士，使称其职。居天下之人，使安其业。……能者进而由之，使无所德。不能者退而休之，亦莫敢愠。”

意思是：挑选天下有才能的人，使他们胜任本职工作；安置好天下百姓，使他们安于自己的职业。……把有才能的人提拔上来，充分发挥他的才干，使他不必对任何人感恩戴德；把没有才能的人辞退掉，让他休息，他也不敢恼恨谁。

文中记叙了一个识见卓拔、才能超群的梓人。他擅长规划、设计房屋总体构架，组织、指挥各类工匠进行施工建设。他屋里没有一件木工工具，也不会修理断了腿的卧床。然而，在建造京兆尹官署时，他俨然是施工全局中的领袖，指挥工匠操作，胸有成竹，令行禁止。他赏罚分明，裁断果决："其不胜任者，怒而退之，亦莫敢愠焉。"在他的统领下，屋宇如期建成。正如他自己所言："舍我，众莫能就（建成）一宇。"

作者以此联系到为相之道，认为宰相应该举贤任能，识拔人才，使他们胜任自己的本职工作，使天下百姓有房子住，安于自己的职业。合则用，把有才能的人提拔上来，充分发挥他的才干；不合则辞去，让他休息。总之，宰相应该统揽全局，立大计，谋大事，力避事必躬亲，陷入具体的事务中去。如同梓人能设计大厦，构建宫室，却不必会修理床腿一样。唯有如此，"然后相道得而万国理"，天下诚服，后世景仰。

371 虽曰爱之，其实害之；虽曰忧之，其实仇之。

【注释】

选自唐·柳宗元《种树郭橐(tuó)驼传》。

仇之：以之为敌。

【赏析】

《种树郭橐驼传》是柳宗元写的一篇人物传记，文章通过

唐代

郭橐驼栽培、管理树木的方法，说明为官治民的道理，与顺应树木自然生长的天性一样，应该顺应民情，减轻百姓的负担，而不要采取那种自以为爱民的作法，无端增加他们的负担，甚至危害百姓：

“虽曰爱之，其实害之；虽曰忧之，其实仇之。”

意思说：虽说是想爱护它，其实是害了它；虽说是担心它，其实是仇恨它。

郭橐驼种的树，成活率高，长得高大茂盛，果实也结得又早又多。其他人种的树就达不到这种效果。究其原因，是他有一套成功的经验：顺其天性。也就是说，刚开始栽种时，要像爱护自己的孩子一样，精心培育，根要舒展，要用熟土，培土要平，土要砸密实，爱之“若子”；而种完之后，则应该“若弃”，如同扔掉一样，就不必再照管它了，也不必担心它不能成活。这样，树木的天性没有被破坏，它的本性就能够得到发展。

其他人不明白这个道理，不是撒手不管，就是太过关心，什么都放不下。早晨去看看，晚上去摸摸，甚至用指甲抠破树皮来检验树的死活，或者摇动树根来观察土是否培实，结果适得其反。虽想爱护它，却破坏了树的本性，实际是害了它；虽是担心它，却压抑甚至扼杀了树木的生机，实际是与它为敌，自然生长不好。

作者写种树的道理，目的只有一个，就是寓理于事，将种树之道“移之官理”，表达自己要求革除苛政，使人民安居乐业的政治主张。同时劝诫当权者，应该顺应百姓的要求，减少政令滋扰，而不能像郭橐驼指出的那样，只看到那些做官的喜欢颁布繁多的政令，表面上似乎是爱民，忧民，恤民，其实是虐民，扰民，损民，带给百姓的是无尽的痛苦和灾难。

由此引申出两个哲理：一是办事要顺天致性，遵循事物的自然发展规律；二是动机和效果要统一，不要好心办了坏事。

372 潭中鱼可百许头，皆若空游无所依。日光下澈，影布石上，佁然不动，俶尔远逝，往来翕忽，似与游者相乐。

【注释】

选自唐·柳宗元《小石潭记》。小石潭，在今湖南零陵县西小丘西。

可：约略，大概。百许头：一百条左右。许，上下，左右。表示不能确定的数。下澈：照到水底。影布石上：鱼的影子布满在石头上。佁（yǐ）然：呆立不动的样子。俶尔：忽然。俶，动。尔，助词。逝：去。翕忽：轻快、迅疾的样子。

【赏析】

柳宗元的《小石潭记》，以简洁生动的笔墨，由远及近，由声现形，由隐到显，记叙了小石潭的景色及周围环境，其中对于潭水的描写，尤为传神达意，引人入胜，妙绝古今：

“潭中鱼可百许头，皆若空游无所依。日光下澈，影布石上，佁然不动，俶尔远逝，往来翕忽，似与游者相乐。”

意思说：潭中大约有一百头鱼，都像悬在空中无所依托的样子。太阳光照到水底，它们的影子布在潭底的石头上，一会儿静止不动，一会儿又忽然远去，那往来轻快的样子，好似与游赏者相互嬉乐。

《小石潭记》是作者“永州八记”中的第四篇。其中最精彩的部分，就是本句借助阳光，巧妙地来烘托潭水的清澈。你看，潭中游鱼忽静忽动、宛若乘空飞翔。“日光下澈”，明净的光线透过潭水，将鱼儿游动的身影，映射到了白莹莹的石头上，烘托出潭水的清澄透明。而影布石上的游鱼，有的呆呆地不动，有的突然游向远方，“往来翕忽”，传达出一种静中有动，动中显静的效果。这里，形、神、影、色四者融为一体，进入到一种意趣天然的境界。

绘画艺术中，画家们画飞虫，往往不画天空；画游鱼，也不画清水。画家们只需在纸面上画出虫子飞动的姿势、鱼儿游弋的神态就足够了。而人们欣赏画的时候，却能透过虫子和鱼儿运动的姿态，在那一片空白的地方，感受到大气的存在和水的流动，从而在观照者的眼睛里，出现了天空，看见了清水。这种以实见虚的艺术手法，被成功运用到了对潭中游鱼的描写上，作者没有一字写水，可是那透明的潭水已然澄澈地映入到人们眼中，具有十分突出的艺术效果。

南朝梁吴均《与宋元思书》中有“水皆缥碧，千丈见底，游鱼细石，直视无碍”。北魏郦道元《水经注·洧水》中有“绿水平潭，清洁澄深，俯视游鱼，类若乘空”。这两句既写鱼，又写水。柳宗元的《小石潭记》显然借鉴了他们的意境，但柳只写鱼，不写水，其创新处，更有其独特而优美的意境。

最后，写鱼“似与游者相乐”，暗中化入庄子和惠子在濠梁上观鱼的典故，情味无穷。

373 凡吏于土者，若知其职乎？盖民之役，非以役民而已也。

【注释】

选自唐·柳宗元《送薛存义序》。

吏：为官。职：职责。役：办事，役使。

【赏析】

薛存义是河东人，和柳宗元同乡，曾在零陵县担任代理县令二年。这期间，柳宗元因“永贞革新”失败，贬为永州（治所在今湖南零陵）司马。不久，当薛存义调离永州，去任新的地方官时，柳宗元写了这篇《送薛存义序》。作者谆谆告诫他，身为地方官吏，一定要弄清楚官吏的职责：

“凡吏于土者，若知其职乎？盖民之役，非以役民而已也。”

意思说：你知道在地方上做官，应担负什么职责吗？那就是做老百姓的仆役，而不是去役使老百姓。

官与民之间到底是什么关系呢，作者认为，靠土地为生的农民，把他们收入拿来缴纳赋税，雇佣官吏，是为了让官吏为他们办事。所以官吏的职责是：“盖民之役，非以役民而已也。”官并非天生高贵，高高在上，役使百姓的，而是百姓出

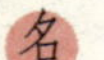

钱出粮雇佣的管理者。其职责就是为百姓办事，为民所役，而非役民。如果吃着老百姓的粮，拿着老百姓的钱，不好好为老百姓办事，甚至强取豪夺，欺压百姓，便是老百姓的罪人了。

千百年来，老百姓种田纳粮，缴纳赋税，被看做是应尽的义务。但到了柳宗元笔下，这种义务的合理性被否定了，钱粮赋税成了老百姓雇佣官吏办事的佣金。因此，官员们拿了老百姓的钱粮，必须为老百姓好好办事，这就把官、民之间统治与被统治的关系，变成了受雇与雇佣的关系，老百姓成了主人，有着充分的权利对渎职的官吏行使黜罚。这种反传统的思想，是对传统观点“劳心者治人，劳力者治于人”的一种反动，表现出了作者先进的民本思想和精神境界。

不过需要指出的是，作者心目中的为民所役者，只限于那些能够做到“讼者平，赋者均”的一般封建官吏，并没有触及整个封建专制体制。但这一反传统的观点，在当时封建社会中，已足以振聋发聩，惊世骇俗了。

〖杜　牧〗

杜牧（803—853），字牧之。京兆万年（今陕西西安）人。晚唐杰出诗人、古文辞赋家。世居万年县南樊川，故世称杜樊川。宰相杜佑的孙子。大和二年（公元828年）进士。历任监察御史，黄州、池州、睦州、湖州刺史，曾官司勋员外郎，故也称杜司勋。官终中书舍人。有较进步的政治思想，但一生不得意，未能施展抱负。工诗善文。以诗的成就最高。文学上主张“以意为主，以气为辅，以辞彩章句为之兵卫”，坚持为事而作，不作无病呻吟。《阿房宫赋》为其传诵名篇。其诗或指陈时政，或咏史怀古，或纪行写景。描写自然风光，无不呈现出清丽俊逸的情调，独具一格。诗风豪迈俊爽，绰约含蓄，为人称道，时称“小杜”（有别于杜甫而言）。兼擅古体和近体律绝，尤以七言绝句最佳。擅在短小的篇幅中构成优美的画面，用精炼的语言传达含蓄的情思，令人玩味无穷，艺术性很高。与李商隐齐名，并称“小李杜”（区别于“大李杜”：李白、杜甫）。

《全唐诗》存其诗520余首，编为8卷。有《樊川文集》行世。

374 六王毕，四海一。蜀山兀，阿房出。

【注释】

选自唐·杜牧《阿房宫赋》。

六王：战国末齐、楚、燕、赵、韩、魏六国诸侯。毕：结束，完毕。此指灭亡，即结束了六王的统治。四海：古时认为中国四境有海环绕，故四海之内即指中国。一：统一。蜀山：四川一带的山。兀（wù）：原指高而上平，此引申为平秃。指山上的树木被砍光了。阿房：即阿房宫，秦宫苑名，旧址在今陕西省西安市西南阿房村、古城村、朐家庄一带。于秦始皇三十五年(公元前212年)动工修建，至秦二世尚未竣工。项羽进驻秦地后，将其焚毁。出：特出其上，出现。

【赏析】

唐敬宗宝历元年(公元825年)，16岁的李湛即皇帝位。这位小皇帝大治宫室，穷奢极欲，沉溺声色，搞得天怒人怨。时年23岁的杜牧对此极为不满，便写了这篇《阿房宫赋》予以讽谏。文章借秦王阿房宫之兴废，以史为鉴，讽时刺世，表现深刻的忧患意识和对历史的沉思。开篇四句，更是气势不凡，显示出作者不凡的笔力：

“六王毕，四海一。蜀山兀，阿房出。”

意思说：战国时期燕、赵、韩、魏、齐、楚六国被灭，秦始皇统一了天下；蜀山的树被砍光了，阿房宫也建成了。

战国时期，六国纷争，逐鹿中原。秦始皇兵出崤谷，席卷天下，将一个纷争割据的中国，归于一统。可以想见，那是一场多么艰辛而又多么波澜壮阔的历史画卷。然而作者却举重若轻，仅用六个字，“六王毕，四海一”，便概括得丝丝入扣了；而一座雄伟壮观、耗尽民财民力，修建了多年的阿房宫，也仅用了六个字，“蜀山兀，阿房出”，将之概括得淋漓尽致，准确传神。

本句十二个字，字字千钧，突兀峥嵘，有如泰山拔地，气势不凡，不是杜牧这样的大手笔，不能写出如此气象来。

你看，一个“毕”字，一个“一”字，便将大秦帝国兵强马壮，国力强盛、无坚不摧的气势彰显无遗。六国灭亡了，江山一统了，在这历史大背景上，蜀山一空、阿房崛起，仅一个“兀”字，一个“出”字，另一种宏大的景象—阿房宫便凸现在人们眼前。秦王锐不可当的时代形势，他的野心与贪婪，不爱惜民力，穷奢极欲的享乐，都在这十二个字中包含进去了。

那么，“六王”为什么会“毕”，“四海”为什么能“一”呢？六国之亡，关键何在？这个问题，作者在文中给出了明确答案：“燕赵之收藏，韩魏之经营，齐楚之精英，几世几年，取掠其人，倚叠如山。”六王骄奢淫逸，已隐含了灭亡的根源，所以，“六王”之“毕”，不在别人，而在自身。“灭六国者六国也，非秦也”。

同样的道理，“蜀山兀，阿房出”，也是内涵丰富。之所以要从蜀山运木料至秦都咸阳，一定是秦陇一带的树木伐光了。自古“蜀道之难难于上青天”，那么，要从蜀地运送那么多木料，不知要役使多少人力物力，经历多少艰难险阻？而要建成阿房宫，又不知要经历多少日月，耗尽多少民脂民膏？昔日“六王”以“不爱其人”而“毕”，如今秦始皇步其后尘，岂不预示着他灭亡的日子不远了么！

375 长桥卧波，未云何龙？复道行空，不霁何虹？高低冥迷，不知西东。

【注释】

选自唐·杜牧《阿房宫赋》。

长桥卧波：长桥横卧在水面上。未云何龙：没有云哪来的龙？《周易》：“云从龙，风从虎。”复道：空中架设的通道。连通宫中楼阁，上下都有道，故称复道。霁：雨后初晴。冥迷：幽暗不明，迷离恍惚。

【赏析】

《阿房宫赋》一文，主要是通过阿房宫建筑的浩大宏伟，来揭露秦王穷奢极欲的罪恶。所以，阿房宫宏大的地势、壮丽的气象、浩繁的建筑、巨大的规模，都被作者以夸张的语言，描写得真切生动，如在眼前。言其广，称“覆压三百余里”；言其高，称“隔离天日”。而“五步一楼，十步一阁。廊腰缦回，檐牙高啄。各抱地势，钩心斗角”，“矗不知其几千万落”等句，写楼阁之密，宫室之美，更是把阿房宫繁复萦回、盘旋折绕的建筑群落，描绘得既简练，又形象。其中下面一句，更为传神：

“长桥卧波，未云何龙？复道行空，不霁何虹？高低冥迷，不知西东。”

意思说：没有云彩哪来的游龙？原来是长桥横卧在水波之上！没有雨过天晴哪来的彩虹？原来是楼阁的复道架设在高空。高低建筑不计其数，步入其中，如进迷宫，不辨西东。

描写长桥，不说长桥如龙，而以“未云何龙”问之；描写复道，不说复道如虹，而以“不霁何虹”问之，用的是比喻设问句。前一句将“长桥”比作“卧波”之“龙”，后一句将“行空”的“复道”比作“长虹”，意思说：龙从云，为何未见云就现了龙？雨过天晴才有虹，为何天没有下雨就出现了彩虹？诗人不直接作比，而在设问中比之，而且辅之以铺陈、夸张、反问等多种句式，将一座神奇迷离、堂皇宏丽的“阿房宫”富有诗意地再现了出来，平添了诸多审美元素，不仅比喻新颖，有形有色，而且意境优美，如诗如画。

这种句式的运用，既恰切地表达了作者的惊叹之情，给建筑物涂上了浓烈的抒情色彩，又显得笔势跌宕起伏，能够传达阿房宫廊桥复道凌空盘折的气势风貌，而且音调铿锵，像流水一样铮淙有声，能令人在想象和联想中领会景物的美妙，获得一种审美快感，其笔力之凝练，情感之热烈，艺术表现力之高妙，的非一般人所能及。

宋代苏舜钦受其影响，在《新桥对月诗》中描写松江长桥说："云头滟滟开金饼，水面沉沉卧彩虹。"后面一句，显然化用了杜牧文句的意境，宋代文坛领袖欧阳修对这两句诗给予了高度赞赏(欧阳修《六一诗话》)。

376 灭六国者，六国也，非秦也。族秦者，秦也，非天下也。

【注释】

选自唐·杜牧《阿房宫赋》。

六国：战国末齐、楚、燕、赵、韩、魏六国。族：合族被灭。

【赏析】

杜牧生活的时代是大唐帝国濒临崩溃的前夕。政治腐败，藩镇跋扈，内外交困，引得西边的吐蕃、西南的南诏、西北的回鹘纷纷入侵。针对这种形势，作者力主内平藩镇，外御侵略，加强统一，巩固国防。而当时的最高统治者唐敬宗李湛，

却荒淫无度，“狎昵群小”，又“好治宫室”，令“修东都宫阙及道中行宫”，以备游幸(《通鉴》243卷)。因此，作者作《阿房宫赋》，欲以秦王覆亡的教训警示当时的最高统治者：

“灭六国者，六国也，非秦也。族秦者，秦也，非天下也。”

意思是：消灭六国的，是六国自己，不是秦国；消灭秦国的，是秦国自己，不是天下人。

六王骄奢淫逸，不惜民力，经过“几世几年”的掠夺，使得“燕赵之收藏，韩魏之经营，齐楚之精英”，倚叠如山，然而一旦灭亡，其美人“辇来于秦”，珍宝“输来其间”，为秦所有。秦统一天下，不吸取六王败国的教训，大兴土木，修建“覆压三百余里”的阿房宫，奢靡腐化，走的是六国覆亡的老路，最后在陈胜、吴广点燃的农民起义的烈火中灰飞烟灭了。所以作者无限感慨地说：消灭六国的，是六国自己，不是秦国；消灭秦国的，是秦国自己，不是天下人。揭示出了六国与秦灭亡的原因，不在别人，而在自己。

作者痛感于当朝统治者荒淫无度，不惜民力，又不愿看到唐王朝步六国和秦的后尘，于是以此正告统治者，希望唐敬宗能够以史为鉴，轻徭薄赋，减轻对老百姓的剥削和压迫，以避免重蹈六国和秦覆灭的后尘。

宋代

〖王禹偁〗

王禹偁（954—1001），　北宋诗人。字元之，济州钜野(今山东巨野)人。世为农家，出身清寒。宋太宗太平兴国八年(公元983年)进士。曾任右拾遗、左司谏、知制诰、大理评事等，官至翰林学士。秉性刚直，为官清廉，直言敢谏。他对当时北宋王朝“积贫积弱”的形势十分忧虑，在太宗、真宗二朝曾几次向朝廷建议减裁冗兵冗员，巩固边防。因此得罪朝廷，八年三黜，先后贬知商州、滁州、黄州。曾作《三黜赋》，表达自己屡遭贬谪不放弃操守的决心。后迁蕲州(今湖北蕲春)病死。因其曾官黄州知州，故世称“王黄州”。

王禹偁政治上主张改革，是北宋最早起来要求改革弊政的政治家之一。文学上以宗经复古为旗帜，强调文以致用，反对宋初浮靡文风，是北宋文坛最早起来扫除浮艳靡丽文风的文学家之一。于诗歌推崇杜甫、白居易的现实主义，于散文推崇韩愈、柳宗元。诗文都比较平易简明，生动活泼，自然清新，而且能托讽寄怀，表述理想，针砭现实。对于北宋一代文风的转变，有很大的影响。散文风格趋向典雅古朴，但不甚注重刻画描写，初步表现出宋诗议论化、散文化的倾向。写景小诗明净洗练，颇见情趣。

著有《小畜集》《小畜外集》。

377 夏宜急雨，有瀑布声；冬宜密雪，有碎玉声；宜鼓琴，琴调虚畅；宜咏诗，诗韵清绝；宜围棋，子声丁丁然；宜投壶，矢声铮铮然：皆竹楼之所助也。

【注释】

选自宋·王禹偁《黄州新建小竹楼记》。

丁丁(zhēngzhēng)：象声词。走动棋子声。形容声音清脆。投壶：古时一种游戏。设特制之壶，宾主依次投矢其中，中多者为胜。

【赏析】

宋真宗咸平元年(公元998)年除夕，作者被贬为黄州(今湖北省黄冈)刺史，次年3月27日到达任所，不久修建了竹楼二间，并写了这篇出色的散文《黄州新建小竹楼记》。文章以清丽简洁的笔触，描绘了竹楼中种种别处无法领略到的清韵雅趣和乐趣，抒发了寓情山水、享受闲适萧散生活的旷达情怀。其中，对竹楼独特之声的描绘，最有特色：

“夏宜急雨，有瀑布声；冬宜密雪，有碎玉声；宜鼓琴，琴调虚畅；宜咏诗，诗韵清绝；宜围棋，子声丁丁然；宜投壶，矢声铮铮然：皆竹楼之所助也。”

意思说：夏天降骤雨，小竹楼会发出瀑布一样的声响；冬天下大雪，小竹楼会发出碎玉落地般的声音。在小竹楼弹琴，琴声悠悠，和谐流畅；在小竹楼吟诗，诗韵清新绝妙；小竹楼也适合下棋，棋声丁丁悦耳；适宜做投壶的游戏，投箭声铮铮动听。这种种乐趣，都是小竹楼给的。

千百年来，竹在中华民族心理上，被赋予了一种人格力量。文人雅士吟诗作画，也喜欢以竹为对象，表现自己狷介的

个性和隐逸的情趣。宋代苏东坡曾说："可使食无肉，不可使居无竹。无肉令人瘦，无竹令人俗。"(《於潜僧绿筠轩》)清代郑板桥说："盖竹之体，瘦劲孤高，枝枝傲雪，节节干霄，有似乎士君子豪气凌云，不为俗屈。"(《郑板桥集·补遗》)王禹偁贬谪黄州，而黄州之地多竹，因而作者倾情于小竹楼的描写，借以抒发自己的身世之叹和人格理想。

这一句以优美的文字，描写了竹楼独特的声音美：夏天急雨幻化的瀑布声，冬天大雪传出的碎玉声，以及棋子的"丁丁"声。投壶的"铮铮"声，皆为小竹楼所独有，这就将其清绝高雅的环境美凸显了出来，同时使人身临其境般地感受到竹楼吱吱嘎嘎摇颤的情状。在这轻轻摇颤的竹楼中，蕴含了如此多的美感，如果不是具有超凡脱俗的恬淡情怀，其清声远韵的声响美是体味不出来的。

语言表现上，隽永有味，清新淡雅，如出天然。作者没有刻意写景，一边叙事一边随笔点染，竹楼的风姿便跃然纸上；没有专门抒情，但遣词造句之中，抒情的浓郁色彩便自然流出。如以"碎玉"状落雪声，以"丁丁"状棋子声，以"铮铮"状箭矢入壶声，等等，都在字里行间渗透出竹楼静谧幽雅之趣和主人公恬适的心态。句式运用上，六个排比句连用，由实及虚，由视觉到听觉，多层次的渲染，展现出一个魅力无限的听觉世界：夏天"宜"降骤雨，小竹楼会发出瀑布一样的声响；冬天"宜"下大雪，小竹楼会发出碎玉落地般的声音。小竹楼"宜"弹琴，琴声悠悠，和谐流畅；小竹楼"宜"吟诗，诗韵清新绝妙；小竹楼也"宜"下棋，棋声丁丁悦耳；"宜"

做投壶的游戏，投箭声铮铮动听。六个“宜”字一气呵出，各种声响汇成一曲精致雅丽的交响乐，平淡而不乏韵致，令人舒心畅气，有身处世外桃源之感。竹楼之美，情韵之足，也尽在其中了。

唐代韩愈提倡作文“惟陈言之务去”，本句对竹楼声音的描绘，可谓不落陈言了。宋代王安石对此文评价甚高，曾赞扬说：“《竹楼记》胜《醉翁亭记》”(见王若虚《滹南遗老集》三十六卷)，将之排在人们公认的天下美文《醉翁亭记》之前，也就不难理解了。

〖范仲淹〗

范仲淹（989—1052），北宋政治家、文学家。字希文。苏州吴县（今江苏苏州）人。少年时家境贫寒，但志气高远。大中祥符八年(公元1015年)进士。历任秘阁校理、右司谏、权知开封府、陕西经略安抚副使、环庆路经略安抚使等，官至枢密副史，参知政事（副宰相）。卒赠兵部尚书，谥文正。为人内刚外和，正直敢言。政治上力主革新，是“庆历新政”的领袖人物。庆历三年，曾向仁宗上条陈十事，明确提出“明黜陟、抑侥幸、择长官、均公田、厚农桑、修武备、减徭役”等多项改革方案，积极主张改革弊政。终因保守派极力抵制，未能实施，范仲淹也因此被罢免了参知政事。西夏犯边，范仲淹以西北主帅镇守延州，实行“屯田久守”的方针，加强防御，遏止了西夏的侵扰。西夏人称其“胸中自有甲兵数

万”。能文，工诗词。内容多写边塞生活与人生感受，苍凉悲壮，慷慨动人；一些诗抒写羁旅情怀，缠绵深致，脍炙人口。词作风格明健，意境开阔，既苍凉又优美。《渔家傲》以边塞风光入词，开宋代豪放词风先河。对后来苏轼、王安石等人影响较大。散文《岳阳楼记》为传世名篇。

有《范文正公文集》传世，存词仅5首。

378 云山苍苍，江水泱泱。先生之风，山高水长。

【注释】

选自宋·范仲淹《严先生祠堂记》。

泱泱：水深广的样子。严先生：即严光，东汉余姚(今属浙江)人，一名遵，字子陵。年轻时与汉光武帝刘秀一同游学。刘秀即帝位后，他改名隐居。光武帝派人找到他，授以谏议大夫之职。他拒官不受，隐居于富春山中，靠耕钓为生。风：品德。

【赏析】

东汉高士严光蔑视权贵，淡漠荣利的情操、气节，一直为范仲淹所敬重。宋仁宗庆历初年，朝廷钻营之弊、徇墨之风盛行，范仲淹时任参知政事，痛恨官场腐败，于是条陈十事，要求简省官吏，注意农桑，修治武备，减轻徭役……并与富弼、韩琦一道进行了一系列改革，史称“庆历新政”。但是，由于保守派的极力反对，新政仅实行一年就失败了，范仲淹也因此被免了参知政事，后又出任严州知府。为振作士风，提倡名节，他在桐庐为严光修了一座祠堂，并作了这篇《严先生祠堂记》，盛赞严光“泥涂轩冕”，视官爵如粪土的节操和风范：

“云山苍苍，江水泱泱。先生之风，山高水长。”

意思说：云雾缭绕的高山，直耸云霄，浩浩荡荡的江水，日夜不息；先生的高风亮节，就像这高山一样高，江水一样长！

东汉初年，高士严光与汉光武帝刘秀关系甚密，情同手足。据说一次严光与刘秀同卧一榻，严光熟睡中将一条腿搭在刘秀腹上。第二天，太史奏客星犯帝座甚急。刘秀笑笑说：“朕与故人严子陵共卧耳。”后来刘秀命严光为谏议大夫，严光执意不从，于是来到富春江畔，钓于七里濑，后人因名七里濑为严陵濑。严陵濑在严州桐庐县境内，历来为高士凭吊之处。作者认为，君能以贵下贱，臣能不干以私，君圣臣贤，能敦励风化，千古流芳。所以，这一句以山高水长为喻，盛赞严光不慕名利的冰雪节操。

很显然，作者赞赏严光，一方面是希望以此为激励，鼓励士大夫重视名节，追求精神上的高尚情操，超越个人的荣辱名利。这和作者在《岳阳楼记》中提出的“先天下之忧而忧，后天下之乐而乐”的思想境界是一脉相承的。另一方面，也是追念光武帝的德政，提出“有功名教”的政治主张，认为贤人的出现与明君在位不无关系。所以，政治清明，德政、名教建立，甚而使“贪者廉，懦者立”，才能真正使天下仁人得以一

展才华。

本文文字雅洁，笔力雄健，“直追秦汉”，而“云山苍苍，江水泱泱。先生之风，山高水长”一句，气象廓大，情意深长，其精神韵味与严光高绝的风范相呼应，十分贴切，脍炙千古。至今读之，仍能令人产生一种仰慕之情和钦佩感。世传“先生之风”一句，最初为“先生之德”，李泰伯见了，建议改“德”为“风”，范仲淹虚怀若谷，欣然改之，结果全篇为之熠熠生辉，光彩照人，备受赞赏。

范仲淹进行的改革失败了，然而范仲淹（包括后来的欧阳修）“以直言谠论倡于朝”，振作士风之举却取得了明显成效。《宋史·忠传序》记载：从此以后，“中外缙绅知以名节相高，廉耻相尚，尽去五季之陋矣”。

379 予观夫巴陵胜状，在洞庭一湖：衔远山，吞长江，浩浩汤汤，横无际涯；朝晖夕阴，气象万千。

【注释】

选自宋·范仲淹《岳阳楼记》。岳阳楼，指湖南岳阳市西门城楼，面对洞庭湖，相传是唐朝初年建筑的。

巴陵：即岳州，宋代郡名，古称巴陵郡，治所在今湖南岳阳。夫：语助词。胜状：美好的景色。洞庭：湖名。长江流域著名大湖。在湖南北部，岳阳市西。湘、资、沅、澧四水汇流于此，于岳阳县城陵矶入长江。衔远山：迎着远山。吞长江：

吸纳长江。浩浩汤汤：水势浩大的样子。际涯：边际。朝晖夕阴：早晨的阳光和傍晚的昏暗。泛指一天中天气的种种变化。

【赏析】

宋仁宗庆历五年，范仲淹被贬谪出京，出知邓州，成为一个“迁客”。其好友滕子京谪居岳阳，重修岳阳楼，范仲淹受邀写了这篇千古美文《岳阳楼记》。中国封建社会里，迁客、骚人大都因“怀才不遇”而牢骚满腹，多愁善感。然而作者却能抛弃一般迁客骚人“以物喜”“以己悲”的消极情怀，并以积极用世的“古仁人”精神，抒发了“先天下之忧而忧，后天下之乐而乐”的理想和抱负，其精神气概至公至伟。且看他对洞庭湖壮伟景象的描绘：

“予观夫巴陵胜状，在洞庭一湖：衔远山，吞长江，浩浩汤汤，横无际涯；朝晖夕阴，气象万千。”

意思说：我看那巴陵郡的壮丽景象，全在这洞庭湖上。它口含远山，吞吐长江，浩浩荡荡，无边无际。清晨的阳光，黄昏的夕照，气象千变万化。

自唐代起，文人雅士到岳阳楼游赏题咏的颇多，而作为政治家的范仲淹，在贬居邓州期间，也写了这篇游记。文章虽然名为“记”，却是一篇即事即景抒写主观情怀的美文，长期以来，深受人们喜爱。其中一个重要原因，就是作者对洞庭湖的景色，作了高度概括的描写。你看，从岳阳楼远眺，洞庭湖烟波浩渺，水天一色，横无际涯。长江水浩浩荡荡，流入洞庭湖，却似被吞没了一般。为此，作者用了“衔远山，吞长江”一句，来状写洞庭湖的博大浩渺；又用“横无际涯”一词，表

现湖水的宽广辽远、与天相连。从时间段上，“朝晖夕阴”，气候各不相同，遂用“气象万千”形容之。这样的描写，洞庭湖波澜壮阔、包容一切的气度就尽显无余了。

与这样壮阔的景象相呼应的必是同样博大的胸襟，作者为洞庭湖壮丽的自然景象所激发，胸中升腾起来的自然也是豪情万丈，气冲牛斗。试想，这样的一腔激情，一旦喷薄而出，述诸笔端，其气势必然也是惊天动地，横扫千军的了。这就不难理解，为什么作者仅仅用了“衔远山，吞长江，浩浩汤汤，横无际涯，朝晖夕阴，气象万千”22个字，便将洞庭湖雄浑浩瀚的气势一览无余地展现了出来。而其中，“衔”“吞”二字，更见锤炼功夫，一字千钧，气吞山河。

从这里可以看出，作者十分善于捕捉景物的特点，表达自己心中的感受，将博大宽仁的胸怀寓于壮丽的景物描写中，因此他这一景句，不仅意境优美，感情浓厚，充满一种浩气之气，而且造成一种天人合一的阔大境界，十分贴切地体现出一个正直士大夫胸有天下的阔大襟怀。

380 至若春和景明，波澜不惊，上下天光，一碧万顷；沙鸥翔集，锦鳞游泳；岸芷汀兰，郁郁青青。而或长烟一空，皓月千里，浮光跃金，静影沉璧；渔歌互答，此乐何极！

【注释】

选自宋·范仲淹《岳阳楼记》。

景：阳光。不惊：平静。碧：水天一片绿色。万顷：广阔无边。形容湖面阔大。锦鳞：鱼的代称。锦，形容鱼的鳞片五光十色。岸芷：岸上的香芷。汀兰：岸边平处的香兰。汀，岸边平的地方。郁郁：形容香气很浓。青青：茂盛的样子。浮光跃金：月光映在波动的湖面上泛出阵阵金光。静影沉璧：月亮的影子映在水里，静静的，像一块白玉。互答：互相唱和。

【赏析】

范仲淹善于在写景中抒情，在议论中言志，他的《岳阳楼记》，就是一篇将议论、抒情、写景熔于一炉的名篇，历来以对景物准确精美的刻画而著称，尽管它并不是一篇纯粹意义上的写景文章。作者登楼览物，观景生情，借洞庭湖的自然景观抒情，抒写了自己迁谪异乡的情怀，可说是景为情设，情为景生，情景契合无间的典范：

“至若春和景明，波澜不惊，上下天光，一碧万顷；沙鸥翔集，锦鳞游泳；岸芷汀兰，郁郁青青。而或长烟一空，皓月千里，浮光跃金，静影沉璧；渔歌互答，此乐何极！”

意思说：到了春风和煦、景色明媚的日子，湖面上波平浪静，天光水色交相辉映，碧绿的湖水一望无际；沙滩上的白鸥，有的在飞翔，有的在一起栖息，水里的鱼儿，五彩缤纷，自由自在地游来游去；岸边的芷草、沙洲的兰花，香气馥郁，青葱一片。有时长空无云，澄碧如洗，明月千里，照耀湖面，金光闪动；而风平浪静时，明月的倒影如一块璧玉，静静地沉浸在水底；渔歌声一唱一和，这样的乐趣真是无穷无尽啊！

这是作者对洞庭湖春天景色的描绘，也是文中最富诗意的一段描写：一望无际的湖面上阳光普照，春意融融，水平如镜，天光与水光交映生辉，湖水万顷一碧。在这画一般迷人的大自然中，湖面上，有沙鸥飞飞停停，湖水中，有鱼儿自由地游弋。岸上的芷草兰花，绿意盎然，幽香阵阵，一片生机勃勃。夜晚时分，月上中天，晴空万里，明月朗照，微风拂过，水波微动，波光粼粼，金光闪耀，无风的时候，明月的倒影如一块璧玉，静静地沉浸在水底，煞是可爱。此时此刻，渔歌之声此起彼伏，往来应答，更平添了一种情态美。

这段文字，不仅词彩明亮，意境优美，而且善于在景物描绘中，将作者心中的那份喜悦和快感极富韵味地表达了出来，诗情浓浓，画色明丽，给读者带来了多方面的美感享受。

晋代诗人陆机在《文赋》中曾说过：“悲落叶于劲秋，喜柔条于芳春。”意思说，外界景物的变化，直接影响着人的思想情绪，秋风萧瑟的景象会令人平添哀愁，春光明媚的景象会使人产生喜悦。所以，洞庭湖有如此美丽壮观的春景，面对它的迁客骚人们，能不感受到它的博大静美而心情畅快，引起一种“其喜洋洋”的感觉么！

就一般迁客骚人而言，这种随物而喜的“览物之情”，固然是一种内心情感的自然流露，也是文人墨客借机宣泄，感念人生仕途的一种牢骚。但是，对于政治家兼文学家的范仲淹来说，就不是这样了。范仲淹已经超越了随物悲喜的阶段，上升到了一种更高的境界，即不以物喜，不以物悲的阶段，而能将忧国、忧民、忧君作为自己人生的志向和理想。因此，对随物悲喜持否定的态度，并以博大宽仁的胸襟，提出了“先天下之忧而忧，后天下之乐而乐”的政治宣言，表现出一个力行改革的政治家所应有的胸怀气度和高尚情怀，令人后世万代无限景仰。

在语言艺术上，“沙鸥翔集，锦鳞游泳”“长烟一空，皓月千里”“浮光跃金，静影沉璧”等句式，整齐优美，对偶自然，声调铿锵，抑扬顿挫，极富韵律美和节奏美，读来流畅自然，云霞满纸，美不胜收，极易引起读者心中美的共鸣。

381 居庙堂之高，则忧其民；处江湖之远，则忧其君；是进亦忧，退亦忧。然则何时而乐耶？其必曰：‘先天下之忧而忧，后天下之乐而乐’欤！

【注释】

选自宋代范仲淹《岳阳楼记》。

庙堂：代指朝廷。江湖：指民间。进：进用。退：退隐。先：在……之先。天下：指天下的人。

【赏析】

《岳阳楼记》是范仲淹受朋友滕宗谅（字子京）之请写成的名篇。滕子京与范仲淹为同榜进士，宋仁宗时，西夏犯边，范仲淹以西北主帅镇守延州时，滕子京又与范仲淹共同抗击西夏入侵。后被贬为岳州知州。而范仲淹本人也因改革失败，罢去副相之职，出知邓州。二人同为“迁客”。由于滕子京有才能、有抱负，所以内心的愤郁不平时时流露出来。而且豪迈自负，很难听人劝解。范仲淹爱其才，担心他言语贻祸，于是在《岳阳楼记》中，提出为人的见解和主张，表达宣示博大的政治胸怀，与朋友共勉：

“居庙堂之高，则忧其民；处江湖之远，则忧其君；是进亦忧，退亦忧。然则何时而乐耶？其必曰：‘先天下之忧而忧，后天下之乐而乐’欤！”

意思说：在朝廷做官就为老百姓忧虑，到了民间退居归隐又替君主忧虑。因此，进朝为官也担忧，退居江湖也担忧。那么，什么时候才能有真正的快乐呢？他们必定会说，真正的快乐就是忧在天下人之先，乐在天下人之后吧！

范仲淹写作此文时，正贬官邓州。而岳阳楼上，自唐、宋以来，已有不少迁客骚人，登楼览物，伤春悲秋，发为篇什，留下了许许多多人生坎坷的感伤题咏。作为一个同样弃置远外之地的迁客，范仲淹也是处于人生最失意的阶段，又面对着容易引发贬谪之慨的洞庭湖景色，按理说，发一通哀怨感伤之言，也在情理之中。然而，作为胸有抱负的范仲淹来说，却有自己对社会、对人生独特的感受和领悟，因此没有陷入前人的感情窠臼，去表达悲楚的情绪，而是从登楼的所见所感，生发出了超越个人穷通荣辱、心系国家人民的伟大感受。

作者用笔的一个特色，就是先铺陈湖上的景色，表现普通登楼者共同的“以物喜”（遇外界环境顺心而高兴）、“以己悲”（个人命运遭受不幸而悲伤）的览物之情，而后将这些悲喜情感否定掉，另出新意，主张像古仁人一样，抱负宏大，抛开随物悲喜之情，不因外界景物变化而影响自己的思想情绪，也不在意个人的得失荣辱；而是在位为官时，担心人民的苦难，赋闲隐逸时，担心国家民族的命运，“进亦忧，退亦忧”，具有“先天下之忧而忧，后天下之乐而乐”的抱负和理想。

范仲淹是一个充满忧患意识的政治家，所以力求像古仁人一样，追求一种更深沉、更壮阔而内在的美德——仁人的理想光辉。由于胸怀宽广，仰慕古仁人的品德，结合自己的人生志向，人生体会，因而熔铸出了“先天下之忧而忧，后天下之乐而乐”的千古名句。

北宋初年，朝廷政治腐败，阶级矛盾、民族矛盾(契丹的威胁、西夏的侵略)日益严重。不少有远见的知识分子要求实行政治改革。庆历三年(公元1043年)以后，范仲淹、韩琦、富弼等人执掌政权，提出了许多革新政治的主张：如范仲淹给仁宗的上书中，提出“明黜陟、抑侥幸、择长官、均公田、厚农桑、修武备、减徭役”等改革方案，对内外职官严加考核，非有功绩，不得升迁，严选各路监司，有不称职者，就班簿上一笔勾去。又更定荫子法：公卿大臣除长子不限年龄外，其他子孙非年过十五、弟侄非年过二十，不得荫官。这些措施，立刻引起许多贵族、旧臣、滥官污吏的不满，范仲淹也因此受到保守派的抵制和攻击，并于庆历五年，被罢免了参知政事之职。

然而，范仲淹在遭受了贬官和政治失意之后，身处逆境，却仍然有“先天下之忧而忧，后天下之乐而乐”的积极用世精神，尤其令人钦佩。有什么样的胸襟和抱负，就有什么样的人格和志向。范仲淹这种“以天下为己任”，心忧天下的开阔胸襟和气象，正是他爱国主义精神、个人高尚志趣及人格精神的写照。宋代王十朋的《读〈岳阳楼记〉》诗高度评价说：“先忧后乐范文正，此志此言高孟轲。暇日登临固宜乐，其如天下有忧何？”王十朋认为，比起孟子“乐民之乐者，民亦乐其乐；忧民之忧者，民亦忧其忧”，以及“达则兼济天下，穷则独善其身”的思想，范仲淹忧于民先，乐于民后的思想有着更高的境界。

千百年来，“先天下之忧而忧，后天下之乐而乐”的思想深入人心，化为广大志士仁人关心天下、献身民众的巨大精神力量。同时，岳阳楼也因《岳阳楼记》的广泛传播而名声卓著，成为著名的旅游胜地。

〖包　拯〗

包拯(999—1062)，北宋庐州合肥(今属安徽)人，字希仁。天圣进士。宋仁宗时任监察御史。建议选将练兵，以御契丹。后任天章阁待制，龙图阁直学士，官至枢密副使。知开封府时，执法严峻，不畏权贵，以廉洁著称。有《包孝肃公奏议》。

382 廉者，民之表也；贪者，民之贼也。

【注释】

选自宋·包拯《乞不用赃吏》。

廉：官吏廉洁。表：表率。贪：官吏贪污。贼：残害人民的盗贼。

【赏析】

宋朝不仅官吏繁多，而且对官吏的待遇比较优厚，对其违法犯罪行为又很宽宥，所以，宋朝官吏贪污腐败现象严重。宋仁宗时代，贪官污吏即使被揭发，或重罪轻判，或早上撤职，晚上复位，或行贿投靠，易地做官。吏治败坏，得不到有效惩治，日炽一日。包拯对此忧心如焚，于是在任监察御史时，给仁宗皇帝上了这篇“奏疏”。他强调说：

“廉者，民之表也；贪者，民之贼也。”

意思说：官吏清廉，是老百姓的表率；官吏贪污，是残害老百姓的盗贼。

包拯认为，官吏清廉与否，既关系到整肃吏治，也关系到整个社会风气。作为国家公职人员的官吏，应该廉洁勤政，为老百姓做出榜样，而那些贪官污吏，犹如残害老百姓的盗贼一样，必须严加惩处。历史上，两汉时期，不仅严惩贪官污吏，还严禁其子孙为官；宋太宗时，贪官污吏按律要服劳役，即使遇到大赦，也须遣回原籍，不得录用。所以包拯以“贪者，民之贼也”为根据，要求朝廷整顿吏治，严惩贪官，并提出“今后应臣僚犯赃抵罪，不从轻贷，并依条施行，纵遇大赦，更不录用；或所犯若轻者，只得授副使上佐”的主张。

包拯高屋建瓴，反腐倡廉，以图振兴国是，具有积极意义。

〖欧阳修〗

欧阳修（1007—1072），字永叔，自号醉翁，又号六一居士。中国古代著名文学家、史学家。吉州吉水（今江西吉安）人。宋仁宗天圣八年（公元1030年）进士。累官至枢密副使、参知政事。北宋诗文革新运动领袖。卒谥文忠。早年支持范仲淹进行政治革新，多次被贬谪外放。晚年思想趋于保守，对王安石变法有所不满。为“唐宋八大家”之一，在散文、诗、词等方面都有很高的成就。重视培养、奖掖后进，曾巩、王安石、苏轼、苏辙等人都曾受其揄扬和提拔。为文主张明道、致用，提倡朴实平易的文风，反对宋初以来的浮靡文风。散文文理畅达，抒情委婉，一唱三叹。诗歌平易朴质，清新自然。词风承袭南唐余绪，深婉清丽，受冯延巳影响较深。部分即景抒怀、咏史之作，疏宕明快，直抒胸臆，对豪放词派有一定影响。有《欧阳文忠集》传世。

383 夫力所不敢为，乃愚者之不逮；以智文其过，此君子之贼也。

【注释】

选自宋·欧阳修《与高司谏书》。高司谏，即高若讷，字敏之，并州榆次(今山西榆次)人，时任左司谏。

为：做。不逮：不如，不及。逮，到，达到。智：巧智，狡猾。文：文饰，掩盖，遮掩。过：过错。君子：此指士大夫。贼：败类。

【赏析】

宋景祐三年(公元1036年)，宰相吕夷简在位日久，政事多有积弊，大用党羽，吏治败坏。范仲淹当时任吏部员外郎、天章阁待制，有感于官吏进退取决于宰相，便向皇帝上《百官图》，论迁除之弊。不久，又进献《帝王好尚》《选贤任能》《近名》《推委》四论，批评时政，指责宰相。吕夷简恼羞成怒，对范仲淹加以“越职言事，离间君臣，引用朋党”的罪名，贬为饶州知州。同年，围绕此事引发了一场争论，正直的朝臣纷纷论救，余靖上疏请改前命，尹洙自称为“仲淹之党”，要求同贬。当时身为左司谏的高若讷，不但不敢主持公道，反而附和权奸，毁谤贤士，认为范仲淹该当被逐。高若讷身为谏官，却阿附吕夷简，不敢正直言事，激起了欧阳修极大的义愤，遂写了这篇《与高司谏书》，义正词严地指责其自私卑鄙、贪禄畏祸、趋炎附势的可耻行径，充分表现了欧阳修疾恶如仇的耿介品行：

“夫力所不敢为，乃愚者之不逮；以智文其过，此君子之贼也。”

意思说：如果能力不够而不敢去做，就连蠢人都不如；若用狡猾的手段文饰自己的过错，就是士大夫之中的败类了。

欧阳修认为，作为朝廷谏官，应该正言敢言，在范仲淹遭贬时，理应站出来为其辨明无罪，然而高若讷不但不为其申

辩，反而背后落井下石，“随而诋之”，有失谏官的应尽之责。接着，欧阳修又从人性的角度加以论说，认为人都有胆怯的时候，如果高因为胆小怕事，不敢言事，充其量做一个不称职的谏官罢了。然而高却并非如此，而是阿谀权贵，卑怯保官，自私虚伪，非但不敢站出来伸张正义，竟还“昂然自得”，毫不知愧地出入朝廷，妄图用一些小聪明来掩饰自己的“不言之过”，这样的人号称谏官，在欧阳修看来，真是“不复知人间有羞耻事”，与士大夫中的败类没有两样，自然为正人君子所不齿。

欧阳修写这封信的时候，只有30岁，时任馆阁校勘，然而却能大义凛然，不假含蓄，愤怒指责高若讷的卑劣行径，体现了青年欧阳修光明磊落、正直敢言的个性和刚直不阿、不避危难的高尚气节。文章气势充足，说理透辟，语语击中要害，是其政论中第一等文章。所以黄庭坚在《跋欧阳公红梨花诗》中由衷地赞赏说：“观欧阳文忠公在馆阁时《与高司谏书》语气，可以折冲万里!”

当然，欧阳修也为此付出了沉重的代价。据《宋史·欧阳修传》记载：“范仲淹以言事贬，在朝多论救，司谏高若讷独以为当黜。修贻书责之，谓其‘不复知人间有羞耻事’。若讷上其书，坐贬夷陵令。”高若讷读信后愤怒难堪，上奏朝廷，欧阳修也因此被贬为夷陵(今湖北省宜昌市)令，同时被贬的还有集贤校理余靖、馆阁校勘尹洙。但此信却脍炙人口，永垂史册。

384 君子则不然，所守者道义，所行者忠信，所惜者名节。

【注释】

选自宋·欧阳修《朋党论》。朋党，指人们因某种共同的政治目的和利害关系而聚集成的团体，古代专指朝廷中士大夫各树党羽相互倾轧。本文指人们因某种共同的目的而结成的集团。关于朋党的问题，早在《韩非子·孤愤》和《史记·蔡泽列传》中就有记述，故称“自古有之”。宋代王禹偁在《朋党论》中也说：“夫朋党之来远矣，自尧、舜时有之。八元、八恺，君子之党也；四凶族，小人之党也。”

道义：道德和正义。忠信：忠心和诚心。名节：声名与节操。

【赏析】

宋景祐三年(公元1036年)，范仲淹、欧阳修等人议论朝政，倡导改革，被吕夷简、夏竦等保守派目为朋党，加以贬逐。自此以后，朋党论一直延续多年。庆历三年(公元1043年)，宋仁宗起用范仲淹、富弼等推行庆历新政，革新派重新上台执政，吕夷简、夏竦等人被免职。欧阳修、蔡襄等人同时出任谏官。范仲淹提出十大改革主张，富弼提出四项建议。这些革新意见，遭到了吕、夏余党的极力反对。他们攻击范仲淹私结“朋党”，排斥异己。庆历四年，欧阳修便以谏官的身份写了这篇著名奏议——《朋党论》，为革新派辩解：

“君子则不然，所守者道义，所行者忠信，所惜者名节。”

意思说：君子不同于小人，他们所保持的是道德义理，所践行的是忠诚信实，所爱惜的是名誉节操。

“朋党”专指古代朝廷政治斗争中的帮派，保守派以“朋党”攻击范仲淹等革新派，是欲一棍子打死的诛心之论。欧阳修的高明之处，就是并不否认历朝朋党的存在，而是具体分析“朋党”的性质。他说：“臣闻朋党之说，自古有之，惟幸人君辨其君子、小人而已。”这里，他把“朋党”分为了两种，一种是君子之朋，一种是小人之朋。小人之朋以谋取个人私利为基础，其联结的纽带为“利”，所以“同利”则朋，不同“利”则相互攻击，在“利”面前则相互争竞，不择手段。

君子则截然相反，君子追求的是“道”，是共同的事业和理想，他们以国家民族利益为重，坚守自己所信奉的道义，践行忠信的做人原则，珍惜自己的名节。所以君子之朋以“道”相结，同“道”为朋，不同“道”不相为谋。而且，正因为以“道”相结，所以君子之朋心怀坦荡，光明磊落，不藏个人私欲，同道间也没有利益纠葛，彼此均能竭诚努力，同德、同心地去为共同的理想奋斗。

三国蜀汉时期，诸葛亮在《出师表》中说道：“亲贤臣，远小人，此先汉所以兴隆也；亲小人，远贤臣，此后汉所以倾颓也。”诸葛亮说的贤臣，就是欧阳修说的君子之朋。既然“君子之朋”心怀坦荡，“小人之朋”怀藏私欲，那么作为一国之君，应当采取什么用人原则也就明确了：“故为人君者，但当退小人之伪朋，用君子之真朋，则天下治矣。”

385 大凡君子与君子，以同道为朋；小人与小人，以同利为朋。此自然之理也。

【注释】

选自宋·欧阳修《朋党论》。

君子：品德高尚的人。同道：志同道合。朋：朋党。专指古代朝廷政治斗争中为了某种利益得失而结成的政治派别。小人：品质低劣的人。

【赏析】

宋仁宗庆历三年(公元1043年)，范仲淹、富弼、韩琦等人锐意革新政治（史称“庆历新政”），遭到吕夷简、夏竦等保守派的强烈反对，被诬为“朋党”，朝廷还专门为此下诏戒止臣下结为朋党。第二年，范仲淹、富弼等先后被贬出京，新政宣告失败。欧阳修支持革新派，当即曾上疏救护，并写了《朋党论》这篇奏章，批驳朋党论之谬。文中列举大量历史事实，说明朋党自古存在，重要的是要善于识别“君子之朋”与“小人之朋”，人君如欲安邦治国，就须“退小人之伪朋，用君子之真朋”：

“大凡君子与君子，以同道为朋；小人与小人，以同利为朋。此自然之理也。”

意思说：君子与君子之间的交往，是以志同道合为基础的，小人与小人之间的交往，是以共同私利为基础的。这是自然形成的。

欧阳修认为，自古至今，朋党在朝廷的政治斗争中是客观存在的，但是却有性质上的区别：一种是君子之朋，一种是小人之朋。小人之朋以谋取个人私利为目的，其联结的核心在“利”。同利为朋。为了达到一己之私利，不惜结成死党，玩弄权谋，构陷正义人士，谋害忠良，以至败坏政治、贻害国家与民族的利益。而君子之朋有共同的理想和事业，有相同的志趣和奋斗目标，心存国家兴衰存亡之道，肩负民族繁荣昌盛之义，胸怀坦荡，甚至为了国家民族利益，不惜勇于献身，死而后已。

从历史的演进看，自古以来，进用君子之朋则天下大治，用小人之朋则天下乱亡。尧之时，有小人共工、驩兜等4人为一朋，有君子八元（上古帝喾的8位贤臣）、八恺（上古颛顼的8位贤臣）16人为一朋；舜佐尧退共工等小人之朋，而进八元、八恺君子之朋，天下大治；至舜为天子，而皋、夔、稷、契等22贤人为一朋，舜皆用之，天下亦大治；周武王有臣三千，同道，同心，实际上是一大朋，周因此而兴国。反之，纣有臣亿万，但各怀私利，同朝不同心，纣因此而亡国；汉献帝禁绝善人为朋，尽取天下名士囚禁之，目为党人，及黄巾起义，汉室大乱，很快就灭亡了；晚唐诛戮清流名士，“而唐遂亡矣”。所以，国家的治乱不在于有无朋党，而在于任用什么样的朋党。

君子之朋“虽多而不厌”，“不疑而皆用之”，足以兴国。所以欧阳修说：“惟幸人君辨其君子、小人而已！”人君能辨清朋党的性质，进退得当，坚定地进用君子之朋而远小人之朋，大治天下就是一定的了。

386 忧劳可以兴国，逸豫可以亡身。

【注释】

选自宋·欧阳修《五代史·伶官传序》。

忧劳：居安思危，辛勤操劳。逸豫：贪图安逸，逍遥享乐。

【赏析】

欧阳修的《伶官传序》一文，通过后唐庄宗李存勖兴盛和灭亡的历史事件，指出国家的盛衰和事业的成败完全取决于人事的努力：

“忧劳可以兴国，逸豫可以亡身。”

意思是：忧劳国事可以使国家兴盛强大，贪图安逸享乐则会国破身亡。

李存勖是唐末五代时期晋王李克用的儿子。李克用原为少数民族沙陀部族的首领，本姓朱邪，因其父有功于唐而赐姓李。李克用镇压黄巢起义军有功被任命为河东节度使后，又封为晋王。当时与晋王结仇的有三人：一是刘守光。刘守光的父亲刘仁恭原是幽州一个小军校，投奔李克用后，李保举他作了卢龙节度使，又曾帮他击退敌军。后刘仁恭以怨报德，依附后梁，不听李克用调遣，李克用带兵征讨，又被他打得大败。公元909年，其子刘守光被后梁朱全忠封为燕王。二是契丹。公

元905年，李克用与契丹首领耶律阿保机（辽王朝的建立者辽太祖）相会于云州东城，订立盟约，结为兄弟，商定共同举兵攻打后梁朱全忠。但后来阿保机违背盟约，反遣使与朱全忠通好，而与李克用为敌。三是后梁太祖朱温。朱温原为黄巢部将，后叛变降唐，因镇压黄巢起义有功，唐僖宗赐名全忠，封为梁王。后来朱全忠篡唐称帝，建立后梁。朱全忠长期与李克用父子交战，并设计谋害李克用。一次宴请李克用时，埋下伏兵，李克用险些被害，因此结下深仇。

李克用死后，李存勖继承晋王位，受命报此三仇。据宋代王禹偁《五代史阙文》载："世传武皇(李克用)临薨，以三矢付庄宗曰：'一矢讨刘仁恭，汝不先下幽州，河南未可图也。一矢击契丹……阿保机与吾把臂而盟，约为兄弟，誓复唐家社稷，今背约附梁，汝必伐之。一矢灭朱温。汝能成吾志，死无憾矣!'庄宗藏三矢于武皇庙庭。及讨刘仁恭，命幕吏以少牢告庙，请一矢，盛以锦囊，使亲将负之以为前驱，及凯旋之日，随俘馘纳矢于太庙。伐契丹，灭朱氏亦如之。"

此时的李存勖，兵强马壮，国势强盛，"举天下之豪杰，莫能与之争"。公元911年，刘守光自称大燕皇帝。次年，李存勖派兵攻燕，生擒刘守光及其父刘仁恭二人，送到太庙祭灵。公元923年10月，李存勖领兵攻梁，梁末帝朱友贞命部将皇甫麟杀死自己，随后皇甫麟也自杀了。李存勖攻入汴京，将他们的头装入木盒，藏于太庙。其英武之概，可见一斑。

李存勖灭掉后梁后，开始称帝，建立后唐，是为庄宗，并追谥李克用为武皇帝。此后，李存勖不思进取，贪图享乐，宠信伶官，导致众叛亲离。后唐同光四年(公元926年)，刘皇后听信宦官诬告，杀死大臣郭崇韬，屯驻在贝州（今河北清河）的军士皇甫晖乘机作乱，发动兵变，攻入邺都(今河南安阳)。李存勖命元行钦进行讨伐，久而无功，又派养子李嗣源率兵讨伐，李嗣源乘机称帝，并联合邺都乱兵，向京都洛阳进发。李存勖等人只好“仓皇东出”，诸军离散，十分狼狈，最后落得个国灭身死的凄惨境地，为天下笑。

欧阳修据此总结出“盛衰之理”在于人事，“忧劳可以兴国，逸豫可以亡身”的著名论断，发人深省，无论是对居于上位的领导者，还是对普通百姓，都具有强烈的启迪和警示作用。

387 祸患常积于忽微，而智勇多困于所溺。

【注释】

选自宋·欧阳修《五代史·伶官传序》。

积于忽微：从不为人注意的细微小事积累起来。忽微，极细小的事情。所溺：沉溺迷恋的人或事物。

【赏析】

唐末五代时期的君主，大都出身军阀，缺乏治国长策，一旦占有千里之地，便耽于逸乐，纵情声色，终至败亡。后唐庄宗李存勖就是其中一个典型的例子。他初即晋王位，夙兴夜寐，忧劳国事，国力日盛，兵锋所向，生擒燕王刘守光、刘仁恭父子；消灭后梁，杀了梁末帝朱友贞；讨伐契丹，军威远

播，其时意气风发，“举天下之豪杰，莫能与之争”。但在报了晋的三个宿仇后，李存勖耽于游乐，荒淫无度，宠信伶官景进、史彦琼、郭门高等，任其败政乱国，以至“数十伶人困之而身死国灭”。从李存勖的先盛后亡中，欧阳修总结出了一个具有普遍意义的历史教训：

“祸患常积于忽微，而智勇多困于所溺。”

意思是：祸患常常是从小事积累起来，而智勇之士亦多被自己溺爱的人所困惑。

北宋王朝建立以后，生产得到了恢复和发展，出现了人们称赏的“盛世”，然而，由于统治者荒淫腐化，社会矛盾日益扩大，到仁宗庆历初年，就引发了以王伦、李海为首的暴动，西夏又在西北边境屡败宋军。为挽救北宋王朝的危机，范仲淹、欧阳修等人力图革新政治，富国强兵，却接二连三遭到当权派的打击。为此，欧阳修忧心忡忡，担心五代历史重演，遂撰写了74卷《新五代史》，通过对五代政治与历史人物的记述和批判，表现了对当时弊政的不满和担忧。

这篇《五代史·伶官传序》，就从李存勖速兴速亡的历史中，总结出“祸患常积于忽微，而智勇多困于所溺”的经验教训，警示北宋统治者，前事不忘，后事之师，当政者要善于鉴往知来，谨慎自勉，以求国家兴盛、人民安定，免予战乱和亡国之痛。作者痛恨统治者的自满、“逸豫”，以及溺于奸邪小人，忧国情深，所以语重心长。当时的北宋统治者，尚没有堕落到李存勖那样的情况，但是，“祸患常积于忽微”，所以应该防微杜渐，及早防范。而且，正是由于“智勇多困于所溺”，而足以溺人者，“岂独伶人”，所以应该居安思危，高度警惕。

388 醉翁之意不在酒，在乎山水之间也。

【注释】

选自宋·欧阳修《醉翁亭记》。

醉翁：指作者欧阳修。《醉翁亭记》：“太守与客来饮于此，饮少辄醉，而年又最高，故自号曰醉翁也。”

【赏析】

欧阳修的《醉翁亭记》是一篇旨在表现作者主体意识和文化情趣的妙文。文中描写了优美的自然风光，描写了作者放情山水、恣意欢快的游宴，淋漓尽致地表现了作者——“醉翁”的心态和风采：

“醉翁之意不在酒，在乎山水之间也。”

意思是：醉翁的意趣不在饮酒取乐，而在于琅琊山优美的林泉风景。

宋仁宗庆历五年，欧阳修因受毁谤，贬任滁州太守，第二年，欧阳修刚满40岁，便自号醉翁。为什么要自号“醉翁”呢？这是因为欧阳修无端受到打击，又不愿像大多数失意文人那样患得患失、忧戚怨嗟，因而采取了醉心林泉，随遇而乐的人生态度。滁州“地僻而事简，又爱其俗之安闲”，于是政务之暇，常常与滁州人士一道，游览山水，寄情诗酒，借山水之

乐排遣贬谪的抑郁。此外，欧阳修内心深处，也不愿让陷害他的人看到自己落魄丧气的样子而得意相庆，因而自号“醉翁”，一来是显示自己意气自若，心安神怡的坦荡情怀；二来是滁州的山水、香洌的美酒、人与人之间淳朴的关系使他陶醉。此时的欧阳修，心中已有更宽广的天地，他已经把自己的精神意趣融化在琅琊山美丽的山山水水之中了，“醉翁之意不在酒，在乎山水之间也”就是这种精神意趣的真实写照。

其实，欧阳修这句话，也隐含着一丝无奈和调侃。离开政坛，贬谪到边远的滁州，政治上的抱负不能施展，大治天下的理想不能实现，自然有一种落寞的情怀萦绕心底，时时想以山水诗酒之乐自遣，然而，其内心深处的忧闷与苦恼却仍然难以掩饰。这在他的《醉翁吟》诗里表露无遗。他说：“我昔被谪居滁州，名虽为翁实少年。”清楚地表明他是一个正当年少可以干出一番事业来的人，而非真的成了老翁。

然而，作者虽然不得已而放情山水，但在山水林泉之美的徜徉中，他也确实找到了一种恬然自适的乐趣，这充分反映出作者在逆境中清通旷达的胸怀和不以得失为意的心境。

“醉翁之意不在酒，在乎山水之间也”一句，一开始就被目为名句，后来在使用中省略为“醉翁之意不在酒”，比喻本意不在此，或另有别的目的。

《醉翁亭记》围绕醉翁亭的景色，写了滁人之游，众宾之欢，太守之醉，群鸟之乐，使人不知不觉陶醉在一幅“官民同乐”的社会图景里。然而，如果从更深层次上观照的话，就会发现作者渲染的“与民同乐”里，不经意间也歌颂了他治下的升平景象，这大约也是“醉翁之意不在酒”的另一内涵吧！

389 日出而林霏开，云归而岩穴暝，晦明变化者，山间之朝暮也。野芳发而幽香，佳木秀而繁阴，风霜高洁，水落而石出者，山间之四时也。

【注释】

选自宋·欧阳修《醉翁亭记》。

林霏：林中的雾气。霏，雾气。云归：云烟聚集。归，此指云回到山中。岩穴：岩洞。暝：阴暗，昏暗。晦明：时暗时明。芳：花。秀：长出新叶。繁阴：浓郁的树荫。风霜高洁：秋高气爽，霜色洁白。四时：四季。

【赏析】

《醉翁亭记》是欧阳修一篇广为传诵的名篇，在欧文中占有重要的地位。《醉翁亭记》虽以亭为名，但在写作上，却是以表现作者贬谪后的思想情怀为主要宗旨。文章通过山中四季景物变化及太守的宴乐情况的描写，表现一种自放的情怀，并寓性情于游赏之中。抱有此种情怀的人，寓目之景献美于前，入口之酒“饮少辄醉”，意气自若，心安神怡，不以俗务为念：

“日出而林霏开，云归而岩穴暝，晦明变化者，山间之朝暮也。野芳发而幽香，佳木秀而繁阴，风霜高洁，水落而石出者，山

间之四时也。”

意思是：太阳出来，林中的雾就散了，云霭缭绕山间，洞穴就变得昏暗了。出现这种阴明变化的，就是山间的清晨和傍晚。野花开了，散发出清幽的香气，树木繁茂，留下一片浓荫。秋高气爽的天气，霜色特别洁白，涧水下落而石头显露了，出现这种种变化的，就是山间的四个季节。

滁州西南离城七里的琅琊山，林泉秀美，是当地一处旅游胜景。醉翁亭就坐落在这风景宜人的琅琊山中。欧阳修贬官滁州后，天公作美，风调雨顺，人民生活安定，政事无多，所以常常与滁州士人一道前往琅琊山游宴自遣，放情山水林泉，让山中的白云、阳光、涧水、山风涤荡自己的灵魂，消融胸中的积困，个人的精神情感一任其融入自然美景，因而他笔下的山景，处处流露出自己回归大自然的亲和之情。

本句中，欧阳修写了四时景色：野芳句写春天，佳木句写夏景，风霜句写秋色，水落句写冬天，四时之景，皆是抒情、咏物、写景融合一起，充溢着浓浓的诗情与画意，犹如一首优美的散文诗。你看，“日出而林霏开，云归而岩穴暝，野芳发而幽香，佳木秀而繁阴。风霜高洁，水落而石出”一句，用虚字“而”起到连缀作用，句式优美，情韵隽永。如果把虚字“而”去掉，变成“日出林霏开，云归岩穴暝，野芳发幽香，佳木秀繁阴。风霜高洁，水落石出”，不就是一首典型的写景诗了么！

欧阳修善于写景，但并不孤立地去写景，而是以自己的灵魂、精神去触摸自然，抓住景物与自己精神的契合点，用写意的笔法，在突出景物气韵的同时，传达出自己的内心感受。所以，陶醉在琅琊山美景之中，欧阳修“游心骋目”，融情入景，完全达到了人与自然契合无垠的境界，因此，写出来的文字，自然地蕴有一种卓特的风神韵致。清代桐城派古文家对此大力推崇，刘大櫆称颂他的散文“长于感叹”，姚鼐认为欧阳修“神韵飘渺”，而欧阳修的《醉翁亭记》，当是最符合这种评价标准的了。

390 草木无情，有时飘零。人为动物，惟物之灵；百忧感其心，万事劳其形；有动于中，必摇其精，而况思其力之所不及，忧其智之所不能。

【注释】

选自宋·欧阳修《秋声赋》。

飘零：凋零坠落。惟物之灵：万物中最灵者。感：感伤。劳：劳累，辛劳。形：身体。必摇其精：损害他的精神。

【赏析】

欧阳修的《秋声赋》是一篇感情充沛，意境优美，潇洒而含蓄的抒情名作。写这篇赋时（公元1059年），欧阳修已年满53岁。他从至和元年（公元1054年）任翰林学士、史馆修撰，政治上始终不能有所作为，内心十分苦闷。由于连续纂修《新唐书》工作，身体健康也受到严重损害，遂以衰病自居。春去

秋来，万物摧败，欧阳修在病衰和苦闷中有感于时令更替，秋风萧瑟，秋声凄清，一种悲凉之情油然而生，产生了人生短促、力不从心的悲秋情绪。这种郁结于胸的独特情绪，在《秋声赋》中得到了完美的表达。文中把无形的秋声，写得有声有色、有意有形，从而塑造了一个独特的“秋声”形象。这秋声既是气象万千的大自然所特有的奇妙之声。也是从作者肺腑里喷发出来的悲郁之声。而在这神奇深幽的意境之中，也显示出作者对人生哲理性的独特思索：

“草木无情，有时飘零。人为动物，惟物之灵；百忧感其心，万事劳其形；有动于中，必摇其精，而况思其力之所不及，忧其智之所不能。”

意思是：草木没有情感，到了一定季节就凋零飘落了。人是有情感的动物，又是万物之中最灵性的，各种各样的忧戚刺激着他的心，无数的事情劳累着他的形体，内心受到刺激，必然耗费精力，更何况还要思考他力所不及的问题，担忧他智力达不到的事情。

悲秋是中国历代诗文中一个恒久不衰的主题。草木因秋而衰败，天气因秋而肃杀。秋风骤起，黄叶满地。因此，秋在人们的意识中，往往与人生易老的悲凉感伤连在一起。古诗十九首说，“生年不满百，常怀千岁忧”，其思想内涵与悲秋是相通的：宇宙永恒，自然无穷，但生命却是短促的！

然而，草木无情人有情。无情的草木遭到秋气的摧残而凋败，一岁一枯荣，作为万物之灵的人类，情感丰富，更能为秋声肃杀而动容，欧阳修说，“奈何以非金石之质，欲与草木而争荣”，就是这种思想情绪的表达。所以，作者感慨系之，“百忧感其心，万事劳其形，有动于中，必摇其精”的人，比草木更易衰老。因此，人对季节变换十分敏感，“一叶落而知秋”，并由季节的变换进而敏感到岁月无情，人生易老，光阴如箭，一去不返，因而很容易内生一种悲怆和凄凉。加之人们还要思考自身力量所办不到的事情，担忧自身智慧所无法解决的问题，就更容易红颜变老，黑发变白了。

但是作者也有自我排解的地方，他说“念谁为之戕贼，亦何恨乎秋声”，认为人感秋悲秋，损害精气，是自我戕害的结果，与秋声无关，不必去怨秋伤秋。从这里，又似乎可以感悟到作者清心寡欲以保天年的老庄思想，以及“庆历新政”失败后郁结在内心深处的一丝淡淡的忧愁。

历代悲秋之作不少，但像《秋声赋》一样，能把复杂无形的秋声，描绘渲染得仿佛张目可见、倾耳可闻的却几乎没有。而从感叹秋声之中，引入人生哲理思考的就更不多见了。

《秋声赋》不仅是宋代抒情散文名篇，也是宋代文赋的发轫之作。宋代文人以文入诗，以文入词，也以文入赋，给赋这种文体注入了新鲜血液，使之能更加自由地状写物态，抒情达意。《秋声赋》就是这种赋的典范之作，因此它在文学史上的地位，也是很重要的。

391 诗家虽率意，而造语亦难。若意新语工，得前人所未道者，斯为善也。

【注释】

选自宋·欧阳修《六一诗话》。《六一诗话》是作者新开创的一种论诗体裁，内容共有28则。

率意：顺着自己的思路写，自然而不做作。造语：指字句锤炼。意新：指内容新，立意新颖，能道前人之所未道。语工：指语言精工，无论状物，写景，力求穷形尽相，含蓄有味。斯：这。

【赏析】

欧阳修晚年自号“六一居士”，六一者，按作者的说法：就是藏书一万卷，金石遗文一千卷，琴一张，棋一局，酒一壶，再加上作者本人“一翁”。欧阳修说，之所以以此为号，是因为想“聊以志我之乐尔”。宋熙宁四年(公元1071年)，欧阳修写作诗话，并以“六一”命名，是为《六一诗话》。这是我国最早的诗话，它采用“随事生说”的新体裁，开了后代诗歌理论著作的新形式。原序云：“居士退居汝阴而集，以资闲谈也。”书中引用诗友梅尧臣的话，来表达诗歌内容与形式之间辩证关系的观点：

“诗家虽率意，而造语亦难。若意新语工，得前人所未道者，斯为善也。”

意思是：诗人虽然顺着自己思路写作，但字句的锤炼仍不容易。如果立意新颖，语言工巧，能够道出前人没有说过的话，才称得上是佳作。

梅尧臣认为，诗歌创作中，诗人虽然可以顺着自己的心意创作，不受拘束，但要锤炼出好的词句却不容易。只有立意新颖，语言工巧，道出前人没有说过的话，塑造出前人没有创造过的意境，才称得上是佳作。所以，在梅尧臣眼里，佳作的标准，是要“意新语工”，它要求诗歌须有创造性，构思要新，意境要新，写景抒情也要新，并用生动含蓄的语言将之表达出来，使读者有“如在目前”的感受，能引起深广的想象和联想。实际上，它对诗歌的创作和鉴赏，提出了三个方面的要求：一是“意新语工”，立意要新颖，语言要锤炼；二是“状难写之景，如在目前”，即描写要逼真传神；三是“含不尽之意，见于言外”，即讲究含蓄，能引起广泛的联想。当然，三者是相互统一，相互融合，不可分割的。欧阳修认为，梅尧臣本人的诗作就达到了这样的要求，称他人到老年，而“文词愈精新”，读之“又如食橄榄，其味久愈在”。

欧阳修的《六一诗话》开创了“诗话”这一种新的论诗体裁，继之者群起效仿，宋代有司马光的《续诗话》、刘攽的《中山诗话》、陈师道的《后山诗话》、严羽的《沧浪诗话》等数十种，明清时代更不胜枚举。即以宋代阮阅编的《诗话总龟》、胡仔编的《苕溪渔隐丛话》计，就收集了数十家之多。“诗话”体制灵活，诗人轶事，诗体源流，声韵对偶，乃至一字一句之工，无所不谈，而且作者多为诗人学者，深知做诗甘苦，常有精辟见解，所以能给读者阅读和欣赏古代诗歌以很多启发。

392 作者得于心，览者会以意，殆难指陈以言也。

【注释】

选自宋·欧阳修《六一诗话》。

览者：读者。会：领会，体会，领悟。意：思想，内容。

【赏析】

欧阳修在他的《六一诗话》中，引述诗人梅尧臣的话，来反映他关于诗歌创作与鉴赏的观点。文中，梅尧臣说，诗歌创作须“状难写之景，如在目前；含不尽之意，见于言外”。欧阳修问，何以如此，梅尧臣回答说：

“作者得于心，览者会以意，殆难指陈以言也。”

意思是：作者从生活中得到体会和灵感，写成作品，读者阅读时，能够领会其中的意旨，却很难用言语把它表述出来。

梅尧臣认为，诗人对生活有了真切的体验和感受后，还要善于通过语言文字，对具体景象进行描绘、写景状物达到惟妙惟肖的境地，这样，读者阅读时，文字所描绘的景象就会在脑海中活生生地浮现出来；但是，作者所表达的情感，所描绘的景象，不是直白浅露，一语道破，一览无余的，而是委婉含蓄，言外有意，韵外有味，读者能够领会其中的意旨，却很难用言语把它表述出来。读者想真正领会作者的用心，体味诗歌的妙谛，必须有与作者类似的感受和体验，善于从作者的具体描述中心领神会，由景逮意，才能悟得画面以外的情趣。

例如，晚唐温庭筠《商山早行》诗中的名句“鸡声茅店月，人迹板桥霜”，通过鸡声、茅店、月色、人迹、板桥、浓霜这些具体物象，描写出了村野小店旅客孤身赶路的苦况。人们阅读时，这些意象所织就的旅人早行图便会浮现在眼前：寒冷的早晨，荒凉的乡村小路，小桥上结了一层霜，月亮还挂在天空，一个孤独的旅人已经踏着板桥前行了。这样一幅生动的图景，它画面之外蕴涵的意蕴是什么呢？自然是旅人“道路辛苦，羁愁旅思”的凄苦境况。但它不是直白地说出来的，而是“作者得于心”的产物，它需要“览者会以意”，充分发挥自己的想象力，调动自己的生活积累，才能真切地体会到。

393 必能状难写之景，如在目前，含不尽之意，见于言外，然后为至矣。

【注释】

选自宋·欧阳修《六一诗话》。

状：描绘，描写。意：思想，内容，意蕴。见：同“现”。言外：语言形式之外。至：高，极致，顶点。

【赏析】

本句为梅尧臣语，梅尧臣是北宋著名诗人，与欧阳修齐名，并称“欧梅”。梅诗善于形象描写，意境深远，深得欧阳修的赞赏和喜爱。欧阳修在《六一诗话》中说：“圣俞(梅尧臣)尝语余曰：‘必能状难写之景，如在目前，含不尽之意，见于言外，然后为至矣’。”这里，欧阳修用梅尧臣自己的话，赞扬梅尧臣的诗歌意境高妙，同时也反映了梅尧臣关于诗歌形象描写和意境塑造的观点：

“必能状难写之景，如在目前，含不尽之意，见于言外，然后

为至矣。”

意思是：诗歌创作中，写景状物一定要鲜明、生动、逼真，如真实景物一般呈现人们眼前，表情达意则要含蓄、丰富、深远，意在言外，这样才达到了创作的至高境界。

梅尧臣的这一观点，既是自己创作的切身体会，也是对前人有关经验总结的继承和发挥。唐代司空图在《诗品》中论诗时，就有“韵外之致”“言外之旨”“象外之象，景外之景”之说。南宋诗论家张戒在《岁寒堂诗话》中对此总结指出：“沈约云：‘相如工为形似之言，二班长于情理之说。’刘勰云：‘情在词外曰隐，状溢目前曰秀。’梅圣俞云：‘含不尽之意，见于言外，状难写之景，如在目前。’三人之论，其实一也。”就清楚地道出了梅尧臣此论的渊源承袭关系。

著名美学家朱光潜教授在其《诗论》中对此亦有精彩的论述，他认为，写景诗宜于显，言情诗宜于隐。显则轮廓分明，隐则含蓄隽永。谢朓的“余霞散成绮，澄江静如练”，杜甫的“细雨鱼儿出，微风燕子斜”，均为写景的绝作，其妙处正在于能显，即能“状难写之景，如在目前”。言情的杰作如李白的“玉阶生白露，夜久侵罗袜。却下水晶帘，玲珑望秋月”，王昌龄的“奉帚平明金殿开，且将团扇共徘徊。玉颜不及寒鸦色，犹带昭阳日影来”，其妙处正在于隐，即“含不尽之意，见于言外”。朱光潜先生之言极是，你看王昌龄诗中，捕捉到了宫妃见到寒鸦时一刹那间的幽怨心情，表现了深宫中无数妙龄女子被帝王见弃，命运不如一只自由飞翔的寒鸦的思想情感，确是蕴藉含蓄，意味深远！

然而，描写景物不宜隐，隐则易流于晦涩，抒发情感不宜显，显则易流于浅露。梅尧臣认为，诗歌创作须能“状难写之景，如在目前，含不尽之意，见于言外”，正是看到了写景宜显，写情宜隐的道理，对后世诗歌创作和诗论，有很大的启发作用。

为了进一步说明这个问题，梅尧臣举了诗歌创作的例子：“若严维‘柳塘春水漫，花坞夕阳迟’，则天容时态，融和骀荡，岂不如在目前乎？又若温庭筠‘鸡声茅店月，人迹板桥霜’，贾岛‘怪禽啼旷野，落日恐行人’，则道路辛苦，羁愁旅思，岂不见于言外乎？”

严维是唐肃宗时的诗人，“柳塘春水漫，花坞夕阳迟”二句见于他的《酬刘员外见寄》诗，严维用池塘水满、翠柳轻拂、绿波荡漾、太阳似乎也留恋开满鲜花的花圃而迟迟不肯落山的景色，写春光明媚、万物欣欣向荣、人心舒畅的气象。诗句中，柳塘、春水、花坞、夕阳等具体物象，创造了一个“天容时态，融和骀荡”的意境，这个人为塑造的意境，比起这些物象本身来要丰富得多，广阔得多，情韵也浓得多。由于作者刻画的景物有其代表性(所谓得于心)，能引起读者共鸣(所谓会以意)，因此能收到“状难写之景，如在目前”的效果。

贾岛是中唐元和年间诗人，“怪禽啼旷野，落日恐行人”二句见于他的《暮过山村》诗，该句状写旅客日暮道远，尚未找到宿处，旷野中只听到怪鸟啼鸣，内心不由恐怖的情状。这样的诗句通过景物刻画，形象而含蓄，能使读者感受到旅途的艰辛及旅客的愁苦，联想到诗句中没有写出来的很多“韵外之

致”“言外之旨”，具有“含不尽之意，见于言外”的效果。

394 方其得意于五物也，太山在前而不见，疾雷破柱而不惊；虽响九奏于洞庭之野，阅大战于涿鹿之原，未足喻其乐且适也。

【注释】

选自宋·欧阳修《六一居士传》。

五物：指藏书一万卷、金石遗文一千卷、琴一张、棋一局、酒一壶。太山：即泰山，比喻巨大的障碍物。疾雷破柱：极言巨大的声响。意谓心中十分专注，所以外界的一切都置之度外，不为所扰。九奏：即“九韶”，虞舜时的音乐。《庄子·至乐》：“咸池九韶之乐，张之洞庭之野。”阅大战于涿鹿之原：《史记·五帝本纪》记黄帝与蚩尤战于涿鹿之野，最终擒杀蚩尤一事。喻：比喻，形容。乐且适：快乐与舒适。

【赏析】

欧阳修24岁应试及第，步入仕途，40年中，三度贬官，历尽宦海坎坷；到了晚年，还经历了“濮议”之争的惊涛骇浪，于是萌生退意，希望早日去官归乡。其实，欧阳修早年就表现出淡泊名利的思想，皇祐元年(公元1049年)知颍州时，他只有43岁，就因欣赏西湖的美景，与诗友梅尧臣相约，退休后卜居于此。到熙宁元年(公元1068年)，他连续上书要求退休，结果外放青州知州，两年后九月，又由青州改知蔡州。在蔡州任上，欧阳修更号为“六一居士”，并写了《六一居士传》，预想自己退休后的生活意趣：

“方其得意于五物也，太山在前而不见，疾雷破柱而不惊；虽响九奏于洞庭之野，阅大战于涿鹿之原，未足喻其乐且适也。”

意思说：当陶醉于书、金石遗文、琴、棋、酒五物时，泰山在面前看不见，疾雷劈破了房柱不会惊恐；即使洞庭之野奏响了九韶之乐，阅读黄帝与蚩尤在涿鹿之原的激战，也比不上那种快乐与舒适的感觉。

文中说的五物，指藏书一万卷，金石遗文一千卷，琴一张，棋一局，酒一壶。作者连用四句形象化的描绘，“太山在前而不见，疾雷破柱而不惊，虽响九奏于洞庭之野，阅大战于涿鹿之原”，表现其陶醉于五物之中，怡然自适的专注神情和快乐的感觉，既反映了自己高雅的艺术情趣，也反映了对于功名利禄的淡薄。他在《归田录序》中，曾描写过官场的险恶可怕：“既不能因时奋身，遇事发愤，有所建明，以为补益，又不能依阿取容，以徇世俗。使怨疾谤怒，丛于一身，以受侮于群小，当其惊风骇浪，卒（猝）然起于不测之渊。”因此，他乐意悠游于琴、棋、书、酒、金石五物之中，不仅安闲舒适，内心平和，有安全感，还从中得到了无穷乐趣，何乐而不为呢！

从庆历五年开始，作者的兴趣爱好开始转向“集前世金石之遗文”，标志着自身精神世界的拓展和趣味的雅化。他在《笔说》中说：“不寓心于物者，真所谓至人也；寓于有益

者，君子也；寓于伐性汩情而为害者，愚惑之人也。”所以，他的“五物”都是“寓于有益”的君子之为，尤其是“集前世金石之遗文”，更能见出其文化创造的品味。

当然，之所以热切向往“五物”，与其一生的经历也是分不开的。欧阳修早年在政治舞台上朝气蓬勃，奋力拼搏，中年后屡屡贬官，饱受挫折，而后安于职守，与民同乐，晚年急流勇退，修身养性。所以对于“五物”的追求，便恰如其分地表现了作者“优游田亩，尽其天年”（《归田录序》），淡泊明志的思想。

五物加上一老翁——作者自己，便是作者自号“六一居士“的“六一”。“六一”之乐是作者半生的追求，但要成为现实，也只有在他辞官归老之后了。好在写这篇文章之后一年，欧阳修终于获准致仕，“退于颍水之上”。又过了一年，病逝于颍州。一直执著追求“六一”之乐的他，为北宋操劳一辈子之后，仅享得一年的琴棋书酒之乐，便溘然与世长辞了。

395 生而为英，死而为灵。

【注释】

选自宋·欧阳修《祭石曼卿文》。

英：杰出的人物。灵：神灵。

【赏析】

《祭石曼卿文》是欧阳修在其好友石曼卿逝世26年后写的一篇祭文。

宋英宗治平三年，61岁的欧阳修主动求退，上表去职，解去了尚书左丞、参知政事等职，出知亳州(今安徽亳州)。他一生刚直敢言，却累遭挫折，所以到了亳州以后，政事少了，思想轻松了，心中的不平之情、孤寂之感却油然而生，为了寻求某种心理慰藉和精神寄托，欧阳修常常追忆那些“同病亦同忧”的亲朋故旧，石曼卿就是这其中的一位。

宋仁宗景祐元年(1034)，欧阳修28岁任馆阁校勘时，认识了同为馆阁校勘、比自己年长12岁的石曼卿。

石曼卿是北宋一位嵚崎磊落的奇男子、伟丈夫，他祖居幽州，幽州受契丹侵扰后，迁居宋州，因此他身上带有幽并游侠的精神，留心边事，崇侠尚武。他曾向宋仁宗建议：“天下不识战三十余年，请选将练兵为二边(北方的契丹、河西的西夏)之备。”(《续通鉴长编》)主张防患于未然，练兵于平时，未被采纳。后来西夏李元昊叛乱，边防告急，皇帝才召见他，采纳他的意见，编制了河北、河东、陕西乡兵数十万。他又被派到河东办理防务，对于兵将的勇怯、粮草的多寡、山川的险夷等情况十分谙熟，令人惊服，当时就有“天下奇才”之誉。

其为人也，神态气宇轩昂，胸怀坦荡磊落，才华优异出众，善写诗，工于书，作文刚健有力，深得欧阳修敬重。二人交往甚密，建立了深厚的友情。然而终其一生潦倒多难，才能未得发挥，因此生活豪放不拘，经常痛饮大醉。他们在一起工作不到一年就分别了，过了四五年再相逢时，石曼卿已经心老貌瘪，不久去世，年仅47岁。对于他的早逝，欧阳修不胜惋惜，写了深致伤悼的《石曼卿墓表》，对其文章、才气、奇节、伟行作了全面的称赞。知亳州的第二年，欧阳修便派人到石曼卿墓前祭奠，并作了这篇名传后世的祭文，再一次抒发了他的深切怀念之情。

文中，欧阳修赞颂石曼卿品行高尚，是于国于社会大有作为的人，虽身形已归于无物，但声名却永垂不朽：

“生而为英，死而为灵。”

意思说：生前是杰出人物，死后亦为神灵。

欧阳修认为，人生一世，“不与万物共尽，而卓然其不朽者，后世之名”。人有生有死，生者不过是“暂聚之形(躯体)”，死者乃“复归于无物”，只有身后的英名，才能与日月同辉，永垂不朽。在欧阳修眼里，石曼卿就属于这一类人，他的功德言行具有不逝之精神、不朽之英名。这样的人不论是生是死，都进入到一个理想的境界，这样的境界就是“生而为英，死而为灵”。

396 祭而丰，不如养之薄也。

【注释】

选自宋·欧阳修《泷冈阡表》。

丰：丰厚，丰盛。薄：微薄，少而俭。

【赏析】

欧阳修父亲死后葬于吉州吉水县（今江西省永丰县）沙溪凤凰山泷冈，60年以后，欧阳修在政坛、文坛都已很有成就了，遂在墓道上修建墓表，并怀着深厚的情感，写了这篇《泷冈阡表》，怀念祭奠父亲。

欧父为人敦厚正直，居官清廉勤苦，去世后，家境贫穷，母亲立誓守节，勤俭持家，教育子女遵从父亲遗愿，做官不避患难，这些对欧阳修后来的政治态度、道德修养起了重要作用。

然而，由于父亲亡故时，欧阳修才4岁，无法知悉亡父生平行状，所以文中以母亲郑氏的言语穿插其中，以母亲之口娓娓叙来，以此为依据，追念父亲的仁心惠政，与此同时，也颂扬了母亲的妇节德行。其中，母亲对父亲孝行的一个重要认知，就是“知汝父之能养”，因为父亲在祭祀祖母时，总是一边哭泣一边诉说：

“祭而丰，不如养之薄也。”

意思是：父母死后祭祀再丰盛，也不如他们在世时作微薄的奉养。

文中通过母亲之口，回忆父亲的处事为人，表现了父亲三方面的品性。一是清廉自守。欧父说过“毋以是为我累”，“是”指钱财，即不要让钱财成为自己的牵累，表达了重名节、轻钱物的人生观和识见。他死后，房无一瓦，地无一垅，证明了他的清廉自守。二是仁慈情怀。欧父一生虽只做到推官、判官一类的低级官吏，但仍然极力为死罪的犯人着想，尽力替他们寻求活路，表现了仁爱的心肠和高尚的品德。三是孝顺长辈。文中浓重地写了欧父对祖母的孝敬之心，每次逢年祭祀时，他总是哭述说：“祭祀再丰盛，也不如在世时微薄的奉养。”偶尔进用酒食，也是流着泪说：“过去常常匮乏，现在生活富足了，可又怎么能用来奉养父母呢！”接着用母亲的话说：“我起初看见一两次，以为刚服完母丧才有这种表示。可是从那以后，他一直都是这样。我虽然没赶上侍奉婆婆，可是从这里知道你父亲是能奉养父母的。”进一步衬托出父亲的孝行。

“祭而丰，不如养之薄也”，是欧父赡养老人和祭祀的观点，这其实是一种重生轻死的人生观。欧父认为，奉养双亲不一定要很丰厚，关键在有孝心。而社会上，不管古代和现代，在人们的世俗观念里，往往老人死后予以厚葬，以显其孝心，却忽略了生前应有的关心和爱护，成了重死轻生，本末倒置了。所以，“祭而丰，不如养之薄也”，无论在当时或是现代，都是一种先进的思想观念。欧阳修赞同这一思想观念，所以作为父亲孝行的重要言行提了出来，以起到发扬推广的作用。显然地，这样的思想观念，对于今天的人们来说，仍然具有重要的启示和教育意义。

《泷冈阡表》平易质朴，情真意切，历来被视作欧文的代表作，与唐代韩愈的《祭十二郎文》、清代袁枚的《祭妹文》同被称为“千古至文”。

397 不立异以为高，不逆情以干誉。

【注释】

选自宋·欧阳修《纵囚论》。

立异：故意与众不同。逆情：违反情理。干誉：求取好的声誉。

【赏析】

唐贞观六年(公元632年)冬，太宗同意放死囚290人回家探亲，约定期限自动归狱，结果到期那天，都回到了狱中，因下诏大赦，免去290人的死刑。事见《旧唐书·太宗纪》："贞观六年十二月辛未，（唐太宗）亲录囚徒，归死罪者二百九十人于家，令明年秋末就刑。其后应期毕至，诏悉厚之。"史称"纵囚"。

唐太宗纵囚一事，在封建社会被誉为以德治国的范例，史家称为"德政"。但欧阳修有不同看法，于是写了这篇《纵囚论》予以批驳。欧阳修从维护法律尊严出发，认为唐太宗纵囚是沽名钓誉，不可师法，并对此举的弊端，作出了深刻的剖析和批判。同时，他还提出了关于法制和人情的论点，欧阳修说：

"不立异以为高，不逆情以干誉。"

意思说：不以标新立异的行为为高尚，不做违反情理的事情求取声誉。

欧阳修认为，"信义行于君子，而刑戮施于小人"，纵囚不合人情法理。君子讲究信义，宁愿为义而死，不愿苟且人世，但面临为义而死，真能视死如归也是很难做到的。而死囚是小人中的罪大恶极者，却放其回家，让其自己到期回来服刑就戮。这样做，在唐太宗一方，是以君子都不易做到的事情，期望小人中的罪大恶极者必须做到，在死囚一方，则是小人的劣行超越了君子。所以是违背人情法理的。

那么，死囚放归后，会不会因为太宗的恩德而受到感化呢？欧阳修的回答是否定的。他认为，唐太宗纵囚，“意其必来而纵之”，不过是为了“求名”罢了，而死囚则是“意其必免而复来”，则是为了求生而已，所以并不会有什么改过自悔的德性。原因很简单，唐王朝文治武功，何其辉煌，都不能使小人不犯极恶大罪，难道一日之恩，就能使小人视死如归而存信义了吗？显然不能。

因此，为政之道应该讲法，依法治国，依法治刑典。不讲法治，而试图以个人情感之好恶放归死囚，终究是一件荒谬的、不合情理的事情。最后作者鲜明地提出，立法应该“不立异以为高，不逆情以干誉”，表达了他顺应人情、严肃法治的政治观点。

〖苏　洵〗

苏洵(1009—1066)，北宋散文家，字明允，苏轼、苏辙的父亲，眉州眉山(今四川眉山)人。宋仁宗嘉祐年间，以文章著称于世。曾任秘书省校书郎，文安县主簿。政治上主张抗辽，反对大地主的土地兼并、政治特权。散文内容充实，语言明畅，笔力雄健，尤以议论文最为出色。他对《孟子》《战国策》十分熟悉，为文恣纵捭阖，波澜壮阔，如逸马狂奔，不可遏止。曾巩称赞其文章“烦能不乱，肆能不流。其雄壮俊伟，若决江河而下也；其辉光明白，若引星辰而上也。” 与其子苏轼、苏辙合称“三苏”，后世均被列入唐宋散文八大家。有《嘉祐集》传世。

398 惟天下之静者，乃能见微而知著。见微而知著，人人知之。

【注释】

选自宋·苏洵《辨奸论》。

静：清净，冷静。即在任何时候，任何场合，都不受外界事物和表面现象的干扰、迷惑。道学家崇尚“静”，认为这是最高的道德修养。静者，指达到了这种修养的人。著：显著。

【赏析】

苏洵的《辨奸论》以“辨奸”为论述中心，提出要人们以见微知著的锐识去防范、辨认政治生活中骗子的伪装，以防为其所害，有一定理论意义和现实指导意义。但它以“斯人”“今有人”的名义，影射、攻击王安石，却不无偏颇。但文章本身还是写得比较好的，也有一定的哲理性：

“惟天下之静者，乃能见微而知著。见微而知著，人人知之。”

意思是：只有保持冷静的人，才能从事物的细微变化中预见其未来，发现事物本质。如果能从细微的变化中预见其未来，那么，人人都知道其变化结果了。

句中的“静者”，指的是不为“好恶”所乱、不为“利

害”所夺的人，也就是在审视人事时能保持冷静、客观而又有见识的人。苏洵认为，只有保持冷静的人，才能从事物的细微变化中预见其未来，发现事物本质。如果能从细微的变化中预见其未来，那么，人人都知道其变化结果了。

文中，作者影射王安石“衣臣虏之衣，食犬彘之食”，还攻击他“凡事之不近人情者，鲜不为大奸慝”，显然地，将王安石说成“奸慝”小人是缺乏依据的。王安石诚然有忙于读书、治事而忘了盥洗，不讲究饮食的时候，但也不至于到了“衣臣虏之衣，食犬彘之食”的地步！重人情，守中道，是儒家思想的内容，宋代自欧阳修开始提倡重人情的作风，但若将王安石一些独特的生活作风称为“不近人情”，并以此等同于奸邪，更是对儒家思想的简单化曲解。

王安石变法在北宋历史上起过积极的作用，尽管王安石的新法有弊端，并因保守派的极力反对，最终失败了，但因此就对王安石进行人身攻击，将其与历史上的奸慝小人相提并论，也是十分偏颇的。前人对此已有过许多批评。作者在文中意气用事，心怀私憾，恰恰背离了自己称道的“静者”立场。

但是，作者提出的“见微知著”的方法论还是正确的，也是一句千古名言。

399 凡战之道，未战养其财，将战养其力，既战养其气，既胜养其心。

【注释】

选自宋·苏洵《心术》。

道：道理，规律。养：蓄积，准备。力：战力，体力。气：士气，意志。心：思想，心态。

【赏析】

宋朝的对外政策一直软弱无能，苟且偷安，在同辽和西夏的关系上，不敢以战卫土，而是采取屈辱求和的态度，向辽、西夏大量输送金银财帛，以维持边境的和平与安宁。苏洵是一个充满忧患意识的知识分子，忧国之心，甚于忧民。他为此悉心研究古今兵法和战例，写成军事著作《权书》十篇，以期对宋王朝抗击强敌有所帮助。

这篇《心术》就是他《权书》中的一篇。文章在战争的“义”与“利”的关系上，肯定战争的正义性是决定战争胜负的关键。而不义的战争，逐“利”的战争，即使一时取胜，从长远看也是不利的。只有正义的战争，才能激发士气，百战不殆。对于具体战争，他说：

“凡战之道，未战养其财，将战养其力，既战养其气，既胜养其心。”

意思说：战争的规律是，未开战之前要准备好物质，即将开战要保持好体能，已经开战要鼓舞士气，打了胜仗要心境平和，不骄不躁。

苏洵认为，物质准备、战斗意志对于战争的胜败，关系重大，提出“未战养其财，将战养其力”的观点，意思说，战前要做好充分的物质准备，保证战争的需要，又说，“既战养其

气，既胜养其心”，指出战斗进行中要保持旺盛的斗志，战争胜利后要不骄不躁，心境平和，保持清醒的头脑，辩证地论述了战争与财、力、心、气之间的关系。

苏洵认为，战争的物质准备与战争的正义性激发起来的牺牲精神，二者缺一不可，而物质准备也是保持旺盛斗志的重要条件。手中有武器，遇到猛虎也敢斗；手中没有武器，见了壁虎(蜥蜴)之类的小动物，也可能吓得脸青眼黑，唯恐避之不及。但是，武器本身并不能决定战争的胜负：赤臂握剑，大力士(乌获)也不敢逼近；身穿铠甲睡大觉，小孩子也敢弯弓而射之。充分的物质准备（武器）只有与具有旺盛斗志的人相结合，才能发挥出巨大的威力来。

〖周敦颐〗

周敦颐(1017—1073)，北宋哲学家，宋代理学的开山祖，字茂叔，道州营道(今湖南道县)人。曾知南康军。筑室庐山莲花峰下小溪畔，取营道故居濂溪以名之，人称濂溪先生。他继承《易传》和部分道家与道教的思想，提出了系统的宇宙构成论，对宋明以后的理学发展影响甚大。关于文与道德的关系，他说：“文辞，艺也；道德，实也。笃其实而艺者书之；美则爱，爱则传焉。”明确把“文”作为“载道”的工具；对“徒饰言其如，不知务道德而第以文辞为能者”蔑称其为“艺焉而已”。这种重道轻文，将文章完全纳入封建道德说教的观点，后来发展成程颢、程颐的“作文害道”说。

著有《太极图说》和《通书》等，后人编为《周子全书》。也有部分诗歌及散文作品。

400 晋陶渊明独爱菊；自李唐来，世人甚爱牡丹；予独爱莲之出淤泥而不染，濯清涟而不妖，中通外直，不蔓不枝，香远益清，亭亭净植，可远观而不可亵玩焉。

【注释】

选自宋·周敦颐《爱莲说》。

濯：洗涤。清涟：清澈的水波。妖：妖艳，艳媚。不蔓不枝：不牵蔓，不分枝。香远益清：香气传得愈远愈显得清幽。亭亭：直立的样子。植：树立。亵玩：亲近而不庄重地把玩。

【赏析】

周敦颐的《爱莲说》，是一篇赞美莲花的美文。北宋中期，士大夫安于享乐，追求富贵利达之风盛行。作者认为，当今之世真隐者少，有德者寡，而趋炎附势、钻营富贵的小人比比皆是。他鄙弃那些竞名逐利、寡廉鲜耻的人，憎恶庸劣的世态人情，在文章中以莲花的高洁，象征自己人品的懿德高行，表达自己对高尚情操的崇奉，以及对生命美学追求的情趣。

“晋陶渊明独爱菊；自李唐来，世人甚爱牡丹；予独爱莲之出淤泥而不染，濯清涟而不妖，中通外直，不蔓不枝，香远益清，亭

亭净植，可远观而不可亵玩焉。”

意思说：晋代陶渊明喜爱菊花，自李唐以来，世人甚爱牡丹，而我独爱莲花，喜欢它长于污泥之中，却纯洁干净，不沾染一点污秽，生在清涟之中，也不妖艳媚人。它的莲茎中间空，外面直，不枝不蔓，香气越远越清香。它亭亭玉立，只可以远远地观赏，不可以轻慢地拿在手里玩耍。

莲花出污泥而不染，洁净而高雅。作者爱其品格，将之视作人格美的一种象征，认为莲花具有君子之风，并用拟人化的手法，将美好的品德情操赋予莲花，礼赞有加。晋代陶渊明爱菊，以之象征“隐逸者”，唐人爱牡丹，以之象征“富贵者”，作者爱莲花，比之如君子，将君子的人格美赋予莲花，反过来又以莲花的形象，象征君子的品格和志向，二者精神、气质契合相通，融为一体。所以人们读“莲之出淤泥而不染”，就想到君子，一如人们读“采菊东篱下，悠然见南山”，便会联想到陶渊明的隐逸情怀一样。

这就是作者为什么“独爱莲”，并把莲花推到群芳之冠的理由。

而作者笔下“濯清涟而不妖，中通外直，不蔓不枝，香远益清，亭亭净植，可远观而不可亵玩”数句，礼赞莲花的美丽而不显妖媚，有着通直的茎干、沁人的清香和亭亭的丽姿，把莲花挺拔清丽的芳姿，秀逸超群的令德，不可侮谩的嵚崎磊落的风范，淋漓尽致地渲染了出来，进一步丰满了理想中的君子形象。

这样的形象，既传达出莲花的精神气质，赞扬它出淤泥而不染的高贵品格，也寄托着一种高洁正直、超凡脱俗、不随人俯仰的人格理想，体现了作者对人格美的崇拜，而这与当时士人的人格审美和内心道德完善是相一致的。作者是北宋理学濂洛学派（“濂学”指周敦颐为首的学派；“洛学”是以二程为首的学派。）创始人，程颢、程颐的老师。他博学力行，品德高尚，为官清廉，正直不阿，不媚权贵，明断狱案，为民做主，得到人民的赞赏。

正是因为莲花具有作者所崇拜的君子人格的美好东西，所以作者用它比喻君子，也用它来自况自励。可以说，莲花的高洁气质和形象，正是作者秉性气节的一种外化，不仅表达了他坚贞不渝、洁身自爱的理想，也充分体现了他身处污浊环境，独能超然脱俗，不与世道同流合污的君子情操。

千百年来，莲作为“君子情操”的象征，一直为人们所喜爱和赞赏，而它所寄寓的人生理想，在勉励人们崇尚洁美人格的同时，也隐约地讥讽了社会上那些追求功名富贵、庸俗不堪的人们，因此，它不仅在当时社会具有现实意义，在今天也仍然有其思想价值和人格魅力。

401 菊，花之隐逸者也；牡丹，花之富贵者也；莲，花之君子者也。

【注释】

选自宋·周敦颐《爱莲说》。

花之富贵者：牡丹花开得艳丽超群，显得华贵，故如此说。花之君子者：因莲有“出淤泥而不染”等品格，故说它是花中君子。

【赏析】

周敦颐的《爱莲说》，是一篇经世不衰的散文精品，它托物寓意，阐释了爱莲的道理，表达了自己的人格和操守，极富情致。在众花之中，作者视莲花为群芳之冠，他还以人格化的形象，对比莲、菊和牡丹，并以这三种花象征三种不同的人品类型：

“菊，花之隐逸者也；牡丹，花之富贵者也；莲，花之君子者也。”

意思说：菊花，是花中的隐逸者，牡丹，是花中的富贵者，而莲花，则是花中的君子。

这里，作者以隐逸者的形象比喻菊花，以富贵者的形象比喻牡丹，以君子的形象比喻莲花，象征性地写出了菊、莲、牡丹三种花的不同品格。然而花乃草木，原本不具备人格的，作者却赋予其不同的品行、操守和人格美。作者认为，莲花的精神与菊花近似，却不像菊花那样冷傲，也不像牡丹那样妍丽、富贵媚人。莲花出污泥而不染，受清水洗濯而不妖冶，凸显出一种君子之风，所以比之为百花中的君子！

东晋诗人陶渊明独爱菊，他不肯为五斗米折腰，解绶归隐后，饮酒赋诗，安享“采菊东篱下，悠然见南山”的田园逸趣，显示出一种雅致芬芳、傲然物外的性格。所以，在作者眼里，菊花是一个逃避现实的隐逸者的象征。自李唐以来，世人盛爱牡丹。据唐人李肇《国史补》卷中记载：“京城贵游，尚牡丹，三十余年矣。每春暮，车马若狂，以不耽玩为耻。执金吾铺官围外寺观种以求利，一本有值数万者。”唐代诗人刘禹锡《赏牡丹》诗说：“唯有牡丹真国色，花开时节动京城。”白居易《买花》诗也说：“共道牡丹时，相随买花去。……一丛深色花，十户中人赋。”反映了唐代都城长安每年春暮车水马龙，观赏牡丹的盛况，以及唐人“甚爱牡丹”的时尚。所以，在作者眼里，牡丹像是皇皇都城中富贵者的象征。

作者却乖于世人，独爱莲花，在它身上寄托一种超凡脱俗、不与世同流合污的志趣和人格理想。这种思想情怀，既不同于隐逸者，更不同于世俗社会中那些热衷于功名利禄者的人生追求。然而令作者感叹不已的是，社会生活中，像陶渊明那样远离污浊社会的隐逸者，东晋以后已经很少了，而争名逐利，汲汲于富贵者多起来了，追慕君子之风，能够引为同志的人，则更少了。

〖司马光〗

司马光（1019—1086），字君实，陕州夏县（今山西闻喜）人。居夏县涑水乡，世称涑水先生。北宋著名政治家、史学家、词人。宝元初年（公元1038年）进士甲科。任天章阁待制兼知谏院。神宗时为御史中丞。在政治上，他作为保守派的首领，反对王安石变法，受到改革派打击，出知永兴军（今西安）。后被迫离开朝廷，退居洛阳15年。在学术上，他支持二程(程颐、程颢)的理学，

反对王安石的新学。史学上，他主编的《资治通鉴》，成就很高，为世所重，是我国封建社会中最好的一部编年通史。

神宗死后，哲宗即位，祖母高太后垂帘听政，启用旧臣，召他入朝，任尚书左仆射兼门下侍郎（宰相），废除新法，恢复旧制。在相位8月而卒。赠太师温国公，谥文正。善属文，工诗词。著有《传家集》80卷。后人编有《司马文正公集》传世。

402 彼汲汲于名者，犹汲汲于利也。

【注释】

选自宋·司马光《谏院题名记》。谏院是旧时掌管向皇帝提批评建议的机构。

汲汲：心情急切的样子。

【赏析】

宋代设谏院，始于仁宗明道元年(公元1032年)。谏院主管规谏讽喻，凡朝政缺失、百官任非其人、各级官府办事违失，都可谏正。司马光于嘉祐六年(1061)迁起居舍人同知谏院，两年后于任上做了这篇《谏院题名记》。文章阐述了谏官的重大责任及应有的品德，批评了那些追求名利的人：

“彼汲汲于名者，犹汲汲于利也。”

意思说：那些急切追求名声的人，犹如急切地追求私利。

这一句非常深警，也是具有哲理性的名言。作者认为，身为谏官，责任十分重大，为了尽到自己的职责，从方法上讲，谏官“当志其大，舍其细，先其急，后其缓”，即应该记住那些大事，放弃那些小事，先说那些急迫的，后说那些不太急迫的；从品德方面讲，应当“专利国家，而不为身谋”，即只能为国家利益着想，而不能为自身谋取名利。因此，作者批评那些急功近利的人是“彼汲汲于名者，犹汲汲于利也”，指出那些急切追求名声的人，犹如是在急切地追求私利。

作者认为，虽然谏官手里没有什么实权，似乎与“利”没有什么关系；但谏官的名声很重要，声名狼藉的谏官，是不能取信于人的。而一个合格的谏官，应该没有任何私心，彻底做到“专利国家，而不为身谋”，一心只为国家谋取利益。

欧阳修写过一篇著名的《与高司谏书》，痛斥高若讷身为“耳目之官”（指谏官），却“身惜官位，惧饥寒而顾利禄”，由于过多考虑自己的进退得失，不敢公正谏言。像高若讷这样的谏官，正是作者批评的“彼汲汲于名者，犹汲汲于利也”那样的人。

为了敦促谏官们为后世留下忠直的清名，作者把谏官的姓名刻在石上，留待后人去评说，以增强谏官的公心和责任心。

403 人之常情，由俭入奢易，由奢入俭难。

【注释】

选自宋 · 司马光《训俭示康》。

俭：节俭。奢：奢侈。

【赏析】

司马光的《训俭示康》一文，是为教导儿子司马康厉行俭约而写的家训。司马光一生清正，不谋私利，在退居洛阳时，时常深入民间，了解民众疾苦。在生活上，司马光崇尚简朴，鄙弃士大夫们贪图享乐的生活作风。他告诫说：

“人之常情，由俭入奢易，由奢入俭难。”

意思说：人之常情，从注重节俭到过奢靡的生活，是一件很容易的事，而过惯了奢糜的生活，再去过节俭的日子，就很困难了。

生活上，司马光历来主张节俭朴素，反对奢靡。他认为，人们从节俭到过奢靡的生活，是一件很容易的事，反过来，过惯了奢靡的生活，再要回到节俭的日子，就很困难了。因为这是人性中的弱点所在。但是，如果人们思想上能够警惕奢靡之害，重视节俭美德的培养，人性中的这些弱点也是可以克服的。

司马光举例说：张文节作了宰相，生活还是和当年担任河阳掌书记时一样，亲朋好友规劝说：“你现在俸禄不少，还这样节俭，你虽然信奉清约，外人却免不了讥笑你穷相。所以，你还是稍微顺从一下公众的潮流，不要太节俭了吧！”张文节听后，感叹地说：“我现在的俸禄，让全家过锦衣玉食的生活也是能做到的。然而人之常情，由俭入奢易，由奢入俭难。现在的俸禄，岂能长期存在？一旦丰厚的俸禄没有了，家人对奢靡的生活习以为常，不能再节俭下来，到那时必然导致家庭衰败，流离失所啊。”

司马光坦诚自己，“众人皆以奢靡为荣，吾心独以俭素为美”，而且对“古人以俭为美德”倍加赞赏。他认为，“俭，德之共也；侈，恶之大也”，意思说，有德者皆从俭而来。人生在世，如果贪求物欲，不知满足，必然变得贪婪无耻，一门心思全用在自己身上，追求无尽的享乐，如此便很难有广济天下的胸怀了。而且，古人之中，夸富和奢靡的人，多会败家亡身。人如果私欲无度，君子贪慕富贵，小人想着多取妄用，为官者便会受贿索贿，居乡者便会四处偷盗。所以，贪官坏人大恶者，皆从奢侈而来。例如，晋人何曾每天饮食耗费巨大，到其孙辈，便因奢靡而倾家荡产了。晋代石崇以富有夸人，终因此被处死东市。又如近世的寇莱公，豪华侈靡一时，无人能敌，人们以其功业大，不敢轻言褒贬，但其子孙沿袭这种侈靡的家风，又无其父之能，所以家庭衰败了，子孙多处于穷困之中。

因此，司马光训诫子孙：“由俭入奢易，由奢入俭难”，从积极的角度，提出节俭的必要性，言简意赅，是文章的精髓所在。这句话不仅在当时社会有激浊扬清的作用，即使到了今天，也仍然有着很强的警示作用：贪图享乐、放纵物欲，不思进取，其衰败的日子可能就快到了。

〖王安石〗

王安石（1021—1086），字介甫，晚年号半山，抚州临川（今江西抚州）人。北宋著名政治家、思想家、诗人。唐宋八大家之一。

宋仁宗庆历二年（公元1042年）进士。历任地方知县、通判、知州等职。神宗继位，擢为参知政事，次年拜相。锐意改革，实行变法，力图富国强兵，被誉为“中国十一世纪的改革家”。由于保守派的激烈反对，新法屡遭挫折，未能成功，被迫两次罢相。晚年退居江宁（今江苏南京）。封荆国公，世称王荆公。卒谥文，又称王文公。主张文学应当“有补于世”，重在“适用”。主张其诗文应当直接为政治服务、反映社会矛盾和民生疾苦。体现了“起民之病，治国之疵”的进步思想。散文雄健峭拔，后世列为“唐宋八大家”之一；诗歌长于说理，见解精辟，风格遒劲清新，明朗刚劲。词作不多，但风格高峻。一些作品蕴藉含蓄不足，有散文化倾向。晚年所作小诗，意境清新冲淡，修辞工巧精美，人称“半山体”。有《临川集》传世。

404 夫材之用，国之栋梁也，得之则安以荣，失之则亡以辱。

【注释】

选自宋·王安石《材论》。

安以荣：国家安定，身处尊荣。亡以辱：国家灭亡，身受耻辱。

【赏析】

王安石深知人才的重要性，高度重视人才在治国安邦中的作用，他为相时，十分注重培养人才和选拔人才。在《材论》

一文中，他精辟地阐述了自己的人才观：

“夫材之用，国之栋梁也，得之则安以荣，失之则亡以辱。”

意思说：人才是国家的栋梁，得到人才并正确使用，国家就能安定，统治者就能获得尊荣，失掉人才，国家就会灭亡，统治者也会遭受耻辱。

王安石认为，能否选拔优秀人才担任重要职位、管理国家，是关系到一个国家能否兴旺发达的大事。宋初以来，国家的科举制度“专以词赋取进士，以墨义取诸科”，而真正有才识的人，未经科举入仕，往往得不到社会承认，也很难得到朝廷的任用。范仲淹担任宰相时，为了改变“专以词赋取进士”的现状，曾提出一些改革办法。然而随着他推行的“庆历新政”的失败，他遴选治世之才的办法也随之烟消云散了。王安石登上政治舞台以后，有鉴于科举考试败坏人才的弊病日益蔓延，写了一系列培养和选拔人才的文章，他在《上仁宗皇帝言事书》（即《万言书》）中认为，学校所教，“讲说章句而已”，这些“无补之学”不能造就治国之才。因此力图改变“闭门学作诗赋，及其入官，世事皆所不习”（《文献通考·选举考》卷四）的现状。这些文章的观点十分明确，突出地强调了作文“务为有补于世”（《上人书》）的社会功能。

本句强调优秀人才是国家的栋梁，得到并正确使用之，国家就能安定团结，发展生产，迅速地兴旺发达起来；失掉人才，国家就会遭遇危机，甚至灭亡，统治者也会遭受凌辱。同时，作者还以战国、秦汉、唐太宗时期人才辈出，贤才辅国，国运昌盛的历史事实，阐明人才总是适应时势而产生的，驳斥

了“天下无材”的错误认识，指出国家地广人多，人才济济，关键的问题在于能否发现人才，重视并使用人才。

405 夫夷以近，则游者众；险以远，则至者少。而世之奇伟、瑰怪、非常之观，常在于险远，而人之所罕至焉，故非有志者不能至也。

【注释】

选自宋·王安石《游褒禅山记》。

夷以近：路平而近。夷，平坦。以：而，且。奇伟：奇异雄伟。瑰怪：美丽而奇特。非常之观：不平常的景象。观，景象。罕至：绝少到达。罕，少。

【赏析】

王安石的《游褒禅山记》，记述游华山洞时，“入之愈深，其进愈难，而其见愈奇”，但在游了不到十分之一，自己“力尚足以入，火尚足以明”的情况下，却随游人走出山洞，中止了继续游赏，因而未能尽游山之乐。作者以此为喻，引发出探究真理的精神，字里行间充溢着勤学慎思，深邃睿智的独到见解：

“夫夷以近，则游者众；险以远，则至者少。而世之奇伟、瑰怪、非常之观，常在于险远，而人之所罕至焉，故非有志者不能至也。”

意思是：平坦而近的山洞，游人很多，险而远的山洞，游人就少了。而人世间奇特、雄伟、瑰丽、非凡的壮景，常在艰险遥远、人迹罕至的地方，所以没有坚强的意志不能达到。

学习好比游山，无论探讨学术学问，还是创立高深的理论，都必须以百折不挠的精神努力奋斗，才有可能成功。所以作者从游洞的经历体会到；欲达目的，必须“有志”。如果因人怠惰而退缩，或盲从跟随，就会功亏一篑，半途而废。而世上奇伟瑰怪非常的景观，总在道路险远、人迹罕至的地方，只有有志者，不畏艰难险阻，全力以赴，才可能览得胜景。

除了强调“志”，作者还特别提出志与力与恒的关系。要想达到高深的学术造诣，或想完成某项伟大的事业，仅有志向，不一定能够成功，还必须具有足够的力量，持之以恒的韧性，因势利导，克服常人难以克服的困难，才可能达到常人难以企及的目的和境界。反之，如果仅有力有物，没有“志”，也不能达到预期的目标。有力而无志，或有志而不坚，在人会被讥笑，在己会有后悔；志向立下了，但力量不足，在己既可以无悔，在人亦不能讥。所以，一个人要想实现理想，必须意志坚定，尽力而为，成败在所不惜。

写作这篇文章时，王安石正欲革新政治、实行变法。他深知朝政腐败，积重难返，仍然决心兴利除弊，坚持到底。因此文中虽然谈的是治学的道理，却不经意间流露出了知难而进的意志、情绪和坚韧——“尽吾志也而不能至者，可以无悔矣，其孰能讥之乎！”所以，本句所表达的思想，已经超越了学问之道而进入到人生价值追求的范畴。总之，王安石勉励人们勇

于攀登，不畏险远，这和他百折不挠地推行新法、锐意进取、决不退缩的精神是一致的。

〖苏　轼〗

苏轼（1037—1101），字子瞻，号东坡居士，眉州眉山（今四川眉山）人。宋仁宗嘉祐二年（公元1057年）进士，官至翰林学士、知制诰、礼部尚书。既主张政治改革，又有保守倾向。当王安石推行变法时，他反对新法，遭到贬斥，出任杭州、密州（今山东诸城）、徐州（今江苏徐州）等地方官。当保守派推翻新法时，又主张保留其行之有效的部分。苏轼因此受到新、旧两派的排斥。宋神宗元丰三年(公元1079年)，因写诗讥刺新法，被诬陷入狱，史称“乌台诗案”。出狱后贬黄州、惠州、儋州等地。苏轼是当时文坛领袖，散文、诗，词、书、画均称大家，各有成就。其文如行云流水，文理自然，姿态横生，自由驰骋，为“唐宋八大家”之一，与欧阳修并称“欧苏”。其词以清雄豪放，奔驰旷大的笔调，抒写士大夫的逸怀浩气，成为豪放派的创始人之一，与辛弃疾并称“苏辛”。其诗清新豪健，想象丰富，比喻新颖，与黄庭坚并称“苏黄”。作品题材丰富，手法多样，语言新颖，形成自然清新、奔放灵动、异趣横生、豪放不羁、卷舒自如的艺术特征。又擅书法，为“宋四家”之一；长于绘画，为宋代著名画家。有《东坡全集》传世。

406 古之所谓豪杰之士者，必有过人之节。人情有所不能忍者，匹夫见辱，拔剑而起，挺身而斗，此不足为勇也。天下有大勇者，卒然临之而不惊，无故加之而不怒，此其所挟持者甚大，而其志甚远也。

【注释】

选自宋·苏轼《留侯论》。留侯：指张良，字子房。

匹夫：普通人，平常人。见辱：被侮辱。不足为勇：不值得称作勇敢，不算是勇敢。卒然：突然，“卒”通“猝”。临：遇到，面对。加：施加侮辱。挟持：抱负，怀抱的气度。

【赏析】

苏轼的《留侯论》是一篇著名的史论文章，作于宋仁宗嘉祐六年(公元1061年)，作者对张良少年时代游下邳圯上，遇圯上老人授兵书而终成大业的事进行评论，强调张良成功的根本原因在于有“能忍”的过人之节，并且推论出“能忍”是事业成功的关键：

“古之所谓豪杰之士者，必有过人之节。人情有所不能忍者，匹夫见辱，拔剑而起，挺身而斗，此不足为勇也。天下有大勇者，卒然临之而不惊，无故加之而不怒，此其所挟持者甚大，而其志甚远也。”

意思是：古代所说的英雄豪杰，一定有过人的节操。一般

人情不能忍受的度量，普通人一旦受到侮辱，拔剑而起，挺身而斗，这不能算是勇敢。天下那些真正有大勇的人，意外事件突然降临不会惊慌，无缘无故对他加以侮辱也不会发怒。这是由于他的抱负很大，而他的志向又很高远的缘故。

张良系战国时期韩国贵族的后裔，祖、父两代相韩，秦灭韩后，张良为了替韩报仇，结交刺客，在博浪沙(今河南省原阳县城关东)狙击秦始皇，失败后隐姓埋名逃至下邳(今江苏省睢宁北)。据《史记·留侯世家》记载：张良在下邳圯上遇到一老人，老人故意将鞋子丢到圯下，叫张良去捡，捡了鞋又要他穿上，经过反复考验，老人认为“孺子可教矣”，于是授他《太公兵法》一部。张良后来辅佐刘邦打败项羽，建立汉朝，封为留(今江苏省沛县东南)侯。

苏轼从张良这件事进行分析，指出逞匹夫之勇，拔剑而起，挺身而斗，不算真正的勇敢，只有“人情有所不能忍者”，“卒然临之而不惊，无故加之而不怒”，才是大勇；大勇的人能忍受普通人不能忍受的屈辱，是因为他的抱负很大，志向很高远的缘故。张良青年时候“以匹夫之力，而逞于一击之间”，缺乏大家气度，原因就是抱负不大、志向不远。所以，圯上老人故意用傲慢无礼的举动“无故加之”，极力摧折侮辱他，磨炼他的性格，“深折其少年刚锐之气”，“使之忍小忿而就大谋”，最终达到了“秦皇帝之所不能惊，而项籍之所不能怒”的境界，终于辅佐刘邦平定天下，成就了大业。

这里，作者以能“忍”为大勇，将“忍”和“勇”这两个看似对立的性格特征辩证地统一在一起，并从一个政治家的胸怀、气度、智慧、修养等诸多方面来加以论证，使之成为政治家综合水平的衡量标准之一。

苏轼的这些思想，精博深刻，今天看来仍有一定现实意义。苏轼本人的胸襟度量就十分广大，所以他崇尚这样的气度。他给我们的启示是，待人处事要讲涵养，有度量，以大局为重，不可为了泄一时之愤而让事业毁于一旦。

407 非才之难，所以自用者实难。

【注释】

选自宋·苏轼《贾谊论》。贾谊(前200—前168)，洛阳人，西汉初年年轻有为的政治家和文学家。

自用：发挥自己的才能。

【赏析】

贾谊是西汉初年年轻有为的政治家和文学家，有辅佐帝王之才。为了巩固汉朝统治，他向汉文帝提出一系列改革建议：主张加强中央集权，削弱藩王势力，发展农业生产，安定人民生活，抗击匈奴的侵扰。受到文帝重视，被擢升为太中大夫。朝廷上许多政策、法令、规章制度，都由他主持制定。文帝还想擢升他为公卿，与群臣讨论，遭到大臣周勃、灌婴等人的反对。不久贬为长沙王太傅，后来召回长安，也只做了梁怀王的太傅。由于不能施展自己的才能和抱负，心情郁郁，33岁便过早去世了。这是一件令后世人们深感惋惜、叹息的事情。但苏轼的《贾谊论》却另具只眼，评论说：

“非才之难，所以自用者实难。”

意思说：一个人有才能并不难，怎样使自己的才能发挥出来才是最难的。

自汉代司马迁以来，历代的史评家、文学家都对贾谊的怀才不遇、抱恨终生的遭遇，寄予深厚同情。然而苏轼在《贾谊论》中，却从另一个角度，对贾谊进行了批评，说他操之过急，气量狭小，不懂得待时待机，所以不能使自己的天赋之才发挥出来。

苏轼认为，一个出类拔萃的人，要想得到重用，实现伟大的抱负，不是一件容易的事情。一方面有才能的人必然会鄙弃世俗，因而给自己招来祸害。如果不是英明卓越、不受蒙蔽的君主，就不能识拔他们，使他们的才干充分发挥作用。历史上，前秦苻坚从平民中发现才具不凡的王猛后，立即贬黜旧臣，而和他商谈国家大事，并采纳王猛的建议，最终据有半个天下。但像王猛这样的际遇是很少的，可遇而不可求的。

为此，苏轼提出一个颇有启发意义的观点：一个经世之才，要实现自己的远大理想，就应当善于等待时机，经受住逆境的折磨，耐心寻求实现自己抱负的机会，这样才有可能使自己的才能发挥出来。

408 夫君子之所取者远，则必有所待；所就者大，则必有所忍。

【注释】

选自宋·苏轼《贾谊论》。

所取者：要达到的目的。待：等待时机。就：向往。忍：忍让。

【赏析】

贾谊具有辅佐帝王的经世之才，是西汉初年年轻有为的政治家和文学家。为了巩固汉朝统治，他曾向汉文帝提出了一系列革新政治的主张，受到汉文帝的赏识。贾谊的才华和文帝对他的信任，引起了一部分大臣的妒忌和不满。他们散布“洛阳之人，年少初学，专欲擅权，纷乱诸事”（《史记·屈原贾生列传》）的流言，动摇了文帝对贾谊的信任，不久贬为长沙王太傅。三年后回到长安，做了梁怀王的太傅。梁怀王坠马而亡，贾谊自伤失职，抑郁而死，年仅33岁。苏轼就此评论说：

“夫君子之所取者远，则必有所待；所就者大，则必有所忍。”

意思是：想要达到长远的目标，就必须有所等待，想要成就伟大的事业，就必须有所忍耐。

古代许多贤才之士，都有建立功业的才能，可是有的人却不能施展自己才能的万分之一，这其中的因素多多，但未必都是君主的过错，实际上，也与他们自身的原因密切相关。贾谊雄才大略，具有辅佐帝王的才干，却不能实现自己的抱负，英年早夭，令人感叹不已。就他自身而言，一个重要原因，就是他既不能耐心等“待”时机，也不能为了实现远大的抱负而“忍”让。

苏轼认为，贾谊生逢其时，遇到了像汉文帝那样的英明君主，尚且不能受到重用而抑郁死去，那么，如果天下没有尧、舜那样圣明的君主，难道就终生不能有所作为了吗？答案是否定的。

孔子是位圣人，孔子为实行自己的政治主张，曾走遍天下，只要不是无道的国家，就想去扶助它：他打算到楚国去，先派弟子冉有去表明自己的想法，接着又让子夏去重申这个意思。为了遇到了解自己的君主，他不惜这样一而再，再而三地去努力。孟子到齐国游说，他的意见未得齐王采纳，离开齐国的时候，在昼地停留了三天，想等齐王回心转意召见他，直到希望破灭了，才离开昼地。他当时抱着一线希望说："齐王也许还会召见我。"可见君子不忍心离开他的君主，感情是多么的深厚。

有贤才的人，也是很懂得爱惜自己的。孟子的弟子公孙丑曾经问孟子："先生为什么不高兴呢？"孟子回答说："当今天下，如想平治天下，除了我还有谁呢！我又怎么会不高兴呢！"所以，君子欲发挥自己的才能，施展自己的抱负，应该像孟子一样爱惜自己。如果做到这一步还不被任用，就可以知道天下确实没有有作为的君主了，因而也就没有什么遗憾了。

所以，像贾谊这样的人，不是汉文帝不能重用他，而是他自己不能像君子那样，要想达到长远的目标，就须有所等待，要想成就伟大的事业，就须有所忍耐。贾谊既不能等待，也不能忍耐，就是他自己自绝于天下了。

409 志大而量小，才有余而识不足。

【注释】

选自宋·苏轼《贾谊论》。

量：器度。识：见识。

【赏析】

贾谊抱负远大，20岁便做了太中大夫。汉文帝还想升擢他为公卿，朝廷上许多政策、法令、规章制度，都由他主持制定，可谓既遇于时，也遇于明君。但由于受到当时大臣周勃、灌婴等人的排斥和反对，只得出任长沙王太傅，33岁便过早地忧郁而亡了。苏轼在《贾谊论》中评价说：

“志大而量小，才有余而识不足。”

意思说：（贾谊）志向远大而度量狭小，才能有余而见识不足。

苏轼认为，贾谊之所以不能施展自己的才能和抱负，早夭而亡，跟他器量狭小，识见不足有很大关系。周勃、灌婴等大臣都是汉高祖的旧将，功高位显，君臣相投，这种关系远远超过了父子兄弟之间的骨肉之情。而且，在刘姓和吕侯的生死较量中，是灌婴联合数十万军队，才决定了刘姓的胜利，保住刘家天下；是周勃亲自捧着皇帝的印玺，交给文帝，把他扶上皇帝的宝座。所以，在贾谊和大臣之间，文帝不可能不权衡轻重利弊，想让文帝听了贾谊的建言后，在一个早上就抛开旧政，改用新政，实在太难了。

如果贾谊有度量，有识见，能从容地、逐渐地和周勃、灌

婴等大臣建立深厚的交谊，上得天子之心，下得大臣们的支持，就有可能按照自己的政治主张去治理天下。这样不出十年，实现自己的远大抱负，是完全可能的。

然而不幸的是，贾谊在与文帝短暂的交谈后，就急于对文帝“痛哭”，陈述自己的治国主张，思想一夜之间改变整个天下，这怎么可能呢？贾谊贬谪长沙，路过湘水时，曾作《吊屈原赋》，心情忧郁苦闷，有了远走退隐的意愿。这以后更是时常因感伤而哭泣，以至于过早地死去，如此看来，贾谊不是一个善于身处逆境的人。

苏轼认为，谋略一次没有被采用，不等于永远不会被采用。贾谊不知道默默地等待形势的变化，却白白地摧残自己，所以是一个志向远大而器量狭小，才能有余而见识不足的人！

410 人不可以苟富贵，亦不可以徒贫贱。

【注释】

选自宋·苏轼《上梅直讲书》。梅直讲：即梅尧臣，北宋著名诗人，官至国子监直讲，故称梅直讲。

苟：苟且，不正当。徒：听任。

【赏析】

《上梅直讲书》是苏轼及第后写给考官梅尧臣的感谢信。北宋嘉祐二年(公元1057年)，苏轼参加礼部考试，梅尧臣为考官，对苏轼试文《刑赏忠厚之至论》大加赞赏，“以为有孟轲之风”，于是推荐给主考官欧阳修，“文忠（欧阳修谥文忠）

惊喜，以为异人。欲以冠多士，疑曾子固所为。子固，文忠门下士也，乃置公第二”。苏轼这封信直抒胸臆，表达自己受到前辈欧、梅识拔、奖许的由衷喜悦，洋溢着为人了解和赏识的感激之情：

“人不可以苟富贵，亦不可以徒贫贱。”

意思说：人不可以不正当地获取富贵，也不可以白白地处于贫贱的境遇中。

梅尧臣是苏轼崇敬的文坛前辈，时任国子监直讲，故称梅直讲。嘉祐二年，苏轼参加礼部考试，受到梅尧臣和欧阳修的大力赞扬，进士及第，取为第二名。苏轼对此十分感激，便给梅尧臣写了这封信，信中以周公、孔子比喻欧、梅，极其热烈地推崇他们。他说，我七、八岁开始读书，便听说有个欧阳公，为人像古人孟轲、韩愈，有一位梅公，和欧阳公共同评议文章。到我成人后，才能读到先生们的文章辞赋，想象到先生们的为人，领会到先生们潇洒地摆脱世俗的快乐而陶醉在自己的快乐之中。

现在，由于欧阳公主持考试，自己的文章受到赞赏，列在及第的行列里，不是靠人事先推荐，也没有亲友请托，十多年来闻其名而不能见到的人，忽然间成了自己的知己。苏轼为此感叹道：“人不可以苟富贵，亦不可以徒贫贱。”苏轼表示，人不能以不正当的手段去获取富贵，也不应该庸庸碌碌地甘居贫贱，有大贤人在世而能做他的弟子，就足以值得靠托并引以为豪了。反之，如果仅凭一时的侥幸而得意，身后跟着随从几十人，虽然受到里巷百姓的围观并发出赞叹声，但这怎么能代替做大贤人学生的快乐呢！

本句表明了苏轼的荣辱观，就是要通过自己的努力，正当地去获取富贵，并且相信，一个有真才实学的人，不可能长期处于贫贱的境遇中。同时，他用车骑随从、市民围观的世俗之乐作铺垫，反衬出自己高尚的志趣和磊落的襟怀。

411 日与水居，则十五而得其道。生不识水，则虽壮，见舟而畏亡。

【注释】

选自宋·苏轼《日喻说》。

道：道理，法则，规律。壮：壮年。

【赏析】

《日喻说》作于宋神宗元丰元年（公元1078年）十月十二日。苏轼之所以写这篇文章，是因为熙宁四年（公元1071年）二月，宋神宗采纳王安石的建议，用经义、策论试进士，而罢去自唐以来诗赋取士的制度，助长了当时空谈义理，不重实学的风气。苏轼认为，“昔者以声律取士，士杂学而不志于道；今也以经术取士，士知求道而不务学”。苏轼既看到了过去以诗赋取士的偏颇，“士杂学而不志于道”，也看到了“以经术取士”的弊端，“士知求道而不务学”。于是写了这篇文章，“以讥讽近日科场之士，但务求进，不务积学，故皆空言而无所得”。

《日喻说》抓住“学”字深入剖析，揭示求学必须不断接触实际，才能掌握知识学问的规律：

“日与水居，则十五而得其道。生不识水，则虽壮，见舟而畏亡。”

意思是：天天跟水打交道，十五岁就能掌握水性。生来没接触过水的人，即便到了壮年，看见船也害怕。比喻只有亲身参加实践，才能学到知识才能。

苏轼认为，“学”是“致道”的不二法门，这个“道”，可以是“道理”，也可以引申为“法则”“规律”，实际上是指儒家之道。为了掌握世事规律，精于儒家之道，苏轼特别强调刻苦学习的必要性和重要性。他所谓的“学”，指的就是不断地实践，去掌握实际的经验。

为了说明这个道理，苏轼以南方人和北方人学“没”（潜水）作比：南方人天天跟水打交道，到15岁时水性就很好了。北方人生来没接触过水，长到壮年，看到船照样害怕。学道也是这样，不下苦功夫是不能“致道”的：“凡不学而务求道，皆北方之学没者也。”苏轼强调，南方人之所以能潜水，是因为他们日与水居，熟悉水的特性和规律。北方人不习水性，是因为他们很少接触水，不了解水的特性和规律。所以，要想使自己在水中自由出没，光听人讲是远远不够的，必须亲自下水实践和体验，否则没有不失败的。

这句话昭示人们：要想学有所得，必须亲身实践，日积月累，水到渠自成。如果没有或不肯下苦功，只是道听途说，拾人牙慧，或主观臆测，必然出偏差，闹笑话，甚至酿成不可弥补的损失。

412 味摩诘之诗，诗中有画；观摩诘之画，画中有诗。

【注释】

选自宋·苏轼《书摩诘蓝田烟雨图》。

味：品味，欣赏。摩诘：唐代山水诗人王维，字摩诘。

【赏析】

苏轼在《书摩诘蓝田烟雨图》一文中，对唐代王维诗画风格和艺术效果进行了非常经典的评论，他盛赞王维诗画意象鲜明，既有诗情又有画意，非常富有艺术感染力。

“味摩诘之诗，诗中有画；观摩诘之画，画中有诗。”

意思说：品味王维的诗，诗中的意象构成一幅美丽的图画；观赏王维的画，画面中处处充溢着浓郁的诗情。

苏轼说王维的诗“诗中有画”，指王维善用诗的语言创造出鲜明、生动的艺术形象，读者通过想象和联想，能够在脑海里唤起清晰的形象画面；而他说王维的画“画中有诗”，指的是王维善用线条、色彩，描绘出气韵生动的画面，将想象、情感、理知融为一体，以具体感性的艺术形象怡悦人的性情，给人以诗情洋溢的感觉。

诗、画本是表现手段和艺术特点不同的两类艺术。诗歌以语言为媒介，所塑造的艺术形象不能直接作用于欣赏者的感官，读者只能借助于想象和联想，唤起某种意象来感知它的美。绘画是以线条、色彩等物质材料，塑造具有强烈直观性和可感性的平面形象，直接诉诸欣赏者的视觉感官，从而感受它的美。诗、画各有特点，各有短长，不能互相取代。但是，诗、画的意境却可以相互渗透，相互吸收，相互生发，扬长避短，以丰富艺术形象的创造。优秀的诗、画作品所表达的意境、情趣，往往有异曲同工之妙。

王维既是唐代著名诗人，又是著名画家，他在创作实践中常常把诗、画两种艺术特质渗透、融合在一起。他的画饶有诗意。现存的《江山雪霁图》笔墨洗练简约，有萧疏淡远之致，整个画幅呈现出同他的诗歌一样清幽孤寂的情趣和开阔深远的意境，能引人产生丰富的联想。他的诗，如“漠漠水田飞白鹭，阴阴夏木啭黄鹂”（《积雨辋川庄作》），汲取了绘画的色彩映衬和明暗对比；又如“大漠孤烟直，长河落日圆”（《使至塞上》），注意了线条的勾勒和构图的完整统一；再如“白水明田外，碧峰出山后”（《新晴远望》），画出了景物的远近层次，的是富于画境。

苏轼评王维“诗中有画，画中有诗”的观点，对后来的诗、画创作和鉴赏产生了很大影响，许多著名诗人和画家从这里受到启发，不论是在诗歌中，还是在绘画中，都注重使自己的感情和形象有机融合，创作出了许多诗情画意浓郁、脍炙人口的优秀作品来。

413 画竹必先得成竹于胸中，执笔熟视，乃

见其所欲画者，急起从之，振笔直遂，以追其所见，如兔起鹘落，少纵则逝矣。

【注释】

选自宋·苏轼《文与可画筼筜(yúndāng)谷偃竹记》。筼筜谷在洋州(今陕西洋县)。筼筜原本是大竹名。

成竹：完整的竹子形象。振笔直遂：挥笔作画，一气呵成。兔起鹘（hú）落：兔子跃起奔跑，鹘鸟向地面俯冲。用以形容挥笔迅速洒脱。少纵则逝：稍微放松一下，机会就消失了。

【赏析】

《文与可画筼筜谷偃竹记》是苏轼悼念亡友之作。文与可是北宋著名书画家兼诗人，尤善画竹，技艺高妙。曾送苏轼《筼筜谷偃竹图》一幅。文与可去世七个月后，元丰二年(公元1079年)七月七日，苏轼在湖州晾晒书画，见到亡友文与可送给自己的偃竹图，睹物生情，遂写了这篇杂记。文中以画为线索，叙述了自己与文与可的深挚友谊，及睹物思人的悲痛。同时精辟地记述了画竹的理论和方法，阐述了深刻的文艺创作思想：

“画竹必先得成竹于胸中，执笔熟视，乃见其所欲画者，急起从之，振笔直遂，以追其所见，如兔起鹘落，少纵则逝矣。”

意思说：要画好竹，先得胸中有竹的形象，下笔之前反复观察，细心揣摩，使自然之竹变为胸中之竹。待竹的意象呈现出来，便奋笔直追，捕捉住一瞬间的意象，一气呵成，在纸上栩栩如生地再现出来。要迅疾得像兔子跃起奔跑，鹘鸟向地面俯冲一样，稍一放松，竹的意象就消失了。

文与可认为，画竹“必先得成竹于胸中”，画竹之前先要把握竹的整体形象和精神实质，做到融会于心，待酝酿成熟，然后振笔直书，一气呵成，才能生动传神地把它再现出来。相反，如果求其细枝末节相同，机械地一节一节地画，一枝一叶地描，就无法画出竹子活的精神来。所以画竹应该意在笔先，追求整体上的“神似”，反对一枝一节的“形似”。

苏轼赞同这个见解，并通过《文与可画筼筜谷偃竹记》这篇文艺随笔，阐发了两条艺术创作规律：一是强调“胸有成竹”的创作思想。苏轼认为，在进行艺术创作之前，必须先对客观事物进行揣摩观察，对创作对象了然于心（“必先得成竹于胸中”），在心中酝酿出成熟的神韵姿态和鲜活的意象；二是提出了艺术创作中突然闪现的灵感问题，灵感“如兔起鹘落，少纵则逝”，所以要“急起从之，振笔直遂，以追其所见”，不失时机地将其外化为艺术形象。

与此同时，为了创造出完整而富有生气的艺术形象，仅仅了然于心还不够，还必须了然于手，在创作中做到“心手相应”，即从艺术构思的形成到创作出艺术形象来，必须具有娴熟的艺术技巧和手法，而这种艺术技巧和手法只有通过不断的艺术实践，才能获得和掌握。

苏轼阐发的这些创作观，见解卓绝，既强调了艺术创作构

思的整体性（胸有成竹），也强调了艺术创作的实践性(心手相应)，它不仅是文与可绘画经验的总结，也是苏轼自己切身的创作体验，具有普遍的指导意义，在历代文艺领域里产生了广泛的影响。

本句用语生动，表达流畅，意象丰富，也是苏轼语言运用的一个特点，如“胸有成竹”“兔起鹘落”等，就以其生动的形象、鲜明的比喻，给人们留下了深刻的印象，以后逐渐演变成了广泛使用的成语。

414 凡物皆有可观，苟有可观，皆有可乐，非必怪奇伟丽也。

【注释】

选自宋·苏轼《超然台记》。

可观：值得观赏之处。苟：只要。

【赏析】

宋神宗熙宁七年(公元1074年)，苏轼从杭州调任密州（今山东省诸城）知州。次年，密州北城上一座旧楼台修复后，苏轼经常同宾客好友在上面饮酒赋诗，抒发情怀。其弟苏辙为此台取名“超然”。苏轼便写了这篇《超然台记》，表达自己超然物外，无往不乐的人生态度：

“凡物皆有可观，苟有可观，皆有可乐，非必怪奇伟丽也。”

意思说：万物都有值得观赏的地方，只要值得观赏，就能使人快乐，而不仅是那些奇特瑰丽的东西才能让人快乐。

密州是一个非常穷僻的地方，交通不便，居处简陋，而且天灾频仍，连年歉收，盗贼遍野，诉讼很多。即便是堂堂太守苏轼家里，厨房里也空空如也，没有什么食品，只能靠枸杞、菊花之类野菜充饥，生活的困顿清苦可见一斑。

在这样一个穷苦的地方任职，对于刚从繁华杭州过来的苏轼来说，当是一件很苦恼的事了。因此人们担心他会抑郁不乐，很快就消瘦衰老了。孰料一年以后，苏轼不但没有消瘦苍老，反而面容丰满，精神矍铄，连白发都一天天变黑了。

这是什么原因呢？不为其他，只为作者有乐观旷达的胸怀，能够坦然面对，不以境况之苦自扰。他认为，能让人感到心情愉悦的不一定是奇异瑰丽的东西，他说，“凡物皆有可观”，因而“皆有可乐”，既然“皆有可乐”，那么吃酒糟、饮薄酒也能一醉，吃瓜果、野蔬也可以果腹，乐在其中。正是有了这种超然物外的心态，所以苏轼热爱生活，兴趣广泛，每到一地便兴致盎然地登山临水，探幽访胜，乐在其中。即使到了密州这样穷苦之地，也能在政事之暇，修葺旧台，与朋友登临观览，尽兴快乐。这充分反映出他乐于一切“可观”之事，知足常乐，达观开朗的思想情怀。

415 人之所欲无穷，而物之可以足吾欲者有尽。美恶之辨战乎中，而去取之择交乎前，则可乐者常少，而可悲者常多，是谓求祸而辞福。

【注释】

选自宋·苏轼《超然台记》。

欲：欲望。足：满足。有尽：有一定限度。战：斗争，交锋。去取：丢弃和取用。择：选择。辞：推辞，放弃。

【赏析】

苏轼的《超然台记》作于任密州知州的次年(公元1075年)，文章叙述了作者由杭州迁官密州的生活环境变化，在艰难的环境中怎样悠然自处，以及登台眺远等等，并从中抒发了自己超然物外的思想情感。最后一段点题：“以见余之无所往而不乐者，盖游于物外也。”然而，字里行间里，还是不经意地流露出了一丝超然之乐后面的苦闷：

“人之所欲无穷，而物之可以足吾欲者有尽。美恶之辨战乎中，而去取之择交乎前，则可乐者常少，而可悲者常多，是谓求祸而辞福。”

意思说：人的欲望是没完没了的，而能够满足人的欲望的东西是有限的。如果心里总存在着美、丑之间的斗争，眼前老是进行着取、舍的选择，那末，使人快乐的事就往往很少，令人悲哀的事却常常很多。这实际上就是在追求祸患而抛弃福禄。

这一句想说明的是，不超然物外，便会有无限的悲哀。作者从祸福与悲喜的关系入手，认为人们所以追求福禄而躲避祸患，是因为福禄使人高兴，祸患使人悲哀。然而事实上，人们求福反而致祸。这是因为人的欲望没完没了，而能够满足人的欲望的东西却是有限的。于是有些人为了满足其奢望，便总是在心里、眼前权衡、选择，以至“可乐者常少，而可悲者常多”，经常陷入矛盾和烦恼之中，这实际上是在追求祸患而放弃了福乐。求祸而辞福，就不是人之常情了。

为什么会这样呢？原因是受了外物的遮蔽，将人束缚在物质享受之中（“游于物之内”），而不能超然于物外（“游于物之外”）。物虽无大小贵贱之分，但人一旦被束缚在其中，便眼界狭小，头昏目眩，难辨是非，恰如通过小小的缝隙观战，又怎能知道胜败在哪一方呢？于是美好和邪恶交错产生，欢喜和忧愁也就出现了，这正是令人感到可悲的地方。

所以，作者善于自我解脱，始终保持喜乐如常的生活态度，超然物外，从而使“乐”成为生活中的主旋律，断言说，我到哪儿都不会不快乐啊！

416 余之无所往而不乐者，盖游于物之外也。

【注释】

选自宋·苏轼《超然台记》。

盖：发语词，无义。游于物之外：超然于世俗之外。

【赏析】

苏轼的《超然台记》，是借“超然台”论说超然，表达对人生、对生活的一种超然态度。宋神宗熙宁七年（公元1074年），苏轼从杭州调任密州知州。密州穷僻之地，天灾频仍，连

年歉收，百姓生活十分艰难。苏轼生活上也是诸多窘况，十分简陋清苦，他在《<后杞菊赋>序》中写道：“及移守胶西，意且一饱，而斋厨索然，不堪其忧，日与通守刘君廷式循古城废圃求杞菊食之。”又说道：“吾方以杞为根，以菊为粮，春食苗，夏食叶，秋食花实，而冬食根。”说的就是当时在密州以杞菊、野蔬充饥果腹的生活。

物质生活虽然如此艰苦，苏轼却能从中获得良多乐趣，不乏一种洒脱旷达的情怀。所以，在密州这样的穷苦之地，他仍有心情利用政事之暇，修葺旧台，与宾朋登临观览，尽兴快乐。用他的话说就是：

“余之无所往而不乐者，盖游于物之外也。”

意思说：我无论到任何地方都不会不快乐，是我能超然于物外啊！

苏轼仕途坎坷，多次贬谪，迁徙流离，却始终能保持达观开朗、热爱生活的人生态度，“游于物之外”是其根本原因。“游于物之外”就是看淡了名利富贵，不沾滞于物，而能超越于政治的物质的利益之外，因而能够安贫乐道，不管身处何处，总是乐多悲少，心情开朗，精神处于轻松和愉悦的状态。反之，如果时时处处盯着名利，“游于物之内”，为名缰利锁所羁绊，斤斤计较于个人名利得失，必然苦闷彷徨，乐少悲多，不得开心颜。

“游于物之外”是一种很高的思想境界，苏轼有了这种精神境界，所以能够“无所往而不乐”。无所往而不乐与乐少悲多相对照，反映出两种完全不同的生活态度和思想襟抱。

其实，苏轼有这样的思想境界，与其政治上的屡屡失意密切相关。宋神宗熙宁年间，当王安石推行变法时，苏轼因反对新法而被迫自请外任地方官，先通判杭州，后又知密州、徐州、湖州等地。宋神宗元丰二年(公元1079年)，又因写诗讥刺新法，以“谤讪朝廷”罪被捕入狱，这就是有名的“乌台诗案”，在经过一番折磨后，贬为黄州团练副使。宋哲宗即位后，高太后临朝，司马光执政，苏轼被召回京，任中书舍人、翰林学士等职。苏轼又因主张对新法“参用所长”，保留一些行之有效的部分而不容于朝，政治上又受到排挤，于是又自请外调知杭州、颖州、扬州、定州等地。不断贬谪迁移的劳顿生活，使他产生了“游于物之外”的处世思想，并以超然物外的避世态度，去寻求内心的宁静和生命的快乐。

显然，这种“乐”中其实笼罩着一层无可奈何的情绪。文章中，他从台上四面眺望，南望马耳山、常山，东望卢山，想象着那里住有逃世的隐士；西望穆陵关，仰慕西周姜太公、战国时期齐桓公显赫的勋业；北瞰潍河，慨叹汉代淮阴侯韩信建立不世之功而未得善终。所以，作者在凭吊古代伟人的同时，也在他“无所往而不乐”的心境中，流露出了一丝淡淡的无奈和怨楚。

417 事不目见耳闻，而臆断其有无，可乎？

【注释】

选自宋·苏轼《石钟山记》。

臆断：根据揣测而判断。可乎：可以吗？

【赏析】

宋神宗元丰七年（公元1084年）正月，苏轼由黄州（今湖北黄冈）团练副使移任汝州（今河南临汝）团练副使。三月文书到，苏轼四月离开黄州，走水路经长江至江西，游览庐山后，五月至筠州（今江西高安）与弟子由（监筠州盐酒税）道别，尔后送长子苏迈到饶州德兴（今属江西）县做县尉。六月初九，父子俩一起途经湖口县，游览了坐落在鄱阳湖东岸的石钟山，写了这篇著名的《石钟山记》。文中通过实地考查，对石钟山得名的说法进行了辨析，并对臆断其有无的行为进行了批评：

“事不目见耳闻，而臆断其有无，可乎？”

意思说：事情不通过眼睛看、耳朵听，单凭想象来推断其有无，行吗？

据《水经》记载：鄱阳湖口有一座石钟山。分上、下两山，倚南的为上石钟山，靠北的为下石钟山。双峰对峙，矗立在鄱阳湖口长江之滨。尤其下石钟山，处在江、湖交汇处，更为著名。山上奇石突兀，山下石洞纵横，微风鼓浪，水石相搏，声若洪钟，自古为游览胜地。历代不少文人到此游览，作文题诗，以纪游踪。

对于石钟山名字的由来，北魏著名地理学家、散文家郦道元认为，山下有个深水潭，微风激起波浪，水向石头猛烈碰撞，发出洪钟般的声响，石钟山因此得名。唐朝时，有个叫李渤的人去石钟山考察，他在水潭附近找到两块石头，敲击时发出铿锵的金石之声，李渤便认为这是石钟山命名的原因，否定了郦道元水石相搏发声的说法。

苏轼对二说都有怀疑，但并没有立刻作出判断。他夜游石钟山，亲自观察探寻，发现了两处钟声：一处由声响而及地形，一处由地形而及声响。原因是石钟山下有巨大的洞穴和裂缝，地形特殊，风浪冲进山石孔洞，激荡回旋，便发出洪钟般的声音。苏轼由此赞同郦道元的意见，断定这是石钟山得名的真正由来。

这件事使苏轼悟出一个深刻的道理："事不目见耳闻，而臆断其有无"，肯定要犯错误。"目见耳闻"就是实地考察。唐朝李渤虽然也作了实地考察，但很不深入，所以犯了错误。苏轼在没有考察之前，对郦道元的说法也曾怀疑过，但深入考察之后，才发觉"郦元之所见闻，殆与余同"，并用自己的"目见耳闻"补充了郦道元"言之不详"的地方。

那么，同样是考察，为什么李渤和苏轼得出的结论不一样呢？答案是：浮光掠影、蜻蜓点水似的考察是不行的，要探求真理，必须做深入细致的调查研究，追本溯源，才能避免主观臆断。李渤虽然"访其遗踪"，却没有深入到潭下去看，仅凭叩石发声便草率地得出结论，因而是错误的。苏轼深入到潭下去做了仔细的考察，才弄清了问题的本质。

所以，事不目见耳闻，不能臆断其有无。作者身历其境，注重调查研究的求实精神，值得人们学习和效仿。

由于《石钟山记》一文脍炙人口，山以文名，从此，苏轼的名字就与鄱阳湖口石钟山紧密联系在一起了。

418 庭下如积水空明，水中藻、荇交横，盖竹柏影也。

【注释】

选自宋·苏轼《记承天寺夜游》。承天寺，故址在今湖北黄冈县南。

藻：水藻。荇(xíng)：荇菜，一种水生植物，根生水里，叶子浮在水面。

【赏析】

宋神宗元丰六年，苏轼贬谪黄州任团练副使已经快四年了。张怀民此时也谪居黄州，暂寓承天寺。十月十二日夜，两人同游承天寺，苏轼因而写了这篇著名的《记承天寺夜游》。二人因贬而得“闲”，惟其“闲”才能夜游，欣赏到月夜的美景。所以，这篇短短84字的游记，写得空灵剔透，闲淡优美，透露出一种纯美的宁静和优雅：

“庭下如积水空明，水中藻、荇交横，盖竹柏影也。”

意思说：庭院下的月光，犹如一池清澈的积水，空灵澄明，竹子、松柏的姿影交错地印在地面，风轻轻吹过，犹如水中的藻和荇菜一样婆娑美丽。

十月十二日夜，“月色入户”，苏轼因“闲”而起，与张怀民“步于中庭”，眼前景色，澄明如画：月光泻地，如一池清水，空明澄寂，婆娑交错的姿影印在地面上，像飘在水中的水藻、荇菜一样。院子里哪会有什么水草呢？抬头一看，原来是月光临空，投下倩影引起的审美错觉。这么寥寥几笔，信手点染，描绘出一幅月朗庭空、竹柏弄影的清幽境界，而“月光如水”的境界，也活灵活现地展现了出来，诗情画意充盈其中，艺术效果不同凡响。而且，字里行间也透露出一种恬适的宁静，以及一颗抑郁的心灵在这月夜清景中得到的慰藉和净化。

然而，作者毕竟是一个有志用世的人，只是因贬得“闲”，不得已以一种平静之心观明月，赏竹柏，自适其适，自乐其乐，并非出自心中本意，所以心中难免没有几许苦闷和抑郁。这一情绪的细微变化，作者在文章末尾不经意间流露了出来。作者结尾强调，赏月的只有自己与张怀民“两人”，言外之意别人都是忙人，只有他们二人才是“闲人”，这是以别人的不闲反衬他们二人的“闲”，其中的况味，我们不是也能体味一二么！

419 大略如行云流水，初无定质，但常行于所当行，常止于所不可不止，文理自然，姿态横生。

【注释】

选自宋·苏轼《答谢民师书》。谢民师：名举廉，字民师，新淦(今江西新干)人，元丰八年(公年1085年)进士，颇有诗名，与叔父谢懋、谢岐，弟谢世充同榜登第，时称“四谢”。

行云流水：比喻文风的自然。初无定质：文章本无固定的

体式。

【赏析】

苏轼的《答谢民师书》写于宋哲宗元符三年（公元1100年），又题作《与谢民师推官书》。这一年，谢民师在广东做幕僚，恰遇苏轼从海南遇赦北还广州，遂带着诗文前往谒见，受到苏轼的赏识。苏轼离开广州后，谢民师多次写信问候。《答谢民师书》便是苏轼行至广东清远时写给他的第二封信。信中叙述了自己与谢民师的交谊，谈论了自己对文艺问题的见解：

“大略如行云流水，初无定质，但常行于所当行，常止于所不可不止，文理自然，姿态横生。”

意思说：写作文章应该像行云流水一样，开始并没有固定的体式，表达思想内容的时候，常常是该描写的时候就描写，该停止的时候就止住。文章思理自然，语言多姿多彩。

苏轼崇尚天然美的文章风格，他在信中称颂谢民师的文风，并针对文章作法与特点，发表了“如行云流水，初无定质”的美学主张，强调文贵自然，同时也强调文章写作应该“姿态横生”，表明他既看重自然流畅的文风，亦重视文采。他自己的创作就遵循了这一美学主张。他的《后赤壁赋》行文自然，多姿多彩，具有典型的“如行云流水”的文体特征。这种自由舒畅、无拘无束的文风，对于表达他那旷达、乐观、自由的个性最恰当不过了。他自己对此也是颇为自负的，在《文说》一文中，他评价自己的作品是：“吾文如万斛泉源，不择地而出，在平地滔滔汩汩，虽一日千里无难；及其与山石曲折，随物赋形，而不可知也。所可知者，常行于所当行，常止于不可不止，如是而已矣。”这与他在《答谢民师书》中的观点正好互相参证，表明他崇尚平易自然的文风是一贯的，也是躬身力行的。事实上，苏轼提倡的这种贵在自然，“如行云流水”的文章境界，苏轼自己首先达到了。

苏轼崇尚天然之美，反对故为艰深之态，所以，他对扬雄“好为艰深之辞”的雕琢文风进行了严肃批评，进一步阐明“行云流水”的境界取决于内容，而非外在形式，这就更加明确地昭示出苏轼重天然、讲文采的文学观。

420 自其变者而观之，则天地曾不能以一瞬；自其不变者而观之，则物与我皆无尽也。

【注释】

选自宋·苏轼《前赤壁赋》。

一瞬：一眨眼的时间。物与我：指万物与人类。

【赏析】

苏轼的《赤壁赋》，通过对月夜泛舟的精心描写，表达了苏轼虽遭贬谪，身处逆境，寂寞孤独，但仍然超逸旷达的复杂心情。从文学体式上，《赤壁赋》属于抒情小赋，它不仅写景叙事生动有味，更在写景叙事中注入了诗人自己浓郁的主观感情，因而神情飞动，诗趣盎然；特别在情景交融之外，更能从物我（即主客观的契合）之间生发出哲理的意蕴。其中谈到对

人生、对宇宙的看法，说理的比重较大，却能做到情理交融，没有一点生硬拼接的感觉。所以究其内涵而言，《赤壁赋》更像是一篇哲理小赋：

“自其变者而观之，则天地曾不能以一瞬；自其不变者而观之，则物与我皆无尽也。”

意思说：从变化的一面看，天地万物没有一瞬是静止不动的；从不变的一面看，那么万物与人类在整体上是永存的。（反映出客观事物在不停地变化，而变化中又有相对稳定的一面。）

作者夜游长江，面对浩浩江水和月光下的赤壁，感触良多，于是以主客议论的笔法，抒写自己内心深处复杂而矛盾的感受和苦恼。

文中借客之口，寻问当年“破荆州，下江陵”“酾酒临江，横槊赋诗”的曹操而今安在？如此英雄一世的人物还不是随着时间的推移灰飞烟灭、不复存在了吗！因而产生了江山无穷，人生短暂，“千古风流人物”浪淘尽，空留山川遗迹的感慨，并发出“哀吾生之须臾，羡长江之无穷”的悲叹。

接着，作者又来了一个大转折，由悲而喜，转以答客问的方式，抒发了自己对宇宙人生的哲理思考：他论江水，称之为“逝者如斯，而未尝往也”，论明月，称之为“盈虚者如彼，而卒莫消长也”。这里，他以水的逝去而又长流、月的盈亏而又永生的现象，阐发变与不变、瞬间与永恒的关系，从而得出“自其变者而观之，则天地曾不能以一瞬。自其不变者而观之，则物与我皆无尽也”的结论。而这，正是诗人俯察人与宇宙之后的一种哲学领悟，相对于人生有涯的感慨，突显了诗人与大自然合而为一的心灵净化的境界。

苏轼仕途坎坷，长期贬谪，过着颠沛流离的生活，他既忧国忧民，又忧谗畏讥，既希望摆脱这些烦恼，面对残酷的现实又无力摆脱这些烦恼，不得已只好以一种旷达乐观的情绪来应对之。一方面是人生苦恼造成的复杂曲折的心境，一方面是物我参透的情感，这两种情感都在本句中恰当而婉转地表达了出来。由于这种表达是诉诸月下江流的景物，情生于景，理融于情，因而具有强烈的感染力和渗透力。

在记游文章中，要将叙事、写景、抒情较好地结合起来是比较容易的，但要将写景、抒情、说理融洽地结合在一起就比较困难了。然而在《赤壁赋》中，苏轼却游刃有余地做到了，显示出作者熔情、景、理于一炉的高超水平和驾驭语言文字的能力。

421 江流有声，断岸千尺。山高月小，水落石出。

【注释】

选自宋·苏轼《后赤壁赋》。

断岸：堤岸不相连属。水落：水位下降。

【赏析】

宋神宗元丰五年七月，苏轼贬谪湖北黄州，月夜游赤壁写了《赤壁赋》，同年十月，苏轼再游赤壁，又写了《后赤壁赋》。就文章内容而言，《赤壁赋》通过对月夜泛舟情景的描写，表达了苏轼虽遭贬谪，身处逆境，但仍然乐天达观的复杂心情。《后赤壁赋》则以《赤壁赋》为背景，完整地叙述了游赤壁的经过，以及承接上文的思想情感的变化过程，也是一篇著名的抒情文章。其中对自然景色的描写，尤为文评家所推赏。

“江流有声，断岸千尺。山高月小，水落石出。”

意思说：江水流动有声，堤岸不相连处有千尺长。山势高峻，因而月亮显得很小，水位下降了，江边的石头便裸露了出来。

这一句纯用白描，不假辞藻，自然工致，诗情丰腴，给人一种清新、纯净的感觉。这境界之所以如此美妙，是因为诗人情融于景，汲取自然景物的灵感，而后以素朴的语言，节奏明快、富有韵味地表达出来。以情写景，景中有情，风景与人格一致，所以在景物描写中，处处折射出作者深入景物内里的体察，流溢出浓郁的诗情，达到了“胸无杂物，触处流露，不知其所以然而然”的主客观契合的心理状态（王文濡《评校音注古文辞类纂》中引方苞语），因而有一种类似于陶渊明的“外枯而中膏，似淡而实美”的美感。

苏轼在古代诗人中，最倾慕晋代的陶渊明，自称“吾于诗人无所甚好，独好渊明之诗。渊明作诗不多，然其诗质而实绮，癯而实腴，自曹、刘、鲍、谢、李、杜诸人，皆莫及也”（苏辙《子瞻和陶渊明诗集引》）。苏轼热爱陶渊明的诗，所以在这篇赋中，其运笔行文便不知不觉地寻绎着陶渊明的风格特色，因而带有“外枯而中膏，似淡而实美”（苏轼《评韩柳诗》）的风味，像极了陶渊明的诗意美。本文佳句迭出，如“人影在地，仰见明月”“山鸣谷应，风起水涌”等等，都是这一类景物描写的杰出例子。

“水落石出”已经演化为成语，比喻事实真相最终暴露了出来。

422 贤者不必贵，仁者不必寿。

【注释】

选自宋·苏轼《三槐堂铭》。三槐堂：北宋初期王祐家的厅堂，因王祐曾植三株槐树于庭院而得名。“铭”是古代铭刻在器物上，用以颂德或引为鉴戒的文体。

不必：不一定。贵：富贵。寿：长寿。

【赏析】

古代相传，三槐象征朝廷官员中职位最高的三公。王巩是王素的儿子，王旦的孙子，王祐的曾孙。《宋史·王素传》中，附有王巩的传，称：“巩有隽才，长于诗，从苏轼游。轼守徐州，巩往访之……轼得罪，巩亦窜宾州。”王巩的曾祖父王祐曾在庭院中种植三棵槐树，并将居处取名“三槐堂”。苏轼与王巩交往甚深，遂写了这篇《三槐堂铭》，宣传王巩先人的功业和品格。文章以王巩的曾祖父王祐、祖父王旦、父亲王素三世功德富贵为据，议论天数有定，果报不爽，善恶之报，

必将至于王巩：

“贤者不必贵，仁者不必寿。”

意思说：贤者不一定富贵，仁者不一定长寿。

苏轼在叙文中交代写作《三槐堂铭》的原因时，称：“懿敏公（王素）之子巩与吾游，好德而文，以世其家。吾是以录之。”所以，这篇铭文是苏轼有感于王巩“好德而文，以世其家”而生发的议论。

但是，上天对人的果报是否必然？如果是必然的话，为什么贤者往往不能富贵，仁者往往不能长寿呢？

作者认为，天数之“定”，有一个由“不定”到“定”的发展过程。当天数处于“不定”的阶段，善恶果报就暂时显现不出来，这时就会产生“贤者不必贵”“仁者不必寿”的现象。以此为由，就可以解释为什么“盗跖”长寿，而孔子、颜渊却遭受了诸多厄运的原因。假如人们在这个阶段去强求上天果报，就会误认为上天茫然无知，不明善恶，不施报应。

所以，“贤者不必贵，仁者不必寿”只是天数处于由“不定”到“定”的发展过程中出现的暂时现象。因此，人们应该保持正确的态度，确信天数有“定”，耐心等待，积善修德，把善恶果报寄托到后世子孙身上。

王巩的曾祖父王祐曾以文章显于后汉、后周之际，并得到宋太祖的赏识，历仕太祖、太宗两朝，累任监察御史、中书舍人、兵部侍郎等职。功名富贵，可谓大矣。他在庭中种植三棵槐树，说：“吾子孙必有为三公者。”其实就是用这种方式激励子孙积极进取，去博取“三公”的高位。王祐之子王旦经过自己奋斗，官居宰相，位极人臣。王旦之子王素在朝中任学士，出任地方州郡长官。王祐的后世子孙确是应验了“三槐堂”取名的真意，三代都十分显赫发达。对此，苏轼用善恶果报的天命观来解释，称其“取必于数十年之后”，认为王祐积善修德，数十年之后，终于惠及子孙。同时，苏轼并以此确定，“王氏之福盖未艾也”，因而王巩的前途、福泽也是不可限量的。

显然，这样的解释是牵强的，唯心的，也是不能成立的。但苏轼鼓励人们去建功立业，修身养德，通过自己的努力博取社会地位，还是有积极意义的。

423 吾文如万斛泉源，不择地而出，在平地滔滔汩汩，虽一日千里无难。及其与山石曲折，随物赋形而不可知也。所可知者，常行于所当行，常止于不可不止，如是而已矣！

【注释】

选自宋·苏轼《文说》。

斛（hú）：古容量单位，十斗为一斛。滔滔汩汩(gǔgǔ)：水奔流的样子。赋：赋予，给予。

【赏析】

苏轼是宋代文艺才能最全面、创作成就最高的一位天才作家，英明天纵，古今一人！其文汪洋恣肆，姿态横生，自由驰骋，卓尔不群，其逸怀浩气超然于尘垢之外。其文论则融汇圆通，空灵超旷。他评价自己文章说：

“吾文如万斛泉源，不择地而出，在平地滔滔汩汩，虽一日千里无难。及其与山石曲折，随物赋形而不可知也。所可知者，常行于所当行，常止于不可不止，如是而已矣！”

意思说：我的文章犹如有一万斛水的泉源一样，随处都会涌出来，在平地上文思如汩汩滔滔的流水，一天流一千里也不难。等到它遇到山石等物体，能随山石高低婉转，自然事物是什么样，就变换成什么样，事前不能知晓。所知道的，常常是文思该继续的时候就继续，该停止的时候就停止！

苏轼是北宋文学大家，散文、诗，词、书、画均有大成就。他的文章如行云流水，文理自然，姿态横生，自由驰骋，为“唐宋八大家”之一，与欧阳修并称“欧苏”。他的词清雄豪放，奔驰旷大，浩气逸韵满怀，扩大了词的题材，革新了词的语言，为词的发展开辟了广阔途径，与辛弃疾并称“苏辛”，是豪放派的创始人之一。他的诗清新豪健，想象丰富，比喻新颖，洋溢着挥洒自如的才情和奇幻的想象，富有浪漫主义色彩，与黄庭坚并称“苏黄”。

正如他在《文说》中自我评价一样：他的文章犹如地下的泉水，随处可以涌现出来，在地面汩汩滔滔地奔流，一天一千里也不困难。遇到山石等各种物体，能随之曲折婉转，需要什么形状就赋予什么形状。写作中，常常是文思该继续时就继续，该停止的时候就停止。这反映出苏轼文思敏捷，放纵自如，左右逢源的大家气概。

显然，要做到这点，首先必须胸中先有“万斛泉源”，才能“不择地而出”；胸中空无所有，光凭技巧，是写不出好文章来的。苏轼的确是胸有“万斛泉源”的大作家，就其散文创作而言，那“万斛泉源”溢为政论和史论，涛翻浪涌，汪洋浩瀚，论证谨严，气势如虹；溢为游记、书札、叙跋等杂文，回旋激荡，烟波生色，题材丰富，手法多样。形成自然清新，奔放灵动，异趣横生，豪放不羁，卷舒自如的艺术特征。其次，刻画艺术形象必须合乎自然造化，“随物赋形”，得自然真态，重点在于把握好形神之间关系，做到以形传神，形神并茂。

苏轼还说：“夫昔之为文者，非能为之为工，乃不能不为之为工也。山川之有云雾，草木之有华实，充满勃郁而见于外，夫虽欲无有，其可得耶？”（《江行唱和集序》）在苏轼看来，文章是“充满勃郁”于内而不得不表现于外的东西，“充满勃郁”就是胸有“万斛泉源，不择地而出”，所以，这两句话正好互为补充，互为印证。

〖苏　辙〗

苏辙(1039—1112)，字子由，号颍滨遗老，眉州眉山(今四川眉山)人。北宋文学家。19岁时与其兄苏轼同登进士科。文学上支持并积极参与欧阳修领导的诗文革新运动，与父苏洵、兄苏轼齐名，

并称“三苏”，为唐宋八大家之一。宋仁宗嘉祐二年(公元1057年)进士。历任河南推官、右司谏、御史中丞、尚书右丞、门下侍郎等职。政治上反对王安石新法，多次受到排斥打击，累贬官，徙雷州、循州(今广东龙川)等地。诗文深受其兄苏轼影响，风格亦大略相似，成就不如苏轼。为文汪洋澹泊，情致婉曲，明白流畅，风格清新有奇气。诗歌多写景咏史、应酬唱和之作。晚年退居颍川(今河南许昌)，有《栾城集》。

424 江出西陵，始得平地，其流奔放肆大。南合沅湘，北合汉沔，其势益张。至于赤壁之下，波流浸灌，与海相若。

【注释】

选自宋·苏辙《黄州快哉亭记》。

其流：指长江水。肆大：水势浩大，不可阻挡。沅湘：即沅江、湘江。在今湖南境内。汉沔：即汉水、沔水。汉水初发源称漾水，流经陕西沔县（今称勉县）称沔水，合褒水后称汉水。张：开阔。若：相似，像。

【赏析】

宋神宗元丰二年(公元1079年)，苏轼因写诗讥刺新法，被诬陷入狱，史称“乌台诗案”。出狱后贬至黄州（今湖北黄州）任团练副使。其弟苏辙也因上疏营救而获罪，被贬至筠州(今江西高安)监盐酒税。兄弟情深，时有书信往来。元丰六年

(公元1083年)，谪居黄州的张梦得为观览长江江流，在自己住所的西南方建造了一座亭子，苏轼为它取名“快哉亭”。苏辙则写了《黄州快哉亭记》，以志纪念。文中以雄壮的笔势，描述了观览胜景：

“江出西陵，始得平地，其流奔放肆大。南合沅湘，北合汉沔，其势益张。至于赤壁之下，波流浸灌，与海相若。”

意思说：长江出了西陵峡，开始进入平地，水势变得奔腾浩荡，南与湘水、沅水合流，北与汉水、沔水汇聚，水势更加壮阔。流到赤壁之下，波浪滚滚，无涯无际，就像大海一样。

张梦得建“快哉亭”的目的，是为了观览长江景色以愉悦心神，所以从视觉感官上，鸟瞰长江，自然当先从江流着笔。作者以雄健的笔力，大笔挥洒，从三个方面描写长江壮阔的水面和奔流的气势。一是从西陵至平地：“江出西陵，始得平地，其流奔放肆大。”这是写长江从上游的瞿塘峡、巫峡滚滚而下，流出西陵峡后，地势变得平缓，没有了山石的阻挡，江水奔流因而更加迅急，水面也开始变得宽阔了。二是“南合沅湘，北合汉沔，其势益张”。当长江在南面同湖南境内的沅水、湘水相会，北面同陕西流来的汉水汇合后，江面益加广大。三是“至于赤壁之下，波流浸灌，与海相若。”长江流到黄州赤壁附近，江流浩浩莽莽，无涯无际，如同大海一般。这里写的赤壁，指的是黄州的“赤鼻矶”，与苏轼《赤壁赋》中的赤壁为同一个地方，虽然不是历史上赤壁之战的地方，但苏辙和苏轼一样，都以黄州赤壁写真的史实，聊以抒怀。

本句由远而近地描绘长江富于变化的景象，宛如一幅千里

江流图，气魄宏大，烟波满目，具有一种浩渺壮阔的阳刚美。

425 士生于世，使其中不自得，将何往而非病；使其中坦然，不以物伤性，将何适而非快。

【注释】

选自宋·苏辙《黄州快哉亭记》。

中：内心。病：此处指忧愁。坦然：心胸坦荡，不沾滞于物情得失。适：往。何适，到什么地方。

【赏析】

宋神宗元丰六年，张梦得贬谪黄州后，在住房的西南方修建了一座亭子。苏轼此时亦贬在黄州，他为这座亭子取名“快哉亭”。苏辙此时贬官筠州(今江西高安)监盐酒税，与苏轼互有诗文酬唱，他为这座亭子作记，写了《黄州快哉亭记》。文章由“快哉”着笔，从长江写起，至赤壁打住，以观江山形胜之快，阐释“快哉”含义。并由写景带出议论，畅言了自己对于世道人生的哲理体悟：

“士生于世，使其中不自得，将何往而非病；使其中坦然，不以物伤性，将何适而非快。”

意思说：士人生活在世上，假使心中不坦然，那么到哪里没有忧愁呢！假使胸怀坦荡，不因为外界事物的影响而妨害性情，那么到哪里没有欢乐呢！

在苏辙的心目中，“快哉”是人心灵上清通旷达的感觉。他以此观照苏轼、张梦得二人，认为他们贬谪黄州后，仍能胸襟坦荡，不为物欲伤害性情，自放于山水之间，达到了“何适而非快”的境地，因此具有这种通达的心胸怀抱。

士处于人世之间，应该怀抱怎样的人生态度？作者从两方面判断认为：一是假如一个人心中没有自得之乐，那么无论到什么地方，他都不会愉快；二是假如一个人心中坦然自若，不为外界事物的影响而伤害自己的本性，那么无论到什么地方，他都不会不愉快。作者认为，苏轼在长期的谪居生活中旷达自持，随遇而安，“此心安处是吾乡”。张梦得贬官黄州期间，深受苏轼达观思想影响，“不以谪为患”。作者据此认为，张梦得之能愉快，说明他内心有过人之处，即使住在极其简陋的蓬门破窗里，也不会有什么不快乐的事。何况现在张梦得贬居黄州，可用长江的清流来洗涤，能与西山的白云相对揖，有极尽耳目的乐趣，自然不会不快乐了！这就说明，士处于社会生活中，应该像张梦得和苏轼一样，心中坦荡，不因个人遭遇而影响心境，便能从壮丽的自然景物中获得生活的乐趣。

所以，人生的快与不快，不在于个人境遇的顺逆，而在于自己的内心是否坦然。如果自己内心坦然了，那么到哪里没有快乐呢！这里，作者在赞扬张梦得、苏轼襟怀坦荡的同时，其实亦是在自勉。作者本人也是身处逆境而胸怀旷达，“不以物伤性”的人，所以无论到哪里都不会没有快乐！

426 盖天下之乐无穷，而以适意为悦。

【注释】

选自宋·苏辙《武昌九曲亭记》。武昌：今湖北鄂城。城西有九曲岭，岭上有亭，名九曲亭，是东吴孙权留下的遗迹。苏轼贬黄州(今湖北黄冈)，重建此亭，苏辙为之记。

穷：穷尽。适意：适合意兴。悦：愉快。

【赏析】

宋神宗元丰二年(公元1079年)，苏轼因“乌台诗案”，贬任黄州团练副使。其弟苏辙上疏营救，亦获罪贬筠州(今江西高安)监盐酒税。苏轼身处逆境，举步维艰，却能以旷达的胸怀，寄情山水林泉，随遇而乐。次年五月，苏辙专程到黄州看望苏轼，并同游武昌西山。兄弟二人诗文唱和，共勉互励，没有流露出失意沮丧的情绪。苏轼重建武昌九曲亭时，苏辙写了这篇《武昌九曲亭记》，以志纪念。

“盖天下之乐无穷，而以适意为悦。”

意思说：天下开心的事多得很，其中尤以适意为最快乐。

元丰二年十二月，苏轼贬居黄州后，经常与友人宴游于武昌西山，“埽叶席地，酌酒相劳，意适忘反”，表现出一种旷达超脱的情怀。九曲亭高远幽深、清旷超逸的环境，淡化了苏轼对个人仕途穷通的计较，他的心灵得到了净化，宠辱皆忘，所以“以此居齐安三年，不知其久”。

人的心灵的创伤，是能够在大自然的宁静中得到抚慰熨平的。九曲亭建成后，苏轼最乐。所以作者不仅描写九曲亭山势的奇特秀丽，更突出描绘了它那“萧然绝俗，车马之迹不至”的宁静。因为正是这片难得的宁静，让苏轼流连忘返，获得了一种恬然自适的心境。

苏轼政治上一次次遭受沉重的打击，宦海沉浮，饱受人世沧桑之苦，却能乐观地对待，投身自然，忘情山水。就是因为他有“以适意为悦”的处世态度，轻外物而重自身，轻功名而贵顺心，超然物外而逍遥自乐，所以每每能够身处逆境而昂首青云，不为外物所惑。

所以，人们要想保持“适意为悦”的人生态度，只有置个人得失于度外，乐观豁达，投身自然，才能充分领略山水之胜，林泉之美，从中获得审美的愉悦和快乐。

〖黄庭坚〗

黄庭坚（1045—1105），字鲁直，号山谷道人，又号涪翁。洪州分宁（今江西修水）人。宋英宗治平四年（公元1067年）进士。曾任叶县（今属河南）尉、秘书丞、国史编修等职。新党执政贬为涪州（今重庆涪陵）别驾。复职不久，又以“不实”之罪贬往宜州（今广西宜州）。与秦观，张耒，晁补之合称“苏门四学士”。其诗与苏轼齐名，并称“苏黄”。在诗歌理论上，反对西昆体，提倡学习杜甫、白居易、韩愈。因过分强调书本知识和形式技巧，给人以华而不实、文浮于意的感觉。讲究修辞造句，主张字字有来历，提倡“夺脱换骨”“点铁成金”等创作手法，后来成为江西诗派的创作纲领。诗风生新瘦硬。亦工词，词风豪放疏宕，接近苏轼。书法与苏轼、米芾、蔡襄并列为北宋四大家。有《山谷集》《松风阁诗》及词集《山谷琴趣外篇》传世。

427 盖以俗为雅，以故为新，百战百胜……此诗人之奇也。

【注释】

选自宋·黄庭坚《再次韵杨明叔并序》。

以故为新：使用前人的陈言，尤其是用非诗化的成语和冷僻的典故来增强诗歌语言的新鲜感。

【赏析】

黄庭坚在《再次韵杨明叔并序》中，谈及诗歌词语运用时，强调说："盖以俗为雅，以故为新，百战百胜……此诗人之奇也。"苏轼也说过相同的话，他在《题柳子厚诗》中说："诗要有为而作，用事当以故为新，以俗为雅。"所以，"以俗为雅""以故为新"成了宋代两位文学大家不约而同的艺术原则：

"盖以俗为雅，以故为新，百战百胜……此诗人之奇也。"

意思说：大概以俗事俗物俗语写诗，以及在诗中使用前人陈言，以带来新鲜感，而且每次都能取得突出效果的……这就是诗人了不起的才能。

本句说的"俗"，涉及字、韵、句、意四个方面。"忌俗"是历代诗家一再强调的。宋人魏庆之《诗人玉屑》卷五："陈参政（去非）少学诗于崔（鶠）德符，尝问作诗之要。崔曰：

凡作诗，工拙所未论，大要忌俗而已。”南宋严羽《沧浪诗话·诗法》：“学诗先除五俗：一曰俗体，二曰俗意，三曰俗句，四曰俗字，五曰俗韵。”元代杨载《诗法家数》：“诗之忌有四：曰俗意，曰俗字，曰俗语，曰俗韵。”明代李东阳《麓堂诗话》：“秀才作诗不脱俗，谓之头巾气；和尚作诗不脱俗，谓之？馅气；咏闺阁过于华艳，谓之脂粉气。能脱此三气，则不俗矣。”但苏轼、黄庭坚等大家，却不一概地反对俗，而是主张“以俗为雅”。“以俗为雅”有几种情况：

(一)采用方言、俗语、俗谚入诗，杜诗被认为是这方面的杰出代表。宋僧惠洪《冷斋夜话》说：“句法欲老健有英气，当间用方言为妙。如奇男子行人群中，自然有脱颖不可干之韵。老杜八仙诗序李白曰：‘天子呼来不上船。’方俗言也，所谓襟纫是也。”意谓一个披发左衽的奇士(喻方言俗语)，突然出现在一群谦谦揖让的贤人(喻典雅的纯诗语言)之中，反显得超凡脱俗。这里，方言俗语的使用不仅使诗歌朴实和富有生活气息，而且是使诗歌充满力量(健)和生命(气)的有效手段。这种认识在宋代十分普遍，如北宋蔡絛《西清诗话》提出，诗当“间用”俗语，北宋周紫芝《竹坡诗话》引苏轼语“街谈巷议，皆可入诗，但要人熔化耳”。

（二）采用具有民间文学性质的歇后语或借代字。南宋叶梦得《石林诗话》载，苏轼、黄庭坚都对歇后语入诗有兴趣。借代字的使用更为宋人注意，北宋佚名《漫叟诗话》载陈本明话说：“前辈云作诗当言用，勿言体，则意深矣。”北宋惠洪《冷斋夜话》亦是：“用事琢句，妙在言用，而不言其名耳。”如黄庭坚《题竹石牧牛》有意用“峥嵘”代山石，“觳觫”代牛。这种用法，与俄国形式主义批评家提出的文学“陌生化”手法如出一辙，施克洛夫斯基在分析托尔斯泰的作品时说：“故意不说出熟悉物品的名称，使熟悉的也变得似乎陌生了。他描绘的物品像是第一次看见一样，描绘的事件也像是第一次发生的那样。”这可以看作是对宋人“妙在言用”的最好注释。

(三)采用官府公文中的套语，如南宋杨万里《诚斋诗话》把用“法家吏文语为诗者”归入“以俗为雅”一类。苏轼诗“避谤诗寻医，畏病酒入务”，黄庭坚诗“旧管新收几妆镜”，都是典型的吏文书语。

“以故为新”指的是：在诗歌创作中，使用前人的陈言，尤其是使用非诗化的成语和冷僻的典故，来强化诗歌语言的新鲜感。唐人也在诗歌中使用成语典故，但这些成语典故已经在历代诗人的沿用剔择中成为一定情感和意义的诗化语词了。宋人提倡和使用的，多是被摒弃于唐诗语词系统外的陈言：(一)经语，即儒家经典中的词语。南宋杨万里《诚斋诗话》认为：“诗句固难用经语，然善用者，不胜其韵。”(二)《史记》《汉书》中的词语。《王直方诗话》引黄庭坚语说：“作诗使《史》《汉》全语为有气骨。”(三))稗官小说语。许尹《黄陈诗注序》称黄庭坚和陈师道写诗是“虞初稗官之说，隽永鸿宝之书，牢笼渔猎，取诸左右”。(四)禅语。范季随《陵阳先生室中语》记韩驹言：“古人作诗多用方言，今人作诗复用禅语，盖是仄陈旧而欲新好也。”

宋人认为，这类出自经、史、子(小说、佛典)部的非诗语词，以诗的语言形态出现在典雅的诗歌中，会产生一种新奇陌生的效果。由于突破了唐诗语词系统并跨越诗歌与学术两种不同经验领域，这类非诗化的陈言便能造就诗歌“不胜其韵”的魅力和充满力度的“气骨”。

“以俗为雅”“以故为新”，是宋人寻求语言革新，变习见为新知的手法。但以黄庭坚为首的江西诗派将“以故为新，以俗为雅”作为对“古人之陈言”“点铁成金”“夺胎换骨”的同义语而奉为创作的基本纲领，忽略诗人的思想感情，对生活的观察、体验和积累，其末流甚至以借鉴代替创造，陈陈相因，导致形式模拟，则走入另一极端，受到后人非议。

〖严　羽〗

严羽，　南宋文学批评家。字仪卿、丹邱，号沧浪逋客，邵武(今福建邵武市)人。事迹不详。曾受学于包扬，并为戴复古所推重。一生际遇坎坷，浪迹江湖。李南叔集其遗作，辑成《沧浪吟》，并请黄公绍作序，赞其为人“粹温中有奇气”“为诗宗盛唐，自风骚而下，讲究精到”。所作《沧浪诗话》为宋代诗话之佼佼者。书中分诗辨、诗体、诗法、诗评、诗证五部分，分别探讨诗歌创作理论，阐述诗歌体制、风格，研究诗歌写作方法，评议历代诗人、诗作，考证诗人、诗作时代、本事、真伪等等。其中“诗辨”为全书纲领，强调以“识”为主，推崇盛唐李、杜，提倡“妙悟”说，重视“别材”“别趣”，要求遵循艺术规律，创作具有“兴趣”特征的富有感染力的诗歌作品。针对江西诗派的流弊，严羽从审美角度出发，特别强调诗歌创作的艺术性和审美欣赏。

《沧浪诗话》是宋代以禅喻诗的集大成者，在明、清两代流传颇广，在中国诗论史上具有不容忽视的地位和影响。

428 盛唐诸人惟在兴趣，羚羊挂角，无迹可求。故其妙处透彻玲珑，不可凑泊。

【注释】

选自宋·严羽《沧浪诗话·诗辩》。

羚羊挂角：据说羚羊夜间栖息，为防范别的野兽侵害，以角挂树枝而眠，树上不留一点爬行的痕迹。玲珑：明澈的样子。凑泊：拼凑。

【赏析】

严羽是南宋诗论家，“为诗宗盛唐，自风骚而下，讲究精到”，推崇李白、杜甫，他在《沧浪诗话》中，提倡“妙悟”说，强调诗人要有形象思维的才能，遵循艺术规律，诗歌创作要有美感形象，能引起人的审美趣味，富有感染力，而不仅仅是单纯地发议论、讲道理。针对江西诗派的流弊，严羽从审美角度出发，特别强调诗歌创作的艺术性和审美欣赏：

“盛唐诸人惟在兴趣，羚羊挂角，无迹可求。故其妙处透彻玲珑，不可凑泊。”

意思说：盛唐那些著名诗人，创作时只重兴趣，像羚羊夜间以角挂树枝而眠一样，没有一点痕迹可寻。所以他们诗歌的美妙之处在于，意象明晰，浑然天成，决不是拼拼凑凑写成的。

严羽论诗宗盛唐，尤其推崇李白、杜甫的诗歌。他在《沧浪诗话·诗辩》中高度评价唐代诗歌，赞赏说："诗者，吟咏情性也。盛唐诗人惟在兴趣，羚羊挂角，无迹可求。故其妙处，透彻玲珑，不可凑泊，如空中之音，相中之色，水中之月，镜中之象，言有尽而意无穷。"这里，严羽用"羚羊挂角，无迹可求"来形容唐代优秀诗歌。"羚羊挂角"的事典见于《传灯录》卷十六："道膺禅师谓众曰：如好猎狗，只解寻得有踪迹的；忽遇羚羊挂角，莫道迹，气亦不识。"说的是羚羊夜间栖息，为防范别的野兽侵害，以角挂树枝而眠，树上不留一点爬行的痕迹。严羽以此喻诗，认为优秀诗歌的语言必须自然天成，不落斧凿痕迹，诗的意境超脱自然，融于语言形式之中，如羚羊挂角，不留痕迹。他认为，盛唐诗歌完全具备了这种艺术特色，所以他形象地将其描绘为"空中之音，相中之色，水中之月，镜中之象"，以为"透彻玲珑，不可凑泊"。

"羚羊挂角，无迹可求"，与唐代皎然论诗"但见情性，不睹文字"，司空图论诗"不着一字，尽得风流"有一定继承关系。也是严羽以禅喻诗，以参禅比写诗的自然结论。

429 夫学诗者以识为主：入门须正，立志须高；以汉、魏、晋、盛唐为师，不作开

元、天宝以下人物。

【注释】

选自宋·严羽《沧浪诗话·诗辨》。

识：指对诗歌艺术的辨识能力，即诗歌欣赏者的艺术欣赏能力。

【赏析】

严羽在《沧浪诗话·诗辨》中，对诗歌创作与诗歌鉴赏，比较系统地提出了自己的观点和主张，他说：

“夫学诗者以识为主：入门须正，立志须高；以汉、魏、晋、盛唐为师，不作开元、天宝以下人物。”

意思说：要识别评价诗歌，首先必须提高诗歌艺术鉴赏力：一开始就要把路子摆正，立志向最优秀的前辈诗人学习；要以汉、魏、晋、盛唐的杰出诗人为师，而不能效仿开元、天宝以下诗人。

严羽提出的这个“识”，指对诗歌艺术的辨识能力，也即是指欣赏者的艺术欣赏能力。严羽认为，“识”的能力是学诗者(亦即欣赏者)首先必须具备的。要培养“识”的能力，必须阅读大量优秀诗歌。艺术对象的水平愈高，它所创造出来的懂得艺术的大众水平也愈高。如果作品艺术水平低下，就很难培养有高度艺术鉴赏能力的欣赏者。所以，必须了解哪些诗歌是最好的，哪些诗人是最优秀的，一开始就要把路子摆正，立志向最优秀的前辈诗人学习，即要向汉、魏、晋，特别是盛唐的杰出诗人学习，以李白、杜甫为中心，博取盛唐名家，对他们的诗加以理解、领会，“酝酿胸中”，以求彻底掌握，达到透彻之悟。这样才是正途，才会有所成就。而切不可以低劣平庸的诗人为榜样，否则误入歧途，愈走愈远，以致不可挽回。严羽还引用俗语：“学其上，仅得其中；学其中，斯为下矣。”“见过于师，仅堪传授，见与师齐，减师半德也。”强调学习对象和立志高低的重要性和必要性，应该肯定，严羽的这些见解是十分精到的。

严羽之后，多有以“识”论诗者。明代李东阳《沧州诗集序》谓：“必其识，足以知其窔奥，而才足以发之。”将“识”看作欣赏者能够对对象作出正确审美判断的主观条件。清代叶燮《原诗》也论到“识”，认为“识”是人们认识和把握事物特征、规律，鉴别美丑善恶真假的主观条件，诗人只有具备“识”的能力，才能逞胆使才，抓住生活中有普遍意义的东西加以概括提炼，创作出优秀作品来。

但是，严羽只重视盛唐以前，由此提出从盛唐以前的诗歌中去培养“识”的能力。后来，清代袁枚在《随园诗话》中提出，欣赏能力的培养，“学者当以博览为工”，就比严羽的观点更客观，更全面一些。袁枚认为，学习研究优秀作家作品是必要的，但还不够，还要善于鉴赏诗文作品，不仅要懂得韩愈的文章，会欣赏杜甫的诗，还要广泛地涉猎各种风格的作家作品，具有广博的知识，这样才能具有很高的艺术鉴赏力。

金代

〖王若虚〗

王若虚(1174—1243)，金代文学家。字从之，号慵夫，藁城(今属河北)人。入元自称滹南遗老。为人滑稽多智，而能雅重自持，谋事详审。早年勉力求学，以其舅周昂和古文家刘中为师。金章宗承安二年(公元1197年)进士，官鄜州录事，历管城、门山县令，皆有善政。入为国史院编修官，迁应奉翰林文字，又奉使西夏，还授同知泗州军州事，留为著作佐郎。金哀宗正大年间，在史院主持史事，修《宣宗实录》；书成，迁平凉府判官；不久召为左司谏，后转延州刺史，入为直学士。金亡，北归镇阳，隐居著述。其论诗反对模拟雕琢，推崇白居易、苏轼，对黄庭坚及江西诗派诸人表示不满。著有《滹南遗老集》。

430 善为文者因事出奇，江河之行，顺下而已。

【注释】

选自金·王若虚《文辨》。

善：擅长。为文：写文章。事：事件。奇：奇特，奇妙。

【赏析】

金代王若虚在《文辨》中论及诗文创作时，说：“陈后山曰：‘扬子云之文好奇而卒不能奇，故苦思而辞艰。善为文者因事出奇，江河之行，顺下而已……’此论甚佳，可以为后学之法。”主张文学创作应该因事出奇：

“善为文者因事出奇，江河之行，顺下而已。”

意思说：善于写作的人，依循事物本来的情态，创造出变化莫测的艺术效果，就如江河之水一样，只需顺其自然就行了。

金代文坛上，流行着一股追奇逐险、竞靡夸多的形式主义文风，为纠正这一弊端，王若虚主张写“真”去“伪”，反映现实生活，认为“哀乐之真，发乎情性”（《诗话》上），“文章唯求真是而已”（《文辨》一），与形式主义文风进行了卓有成效的论争。主张作家应依循事物本来的面貌和规律来表现事物，顺其自然，创造出变化莫测的艺术效果来。赞成苏轼的文学观，如“山川之秀美，风俗之朴陋，贤人君子之遗迹，与凡耳目之所接者，杂然有触于中，而发于咏叹”（《江行唱和集叙》），“有为而作”（《凫绎先生文集叙》）等主张，推尊苏轼随笔点染，任意挥洒，随物赋形，如“万斛泉源，不择地皆可出”，因而于纵横浩瀚之中，有其超妙自然的意境在。批评黄庭坚“以铺张学问以为富，点化陈腐以为新”，故“有奇而无妙，有斩绝而无横放”的做法，认为这有失于“浑然天成，如肺腑中流出”（王若虚《滹南诗话》）的主旨。

所以，王若虚主张的“因事出奇”，其实与苏轼“随物赋形”的精神是一致的，王若虚将之作为诗文创作的一个重要规律来提倡，对于纠正江西诗派的流弊，具有积极意义。

明代

〖刘　基〗

刘基（1311—1375），字伯温，处州府青田县(今属浙江)人。明代政治家、军事家和文学家。明朝开国功臣之一。刘基出身名门望族，自幼聪明好学，有神童之誉。元末至顺四年(公元1333年)进士，立志报国，曾任江西高安县丞、江浙儒学副提举等职，因朝廷昏庸腐败，屡受排挤，遂辞官归隐。元末农民大起义中，被朱元璋邀请出山，成为朱元璋参赞军务的重要谋士，为明王朝的建立和发展，立下汗马功劳。为人刚直，胆识过人，深通军事韬略，朱元璋尊其为“吾子房（张良）也”。民间有“三分天下诸葛亮，一统江山刘伯温”的称道。官至御史中丞兼太史令，封诚意伯。因与丞相李善长不和，洪武四年(公元1371年)辞归。后受构陷，忧愤而死。

刘基博通经史，兼擅诗文，是元末明初著名的散文家、诗人。散文善用寓言形式，文笔生动，富有形象性。其作于元末的《郁离子》，是一部寓言体散文集，触及当时社会许多重大问题，具有很高的思想性和艺术性。

431 观其坐高堂，骑大马，醉醇醴而饫肥鲜者，孰不巍巍乎可畏，赫赫乎可象也！又何往而不金玉其外，败絮其中也哉！

【注释】

选自明·刘基《卖柑者言》。

醇醴（lǐ）：味道醇厚的甜酒。饫(yù)：饱食。象：效法。

金玉：黄金和玉器。比喻美好。败絮：破烂的棉絮。比喻无用的东西。

【赏析】

刘基的《卖柑者言》，是一篇寓言性刺世短文，作于元代末年。文章以“金玉其外，败絮其中”的柑子为喻，紧扣一个“欺”字，对元末表面上冠冕堂皇而内里已腐败透顶的上层统治进行讽刺，反映那些文臣武将欺世盗名，自以为手段高明，可以掩人耳目，蒙骗群众，实际上却像皇帝的新衣，被百姓看得一清二楚：

“观其坐高堂，骑大马，醉醇醴而饫肥鲜者，孰不巍巍乎可畏，赫赫乎可象也！又何往而不金玉其外，败絮其中也哉！”

意思说：看他们坐在高堂上，骑着大马，喝足了美酒，吃腻了肥鲜美味，哪一个不是仪表堂堂值得敬重，光明显赫值得效法！然而他们哪一个又不是金玉其外，败絮其中呢！

杭州有个卖柑橘的人，很会贮藏柑子，经过一冬一夏的储藏，柑橘拿出来仍然色泽鲜艳，像新下树一般金黄澄亮，但是剖开一看，里面却是干枯无水，有如破絮。于是作者责怪卖柑人骗人，太过分了。卖柑人为自己辩解说：“我干这一行有多年了，我卖它，别人买它，从来没听到有什么议论，怎么偏偏您不满足呢？世上玩弄欺骗手段的人不少，难道只我一个人吗？如今那些佩戴兵符，坐在虎皮椅上的武将，威风凛凛地像是保卫国家的人才；那些高戴礼帽，拖着长带的文臣，神气十足地像是治理国家的栋梁；他们坐在高堂上，骑着大马，喝足了美酒，吃腻了鱼肉，表面上仪表堂堂，值得敬重，光明磊落，值得效法，不都是金玉其外么？实际上，这些人“盗起而不知御，民困而不知救，吏奸而不知禁，法致而不知理，坐糜廪粟而不知耻”，更说不上有孙武、吴起那样的韬略，也不能真正建树伊尹、皋陶那样的功业，不正是表里不一，败絮其中么！

作者以卖柑人之口，借题发挥，将为官者与柑橘作了类比，寥寥几笔，活画出一幅文恬武嬉群丑图，对那些饫甘厌肥、欺世盗名的文武重臣进行了辛辣的讽刺。

432 蓄极则泄，闷极则达，热极则风，壅极则通。一冬一春，靡屈不伸；一起一伏，无往不复。

【注释】

选自明·刘基《司马季主论卜》。

蓄：蓄积。闷：据涵芬楼所藏明刊本，应为閟。閟，关闭。壅：堵塞。靡：否定词。无：没有。

【赏析】

元代末年，刘基任江西高安县丞、江浙儒学副提举等职。因受排挤，辞官归隐，写了一部寓言体散文《郁离子》。作者善于通过文中的艺术形象，对元末的暴政和世风进行批判。这篇《司马季主论卜》节选自《郁离子·天道篇》。秦朝灭亡以后，东陵侯邵平被废黜，流落到长安以种瓜为生。他向汉初以占卜闻名的司马季主问卜，说道：

“蓄极则泄，闷极则达，热极则风，壅极则通。一冬一春，靡屈不伸；一起一伏，无往不复。”

意思说：蓄积满了就要宣泄，闭闷久了就要通气，太热了就会刮风，壅塞多了就会流畅。一冬一春之间，不会总是屈而不伸；事物有起有伏，没有只去不回的。

句中讲的六件事，都是人们习见的物极必反的自然现象：如水存蓄过多就要渲泄，人郁闷久了就要通达，天太热了就会刮风，河流壅塞多了就会开通；一冬一春之间，不会总是屈而不伸；事物有起有伏，不会总是有去无还。作者借这六种自然现象，表达自己对自然、人生的哲理思考：万物都在运动着、变化着，不会永远停留在一个位置上，也不会永远固定在一种形态中。而且，它们无不向自己的对立面转化。如果事物不运动了，静止了，事物的生命也就结束了。

433 昔日之所无，今日有之不为过；昔日之所有，今日无之不为不足。

【注释】

选自明·刘基《司马季主论卜》。

【赏析】

刘基的《司马季主论卜》通过寓言的形式，发表议论，阐述了一切事物无不向其对立面转化的辩证观点。

“昔日之所无，今日有之不为过；昔日之所有，今日无之不为

不足。”

意思说：过去没有的，今天有了不为过；过去有过的，今天丧失了也很正常。

作者认为，世间万物都在运动着、变化着，向着它的对立面转化，过去的显赫，很可能转化为今天的衰落，过去的贫穷，也很可能转变成今天的富有。他举例说：“是故碎瓦颓垣，昔日之歌楼舞馆也；荒榛断梗，昔日之琼蕤玉树也；露蚕风蝉，昔日之凤笙龙笛也；鬼磷萤火，昔日之金缸华烛也；秋荼春荠，昔日之象白驼峰也；丹枫白荻，昔日之蜀锦齐纨也。”意思说：你看那些碎瓦断墙，不就是过去的歌楼舞榭；那些荒树残枝，不就是过去盛开奇花异草的园林，那些蟋蟀和蝉儿鸣叫的地方，不就是过去龙笛凤箫演奏的场所；那些闪烁着鬼磷萤火的荒野，不就是过去金灯生辉、华烛碍月的大厦；那些吃苦菜、荠菜的人，不就是从前吃象白驼峰那种美味佳肴者的后代；那些长满了丹枫和白荻的寒郊，不就是过去生产华贵蜀锦和齐纨的闹市么！

这些互相转化的事实表明，事物向着自己的对立面转化是不可阻挡的客观规律，因而是不以人的意志为转移的。

所以，过去没有的，如今有了，这并不为过；过去有的，如今丧失了，那也不为不足。作者由此推论，一个政权，由兴盛走向衰落，甚至被新生的力量取而代之，也是事物发展的客观规律，不必大惊小怪。所以，刘基的这些观点，是在为新兴的革命力量鸣锣开道，提供理论根据，因而是进步的、积极的。

元末农民起义爆发后，刘基应朱元璋之邀出山，参赞军务，成为朱元璋的重要谋臣，为明王朝的建立和发展做出了不可磨灭的贡献。

〖李梦阳〗 

李梦阳(1473—1530)，明代文学家、诗人。字天锡，又字献吉，号空同子。庆阳(今属甘肃)人。后徙扶沟(今属河南)。明孝宗弘治七年(公元1494年)进士，授户部主事。迁户部郎中，监三仓。弘治十八年应诏上书，因弹劾孝宗张皇后弟寿宁侯张鹤龄，获罪下狱。正德初，为尚书韩文草疏弹劾刘瑾，又两次下狱，几致于死。瑾败，迁江西提学副使，以“陵轹同列，挟制上官”免职。后又因与宁王朱宸濠撰《阳春书院记》，再次入狱。后得释，削籍。家居近20年。李梦阳与何景明、徐祯卿、边贡、康海、王九思、王廷相等号称“前七子”。倡言“文必秦汉，诗必盛唐”，反对当时盛行的“台阁体”文风，令当时文坛耳目一新。但过于强调尊古、拟古，以致走上了食古不化的复古主义道路。诗文多“刻意古范，铸形宿模，而独守尺寸”之作，被何景明讥之为“古人影子”。晚年思想稍有转变，间有抚时感事、不满弊政、热爱家国的直抒胸臆之作。有《空同集》传世。

434 今真诗乃在民间。

【注释】

选自明·李梦阳《诗集自序》。这篇序为李梦阳晚年所作，文中联系自己的诗歌创作及自我评价，对民间歌谣作了极其重要的论述。

真诗：指反映百姓生活的民间歌谣。

【赏析】

李梦阳的《诗集自序》为晚年所作，文中联系自己的诗歌创作及自我评价，对民间歌谣作了极其重要的论述。他认识到民间诗歌“直出肺肝，不加雕刻”（李开先《市井艳词序》），反映了真实感情，出于自然，非文人诗所能企及。他在序中说：“曹县盖有王叔武云，其言曰：夫诗者，天地自然之音也。今途咢而巷讴，劳呻而康吟，一唱而群和者，其真也，斯之谓风也。孔子曰：‘礼失而求之野。’今真诗乃在民间。”

“今真诗乃在民间。”

意思说：当今民间诗歌才是真正的诗。

“真诗乃在民间”最初由明代王叔武提出，李梦阳表示赞同。稍后，李开先在《市井艳词序》中提出相同的看法：“故风出谣口，真诗只在民间。《三百篇》太半采风者归奏，予谓今古同情者此也。”李梦阳为矫正台阁体流弊，倡言“文必秦汉，诗必盛唐”（《明史·李梦阳传》），然而矫枉过正，由于过分强调格调、法式，走上了拟古袭古道路，导致形式模拟，写出的诗似“古人影子”。到晚年有所悔悟，承认“真诗乃在民间”，而自己的诗情寡词工，并非真诗。

宋元以来，民间文学由兴盛以至全面繁荣，这富有生活内容及其崭新的艺术形式，使文人的诗歌创作相形失色，因而引起了文人的重视，把目光转向民间。历代文人中，重视民间歌谣的人不少，然而一般均指《诗三百》中的国风和汉、魏、南北朝乐府。不免崇古陋今，取远遗近。而李梦阳独具眼光，强调民间的歌声从未绝息，慨叹采风无人。他把民间流行的俗调俚词、民歌民谣，比之国风，认为同是发自性情之真，只有古今的差别，而无雅俗的区分。这比历代只推重《诗三百》的人来说，自然更加全面可贵。

李梦阳还把民间诗歌与文人诗歌相比较，指出民间诗歌虽然文采不足，却有真情，往往在粗糙简朴之中具有深刻的表现力，音调、语气一本自然，能够体现出强烈的情感，不像文人诗以遣词造句为工，“出之情寡”，不能称作真诗。李梦阳还认为，民歌得风雅比兴之遗意，真实反映现实生活，充满现实主义精神。而文人诗徒以韵言为诗，并不能继承雅颂的传统。要解决文人诗存在的根本问题，必须学习、吸取民间歌谣的真实精神。

“真诗乃在民间”的观点，体现了当时重视通俗文学的时代风气，对于推动诗歌摆脱拟古道路和模拟桎梏，有一定积极意义。

〖谢　榛〗

谢榛(1495—1575)，明代文学家、诗人。字茂秦，号四溟山人、

脱屣山人。临清(今属山东)人。少眇一目。喜游侠，好交游，善度新声。年十六，作乐府商调，少年争相传唱。后折节读书，刻意为诗，遂以诗名。初与李攀龙、王世贞等结诗社，称为后七子。后为李、王排挤，削名于七子之列。诗主盛唐，但反对盲目拟古，主张“选李、杜十四家之最者，熟读之以会神气，歌咏之以求声调，玩味之以裒精华。得此三要，则浩乎浑沦，不必塑谪仙而画少陵也”。其诗以律、绝见长，工力深厚，颇富真意。清钱谦益《列朝诗集小传》评其诗云：“茂秦诗有两种：其声律圆稳持择矜慎者，弘、正之遗响也；其应酬牵率排比支缀者，嘉、隆之前茅也。”有《四溟集》《四溟诗话》传世。

435 诗有造物，一句不工，则一篇不纯，是造物不完也。造物之妙，悟者得之。

【注释】

选自明·谢榛《四溟诗话》。

造物：古人指创造万物的神灵。句中比拟创作灵感。悟：指领悟和把握，涉及继承传统和创作实践等各个方面。

【赏析】

明代前七子（李梦阳、何景明、徐祯卿、边贡、康海、王九思、王廷相）与后七子（李攀龙、王世贞、谢榛、宗臣、梁有誉、徐中行、吴国伦）为纠正台阁体弊病，树起复古旗号，以“文必秦汉，诗必盛唐”相号召，极力推崇先秦两汉散文、汉魏古诗和盛唐近体诗，论诗主格调，讲法度，以至从篇章结构到句法、词汇进行模拟，成就不高。但前、后七子的认识和作风并不完全相同。后七子中，谢榛以《四溟诗话》提出论诗纲领，主张出入于盛唐诸家，兼取众长，自成一家，其取法路径已经较为宽广。

“诗有造物，一句不工，则一篇不纯，是造物不完也。造物之妙，悟者得之。”

意思说：诗歌创作应有神气活力，其中一句没写好，那么整篇也就失去了神韵，这是因为诗歌创作中不完美。创作的神妙处，通过领悟能够得到。

谢榛论诗，注重艺术的特殊性和风格特色，为此提出了“造物之妙，悟者得之”的主张。他所说的“造物”，当指创作的灵感和完美的艺术表现力，他所说的“悟”，主要是领会和把握盛唐诗歌的艺术特性和风格特色。

谢榛十分重视“悟”的作用。他把诗歌创作比作有神灵在起作用，认为能达到“造物之完”的诗，才是好诗。作者认为，所谓“造物之完”，就是诗人从格调出发，写出有“性灵”“神韵”的诗，做到“婉而有味”，崇尚“隽永”，这样的诗，就是“造物之完”的好诗。

那么，诗人如何通过“悟”而臻于“造物之完”的境界呢？谢榛在继承宋代严羽妙悟说的基础上，主张“悟得”。他说：“诗固有定体，人各有悟性，夫有一字之悟，一篇之悟，或由小以扩乎大，因著以入乎微，虽小大不同，至于浑化则一。”又说：“阅书醒心，忽然有得。”即是说，诗人首先要

博览和熟读书本，以盛唐诸公为法，兼及各种风格，尤推崇杜甫“读书破万卷，下笔如有神”，特别强调熟读的功夫。其次是要求顿悟其法，如“凡作诗，须知道紧要下手处，便了当得快也。其法有三：曰事、曰情、曰景，若得紧要一句，则全篇立成。熟味唐诗，其枢机自见矣”。三是认为“格由主(指警句)定，意从客（指其余各句)生”，强调“作诗先得警句，以为发兴之端”，“忽然有得，意随笔生，而兴不可遏，入乎神化，殊无思虑所及。或因字得句，句由韵成，出乎天然，句意双关”。

谢榛认为，做到这些，尚只是“悟”的第一步。要臻于“悟”的极境，还必须进一步在博览熟读的基础上，将“万物”“千古”聚于“一我”“一心”，加以“易驳而为纯，去浊而归清”的淘漉，经过这样的陶冶、净化，才能心领神会，超脱形迹，通妙入化，达到“造物之完”的境界。

谢榛的这些观点，对继承前人经验、提高艺术技巧有可取之处。但谢榛讲的“悟得”和严羽一样，都是指熟参、熟读古诗基础上的妙悟，主要强调主观参悟，亦有其诗论的不足处。

436 子美曰“细雨荷锄立，江猿吟翠屏”，此语宛然入画，情景适会，与造物同其妙，非沉思苦索而得之也。

【注释】

选自明·谢榛《四溟诗话》。

子美：杜甫，字子美。宛然：仿佛；逼真地。

【赏析】

谢榛是后七子（李攀龙、王世贞、谢榛、宗臣、梁有誉、徐中行、吴国伦）中唯一提出较完备的论诗主张的人，《四溟诗话》就是他的论诗言论集。他论诗主张复古，标举盛唐，但反对尺尺寸寸的模拟、蹈袭古人成句，因此在如何取法前人的方法上，与前、后七子有许多不同。他强调格调，但也十分重视感兴，已开启明、清性灵说、神韵派之渐。他提出“情景适会，与造物同妙”的艺术主张，要求诗人情景相融，根据眼前景物翻出新意，是非常正确的，也是超越前人的。

“子美曰‘细雨荷锄立，江猿吟翠屏’，此语宛然入画，情景适会，与造物同其妙，非沉思苦索而得之也。”

意思说：杜甫的诗“细雨荷锄立，江猿吟翠屏”，宛然一幅图画，这是因为感情与自然景象融为一体，渗透到所写的景物之中，就能将艺术形象生动、鲜明地表现出来，这决不是沉思苦想得到的。

谢榛以杜甫“细雨荷锄立，江猿吟翠屏”为例，提出“情景适会”的观点，涉及诗歌的艺术表现力问题。意思说，诗人的情感与自然景象融为一体，渗透到所写的景物之中，就能将诗歌意象生动、鲜明地表现出来，自然写出好诗，达到艺术上“自然高妙”的境界。

谢榛认为，“诗乃模写情景之具”，强调诗歌以抒情写景为主。在情与景的关系上，古代诗人历来重视主观之情与自然的精神、气韵进行交流，让诗情和谐地与所写之景相融合。谢

榛继承这一传统，并有所发挥，在情景融为一体时，他始终把感情看作创作的主导方面，这就抓住了文学创作的关键之处。

谢榛之前，第一个从艺术表现范畴谈论“情”“景”关系的是南朝梁刘勰，他在《文心雕龙·物色》篇中说：“诗人感物，联类不穷。流连万象之际，沉吟视听之区；写气图貌，既随物以宛转，属采附声，亦与之而徘徊。”指出诗歌描绘自然景物的精神、面貌既要符合客观实际，又注意到了自然景物要和诗人感情合拍的问题。但刘勰的探讨是初步的。到了盛唐，王昌龄说道：“诗一向言意，则不清及无味，一向言景，亦无味；事须景与意相兼始好。”（《诗格》）晚唐司空图《与王驾评诗书》也谈到“思与境偕”的问题。然而，他们谈的“思”“意”并非纯粹指“情”，所以仍不够明晰，直到南宋范晞文的《对床夜语》才对情、景交融的类型等进行了较为精辟的论述。此外，北宋的梅尧臣，南宋的张戒、姜夔，元代的杨载、范德机等，亦发表了较好的见解。以上这些见解，都对谢榛艺术观的形成产生一定影响。

437 夫情景相触而成诗，此作家之常也。

【注释】

选自明·谢榛《四溟诗话》。

融：融合。常：规律。

【赏析】

谢榛早就认识到，诗歌创作需要灵感。他说：“诗有天机，待时而发。触物而成，虽幽寻苦索不易得也。”他讲的“天机”，就是我们今天说的灵感。他指出：

“夫情景相触而成诗，此作家之常也。”

意思说：情和景相互作用，就产生了诗歌，这是作家创作的规律。

谢榛认为，诗人的“情”（或灵感）和客观的“景”（或物）相触，是诗歌产生的基础。在这个意义上，他进一步强调：“作诗本乎情景，孤不自成，两不相背。”意思说，情和景相互作用，互相依赖，缺一不可，只有单独的情或景，就不能产生诗歌。他还指出，“情景相触”有两种情况：一是“触景生情”，如“凡登高致思，则神交古人，穷乎退迹，系乎忧乐，此相因偶然，著形于绝迹，振响于无声也”。这是指感情对自然景象的顺应和契合；二是“借景抒情”，如“或有时不拘形胜，面西言东，但假山川以发豪兴尔”。这是指感情对自然景象的选择和熔化。但是，无论“情”以什么方式和景“相触”，情和景都不是并重的。谢榛认为：“景乃诗之媒，情乃诗之胚。”也就是说，景是创作的外界条件“媒”，是诗人借以抒情的媒介，而诗人内在的“情”才是“胚”，即诗的胚胎、灵魂。诗歌就是以情为胚而与景相结合而成的，二者必须浑然交融，“内外如一”“出入此心而无间”。这些论述不仅分清了矛盾的主次，而且切近了诗歌的本质特点，十分精辟。

诗歌较之其他文学样式，更带有主观色彩，更注重感情的抒写。“情景相触”而至“情景交融”，是诗歌创作的一条重要美学原则，也是中国诗歌艺术的优良传统。但是，由于受

“诗言志”说的影响和束缚，理论上对这一问题的总结和概括远远落后于创作实践。魏晋南北朝“诗缘情”之说兴起，尔后经隋、唐、五代，直至宋、元数代，“情景交融”才告形成。晋代陆机《文赋》和南朝梁钟嵘《诗品》，都曾论及诗是诗人情感被客观物景触发后产生的，但对情和景的关系及其接触方式缺乏深入探讨。谢榛是第一个使“情景交融”臻于完整、系统化的诗人，对诗歌创作论是一大贡献。

谢榛的见解对近代王国维的意境说产生了明显影响。王国维说：“文学中有二原质焉：曰景，曰情。”和谢榛的观点完全一致。

〖袁宏道〗

袁宏道(1568—1610)，明代文学家、诗人。字中郎，号石公，湖广公安(今湖北公安)人。万历二十年(公元1592年)进士。历任吴县知县、顺天教授、礼部仪制司主事、仪曹主事、吏部主事、考功员外郎、稽勋郎中等职，前后15年，曾三度解官归里，乡居的时间多于任官职的时间。为“公安派”创始者。文学家上倡导“独抒性灵，不拘格套”的创作主张，反对前后七子的模拟复古，强调“非从自己胸臆中流出，不肯下笔”，并在自己的诗歌、散文创作中加以实践。与兄袁宗道、弟袁中道并称“公安三袁”，而袁宏道声名最著。清代钱谦益《列朝诗集小传》评论说：“中郎之论出，王，李之云雾一扫，天下之文人才士始知疏瀹心灵，搜剔慧性，以荡除模拟涂饰之病，其功伟矣。”其诗文“宁今宁俗，不肯拾人一字”，真率自然，活泼清新。尤以游记和尺牍佳作最多。有《袁中郎全集》。

438 冰皮始解，波色乍明，鳞浪层层，清澈见底，晶晶然如镜之新开，而冷光乍出于匣也。山峦为晴雪所洗，娟然如拭，鲜妍明媚，如倩女之靧面而髻鬟之始掠也。

【注释】

选自明·袁宏道《满井游记》。满井：北京东北郊的地名。该地有一古井，“井高于地，泉高于井，四时不落”（《帝京景物略》卷一）。井旁苍藤丰草，掩映着清清泉水，亭台错落，景色优美，是当时京郊探胜的好地方。

冰皮：水面上一层冻冰。波色乍明：水波开始波光闪闪。鳞浪：像鱼鳞一样的波浪。冷光：令人感到发冷的光。娟然：秀美的样子。倩女：美女。倩，美好。靧（huì）面：洗面。髻鬟：古代妇女梳的环形发式。掠：梳理。

【赏析】

袁宏道是明代公安派代表人物，公安派在创作上主张尊重个性，“独抒性灵，不拘格套”（《小修诗序》），这使他的作品充溢着自由放纵的思想。他一生创作了大量山水游记，大多信笔直抒，不择笔墨。他的《满井游记》描写初春时节北京东北郊外美丽的景色，将自己对大自然的热爱和赞美之情倾注其间，成就了他独特的审美个性，是最能代表他美学风格的散文作品之一。

“冰皮始解，波色乍明，鳞浪层层，清澈见底，晶晶然如镜之新开，而冷光乍出于匣也。山峦为晴雪所洗，娟然如拭，鲜妍明媚，如倩女之靧面而髻鬟之始掠也。”

意思说：水面的冰刚开始融化，闪着波光，像层层鱼鳞一样，清澈见底，晶光闪亮犹如刚打开一面镜子，映射出了寒光。山峦被融化的雪水洗涤一新，像刚擦拭过一样，鲜妍明媚，像美女梳洗过，刚挽上发髻。

“冰皮始解，波色乍明”，点出余寒已退，薄冰初消，春水开始呈现出澄明的色泽。“鳞浪层层，清澈见底，晶晶然如镜之新开，而冷光之乍出于匣也”，描写微风吹过水面，漾起层层鱼鳞般的波纹，流水清澈见底，水波闪闪，好像清晨刚打开一面镜子，映射出一片寒光。这里，用了“新开”“乍出”二词来形容一天的起点，而用“始解”“乍明”二词来形容一年的起点，前后相互呼应，同一机杼，刻画十分工巧；用新开的明镜来形容春水的澄明，比喻也十分的优美贴切。

“山峦为晴雪所洗”一句，形容青葱的山色如同被晴日融化的雪水洗过一般．格外鲜妍明媚，像刚梳洗过的美人正在挽起她的发髻。这里，以“髻鬟之始掠”比拟春山，形象新颖，而“始掠”的“始”字，表明美人晨妆刚罢，一派清新秀美之气。这个比喻，与前面用明镜喻春水一气相通，由明镜而带出梳妆的美人，把春山春水融为一体，给人以相互生发的和谐之美。

本句采用白描手法，描写春水的美丽，物象鲜明生动，意境优美迷人，文字清丽、雅洁、秀逸，流淌着一股春的喜悦，令人感同身受。

439 曝沙之鸟，呷浪之鳞，悠然自得，毛羽鳞鬣之间，皆有喜气。

【注释】

选自明·袁宏道《满井游记》。

曝沙之鸟：在沙洲上晒太阳的鸟。曝，晒太阳。呷浪之鳞：在水面慢慢地吸水的鱼。呷，小口儿地喝。鳞，这里代指鱼。鬣（liè）：鱼类颌旁的鬐。

【赏析】

袁宏道的《满井游记》，是他一生中最具代表性的一篇游记散文。文中将北京郊外初春优美的自然风光形神兼备地描绘了出来，如鸟瞰满井，作者描写道："高柳夹堤，土膏微润，一望空阔，若脱笼之鹄。"仅用12个字，就将生机勃勃的春景凝练、洒脱、富于感情色彩地勾勒出来。接着用细腻的笔调，特写式的镜头，写水，写山，写田野。三组镜头，三个优美画面，依次展示春水之美、春山之美、杨柳之美、麦苗之美，构成了一幅初春二月北京郊外特有的风韵。随后，作者又移情入

景，写出了最富情趣的神来之笔：

“曝沙之鸟，呷浪之鳞，悠然自得，毛羽鳞鬣之间，皆有喜气。”

意思说：在沙滩上晒太阳的鸟儿，在水波中吸水的鱼儿，个个都那么悠然自得，它们的毛羽和鳞鳍之间，都流露出了喜色。

本句中，“曝沙”二字表现鸟的安闲恬静，“呷浪”二字刻画鱼的自由天真，炼字炼意，皆能传神写照，一动一静，将鸟、鱼写得跟人一样，在春光中悠然自得，活灵活现，享受着初春的清新气息。尤有甚者，作者还从鸟、鱼的“毛羽鳞鬣”之间，感受和发现了“喜气”，其体察物情，可说是深入其内里精神了。然而，这决不是鸟、鱼高兴，而是作者心中的喜悦之情投注到鸟、鱼身上，便感受到鸟、鱼身上也有了“喜气”。

显然，这里描写的，完全是一种人化的自然。作者将人的情感移入物中，使自己的情与物之景水乳交融，将春的无形情思化为有形的美景，便使这些景物处处都带上了诗意化的美丽和情感化的色彩。

我国著名美学家朱光潜在《美感经验的分析（三）物我同一》中谈移情作用时说：“最明显的例是欣赏自然。大地山河以及风云星斗原来都是死板的东西，我们往往觉得它们有情感，有生命，有动作，这都是移情作用的结果。”又说：“在聚精会神的观照中，我的情趣和物的情趣往复回流，有时物的情趣随我的情趣而定，例如自己在欢喜时，大地山河都随着扬眉带笑，自己在悲伤时，风云花鸟都随着黯淡愁苦。惜别时蜡烛可以垂泪，兴到时青山亦觉点头。”本句的描写完全符合朱光潜先生的分析，袁宏道用自己的情感审视自然，一切自然美便都具有了诗意，都成了美的和具有生命力的东西，以这种审美经验表现自然美，自然能够达到人们所极力追求的形神兼备的艺术境界。

〖汤显祖〗

汤显祖（1550—1616），字义仍，号海若、若士，别署清远道人，抚州临川(今江西抚州)人。明代戏曲家、文学家。万历十一年(公元1583年)进士，任南京太常寺博士、南京礼部主事。因上疏批评时政，贬广东徐闻县典吏，两年后迁浙江遂昌知县。因不愿依附权贵，遭到排挤，万历二十六年弃官回到临川，家居18年，以词曲自娱，67岁时卒于家中。他在戏曲创作上，反对拟古和拘于格律。明、清两代不少戏曲家，模仿汤显祖戏曲作品的文词和意境创作，被称为“玉茗堂派”或“临川派”。所作传奇《紫钗记》《牡丹亭》《南柯记》《邯郸记》合称“临川四梦”或“玉茗堂四梦”。代表作为《牡丹亭》。

440 世总为情，情生诗歌。

【注释】

选自明·汤显祖《耳伯麻姑游诗序》。

世：世上，世人。总：总是。

【赏析】

汤显祖崇尚真性情，称“歌诗者自然而然”“独有性灵者，自为龙耳”，强调世界是有情的世界，人生是有情的人生，因而提出一个“情”字，与宋、明之“理”相对抗，他在《耳伯麻姑游诗序》中说：

“世总为情，情生诗歌。”

意思说：社会生活的主体是情，而感情的激荡使人产生冲动，创作出诗歌作品来。

汤显祖是临川派戏曲的代表人物，论诗以言情为主，提倡抒写性灵，不拘格套。他说：“师讲性，某讲情。”认为社会意识形态分为“理”与“情”两种，理指宋、明理学家讲的义理、心性，是人为的东西，唯有情是天然的，最真实，最自然，最可贵，情的外在表现，就是当人的“情”被激发的时候，抒发出来而生成诗歌，因此极力强调情感在文艺创作中的作用，把表达真情实感作为对诗人的基本要求。他还认为，衡量诗歌作品是否真切动人，情感是极其重要的尺度，凡不由“情”感发出来的文艺作品都是没有生命力的。

汤显祖和公安派的三袁（袁宗道、袁宏道、袁中道）有密切来往，公安派标举性灵，汤显祖也有关于性灵的论述，他认为诗文大小有体，但只要有性灵，就有生气，就是好作品。所以，性灵是汤显祖对于真情的另一种表述。

汤显祖崇尚真情，追求个性解放，将现实生活中的“情”与理学家宣扬的抽象的“理”对立，“以情抗理”，具有明显的反封建礼教、反理学的进步意义，在当时反对后七子复古模拟的斗争中，亦发挥了积极作用。他的剧作《牡丹亭》，便是体现这一思想的最优秀的代表。

〖归有光〗

归有光（1507—1571），字熙甫，号震川，苏州昆山(今江苏昆山)人。明嘉靖四十四年(公元1565年)中进士。曾任长兴知县、顺德府通判等职。隆庆四年(公元1570年)升任南京太仆寺丞，朝廷留他在北京内阁制敕房参与撰写《世宗实录》，次年卒于北京任上。是唐宋派的著名代表人物。他坚决反对以王世贞为首的后七子推行的拟古主义创作方法，讥讽其“颇好剪纸染采之花，遂不知复有树上天生花也”。称“文章至于宋元诸名家，其力足以追数千载之上而与之颉颃”。他说：“盖今世之所为文者，难言矣。未始为古人之学，而苟得一二妄庸人，为之巨子，争附和之，以诋排前人。”“今世相尚以琢句为工，自谓欲追秦汉，然不过剽窃齐梁之余。而海内宗之，翕然成风，可为悼叹耳!”并明确表示，“余好为古文辞，然不与世之古人者合”。他的散文创作成就较高，独具风格。尤其是抒情散文，看似简淡，却感人至深。

441 借书满架，偃仰啸歌，冥然兀坐，万籁有声；而庭阶寂寂，小鸟时来啄食，人至不去。三五之夜，月明半墙，桂影斑驳，风移影动，珊珊可爱。

【注释】

选自明·归有光《项脊轩志》。

偃：仰卧。冥然兀坐：默默地端坐。珊珊：（露珠）明洁的样子。

【赏析】

归有光是明代中叶唐宋派古文的代表，他继承唐、宋古文言之有物的优秀传统，打破传统古文的禁区，把家庭琐事也写进文以载道的古文中去，较有新意。他的《项脊轩志》，就是围绕“百年老屋”的变迁，忆及许多往事和亲人，表达曾经感动和滋养了自己的无私而平凡的亲情。祖母的慈爱，母亲的关爱，妻子的情爱，晚辈的天真无邪，看似信笔写来，实则经过精心的选择和安排，将自己对亲人的思念和物是人非的感慨，寄寓在每一个人和每一件事的记叙中。这样的抒情散文，感情真切动人，受到许多人的赞赏：

“借书满架，偃仰啸歌，冥然兀坐，万籁有声；而庭阶寂寂，小鸟时来啄食，人至不去。三五之夜，月明半墙，桂影斑驳，风移影动，珊珊可爱。”

意思说：借来的书摆满书架，我在这里或仰卧歌唱，或默默端坐，能听到周围的天籁之声；院子里十分寂静，偶尔小鸟来啄食，看见人，也不飞走。十五的晚上，月光照在墙上，桂树的影子满地，微风吹来，桂影慢慢移动，明洁而可爱。

本句围绕“室仅方丈，可容一人居”的小书斋，记述了它修葺前后的情况。修葺前，十分破旧，漏雨：“百年老屋，尘泥渗漉，雨泽下注。”而且非常昏暗：“又北向不能得日，日过午已昏。”然而，就是这样一间小陋室，经过添窗检漏，种植花木之后，居然成为作者幽雅而有风致的小书斋了。

作者以一种动人心弦的清淡朴素，细腻地描绘了小书斋及其环境的幽美：“借书满架，偃仰啸歌，冥然兀坐，万籁有声；而庭阶寂寂，小鸟时来啄食，人至不去。三五之夜，月明半墙，桂影斑驳，风移影动，珊珊可爱。”语言清新自然，情感细腻亲切，如出水芙蓉，清新自然地透出景物的温新可爱，看似平淡如水，却蕴含着一股浓浓的诗情，恰如王锡爵所说：“无意于感人，而欢愉惨恻之思，溢于言语之外。”（《归公墓志铭》）所以，清代散文家姚鼐推之为“太仆（指作者）最胜之文”，王世贞也称誉其“不事雕饰而自有风味”。

〖钟　惺〗

钟惺(1574—1624)，明代文学家，竟陵派代表人物。字敬伯，一作景伯，号退谷，湖广竟陵(今湖北天门)人。万历三十八年(公元1610年)进士，曾任南礼部仪制司主事、祠祭司郎中、福建提学佥事等职。与同里谭元春评选唐人诗为《唐诗归》，隋以前诗为《古诗归》，一时间，“承家之士，家置一编”，十分风行。于是名满天下，谓之“竟陵体”。其文学主张与公安派相近，提倡抒写“性灵”，文随时变，反对当时风靡一时的前后七子的复古主义，但又以为公安派作品俚俗、轻佻，提出以“幽深孤峭”补救，并且身体力行，抒写孤僻的情怀与感受，追求形式上的险僻，用怪字，押险韵，有一定特色，但也出现了结屈聱牙、冷僻苦涩的弊病。有《隐秀轩集》。

442 西折纤秀长曲，所见如连环，如玦，如带，如规，如钩；色如鉴，如琅玕，如绿沉瓜，窈然深碧，潆回城下者，皆浣花溪委也。

【注释】

选自明·钟惺《浣花溪记》。浣花溪：又名濯锦江，也叫百花潭，是成都郊外一处风景名胜。

琅玕(lánggān)：似珠玉的美石。窈然：幽深的样子。委：指水的下游。潆（yíng）回：水流回旋的样子。

【赏析】

成都西郊外浣花溪一带，风光旖旎，景色秀美。沿岸溪水碧绿清澈，曲折蜿蜒，在茂密的树林中时隐时现。两岸小桥亭台，柴门茅舍，坐落井然。唐代大诗人杜甫寓居四川时，曾在这里筑草堂而居，留下了200余首脍炙人口的诗篇。因此唐、宋以来，这里成为人们流连观赏的风景胜地。钟惺考中进士不久，受派入蜀，特意探访了杜甫在浣花溪的行踪遗迹，写下了这篇著名的《浣花溪记》。文中以清夷简淡的笔触，细致生动地描绘了浣花溪曲折、清幽的景色：

“西折纤秀长曲，所见如连环，如玦，如带，如规，如钩；色如鉴，如琅玕，如绿沉瓜，窈然深碧，潆回城下者，皆浣花溪委也。”

意思说：浣花溪纤秀曲折，在绿树掩映丛中时隐时现，远远望去，呈现出像连环、玦、丝带、规、钩的形态，颜色则如镜面、琅玕、沉水的绿瓜，幽深碧绿，迂回流到城下处，那便是浣花溪下游了。

本句一气写了浣花溪三大特点：“纤秀长曲”“窈然深碧”“潆回城下”。对于前两大特点“纤秀长曲”“窈然深碧”，作者分别用了两组博喻来形容：“如连环，如玦，如带，如规，如钩”，这是写其“形貌”；接着写它“如鉴，如琅玕，如绿沉瓜”，这是绘其“色彩”。作者妙喻联珠，语言极富形象化，将浣花溪的形态颜色惟妙惟肖地呈现在了我们眼前，描写细致，惟妙惟肖，令人有身临其境之感。第三个特点“潆回城下”，是一个远景模糊镜头，看不真切，也无须细致刻画，只说溪水远远流到城下，那已经是浣花溪的下游了。

浣花溪水一路迤逶曲折，碧潭深幽的景致，正是通往杜甫草堂的路径，故作者专此说明：“然必至草堂，而后浣花有专名，则以少陵浣花居在焉耳。”意思说，整条溪水，只有流经杜甫草堂的一段才叫浣花溪，原因是当年杜甫曾在此建草堂寓居。

浣花溪人杰地灵，引起了人们对于杜甫的仰慕和缅怀，溪流泉壑也因之而更加美丽清幽。

〖张　岱〗

张岱(1597—1679)，明末著名文学家，字宗子，又字石公，号陶庵，又号蝶庵，山阴(今浙江绍兴)人。出生于一个累世通显的官僚家庭，“少为纨绔子弟，极爱繁华”。服食豪侈，尽享荣华，但始终没有做过官。明亡后，他中年已过，家道败落，意绪苍凉，遂隐居浙江剡溪卧龙山中，著书自遣。他的诗文取公安、竟陵两派之长，自成一家，于写景抒情中充满故国之思。文尤清俊，描写生动，造语新奇。他的小品散文题材广泛，记录了作者的生活实际，也反映了明末现实社会的某些侧面，成就最大。其中描写自然风景的文字，语言简洁，形象鲜明，饶有诗意。著作甚丰，有《琅嬛文集》《西湖梦寻》等。

443 雾凇沆砀，天与云、与山、与水，上下一白；湖上影子，惟长堤一痕、湖心亭一点与余舟一芥，舟中人两三粒而已。

【注释】

选自明·张岱《湖心亭看雪》。湖心亭：在今浙江省杭州市西湖中。

雾凇：雾气。沆砀(hàngdàng)：白气弥漫的样子。长堤：指西湖中的白堤。芥：小草。指微小的事物。

【赏析】

张岱的小品，长者千把字，短者一二百字，笔墨精练，风神绰约，洋溢着诗的意趣。他的《湖心亭看雪》就是这样一篇小品。作者记叙十二月隆冬多雪之时西湖看雪的情景。大雪后，湖山封冻，冒寒赏雪的人不多，夜里到湖上看雪的人更少。西湖雪夜，万籁无声。周围山上堆满厚厚的积雪，雪光映着云天，湖面上一片雾气朦胧：

“雾凇沆砀，天与云、与山、与水，上下一白；湖上影子，惟长堤一痕、湖心亭一点与余舟一芥，舟中人两三粒而已。”

意思说：湖上雪光、水汽混漾不分，天与云与山与水，上下一片白色。远远望去，湖上只有长堤一线痕迹，湖心亭一个小点，一叶小草般的小舟，以及舟上两三个小颗粒般的人。

这一句写的是从高远处俯瞰湖中雪景的情形：云天山水，“上下一白”，湖上白茫茫混沌一片，唯有长堤“一痕”、湖心亭“一点”、余舟“一芥”，点缀在这片晶莹雪白之中，整个景色犹如一幅淡雅的水墨画。

为表现天空、云层、群山、湖水之间混沌难辨的景象，作者连用三个“与”字，将天、云、山、水紧密地联系起来，这三个“与”字，使这些自然景象一下子变得活动起来，在上的天、云，在下的山、水，一片混茫的白，让人感到“上下一白”景象更加自然形象，生动贴切，仿佛就在眼前。

同时，作者将“长堤一痕”“湖心亭一点”“余舟一芥”“舟中人两三粒”这些不同方位的景色，通过多点透视法，同时绘在一幅画面上，朦朦胧胧，犹如一首梦幻诗，给人以依稀恍惚之感。而且，由“长堤一痕”，到“湖心亭一点”，到“余舟一芥”，再到“舟中人两三粒”，其镜头逐渐变小，量词“痕”“点”“芥”“粒”等，也是一个小似一个，这种从小而更小的变化，是随着视线移动，小船荡漾，渐次发生的，读之浑然不觉。

尤见功力的当数量词的锤炼，“上下一白”之“一”，形容雾凇笼罩人间，天地浑然难辨，唯觉广大无边；而“一痕”“一点”“一芥”之“一”，则状其依稀可辨，似有若无，远远看去，唯觉其小。这一系列“一”的运用，令画面境界立出。

本句文字表面写景，其实蕴涵有深于景色的意义，它让我们深切感到，在这片混沌的世界中，作者那种人生天地间，茫茫如“太仓稊米”般渺小的深沉感慨。

清代

〖黄宗羲〗

黄宗羲（1610—1695），字太冲，号南雷，又号梨洲。余姚（今浙江余姚）人。明末清初著名的思想家、哲学家、史学家。其父黄尊素是明末东林党著名人物，因反对宦官集团，明天启六年被魏忠贤所害，死于狱中。明末崇祯时，黄宗羲曾进京为父讼冤。受遗命师从刘宗周，是复社领导者之一。他关心朝政，反对宦官专权。清兵南下，他招募义兵，成立“世忠营”，坚持抗清，被南明鲁王政权任为左副都御史。鲁王失败后，他遭到迫害，四处流亡。晚年著书讲学，隐居不仕。他治学缜密，学识渊博，对经史百家以及释道、天文、算术、乐律等都有所研究。与孙奇逢、李颐并称“三大儒”。论诗主张反映现实，内容多表现故国之悲和怀旧之感。文学成就主要表现在散文方面。风格朴实深沉，不事雕琢，富有爱国主义精神。有《南雷文定》《明夷待访录》传世。

444 古者以天下为主，君为客，凡君之所毕世而经营者，为天下也。今也以君为主，天下为客，凡天下之无地而得安宁者，为君也。

【注释】

选自明·黄宗羲《原君》。

毕世：毕生。经营：操劳，谋划。

【赏析】

黄宗羲以启蒙思想家和历史学家独有的眼光和思想角度，审视、观照古代君主的地位及其作用，他在《原君》中指出，古代君王原是要为天下人操劳的，后世君王改变了这种性质，反过来把天下视为个人的产业，不但个人享尽天下富贵，还把它传给后世子孙，因而成了天下的大害：

“古者以天下为主，君为客，凡君之所毕世而经营者，为天下也。今也以君为主，天下为客，凡天下之无地而得安宁者，为君也。”

意思说：古代社会以天下人为主，君王为客，所以君王为天下人的利益毕生操劳；今天社会以君王为主，天下人为客，所以全天下都为君主所驱使，没有一处能够得到安宁。

作者认为，古代社会和现在社会君民关系截然不同，古代社会以天下为主，君王为客，所以古代君王毕生的努力，都是为天下人的利益操劳，而“己又不享其利”。后世社会却完全颠倒过来，以君王为主，天下人为客，他们不学习、继承古代君王“不以一己之利为利”“不以一己之害为害”的思想，努力为天下人兴利除弊，而是自私自利，“视天下为莫大之产业”，在未取得王位前，为争夺这个产业，荼毒人民，“离散天下之子女”，并振振有词地说：“我固为子孙创业也。”取得王位后，更是“以我之大私为天下之大公”，为了一己之私利，敲骨吸髓，盘剥天下人民，搞得天下不得片刻安宁。如此一来，为君之道发生了质的蜕化，堕落成了为害天下的祸根，违背了当初设置君主的初衷。

所以，古代之君“以天下为主，君为客”，君主为天下人兴利除害，使人民安居乐业，因而得到人民的拥戴，将他们“比之如父，拟之如天”；今世之君“以君为主，天下为客”，把天下当做个人的私产，任意搜刮民脂民膏，以民不聊生换取个人的挥霍享乐，给天下人带来无穷祸害，因而必然引起民众的怨恨，“视之如寇仇，名之为独夫”。

作者指出，既然君主为祸天下，那么天下人便有权推翻他们，于是就产生了战争，有了王朝的更替。这些观点，体现出了民主的精神和批判意识，在当时具有振聋发聩的作用，甚至到了近代民主革命时期，仍然激动人心，具有鼓舞人们向封建专制主义进行最后决战的道义力量。

〖王夫之〗

王夫之（1619—1692），清初思想家、文学家、诗人。字而农，号姜（薑）斋，又号夕堂，自署船山病叟，衡阳(今湖南衡阳)人。少负俊才，读书一目十行。崇祯十五年(公元1642年)举人。清兵南下，曾于衡山举兵抵抗，兵败退至广东肇庆，应南明桂王之召，授行人。因上疏劾王化澄，几陷大狱，后入广西桂林依抗清名相瞿式耜。不久，桂林失陷，瞿式耜殉难，遂决计隐居著书。筑土室于衡阳石船山，名为“观生居”，潜心著述达40余年，学者称船山先生。其文章气节，可与黄宗羲、顾炎武鼎足而三。曾对历代诗歌进行评论，提出许多精辟见解。他的诗学六朝盛唐，取径甚高，内容多追怀往事，抒写抱负，寓意深刻，造语奇警，反映了当时的社会现实。亦能词。有《船山遗书》。

445 情景名为二，而实不可离。神于诗者，妙合无垠。巧者则有情中景、景中情。

【注释】

选自清·王夫之《夕堂永日绪论》。

情中景：把客观之景化为主观之景。景中情：把主观之情化为客观景物。离：分离，离开。神：高妙，神妙。无垠：无边。垠，边际，界限。

【赏析】

关于诗歌创作中情与景的问题，王夫之写过一篇文章《夕堂永日绪论》，专门进行论述。他认为在诗歌创作里，任何客观景物的描写，都包括了诗人的主观感受，打上了诗人的主观色彩：

“情景名为二，而实不可离。神于诗者，妙合无垠。巧者则有情中景、景中情。”

意思说：主观情感和客观景物名义上是两个东西，实际上密不可分。最高妙的诗作，二者达到了妙合无垠的境地。一般写得好的作品，则有以情写景的，或借景抒情的。

王夫之论诗，强调“以意为主”和“以主待宾”。他以此论述情与景的关系，认为情感应放在首位，景物描写服从于情

并表现情，使景中有情，情中有景，二者相辅相成，相互交融。情、景关系最理想的是二者达到“妙合无垠”、难分你我的境界。然而这是比较难的，一般情况下，就具体作品来说，则可以分为情中景和景中情两类。

“景中情”是把主观之情化为客观景物。它以描写外在景物为主，并在描写自然或社会生活景象的过程中，含蓄隐蔽地体现诗人的思想情感。从表面看，似乎是在客观地描写景物，但实际上却流露着诗人主观的情意。如李白《子夜吴歌》中“长安一片月”句，写的是长安月夜景象，但其中却蕴含着“孤栖忆远之情”。诗人在描写客观景象时，融情入景，并且借景抒情。“情中景”则是把客观之景化为主观之景。它以抒情为主，以所描写的景物形象为抒情服务，情感色彩明显而强烈。如杜甫《奉和贾至舍人早朝大明宫》诗中“诗成珠玉在挥毫”句，虽然写的是某种客观物象，但重点不在表现客观物象本身，而在于使客观物象带上主观色彩，以便更鲜明地突出抒情主人公的形象。

王夫之认为，“情中景”比“景中情”更难曲写，因为要使客观物象具备作者主观的思想感情，带上诗人的喜怒哀乐之情，是很不容易的。王夫之剖析了情、景关系后进一步指出：“不能作景语，又何能作情语邪？”意思说，不会写景的人，就不会抒写情感。不仅说明了主、客观的先后关系（先客后主），也说明只有“以写景之心理言情”，才能曲尽情态。

王夫之对情景交融这种艺术境界构成特点的分析，对后世诗歌理论产生了很大影响。近代美学家王国维《人间词话》中的“有我之境”与“无我之境”，就是从“情中景”“景中情”的基础上提炼出来的。

446 诗以道情。道之为言，路也。诗之所至，情无不至。情之所至，诗以之至。

【注释】

选自清·王夫之《古诗评选》卷四。

道：表达、抒发的意思。路：路径，方法。

【赏析】

王夫之论诗歌创作，主张以诗达情，以诗表现诗人的情感，他在《古诗评选》卷四中说：

“诗以道情。道之为言，路也。诗之所至，情无不至。情之所至，诗以之至。”

意思说：诗歌是用来表达情感的，写成文字就是诗歌，这是创作的方法。诗歌不管写什么，都是情感的表达。情感表达出来了，诗歌就写好了。

从汉代《毛诗序》的“发乎情”，到明代公安派的直抒性灵，历代许多诗论家都谈到诗歌与情感的关系，但把情感视作诗歌特有的表现对象，则是王夫之诗歌理论上的独到见解。他针对宋、明理学及其诗歌理论，提出“诗以道情”论相反拨。宋代理学家主张“存天理，去人欲”，反映在诗歌理论上，以程颐、邵雍为代表的诗人，把诗歌创作中的情感活动视作害道蔽性的人欲，认为作诗是“玩物丧志”，因此主张诗人写作

时，须排除诗歌中的情感因素，这就从根本上否定了诗歌的抒情性质。在这种创作风气下，宋、明诗坛出现了大量语录讲义押韵式的诗歌。

明代思想家李贽高张反对程朱理学的旗帜，提倡人欲，并以人欲去反对天理，但他把天理、人欲对立起来，却走了另一个极端。

王夫之则大胆提出，诗歌的特征就是以表现情感为主，学术文章的特征则以表现“理”“志”为主，二者有很大差别，职能不同，不能互相取代。而且在诗歌中，情与理、情与志不是对立的，而是相互生发，相融相依的。南宋严羽《沧浪诗话》在“诗有别趣，非关理也”之后，曾讲到“穷理”是诗歌创作之前的一种修养和准备，他说：“然非多读书，多穷理，则不能极其至。”但另一方面，严羽又要求诗歌的内容不能涉理，这成为其理论的一个缺陷。而王夫之则前进了一大步，强调诗歌创作不可无理，否则何以学诗，何以为诗。同时强调，情感仍然是诗歌中最基本的、最主要的因素，理与志都必须统一于情中，都必须出于“已情之所自发”。在王夫之看来，诗歌创作中情包容理，范围比理大，应当做到情中有理，“有无理之情，无无情之理”（《诗广传》卷一），所以，他反对缺乏情感色彩的抽象议论。

基于此，王夫之一面主张诗歌中要有“我”，有“情”，一面要求诗人跳出个人利欲得失，以“天下之忧乐”为忧乐，使抒发的情感具有社会意义，做到“心悬天上，忧满人间”（《古诗评选》卷五）。所以，王夫之“诗以道情”的观点，是要求情感达到个别与一般的统一，以表现更加广阔的社会内容。

〖叶　燮〗

叶燮(1627—1703)，清初诗论家。字星期，号已畦，浙江嘉兴人，后移居苏州。清康熙九年(公元1670年)进士。曾任江苏宝应县令。晚年定居吴江横山讲学，时称横山先生。他的《原诗》是一部有较为完整体系的诗论专著，系统地阐明了诗歌本源、特质、发展流变以及诗人修养等问题的看法，体现了唯物、辩证的文学观念。提出“诗有源必有流，有本必达末”，应“因流而溯源，循末以返本”，故以《原诗》名书。认为物、我(客体、主体)统一是诗歌创作之本，就被表现的客观事物(客体)来说，以理、事、情三者来概括，就创作主体来说，以才、胆、识、力四者为最重要。叶燮与当时文坛领袖王士祯同时，而早于沈德潜。因社会地位低微，诗论观点标新立异，与王士祯不同，所以不与时合。其论著亦未受到应有的注意。近来，叶氏的诗论愈来愈受到学术界的重视。

有《已畦文集》20卷、《诗集》10卷、《已畦诗集残余》1卷、《原诗》内外篇4卷、《汪文摘谬》1卷。

447 诗之基，其人之胸襟也。有胸襟，然后能载其性情、智慧、聪明、才辨以出，随遇发生，随生即盛。……由是言之，有是胸襟以为基，而后可以为诗文。

【注释】

选自清·叶燮《原诗》。

胸襟：指诗人的思想、志向、对事物的认识水平及分析能力，包括叶燮讲的才、胆、识、力等。基：根基，根本。

【赏析】

叶燮的《原诗》是一部有完整体系的论诗著作，他之所以以《原诗》名书，是因为他认为“诗有源必有流，有本必达末”，通过“因流而溯源，循末以返本”，就可以找到诗歌创作的根本。他说：

“诗之基，其人之胸襟也。有胸襟，然后能载其性情、智慧、聪明、才辨以出，随遇发生，随生即盛。……由是言之，有是胸襟以为基，而后可以为诗文。”

意思是：诗歌创作的根基，在于诗人的胸襟。有了胸襟，诗人的性情、智慧、聪明、才辨才能得以表现出来，随时都能触动、产生旺盛的诗情……这样说来，有这样的胸襟以为根基，然后就可以创作诗文了。

叶燮认为，诗人成就的大小，取决于思想志向的高低和对事物认识的深浅，志向远大、对事物(主要指社会生活)认识深刻，诗人的聪明才智才能得到充分发挥，丰富多彩的现实生活才能在诗中获得创造性的反映。叶燮把胸襟作为诗歌创作的基础，抓住了诗歌创作的关键。

但是，诗人光有“胸襟”还不够，他把诗歌创作比作兴建屋宇，除了基础外，还需要材料、技巧、文辞等要素共同发挥作用。首先，素材必须丰富，以便从中选择典型的题材去表现思想情感，即取材。叶燮认为，材料的选择和积累，主要是生活经验和书本知识的积累，因此强调深入生活，“不惮远且劳”，勤奋学习。但写入诗歌的题材，必须是经过诗人选择、提炼出来的典型材料。其次，要有写作技巧，如组织材料、谋篇布局等。布局的严谨、结构的巧妙、立意的新颖、形象的鲜明，都和写作技巧高低有关，都能表现出诗人的艺术才能，即匠心。叶燮认为，诗人的匠心主要表现在“自命处、着眼处、作意处、命辞处、出手处”，等等，包括确定主题、组织材料、安排结构、选择文辞等艺术技巧的各个方面。其三，注重文辞的作用，他说：“夫诗，纯淡则无味，纯朴则近俚，势不能如画家之有不设色。古称非文辞不为功；文辞者，斐然之章采也。……故能事以设色布采终焉。”叶燮认识到，文学是语言的艺术，语言文字功夫是诗歌创作最后的重要环节。诗歌的艺术性，只有靠文辞才得以最后表现出来。

要之，自“诗之基”至“设色布采”，是诗歌创作的全过程，缺一不可，但“胸襟为基”是其中第一要素，作为一个诗人，不仅要具备文学修养，更重要的还要有远大的思想和志向。

〖王士祯〗

王士祯(1631—1711)，清代诗人。字子真，一字贻上，号阮亭，又号渔洋山人，新城(今山东桓台)人。顺治十五年(公元1656年)进士，授杨州府推官。曾平反许多民间冤案，颇有政声。康熙三年(公元1664年)擢礼部主事，历国子监祭酒、经筵讲官、国史副总裁，官至刑部尚书。继吴伟业、钱谦益之后，为诗坛盟主达50年之久。其诗与朱彝尊并称“朱王”，影响很大。论诗创“神韵说”，强调“兴会神到”，追求“得意忘言”，认为诗歌境界以清淡闲远为高，语言以含蓄精炼为佳。对扭转清初模拟古人和以议论、学问为诗的风气起过积极作用。在诗歌意境的探索上也有贡献。其诗以抒情写景的短篇见长，技巧纯熟，意境淡远，语言典丽流畅，艺术造诣较高。亦工词。词风婉丽隽永，以情韵取胜，尤擅小令。钱谦益评其诗：“贻上之诗，文繁理富，衔华佩实。感时之作恻怆于杜陵，缘情之什缠绵于义山。”(《渔洋诗集序》)著有《带经堂集》《渔洋山人精华录》等。

448 大抵古人诗画，只取兴会神到。

【注释】

选自清·王士禛《池北偶谈》。

兴会：指诗人情感兴致爆发的一种冲动，是创作的有效契机与形象思维极为活跃的阶段，其中包含着把感受表现为形象的创作灵感。表面上看，“兴会”似乎是不期而至，偶然“情来、神来、兴来”，实际上，“兴会”是在某一特点环境或气氛中有所触发而产生的。神：指一种由此及彼、不受感观局限的想象活动。

【赏析】

王士禛论诗，倡导神韵说，影响了清代前期诗坛达百年之久。但神韵说的产生，却有着久长的历史渊源。神韵一词，最早见于唐代张彦远的《历代名画记》，书中《论画六法》有“至于鬼神人物，有生动之可状，须神韵而后全”。以后历代论画论诗中，对“神韵”都有进一步的深化和发展。王士禛在《池北偶谈》中论唐代诗人兼画家王维的画时，说道：

“大抵古人诗画，只取兴会神到。”

意思说：大抵古人创作诗画，只在情感兴致爆发，想象极为活跃，抓住刹那间稍纵即逝的联想完成的。

王士禛讲的“兴会神到”，是对其神韵说的进一步发挥。它包括两层互相关联的意思：一是诗人身临其境的直接体验，触发情感；二是凭借灵感，抓住刹那间的情景变化和稍纵即逝的联想。诗人“兴到神会”之际，往往伴随着剧烈的思想和情感活动，想象力异常活跃，可以做到“观古今于须臾，抚四海于一瞬”（晋代陆机《文赋》）。“兴会”之时，可状眼前之景，即景生情；“神到”之时，可以“心游万仞”（陆机《文赋》），虚构情中之景，意中之象，即可以从内心出发去捕捉形象，构成主观中的意象，借以抒写性情而富有神韵。所以，兴会源于情而表达情，是王士禛神韵说的关键。南朝梁刘勰在《文心雕龙·明诗》中说：“人禀七情，应物斯感，感物吟

志，莫非自然。”王士禛注意到了这一点，明确指出：“兴会发以性情。”（《带经堂诗话》卷三）揭示出了性情与“兴会”的因果关系。

王士禛的诗论思想，继承了南朝梁钟嵘“观古今胜语，多非补假，皆由直寻”（《诗品序》）的观点，主张即景会心，直抒性情。他对《古诗十九首》的艺术构思，给予高度评价，并特别强调作者的“情怀”。他说：“当其触物兴怀，情来神会，机括跃如，如兔起鹘落，稍纵即逝矣。有先一刻后一刻不能之妙。”（王士禛《带经堂诗话》卷二十九中）察觉到了灵感的倏忽变化、转瞬消逝的特点，要求创作时必须善于捕捉细微的情景变化和联想的飞驰。

王士禛强调“兴会神到”“天然入妙”的同时，并不否认诗人的学问工夫和后天的艺术修养。他认为，性情与学问必须“相辅而行，不可偏废”“学力深始能见性情”，把兴会和学问视作诗歌创作达到神韵境界的必要条件。由于神韵之作由“兴会神到”而来，因此其创作过程是自然天成的，非刻意雕琢者所能企及。王士禛称赞唐代王维、孟浩然诗有神韵，他在《渔洋诗话》中说：“律句有神韵天然，不可凑泊者。”又称王维《关梓州李使君》诗“兴来，神来，天然入妙，不可凑泊”（《古于夫亭杂录》）。鉴于此，他对唐代司空图《二十四诗品》中的“自然”一品极为推崇，列为“最上”品。

“兴会神到”是诗人的切身经验，也是诗歌创作的一条规律，表面看它属于人的“性情”范围，但真正的根源在于诗人的生活体验和实践。

〖袁　枚〗

袁枚（1716—1798），字子才，号简斋，又号随园老人，钱塘（今浙江杭州）人。清代文学家、诗人。自幼聪颖。乾隆四年（公元1739年）进士。历任江南溧水、江浦、沭阳、江宁等地知县。为官清正，不畏权势，有政绩。乾隆十三年辞官，寓居江宁，筑随园隐居其中，世称随园先生。论诗主“性灵说”，提倡不拘一格，抒写性灵，表达真性情、真感情，反对模拟唐、宋。强调作诗不可以无“我”，追求个性自由，具有反封建束缚的进步思想。与蒋士铨、赵翼并称“江右三大家”。其诗明白晓畅，空灵新巧，具有独特风格，艺术造诣较高。但内容多描写个人的性情遭际，缺乏深刻的社会内容。散文亦有不少名篇。有《小仓山房诗文集》、《随园诗话》传世。

449 书非借不能读也。

【注释】

选自清·袁枚《黄生借书说》。

【赏析】

袁枚在《黄生借书说》中，写了一个爱读书却没钱买书的青年黄允修，他家境贫寒，经常向作者借书看。借书能不能学好呢？作者的回答是肯定的。因为只有借书看，才会专心攻读，收到事半功倍的效果：

“书非借不能读也。”

意思说：书只有借来的才能认真阅读。

这一句开门见山，阐明了借书读的好处。因为有书的人不一定读书。例如藏书的人：一是天子，皇家有《七略》之全、四库之富，各类书籍应有尽有，“然天子读书者有几”？二是富贵人家，藏书满屋，“然富贵人读书者有几”？三是祖辈父辈积书无数，到了子孙辈，弃而不读者多矣。这三种人都不缺书读，却并没有好好读书，原因为何？

其实道理很简单：因为书是自己的，随时可以取来读，心里没有紧迫感，总想着来日有空再读，可是明日复明日，一天天懈怠下来，久而久之，便耽搁下来，束之高阁了。反之，如果是借来的书，担心主人随时可能索回，必然抓紧时间，刻苦阅读，收到的成效反而多多。一如作者幼时，家贫无书，一旦借书阅读，刻苦不懈，“有所览，辄省记”，这就是“借者之用心专”的缘故。后来，作者中了进士，有条件买书，家中也有了藏书，反而读得少了，以至于“素蟫灰丝，时蒙卷轴”，书上蒙满了灰尘，说明“书非借不能读”，肯定了借书读的好处。

黄生家贫，又好读书，只能借书来读，对这种学习精神，作者倍加赞赏，特别强调“书非借不能读”的道理，以此鼓励他珍惜时光，“读书必专”，充分体现了对后学者的谆谆告诫和关爱之情。

450 诗宜朴不宜巧，然必须大巧之朴；诗宜

淡不宜浓，然必须浓后之淡。

【注释】

选自清·袁枚《随园诗话》。

朴：质朴，自然。巧：雕琢精美。

【赏析】

袁枚以“性灵说”论诗，把抒写思想感情放在首位。他从真实、直率地表达感情的要求出发，在诗歌艺术上提倡自然清新、平易流畅之美，认为诗是写给人看的，是诗人与读者交流感情的工具，因此决不能走晦涩一路：“凡诗之称绝调者，其辞必不拗。”另一方面，他也反对直率浅露地言情。他认为诗虽以抒情为主，但感情不宜用概念化的语言直接抒发，主张由藻饰而达到自然之美：“熊掌豹胎，食之至尊贵者也。生吞活剥，不如一蔬一笋矣；牡丹芍药，花之至富丽者也，剪彩为之，不如野蓼山葵矣。味欲其鲜，趣欲其真，人必知此，而后可与论诗。”（《随园诗话》）他强调指出：

“诗宜朴不宜巧，然必须大巧之朴；诗宜淡不宜浓，然必须浓后之淡。”

意思说：诗歌以朴素为美，不宜讲究技巧，然而必须是大技巧中的朴素；诗歌以清淡为美，不宜过多修饰，然而必须是修饰后的清淡。

如何达到“大巧之朴”和“浓后之淡”呢？袁枚认为，诗人须由功力、锤炼而达到平淡、自然，他说：“明珠非白，精金非黄，美人当前，烂如朝阳。虽抱仙骨，亦由严妆，匪沐

何洁，非熏何香。西施蓬发，终竟不臧。若非华羽，曷别凤凰。”（《续诗品·振采》）同时要求在具体表达时，必须做到委婉曲折，所以又提出做诗要“曲”：“盖贵直者人也，贵曲者文也。”如此，便可以使诗歌创作既极人工，又自然流美，曲折多姿，写得“大巧若拙”，从而达到“大巧之朴”，“大巧若拙，而于诗文之道尽矣”。

“诗宜朴不宜巧，然必须大巧之朴；诗宜淡不宜浓，然必须浓后之淡”，是袁枚对诗歌艺术形式的辩证要求。他说：“余每作一诗，往往改至三五日，或过时而又改。何也？求其精深，是一半工夫。求其平淡，又是一半工夫。非精深不能超超独先，非平淡不能人人领解。”这是作者在自己的创作中努力实践“大巧之朴”的艺术主张。这里，“精深”，指锤炼深邃、隽永的主题；“平淡”，指在诗的形象语言上，要求鲜明、完整、贴切、浅显。同时，透过诗中的形象、语言，又能让人体会到深广的主题意义。这就有别于公安派的“信心而言，寄口于腕”的主张，对于提高诗歌创作的艺术水平，具有积极的意义。

〖姚　鼐〗

姚鼐（1732—1815），清代著名文学家。字姬传，一字梦谷，室名惜抱轩，人称惜抱先生，桐城(今安徽桐城)人。乾隆二十八年(公元1763年)进士，官至刑部郎中，充四库全书编修官。中年辞官，主持梅花、紫阳和钟山等书院共40年。他继承方苞、刘大櫆的古文主张，是桐城派古文的中坚人物。为文主张“义理、考据、辞章”三者并重，“神、理、气、味、格、律、声、色”不可偏废。其散文以“醇正严谨”著称，通常写得简洁清雅，自然明快，富有意韵。著有《惜抱轩集》。

451 苍山负雪，明烛天南；望晚日照城郭，汶水、徂徕如画，而半山居雾若带然。

【注释】

选自清·姚鼐《登泰山记》。

明烛天南：泰山上雪光明亮，照耀着南面的天空。烛，照耀。汶水：即大汶河。发源于山东省莱芜县东北的原山，向西南流经泰山南。徂徕(cúlái)：山名，在今泰安城东南四十里处。

【赏析】

泰山为五岳之首，山势雄伟，风景壮丽。千百年，不知有多少文人骚客为它倾倒，为它吟哦题咏，留下了大量的诗文、辞赋、绘画、书法等艺术瑰宝。姚鼐的《登泰山记》，就是其中一篇优秀的游记。它以简洁精练的笔法，通脱生动的语言，为我们描绘出了一幅冬季泰山日落的壮丽奇观：

“苍山负雪，明烛天南；望晚日照城郭，汶水、徂徕如画，而半山居雾若带然。”

意思说：苍山背负着积雪，雪光照亮了南面的天空，夕阳照耀着山下城郭，汶水、徂徕宁静如画；而半山环绕的云雾，像是一条轻柔的玉带。

乾隆三十九年(公元1774年)冬，作者辞官归里，从京城回乡途中，路过泰安。正是一年中最严寒的季节，作者却与好友——泰安知府朱孝纯，相约游览泰山。是日风雪交加，“道中迷雾冰滑，磴几不可登”。但作者二人不顾危险，坚持上了泰山极顶。傍晚时分，风雪初霁，放眼远眺，“苍山负雪”，眼前层层叠叠的山峰，披着皑皑白雪，银装素裹，一片晶莹剔透洁白世界；而“明烛天南”，落日照在雪山上，雪光上映南天，呈现出一派明亮光彩的颜色。向下俯瞰泰安城，汶水和徂徕山，沐浴在夕照中，呈现出一种静寂的美，而环绕山间的云雾，就像一条轻柔的腰带。

其中，“苍山负雪”中的“负”字，显出泰山的苍劲雄放，雪色壮丽，同时，这一“负”字，也将泰山拟人化，使之由被动化为主动，有了一种巨人般的神韵；“明烛天南”中的“烛”字，将雪光反射，拟为红烛夜照，更是出色地描绘出雪光映照南天的光彩。由于“负”“烛”两字炼得好，句中境界优美雄奇，能引起一种动感美的丰富想象。

而夕阳、城郭、高山、流水、薄雾……这些多姿多彩的景色，绘成了一幅泰山落日奇特、神秘、壮丽的全景图，色彩瑰丽，令人耳目一新，能够带给读者别具一格的审美情趣和精神愉悦。而作者的兴奋和喜悦之情，也在这鲜明生动的描述中流溢了出来。

452 极天云一线异色，须臾成五采；日上，正赤如丹，下有红光，动摇承之。或曰：此东海也。

【注释】

选自清·姚鼐《登泰山记》。

极天：天边。正赤：大红。

【赏析】

乾隆三十九年(公元1774年)冬，姚鼐以养亲为名，辞去官职，告归田里，道经泰安时，与挚友泰安知府朱孝纯相约同游泰山。他们顶风冒雪，不辞艰辛，上了泰山极顶，看到了泰山日落美景。第二天一早又登日观亭看日出，尔后写了这篇《登泰山记》。文中浓墨重彩地刻画了日出的壮丽景象：

“极天云一线异色，须臾成五采；日上，正赤如丹，下有红光，动摇承之。或曰：此东海也。”

意思说：天边先出现一线异色，顷刻之间变成了五彩朝霞，太阳跃出天地相连处，如丹砂一样鲜红，下面有红光翻涌承接。有人说，这就是东海了。

姚鼐登泰山的第二天，天不亮就与朱孝纯到了日观亭，坐等日出。日出前，风雪交加，一派严冬景象。从日观亭向东望去，山谷中云雾弥漫，群山朦胧，像无数白色的骰子耸立其间。接着，风雪消散，泰山日出的灿烂景象呈现在眼前：天海之际，现出一线奇异的色彩，瞬间变幻成五彩缤纷的朝霞。太

阳一点点喷薄而出，鲜红如丹，下面有红光摇动，那是远极天边的东海，在彩霞的映照下，波涛翻涌，托着一轮朝阳冉冉升起！这些景色的描写，笔到神至，层次分明，宛然在目，后面随手添一笔，“或曰：此东海也”，意境深远，回味无穷，更令人对泰山日出平添了诸多想象。

这就是作者为我们描绘的日出前后的精彩场面。然而，作者意犹未尽，又“回视日观以西峰”，须臾之间，山峰宛如披上了灿烂的朝霞，而阳光照射不到的地方，则依然白雪皑皑，晶莹洁白。在晨曦照耀中，峰峦起伏，红白交错，一个个弯腰俯首，宛如泥丸，令人联想起杜甫诗“会当凌绝顶，一览众山小”的境界，而《登泰山记》也因这些出色的描写而成为众多泰山游记中的佼佼者。

〖龚自珍〗

龚自珍（1792—1841），字瑟人，号定庵，浙江仁和（今浙江杭州）人。近代思想家、诗人。学识渊博，兴趣广泛，青年时期即有经世之志。道光九年（公元1829年）进士。殿试时，因提出革新主张，震动朝廷，但以“楷法不中程”，未列优等。官至礼部主事。道光十九年（公元1839年），辞官归里，主讲江苏丹阳云阳、杭州紫阳书院，两年后卒于丹阳云阳书院。精于经学、小学(文字学、训诂学、音韵学的总称)、目录学、金石学等，讲求经世致用，主张改革政治，抵抗外敌，是著名的资产阶级改良主义思想家，也是一位卓越的诗人和散文家。诗、词、文兼擅，以诗文成就最高。内容多讥切时政，抨击黑暗，歌咏光明，表达了不满现实，渴望变革的理想。风格瑰丽恣肆，别开生面，气势磅礴，充溢着饱满的爱国热情，富有艺术感染力。有《龚自珍全集》。

453 诗与人为一，人外无诗，诗外无人，其面目也完。

【注释】

选自清·龚自珍《书汤海秋诗集后》。

面目：精神，面貌。完：指诗歌创作摆脱束缚，充分表现诗人个性。

【赏析】

龚自珍是近代一位具有叛逆思想的诗人和散文家，诗、词、文兼擅，以诗文成就最高。他强烈要求个性解放，在诗歌中追求“童心”，在杂文里要解除对“病梅”的束缚，这些都鲜明地表现出对封建思想的叛逆。他的《书汤海秋诗集后》倡导“诗与人为一”说，并提出了一个新的论诗标准——“完”，是他要求个性解放在文学理论方面的体现。他说：

“诗与人为一，人外无诗，诗外无人，其面目也完。”

意思说：诗与诗人合二为一，人的个性外无诗，诗之外无人的个性，作品的精神风貌充分体现出诗人的个性品格。

龚自珍论诗，主张无拘无束地抒发个人的真情实感，充分表现诗人独特的创作个性。他在诗品和人品方面都推崇陶渊明和李白，反对“言不由衷”、流于空谈的“伪体”诗风，倡导“诗与人为一”说，认为李白、杜甫、韩愈、李贺、李商隐、吴梅村等人的诗歌，都是真性情的自我表现，达到了“人外无诗，诗外无人”的艺术境界。从他们的创作经验中，他提出一个崭新的论诗标准——“完”。他在《书汤海秋诗集序》中说：“何以谓之完也？海秋心迹尽在是，所欲言者在是，所不欲言而卒不能不言在是，所不欲言而竟不言，于所不言求其言亦在是。要不肯挦撦他人之言以为己言。任举一篇，无论识与不识，曰：此汤益阳之诗。”

这里，龚自珍明确指出，诗歌应该鲜明地烙下作者自己性格的标记，做到诗如其人。他在《识某大令集尾》中说：“文章虽小道，达可矣，立其诚可矣。”完也就是达，是要求诗人把自己在封建压抑下“所欲言”的东西、“所不欲言而卒不能不言”的东西统统表现出来，并且让读者能够“于所不言求其言”，只有这样，才能说得上是“完”。而要做到“完”与“达”，必须“立其诚”，专心抒发真情实感，达到“诗与人为一”，而不能“挦撦他人之言以为己言”。

龚自珍的诗论主张和创作实践，打破了清中叶以来诗歌重格调、形式僵化的局面，开一代关心国事民情的风气，对后来资产阶级维新派和革命派诗人产生了积极而又深刻的影响。

〖刘熙载〗

刘熙载(1813—1881)，清代学者、文学评论家。字融斋，江苏兴化人。道光二十四年(公元1884年)进士，改庶吉士，授编修，同治三年为国子监司业，官至詹事府左春房左中允、广东学政。精通经学、文学、语言学、天文算法。晚年主讲上海龙门书院达14年之久。所著《艺概》强调“诗品出于人品”，认为作品的艺术价值与作家的品德直接相关。考察作品首先要看思想内容及作家的思想品德。给予屈原、司马迁、李白、杜甫、苏轼、辛弃疾等作家以很高的评价，对艺术造诣较高而人品不佳的作者，则表示不满。主张文学作品应有独创性，要有“反传统”精神，对那种“于彼于此，左顾右盼，以求当众人之意”的庸俗文风，予以否定。但他要求用《六经》规范创作，把“温柔敦厚”“发乎情止乎礼义”的封建诗教作为创作的基本原则，亦有一定局限性。著有《昨非集》《艺概》等。

454 诗品出于人品。

【注释】

选自清·刘熙载《艺概·诗概》。

诗品：指诗歌作品的思想内容与艺术特点。人品：指诗人的道德修养和创作才能。

【赏析】

刘熙载是清代著名学者、文学评论家，精通经学、文学、语言学、天文算法。《艺概》是他主要的文艺理论著作。在《艺概·诗概》中，他重视作家的思想倾向与品德对作品的影响，强调诗歌的艺术价值与诗人的品行相关，要求人们在评论或鉴赏作品时，首先要看作品的思想内容及作家的思想品行：

“诗品出于人品。”

意思说：诗的好坏，决定于诗人品格的高低。

刘熙载认为，诗的好坏决定于人品，有什么样的人品，就有什么样的诗品，如“苏、辛皆至情至性人，故其词潇洒卓荦”。从这一原则出发，他推崇屈原、司马迁、李白、杜甫、辛弃疾等人的人品和作品，给予很高评价，而对一些艺术上有成就，但人品不高，或作品思想内容低下的作家则表示不满。如清代人论词，多推重温庭筠和韦庄，刘熙载却认为温、韦的词多描写歌姬舞女，“事不出于绮怨”（《词曲概》），价值不高。

“诗品出于人品”的文学批评思想是对前人理论的继承和发展。早在春秋时代的孔子、南朝梁钟嵘等人，就注意到人的道德修养与作品之间的关系。宋代朱熹《答杨宋卿》文也说：“志之所之，在心为志，发言为诗，然则诗者，岂复有工拙哉？亦视其志之所向者高下如何耳。”意谓衡量一个诗人高下，主要看他所言的志如何。志之所向者高，则诗格自高。朱熹所谓的志，主要指道德修养。他说的“今人不去讲义理，只去学诗文，已落到第二义”（《清邃阁论诗》），就涉及诗品与人品的关系，并且认为人的道德修养是第一义的。当然，朱熹讲的“义理”，是道学家的“义理”，持论不免过偏。到了元代，杨维桢《赵氏诗录序》认为："评诗之品无异人品也。人有面目骨体，有情性神气；诗之丑好高下亦然。"认为诗品是人品的表征：诗的格调是面目骨骼，属于诗的外形；性情神气属于诗的内美，因此，离开性情神气，便无真诗可言。

到了清代，关于诗品与人品关系的论述渐多。方东树(《昭昧詹言》)说："大约胸襟高，立志高，见地高，则命意自高。"沈德潜(《说诗晬语》)说："有第一等襟抱，第一等学识，斯有第一等真诗。"徐曾《而庵诗话》亦说："诗乃人之行略，人高则诗亦高，人俗则诗亦俗。"意谓人有好的道德修养和情操锻炼，才能写出若有神助的好诗。这些持论，都是颇有识见的。

〖黄遵宪〗

黄遵宪（1848—1905），清代诗人。字公度，别署东海公，嘉应州(今广东梅州)人。光绪二年(公元1876年)举人，翌年出任驻日本国大使馆参赞。光绪八年出使美国，任旧金山总领事。时值美国政府迫害华工，以外交官身份据理斗争，迫使美国当局释放被拘华侨。在此期间，目睹美国两党竞选丑剧，曾作《纪事》诗予以嘲讽。后又任驻英国大使馆参赞和新加坡总领事等职。光绪二十年回国。积极参加康有为、梁启超领导的资产阶级改良运动，在上海加入"强学会"，创办《时务报》。后官湖南长宝盐法道，署按察使，协助巡抚陈宝箴厉行新政。变法失败，革职归乡。是晚清"诗界革命”的一面旗帜。论诗主张“以言为体，以感人为用”，反对模拟复古，提倡“我手写吾口”。其诗表现强烈的反帝爱国思想，被称为“诗史”。疏于格律，用韵较宽，注意向民歌学习，创造一种能以旧风格含新意境的“新派诗”。诗风豪迈奔放，格调高昂，表现了资产阶级改良派奋发图强的精神。高旭(《愿无尽庐诗话》)评其诗谓：“黄公度诗独辟异境，不愧中国诗界之哥伦布矣。近世洵无第二人。”著有《人境庐诗草》《日本杂事诗》等。

455 诗之外有事，诗之中有人。今之世异于古，今之人亦何必与古人同。

【注释】

选自清·黄遵宪《人境庐诗草·自序》。

诗之外有事：指诗歌创作要为事而作，反映现实生活和斗争。诗之中有人：指诗人应在诗歌中抒发对时代社会的深切感受，表现自己独特的精神面貌和性情。

【赏析】

近代文学史上的杰出诗人黄遵宪，曾参加戊戌变法运动，文学上与康有为、梁启超、谭嗣同等提出并积极参与“诗界革命”运动，取得突出成绩，是“诗界革命”的一面旗帜。黄遵宪论诗，主张继承传统的言志、缘情说，但要求诗歌创作与资产阶级改良主义的政治主张相适应，强调社会生活实践在创作中的重要作用。在《人境庐诗草·自序》中，他系统地提出了自己的诗论纲领，指出：

“诗之外有事，诗之中有人。今之世异于古，今之人亦何必与古人同。”

意思说：诗歌创作要为事而作，反映现实生活和斗争，诗人应在诗歌中抒发对时代社会的深切感受，表现自己独特的精神面貌和性情。今天的时代社会不同于古代，今天的人又何必要学习效仿古人呢！

黄遵宪生活在鸦片战争后中国社会发生巨变的时代，西方资本主义打开了中国封建主义的大门，社会在向半封建半殖民地转化，跟鸦片战争前闭关锁国的封建帝国相比有了显著的不同。因此，黄遵宪要求诗人深入生活，了解社会，“通情阅世”“识时知今”，用诗歌反映新的时代，表现自己的性情面貌。他在《与梁启超书》中阐述说：“用今人所见之理，所用之器，所遭之时势，一寓之于诗。务使诗中有人，诗外有事，不能施之于他日，移之于他人。”

同时，在艺术表现方法上，黄遵宪要求诗人继承古人优秀传统，力求变化多样，而不与古人同。如何不同呢，他认为：

首先，复古人比兴之体和取《离骚》、乐府之神理而不袭其貌。他在与梁启超的信中解释说：“报中有韵之文，自不可少，然吾以为不必仿白香山之《新乐府》、尤西堂(侗)之《明史乐府》，当斟酌于弹词粤讴之间，句成三或九或七或五或长或短，或壮如‘陇上陈安’，或丽如‘河中莫愁’，或浓如《焦仲卿妻》，或古如《成相篇》，或俳如俳伎词，易乐府之名而曰杂歌谣，弃史籍而采近事。”体现了创新的精神。

其次，以单行之神运排偶之体和用古文家伸缩离合之法以入诗。这是以文为诗的办法，从唐代韩愈开始，到宋代欧阳修、王安石、苏轼，都在朝着这个方向走。黄遵宪所处的时代，现实生活内容比过去丰富复杂得多，以文为诗的方法，可以扩大诗歌的功能，充分反映新的时代内容。

再次，取经史古籍的词汇来表现新事物，用官书会典方言俗谚以述事。这样做，可以化腐朽为神奇，丰富诗歌语言。特别以方言俗谚入诗，是当时旧派诗最不愿意尝试的。

第四，炼格的问题，黄遵宪主张对曹、鲍以下到晚近小家，都要借鉴，汲取其精华；但在艺术上则要摆脱旧传统的桎梏，创造自己独特的面貌。

黄遵宪希望通过这些艺术手法，写自己“耳目所历”的“古人未有之物，未辟之境”，创造“不名一格，不专一体，要不失为我之诗”（《人境庐诗草·自序》）。他的“诗之外有事，诗之中有人”，就是要求诗人投身到时代社会生活中，去“识时”“通情”，反映现实生活，抒发对时代社会的深切感受，创造具有个性创新的又有时代特征的优秀诗篇。

然而，黄遵宪的诗论，只是在旧体诗范畴内的一种改良，因而他的诗歌理论和创作，也只能在旧体诗的范畴内求变，要真正改变诗坛现状，“变旧诗国为新诗国”，还是力不能及的。

近代

〖梁启超〗

梁启超（1873—1929），字卓如，号任公，别号饮冰室主人，新会（今广东新会）人。近代政治家、文学家、诗人。17岁拜康有为为师，参与发起“公车上书”，宣传资产阶级改良主义思想。戊戌维新变法时，是康有为的助手和领导人之一。变法失败后逃往日本，和康有为组织保皇会。辛亥革命后回国，出任北洋政府财政总长。反对袁世凯称帝。辞官后潜心学术著作。晚年鼓吹尊孔读经，反对新民主主义革命运动。是一位才华横溢、学识渊博、成就卓著的文学家。提倡诗界革命、小说界革命和文体改革。其诗词气势宏伟，慷慨激昂，多反映日益深重的民族危机，洋溢着饱满的爱国主义热情。创造了“新民体”散文，通俗易懂，产生广泛影响，为晚清文体解放和“五四”白话运动开辟了道路。有《饮冰室合集》《饮冰室文集》传世。

456 近世诗人，能熔铸新理想以入旧风格者，当推黄公度。

【注释】

选自近代·梁启超《饮冰室诗话》。

新理想：指当时资产阶级变法维新的思想。旧风格：指旧体诗的整套格律。黄公度：黄遵宪，字公度。

【赏析】

梁启超是一位资产阶级改良家，也是一位才华横溢、学识渊博、成就卓著的文学家。为了配合资产阶级改良主义运动，他和黄遵宪一道，积极倡导和推动诗界革命、小说界革命和文体改革，充分肯定黄遵宪在诗歌创作上的革新努力，要求诗歌大力表现新的时代精神。他说：

“近世诗人，能熔铸新理想以入旧风格者，当推黄公度。”

意思说：当今诗人中，能够用旧体诗词形式表达新的社会理想的人，首推黄遵宪一人。

梁启超不以诗名，但善于论诗，要求诗歌反映时代社会生活，为宣传资产阶级改良主义服务。但他并不主张摧毁旧体诗的整套格律形式。他倡导的“熔铸新理想入旧风格”，只是要求在旧形式中写入新意境、新名词、口语、俗语、外来语等，以便使用旧的诗词形式来表现变革求新的思想和时代精神。他在《饮冰室诗话》中说：“革命者，当革其精神，非革其形式。……能以旧风格含新意境，斯可以举革命之实矣。”表明他的“诗界革命”思想和理论仅仅是一种改良主义而已。

梁启超的主张，对新诗的发展起过一定推动作用。但它毕竟只是旧瓶装新酒式的改良，所以并不能从根本上改变旧体诗的面貌。

〖王国维〗

王国维（1877—1927），字静安，一字伯隅，号观堂，又号永观。海宁（今属浙江）人。近代著名学者、词人。早年向往西学，深受叔本华、尼采哲学思想影响。光绪二十七年（公元1901年），东渡日本求学。回国后，先后任通州、苏州师范学堂教习。光绪三十二年入京，任学部总务司行走、学部图书馆编辑等职。辛亥革命爆发后，避居日本。1916年回国，任仓圣明智大学教授、北京大学通讯导师。1923年起，任溥仪南书房行走。1925年起清华大学文学院教授。两年后，自沉于颐和园昆明湖。入京后致力于词曲、甲金文、汉简和历代石经的研究，在哲学、教育、文艺、史学、文字学和考古学等多方面均有成就。精研词学，尤工于词。讲究意境，琢字炼句，风格凄清幽远。内容多厌世情绪。论词主“境界”说，提倡“自然”。著有《观堂长短句》《人间词话》《宋元戏曲史》等62种著作，其中43种被后人辑为《海宁王静安先生遗书》。当代有中国文史出版社出版的《王国维文集》四卷本。

457 词以境界为最上。有境界则自成高格，自有名句。五代、北宋之词所以独绝者在此。

【注释】

选自近代·王国维《人间词话》。

境界：原为佛学术语，文论家借以论文学。单言之称境，重言之称境界。境界有多种含义：可以指作品的精神界域，也可以指作品景物描绘的具体界域，可以指作品表现的诗人修养方面的造诣，也可以是诗人真切感受的表现。高格：格调高，上品。五代：唐朝灭亡之后，在中原地区相继出现的五个朝代，分别是后梁、后唐、后晋、后汉、后周。

【赏析】

王国维的《人间词话》是“五四”前文论上颇有影响的著作，该书以论词为名，实际上旁通各门艺术，是王国维艺术论的一本名著。文中“境界说”是他一大创新，也是对文艺理论的一大贡献。他曾自得地说：“沧浪(宋代严羽自号沧浪逋客)所谓兴趣，阮亭(清代王士祯号阮亭)所谓神韵，犹不过道其面目，不若鄙人拈出境界二字为探其本也。”又说：

“词以境界为最上。有境界则自成高格，自有名句。五代、北宋之词所以独绝者在此。”

意思说：词作以有境界者为优，有了境界自然格调高，自然有名句，五代、北宋时期的词作之所以优秀，原因就在于此。

王国维说的“境界”，主要指诗歌意境，包含两个因素：即意(情)与境。王国维认为，境界乃是“呈于吾心而见于外物”的产物，是意(情)与境的和谐统一。王国维自己撰写，而托名樊志厚刊行的《人间词乙稿序》说得更清楚：“文学之事，其内足以摅已而外足以感人者，意与境二者而已。上焉者意与境浑，其次或以境胜，或以意胜。苟缺其一，不足以言文学。”所以，诗词的境界，不仅仅指真实地反映客观现实的图景，其实也包括真实地反映诗人主观的情感。所以“境界”强调“写真景物，真感情”，要求“其言情也必沁人心脾，其写景也必豁人耳目”。也就是要情景交融，形象鲜明生动，具有强烈的感染力，能引发“景外之景”“象外之象”的联想，具

有“味外之味”、“韵外之致”的特征。王国维明确指出：“境非独谓景物也，喜怒哀乐亦人心中之一境界。故能写真景物、真感情者，谓之有境界。”

当代美学家朱光潜在《诗论》中对此解释说，人们欣赏自然景物，一方面，心情随风景变化，睹鱼游鸢飞而欣然自得，闻晨钟暮鼓而黯然神伤；另一方面，风景也随人心情的变化而变化生长，惜别时蜡烛似在垂泪，兴到时青山亦觉点头。这就是古人所说的“即景生情，因情生景”。如果诗词作品达到情景相生而且契合无间，情能称景，景能传情，就具有诗的境界了。每个诗的境界都必有“情趣”和“意象”。又说，诗的境界是情景的契合。宇宙中的事物常在变动发展中，无绝对相同的情趣，所以无绝对相同的景象。情景相生，即创造出诗的境界。同一景象，诗人贯注的情趣不同，创造出来的诗的境界亦各不相同。

境界从表现方法上讲，有“写景”与“造景”之分。所谓“写境”，就是作家真实地描写社会生活创造之境。所谓“造境”，就是作家主观虚构创造之境；前者采用的是现实主义的创作方法，后者采用的是浪漫主义的创作方法。从情与景结合的关系上讲，又分“无我之境”与“有我之境”。“无我”不是没有我，而是物我关系和谐统一，难于区分开来，“有我”则是物我对立。

境界因取景巨细，感受广狭不同而有大小之别，但不以大小定优劣。境界创造的关键在于诗人对宇宙人生是否能入与能出。入乎其内，与外物共忧乐，才能写出生气；出乎其外，才能静观而有高致。

王国维之前，明代陆时雍的《诗镜总论》，清代叶燮的《原诗》，袁枚的《随园诗话》都曾以境界论诗，而王国维把境界视为衡量诗歌高下的一个重要标准。他指出，不懂得境界，就不懂文学，不懂诗词。他评论姜夔词："古今词人格调之高，无如白石(姜夔号白石道人)，惜不于意境上用力，故觉无言外之味、弦外之响，终不能与于第一流作者也。"王国维讲的"言外之味，弦外之响"，就是含蓄、蕴藉、深邃、耐人寻味、诱人神往，就是虚实结合，"言有尽而意无穷"的境界。

境界说汲收西方美学、文学理论的某些原则，对中国传统诗学加以继承与改造，揭示了诗词创作的某些规律，因此具有重要的理论价值。

458 古今之成大事业大学问者，必经过三种之境界："昨夜西风凋碧树，独上西楼，望尽天涯路"，此第一境也；"衣带渐宽终不悔，为伊消得人憔悴"，此第二境也，"众里寻他千百度，蓦然回首，那人却在、灯火阑珊处"，此第三境也。

【注释】

选自近代·王国维《人间词话》。

凋：凋残，零落。衣带：衣服。带，衣服外面栓的腰带。伊：你，他。度：次，遍。蓦然：突然。阑珊：歇息，将尽。

【赏析】

王国维在《人间词话》中，论及文学创作时，认为古今能成就大事业的人，都必须经历三种境界。他说：

“古今之成大事业大学问者，必经过三种之境界：‘昨夜西风凋碧树，独上西楼，望尽天涯路’，此第一境也；‘衣带渐宽终不悔，为伊消得人憔悴’，此第二境也，‘众里寻他千百度，蓦然回首，那人却在、灯火阑珊处’，此第三境也。”

意思说：古今凡是有大作为的人，必须经过三种境界：一是“昨夜西风凋碧树，独上西楼，望尽天涯路”；二是“衣带渐宽终不悔，为伊消得人憔悴”；三是“众里寻他千百度，蓦然回首，那人却在、灯火阑珊处”。

王国维用三个词人的三段词，形容成大事业者、大学问者必须经历的三种境界。第一种境界，用的是宋代晏殊《蝶恋花》中的一句词，“昨夜西风凋碧树，独上西楼，望尽天涯路”，比喻人在逆境中，心志不衰，精神不倒，勤于探索的精神。第二种境界，用的是宋代柳永《蝶恋花》中的一句，“衣带渐宽终不悔，为伊消得人憔悴”，比喻为了实现自己远大的志向和理想，甘愿吃苦，不怕劳其筋骨，饿其体肤，历经磨难，终不后悔的精神。第三种境界，用的是宋代辛弃疾《青玉案·元夕》中的一句，“众里寻他千百度，蓦然回首，那人却在、灯火阑珊处”，比喻经过艰苦的探求，豁然有所领悟，有了突破，终于取得了成功的喜悦。

王国维在《文学小言》中，也说过相同的话："古今之成大事业大学问者，不可不历三种之阶级……未有未阅第一、第二阶级，而能遽跻第三阶级者。文学亦然。"他强调，要达到第三种境界，必须先经历第一、第二种境界，即能在逆境中精神不垮，意志不倒，历经千辛万苦、种种磨难而不后悔，才能坚持到底，最终走上成功之路，实现自己的人生理想。

后来，人们又用这三种境界来比喻创作构思中经历的三个阶段。

459 昔人论诗词，有景语、情语之分。不知一切景语皆情语也。

【注释】

选自近代·王国维《人间词话删稿》十。

景语：指寓情于景的写景之语，如南朝宋谢灵运《登池上楼)诗："池塘生春草，园柳变鸣禽。"情感比较隐蔽，含蓄。情语：指"以写景之心理言情"之语，如《诗经·小雅·采薇》："昔我往矣，杨柳依依；今我来思，雨雪霏霏。"情感的色彩比较强烈明显。

【赏析】

王国维在《文学小言》中说："文学中有二原质焉：曰景，曰情。前者以描写自然及人生之事实为主，后者则吾人对此种事实之精神的态度也。故前者客观的，后者主观的也；前

者知识的，后者感情的也。”又强调说：

“昔人论诗词，有景语、情语之分。不知一切景语皆情语也。”

意思说：前人论诗词，提出景语、情语的区分。可是他们不知道，一切写景之语，实际上都是在抒发情感啊！

王国维说的昔人，指清代前期诗论家王夫之，他在《夕堂永日绪论》中谈到情与景的关系时说：“不能作景语，又何能作情语邪？”王夫之论诗，“以意为主”，因此在情与景的关系上，要求把情放在首位，景服从于情并表现情，使景中有情，情中有景，情语待景语而厚，景语因情语而活，二者相辅相成，相互交融。但二者相较，情语更难写好，所以王夫之认为，不能写出寓情于景的“景语”，便难写出以景见情的“情语”。

王国维继承和发展了王夫之关于“景语”与“情语”的主张，进一步提出“一切景语皆情语”的观点，他说：“昔人论词有景语、情语之别，不知一切景语皆情语也。词家多以景寓情。其专作情语而绝妙者，如牛峤之‘甘(须)作一生拼，尽君今日欢’；顾忧之‘换我心，为你心，始知相忆深’，欧阳修之‘衣带渐宽终不悔，为伊消得人憔悴’，美成之‘许多烦恼，只为当时，一饷留情’。此等词求之古今人词中，曾不多见。”（《人间词话删稿》）

王夫之的“景话”与“情语”说，进一步阐释了“情中景”、“景中情”、情景二者的辩证关系，对于明代单纯言情或单纯写景的诗风，具有纠偏补弊的作用。而王国维的“一切景语皆情语”的观点，则更总结出“一切景语皆情语”科学结论，也就是说，写景的目的，就是为了抒情。诗人创作时情景交融，描写景物的“景语”，其本质就是抒情的，就是“情语”，因而更符合诗人创作时的情感诉求，更具有科学性。